बिभूतिभूषण बंद्योपाध्याय

सितम्बर 12, 1894—नवम्बर 1, 1950

बिभूतिभूषण बंद्योपाध्याय आधुनिक बंगला साहित्य के एक स्तंभ माने जाते हैं। उनकी अधिकांश कृतियां ग्रामीण बंगाल की पृष्ठभूमि पर लिखी गई हैं जिनमें उस समय के समाज के यथार्थ का जीवंत चित्रण है। 1921 में उनकी कहानी 'उपेक्षिता' उस समय की प्रतिष्ठित बंगला पत्रिका *प्रोभाषी* में प्रकाशित हुई, लेकिन उनकी साहित्यिक पहचान, 1929 में उनके उपन्यास *पथेर पांचाली,* से हुई। *पथेर पांचाली* और उसी कड़ी में उनकी अगली कृति *अपराजितो* का अनुवाद कई भाषाओं में हो चुका है। अपने जीवनकाल में उन्होंने 16 उपन्यास और 200 से अधिक कहानियां लिखीं। उनकी लिखने की शैली की तुलना कई बार प्रसिद्ध बंगला लेखक शरत्‌चंद्र चट्टोपाध्याय से भी की जाती है।

आरण्यक, चंदेर पहाड़, देबजन और *इच्छामति* उनके अन्य उपन्यास है। *इच्छामति* के लिए उन्हें मरणोपरान्त 1951 में प्रतिष्ठित 'रबीन्द्र पुरस्कार' से सम्मानित किया गया।

पथेर पांचाली

बिभूतिभूषण बंद्योपाध्याय

राजपाल

अनुवाद

मन्मथनाथ गुप्त

ISBN : 978-93-5064-264-1

PATHER PANCHALI (Novel) by Bibhutibhushan Bandyopadhyay
(Hindi translation of *Pather Panchali*)

राजपाल एण्ड सन्ज़
1590, मदरसा रोड, कश्मीरी गेट-दिल्ली-110006
फोन : 011-23869812, 23865483, 23867791
website : www.rajpalpublishing.com
e-mail : sales@rajpalpublishing.com

भूमिका

जब मैंने *पथेर पांचाली* के अनुवाद का भार अपने ऊपर लिया, तब मैंने यही सोचकर इस महान कार्य को उठाया कि इस प्रकार मैं एक अपेक्षाकृत अल्पज्ञात प्रतिभाशाली उपन्यासकार को हिन्दी जगत् के सामने ला सकूँगा, जो अल्पज्ञात होने पर भी किसी प्रकार बांग्ला साहित्य के उन दो दिग्गजों , रवीन्द्र और शरत्, से निकृष्ट नहीं है जो हिन्दी जगत् में ही नहीं, सारे संसार में सुपरिचित हैं।

सच तो यह है कि जब मैंने गहराई के साथ सोचा तो मुझे यह मालूम हुआ कि यों तो रवीन्द्र और शरत् दोनों की जड़ें बंगाल की मिट्टी में बहुत गहरी हैं पर बिभूतिभूषण के साहित्य में असली बंगाल का जो चित्र मिलता है, वह और कहीं नहीं मिलता। अपू का चरित्र एक व्यक्ति का चरित्र है, किन्तु उस व्यक्ति के अन्दर गरीबी के कारण अपने घर-घूरे से उखाड़े हुए लाखों बल्कि करोड़ों बंगालियों का चित्र आ जाता है।

यह विशेष ध्यान देने की बात है कि बिभूति बाबू एक बहुत ही मामूली स्कूल-मास्टर थे, पर उन्होंने बंगाल को जिस आंतरिकता के साथ देखा और चित्रित किया, वह बांग्ला साहित्य में भी अभूतपूर्व है। अपू की कहानी चरित्र-चित्रण और साथ ही मानवीय मूल्यों की दृष्टि से किसी भी प्रकार रोम्यां रोलां के 'जां किस्तोफे' से कम नहीं है। इतने ब्यौरे से एक मामूली लड़के का चित्रण किया गया है, पर एक क्षण के लिए भी उसमें दिलचस्पी कम नहीं होती है। मुझे यह कहने में कोई भी हिचकिचाहट नहीं है कि यदि अर्नेस्ट हेमिंग्वे ऐसे लेखकों को नोबेल पुरस्कार मिल सकता है, तो बिभूति बाबू को उनसे पहले मिलना चाहिए था। हेमिंग्वे की कला की उत्कृष्टता उसकी सूक्ष्म तथा ब्यौरे-वार वर्णनशक्ति में है। इस दृष्टि से बिभूति बाबू उससे कहीं श्रेष्ठ हैं। पर पश्चिम में भी सभी अच्छे लेखकों को यहाँ तक कि गोर्की को भी नोबेल पुरस्कार नहीं मिला, इसलिए उसके कारण कोई विशेष अफसोस की बात नहीं है। अफसोस तो यह है कि बांग्ला से गत बीस साल में हिन्दी में सैकडों पुस्तकों का अनुवाद हुआ, पर बिभूति बाबू की पुस्तकों का कोई अनुवाद नहीं हुआ।

पथेर पांचाली को बंगाल के निम्न मध्यम वर्ग की महान गाथा कहा जा सकता है। लेखक ने एक बहुत ही साधारण परिवार को लेकर जो चित्र प्रस्तुत किया है, वह गाल्सवर्दी लिखित *फारसाइट सागा* का स्मरण कराता है। इस पुस्तक में लगभग पन्द्रह-बीस साल का चित्र आता है। अपू का पिता एक संस्कृत पढ़ा-लिखा मामूली पंडित है। उसकी बस इतनी ही उच्चाकांक्षा है कि दो-चार घर यजमान हों और वह आनन्द से बैठकर पठन-पाठन करे। अपू की माँ की उच्चाकांक्षा तो इससे भी कम है। वह एक बहुत छोटे घर की बहू-मात्र बनकर जीवन समाप्त कर देना चाहती है। पर ये उच्चाकांक्षाएं किस प्रकार जीवन की वास्तविकताओं से टकराकर चूर-चूर हो जाती हैं, किस प्रकार अपने गाँव में ही धनी रिश्तेदारों के द्वारा पग-पग पर उनका अपमान होता है, वर्ग-संघर्ष से मिल-जुलकर धार्मिक गिरोहों की टकराहट होती है, किस प्रकार अपू की माँ भी जहाँ तक ज़्यादती करने का सम्बन्ध है, पीछे नहीं रहती क्योंकि वह अपनी बुढ़िया ननद को घर से निकाल देती है और वह सत्तर साल की बुढ़िया इधर-उधर ठोकरें खाकर अन्त तक मर जाती है। ये ऐसी बातें हैं जिनका थोड़े में वर्णन नहीं हो सकता। यही अपू की माँ बाद में आगे चलकर जब तक साधारण नौकरानी-मात्र है, उस समय एक वृद्धा रानी को देखकर वह अपनी ननद को याद करती है कि यदि रानी के कपड़े पहने होती तो वह भी ऐसी ही मालूम होती।

पथेर पांचाली सचमुच एक सेक्स-वर्जित उपन्यास है। इसमें कहीं भी यौन मिलन या उससे मिलते-जुलते कोई दृश्य नहीं आते, न इसमें अजीबोगरीब घटनाएँ ही हैं। फिर भी पहली पंक्ति से लेकर अंतिम पंक्ति तक पुस्तक बहुत ही दिलचस्प है, इसका कारण यह है कि पुस्तक का मानवीय उपादान बहुत तगड़ा है। ऐसा मालूम होता है कि लेखक ने प्रत्येक वाक्य स्वानुभव के आधार पर लिखा है। मुझे यह कहने में कोई हिचकिचाहट नहीं कि मैंने यह पुस्तक जब-जब पढ़ी तो मैंने अपने इर्द-गिर्द को अधिक ब्यौरे में और अधिक अर्थपूर्ण ढंग से देखना सीखा। ऐसा मालूम हुआ, जैसे कोई सत्य हमारे ही इर्द-गिर्द पड़ा था, पर हमने अब तक उसकी ओर ध्यान नहीं दिया था। ऐसे सत्य को पाकर कितनी खुशी होती है! यह केवल बिभूति बाबू की ही विशेषता नहीं है, बल्कि सब युगांतरकारी लेखकों की विशेषता है। मुझे ऐसा ज्ञात होता है कि रवीन्द्र और शरत् को पढ़कर इस प्रकार नवीन सत्य की प्राप्ति की अनुभूति जितनी बार होती है, बिभूति बाबू को पढ़कर उससे कुछ अधिक ही बार होती है।

जहाँ तक उपन्यास के रचना-कौशल का सम्बन्ध है, मैं शरत् और रवीन्द्र से बिभूति बाबू को शायद कुछ ऊँचे ही रखना चाहूँगा क्योंकि उनकी इस रचना में 'गोरा' और 'शेष प्रश्न' की तरह बड़ी-बड़ी तार्किक उलझनें छेड़कर रचना का स्तर ऊँचा नहीं किया गया है और न उसमें प्रेम और हृदय के आदान-प्रदान से उत्पन्न रोमांस को ही कोई सहायता प्राप्त हुई है।

बांग्ला के लेखक रुलाने के लिए प्रसिद्ध हैं, पर बिभूति बाबू जब-जब अपने

पाठक को रुलाते हैं तो वे इस प्रकार से रुलाते हैं कि आँखों में आँसू शायद नहीं आ पाते पर हृदय में एक बहुत गहरी रिक्तता देर तक रह जाती है, किसी अज्ञात रहस्यमय तरीके से वह रिक्तता ऐसी मालूम होती है जो कभी भरने की नहीं है।

रहा मानवीय आवेदन, वह मैं पहले ही बता चुका हूँ कि *पथेर पांचाली* इससे ओतप्रोत है। बिभूति बाबू कहीं पर भी प्रगति की बात नहीं करते और किसी भी जगह भूलकर भी वे समाज-व्यवस्था के विरुद्ध कोई आवाज़ नहीं उठाते। फिर भी कहानी की गति में ही कुछ ऐसे तत्त्व अन्तर्निहित हैं कि वर्तमान समाज-व्यवस्था के विरुद्ध एक अत्यन्त स्पष्ट मुकदमा बन जाता है और ऐसा अनुभव हुए बिना नहीं रहता कि इस समाज-व्यवस्था को बदल देने में ही भलाई है, जिसमें अपू की फूफी उसकी माँ द्वारा निकाल दी जाती है, गाँव में बराबर किसी की भलाई-बुराई में न रहने वाले इन क्षुद्र प्राणियों का अपमान होता है, अपू की बहिन बड़ी करुण अवस्था में मर जाती है, उसका पिता सफलता (कैसी सफलता?) के पास आकर डूब जाता है और अपू की माँ एक नौकरानी बनकर मारी-मारी फिरती है, इत्यादि-इत्यादि।

मैं आशा करता हूँ कि हिन्दी में इस उपन्यास का स्वागत होगा। मुझे मालूम है कि अनुवाद में मूल की पूरी गरिमा नहीं आ सकी। उसका कारण केवल मेरी अज्ञता ही है।

–मन्मथनाथ गुप्त

निश्चिन्दिपुर गाँव के धुर उत्तर में हरिहर राय का छोटा-सा पक्का मकान था। हरिहर राय मामूली गृहस्थ था। बाप-दादों के ज़माने की थोड़ी-सी ज़मीन की आमदनी और दो-चार घर शिष्यों तथा यजमानों की वार्षिक-दक्षिणा की पुरानी आमदनी पर किसी तरह गृहस्थी की गाड़ी लुढ़कती-पुढ़कती चली जा रही थी।

इसके पहले दिन एकादशी थी। हरिहर के दूर के रिश्ते की बड़ी बहिन इन्दिरा पुरखिन सवेरे-सवेरे कमरे के सामने के बरामदे में बैठकर भूने हुए चावलों के सत्तू का कलेवा कर रही थीं। हरिहर के छः साल की लड़की चुपचाप बगल में बैठी हुई थी, और बर्तन से कौर उठाकर मुँह में डालने तक सत्तू के हर कौर को बड़े करुण ढंग से देख रही थी और बीच-बीच में खाली होती हुई कांसे की बड़ी कटोरी की तरफ़ निराश होकर देखती जाती थी। दो-एक बार उसकी ज़बान पर कोई बात आकर रह गई।

इन्दिरा पुरखिन कौर पर कौर खाकर बर्तन खाली करके बिटिया की तरफ देखकर बोली : 'अरे ले, मैंने तो तेरे लिए कुछ भी नहीं छोड़ा। ले देख।'

लड़की ने करुण दृष्टि से देखकर कहा : 'कोई बात नहीं फूफी, तुम खाओ।'

दो बड़े बिजैले पके केलों में से एक का आधा तोड़कर इन्दिरा पुरखिन ने उसके हाथ में दे दिया। अब बिटिया की आँख और चेहरा चमक उठा। वह फूफी के हाथ से सौगात लेकर ध्यान से चूसने लगी।

पास के कमरे से बिटिया की माँ ने पुकारा : 'फिर तू वहाँ धरना देकर बैठी है? चल, उठ, इधर आ।'

इन्दिरा पुरखिन ने कहा : 'रहने दो बहू, मेरे पास बैठी है, कुछ कर नहीं रही, रहने दो।'

फिर भी बिटिया की माँ ने डांट बताते हुए कहा : 'चुप बैठी है सही, पर किसी के खाते समय वह इस तरह बैठे ही क्यों? मुझे यह सब अच्छा नहीं लगता, मैं कहती हूँ चली आ।'

बिटिया डरकर चली गई।

इन्दिरा पुरखिन के साथ हरिहर का रिश्ता दूर का था। वह उसकी ममेरी बहिन लगती थी। हरिहर राय के पुरखों का आदिस्थान पास का गाँव जसड़ा विष्णुपुर था।

हरिहर के पिता रामचन्द्र राय कम उम्र में ही विधुर हो गए थे। उन्हें इस बात का दुःख था कि दूसरी शादी के लिए पिता जी कुछ कान-पूंछ नहीं हिला रहे हैं। साल-भर किसी तरह शरमा-शरमी में काटकर जब उन्होंने देखा कि पिता जी इस तरफ कोई ध्यान ही नहीं दे रहे हैं, तब रामचन्द्र ने निराश होकर प्रत्यक्ष और परोक्ष में तरह-तरह के हथियार चलाने शुरू किये। दोपहर के समय कहीं कुछ नहीं पर स्वस्थ रामचन्द्र खाने के बाद बिस्तरे पर छटपटाने लगे। किसी ने आकर पूछ लिया कि भई क्या हाल है, तो फौरन ही रामचन्द्र यह सुर अलापने लगते : 'आगे नाथ न पीछे पगहा, अब कौन बैठा है जो मेरी देखभाल करे। जोरू न जांता खुदा से नाता, अब मरे चाहे जीयें, कोई पूछनेवाला नहीं है।'

नतीजा यह हुआ कि निश्चिन्दिपुर गाँव में रामचन्द्र की दूसरी शादी हो गई। शादी के कुछ ही दिनों बाद पिताजी का स्वर्गवास हो जाने के कारण रामचन्द्र ने जसड़ा विष्णुपुर का बूदोबास उठा दिया और यहीं बस गए। उस समय उनकी उम्र बहुत कम थी।

इस गाँव में आने के बाद रामचन्द्र ससुर साहब की देखरेख में पाठशाला में संस्कृत पढ़ने लगे। आगे चलकर उनकी गिनती इस इलाके के अच्छे पंडितों में हो गई। पर वे कभी काम-काज में मन ही न लगाते। इसमें भी सन्देह है कि वे इस लायक थे भी या नहीं? उनके बाल-बच्चे साल में नौ महीने ससुराल में पड़े रहते थे। वे स्वयं मुहल्ले के पतिराम मुखर्जी के पास के अड्डे में जमे रहते थे, बस दोनों जून खाते समय ससुराल पहुँच जाते थे। यदि कोई पूछता : 'पंडित जी, आपके बाल-बच्चे हैं, उनका भविष्य भी तो देखना है।' तो वे कह देते थे : 'सोचने की कोई बात नहीं है। ब्रज चक्रवर्ती के धान के खलिहान के नीचे बीन-बानकर ही खाएंगे, तो भी दो पुश्तें मज़े में निकल जाएंगी।'

यह कहकर वे इसी चिन्ता में डूब जाते थे कि किस तरह छक्का-पंजा मार कर विपक्षी के दाँत खट्टे कर सकेंगे।

ब्रज चक्रवर्ती के खलिहान की नित्यता के सम्बन्ध में उन्हें जो आस्था थी, वह कितनी गलत थी इसकी कलई ससुर साहब के मर जाने के बाद फौरन ही खुल गई। न तो उनके पास इस गाँव में कोई जमीन थी और न नकदी ही ज्यादा थी। इधर-उधर से बटुर-बटार कर दो-चार यजमान हाथ लग गए। किसी ढंग से गृहस्थी चलने लगी और लड़के का पालन-पोषण होने लगा। उनके पहले उनके एक दूर के रिश्ते के भाई की शादी भी उनकी ससुराल में ही हुई थी। वे भी तब से यहीं जम गए थे। उनसे रामचन्द्र को बड़ी, सहायता मिलती थी। उस भाई का लड़का नीलमणि राय कमिसरियट में नौकर था, नौकरी के कारण उसे बराबर प्रवास में रहना पड़ता था। इसलिए उसने भी अन्त तक यहाँ की बूदोबास उठा दी। वह बूढ़ी माँ को अपनी नौकरी की जगह ले गया और अब यहाँ पर उनका कोई नहीं था।

सुना जाता है कि पूरब के एक नामी-गरामी कुलीन ब्राह्मण के साथ इन्दिरा पुरखिन की शादी हुई थी। जैसा कि कुलीनों में होता था, पति महोदय साल-छः महीने

में एक बार इस गाँव का चक्कर लगाते थे। एक-आध रात यहाँ काटकर राहखर्च और कुलीन ब्राह्मण की दस्तूरी वसूली कर, अपनी कॉपी में चिह्न बनाकर कुली के सिर पर माल रखा कर अगले नम्बर की ससुराल की ओर रवाना हो जाते थे, इसलिए इन्दिरा पुरखिन को पति की याद भी अच्छी तरह नहीं है। माँ-बाप दोनों के मर जाने पर वे भाई के आश्रय में दो मुट्ठी अन्न पर गुज़ारा कर रही थीं। पर वाह रे नसीब, वह भाई भी कम उम्र में ही चल बसा। हरिहर के पिता रामचन्द्र ने थोड़े दिन बाद यहाँ मकान बनाया और तब से इन्दिरा पुरखिन इस गृहस्थी का अंग बन गईं। यह कोई आज की बात नहीं है। इसके हुए युग बीत गए।

उसके बाद बहुत साल निकल गए। शांखारी तालाब में न मालूम कितनी बार फूल खिले और मुरझा गए। चक्रवर्ती खानदान के खुले मैदान में सीतानाथ मुखर्जी ने कलमी आमों के बाग लगाए। अब वे पेड़ भी बड़े हो चले। न जाने कितने नए घर आबाद हुए और कितने उजड़ भी गए, कितने गोलोक चक्रवर्ती, ब्रज चक्रवर्ती मर-खप गए। इच्छामति नदी की चंचल स्वच्छ जलधारा अनन्त काल-प्रवाह के साथ होड़ करती हुई गाँव की नील की कोठी के न जाने कितनी जॉनसन, टॉमसन और उनके मजदूरों को तिनके तथा लहरों के फेन की तरह बहा ले गई। पर इन्दिरा पुरखिन अब भी जीवित हैं।

बांग्ला सन् 1240 साल (1834 ई.) की वह छरहरी, हँसमुख तरुणी अब 75 साल की बुढ़िया हो चुकी है। गाल पिचक गए हैं, कमर थोड़ी-सी झुक गई है, दूर की चीज़ें अब पहले की तरह साफ़-साफ़ नज़र नहीं आतीं। कोई आहट होती है, तो वह हाथ उठाकर मानो आँख को धूप से बचाती हुई कहती है—कौन है? नवीन? बिहारी? नहीं, अच्छा तुम राजू हो!

इन्दिरा पुरखिन की आँखों के सामने देखते-देखते कितना परिवर्तन हो गया। ब्रज चक्रवर्ती की उस ज़मीन पर, जहाँ अब जंगल खड़ा है, शरदपूर्णिमा के दिन लक्ष्मी पूजा के लिए गाँव के सारे लोग पत्तल बिछाकर न्यौता जीमते थे। बड़ी चौपाल पर पासे-चौपड़ का कितना बड़ा अड्डा सुबह-शाम जमता था। अब वहाँ बाँस की कोठियाँ हैं। जब पूस के महीने में नवान्न के उपलक्ष्य में चावल की तरह-तरह की मिठाइयाँ बनती थीं, तब ढेंकी में पक्का एकमन चावल कूटा जाता था।

आँख बन्द करते ही इन्दिरा पुरखिन के सामने यह सारा दृश्य नाच उठता है। उसी राय बाड़ी की मंझली बहू लोगों को साथ में लेकर चावल कुटाने आई थीं। ढेंकी बराबर हचके के साथ ऊपर से नीचे और नीचे से ऊपर जा रही थी, सोने का कंगनवाला सुन्दर हाथ एक बार सामने आता था, फिर फौरन ही पीछे हट जाता था, जगद्धात्री की तरह उनका रूप था और उसी तरह का स्वभाव और चरित्र भी।

जब इन्दिरा पुरखिन नई-नई विधवा हुई, तब हर द्वादशी के दिन सवेरे वे अपने हाथ में कलेवा सजाकर उन्हें खिला जाती थीं। वे सब लोग कहाँ चले गए? उस युग का कोई भी तो ज़िन्दा नहीं है, जिसके साथ सुख-दुःख की दो बातें की जा सकें।

उसके बाद इस गृहस्थी में जिसने उसे पहले-पहल आश्रय दिया था वे रामचन्द्र मर गए। उनका लड़का हरिहर तो अभी उन दिन पैदा हुआ। वह पनघट के रास्ते में कूदता-फांदता खेलता रहता था। एक बार वह मुकर्जी के इमली के पेड़ की अधपकी इमली खाने गया था, उसीमें उसके हाथ-पैर टूट गए तो दो-तीन महीने तक बिस्तरे पर पड़ा रहा था। यह भी तो अभी उस दिन की बात है। कम उम्र में ही बड़ी धूमधाम से उसकी शादी हो गई। वह पिता की मृत्यु के बाद दस साल की नई ब्याही हुई जोरू को नैहर से छोड़कर रफू-चक्कर हो गया। आठ-दस साल तक उसका कहीं अता-पता नहीं मिला। जब कभी एकाध चिट्ठी आ जाती थी, या कभी-कभार बुढ़िया के नाम से दो-चार रुपये का मनीआर्डर भेज देता था। न मालूम कितने दिन इस घर को अगोरते बिना खाये पड़ोसियों के यहाँ से मांग, जांचकर दिन कटते थे।

बहुत दिनों के बाद हरिहर ने इधर छः-सात साल से गृहस्थी में मन लगाया था। उसके एक लड़की भी हुई थी, जो अब छः साल की होने को आई। बुढ़िया सोचती थी कि बचपन की वह गृहस्थी फिर संभल गई। अपने सीमित जीवन में उसने और कोई सुख नहीं चाहा था। और भी किसी प्रकार का सुख-दुख हो सकता है, इस पर उसने कभी सोचा भी नहीं था। वह तो बेचारी इतने से ही खुश थी कि बचपन से जिस प्रकार का दुखी जीवन बिताती आई है, उसमें कहीं कोई सांस दिखाई पड़ जाए, कहीं कोई मोड़ नज़र आए। उसके लिए चरम सुख की कल्पना यही थी।

वह हरिहर की नन्हीं-सी लड़की को एक घड़ी के लिए भी आँखों से ओझल नहीं होने देती थी। उसकी अपनी भी एक लड़की थी, जिसका नाम विश्वेश्वरी था। छोटी उम्र में ही शादी हो गई और शादी के कुछ दिनों बाद ही वह गुजर गई। हरिहर की बेटी मानो चालीस साल बाद मृत्यु के उस पार से विश्वेश्वरी की जगह अपनी अनाथ माँ की गोद भरने के लिए लौट आई थी। चालीस साल से बुझा हुआ तथा सोया हुआ उसका मातृत्व, इस लड़की को पाकर पुनरुज्जीवित हो गया था। केवल यही नहीं, कभी तो वह एकाएक व्याकुल भूख का रूप धारण कर लेता था। इस लड़की के चेहरे की भोली-भाली हँसी में धीरे-धीरे झेंप का भी एक पुट आने लगा, मानो उसने जन्म लेकर लोगों को विपत्ति में डाल दिया है और उसके लिए उसे बहुत ही अफसोस है।

गो पर उसने जो चाहा था, सो नहीं हो सका। हरिहर की बहू यों देखने में तो बरी-चिट्टी थी, पर थी बड़ी कर्कशा। बुढ़िया उसे फूटी आँखों भी नहीं सुहाती थी। वह तो यही सोचती थी कि यह न जाने कौन है, कहाँ की है, इससे कोई रिश्ता ढूंढे नहीं मिलता, बैठे-बैठे रोटियाँ तोड़ा करती है।

वह छोटी-छोटी बातों पर बुढ़िया से दिन में कई-कई बार उलझ जाती थी। कई बार झगड़ा बढ़ने पर बुढ़िया अपने पीतल के लोटे को कांख के नीचे दबाकर और कपड़ों की पोटली लटका कर कहती थी : 'नई बहू, मैं चली, फिर जो मैंने कभी इस घर में पैर रखा तो मेरा...'

घर से निकलकर बुढ़िया झुंझलाहट में बांस की कोठी में बैठकर सारा दिन

काट देती थी। संध्या समय हरिहर की नन्ही-सी बिटिया पता लगाकर उसके पास पहुँच जाती और उसका आंचल पकड़कर घसीटने लगती थी : 'उठो फूफीजी, माँ से कहूंगी कि तुम्हें न डाँटे। आओ फूफीजी!'

इस प्रकार बिटिया का हाथ पकड़कर बुढ़िया संध्या के अंधकार में घर लौट आती थी। सर्वजया मुँह फेरकर कहती थी : 'आ गईं न ! जाएँगी तो कहाँ जाएँगी? इस चूल्हे के अलावा जगह भी कहाँ है? हालत तो यह है, पर अकड़-पने की हद नहीं।'

ऐसा कई बार हुआ है और बीच-बीच में होता ही रहता है।

हरिहर के घर के पूरब की ज़मीन पर फूस के छप्परवाली एक कोठरी बहुत दिन से बिना मरस्मत के पड़ी है। इसी कोठरी में बुढ़िया रहती है। बांस की अरगनी पर मैली-कुचैली बेकिनारे की दो फटी साड़ियाँ टंगी हैं। उनमें जगह-बेजगह गांठ बांधकर जोड़ने की चेष्टा की गई है। अब बुढ़िया सुई में धागा नहीं डाल पाती, सो कपड़े सीने की सामर्थ्य जाती रही है। अब जब कपड़ा ज्यादा फट जाता है, तो गांठ बांध लेती है। एक तरफ एक फटी चटाई और कुछ उधड़ी हुई कंथड़ियां हैं। एक पोटली में दुनिया-भर के चीथड़े गठियाए हुए हैं। ऐसा मालूम होता है कि कंथड़ी सीने की सामग्री के रूप में उन्हें बहुत दिनों से बटोर-बटार कर रखा गया है, पर कभी ज़रूरत नहीं पड़ी और अब जबकि ज़रूरत पड़ी तो कंथड़ी सीने लायक आँख में जोत नहीं रही। फिर भी वे चीथड़े सहेज कर रखे हुए हैं। हाँ, भादों की वर्षा के बाद धूप निकलने पर बुढ़िया उन्हें खोलकर बीच-बीच में धूप में डाल देती है। बेंत की संदूकची में एक पोटली में बंधी हुई लाल किनारे की कुछ फटी साड़ियाँ हैं। ये बुढ़िया की लड़की विश्वेश्वरी की यादगार हैं। पीतल की चादर का एक लोटा, एक मिट्टी का सकोरा तथा मिट्टी की दो हंडिया भी हैं। पीतल के लोटे में भुना चावल रहता है। वह रात को इमामदस्ते में कूटकर उसका सत्तू बनाकर बीच-बीच में खाती है। मिट्टी की छोटी हंडियों में से किसी में थोड़ा-सा तेल है, तो किसी में ज़रा-सा नमक पड़ा है और किसी में ज़रा-सा खजूर का गुड़ है। सर्वजया से मांगने पर चीज़ें मिलती नहीं हैं इसलिए बुढ़िया इन्हें छिपाकर शादीवाली बेंत की संदूकची में संजोकर रख देती है।

सर्वजया शायद ही कभी इस कोठरी में आती हो। पर संध्या के समय उसकी बिटिया कोठरी के दालान में फटी कंथड़ी के बिस्तरे में घुसकर बड़ी देर तक फूफी से एकाग्र होकर कहानियाँ सुनती है। थोड़ी देर तक इधर-उधर की कहानियाँ सुनने के बाद बिटिया कहती है : 'फूफी, डाकुओं वाली वह कहानी तो सुनाओ...।'

गाँव के एक गृहस्थ के यहाँ कोई पचास साल पहले डाका पड़ा था, यह उसी की कहानी है। इसके पहले यह कहानी बीसियों दफे कही जा चुकी थी, पर बीच में कई दिनों का अतरा हो जाता है, तो फिर से वह कहानी कहनी पड़ती है। बात यह है कि बिटिया छोड़ती ही नहीं। इसके बाद वह फूफी से तुकबन्दियाँ सुनती है। इन्दिरा पुरखिन को उस ज़माने की बहुत-सी तुकबन्दियाँ याद थीं। जब उनकी उम्र

कम थी तो वे घाट या रास्ते में अपनी सहेलियों को कविताएँ तथा तुकबन्दियाँ मुंहज़बानी सुनाती थीं और इन्दिरा पुरखिन की तारीफ के पुल बंध जाते थे।

उसके बाद इस प्रकार की धैर्यवान् श्रोता और कोई नहीं मिली। कहीं जंग न लग जाए इस डर से वह अपनी सारी कविताओं और तुंकबन्दियों को आजकल प्रतिदिन सन्ध्या समय भतीजी को सुनाने के लिए तैयार रहती है। वह रस ले-लेकर सुनाती है :

'ओ ललिते चांपा कलिते एकटा कथा सुन से
राधार घरे चोर ढुके से...'

यहाँ तक बोलकर वह रुक जाती थी और मुस्कराती हुई प्रतीक्षा-भरी दृष्टि से भतीजी की ओर ताकती थी। बस, बिटिया भी जोश के साथ पदपूर्ति करती हुई कहती : 'चुलो बांधा एक मिनसे...'

वह 'मि' पर अकारण ज़ोर डालकर नन्हे-से सिर को ताल देने के ढंग से झुका कर पद का प्रच्चारण समाप्त करती थी। बिटिया को इसमें बहुत मज़ा आता था। फूफी भतीजी को भुलावे में डालने के लिए ऐसी तुकबन्दियाँ सुनाकर पदपूर्ति के लिए छोड़ देती थी, जिन्हें शायद दस-पन्द्रह दिन से सुनाया नहीं गया, पर बिटिया ऐसी चालाक है कि वह झट पदपूर्ति कर देती है, भुलावे में नहीं आती।

थोड़ी रात हो जाने पर जब माँ खाने के लिए बुलाती है तो वह उठकर चल देती है।

2

जसड़ा विष्णुपुर के पुराने जमींदार चौधरी खानदान ने जिन थोड़े-से ब्राह्मण-परिवारों को माफी की ज़मीन देकर बसाया था, उनमें हरिहर के पूर्वज विष्णुराम राय भी थे।

अभी ब्रिटिश शासन की जड़ अच्छी तरह जम नहीं पाई थी। आवागमन के साधन अभी तक खतरनाक बने हुए थे, और ठग, राहजन तथा नदी के डकैतों की भरमार थी। ये डकैत अकसर ग्वाले, बागदी, बाउरी जाति के होते थे। वे शरीर से तगड़े और लाठी तथा भाला चलाने में दक्ष होते थे। कई गाँवों के निर्जन किनारों पर अब भी इन डकैतों के द्वारा स्थापित काली मन्दिरों के खंडहर मिल सकते हैं। ये लोग दिन में भले आदमी बने रहते थे और रात को काली पूजा करने के बाद दूर-दराज़ के गाँवों में डाका मारने चल देते थे। उन दिनों कई अच्छे-खासे खुशहाल गृहस्थ भी डाका डालकर धन इकट्ठा किया करते थे। जो भी प्राचीन बंगाल की बात जानते हैं उन्हें यह मालूम है कि बंगाल के बहुत-से ज़मींदार और धनी घरानों के वैभव की नींव में पूर्वजों के द्वारा लूटा हुआ धन-रत्न है।

विष्णुराम राय के पुत्र बीरू राय इस तरह के कामों के लिए बदनाम थे। उनके पास कई लठैत नौकर थे। निश्चिन्दिपुर गाँव के उत्तर में जो कच्ची सड़क चुआडांगा

से होकर नवाबगंज होती हुई टाकी चली गई है, उसके किनारे दूर तक फैला हुआ एक विशाल मैदान था, जो सोनाडांगा का मैदान कहलाता था। उन दिनों उस मैदान में ननद तालाब नाम का एक बड़ा तालाब था, जिसके किनारे लठैतों का एक गिरोह रहता था। तालाब के किनारे एक बहुत बड़ा बरगद का पेड़ था। जिसके नीचे ये लोग घात लगाकर बैठे रहते थे और मौका पाकर निरीह पथिक को मारकर उसको लूट लेते थे। इन लठैतों की लूट का ढंग भी बड़ा अजीब था। ये लोग छूटते ही सिर पर लाठी मारकर पहले राहगीर का काम तमाम कर देते थे। फिर उसके बाद देखते थे कि उसके पास कुछ माल-ताल है या नहीं। कई बार ऐसा होता था कि राहगीर को मार डालने के बाद पता चलता कि उसके पास कौड़ी भी नहीं है। ये लोग लाश को तालाब के अन्दर छिपाकर अगले शिकार की टोह में फिर बरगद के नीचे इस आशा से लौट जाते थे कि जो मेहनत अकारथ गई उसका खमियाजा पूरा करें। गाँव के उत्तर में वह विशाल बरगद अब भी है। अब वह तालाब तो नहीं रहा, पर पास ही की एक नीची ज़मीन को अब भी ननद तालाब कहते हैं। तालाब तो पट चुका है, पूरा नहीं तो चौदह आने पट चुका है। अब किसान वहाँ खेती करते है, पर कभी-कभी हल की फाल से टकराकर एक-आध खोपड़ी निकल आती है।

सुना जाता है कि पूरब का एक बूढ़ा ब्राह्मण अपने बालक पुत्र को साथ लेकर कालीगंज से टाकी श्रीपुर की तरफ अपने घर लौट रहा था। कातिक बीत चला था, वह लड़की की शादी के लिए धन बटोरने के लिए प्रवास में गया था, इसलिए साथ में कुछ रुपया और माल-मत्ता भी था। हरिदासपुर की बाज़ार की चट्टी में पका-खाकर निश्चिन्त हो वे दोपहर के कुछ बाद आगे बढ़े। इरादा यह था कि पाँच कोस चलकर नवाबगंज के बाज़ार की चट्टी में रात काटेंगे। ऐसी नहीं कि वे यह न जानते हों कि यह रास्ता खतरनाक है, पर अन्दाज़ लगाने में कुछ गलती हो गई। कातिक के छोटे दिन ठहरे, नवाबगंज बाज़ार में पहुँचने के बहुत पहले ही सोनाडांगा के मैदान में उन्होंने देखा कि सूरज छिपने को ही है। तब वे लोग सरपट चलने लगे। ननद तालाब के पास पहुँचते ही वे डकैतों के चंगुल में फंस गए।

डकैतों ने ज्योंही ब्राह्मण के सिर पर लाठी का वार किया, त्योंही वह डर के मारे चिल्लाता हुआ रास्ता छोड़कर मैदान की तरफ भागा। लड़का भी बाप के पीछे-पीछे दौड़ा। पर एक बुड्ढा था और दूसरा ठहरा बालक। इसलिए वे डकैतों से कहां पार पाते? थोड़ी ही देर में उन लोगों ने शिकार को घेर लिया। तब बेबस ब्राह्मण ने शायद यह प्रस्ताव किया कि मारना है तो मुझे मार डालो, पर मेरे लड़के की जान बख्श दो। वंश का यही एक चिराग है, पिंडलोप होगा इत्यादि। संयोगवश बीरू राय भी उस दिन उस गिरोह में शामिल था। बुड्ढे ने उसे पहिचान लिया और उसके पैर पकड़कर कम से कम लड़के की जान बचाने के लिए आरजू मिन्नत करने लगा। सरल ब्राह्मण की समझ में यह नहीं आया कि वंश का पिंडलोप हो गया तो औरों का क्या, पर उसे छोड़ देने पर डकैतों के लिए तो खतरा पैदा हो सकता था। सन्ध्या के अन्धकार में बीरू राय हतभाग्य पिता और पुत्र की लाशों को हेमन्त की ठंडी

रात में ननद तालाब के पानी में उगनेवाली बड़ी-बड़ी घास और सेवार के बीच में गाड़ देने की व्यवस्था करके घर चला आया।

इस घटना के बहुत बाद नहीं, ठीक अगले साल दशहरे के पास की बात है। उस समय बांग्ला 1238 चल रहा था। बीरू राय हलूदबेड़े से अपनी नाव पर सपरिवार लौट रहा था। नकीपुर के पास बड़ी खारी नदी पार करने पर मधुमती नदी मिलती है। फिर उसमें दो दिन ज्वार के साथ चलने पर दक्षिण श्रीपुर आता है। उसके बाद ही नाव इछामती में आ सकती थी। वहाँ से अपना गाँव का चार दिन का रास्ता पड़ता था।

दिन-भर खेने के बाद नाव शाम के समय टाकी घाट पर लगी। घर में दुर्गा पूजा होनी थी। इसलिए टाकी के बाज़ार से पूजा की सामग्री खरीदी गई और रात में वहीं पड़ाव हुआ। फिर पौ फटते ही नाव चल पड़ी और सब लोग घर की ओर रवाना हुए। दो दिन बाद सन्ध्या समय धलचित वाली बड़ी नहर और इछामती के मुहाने पर एक सुनसान जगह पर ज्वार की प्रतीक्षा में नाव लगाकर पकाने खाने का ढंग होने लगा। खुली हुई जगह थी, बीच-बीच में कांस के झुरमुट थे; और कोई पेड़-पालोव नहीं था। एक तरफ मल्लाहों ने और दूसरी तरफ बीरू राय की पत्नी ने हाँडी चढ़ा रखी थी। सब खुश थे, क्योंकि घर का अब दो दिन का रास्ता था। इसके अलावा दुर्गापूजा पास आ रही थी, उसका भी आनन्द था।

चाँदनी छिटक रही थी। खारी नदी का पानी चमक रहा था। हवा तेज़ थी, इसी कारण कांस के फूल आकाश, चांदनी और मुहाने के पानी को एकाकार बनाते हुए उड़ रहे थे। एकाएक कोई आवाज़ सुन कर दो-एक मल्लाह पकाना छोड़ कर चौकन्ने हो इधर-उधर देखने लगे। कांस के झुरमुटों की आड़ में जैसे छटपटाने की आवाज़ हुई। किसी ने डरी हुई आवाज़ में एक बार अस्फुट शब्द किया; फिर फौरन ही शान्ति हो गई।

मल्लाहों ने कौतूहल के मारे जो आगे बढ़ के देखा, तो किसी चीज़ ने किनारे की ज़मीन से एकदम से पानी में डुबकी लगाई। धड़ाम से आवाज़ हुई। किनारे का वह हिस्सा सुनसान था, कहीं कुछ दिखाई नहीं पड़ा।

मामला क्या है, इसकी थाह मिलने के पहले ही बाकी सब मल्लाह और मांझी वहाँ आ गए। शोर-गुल सुनकर बीरू राय आया और उसका खास नौकर भी आया। बीरू राय का इकलौता बेटा भी नाव में था, पर वह कहाँ है? मल्लाहों के हाथ के तोते उड़ गए। मालूम हुआ कि अभी खाना पकने में देर है, यह जान कर कुछ देर पहले वह लड़का चाँदनी में नदी किनारे सैर करने निकला था। मल्लाह समझ गए, कि इधर की खारी नदियों में जैसा होता है, कांस के झुरमुटों में बड़ा-सा घड़ियाल घात लगाकर बैठा रहा होगा, वही बीरू राय के लड़के को खींचकर ले गया है।

फिर तो जो हुआ करता है वही हुआ। नाव की लग्गी डालकर इधर-उधर तलाश होने लगी, नाव छोड़कर मंझधारा में बहुत रात तक खोज जारी रही, इसके बाद रोना-धोना और हाथ-पैर पटकना शुरू हुआ। परसाल ननद तालाब के मैदान

में इन्हीं दिनों में जो घटना हुई थी, मानो एक अदृश्य न्यायाधीश ने इस साल इछामती के वीरान तट पर उसका निबटारा कर दिया। मूर्ख बीरू राय को अब ठोकर खाकर मालूम हुआ कि वह अदृश्य न्यायाधीश ननद तालाब की लम्बी-लम्बी घास की आड़ के कारण धोखे में नहीं रखा जा सकता, उसका दंड अंधेरे में भी अपना रास्ता पहचान लेता है।

बीरू राय इनके बाद अधिक दिन जीवित नहीं रहा। इस प्रकार उनके खानदान में एक अजीब बात शुरू हुई। उनका वंश लुप्त होने पर भी भाई की सन्तानें थीं, पर वंश का सबसे बड़ा लड़का कभी भी बहुत दिन जीवित नहीं रहता था, बालिग होने के पहले ही किसी न किसी रोग से मर जाता था। लोगों ने कहा, वंश को ब्राह्मण का श्राप लग गया है। हरिहर की माँ बाबा तारकेश्वर के दर्शन के लिए गईं, और वहाँ एक संन्यासी से रो-धोकर एक तावीज़ प्राप्त किया। तावीज़ के फलस्वरूप कह लीजिए, या दो पुश्तों में ब्राह्मण का श्राप कपूर की तरह उड़ जाने के कारण कहिए, हरिहर इतनी उम्र में आज भी जीवित था।

3

थोड़े दिन बाद।

बिटिया सन्ध्या के बाद सो गई थी। घर मे फूफी नहीं थी। लगभग दो महीने हुए माँ के साथ कुछ खटपट हो जाने के कारण वह गुस्से में आकर किसी दूर के गाँव के अपने एक रिश्तेदार के यहाँ जम गई थी। माँ की तबियत भी कुछ दिनों से अच्छी नहीं थी, फिर उसको देखने-भालनेवाला कोई नहीं था। हाल ही में माँ सौर में गई थी, इसलिए यह भी कोई नहीं देखता कि बिटिया कब खाती है, कब सोती है।

लेटे-लेटे बिटिया को जब तक नींद नहीं आई तब तक वह फूफी के लिए रोती रही। इस प्रकार उसका रोना नित्यकर्म हो गया था। जब रात काफी हो गई, तो वह कुछ लोगों की बातचीत सुनकर जग पड़ी। कुड़नी की माँ दाई रसोई घर के दालान में खड़ी होकर बात कर रही थी, पड़ोस के नेंड़ा की दादी और न जाने कौन-कौन मौजूद थीं, ऐसा मालूम पड़ा कि सभी व्यस्त और परेशान हैं। वह कुछ देर जगती रही, फिर सो गई।

बांस की कोठी में हवा लगने के कारण सायं-सायं आवाज़ हो रही थी। सौर में बत्ती जल रही थी और न जाने कौन लोग बात कर रहे थे। आँगन में चाँदनी छिटक रही थी। वह थोड़ी देर बाद ठंडी हवा में सो गई। फिर थोड़ी देर बाद एक अस्पष्ट आवाज़ और शोर-गुल सुनकर उसकी नींद टूट गई। बिटिया का पिता अपनी कोठरी से निकलकर सौर की तरफ लपका और परेशान होकर बोला : 'चाचीजी, क्या हालत है? क्या हुआ?'

सौर के अन्दर से अजीब रुंधी हुई आवाज़ आ रही थी। यह माँ की आवाज़ थी। अंधेरे में वह अधसोई हालत में कुछ न समझ पाकर थोड़ी देर बैठी रही। उसे कुछ डर-सा लग रहा था। माँ वैसा क्यों कर रही है? उसे क्या हुआ?

वह और भी कुछ देर तक बैठी रही, पर जब कुछ समझ में नहीं आया, तो वह लेट गई और थोड़ी ही देर में सो गई। पता नहीं कितनी देर बाद कहीं पर बिल्ली के बच्चों की म्याऊँ-म्याऊँ से उसकी नींद उचट गई। उसे याद आई कि उसने शाम के समय बिल्ली के बच्चों को फूफी की कोठरी के आंगनवाले टूटे हुए चूल्हे के अन्दर छिपा दिया था। नन्हे-से नरम-नरम छौने थे। अभी आँख नहीं खुली थी। सोचा कि हाय पड़ोस के बिल्ले ने आकर, बच्चों को शायद चट कर डाला।

उसी उनींदी हालत में वह फौरन उठी और उसने जाकर फूफी के चूल्हे में टटोला, तो बच्चों को निश्चिन्त सोते हुए पाया। बिल्ले का कहीं पता भी नहीं था। वह अवाक् होकर लेट गई और थोड़ी देर में सो गई।

उसकी नींद फिर उचट गई क्योंकि उसे छौनों की म्याऊँ-म्याऊँ सुनाई पड़ी। अगले दिन सवेरे वह जगकर आँख मल ही रही थी कि कुड़ुनी की माँ दाई बोली : 'कल रात को तुम्हारे एक भाई हुआ है, उसे नहीं देखोगी?...अजीब लड़की है कि कल रात को इतना हो-हल्ला हुआ, इतने कांड हो गए, भला तू कहाँ थी? जो कांड हुआ, उसके लिए तो कालपुर के पीर की दरगाह में शीरनी चढ़ानी पड़ेगी। कल रात को उन्होंने साफ बचा लिया।'

बिटिया एक छलांग में सौर के दरवाज़े पर पहुँच झांका-झूँकी करने लगी। उसकी माँ सौर में खजूर के पत्तों की टट्टी से लगकर सो रही थी। एक सुन्दर-सा बहुत ही नन्हा, कांच की बड़ी गुड़िया से कुछ बड़ा जीव कंथड़ी के अन्दर लेटा हुआ था, वह भी सो रहा था। कोठरी में आग सुलग रही थी। उसके गन्दे धुएं में अच्छी तरह दिखाई नहीं पड़ रहा था। उसे खड़े हुए अभी कुछ ही देर हुई थी कि उसने देखा कि वह जीव जो आँख खोले टुकुर-टुकुर देख रहा था, अपने अविश्वसनीय रूप से नन्हे हाथों को हिलाकर बहुत धीरे से रो पड़ा। अब बिटिया को मालूम हुआ कि रात को जिसे बिल्ली के बच्चों की म्याऊँ-म्याऊँ समझ रही थी, वह असल में क्या था। हू-ब-हू छौनों की आवाज़ थी, दूर से सुनने पर कुछ फर्क नहीं मालूम पड़ता। अकस्मात् बिटिया का मन अपने नन्हे भाई के लिए दुख, ममता, तथा सहानुभूति से पसीज उठा। नेड़ा की दादी और कुड़ुनी की माँ दाई के मना करने के कारण इच्छा होते हुए भी वह सौर में दाखिल न हो सकी।

जब माँ सौर से निकली, तो भैया के छोटे-से पालने को झुलाते-झुलाते बिटिया न जाने कितनी तुकबन्दियाँ और गीत सुनाती। साथ ही कितनी सन्ध्याओं की बात तथा फूफी की बात याद आ जाने के कारण आँखों में आँसू उमड़ आते थे। फूफी इस प्रकार के कितने गीत सुनाया करती थी। भैया को देखने के लिए मुहल्ले के लोग टूट पड़ते हैं। सब लोग देखकर कहते हैं : 'बच्चा हो तो ऐसा हो। कितना सुन्दर है, कैसे बाल हैं, क्या रंग है?' जब वे लौटते हैं, तो आपस में कहते हुए जाते

हैं : 'दीदी, कितनी मोहनी हँसी है।'

बिटिया को बस यही फिक्र रहती थी कि एक बार फूफी आकर भैया को देख ले। सभी देख रहे हैं और फूफी न जाने कहां चली गई। क्या वह कभी नहीं लौटेगी? बच्ची होने पर भी वह इतना समझ गई थी कि इस घर में पिताजी या माताजी कोई भी फूफी को पसन्द नहीं करता, उसे लिवा लाने के लिए कोई आगे नहीं बढ़ेगा। जब वह दिन में फूफी की कोठरी की तरफ देखती है, तो उसे बड़ा कष्ट होता है। कोठरी का दरवाज़ा किसी-किसी दिन खुले का खुला ही रह जाता है। बरामदे में चमगादड़ की बीट जमा हो गई थी। अब वहाँ कोई झाड़ू नहीं लगाता। इधर कोई जंगली पौधा निकल आया, तो उधर घुईयाँ का छोटा-सा पेड़ उग आया। जो फूफी होती तो भला यह सब होने देती? बिटिया की बड़ी-बड़ी आँखों में आँसू उमड़ आए। भला वह उन तुकबन्दियों और गानों को कैसे भूल सकती है।

उस दिन हरिपालित की बेटी ने आकर उसकी माँ से कहा : 'तुम लोगों की बुढ़िया घाट के रास्ते के पास मैदान की ओर एक लोटा और पोटली लेकर आ रही थी, अब चक्रवर्तीजी के घर पर बैठी हुई है। अपनी दुर्गा को भेज दो। हाथ पकड़-कर ले आए, तब उसका गुस्सा शान्त होगा।'

हरिपालित के घर पर मुहल्ले की स्त्रियों से बुढ़िया हरिहर के बेटा होने की कहानी सुन रही थी।

—ओ फूफी!

बुढ़िया ने चौंककर देखा कि दुर्गा हांफ रही है, शायद बहुत तेज़ दौड़कर आई है। बुढ़िया व्याकुल होकर दुर्गा को हाथ बढ़ाकर पकड़ने गई, साथ ही साथ दुर्गा हुलसकर गोद में चली गई। उसके चेहरे पर हँसी थी, साथ ही आँखों में पानी था। आंगन में कन्याएँ-बहुएँ जो भी मौजूद थीं, सबकी आँखें सजल हो गईं। हरिपालित की प्रवीणा पत्नी ने कहा : 'लो ननदजी, वह उस जन्म में तुम्हारी बेटी थी, वही बेटी फिर लौटकर आई है...'

घर लौटकर बुढ़िया ने बच्चे का मुखड़ा देखा, तो वह बारी-बारी से रोने और हँसने लगी। कितने दिनों के बाद बाप-दादों की ज़मीन में फिर चाँद निकला है।

बुढ़िया ने सबेरे उठकर खुशी-खुशी भीतरवाले आंगन में झड्डू लगाई, अगड़म-सगड़म पौधों को काटकर साफ किया। दुर्गा को ऐसा लगा—कितने दिनों बाद गृहस्थी फिर ढर्रे पर आ गई। इतने दिनों तक जैसे उसमें कहीं कोई खामी थी।

बुढ़िया ने दोपहर को खाना खाकर मकान के पीछे की ओर सड़क पर बैठकर बांस की कोठी से सींकें काटीं। उस तरफ नदी किनारे तब बस्ती नहीं थी। हाँ, नदी भी कुछ पास नहीं थी, लगभग एक चौथाई मील का फासला था। इस सारे इलाके में सिर्फ बड़े-बड़े आम के पेड़, बाँस की घनी कोठियाँ तथा दूसरे घने जंगल थे। सींक काटते समय दुर्गा पास आकर बैठ गई और जाने क्या-क्या बकने लगी। जब सींकों का एक छोटा-सा गट्ठर बन गया, तो दुर्गा उन्हें उठाकर घर पर ले गई। सींक काटते-काटते दोपहर के आलस्य-भरे ठंडे बांसों की छाया में बुढ़िया को बहुत-सी

बातें याद आती रहीं।

न जाने कब की बातें!

वे केवल तीन बार आए थे। स्वप्न की तरह याद पड़ता है। एक बार वे पोटली में कुछ खाने की चीज लाए थे। तब विश्वेश्वरी की उम्र दो साल की थी। सबने कहा, कदम; चीनी की डली की तरह की कोई चीज़ थी। उसने भी लोटे के पानी में घोलकर थोड़ी-सी पी थी।

एक आदमी आया। वह उस पुराने अमरूद के पेड़ के नीचे संध्या समय आकर खड़ा हुआ ससुराल से आया था, हाथ में एक पत्र था। चिट्ठी पढ़ने के लिए कोई आदमी नहीं था। भाई गोलोक, सो भी पिछले साल मर गया था। इसलिए वह बड़े चाचा के चौपालवाले पास के अड्डे में अपना पत्र लेकर पहुँची। उस दिन की बात आज भी याद है, संझ्ला ताऊ, मंझला ताऊ, ब्रज चाचा, उस मुहल्ले के पतित राय के भाई यदु राय और गोलोक का साला भजहरि था। संझले ताऊ ने पत्र पढ़ा। फिर आश्चर्य के साध उन्होंने पूछा : 'इन्दिरा, यह चिट्ठी कौन लाया?'

इसके बाद इन्दिरा पुरखिन को घर लौटकर उसी समय सुहाग का चिह्न, हाथ की लोहे की चूड़ी तधा प्रथम यौवन के शौक की वस्तु—माँ-बाप के दिए हुए चांदी के कंगनों को खोलकर, माथे का सिंदूर पोंछकर नदी में डुबकी लगानी पड़ी। कितने दिनों की बात है यह। सब स्वप्नवत् हो गया, फिर भी ऐसा मालूम होता है जैसे कल ही की बात हो।

निवारण की बात याद आती है। ब्रज चाचा का लड़का निवारण। सोलह साल का लड़का। कितना गोरा-चिट्टा था और कैसे सुन्दर बाल थे। उसका चौपाल अब जंगल से ढक गया है, और बांस की झाड़ियों का हिस्सा बन चुका है। उससे लगे हुए कमरे में वह भयंकर बुखार में पड़ा रहा और दो-तीन दिनों तक ऐसा मालूम होता रहा कि अब गया, तब गया। हाय वह लड़का हर समय पानी-पानी करता था, पर ईशान वैद्य ने पानी देने से मना किया था, हिदायत यह थी कि वह सौंफ की पोटली को धीरे-धीरे चूसे। निवारण चौथे दिन रात को मर गया। मरने से थोड़े पहले तक वह पानी-पानी की रट लगा रहा था, फिर भी उसे एक बूँद पानी नहीं दिया गया था। उस लड़के के मर जाने के बाद पाँच दिनों तक बड़ी चाची को कोई पानी तक नहीं पिला सका। पाँच दिन के बाद जेठ रामचन्द्र चक्रवर्ती ने अपने भाई की बहू के कमरे में जाकर उसके सामने हाथ जोड़कर कहा : 'बेटी, तू अगर चली गई, तो मेरी दशा क्या होगी। इस बुढ़ापे में मैं कहाँ जाऊंगा?'

बड़ी चाची खानदानी अमीर घराने की लड़की थी, जगद्धात्री की तरह उनका चेहरा था; इस इलाके में वैसी सुन्दर बहू किसी के यहाँ नहीं थी। उन्होंने पति के पैर का धोवन बिना पिए कभी पानी तक नहीं पिया था, उस ज़माने की गृहिणी थी, खाना पकाकर घरवालों को तथा रिश्तेदारों को खिलाती थी, फिर तीसरे पहर कुछ मामूली खाना खा लेती थी। वह दान, पूजा-पाठ, अन्न बाँटने में स्वयं अन्नपूर्णा थी। वह स्वयं पकाकर लोगों को खिलाना पसन्द करती थी। इसलिए जेठ की बात

से मन के किसी कोमल परदे पर चोट पड़ी, उसके बाद वह उठी, उसने पानी लिया, पर अधिक दिनों तक जीवित नहीं रही। बेटे की मृत्यु के डेढ़ साल के अन्दर ही उन्होंने बेटे का अनुसरण किया।

—माँ, ज़रा पानी दे, ज़रा-सा दे दे।

—पानी नहीं पीते बेटा, वैद्यजी ने मना किया है। पानी नहीं पीते।

—माँ, इतना-सा दे। बस एक घूँट...मैं तेरे पैरों पड़ता हूँ...

दोपहर में पेड़ों पर आश्रय लेकर बैठने वाली चिड़ियों के चहचहाने से पचास साल के उस पार से बांस का पटपट शब्द सुन पड़ता था।

बिटिया बोली : 'फूफी, मुझे नींद आ रही है? चल सोने के लिए चल।'

बुढ़िया ने हाथ के दा[1] को हटा कर कहा : लो देखो, फिर ऊँघ लगा रही है, पर अब समय निकल गया, अब इनको खत्म कर लूँ, ज़रा बड़ावाला औज़ार तो ले आ।'

4

बच्चा लगभग दस महीने का हो गया। दुबला-पतला, बहुत ही नन्हा-सा मुखड़ा। नीचे के दो दाँत निकले थे। वह जब-तब वजह-बेवजह दूधवाले दो दाँत निकालकर हँसता है। लोग कहते हैं : 'बहू, तुम्हारे बच्चों की हँसी बिल्कुल बयाना देकर बनाई हुई है।'

बच्चे को ज़रा छेड़ दो, तो हँसना शुरू कर देता है, पागल की तरह खुद-बखुद हँसता ही चला जाता है। उसकी माँ कहती है : 'मुन्ना, रहने दो, आज बहुत हँसे हो, कल के लिए भी कुछ रहने दो।'

बच्चे ने सिर्फ दो शब्द सीखे हैं। जब खुश रहता है तो कहता है : 'जे-जे-जे' और दूधवाले दाँत निकालकर हँसता है। दुखी रहने पर कहता है 'न-न-न' और बुरी तरह चीखकर रोना शुरू करता है। जो कुछ सामने पड़ जाता है, उसपर इन दो नये दाँतों का ज़ोर अज़माकर देखता है; चाहे मिट्टी का डेला हो, लकड़ी का एक टुकड़ा हो या माँ का आँचल हो। दूध पिलाते समय वह कभी एकाएक कांसे की सिप्पी को बड़ी खुशी से उन दाँतों से कपट लेता है। उसकी माँ खिलखिलाकर हँसते हुए कहती है : 'अरे ओ मुननू, तूने सिप्पी को क्यों पकड़ लिया? छोड़, छोड़! करता क्या है? कुल जमा दो तो दाँत हैं, जो टूट गए, तो हँसेगा कैसे, यह तो बता!'

पर मुन्ना फिर भी नहीं मानता। तब उसकी माँ मुँह के अन्दर उँगली डालकर बड़ी मुश्किल से सिप्पी को छुड़ाती है।

मुन्नी पर हर समय भरोसा नहीं किया जा सकता, इसलिए रसोईघर के सामनेवाले बरामदे को कुछ ऊँचा करके बाँस की खपचियों से घेर दिया गया है और उसी में मुन्ना को बैठाकर माँ अपने काम में जुट जाती है। मुन्ना कठघरे के कैदी की तरह

---

1. नारियल आदि काटने के लिए एक प्रकार का छोटा-सा खड़ग।

बन्द होने पर भी कभी अपने ही आप हँसता है, अदृश्य श्रोताओं से समझ में न आने वाली भाषा में कुछ कहता है और कभी बांस की खपचियों को पकड़ खड़े होकर बांस की कोठी की ओर ताकता रहता है। उसकी माँ जब घाट से नहाकर आती है। तो माँ के गीले कपड़ों का खसर-खसर शब्द सुनते ही मुन्ना खेल छोड़कर इधर-उधर ताकता है और माँ को देखकर हँसता हुआ घेरे को पकड़कर खड़ा हो जाता है। उसकी माँ कहती है : 'यह क्या? अभी काजल लगाकर मुँह पोंछकर गई थी और अब इतनी ही देर में भूत बना बैठा है। आ, इधर आ।'

तब माँ जबर्दस्ती उसका चेहरा रगड़कर काजल पोंछ देती है जो उसका चेहरा सुर्ख हो जाता है, इसपर मुन्ना को बहुत एतराज है, इसलिए वह कहता है : 'न-न-न', पर माँ नहीं मानती।

इसके बाद से माँ के हाथ से अंगौछा देखते ही मुन्ना घुटनों के बल दौड़ लगाकर भागने को करता है। कभी-कभी घाट से लौटकर सर्वजया पुकारती है : 'मुन्ना, क्या कहता है टू-ऊ-ऊ'। झूलो तो मुन्ना, झूलता है, मुन्ना झूले पर झूलता है।' मुन्ना फौरन बैठकर ज़ोर-ज़ोर से हिलने लगता है और खुश होकर दोनों नन्हें हाथों को हिला-हिलाकर गाता है :

(गीत)

जे-ए-ए-जे-जे-जे-ए-ए-इ
जे-जे-जे-जे-ए
जे-जे-जे-जे-जे

उसकी माँ कहती है : 'अच्छा रुको, अब हिलना बन्द कर दो, लो काफी हो गया, रुको...'

कभी-कभी सर्वजया काम करते-करते कान लगाकर सुनती है कि मुन्ने के घेरे अन्दर से कोई आहट आ रही है कि नहीं, कभी किसी प्रकार की आहट आती नहीं मालूम होती, बस उसके दिल की धड़कन बन्द-सी हो जाती है। कहीं सियार तो नहीं उठा ले गया? वह सरपट भागकर पहुँचती, तो देखती कि औंधी डोलची के ढेर-से चंपा के फूलों की तरह वह गिट्टी पर अपने नन्हें हाथ को अड़बंगे रखकर सो गया है। चारों तरफ से चींटे-चींटियाँ और मक्खियाँ दौड़ लगा और भनभना रही हैं। नींद में भी मुन्ने के लाल-लाल होंठ धीरे-धीरे कांप रहे हैं। वह नींद में ही बीच-बीच में थूक लीलकार ज़ोर-ज़ोर से सांस ले रहा है, मानो अभी जाग पड़ेगा, पर फौरन ही ऐसे सो जाता है कि सांस की आवाज़ भी सुनाई नहीं पड़ती।

सबेरे से शाम तक और शाम से बहुत रात गए तक बांस के जंगल के किनारे का यह मकान दस महीने के बच्चे के अकारण आनन्दगान और सरल कलहास्य से मुखरित रहता है।

माँ बच्चे को स्नेह देती है और उसे आदमी बना देती है इसलिए उसके अन्तर

में युग-युगान्तर से सर्वत्र माँ की गौरवगाथा प्रतिध्वनित होती रहती है। पर बच्चा जो कुछ माँ को देता है, क्या वह किसी कदर कम है? यह सच है कि उसके पास कानी कौड़ी भी नहीं होती, पर उसकी मनमोहक हँसी, बचपन की लीलाएँ, चाँद-सा मुखड़ा, तुतलाकर बोलना और नाराज़ होना, कौन इन सबका दाम चुका सकता है? वही उसका खज़ाना है, उसी के बदले वह सेवा लेता है। वह एक हाथ से देता है, दूसरे हाथ से लेता है। दीन भिखारी की तरह वह किसी के सामने खाली हाथ नहीं पसारता।

कई बार ऐसा होता है कि हरिहर बाज़ार के हिसाब या लिखने-पढ़ने में व्यस्त है, इतने में सर्वजया आकर कहती है : 'अजी, ज़रा बच्चे को सम्हालो। मुन्नी न जाने कहाँ चली गई है और ननद जी घाट गई हैं। मैं नहाने जाऊँ या इसे अगोरती रहूँ?'

हरिहर कहता है : 'न-न-न-न यहाँ यह सब गड़बड़झाला नहीं चलेगा। मुझे बहुत ही ज़रूरी काम करने हैं।'

इस पर सर्वजया तैश में आकर लड़के को सामने बिठाकर चल देती है। हरिहर हिसाब लिखते-लिखते एकाएक देखता है कि उसका लड़का चप्पल मुंह में दिए है। हरिहर चप्पल छीन लेता है और कहता है : 'यह अच्छी मुसीबत रही, यहाँ काम पड़ा है।'

एकाएक एक गौरैया आकर आंगन में बैठी। मुन्ना पिता के मुंह की ओर ताकते हुए उस तरफ आश्चर्य के साथ हाथ हिलाकर कहता है : 'जे-जे-जे-जे।'

अब हरिहर की नाराज़गी टिक नहीं पाती और बरबस ममता उमड़ पड़ती है।

बहुत दिन पहले की एक रात की बात याद आती है।

अभी-अभी पछांह से आकर उसने गाँव के लोगों की सलाह से पत्नी को ससुराल से लाने का निश्चय किया। दोपहर के बाद ससुराल के घाट पर नाव लगी। शादी के बाद वह केवल एक बार वहाँ गया था। रास्ता याद नहीं रहा था, इसलिए लोगों से पूछ-पूछकर वह ससुर साहब के मकान के सामने पहुँचा। उसकी पुकार सुनकर एक गोरी-सी दुबली तरुणी यह देखने के लिए बाहर आई कि कौन है। पर उससे आँखें चार होते ही वह फौरन वापस चली गई। हरिहर सोचने लगा, यह तरुणी कौन है? कहीं वह उसकी पत्नी तो नहीं है? क्या वह इतनी सयानी हो गई है?

रात को असली पता मिला। सर्वजया गरीबी के बावजूद अपनी माँ की बचाई हुई एक लाल किनारे की मटका साड़ी पहनकर बहुत रात बीते कमरे में आई। हरिहर ने जो देखा तो उसे बड़ा आश्चर्य हुआ। दस साल की उस बालिका का इस सुन्दर तरुणी में कुछ नहीं है, न जाने किसने उसे नए सिरे से बना दिया है। अब चेहरे पर वह बचकानापन नहीं रहा, उसकी जगह जो सौंदर्य फूट पड़ा है, वह दुर्लभ है। इस बात को समझने में हरिहर को कुछ देर न लगी। हाथ-पैर की बनावट, चाल-ढाल, सभी में नयापन है और कहीं कोई नुक्स नहीं है।

कमरे में दाखिल होने पर सर्वजया पहले तो कुछ ठिठकी, यद्यपि अब वह बड़ी

हो गई थी, फिर भी वह पति के साथ तो लगभग रही ही नहीं थी। नई बहू की लज्जा उस पर फिर से सवार हो गई। हरिहर ने ही पहले बात चलाई। उसने पत्नी के दायें हाथ को अपने हाथ में लेकर बिस्तरे पर बिठाते हुए कहा : 'ओओ बैठो, अच्छी तो हो न?'

सर्वजया मुस्कराई। शर्म कुछ कम हुई, बोली : 'इतने दिन बाद याद आई? अच्छा, इतने दिनों तक कैसे डुबकी लगाए रहे?'

फिर हँसकर बोली : 'अच्छा यह तो बताओ, मुझसे क्या कसूर हुआ था?'

पत्नी की बातचीत में बज्र देहाती रंग-ढंग और उच्चारण हरिहर को बहुत भाया। बाद में उसने देखा कि पत्नी के हाथों में काँच और लाख की कुछ चूड़ियों के अलावा कोई गहना नहीं है। गरीब घर की लड़की है, देनेवाला कोई नहीं है, इतने दिनों से खबर न लेकर उसने बड़ी बेइन्साफी की है। सर्वजया भी पति को ध्यान से देख रही थी।

आज दिन-भर में उसने चार-पाँच बार आड़ से झांककर देखा था कि हरिहर के सुगठित शरीर के प्रत्येक अंग में स्वस्थ यौवन ने वीरता का जो पुट ला दिया था, वह बंगाल के गाँवों में अक्सर दिखाई नहीं पड़ता। उसने माँ-बाप की बातचीत से यह जाना था कि उसका पति पछांह् से अगड़धत्त पंडित होकर लौटा है। यही नहीं, कुछ पैसा भी कमा लाया है। इतने दिनों में उसका दुख दूर हुआ, शायद ईश्वर ने इतने दिनों बाद उसकी सुध ले ली। सब यही कहा करते थे कि उसका पति साधु हो गया है, और कभी लौटेगा नहीं। मन ही मन इस बात का विश्वास न करने पर भी अब तक उसे पति का लौटना एक दुराशा की तरह मालूम होता था। चिंता में कितनी ही रातें कट गईं, वह गाँव के शादी-जनेऊ इत्यादि उत्सवों में दिल खोलकर हिस्सा नहीं ले पाती थी। सभी उसे देखकर उसपर रहम खाते थे, सहानुभूति व्यक्त करते थे। अभिमान के मारे उसकी आँखों में आँसू आ जाते थे। इतने दिनों तक यौवन की सुनहली कल्पना चुपके से निर्जन रातों में आँसू बनकर ढुलकती रहती थी। वह मुँह खोलकर किसी से कुछ कह नहीं सकती थी, पर बैठे-बैठे अक्सर सोचा करती थी कि माँ-बाप की गृहस्थी की तो यह हालत है जब कि वे मौजूद हैं, कहीं उठ गए तो फिर वह किसके आश्रय में जाएगी।

पर इतने दिनों बाद वह मंझधार से निकलकर जैसे किनारे से लग गई।

हरिहर ने हँसकर पूछा : 'अच्छा, तुमने, जब मुझे उस समय दरवाज़े पर देखा था तो मुझे पहचान लिया था? सच कहना, हाँ...'

सर्वजया हँसकर बोली : 'नहीं, भला पहचानती क्यों नहीं? पहले-पहल ठीक-ठीक समझ में नहीं आया, पर फौरन ही...'

—तो अंदाज़ा लगाया होगा।

—नहीं जी, अंदाज़ नहीं। सचमुच। तुमने देखा नहीं कि उसी समय मैंने घूंघट काढ़ लिया और मकान के अन्दर चली गई।

कहकर वह ज़रा चुप हो गई, फिर बोली : 'अच्छा यह तो बताओ, तुमने मुझे

पहचाना था? मुझे छूकर तो कहो।'

तरह-तरह की ज़रूरी और गैरज़रूरी बातों में रात बढ़ने लगी। दिवंगत बड़े भाई की बात उठते ही सर्वजया की आँखों में आँसू उमड़ पड़े। हरिहर ने पूछा : 'वीणा की शादी कहाँ हुई?'

उसे छोटी साली का नाम नहीं मालूम था। आज ही ससुर से सुना था।

—उसकी शादी विनोदपुर में हुई। वह जो बड़ी-सी नदी है न, क्या नाम है—मधुमति। विनोदपुर उसी मधुमति के किनारे है।...

एक प्रश्न घूम-फिरकर सर्वजया के मन में बार-बार आने लगा। पति उसे ले तो जाएँगे न? या भेंट-मुलाकात करने के बाद फिर काशी-गया चल देंगे? यह प्रश्न कई बार उसकी जीभ की नोक पर आता रहा, पर वह किसी तरह इसे मुँह पर नहीं ला सकी।

उसके मन के अन्दर किसीने जैसे विद्रोह करते हुए कहा : 'न ले जाएँ तो बला से! इस बात को कहकर अपनी हेठी क्यों कराए?'

पर हरिहर ने खुद ही समस्या को हल कर दिया। बोला : 'कल चलो तुम्हें घर ले चलें। निश्चिन्दिपुर में...'

सर्वजया के हृदय पर जैसे ढेंकी गिर पडी, दिल धड़ाक से हुआ, बोली : 'कल ही क्यों? इतने दिन बाद आए, दो-चार दिन सुस्ता लो। पिताजी और माताजी इतनी जल्दी तुम्हें छोड़ेंगे थोड़े ही। फिर परसों हमारी सहेली मौलश्री के यहाँ तुम्हारा न्योता जो है।'

—तुम्हारी मौलश्री[1] सहेली कौन?

'इसी गाँव में घर है, इसी मुहल्ले में रहती है। शादी भी इसी गाँव में हुई है। फिर उसने हँसते हुए कहा : 'कल सवेरे तुम्हें देखने आएगी, ऐसा कह गई है।'

बातचीत का स्त्रोत उसी तरह जारी रहा। रात ढलने लगी। मकान के पासवाले सहजन के पेड़ में कोई रात की चिड़िया अजीब ढंग से बोल रही थी। हरिहर को ऐसा प्रतीत हुआ कि बंगाल के इस एकान्त गाँव के बाँस के जंगलों की छाया में एक स्नेहातुर घर का कोना उसके आने की आशा में महीने के बाद महीने, साल के बाद साल स्वागत-सज्जा में सजकर व्यर्थ में प्रतीक्षा कर रहा था और वह न जाने किसकी खोज में पछांह के ऊसरों और अज्ञात मरुभूमि तथा पहाड़ियों में आवारा की तरह मारा-मारा फिर रहा था। रात की वह चिड़िया इकरस बोली बोलती जा रही थी। बाहर की चाँदनी मद्धिम पड़ती जा रही थी।

एक तरह से यह रात उसे बड़ी रहस्यमय मालूम हो रही थी। उसके सामने जो नवजीवन की प्रतीक सड़क विशाल भविष्य में जाकर खो गई है, आज रात से ही उसका सूत्रपात होता है। कौन जाने यह यात्रा कैसी रहेगी। कौन जाने जीवन की देवी ने कौन-सा नैवेद्य उसके अनिर्दिष्ट भविष्य के पाथेय के रूप में संजो रखा है?

1. बंगाल में फूल, नदी आदि के नाम पर सहेलियाँ बनती थीं, जिनके एक-दूसरे के प्रति कुछ कर्तव्य होते थे।

दोनों के मन में शायद इस समय एक ही भावना अस्पष्ट रूप से लहरा रही थी—चुपचाप जंगले के बाहर की चाँदनी रात की ओर देखते रहे।

उसके बाद जाने कितने दिन निकलते चले गए। उस समय इस शिशु का कोई पता नहीं था।

5

इन्दिरा पुरखिन को लौटे हुए छः-सात महीने हो गए, पर इस बीच में सर्वजया ने उसके साथ एक दिन भी अच्छी तरह बातचीत नहीं की। आजकल उसे यह भी मालूम होता है कि उसकी लड़की इस बूढ़ी, सात पीढ़ी चाटकर बैठी हुई डायन को उससे कहीं अधिक चाहती है। ईर्ष्या तो होती है, क्रोध भी आता है। इसने कोख की बेटी को गैर बना दिया। वह दोनों जून बात-बात में बुढ़िया को अपना रास्ता देखने का इशारा करती है। पर यह रास्ता किधर है, होश आने से लेकर अब तक सत्तर साल की बुढ़िया को इसका कुछ पता नहीं मिला। इतने दिनों बाद उसका पता कैसे लगेगा, यह बुढ़िया सोच नहीं पाती।

वर्षा ऋतु खत्म हो रही थी। बुढ़िया को एक जुगत सूझी। छः कोस दूर भंडार हाटी में उसका दामाद रहता है। उसका नाम चन्द्र मजुमदार है और वह अब भी जीवित है। चन्द्र मजुमदार खाता-पिता सम्पन्न गृहस्थ है। हाँ, बेटी के मर जाने के बाद दामाद से नाता टूट गया। आज से पैंतीस-छत्तीस वर्ष पहले की बात है, तब से फिर न किसी तरह की भेंट-मुलाकात हुई न चिट्ठी-पत्री आई-गई। फिर भी यदि वह वहाँ पहुँच जाए तो क्या दामाद उसे आश्रय देने से इनकार करेगा?

संध्या से पहले भंडार हाटी गाँव में बैलगाड़ी एक बड़े-से चौपाल के सामने ठहरी। गाड़ीवान के पुकारने पर एक चौबीस-पच्चीस साल के युवक ने आकर कहा : 'गाड़ी कहाँ की है?'

उसके पीछे-पीछे एक बुड्ढा मकान से बाहर आया और उसने पूछा : 'राधू, कौन है? पूछो कहाँ से आ रहीं हैं?'

बुढ़िया पहचान गई, पर अवाक् रह गई कि यही उसका दामाद चन्द्र है। चालीस साल पहले का वह दोहरे बदन वाला नवयुवक और इस सफेद बाल वाले अधेड़ व्यक्ति की कोई तुलना नहीं हो सकती। बुढ़िया मन ही मन निराश हो गई। बाद को न जाने मन में कौन-कौन-सी भावनाएँ एक साथ आईं और उनसे मन पर न तो हर्ष का ही बोलबाला रहा और न विषाद का। वह एकाएक विह्वल होकर ढाढ़ मारकर रो पड़ी। बहुत दिनों बाद रोने में बेटी का नाम आ गया।

विस्मित चन्द्र मजूमदार पहले कुछ समझ नहीं पा रहे थे। न जाने कहाँ-कहाँ की अटकल भिड़ा रहे थे, पर फौरन ही बात समझ में आ गई और उन्होंने अपनी सास के चरण छुए। ज़रा संभल कर बुढ़िया ने कुछ घूंघट काढ़कर भर्राई हुई आवाज़

में क़हा : 'बेटा, मैं तुम्हारे पास ज़रा सहारे के लिए आई हूँ। और फिर अब रहना ही कितने दिन है। सारी दुनिया में मेरा और कोई नहीं है, इस उम्र में भात और कपड़े के लिए...'

मजूमदार ने बड़े लड़के को गाड़ी से सामान उतारने को कहा और उसीके साथ सास को घर के अन्दर भेज दिया। दूसरी शादी से एक लड़की थी, वह इस समय विधवा है। वह और बड़ी पतोहू घर की मालकिन हैं। और भी तीन पतोहुएँ हैं और तीन चार पोता-पोती हैं।

ताड़ के तने के खंभे पर आड़े बंधे हुए दो बहुत बड़े कमरे सामान, बिस्तर, सन्दूक-सन्दूकचियों से भरे हुए थे, पैर रखने की भी जगह नहीं थी। मजुमदार महाशय की बेवा लड़की का नाम हेमवती है। बड़ी अच्छी लड़की है। उसने अपने हाथ से फल काटकर कलेवा सजाकर बड़ी भाव-भगत की, इधर-उधर की बात पूछने लगी। बोली : 'आपने मुझे कभी देखा तो नहीं होगा? इसके पहले कभी इधर पधारी नहीं? क्या गंडेरी बना दूँ? दाँत तो हैं न?'

बगल ही में रसोईघर में लड़के सन्ध्या समय खाने के लिए बैठे थे और बुरी तरह शोर मचा रहे थे। एक चिल्लाकर कह रहा था : 'माँ, देखो उमा ने सब दाल मेरी पत्तल में डाल दी।'

पतोहू चिल्ला रही थी : 'तू उसके पास खाने क्यों बैठता है?' रोज कहती हूँ कि जब उससे तेरी नहीं पटती तो अलग बैठा कर। और उमा, तू बहुत बढ़ रही है...'

पर दस-बारह दिन कट जाने पर भी बुढ़िया का नयापन दूर नहीं हुआ। मन नहीं लगा। नये ढंग से घर-द्वार हैं, नये रास्ते हैं। नये ढंग की गृहस्थी है। ऐसा लगता था कि यहाँ कुछ भी अपनापन नहीं है, सब गैर हैं। प्रतिदिन सन्ध्या समय वह एकान्त बरामदा और मुन्नी का चेहरा याद आता था। बीस दिन बाद बुढ़िया यहाँ से जाने के लिए छटपटाने लगी। अब तो रहा नहीं जाता था। स्वामी को पहली शादी की सास के एकाएक आने तथा यहीं रह जाने की बात सुनकर बड़ी बहू पहले से ही खुश नहीं थी। इसलिए जब वह चली गई, तो वह खुश ही हुई, नाखुश नहीं। ईश्वर जाने चन्द्र मजुमदार के मन में क्या था, पर बड़े बेटे और बड़ी पतोहू के डर के मारे कुछ नहीं कह पाए।

बहुत दिनों के बाद अपनी कोठरी के बरामदे में दुर्गा और मुन्ना को पास में लेकर बैठी और सामने से चाँदनी छिटकाने वाली नारियल की शाखाओं का हौले-हौले डोलना देखते-देखते बुढ़िया को ऊँघ आने लगी।

पहले मुन्नी ने बड़ा मान किया था। बात नहीं की, पास नहीं आई, तरह-तरह से ढाढ़स बंधाने और दिलजोई करने के बाद अब मेल हुआ है। बुढ़िया भतीजी के माथे पर स्नेह से हाथ फेरती हुई कहती है : 'एक जोड़ा लाल ढेढ़ी[1] झुमका हो तो अच्छा लगे, नहीं, नहीं आजकल वह कौन-सा चला है, क्या कहलाता है...।'

1. पुराने ढंग का अलंकार

जाड़ा पड़ने लगा। बुढ़िया उस मुहल्ले के गांगुली भवन में जाकर बूढ़े राम-नाथ गांगुली से बोली : 'भैया राम, अब जाड़ा बहुत पड़ने लगा है, कुछ ऐसा ओढ़ना नहीं है कि सवेरे-शाम ओढ़-आढ़कर बैठें। तुम मुझे एक दिलवा दो...'

राम गांगुली बोते : 'अच्छा दीदी, एक दिन आना। इस महीने में तो कुछ होना-हवाना नहीं है, अगले महीने कोशिश करूँगा।'

बहुत दिनों की दौड़-धूप के बाद एक दिन उसने कुष्टिया की बनी हुई लाल छीट की एक सूती चादर थमाते हुए कहा : 'लो दीदी, बड़ी गरम चीज़ है। दाम साढ़े नौ आने हैं, इससे अच्छी चीज़ नवाबगंज में नहीं मिल सकती। मैं बुधवार को लाया था। खोलकर देखो न कैसा है?'

बुढ़िया को अपने सौभाग्य पर विश्वास नहीं हो रहा था। वह खुशी से एक झलक हँसकर उसे खोलकर ओढ़ते हुए बोली : 'वाह, बहुत सुन्दर है, कैसा गफ कपड़ा है! भैया, तुम जीते रहो। कन्हाई और बलाई जीते रहें। बड़ी उमर पाएँ। उस अन्नदा से एक चादर मांगते तीन साल हो गए। वादा करके भी उसने नहीं दी। अब शौक मिटा लूँ। अब हूँ ही कितने दिन की?'

ज्यों ही उसने खुशी के मारे सर्वजया को वह चादर दिखलाई, त्योंही तड़ाक से उत्तर मिला : 'देखो ननद जी, तुम्हें मैं साफ़-साफ़ बताए देती हूँ, इस घर में रहकर तुम इधर-उधर मांगते फिरो, यह नहीं हो सकता। जो भीख ही मांगनी है, तो और कहीं कूच कर जाओ। यहाँ यह सब नहीं चलने का।'

बुढ़िया वह बान पी गई। इस प्रकार की कई बातें उसे दिन में दस बार पचानी पड़ती थी। उसे वह पुरानी तुकबन्दी भूली नहीं।

लात खाय पुचकारिए, होय दुधारू धेनु।

पर दुर्गा बहुत खुश हुई थी, बोली : 'फूफी, कै पैसे की है? कैसी लाल है! है न।'

फूफी ने आश्वासन देते हुए कहा : 'मैं मरूँगी तो विरासत में तेरे लिए छोड़ जाऊँगी। तू बड़ी होकर इसे ओढ़ना।'

नई चादर की मांड की सोंधी गन्ध बुढ़िया को बहुत अच्छी मालूम होती थी। सवेरे चादर लपेटकर झाड़ू लगाते समय बीच-बीच में अपनी तरफ देखती जाती, और पनघट के रास्ते में अकारण खड़ी रहती है। राह से गुजरनेवाली निरीह बहू-बेटियों को पुकारकर कहती है : 'कौन है? राजी की अम्मा? आज इतनी अबेर क्यों हो गई?'

अधिक भूमिका न बांधकर वह मुस्कराकर अपनी तरफ दृष्टि आकर्षित करने की कोशिश करते हुए बोली : 'उस मुहल्ले के रामनाथ ने, समझी न, दिया है, इस चादर का दाम है साढ़े नौ आने।'

दो-एक शरारती लड़कियाँ कह देती हैं : 'दादी, लाल चादर में खूब खिल रही हैं। कहीं दादी की शादी तो नहीं हो रही है?'

6

उस मुहल्ले की दासी मालकिन ने आकर हँसते हुए कहा : 'बहू, मैं दो पैसे लेने के लिए आई हूँ, कल इन्दिरा फूफी मुझसे एक जंगली शरीफ़ा ले आई थी, इस करार पर लिया था कि आज मैं दाम ले जाऊँ...'

सर्वजया गृहस्थी का काम-काज कर रही थी, अवाक् होकर बोली : 'तुम्हारे पास से जंगली शरीफ़ा ले आई?'

दासी मालकिन बड़ी रोजगारिन है। मामूली इमली, आमड़ा से लेकर ज़रा-सा साग तक वह पैसा लिए बिना नहीं देती। दासी का हँसमुख चेहरा कड़ा पड़ गया, बोली : 'लाई है या नहीं, यह अपनी ननद से पूछ लो। क्या सवेरे-सवेरे दो पैसे के लिए मैं झूँठ बोलूँगी? मैं चार पैसे से कम में देती नहीं हूँ,पर मैंने कहा जाने दो बुढ़िया है, तबियत चल गई है तो दो पैसे ही ले लूंगी...'।

क्रोध के मारे सर्वजया के मुँह से कोई बात नहीं निकली। जंगली शरीफ़ा तो चारों तरफ इतना पैदा होता है कि ढोर भी खाकर अघा जाते है। गवई गाँव में कोई उसे मोल लेकर खा सकता है, यह सर्वजया की समझ में नहीं आया।

ठीक इसी समय बुढ़िया न जाने कहाँ से आ टपकी। सर्वजया जैसे उसपर झपट पड़ी, बोली : 'कब्र में पांव लटकाकर बैठी हो, कम से कम यह तो होना चाहिए कि जिसका खाती हो, उसके पैसे पर कुछ रहम खाओ। और सो भी तुम खरीदने गई तो जंगली शरीफ़ा खरीदा। तुम्हें बैठा-बैठाकर आज शरीफ़ा तो कल अनार कहाँ तक खिलाया जाए? अगर शौक है तो अपने पैसे से पूरा करो, दूसरे के सिर पर शौक करते तुम्हें शरम नहीं आती?'

बुढ़िया का चेहरा फक हो गया था, ज़रा हँसने की कोशिश करते हुए बोली : 'दे, दे, बहू, मैंने सोचा पका हुआ शरीफ़ा है, सो खा लूँ, अब दिन कितने हैं। दे दो पैसे...'

सर्वजया पहले से चौगुनी चीखकर बोली : 'पैसा बहुत सस्ता है न? अपना लोटा-कटोरा है, उन्हें बेचकर पैसे दे दो।'

कहकर वह पीछे के दरवाज़े से घाट की तरफ चली गई। दासी थोड़ी देर खड़ी रहकर बोली : 'मैं कान पकड़ती हूँ, नाक रगड़ती हूँ, अपनी चीज़ बेचकर ऐसी ख्वारी कभी नहीं हुई। इन्दिरा फूफी, मैं तुमसे कहती हूँ कि अगर तुम्हारे पल्ले पैसा नहीं है, तो वह काला शरीफ़ा लेना ठीक नहीं रहा, इस तरह उधार पर चीज़ न लिया करो। तुम लोगों का झगड़ा है, सो तुम भुगतो। मैं गरीब हूँ, उस जून आऊँगी, तब पैसा चुकता कर देना।'

दासी के पीछे-पीछे बिटिया मकान के बाहर के आँगन तक आई। वह बोल रही थी : 'फूफी पुरनिया ठहरी, एक शरीफ़ा लाई है, तो क्या हो गया? पुरनिया है तो क्या खाने की इच्छा नहीं होती दासी फूफी? बहुत बढ़िया शरीफ़ा था, मैंने भी आधा खाया था। क्या फूफीजी तुम्हारे घर में पेड़ है?'

बाद में उसने चिल्लकार कहा : 'सुनो दासी फूफी, मेरे पास एक पैसा है, गुड़ियों के बक्से में है। माँ घर में ताला लगाकर गई है, जब लौटेगी तो तुम्हें चुपके से दे जाऊँगी, पर कहीं माँ को बता न देना।'

दोपहर के कुछ पहले इन्दिरा बुढ़िया मकान छोड़कर जा रही थी। बाएँ हाथ में एक छोटी-सी पोटली थी, जिसमें मैले कपड़े थे; दाहिने हाथ में पीतल की चाद्दर वाला लोटा लटक रहा था, बगल में एक पुरानी चटाई थी, जिसकी फटी हुई किनारी से सींकें झूल रही थीं।

मुन्नी बोली : 'फूफी, मत जाओ; फूफी, तुम कहाँ जाओगी?'

उसने दौड़कर चटाई के पीछे वाला हिस्सा पकड़ लिया, बोली : 'तू जाएगी तो मैं रोऊँगी, हाँ देख लेना...'

सर्वजया ने बरामदे से कहा : 'जाना हो तो चली जाओ, पर ऐसे ढंग से क्यों जा रही हो कि गृहस्थ का अकल्याण हो? मैं बाल-बच्चेदार स्त्री हूँ; इतने दिनों तक जिसका खाया-पहन, उसका सगुन-अपसगुन भी तो देखना चाहिए। ऐसे मौके पर बिना खाए जा रही हो तो मालूम होता है कि तुम गृहस्थ का अकल्याण चाहती हो। यही तुम्हारी मंशा है न? ऐसा मन नहीं पाया होता, तो तुम्हारी आज यह दशा क्यों होती?'

पर बुढ़िया नहीं लौटी। मुन्नी रोते-रोते बहुत दूर तक साथ गई। बुढ़िया गाँव के उस मुल्हले के नवीन घोषाल के घर जाकर ठहरी। नवीन की बहू ने सारी बात सुनकर अचम्भा दिखाते हुए कहा : 'चाची, ऐसा तो कभी सुनने में नहीं आया। तो रहो तुम यहीं रहो।'

दो महीने तक वहाँ रहने पर बुढ़िया उस जगह को भी छोड़कर तीनकौड़ी घोषाल के यहाँ पहुँची और वहाँ से पूर्ण चक्रवर्ती के घर। हर घर में वही माज़रा नज़र आता था। पहले खूब स्वागत और आव-भगत होती थी और उसके बाद लोग तरह-तरह से अपनी नाराज़गी दिखाते थे। खमाँखां यह सलाह दी जाती थी कि झगड़ा निपटा लो और घर लौट जाओ। बुढ़िया और भी दो-एक घरों में गई, मन में बराबर यह आशा रहती थी कि और नहीं तो हरिहर उसे बुलावा भेजेगा, पर तीन-महीने हो गए, कोई भी बुलाने नहीं आया। इसी आस में वह उस मुहल्ले के दो-एक चक्कर भी काट आई, पर नुन्नी से भेंट नहीं हो पाई।

लोग हमेशा के लिए किसी को रखना नहीं चाहते। पूरब के मुहल्ले की चिंता ग्वालिन की झोंपड़ी अधगिरी हालत में पड़ी थी। सबने मिल-मिलाकर उसे बुढ़िया के लिए ठीक कर दिया और यह तय हुआ कि सब लोग थोड़ी-थोड़ी सहायता देंगे। कोठरी बहुत ही छोटी थी, दीवार भी ढंग की नहीं थी, मुहल्ले से दूर बांस के जंगल में थी। लोगों से सुनने में आता था कि सर्वजया ने कहा है, 'लोग इसकी ज़िद देखें, अब इस घर मे उसका रहना नहीं हो सकता। जिसने सगुन-अपसगुन नहीं देखा, बच्चों के प्रति जिसको मोह नहीं है, उसे मैं इस घर की देहली भी लांघने नहीं दे सकती। वह जाकर ढोरों के मरघट में मरे।'

जिन लोगों ने सहायता करने की ठानी थी, उनमें से पहले पहल कुछ ने उत्साह से सामान जुटाया, पर बाद को उनका जोश भी ठंडा पड़ गया। बुढ़िया सोचती थी कि हाय उस दिन मैंने नाहक इतना गुस्सा किया और चली आई। बहू ने मना किया और मुन्नी इतना रोई, हाथ पकड़कर खींचती रही, पर मैं नहीं मानी।

पिचके हुए गाल आँसुओं से भर गए। मन ही मन बोली, 'इतना दुख मुझे बदा था। हाय यदि मेरी बेटी ज़िन्दा होती!'

चैत की संक्रान्ति है। दिन-भर धपू तेज़ रही। सन्ध्या समय थोड़ी-थोड़ी हवा चल रही थी। गुंसाई मुहल्ले में चड़क उत्सव का ढोल अभी बज रहा था। अभी मेला खत्म न हुआ था।

धूप में इस घर, उस घर का चक्कर लगाने तथा दुश्चिन्ता के कारण प्रतिदिन सन्ध्या समय बुढ़िया को थोड़ा-थोड़ा बुखार आने लगा है। वह चटाई बिछाकर बरामदे में चुपचाप पड़ी हुई है, सिर के पास मिट्टी की छोटी हंडिया में पानी रखा है। बात यह है कि इस बीच में पीतल के चादर के लोटे को चार आने में गिरवी रखकर चावल मोल लिया गया है। बुखार में प्यास लगती है, तो वह हंडिया से पानी उड़ेलकर पी लेती है।

—फूफी...

बुढ़िया कंथड़ी छोड़कर एकदम से उठ बैठी। बरामदे की सीढ़ी से मुन्नी आ रही थी और उसके पीछे उसीके मुहल्ले के बिहारी चक्रवर्ती की बेटी राजी थी। मुन्नी ने साफ कपड़े पहन रखे थे। उसके कपड़े में कुछ पोटलियाँ-सी बंधी थीं। बुढ़िया अधिक बोल नहीं सकी। उसने बड़े आग्रह से दुबले-पतले हाथों को बढ़ाकर उसे अपनी ज्वर से तपती छाती से लगा लिया।

—फूफी किसी से कहना मत। किसी को कानों कान खबर न होने पाए। मैं चड़क का मेला देखकर चोरी से आई हूँ। राजी भी मेरे साथ आई है। यह देखो, चड़क के मेले से तुम्हारे लिए क्या-क्या लाई हूँ।

मुन्नी ने पोटली खोलकर दिखाई।

बोली : 'मीठी खीलें, तुम्हारे लिए दो पैसे की मीठी खीलें और दो कदमें लाई हूँ। मुन्ने के लिए एक लकड़ी का गुड्डा लाई हूँ।'

बुढ़िया अब अच्छी तरह उठ बैठी। चीज़ों को हिला-डुलाकर देखने के बाद बोली : 'देखो, देखो, मेरी रानी बिटिया मेरे लिए क्या-क्या लाई है। तुम रानी बनो, गरीब फूफी पर इतनी दया। देखूँ ज़रा मुन्ने का काठ का गुड्डा देखूँ। वाह, बहुत ही सुन्दर है, कितने पैसे लिए?'

इसी तरह कुछ देर तक बातचीत के बाद मुन्नी बोली : 'फूफी, तुझे क्या हो गया है? तेरा बदन तो जल रहा है?'

—दिन भर मारे-मारे फिरने से ऐसा हो गया है, इसलिए मैंने कहा कि ज़रा पड़ रहूँ।

बच्ची होने पर भी दुर्गा फूफी के धूप में घूमने का कारण समझ गई। उसने

दुख और भूख से दुबली फूफी के शरीर पर स्नेह से हाथ फेरा, फिर बोली : 'तू ज़रूर घर आ जा फूफी, सन्ध्या कहानी नहीं सुनने को मिलती है, कल ज़रूर आना, क्यों आएगी न?'

बुढ़िया की बांछें खिल गईं, बोली : 'क्या बहू ने तुझसे कुछ कहा है?'

राजी बोली : 'फूफीजी, चाचीजी ने तो कुछ भी नहीं कहा। चाचीजी नहीं चाहतीं कि हम लोग यहाँ आएँ। हम लोग कुछ कहें तो, वे नाराज़ होती हैं, पर तुम लौटकर आओ तो, चाचीजी कह-कहाकर ठँडी पड़ जाएँगी।'

मुन्नी बोली : 'फूफी, कल तू ज़रूर आना। माँ कुछ नहीं कहेगी। तो मैं अब घर जाती हूँ। अच्छा ? किसी से न कहना, पर कल सवेरे आ जाना।'

सवेरे उठकर बुढ़िया ने महसूस किया कि तबियत हल्की है। ज़रा दिन चढ़ते ही वह छोटी पोटली में दो फटे कपड़े और मैला अंगौछा बांधकर घर की तरफ चली। रास्ते में गोपी वैष्णव की बीवी मिली तो बोली : 'बहनजी घर जा रही हो? लगता है इतने दिनों में भाभीजी का क्रोध कम हो गया है।'

बुढ़िया की बांछें खिल गईं, बोली : 'कल सन्ध्या समय दुर्गा बुलाने आई थी। बहुत रोती-धोती रही। बोली : माँ ने पुकारा है, चलो फूफी घर चलो। तो मैंने कहा : आज मुझसे जाया न जाएगा, तू जा, कल सवेरे चली आऊँगी, पर वह मानती थोड़े ही थी, रोती ही रही, इसलिए सवेरे ही सवेरे जा रही हूँ...'

बुढ़िया घर में घुस गई लेकिन वहाँ कोई दिखा नहीं। कल सारी रात बुखार के बाद इतनी दूर आने से वह बहुत थक गई थी, वह पोटली उतारकर अपनी कोठरी के बरामदे की सीढ़ियों पर बैठ गई

थोड़ी ही देर बाद पीछे के दरवाज़े से सर्वजया नदी से स्नान करके लौटी। इधर निगाह पड़ते ही बुढ़िया को देखकर वह कुछ देर तक आश्चर्य से ठिठककर खड़ी रही। बुढ़िया हँसकर बोली : 'बहू, अच्छी तो हो। इतने दिन बाद आ गई कि तुम लोगों को छोड़कर इतनी उमर में कहाँ मारी-मारी फिरूँ।'

सर्वजया आगे बढ़कर बोली : 'तुम यहाँ पर क्या समझ कर आई हो?'

उसके रंग-ढंग और लहज़े से बुढ़िया का जी मुरझा गया और हँसने का उत्साह ठंडा पड़ गया। अपनी बात का उत्तर पाए बिना सर्वजया फिर बोल उठी : 'मैंने तुमसे उसी दिन कह दिया था कि इस घर में तुम्हारा गुज़ारा किसी तरह नहीं हो सकता, फिर कौन-सा मुँह लेकर आई हो?'

बुढ़िया को जैसे काठ मार गया। मुँह से और कोई बात निकली नहीं। फिर वह एकाएक रो पड़ी और बोली : 'बहू ऐसा न कहो, मुझे ज़रा-सी जगह दे दो। अब अन्तिम समय में कहाँ जाऊँ? फिर बाप-दादों की ज़मीन पर...'

—अब बाप-दादों की ज़मीन की दुहाई न दो, तुम्हें तो इसकी भलाई सोचकर नींद नहीं आती होगी। जाओ अभी दफा हो जाओ, नहीं तो मैं ऐसा उत्पात मचाऊँगी कि बस...

बुढ़िया को यह कतई आशंका नहीं थी की परिस्थिति इस प्रकार होगी। जैसे

डूबता हुआ आदमी तिनके का सहारा ढूँढता है, उसी तरह बुढ़िया ने सहारा मिलने की आशा में उद्देश्यहीन ढंग से इधर-उधर ताका, आज उसे सचमुच ही ऐसा मालूम हुआ जैसे बहुत दिनों का आश्रय सचमुच ही पैरों के तले से खिसक रहा है और किसी तरह उसे बचाया नहीं जा सकता।

सर्वजया बोली : 'जाओ ननदजी, दिन चढ़ रहा है, अब फजूल बैठी मत रहो। मुझे काम-काज करना है। मैं तुम्हें यहाँ रख नहीं सकती...'

बुढ़िया पोटली लेकर फिर बड़ी मुश्किल से उठी। दरवाज़े के बाहर जाते हुए उसकी निगाह आँगन झांड़ने की झाड़ू पर पड़ी, जो इस समय दीवार के कोने में औढ़काई हुई खड़ी थी। आज तीन-चार महीनों से उसे किसी ने छुआ नहीं। इस ज़मीन की घास, कितनी मुसीबतों के बाद लगाया हुआ वह नींबू का पेड़ यह अत्यन्त प्रिय झाड़ू, मुन्नी-मुन्ना, ब्रज फूफा की जन्मभूमि, उसके सत्तर साल के जीवन में इनके अलावा न तो कुछ था और न वह किसी चीज़ को जानती-बूझती थी। आज ये सब हमेशा के लिए बिछड़ रहे हैं।

सहजन के पेड़ के पास पोटली बगल में दाबे जाते देखकर राय घराने की मालकिन बोली : 'दादी, लौटकर कहाँ जा रही हो? घर नहीं जाना है?'

जब इसका कोई उत्तर नहीं मिला, तो वह बोली : 'मालूम होता है, अब कान से बिल्कुल हाथ धो बैठी हो?'

शाम के समय किसी ने उस मुहल्ले से आकर सर्वजया से कहा : 'मालकिन जी, शायद आप लोगों की बुढ़िया की अब आखिरी घड़ी नज़दीक आ गई है। वह दुपहर से पालित लोगों के खलिहान के पास पड़ी हुई है, आगे उससे चला नहीं गया। एक बार जाकर देख तो आओ। क्या मालिक घर पर नहीं हैं? न हो उन्हीं को एकबार भेज दो।'

पालित खानदान के बड़े-से छप्पर के नीचे खलिहान की बगल में इन्दिरा पुरखिन अपनी अन्तिम घड़ियाँ गिन रही थीं, यह बात सही है। हरिहर के घर से लौटते समय खलिहान के पास आकर उसकी तबियत बिगड़ गई और धूप में और आगे न जाकर वह यहीं लेट गई। जब पालित घराने के लोगों ने यह देखा, तो उन्होंने उसे चौपाल में उठाकर रखा, पीठ और सीने पर तेल की मालिश की गई, पंखा झला गया और अब सब कुछ करने पर भी मालूम हुआ कि, अब चला-चली का बेला है, तब उसे उतार कर ज़मीन पर लिटा दिया गया।[1]

उस मुहल्ले के बहुत-से लोग उसे घेरे हुए खड़े थे। कोई कह रहा था : 'तो धूप में निकलने की क्या ज़रूरत थी? कितनी भयंकर धूप थी?' कोई कह रहा था : 'अभी सब ठीक हो जाएगा शायद गश आ गया है।'

विशू पालित ने कहा : 'गश नहीं है। अब बुढ़िया नहीं जीने की। शायद हरिहर ताऊ घर पर नहीं हैं। खबर तो भेज दी गई, पर इतनी दूर कौन आता है?'

खबर पाकर दीनू चक्रवर्ती का बड़ा बेटा फणी पंडित, मामला क्या है, देखने

1. बंगाल में यही कायदा है।

के लिए आ गए। सबने कहा : 'आओ पंडितजी! बड़ी तकदीर से आ गए हो; ज़रा-मुँह में गंगाजल डाल दो। देखो तो क्या मामला है? यह ब्राह्मणों का मुहल्ला है फिर ऐसा कैसे हो सकता है कि मरते समय गंगाजल न मिले।'

फणी पंडित अपनी लाठी विशू पालित को थमाते हुए बुढ़िया के सिरहाने बैठ गए, फिर आचमानी से मुँह में गंगाजल डालते हुए पुकारा : 'फूफीजी...'

बुढ़िया ने आँखे खोलकर फटी हुई आँखों से देखा। उसके मुँह से कोई जवाब सुनाई नहीं पड़ा। फणी पंडित ने फिर पूछा : 'आप कैसी हैं फूफीजी?' क्या तबियत खराब है?'

जब इसपर भी कोई उत्तर नहीं आया तो उसने गंगाजल मुँह में दे दिया। पर पानी भीतर नहीं गया। तब विशू पालित ने कहा : 'पंडितजी एक बार और...'

थोड़ी देर बाद फणी पंडित ने बुढ़िया की आँखें बन्द कर दीं, बस क्या हुआ कि आँख में जो पानी जमा था, वह पिचके हुए गालों से बहकर नीचे गिर गया। इन्दिरा पुरखिन की मृत्यु के साथ-साथ निश्चिन्दिपुर गाँव में एक युग का अन्त हो गया।

7

इन्दिरा पुरखिन की मृत्यु के बाद चार-पाँच साल निकल गए। माघ महीने का अन्त था। कड़ाके की सर्दी पड़ रही थी। दोनों किनारों पर झाड़ियों से घिरी हुई कच्ची सड़क पर निश्चिन्दिपुर के कुछ लोग सरस्वती पूजा की शाम को गाँव के बाहर सगुन के रूप में नीलकंठ का दर्शन करने जा रहे थे।

उनमें से एक ने कहा : 'सुनो हरि, फिर तुम लोगों ने भूषण ग्वाले वाले केले के बाग को इजारे पर दे दिया क्या?'

जिसे ये बातें कही गई थीं, उसे देखने पर दस साल पहले के हरिहर राय कह करके पहिचानना मुश्किल था। अब वह अधेड़, घोर संसारी जीव, बाल-बच्चे-दार हरिहर बन गया था, जो लगान वसूल करता हुआ गाँवों का दौरा करता है; बाप के ज़माने के शिष्यों और यजमानों के घरों की टोह लगाकर पुरोहिती करता है; बाज़ार में, मैदान में, सर्वत्र ज़मीन के सौदे से लेकर आलू-परवल तक का सौदा करता रहता है। इस हरिहर के साथ उस मुक्त हृदय, सर्वत्र गति वाले आवारा युवक हरिहर का कोई मेल नहीं है। धीरे-धीरे यह अपने पछांह वाले जीवन से बहुत दूर हो गया है। कहाँ चुनारगढ़ की चौड़ी दीवार पर बैठकर सूर्यास्त का आनन्द लेना ; केदार, बद्री के रास्ते में, तेजपत्तों के जंगल में रात काटना; कहाँ शाह काशिम सुलेमानी की दरगाह के बगीचे से खट्टे नींबू खाना; कहाँ पिघलाई हुई चाँदी की धार की तरह स्वच्छ उज्ज्वल बर्फीली अलकनन्दा के किनारे सैर; कहाँ दशाश्वमेघ घाट के पास राणाघाट और कहाँ यह जीवन? जब-तब याद ज़रूर पड़ता है, मानो कोई स्वप्न हो।

हरिहर हामी भरने के ढंग से कुछ कहने ही जा रहा था कि इतने में उसने पीछे घूमकर देखा और बोला : 'यह लड़का जाने कहाँ रह गया? ओ मुन्ना मुन्ना...'

रास्ते के मोड़ की आड़ से एक छः-सात साल का छरहरे बदन का बहुत सुन्दर लड़का दौड़कर झुंड में शामिल हो गया। हरिहर बोला : 'अभी से पीछे रहने लगा? ले तू आगे चल, मैं पीछे-पीछे चलता हूँ।'

लड़के ने कहा : 'पिताजी, जंगल में वह क्या चीज़ थी? बड़े-बड़े कान थे?'

हरिहर ने प्रश्न पर कोई ध्यान न देकर पालित के साथ मछली के शिकार की जुगत लगाने लगा।

हरिहर के लड़के ने फिर से आग्रह के साथ पूछा : 'जंगल में दौड़कर क्या गया? बड़े-बड़े कान थे?'

हरिहर बोला : 'पता नहीं क्या गया? मैं तेरी बातों का कहाँ तक जवाब दूं? जब से निकला है, तब से यही पूछ रहा है, यह क्या है, वह क्या है।'

बालक पिता के कहने पर आगे-आगे चला।

नवीन पालित ने कहा : 'तो हरिहर एक काम करो, अगर मछली मारनी है, तो चलो बैसावाली झील में एक दिन चलें, पूरब मुहाल का नेपाल वहाँ नाव से मछली मारता है। रोज डेढ़-दो मन मछली मार रहा है। वहाँ तो पाँच सेर से कम की कोई मछली ही नहीं है।'

सब लोग एक साथ आगे बढ़कर पालित के मुँह की ओर ताकने लगे।

—बहुत पुरानी झील है। पानी भी अथाह है। देखा नहीं है, बीच में पानी बिलकुल काला-काला है, कमल जंगल की तरह उगता है। किसीने कहा है कि वहाँ राघव-बोवाल मछली है, कोई कहता है, नीचे यक्ष रहता है। जब तक पौ नहीं फटी, तब तक नाव पर बैठे-बैठे सबके दाँत कटकटाते रहे...

इसी तरह कहानी खूब जम चुकी थी, इतने में हरिहर के लड़के ने बड़े उत्साह के साथ सरपत की एक झाड़ी की ओर उंगली दिखाकर कहा : 'देखिए पिताजी, वह रहा बड़े-बड़े कान हैं। वह जा रहा है...'

उसके पिता ने पीछे से पुकारते हुए कहा : 'नहीं, नहीं, वहाँ नहीं जाते, काँटा है'—कहकर उसने एक छलांग में लड़के का हाथ पकड़ लिया और कहा : 'तू बहुत शरारत कर रहा है। सौ दफ़े मना किया, फिर भी तू नहीं मानता, इसीलिए तो मैं लाना नहीं चाहता था।'

लड़के ने उत्साह और आग्रह से दमकते चेहरे को पिता की ओर उठाकर कहा : 'वह क्या है पिताजी?'

हरिहर बोला : 'जैसे मैं देख ही रहा था कि क्या है, सूअर-ऊअर कुछ होगा, अब ठीक से चलो, सड़क के बीचोंबीच रहो।'

—सूअर नहीं पिताजी, छोटा-सा है,—कहकर वह झुककर देखी हुई चीज़ की ऊँचाई बताने लगा।

—चलो-चलो, मैं समझ गया, और दिखाने की ज़रूरत नहीं है, चलो तो सही।

नवीन पालित ने कहा : 'वह खरगोश था। यहाँ सरपत की झाड़ियों में खरगोश रहते हैं। समझे?'

लड़के ने पहली पुस्तक में ख के साथ खरगोश का चित्र देखा था, पर वह जीवित अवस्था में इस तरह छलांग भरता है और सो भी साधारण व्यक्ति देख सकते हैं, यह उसे मालूम नहीं था। कभी ऐसा सोचा नहीं था।

खरगोश, सो भी ज़िन्दा। एकदम आँख के सामने छलांग लगा गया, चित्र नहीं और न काँच का खिलोना है, बल्कि खड़े कान वाला जीता-जागता खरगोश। सो भी इस तरह भटकैया और कंटीली झाड़ियों में। बालक इसीपर आश्चर्य कर रहा था कि पानी और मिट्टी की बनी हुई इस नश्वर पृथ्वी पर ऐसी घटना कैसे हुई। उसकी समझ ही में नहीं आ रहा था कि ऐसी अनहोनी बात हो सकती है।

सब लोग जंगल से घिरी हुई पतली पगडंडी से होकर एक मैदान में पहुँचे। नदी किनारे के बबूल और जीवल के पेड़ की आड़ में ईंट के भट्टे की तरह कोई चीज़ दिखाई पड़ी। वह पुराने ज़माने की नील की कोठी के उबालघर का खंडहर है। नील की कोठियों के ज़माने में निश्चिन्दिपुर बंगाल इन्डिगो कन्सर्न की प्रधान कोठी थी। इस इलाके की चौदह कोठियों पर निश्चिन्दिपुर कोठी के मैनेजर जॉन लारमर बड़े रोब-दाब से राज्य करते थे। कोठी का टूटा हुआ हौदघर, उबालघर, स्वयं कोठी, दफ्तर अब जंगल से घिरे ईंटों के टीले में परिणत हो गए हैं। जिस लारमर साहब के नाम के प्रताप के कभी इस इलाके के शेर और बकरी एक घाट पर पानी पीते थे, आज दो-एक परम बूढ़ों के सिवाय उसका नाम भी कोई नहीं जानता।

मैदान की झाड़ियाँ सरपत, जंगली करेमा, सोंदाल[1] और झड़बेरी से भरी हुई थीं। करेमा वाली लताओं ने सब झाड़ियों के ऊपर वाले हिस्से को अपने हरे पत्तों से छा लिया था। भीतर ठंडी छाया बनी रहती थी। इन तरह-तरह के काँटों की झाड़ियाँ और नीले रंग की जंगली अपराजिता सूर्य की रोशनी की ओर मुँह ऊँचा किए खिली हुई हैं। दिन ढल रहा है। उस समय की छाया में स्निग्ध वनभूमि की श्यामलता, चिड़ियों का चहचहाना, चारों तरफ प्रकृति के द्वारा खुले हाथों बिखराया हुआ सौन्दर्य यह धारणा उत्पन्न करता था कि राजा की तरह भंडार लुटाकर दान किया जा रहा है; कहीं पर ज़रा भी गरीबी की आड़ लेने की चेष्टा नहीं है और न मध्यम वर्ग की कंजूसी है। दिनान्त का जादू भरा मैदान, नदी और मायावी जंगल है।

इस मैदान में चलते-चलते नवीन पालित ने यह भी बात सुना डाली कि उसने इसी मैदान के उत्तर की ज़मीन पर शाक आलू या एक प्रकार के मीठे आलू की खेती करके कैसे मुनाफा किया था। किसी ने कहा कि कोठी की ईंटें शायद बिकाऊ हैं, नवाबगंज के मोती दा मोल-तोल कर रहे हैं।

मोती दा की बात उठी, तो यह भी बात चल पड़ी कि वह एक साधारण व्यक्ति से कैसे बहुत अमीर हो गया। धीरे-धीरे इस ज़माने की मंहगाई, असाड़ू के बाज़ार में कुंडू की आढ़त कैसे जल गई, गाँव के दीनू गांगुली की लड़की की शादी के लिए कौन-सी तारीख

1. कर्णिकार

निश्चित हुई, आदि बहुत ही ज़रूरी समाचारों का आपस में आदान-प्रदान होने लगा।

हरिहर के लड़के ने उतावला होकर कहा : 'पिताजी, नीलकंठ कब आएगा?'

—यह रहा बबूल, अभी इस पर आकर बैठेगा?

बालक ने मुँह ऊँचा करके आसपास के सारे बबूलों की फुनगियों को देख डाला। फिर उसकी दृष्टि मैदान में जहाँ-तहाँ उगी हुई झड़बेरियों की तरफ गई, जिनमें बेर पके हुए थे। बालक की लुब्ध दृष्टि उनकी तरफ गई। बेर तोड़ने के लिए कई बार जाने के कारण उसपर डांट पड़ी थी, इसलिए वह मन मारकर रुका हुआ था। इतनी छोटी बेरियों में भी बेर लगते हैं? उसके घर-मुहल्ले में बेर के जो पेड़ हैं, वे बहुत ऊँचे हैं, इसलिए वहाँ काम नहीं बनता। अभी वह दोनों हाथों से पूरा ज़ोर लगाकर भी अपने यहाँ की भारी लग्गी को उठा नहीं पाता। फिर छिपाकर सारे काम करने होते हैं। बेर खाना बिलकुल मना है। कहते हैं वह कुपथ्य है।

बेरों की फिराक में घूमते समय यदि कहीं माँ को सुराग लग गया, तो वह फौरन उसे पकड़कर ले जाती है, कहती है : 'अरी माँ, मैं कहाँ जाऊँ, मुझे नहीं मालूम था कि तू इतना बदमाश है? अभी उस दिन बुखार से उठा है, और अब बेरी के नीचे घूम रहा है। मैंने ज़रा मुँह फेरा कि घर से गायब! तूने कितने बेर खाए? देखें मुँह देखें...'

उसने कहा : 'मैंने तो बेर नहीं खाए। नीचे एक भी बेर नहीं पड़ा है। मैं बेर तोड़ थोड़े ही पाता हूँ। यह मेरे बस का नहीं है।'

इसके बाद वह अपना लाल-लाल मुँह माँ के पास ले जाकर बा देता है। उसकी माँ अच्छी तरह से देख-भालकर पुत्र के मक्खन की महकवाले सुन्दर मुखड़े को चूमकर कहती है : 'राजा बेटा, कभी बेर न खाना, तुम अच्छे हो जाओ फिर मैं बेर का आचार बनाकर हँडिया भर दूँगी, उसे तुम बैसाख और जेठ में खाना। कभी चोरी से बेर मत खाओ, क्यों ठीक है न?'

हरिहर ने कहा : 'कोठी-कोठी रट लगा रहा था, यह देख, सामने रही कोठी।'

नदी किनारे जहाँ पर बहुत स्थान लेकर उस ज़माने की वह कोठी प्रागैतिहासिक युग के अतिकाय हिंसक प्राणियों के कंकाल की तरह पसरी हुई पड़ी थी, गतिशील काल का प्रतीक निर्जनशीत की शाम ने उसपर धीरे-धीरे धूसर चादर खींच दी।

कोठी के इलाके से कुछ-दूर कोठी वाले लारमर साहब के एक बच्चे की समाधि परित्यक्त होकर जंगलों में घिरी पड़ी है। बंगाल इण्डिगो कन्सर्न की विशाल प्रधान कोठी का अब इसके अतिरिक्त कोई चिह्न ज्यों का त्यों नहीं बना है। पास से जाने पर अब भी काले पत्थर की सिल्ली पर अँग्रेज़ी में ये शब्द पढ़े जा सकते हैं—

यहाँ सो रहा है एडविन लारमर
जॉन और मिसेस लारमर का इकलौटा बेटा
जन्म 13 मई, 1853-मृत्यु 27 अप्रैल, 1860

दूसरे पेड़-पौधों में से एक जंगली सोंदाल पेड़ ने अपनी डालें बढ़ाकर उस पर थोड़ी-बहुत छाया कर रखी है। चैत और बैसाख के महीने में ढाई बाँकी के मुहाने

की ओर से जो तेज़ हवा चलती है उसके कारण दिन-रात उस विस्मृत फिरंगी भिक्षु की टूटी हुई समाधि पर पीले-पीले फूलों की वर्षा होती रहती है, मानो सब लोग भूल गए, पर जंगल के पेड़ों ने उसकी स्मृति को सहेज-संजोकर रखा है।

बालक आश्चर्य से विस्फारित नेत्रों से चारों तरफ देख रहा था। उसके छः साल के जीवन में वह पहले-पहल घर से इतनी दूर आया था। इतने दिनों तक अपने साथी नेड़ा का घर, अपने मकान के सामने, बहुत हुआ तो रानी दीदी का घर, यही उसके संसार की सीमा थी। हाँ कभी-कभार जब वह अपनी माँ के साथ स्नान करने के लिए घाट पर जाना था, तो वहाँ से धुंधली दीख पड़नेवाली कोठी के उबालघर की ओर उँगली उठाकर यह पूछता था : 'माँ, कोठी उधर ही है न?'

वह अपने पिता, बड़ी बहिन और मुहल्ले के कितने ही लोगों से कोठी वाले मैदान की बात सुन चुका था। शायद उस मैदान के आगे माँ के मुँह से सुनी हुई कहानियों का इलाका शुरू होता है। श्याम और लंका में व्यंगमा-व्यंगमी[1] वाले पेड़ के नीचे निर्वासित राजकुमार जहाँ तलवार बगल में रखकर अकेले रात काटता है, शायद वह देश वहीं से शुरू हुआ है।

घर लौटते सम्य उसने रास्ते के किनारे की एक नीची झाड़ी से एक उज्ज्वल रंग के फल के गुच्छे को तोड़ने के लिए हाथ बढ़ाया। फौरन ही उसके पिता ने उसे हाँ-हाँ करते हुए रोक लिया। बोला : 'हाथ न लगाओ, इसे छूने पर हाथ जलेगा। यह केवांच है। क्या करता है? तूने बड़ा परेशान किया। अब कभी किसी दिन तुझे कहीं ले जाऊँ तो फिर देखना। अभी हाथ में खुजली उठेगी। इतनी बार कहा कि सड़क के बीच से चल, पर तू नहीं मानता।'

—हाथ में खुजली क्यों उठेगी?

—ज़रूर उठेगी। यह ज़हर है ज़हर! इसमें हाथ थोड़े ही लगाया जाता है। हाथ लगाया कि उसके रोयें से ऐसी खुजली उठेगी की तू रोने लगेगा।

हरिहर गाँव के अन्दर जाकर पीछे के दरवाज़े से लड़के के साथ घर में दाखिल हुआ। सर्वजया दरवाज़ा खोलने की आवाज़ सुनकर बाहर आते हुए बोली : 'इतनी रात कर दी। जब उसे साथ में ले गए हो, तो यह भी सोचना चाहिए था कि साथ में न दुलाई है, न और कुछ।'

हरिहर ने कहा : 'इसे साथ में लेकर बड़ी परेशानी रही। कभी इधर भागता रहा तो कभी उधर, सम्हाले नहीं सम्हलता था। केवांच फल पकड़ने के लिए दौड़ रहा था'—कहकर उसने लड़के की तरफ देखते हुए कहा : 'कोठी वाला मैदान देखने का बड़ा शौक था, अब वह शौक पूरा हो गया न?'

1. विहंगम-विहंगमी, ये लोग आपस में बात करते हैं जिससे कहानी को गति मिलती है।

8

सवेरे का समय था। आठ या नौ बजे होंगे हरिहर का लड़का आंगन में बैठकर अपने आप खेल रहा था। उसके पास टीन का एक छोटा-सा बक्स है जिसका ढक्कन टूटा हुआ है। उसने बक्स का सारा माल-टाल औंधाकर फर्श पर डाल दिया है—एक रंग उड़ा हुआ काठ का घोड़ा, एक आने में आनेवाला पिचका हुआ टीन का भोंपू, कुछ कौड़ियाँ जिन्हें उसने माँ के अनजान में लक्ष्मी पूजा की कौड़ी टंकी हुई छोटी-सी टोकरी से खोल लिया था, जिन्हें हमेशा छिपा रखता है; एक-दो पैसेवाली पिस्तौल, कुछ सूखी फलियाँ। ये फलियाँ देखने में अच्छी लगती हैं इसलिए दीदी कहीं से बटोर लाई थी। उसने उनमें से कुछ तो उसे दे दी हैं और कुछ गुड़िया वाले अपने बक्स में रख दी हैं। खपरें के कुछ टुकड़ें भी थे। गंगा-यमुना नाम के एक खेल में इन खपरों का निशाना बहुत सही बैठता है, इस विश्वास से उसने इन्हें बड़े प्रेम से बक्स में संजोकर रखा है। ये उसकी अमूल्य, निधि हैं। इन सारी चीज़ों में से उसने अभी उठाकर कई बार भोंपू बजाया था, फिर उसके सम्बन्ध में सारी दिलचस्पी नष्ट हो जाने के कारण उसे एक किनारे रख दिया था। काठ के घोड़ों को भी हिला-डुलाकर देख चुका था। अब वह भी कठघरे के कैदी की तरह एक तरफ को पड़ा है। इस समय वह गंगा-यमुना खेल में लगने वाले खपरे के टुकड़ों को हाथ में लेकर मन ही मन ऐसी कल्पना कर रहा था, मानो बरामदे पर गंगा-यमुना खेल के घर बने हैं और वह खपरों को फेंककर आजमा रहा था कि निशानी कैसी बैठती है।

इतने में उसकी दीदी दुर्गा ने आंगन के कटहल वाले पेड़ के नीचे से पुकारा : 'अपू, ओ अपू!'

वह इतनी देर घर में नहीं थी, पता नहीं कहाँ से अभी-अभी आई। उसके पुकारने के ढंग में सावधानी थी। आहट पाकर अपने यंत्रचलित ढंग से लक्ष्मी की टोकरी से खोली हुई कौड़ियों को जल्दी में छिपा दिया, फिर बोला : 'क्या बात है दीदी?'

दुर्गा ने हाथ का इशारा करते हुए कहा : 'इधर आ, सुन।'

दुर्गा की उम्र इस समय दस-ग्यारह की होगी। देखने में दुबली-पतली है, रंग अपू की तरह साफ नहीं है, कुछ दबता हुआ है। हाथ में काँच की चूड़ियाँ हैं, मैली धोती पहन रखी है, बाल रूखे हैं, हवा में उड़ रहे हैं। मुखड़ा अच्छा है और अपू की तरह आँखें बड़ी-बड़ी हैं। अपू पास आते हुए बोला : 'क्या है?'

दुर्गा के हाथ में नारियल का कटोरीनुमा आधा छिलका था। उसने उसे नीचा करके दिखलाया कि उसमें अमियाँ की कुछ फाँकें थीं। उसने आवाज़ नीची करते हुए कहा : 'माँ घाट से तो नहीं आई?'

अपू ने सिर हिलाते हुए कहा : 'नहीं!'

दुर्गा ने चुपचाप कहा : 'ज़रा तेल और नमक ला सकेगा? मैं अमियों को बनाऊँगी...'

अपू ने खुशी के साथ कहा : 'कहाँ मिलीं?'

दुर्गा बोली : 'पटली के बाग में नीचे पड़ी हुई थीं, ज़रा नमक और तेल तो ले आ।'

अपू ने दीदी की ओर देखते हुए कहा : 'जो मैं तेल की हंडिया छू लूँ माँ मारेगी। मेरा कपड़ा बासा जो है?'

—तो जल्दी से जा। अभी माँ के आने में बहुत देर है। कपड़े धोने गई है। जल्दी कर!

अपू बोला : 'मुझे नारियल की कटोरी दो। उसी में डाल लाऊँगा। तू पीछे के दरवाज़े पर खड़ी होकर देखती रह कि माँ आ तो नहीं रही है।'

दुर्गा ने धीरे से कहा : 'कहीं फर्श पर तेल-वेल न गिरा देना। सावधानी से लेना, नहीं तो माँ को पता चल जाएगा, तू बहुत अनाड़ी है न, तभी कह रही हूँ।

अपू के घर से बाहर आने पर दुर्गा ने उसके हाथ से नारियल वाली कटोरी ले ली और वह अमिचों को अच्छी तरह चुपड़ने लगी। जब यह काम हो गया तो बोली : 'ले हाथ पसार।'

—दीदी तू इतना सारा खा लेगी?

—इतना सारा कहाँ है? यह कोई ज़्यादा है? अच्छा ले, दो फाँकें और ले ले। देखने में तो बहुत अच्छा लग रहा है। एक मिर्चा ला सकता है? लाएगा तो एक फाँक और दूँगी।

—मैं मिर्चा कैसे उतारूँ? माँ तख्ते पर रख देती है; मैं तो वहाँ पहुँच ही नहीं पाता।

—तो रहने दे, फिर उस जून लाँऊगी। गढ़े के किनारे पटली के आम में जो आमियाँ लगी हैं वे दोपहर की धूप में झड़ जाती हैं...

दुर्गा के घर के चारों ओर जंगल ही जंगल था। हरिहर राय का किसी रिश्ते का भाई नीलमणि राय परसाल मर गया। उसकी स्त्री अब अपने बच्चों को लेकर नैहर में रहती है। इसलिए बगल वाला घर भी जंगल से ढंक गया है। पास में और कोई घर नहीं है। पाँच मिनट के रास्ते पर भुवन मुकर्जी का घर है।

हरिहर के घर की भी बहुत दिनों से मरम्मत नहीं हुई। सामने का आंगन टूटा हुआ है। दरारों में जंगली कांटे तथा पेड़ निकले हैं। घर के सब दरवाज़ों और जंगलों के किवाड़ टूटे हुए हैं। वे नारियल की रस्सी से सींकचों के साथ बंधे हुए हैं।

पीछे का दरवाज़ा धड़ाक से खुला और थोड़ी ही देर में सर्वजया की आवाज़ आई : 'दुर्गा, ओ दुर्गा!'

दुर्गा बोली : 'माँ बुला रही है। जा देख आ। उस फांक को खा ले। मुँह पर बुका हुआ नमक लगा है, उसे पोंछ ले।'

माँ ने एक बार फिर पुकारा। दुर्गा ने सुन भी लिया पर इस समय दुर्गा के लिए उत्तर देना संभव नहीं था, क्योंकि उसका मुँह भरा हुआ था। वह जल्दी-जल्दी आचार खाने लगी। अभी बहुत बाकी है देखकर वह कटहल के पेड़ के तने की आड़

में हो गई और मरभूखों की तरह फांकें निगलने लगी। अपू भी उसके बगल में खड़े होकर अपने हिस्से को तेज़ी के साथ निगल रहा था क्योंकि अब चबाने का मौका नहीं था। खाते-खाते उसके दीदी की तरफ ताककर आत्मदोषसूचक हँसी हँस दी। दुर्गा ने खाली नारियल को एक तरफ फेंककर भिरंडा कच्चा पौधे का घेरा पार करके नीलमणि राय के घर की तरफ जंगल में दौड़ लगाई। भाई की तरफ देखकर बोली : 'मूरख, मुँह क्यों नहीं पोंछता। नमक जो लगा हुआ है।'

बाद को दुर्गा बिलकुल भोली-भाली सूरत बचाकर मकान के अन्दर घुसती हुई बोली : 'माँ क्या बात है?'

—कहाँ मारी-मारी फिर रही है। अकेली जान, क्या-क्या सम्हालूँ। सवेरे से कपड़े धोते-धोते गत बन गई। इतनी बड़ी लड़की है, पर तुझसे गृहस्थी के काम-काज में कोई मदद नहीं मिलती। तुझसे यह भी तो नहीं होता कि एक लोटा पानी ही भर दे। बस दिन-भर इधर से उधर आवारागर्दी करती फिरती है और वह बन्दर कहाँ है?

अपू ने आकर कहाँ : 'माँ भूख लगी है।'

—ठहरो, ठहरो। ज़रा दम तो लेने दो। जब देखो तब भूख ही लगी रहती है और यह लाओ—वह लाओ। दुर्गा, जाकर यह तो देख कि बछड़ा क्यों रंभा रहा है।

कुछ देर बाद सर्वजया रसोईघर के फर्श पर बैठकर हंसिया से खीरा काटने लगी। अपू पास आकर बैठते हुए बोला : 'और थोड़ी लस निकाल दो, नहीं तो कड़वा लगता है।'

दुर्गा हाथ फैलाकर अपना हिस्सा लेते हुए कुछ संकोच के साथ बोली : 'माँ भुने चावल और नहीं हैं।'

अपू खाते-खाते बोला : 'ओह, चबाते नहीं बनता, अमियाँ खाकर दाँत खट्टे जो हो...'

दुर्गा के तेवर के कारण उसकी बात बीच ही में रुक गई। माँ ने पूछा : 'तुझे भला आमियाँ कहाँ से मिल गई?'

अपू में यह हिम्मत नहीं थी कि सच्ची बात बता दे इसलिए उसने दीदी की तरफ प्रश्नमूलक दृष्टि से देखा। सर्वजया ने लड़की की तरफ देखकर कहा : 'तू फिर बाहर गई थी? क्यों क्या बात है?'

मुसीबत की मारी दुर्गा बोली : 'उससे पूछ न लो। मैं तो अभी कटहल के नीचे खड़ी थी। तुमने जब पुकारा तब मैं वहीं पर...'

इतने में स्वर्ण ग्वालिन गाय दुहने आई इसलिए बात वहीं पर दब गई। माँ बोली : 'जा, बछड़े को पकड़। बेचारा बछड़ा रंभा-रंभाकर मरा जा रहा है और सोना, तुम इतनी देर से आया करोगी तो काम कैसे चलेगा। ज़रा जल्दी नहीं आओगी तो यह बछड़ा कब तक बंधा रहेगा?'

दीदी के पीछे-पीछे अपू भी दूध दुहना देखने के लिए गया। उसने बाहर बरामदे में पैर रखा ही था कि दुर्गा ने उसकी पीठ पर एक धौल जमाते हुए कहा : 'मूरख

बन्दर कहीं का'—फिर मुँह बिराकर बोली—'आम खाकर दाँत खट्टे हो गए, फिर किसी दिन आम दूँ तो देख लेना। खाक दूँगी। अभी, आज ही फिर आम लाकर बनाऊँगी। बड़े-बड़े गदरा गए हैं, गुड़ की तरह मीठे हैं। तुम्हें दूंगी और तुम खा लेना। गावदी कहीं का। जो ज़रा भी अकल हो तो काम बनता।'

दोपहर के कुछ बाद हरिहर काम-काज समाप्त कर घर लौटा। वह इन दिनों गाँव के अन्नदा राय के यहाँ गुमाश्ता है। उसने पूछा : 'मैं अपू को नहीं देख रहा हूँ।'

सर्वजया बोली : 'अपू तो कमरे में सो रहा है।'

—दुर्गा शायद...?

—वह खाकर बाहर गई सो गई। वह घर में रहती ही कब है? बस खाने से ही नाता है! जब भूख लगेगी तो आएगी। कहीं किसी के बाग में आम या जामुन के नीचे घूम रही होगी। चैत मास की धूप है। देखो न अब फिर बुखार लगने ही वाला है। इतनी बड़ी लड़की है, क्या समझाऊँ। उसके कानों पर तो जूँ भी नहीं रेंगती, चाहे जितना बक जाऊँ। एक कान से सुना और दूसरे से निकाल दिया।

थोड़ी देर बाद हरिहर खाने बैठा, तब उसने कहा : 'आज मैं दशघरा गाँव में तकादे में गया था। वहाँ एक अच्छा-खासा मोटा असामी मुझसे मिला, जिसके घर मे पाँच-छः खलिहान हैं। उसने मुझे दंडवत करते हुए कहा : महाराज, आप मुझे पहचान तो रहे हैं?'

मैंने कहा : 'नही साहब, मैं तो...'

उसने कहा : 'जब बड़े पंडितजी जीवित थे, तो वे हमारे यहाँ पूजापाठ के लिए हमेशा पधारते थे। आप लोग हमारे गुरु ठहरे। अब हम लोगों ने तय किया है कि घर-भर आपसे दीक्षा ले लें। आप आज्ञा दें तो मुझे भरोसा हो जाए। आप ही दीक्षा क्यों नहीं देते? दो-एक दिन बाद सोच-समझकर जवाब दीजिएगा।'

सर्वजया दाल की कटोरी हाथ में लेकर खड़ी थी, अब वह कटोरी ज़मीन पर रखकर सामने बैठ गई। बोली : 'तो इसमें बुराई क्या है?' दीक्षा दे दो न। कौन लोग हैं?'

हरिहर ने आवाज़ धीमी करते हुए कहा : 'किसी से कहना मत। सद्‌गोप हैं। तुम्हारे पेट में तो बात पचती नहीं।'

—मैं भला किससे कहने जाऊँगी? सद्‌गोप तो सद्‌गोप ही सही। इतनी तकलीफ हो रही है। रायबाड़ी के केवल उन आठ रुपयों का भरोसा है, सो भी दो-तीन महीना अतरा देकर मिलते हैं, और इधर कर्ज में सिर डूबा हुआ है।
कल पनघट के रास्ते में संझली पंडिताइन मिली थीं, बोली : बहू मैं बन्धक बिना रखे उधार नहीं देती, पर तुमने बहुत कहा था सो दे दिया, अब पाँच-पाँच महीने हो गए, अब मेरे वश की बात नहीं है।...उधर राधा वैष्णव की बहू तो मुझे जैसे फाड़े खा रही है। दोनों जून तगादे पर आती है। मुन्ना पर कपड़े नहीं हैं। दो-तीन जगह से सी चुकी हूँ, फिर भी मेरा राजा बेटा हँसता-खेलता रहता है। मेरी तो हालत

यह है कि मन करता है कि एक तरफ को निकल जाऊँ।

—वे और एक बात कह रहे थे। कहते थे कि गाँव में कोई ब्राह्मण नहीं है, इसलिए यदि आप यहाँ आकर बस जाएँ, तो जगह-ज़मीन देकर बसा दें। गाँव में ब्राह्मणों का एक घर हो जाए, ऐसी हम सबकी इच्छा है। कुछ धान वाली ज़मीन भी देने को तैयार हैं, पैसों की कमी नहीं है। आजकल किसानों के घर में ही लक्ष्मी बंधी हुई है, बाबू लोग तो फटीचर हो गए हैं।

जोश के मारे सर्वजया की ज़बान रुक-सी गई, बोली : 'अभी-अभी चल देना चाहिए। तो तुम राज़ी क्यों नहीं हुए? कह देते कि बस हम आ ही रहे हैं। इस गाँव में उस तरह के एक बड़े आदमी का साया तुमपर कहाँ है? बस बाप-दादों की ज़मीन से चिपटकर...'

हरिहर हँसकर बोला : 'पगली कहीं की। फौरन राज़ी थोड़े ही होना चाहिए। नीच जाति के हैं, यह सोचेंगे कि पंडितजी के घर में चूहे डंड पेल रहे हैं। इस तरह से अपनी हेठी होती है। इतनी जल्दी काम नहीं होता। चुपचाप मजुमदार महाशय से ज़रा सलाह कर लूँ, और अभी चलो, कहने से चल थोड़े ही सकते हैं। फौरन ही सब साले आकर रुपये मांगने लगेंगे और न दे पाओ तो जाने न देंगे, इसलिए ज़रा सलाह-मशविरा तो कर लूँ।'

इस बीच में दुर्गा कहीं से दबे पाँव आई और बाहर के दरवाज़े की आड़ से सावधानी से झाँका, तो उसे मालूम हुआ कि सब लोग सतर्क हैं, इसलिए वह उस छोर की दीवार के पास से बाहर के आँगन में पहुँच गई। बरामदे का दरवाज़ा धीरे-धीरे ढकेलकर देखा तो वह बन्द था। इधर खुले आँगन में खड़ा रहना सम्भव नहीं था क्योंकि आसमान से आग बरस रही थी। इसलिए वह वहाँ से उतरकर आँगन के कटहल के पेड़ के नीचे खड़ी हो गई। धूप में फिरते रहने के कारण उसका चेहरा लाल हो रहा था। उसके आँचल में कोई चीज़ सहेजकर गठियाई हुई थी। वह आई इसलिए थी कि यदि बाहर का दरवाज़ा खुला हुआ मिल जाए और माँ सोई हुई हो, तो कोठरी के अन्दर चुपचाप घुसकर ज़रा सो लेगी, पर पिता के, विशेषकर माँ के सामने सदर दरवाज़े से दाखिल होने का साहस उसे नहीं हुआ।

आँगन में उतरकर कटहल पेड़ के नीचे खड़ी होकर वह क्या करेगी, यह निश्चय न कर सकने के कारण हतोत्साह होकर इधर-उधर ताक रही थी। बाद को वह वहाँ पर बैठकर गठियाई हुई चीज़ निकालकर उसीमें लग गई। कुछ सूखी जंगली फलियाँ थीं, जिनका वह बीज निकालने लगी। थोड़ी देर बाद वह उन्हें एक-दो-तीन-चार करके गिनने लगी, तो छब्बीस बीज निकले। बाद को वह तीन-तीन बीज हथेली के उलटे तरफ रखकर उन्हें उछाल-उछालकर 'आँचा-पाँचा' करने लगी। मन ही मन मनसूबा बाँधने लगी कि उन्हें अपू को दूँगी और इन्हें गुड़िया के बक्स में रख दूँगी। ये बीज कितने चिकने मालूम हो रहे हैं। आज ही पेड़ से गिरे हैं। खैरियत हुई कि मैं पहुँच गई, नहीं तो गायें चट कर जातीं। उधर की लाली गाय बिलकुल राक्षसी है। हर जगह पहुँच जाती है। उस दफे कुछ ले आई थी। अब काफी बीज जमा हो गए।

उसने खेल बन्द करके सारे बीज फिर कपड़े में गठिया लिए। फिर न जानो क्या सोचकर रूखे बालों को हवा में उड़ाते-उड़ाते बड़ी खुशी से फौरन ही घर से निकल गई।

9

अपू के घर से कुछ दूर एक बहुत बड़ा पीपल था। उसके बरामदे तथा आंगन से केवल उसकी फुन्गियाँ दिखाई पड़ती थीं।

अपू बीच-बीच में उस तरफ देखता था। जितनी बार वह उस तरफ देखता था, उतनी बार उसके मन पर किसी दूर—बहुत दूर देश का धुंधला चित्र खिंच जाता था। पता नहीं वह कौन-सा देश है। माँ से वह उन देशों के राजकुमारों की बात सुना करता था।

बहुत दूर की बातों से उसके बचकाना मन में विस्मय और आनन्द की भावना लहराने लगती थी। नीला आकाश बहुत दूर है, उसपर विचरने वाली गुड्डियाँ भी बहुत दूर हैं, कोठी वाला मैदान बहुत दूर है। वह किसीको न तो समझा सकता था, न कह सकता था, पर इन बातों से जैसे उसका मन कहीं दूर देश में चला जाता था। पर अजीब बात यह है कि जब इस तरह दूर की चीज़ें उसे पुकारती थीं और न जाने कहाँ लेकर उड़नछू हो जाती थीं, तभी उसका मन अपनी माँ के लिए व्याकुल हो उठता था। एक बार नहीं कितनी ही बार ऐसा हो चुका है।

एक चील आसमान में उड़ रही है। वह ज्यों-ज्यों उड़ती जाती है, त्यों-त्यों छोटी और छोटी होनी जाती है और अन्त में नीलू वाले ताड़ के ऊँचे माथे को पीछे डालकर आकाश में लुप्त हो जाती है। जब इस प्रकार चलि उसकी दृष्टि के बाहर हो जाती थी, तो वह एक छलांग में रसोईघर के बरामदे से काम-काज में लगी हुई माँ से लिपट जाता था। माँ कहती थी : 'अरे-अरे यह क्या?' छोड़-छोड़ देखता नहीं है, हाथ जूठे हो रहे हैं? छोड़ दो राजा बेटा, मेरे मुन्ने, देखो तुम्हारे लिए मैं झींगा मछली तल रही हूँ। तुम्हें झींगा बहुत पसन्द है न? शरारत मत करो, छोड़ों...

खाने के बाद दोपहर के समय माँ कभी-कभी खिड़की के किनारे आँचल बिछाकर लेटती थी और फटे हुए काशीदास के महाभारत को सुर के साथ पढ़ती थी। मकान के पास के नारियत पर शंखचील बैठकर बोलती थी। अपू पास ही बैठकर क ख लिखता और मन लगाकर माँ से महाभारत पाठ सुना करता था।

माँ दुर्गा से कहती थी : 'एक पान तो लगा ले।'

उधर अपू कहता था : 'माँ उस कन्डा बीनने वाली की कहानी ज़रा सुनाओ तो।'

माँ कहती थो : 'कन्डा बीनने वाली की कौन-सी कहानी? अच्छा वह हरि-होड़ की कहानी? वह नहाभारत में थोड़े ही है वह 'अन्नदा मंगल' में है। बाद को वह

पान मुँह में डालकर सुर के साथ पढ़ती थी :

राजा बले सुन सुन मुनिर नन्दन,
कहिब अपूर्व कथा ना जाय वर्णन
सोमदत्त नामे राजा सिन्धु देशे घर
देव द्विजे हिंसा सदा अति...

अपू फौरन ही माँ के मुँह के पास हाथ फैलाकर कहता है : 'माँ मुझे ज़रा पान...'

तब माँ चबाए हुए पान का हिस्सा फैले हुए हाथ पर देकर बोलती थी : 'यह बहुत कड़वा है। यह कत्थे की खराबी है। हर हाट के दिन मना करती हूँ। कि वह कत्था न खरीदा करो, पर...'

जंगले के बाहर बाँस के जंगल के दोपहर की धूप से मंडित सेहुंड़ आदि की झाड़ियों की ओर ताककर महाभारत, विशेषकर कुरुक्षेत्र के युद्ध की बात सुनने में अपू तल्लीन हो जाता है। महाभारत के सारे चरित्रों में उसे कर्ण का चरित्र सबसे अधिक पसन्द आता है। इस कारण कर्ण पर उसके मन में न जाने कैसी ममता उत्पन्न हो गई है। रथ के पहिये मिट्टी में धंस गए हैं। कर्ण पहियों को ज़मीन से निकालने में लगे हुए हैं। निःशस्त्र, असहाय, विपत्ति में पड़े कर्ण का अनुरोध न सुनकर अर्जुन ने तीर चलाया और उसे मार डाला।

माँ के मुँह से यह तथा सुनकर अपू का शिशु-हृदय रो उठता था, आँखों में आँसू भर आते थे, और उसके नरम गुलगुले गालों पर से होकर बह जाते थे। साथ ही साथ मनुष्य के हृदय में आँसू आने में जो आनन्द आता है, उसकी अनुभूति से उसके मनोराज्य में एक अजीब संजीदगी आ जाती थी। जीवन के मार्ग की जो दिशा आँसुओं, दीनता, मृत्यु, आशाभंग और वेदना में करुण है, उसे पुरानी पुस्तक के फटे पन्नों की गन्ध, माँ की आवाज़ की मिठास, तपती हुई दोपहरी के माया-भरे इंगित आदि के साथ मिलकर उस मार्ग की दिशा का पता लगता था।

जब दिन ढलता था और माँ काम-काज से उठकर चली जाती थी, वह बाहर आकर आंगन में खड़े होकर दूर के उस पीपल की ओर टकटकी बाँधकर देखता रहता था। कभी चैत-बैसाख की कड़ी धूप के कारण पेड़ का ऊपरी हिस्सा कुछ धुंधला मालूम होता था, कभी सूर्यास्त के समय की सिन्दूरी धूप अलसाकर पेड़ के सिर से लिपटी रहती थी। शाम के समय सिन्दूरी धूप से मढ़े हुए पेड़ को देखकर ही शायद उसके मन में न जाने कैसी टीस उठती थी।

ऐसा मालूम होता है जैसे कर्ण उस पीपल के उस पार आसमाान के नीचे दूर, बहुत दूर मिट्टी में फंसे हुए पहियों को अब भी दोनों हाथों से खींचकर उठा रहे हैं। वे नित्य उठाते हैं—नित्य, वे महावीर जो हैं, पर वे साथ ही हमेशा कृपा के पात्र हैं। वे राज्य पाने वाले, मान पाने वाले, रथ के ऊपर से बाण छोड़कर, विपत्ति में फंसे हुए शत्रु का नाश करने वाले विजयी वीर अर्जुन नहीं हैं। वे विजयी कर्ण हैं, जो मनुष्य के आसुओं में हमेशा विराजते हैं, जो मनुष्य की वेदना की अनुभूति

के सहचर हैं। यही हैं कर्ण।

कभी-कभी महाभारत की लड़ाइयों की गाथा सुनते-सुनते उसे ऐसा मालूम होता है, जैसे उसमें लड़ाई के उपादान की कुछ कमी है। इसकी कमी पूरा करने तथा दिल खोलकर लड़ाई का मज़ा उठाने के लिए उसने एक उपाय ढूँढ़ निकाला है। वह एक खपच्ची या किसी हलकी-सी डाल को अस्त्र के रूप में लेकर मकान के पिछवाड़े बाँस के जंगत में या बाहर के आँगन में टहलता रहता है और मन ही मन कहता है—उसके बाद द्रोण ने एकसाथ दस बाण छोड़े पर अर्जुन ने उसके जवाब में एकदम दो सौ बाण छोड़ दिए फिर तो भयंकर घमासान युद्ध मच गया। बाणों के मारे चारों दिशाओं में अन्धेरा छा गया (यहाँ पर वह मन ही मन उतने बाणों की कल्पना करता है, जितनों में उसका मन भर जाता है, यद्यपि उसकी कल्पना की उड़ान भी माँ से सुने हुए काशीदासी महाभारत की लड़ाइयों के तरीकों से आगे नहीं निकल पाती) इसके बाद अर्जुन ने क्या किया कि वे ढाल और तलवार लेकर रथ में कूद पड़े। फिर कटाजुज्झ हो गया। दुर्योधन आए, भीम आए और बाणों-बाणों से आकाश में अन्धकार हो गया। कुछ सुझाई नहीं पड़ता था।

महाभारत के महारथी गण केवल अठारह दिन लड़ाई करके नाम कर गए हैं, पर यदि वे रक्त-माँस की देह में जीते रहते, तो वे समझ पाते कि यशप्राप्ति का मार्ग धीरे-धीरे किस प्रकार दुर्गम हो चुका है। बालक की आशा मिटाने के लिए क्या वे महीने के बाद महीने समान रूप से अस्त्र चला पाते?

गर्मियों के दिन थे। बैसाख की अधबीच हो गया था।

नीलमणि राय के घर के पास जंगल के किनारे उस दिन दोपहर में गुरु द्रोण बड़ी मुसीबत में फंस गए थे। एकदम से कपिध्वज रथ उनकी नाक पर आ गया था, गांडीव से ब्रह्मास्त्र छूटने ही वाला था, कौरव सेना में हाहाकार मच गया था, इतने से सेहुंड़ के जंगल के उधर से किसी ने कौतुक-भरी आवाज़ में पूछा : 'क्या है अपू?'

अपू चौंक पड़ा और उसने जो तीर चलाने के लिए धनुष को कान तक खींच रखा था, उसे छोड़ते हुए देखा कि उसकी दीदी जंगल में खड़ी होकर उसकी तरफ खिलखिलाकर हँस रही है। अपू से आँखें चार होते ही वह बोली : 'अरे पगले, क्या बड़बड़ा रहा है और हाथ-पैर क्यों चला रहा है?'

वह दौड़कर भाई के पास आई और उसने स्नेह के साथ भाई के नरम गालों को चूमते हुए कहा : 'पगले, न जाने कहाँ का पागल है। अपने-आप क्या बक रहा था?'

अपू शरमाकर बार-बार कहने लगा : 'नहीं, नहीं, मैं कुछ नहीं कह रहा था। जाने भी दे।'

अन्त में दुर्गा हँसी रोककर बोली : 'आ मेरे साथ आ...'

बाद को वह अपू का हाथ पकड़कर घसीटती हुई जंगल में ले चली। कुछ दूर जाकर उसने खुशी-खुशी उंगली उठाकर कहा : 'देख! कितने जंगली शरीफ़े पके

हैं? पर अब इन्हें तोड़ा कैसे जाए?'

अपू बोला : 'अरे बाप रे, ये तो ढेर के ढेर हैं। इन्हें खपच्ची से तोड़ा नहीं जा सकता?'

दुर्गा बोली : 'तू एक काम कर। भागकर घर से लग्गी ले आ। बस काम बन जाएगा।'

अपू बोला : 'दीदी, तुम यहीं रहो, मैं लाता हूँ।'

जब अपू लग्गी ले आया, तो दोनों मिलकर जुटने पर भी चार-पाँच फल से अधिक तोड़ नहीं पाए। पेड़ बहुत ऊँचा था, इसलिए लग्गी से भी सबसे ऊँची डाल का फल कब्ज़े में नहीं आया। बाद को उसने कहा : 'चल आज इन्हीं को ले चलें। नहाने के समय माँ को साथ में लाएँगे, उनका हाथ ज़रूर पहुँचेगा।' ला फल मुझे दे दे, तू लग्गी ले ले। अपू, तू नथ पहिनेगा?'

एक नीची झाड़ी के ऊपर एक लता में सफेद कलियाँ लगी हुई थीं। दुर्गा ने फलों को ज़मीन पर रख दिया और कलियाँ तोड़ने लगी। बोली : 'इधर आ तुझे नथ पहना दूँ...'

उसकी दीदी इस सफेद फूल का नथ पहनना पसन्द करती है। वह जंगलों को खोजकर उनसे इन फूलों को लाकर अक्सर नथ पहनती है, और इसके पहले अपू को भी कई दफे पहना चुकी है। अपू को नथ पहनना कतई पसन्द नहीं है। इच्छा हुई कि कहे कि मुझे नथ की ज़रूरत नहीं है, पर दीदी के डर के मारे उसने कुछ नहीं कहा। वह दीदी को गुस्सा दिलाना नहीं चाहता था, क्योंकि दीदी ही जंगलों का चक्कर लगाकर बेर, जामुन, शरीफ़ा, आमड़ा तथा ऐसो चीज़ें ले आती है, जिनका खाना उसके लिए बिल्कुल निषिद्ध है। इसलिए नथवाली बात बिल्कुल न भाने पर भी वह मुँह खोलकर कुछ कह नहीं पाया।

दुर्गा ने एक कली तोड़ी, तो उसमें से जो पानी की तरह लस निकली, उसकी सहायता से उसने अपू की नाक पर कली चिपका दी। फिर उसने खुद भी एक लगा ली। इसके बाद भाई की ठुड्डी पर हाथ लगाकर उसे अपनी तरफ घुमाकर बोली : 'देखूँ कैसा लग रहा है? वाह, बहुत संन्दर लग रहा है, चल माँ को दिखाएँ।'

अपू ने शरमाकर कहा : 'नहीं दीदी...'

—चल-चल कहीं उचाड़ न डालना, अच्छा लग रहा है।

घर आकर दुर्गा ने जंगली शरीफ़ों को रसोईघर के फर्श पर रख दिया। सर्वजया रसोई कर रही थी। देखकर खुश होती हुई बोली : 'ये कहाँ मिल गए?'

दुर्गा बोली : 'उस लीचू के जंगल में। बहुत हैं। कल तुम भी चलोगी? एकदम पके हैं। सिन्दूर की तरह सुर्ख हो रहे हैं...'

अब तक अपू आड़ में था। उसने आड़ छोड़कर कहा : 'माँ देखो।'

अपू नथ पहनकर दीदी के पीछे खड़ा था। सर्वजया ने हँसकर कहाँ : 'अरे यह कौन है? यह तो मेरी पहचान में नहीं आता।'

अपू ने शरम के मारे जल्दी से नाक से कली उचाड़ डाली। बोला : 'यह दीदी

ने पहना दिया है।'

दुर्गा एकाएक बोल उठी : 'चल अपू, कहीं डुगडुगी बज रही है, चल। ज़रूर बन्दर नाच आया है देर मत कर।'

आगे-आगे दुर्गा और पीछे-पीछे अपू दौड़ते हुए घर से निकल पड़े। सामने की सड़क पर बन्दर नाच नहीं, चीनीवास हलवाई मिठाइयों की फेरी लगाने आया था। उस मुहल्ले में उसकी दुकान है। इसके अलावा वह गुड़ और धान का आढ़ती था। पूँजी कम होने के कारण वह किसी तरह पनप नहीं पाया। थोड़े ही दिनों में लेने के देने पड़ गए। तब से वह सिर पर टोकरी रख आलू, परवल और कभी-कभी पान की फेरी करने लगा। जब उससे भी काम नहीं बना, तो वह कन्धे पर माल रखकर अपनी जाति का काम करने लगा। बाद को एक दिन यह भी देखा गया कि वह सिर पर पत्थर वाला चूना रखकर बेच रहा है। लोग कहते हैं कि एक मछली के अलावा वह सब चीज़ों की फेरी कर चुका है। कल दशहरा है।

लोग आज ही से मीठी खील और सन्देश खरीदकर रखेंगे। चीनीवास हरिहर राय के दरवाज़े से गुज़रने पर भी मकान के अन्दर नहीं गया, क्योंकि वह जानता था कि इस घर के लोग कभी कुछ मोल नहीं लेते। फिर भी दुर्गा और अपू को दरवाज़े पर खड़ा देखकर उसने पूछा : 'कुछ चाहिए क्या?'

अपू ने दीदी के चेहरे की ओर ताका। दुर्गा ने चीनीवास की ओर सिर हिलाकर कहा : 'नहीं...'

चीनीवास भुवन मुकर्जी के घर पर पहुँचा और वहाँ उसने मिठाइयों का थाल उतारा ही था कि घर के लड़कों ने उसे हो-हल्ला करते घेर लिया। भुवन मुकर्जी खाता-पीता खुशहाल आदमी है। घर में पाँच-छः खलिहान हैं। इस गाँव में जमींदारों तथा बड़े लोगों में आनन्दराय के बाद ही उसकी गिनती है। उसकी स्त्री बहुत दिन हुए मर चुकी है।

इस समय सझले भाई की विधवा स्त्री इस घर की मालकिन है।

संझली बहू की उम्र चालीस से ऊपर होगी, बहुत कर्कशा करके मशूहर है।

संझली बहू ने एक मंजे हुए पीतल के थाल में चीनीवास से मीठी खील, सन्देश, बताशा आदि दशहरे की पूजा के लिए ले लिया। भुवन मुकर्जी के बाल-बच्चे तथा उसका अपना लड़का सुनील भी वहीं पर खड़ा था। उन लोगों के लिए भी चीज़ें ली गईं। बाद को संझली बहू ने देखा कि चीनीवास के पीछे-पीछे दुर्गा और अपू भी सहन में आ गए हैं, इसलिए उसने अपने लड़के सुनील का कन्धा छूकर उसे ज़रा ढकेलते हुए कहा : 'जा न भीतर मकान में जाकर खा। यहाँ ठाकुरजी के लिए चीज़ रखी हैं, कहीं उसमें जूठन न गिर जाए—जा-जा!'

चीनीवास सिर पर टोकरी उठाकर दूसरे घर चला। दुर्गा बोली : 'आजा अपू, चल देखें टूनू का घर...'

इन लोगों के सदर दरवाज़े के पार होते ही, संझली बहू ने मुँह बनाकर कहा : देखा नहीं जाता, यह लड़की इतनी चटोरी है कि कुछ कहते नहीं बनता। अपने घर

में चीज़ खरीदकर खाए सो नहीं दर-दर मारी-मारी फिरती है। आखिर जैसी माँ है, औलाद भी तो वैसी ही होगी।'

इन लोगों के घर से बाहर निकलकर दुर्गा ने भाई को आश्वासन देते हुए कहा : 'चीनीवास की चीज़ें दो कौड़ी की हैं। रथयात्रा के दिनों में पिताजी से चार पैसे लूँगी, तू और मैं दोनों। फिर हम लोग मीठी खीलें खरीदकर खाएँगे।'

थोड़ी देर बाद अपू ने गहरे विचार के बाद कहा : 'दीदी, रथयात्रा के अब कितने दिन हैं?'

10

कई महीने बीत गए हैं।

सर्वजया भुवन मुकर्जी के घर के कुएँ से पानी भर लाई। पीछे-पीछे अपू माँ का आँचल पकड़कर उस घर से आया। सर्वजया घड़ा उतारकर बोली : 'तू इस तरह पीछे क्यों लगा है? घर का काम-काज खत्म कर लूँगी, तभी न पनघट में जाऊँगी? काम करने नहीं देगा क्या?'

अपू बोला : 'काम तुम उस जून कर लेना। तुम घाट में चलो।'

बाद को माँ की सहानुभूति आकर्षित करने की आशा से उसने बहुत ही करुण स्वर में कहा : 'अच्छा मुझे क्या भूख नहीं लगती? आज चार दिन से खाने को नहीं मिला।'

—नहीं मिला तो मैं क्या करूँ? धूप में फिर-फिरकर बुखार बुला लेगा, बात कहूँ तो कोई सुनता नहीं। सारे काम पूरे करूँगी तभी न घाट में जा पाऊँगी। मैं बैठी तो नहीं हूँ। बेटा, इस तरह बदमाशी नहीं करते। तुम लोगों के कहने पर मैं नहीं चल सकती...

अपू ने माँ का आँचल और भी कसकर पकड़ लिया, बोला : 'मैं तुम्हें काम-काज करने ही नहीं दूँगा। काम तो रोज़ करती रहती हो, एक दिन न किया तो न सही। अभी घाट में चलो, नहीं मैं नहीं सुनूँगा, करो तो काम कैसे करती हो?'

सर्वजया लड़के की तरफ देखकर हँसती हुई बोली : 'इस तरह ज़िद नहीं करते बेटा। अभी काम खत्म होता है। थोड़ा धीरज धरो। नहाने जाऊँगी और फौरन ही आकर भात चढ़ा दूँगी। आँचल छोड़ दे, परवल की पत्तियों के कितने पकौड़े खाएगा?'

एक घण्टे बाद अपू बड़े उत्साह के साथ खाने बैठा।

गिलास उठाकर उसने गट्टगट्ट करके आधा पी डाला, फिर दो-चार कौर खाकर कुछ पत्तल के इधर-उधर बिखेर कर बाकी पानी खत्मकर हाथ उठाकर बैठ गया।

—तू खा कहाँ रहा है? अब तक तो भात-भात और परवल की पत्तियों के पकौड़ों की रट लगा रहा था, पर अब तो सब कुछ पड़ा है, फिर खाया क्या तूने?

सर्वजया एक कटोरी दूध-भात सानकर लड़के को खिलाने बैठी। बोली : 'मुँह तो खोल, क्या तकदीर पाई है? न मिठाई है न पकवान। बस भात खाए जा, पर लड़के की हालत यह है कि रोज भात खाते वक्त मुँह बनाता है, खाएगा नहीं तो जिएगा कैसे? यह सब जीने के लच्छन नहीं हैं। तुम लोग बस मुझे जलाने के लिए आए हो। वैसे मुँह मत घुमा। नहीं बेटा, मुँह खोल दो। बस दो-चार कौर ही तो हैं। उन जून टूनू के घर में मनसादेवी का विसर्जन होगा। अच्छा तुझे नहीं मालूम? जल्दी-जल्दी खाकर चल, हम सभी...'

दुर्गा घर आई। कहीं से चक्कर लगाकर आई थी। पैर धूल से भरे थे और माथे के सामने बालों का एक गुच्छा लगभग चार-पाँच अन्गुल ऊँचा हो रहा था। वह अक्सर अपनी इच्छा के अनुसार फिरती रहती है। मुहल्ले के हम-उमर बच्चों के साथ उसका खास मेल-जोल या खेल का सम्पर्क नहीं है। कहाँ किस झाड़ी में बैंचीफल पका, किसके बाग में कौन-से पेड़ के कच्चे आमों में जाली पड़ने लगी है, किस बाँस की झाड़ी के नीचे कौन-सा बेर मीठा है। यह सब उसके नख-दर्पण में है। वह राह चलते वक्त हर समय रास्ते के दोनों तरफ सतर्क दृष्टि डालती हुई चलती है कि कहीं कोई काँचपोका तो नहीं बैठा है। यदि कहीं भटकटैया का पक्का फल देखने में आता, तो उसे खेल का बैंगन बनाने के लिए तोड़ लेती थी। कई बार रास्ते में रुककर तरह-तरह के खपरों को फेंककर देखती थी कि किस में गंगा-यमुना खेल का निशाना अच्छा बैठता है। जो खपरा परीक्षा में अच्छा साबित होता था, उसे वह बड़े प्रेम से अपने आँचल में गठिया लेती थी। वह हर समय गुड़िया के बक्स और खेल की सामग्रियों के विषय में बहुत व्यस्त रहती थी।

उसने घर के अन्दर पैर रखकर अपराधी दृष्टि से माँ की ओर देखा। सर्वजया बोली : 'आ गई? आ भात तैयार है। खाकर मेरे पुरखों को तार, फिर कहीं जाना हो तो चली जाना। बैसाख के दिन हैं, सब घर में लड़कियाँ इन दिनों सन्ध्या का व्रत और शिवपूजा कर रही हैं और इतनी बड़ी धेधड़ी है, दिन-रात डाँव-डाँव घूमती है। मुँह अन्धेरे की निकली है और अब दोपहर को आई है। ज़रा बालों की दशा तो देखो, न तेल डालना, न कंघी करना। कौन कहेगा कि ब्राह्मण की लड़की है। मालूम होता है कि चमार-पासी के घर की है। और मैं कहे देती हूँ कि तेरी शादी भी उन्हीं में होगी। पुटकी में क्या खजाना बांध रक्खा है, खोल।'

दुर्गा ने डरते-डरते पुटकी खोलते हुए कहा : 'राय चाचा के घर के सामने कालकासुन्दे पेड़ पर'—कहकर घूँट निगलते हुए बोली : 'बहुत-सी बेने बहू[1]...'

बेने बहू के नाम से दिल न पसीजता हो, ऐसे भी संगदिल जीव संसार में बहुत हैं। सर्वजया आगबबूला होकर बोली : 'तेरी बेने बहू की ऐसी की तैसी। दुनिया-भर का कूड़ा-कवाड़ रात-दिन गठियाकर फिर रही है। आज मैं तेरे गुड़िया वाले बक्स को बाँस के जंगल के गढ्ढ़े में डाल न दू तो...'

सर्वजया की बात समाप्त होने के पहले ही एक घटना हुई। आगे-आगे भुवन

1. एक पक्षी।

मुकर्जी के घर की संझली मालकिन, पीछे-पीछे उनकी बेटी टूनू और देवर का लड़का सतू और उसके पीछे और चार-पाँच लड़के-बच्चे सामने के दरवाज़े से भीतर घुसे। संझली मालकिन किसी तरफ न ताककर, मकान के किसी व्यक्ति के साथ बात-चीत बिना किए धमधम करती हुई सीधे भीतर के बरामदे में चढ़ गई। फिर उसने अपने लड़के की ओर ताककर कहा : 'कहाँ है गुड़िया का बक्स, निकाल ला। देखूँ तो उसमें...'

इस घर का कोई कुछ कह नहीं पाया था कि टूनू और सतू ने मिलकर दुर्गा के टीनवाले गुड़िया के बक्स को कमरे से निकालकर बरामदे में रखा और टूनू ने बक्स खोलकर कुछ देर खोजने के बाद गुड़ियों की एक माला निकालते हुए कहा : 'माँ, देखा यह मेरी वाली माला है, उस दिन खेलने गई थी, बस चुरा लाई।'

सतू ने बक्स के एक किनारे से खोजकर कुछ अमियाँ निकालीं, फिर बोला : 'देखिए ताईजी, यह हम लोगों के सोनामुखी पेड़ के आम तोड़कर लाई है।'

ये सारी घटनाएं इतनी अकस्मात् हो गईं, तथा इनका रंग-ढंग इस घर के लोगों को इतना रहस्यमय मालूम पड़ा कि किसीने चूँ तक न की। इतनी देर बाद सर्वजया जैसे आपे में आई और बोली : 'क्या है चाचीजी? क्या है?' कहकर वह रसोईघर के बरामदे से व्यग्र होकर उतर आई।

—देखो न, अपनी लड़की की करतूत ज़रा देखो। वह उस दिन हमारे यहाँ खेलने गई थी। बस मौका लगाकर टूनू की गुड़िया के बक्स से गुड़िया की माला चुरा लाई है। लड़की कई दिनों से उसके पीछे परेशान हो रही है। इसके बाद सतू ने खबर दी कि गुड़िया की माला तो दुर्गा दीदी के बक्स में है। देखो, ज़रा अपनी लड़की को देखो। देखने में तो सीधी-सादी है, पर है पक्की चोर। और देखो न अभी आम में जाली पड़ने न पाई कि उन्हें चुराकर ले आई है और बक्स में रख दिए हैं।—एक साथ दो चोरियों का बोझ एकाएक पड़ जाने के कारण दुर्गा दीवार से उठकर पसीने-पसीने हो रही थी। सर्वजया ने पूछा : 'क्या तू यह माला उनके घर से लाई है?'

दुर्गा कुछ कह न पाई थी कि संझली बहू बोली : 'नहीं लाई तो क्या मैं झूठ बोल रही हूँ? और इन आमों को नहीं देखतीं? सोनामुखी पेड़ के तो आम तुम पहचानती हो। क्या यह भी झूठ है?'

सर्वजया झेंपकर बोली : 'नहीं मंझली चाची, मैंने यह थोड़े ही कहा कि आप झूठ बोल रही हैं। मैं तो उससे पूछ रही थी।

संझली मालकिन हाथ झमकाकर तेज़ी के साथ बोली, 'चाहे पूछो या न पूछो, मैं यह कहे देती हूँ जब उसने इस उमर में चोरी करने की विद्या सीख ली है, तो आगे चलकर यह जैसी होगी वह ज़ाहिर है। चल सतू, अमियों को बाँध लें, इस कम्बख्त लड़की के मारे कोई बाग के आम देख तो ले। टूनू, तूने माला तो ले ली न?'

सब कुछ देख-सुनकर सर्वजया तैश में आ गई। झगड़े में वह पीछे रहने वाली

नहीं थी, बोली : 'संझली चाची, मैं गुड़िया की माला की बात नहीं जानती, पर इसने अमियाँ तोड़ी हैं या नीचे गिरी हुई उठा लाई है, यह कोई इनपर लिखा नहीं है और यह मान भी लिया, ले ही आई है तो बच्ची ही ठहरी...'

संझली मालकिन तिलमिला गई, बोली : 'बातें तो बहुत बढ़-बढ़कर मार रही हो, अगर हमारे आमों में नाम नहीं लिखा है तो बताओ वह तुम्हारे किस बाग से इन्हें लाई है? रुपयों पर भी तो नाम नहीं लिखा था, फिर तुमने उन्हें हाथ पसार कर ले कैसे लिए। आज साल-भर से ऊपर हो गया, अब देती हूँ, तब देती हूँ करके टालती रहती हो। मैं उस जून आऊँगी। रुपये लौटा देना। मैं कहे देती हूँ कि अब मुझसे नहीं रुका जाएगा, रुपयों का जुगाड़ कर रखना।'

संझली मालकिन अपने दल-बल के साथ दरवाज़े के बाहर चली गई। सर्वजया को सुनाई पड़ा कि रास्ते में किसी के प्रश्न के उत्तर में वह काफी चिल्लाकर कह रही है : 'इस घर की लड़की ने टुनू के बक्स से गुड़िया की माला चुराकर अपने बक्स में छिपा रखी थी, और देखो न इन आमों को। पास में ही बाग पड़ता है, चाहे जितना तोड़ लेती है, यही बात मैं कहने गई तो मुझे जली-कटी सुना रही है। (इसके बाद संझली बहू ने सर्वजया की बात करने के ढंग की नकल उतारते हुए कहा)...और यह कोई इनपर लिखा नहीं है और यह मान भी लिया जाए कि ले ही आई है तो बच्ची की ठहरी। (आवाज़ नीची करके) माँ भी कोई कम चोर थोड़े ही है? आखिर लड़की को यह सिच्छा कहाँ से मिली? घर-भर चोर है...।'

अपमान और दुःख के मारे सर्वजया की आँखों में आँसू आ गए। उसने लौटकर दुर्गा के रूखे बालों का झोंटा पकड़कर दाल-भात-सने हाथों से ही उसकी पीठ पर घूँसे और तमाचे जड़ते हुए कहा : 'न जाने कहाँ की आफ़त आई है। मर जाए तो पिंड छूटे। मर जाए तो मेरी छाती जुड़ा जाए। निकल, घर से बाहर निकल! दूर हो, अभी निकल जा!'

दुर्गा मार खाते-खाते भय के मारे पीछे के दरवाज़े से दौड़कर चली गई। उसके रूखे झोंटे से टूटे हुए दो-एक बाल सर्वजया के हाथ में रह गए।

अपू खाते-खाते अवाक् होकर सारी घटना देख रहा था। यह उसे नहीं मालूम था कि दीदी गुड़िया की माला चुराकर लाई अथवा नहीं। इसके पहले उसने गुड़िया की माला कभी नहीं देखी थी, पर यह उसे मालूम था कि अमियाँ चुराई हुई नहीं थीं। कल शाम को दीदी जब उसे साथ लेकर टूनू के बाग में आम बीनने गई थी, तो सोनामुखी पेड़ के नीचे कुछ, अमियाँ पड़ी हुई थीं, दीदी ने उन्हीं को बटोर लिया था। कल से कई बार दीदी कह चुकी थी : 'ओ अपू, अब इन अमियों को बनाना है, ठीक है न।'

पर माँ की असुविधाजनक उपस्थिति के कारण यह प्रस्ताव कार्यन्वित नहीं किया जा सका था। दीदी की इतनी चाव की चीज़ अमियों को ले भी गए और तिसपर दीदी इस प्रकार पिटी भी। दीदी के बाल उखाड़ लेने के कारण माँ पर उसे बहुत क्रोध आया। जब उसकी दीदी के माथे पर रूखे बालों का गुच्छा हवा से उड़ता

है, तभी न जाने क्यों उसे दीदी पर बड़ी ममता होती है। ऐसा मालूम होता है जैसे दीदी का कोई नहीं है, वह अकेली न जाने कहाँ से आ गई है, कोई उसके साथ नहीं है। उसके मन में बस यही बात आती है कि वह कैसे दीदी के दुःखों को दूर करे और उसके अभावों को पूरा करे। वह उसे ज़रा भी तकलीफ़ में नहीं रहने देना चाहता।

खाने के बाद अपू माँ के डर के मारे कोठरी में ही बैठने लगा, पर उसका मन रह-रहकर बाहर की ओर दौड़ रहा था। ज़रा दिन ढलने पर वह टूनू, पटली, नेड़ा, एक-एक करके सबके घर खोज डाले, पर दीदी का कहीं पता नहीं लगा। राजकृष्ण पालित की स्त्री घाट से पानी ला रही थी उससे उसने पूछा : 'ताई तुमने मेरी दीदी को देखा है? उसने आज भात नहीं खाया, कुछ नहीं खाया, माँ ने उसे आज बहुत मारा है, मार खाकर कहीं चली गई है। क्या तुमने उसे देखा है, ताई!'

वह मकान के बगल में जाते-जाते सोचने लगा कि शायद वह बाँस की झाड़ी में हो। उसने वहाँ की अच्छी तरह खोज की। वह पीछे के दरवाज़े से घर में आया, पर घर में कोई नहीं था। उसकी माँ शायद घाट पर या दूसरी जगह कहीं गई थी।

घर पर सन्ध्या की छाया पड़ने लगी थी। सामने दरवाज़े के पास बाँस की जो झाड़ी झुक गई है, उसकी एक लटकी हुई सूखी खपच्ची पर, उसकी वह परिचित बड़ी पूँछ वाली पीली चिड़िया आकर बैठी थी। प्रतिदिन वह सन्ध्या से कुछ पहले आकर इस खपच्ची पर बैठती है। यह उसका नित्य का नियम है। और भी तरह-तरह की चिड़ियाँ चारों तरफ के जंगल में चहचहा रही हैं। नीलमणि राय का गिरा हुआ घर पेड़-पत्तों की घनी छाया से ढँक गया है। अपू ने आंगन में खड़े होकर दूर के उस पीपल की चोटी की ओर देखा। पेड़ की चोटी पर अभी तक ज़रा-ज़रा लाल धूप पड़ रही थी। सबसे ऊपर की फुनगी पर सफेद-सी कोई चीज़ हिल-डुल रही थी, शायद बगुला हो या किसी की कटी हुई पतंग झूल रही हो।

सारे आकाश पर जैसे छाया और अन्धकार उतर रहा है। चारों तरफ सुनसान है, कहीं कोई नहीं है। नीलमणि राय के गिरे हुए घर में अरवी की झाड़ी के बहुत हरे नए पत्ते चमक रहे थे। उसका मन एकाएक रो पड़ा—उसे गए कितनी देर हो गई, अभी तक घर नहीं आई, कुछ खाया-पिया नहीं। दीदी आखिर कहाँ गई।

भुवन मुकर्जी के घर के लड़के-बच्चे आंगन में दौड़-दौड़कर लुका-छिपी खेल रहे थे। रानी उसे देखकर दौड़कर आई : 'भाई, देखो अपू आया है, वह हमारी तरफ होगा—आ जा अपू!'

अपू ने अपना हाथ छुड़ाकर कहा : 'मैं नहीं खेलूँगा रानी दीदी, तुमने दीदी को देखा?'

रानी ने पूछा : 'दुर्गा? नहीं, उसे तो नहीं देखा। कहीं वह मौलश्री के नीचे तो नहीं है।'

उसे मौलश्री की बात याद ही नहीं पड़ी थी। वहाँ दुर्गा अक्सर रहती है, यह बात सही है। वह भुवन मुकर्जी के घर से सीधे मौलश्री के नीचे पहुँचा। शाम हो

गई है। मौलश्री का पेड़ तरह-तरह की लताओं से लिपटा हुआ अंधेरा चुप्प होकर खड़ा है। कहीं कोई नहीं था; हाँ कोई पेड़-पौधों की आड़ में भी रह सकता है। उसने चिल्लाकर पुकारा : 'दीदी, ओ दीदी?'

अंधेरे पेड़ पर कुछ बगुले पंख फड़फड़ा रहे थे। अपू ने डरते-डरते ऊपर की तरफ देखा। मौलश्री से ज़रा दूर पर गढ़े के किनारे खजूर का पेड़ है। इन दिनों अधपके खजूरों का समय है, वहाँ भी दीदी कभी-कभी रहती है। पर अन्धेरा हो गया है, गढ़े के दोनों तरफ बाँस की झाड़ियाँ है, उसे वहाँ जाने का साहस नहीं हुआ। मौलश्री पेड़ के तने के पास हटकर उसने दो-एक बार नाम लेकर पुकारा। सेवड़ के जंगल में से कोई जानवर उसकी आहट पाकर खसखस शब्द करता हुआ गढ़े की तरफ भाग गया।

घर के रास्ते में लौटते-लौटते वह एकाएक ठिठककर खड़ा हो गया सामने ही वह तेंदुवा का पेड़ था। एक तो सन्ध्या का समय और तिसपर तेंदुवे के पेड़ के नीचे से गुजरना। उसके रोंगटे खड़े हो गए। उसे नहीं मालूम कि उसे इस पेड़ के नीचे से गुजरने में भय क्यों लगता है। कोई कारण नहीं है, फिर भी भय लगता है और कारण नहीं है इसलिए भय भी अधिक लगता है। जो मन पर बोझ न होता और वह इस प्रकार अन्यमनस्क न होता, तो वह हर्गिज़-हर्गिज़ इस रास्ते नहीं आता।

अपू थोड़ी देर तक अंधेरे में तेंदुवे के पेड़ की ओर ताकता रहा। घर लौटने का एक और रास्ता है, ज़रा घूमकर पटली के मकान के आँगन से जाने पर तेंदुवे के पेड़ की इस अज्ञात विभीषका से छुटकारा मिल सकता है।

पटली की दादी सन्ध्या समय आँगन में बैठकर घर के बाल-बच्चों को कहानी सुना रही थी। पटली की माँ रसोईघर में थी। आँगन में चौखट से लगकर विधू मल्लाहिन मछली के पैसों का तकाज़ा दे रही थी। अपू बोला : 'दादी, मैं दीदी को खोजने गया था, मौलश्री के पास से आते-आते...'

दादी बोली : 'दुर्गा अभी-अभी घर गई है। अभी तो गई है, दौड़कर जा, शायद अभी घर नहीं पहुँची होगी...'

वह बिना कुछ कहे घर की तरफ दौड़ पड़ा। पीछे से पटली बहिन चिल्ला-कर बोली : 'अपू, कल सवेरे ज़रूर आना! हम लोगों ने गंगा-यमुना खेल के लिए नए घर बनाए हैं। ढेंकी घर के पीछे नीम के नीचे हैं। दुर्गा से भी कहना।'

पर घर के पास आकर वह एकाएक ठिठककर खड़ा हो गया। दुर्गा कातर स्वर में चिल्लाती हुई घर से दौड़कर बाहर आ रही थी। उसके पीछे-पीछे उसकी माँ कोई चीज़ हाथ में लिए खदेड़ती आ रही थी। दुर्गा तेंदुवा पेड़ की ओर भागी। माँ भागती हुई बेटी से चिल्लकार बोली : 'जा चली जा, हमेशा के लिए चली जा। फिर कभी इस घर में पैर न रखना। आफत कहीं की। मर जाए तो सप्तपर्ण पेड़ के नीचे दे आऊँ।'

सप्तपर्ण के नीचे गाँव का मरघट है। सारी बात सुनकर अपू का सारा शरीर पत्थर की तरह भारी और बोझिल हो गया। उसकी माँ भीतर मकान में घुसकर अभी

मिट्टी के दीये को बरामदे के किनारे से उठा ही रही थी कि वह दबे पाँव घर में दाखिल हुआ। उसकी माँ उसे देखते ही बोली : 'यह तो बता, इतनी रात तक तू कहाँ था? आज ही तूने पथ्य पाया है।'

अपू के मन में तरह-तरह के प्रश्न उठ रहे थे—दीदी फिर क्यों पिटी? वह इतनी देर तक कहाँ थी? दोपहर के समय दीदी ने क्या खाया होगा? क्या उसने फिर कोई चीज़ चुराई है? पर वह डर के मारे कुछ न कहकर यांत्रिक गुड़िया की तरह माँ के कहे के अनुसार कोठरी में गया। बाद को डरते-डरते दीये की बत्ती सरकाकर अपनी छोटी पुस्तकों को निकालकर बाहर पढ़ने बैठ गया। यद्यपि वह इस समय तीसरी किताब पढ़ता था, पर उसकी किताबों के गट्ठर में मोटी-मोटी दो न जाने कौन अंग्रेज़ी किताबें, वैद्य की दवाओं की सूची, एक दाशराय की पांचाली जिसके कुछ पन्ने गायब हैं, 1303 साल का पांचांग है। उसने बहुत जगहों से माँग-जाँचकर इनका संग्रह किया था, और यद्यपि वह इन्हें पढ़ नही सकता है, पर उन्हें प्रतिदिन एक बार खोलकर देख तो लेता ही है।

वह थोड़ी देर तक दीवार की तरफ देखकर कुछ सोच रहा था। बाद को फिर एक बार बत्ती सरकाकर फटी हुई दाशराय की पांचाली खोलकर अन्यमनस्क ढंग से पन्ने उलट रहा था, इतने में सर्वजया एक कटोरी में दूध लेकर आई और बोली : 'ले अब पी तो ले।'

अपू बिना किसी चूँ-चपड़ के कटोरी उठाकर दूध पीने लगा। दूसरे दिन उसे इतनी आसानी से दूध पीने पर राजी किया जा सकता था। पर थोड़ा-सा पीकर उसने कटोरी से मुँह हटा लिया। इसपर सर्वजया बोली : 'यह क्या? सारा दूध पी डालो, इतना-सा दूध भी नहीं पियोगे, तो जियोगे कैसे?'

अपू ने बिना कुछ कहे फिर दूध की कटोरी को मुँह से लगा लिया। सर्वजया ने देखा कि वह कटोरी से मुँह तो लगाए हुए है, पर घुंटक नहीं रहा है और उसका कटोरी समेत हाथ काँप रहा है। बाद को कुछ देर कटोरी मुँह से लगाए रहकर उसने एकाएक कटोरी मुँह से उतार दी और माँ की तरफ ताककर डर के मारे रो उठा।

सर्वजया ने आश्चर्य के साथ कहा : 'क्या हुआ? क्या जीभ दाँत के नीचे आ गई?'

माँ की बात अभी खत्म नहीं हो पाई थी कि अपू भय-डर की बाधा न मानकर चिल्लाकर रो पड़ा : 'दीदी के लिए बहुत सोच हो रहा है...'

सर्वजया थोड़ी देर चुप रहने के बाद लड़के के पास आकर उसके शरीर पर हाथ फेरते हुए शान्त स्वर में बोली : 'रोओ मत, इस तरह मत रोओ। वह पटली या नेड़ा के घर में बैठी होगी, आखिर अन्धेरे में कहाँ जाएगी? क्या वह कम दुष्ट लड़की है? दोपहरी के समय जो निकली सो दिन-भर शक्ल नहीं दिखाई। न खाना, न पीना, उस मुहल्ले के पालित के बाग में बैठी थी। वहाँ बैठकर कच्चा आम और जामरुल खाती रही। अभी बुलावा भेजती हूँ। इस तरह न रोओ नहीं तो फिर बुखार आ जाएगा। नहीं बेटा, मत रोओ।'

बाद को उसने आँचल से लड़के के आँसू पोंछ दिए और बाकी दूध पिलाने के लिए सामने कर दिया। बोली : 'राजा बेटा, मुँह तो खोलो। वे आते ही बुला लाएँगे। एकदम पागल है। कहीं का एक पागल आया है। और एक घूँट बस हो गया।'

रात बहुत हो गई थी। उत्तर की कोठरी के तख्त पर अपू और दुर्गा लेटे हुए थे। अपू की बगल में माँ के सोने के लिए जगह खाली पड़ी है। अभी माँ रसोई के काम से फारिग नहीं हुई। पिताजी खाना खाकर बगल के कमरे में तम्बाकू पी रहे हैं। वही घर आने पर मुहल्ले से दुर्गा को खोज लाए थे।

घर आने के बाद से दुर्गा ने किसी से कोई बात नहीं की थी। वह खाना-पीना खत्मकर चुपचाप लेटी हुई थी। अपू ने दुर्गा की देह छुकर पूछा : 'दीदी, माँ ने सन्ध्या समय काहे से मारा था? क्या बाल भी नोच लिए थे?...'

दुर्गा ने कुछ नहीं कहा।

उसने फिर से पूछा : 'दीदी, तुम क्या मुझसे नाराज़ हो? मैंने तो कुछ भी नहीं कहा।'

दुर्गा ने धीरे से कहा : 'नहीं किया? फिर सतू को कैसे मालूम हुआ कि गुड़िया की माला मेरे बक्स में है?'

अपू अनिवाद करने की उत्तेजना में बिस्तरे में उठकर बैठ गया, बोला : 'नहीं मैं सच कहता हूँ, तुम्हारा बदन छूकर कहता हूँ, मैंने उसे नहीं दिखाया। मैं यह भी नहीं जानता था कि तुम्हारे बक्स में वह चीज़ है। कल सतू शाम के समय आया था और हम लोग उसकी लाल बड़ी गेंद लेकर खेलते थे। उसके बाद क्या हुआ कि सतू तुम्हारी गुड़ियों के बक्स को खोलकर देख रहा था। मैंने उसे मना किया कि तुम दीदी की गुड़ियों का बक्स मत छुओ। इससे दीदी मुझपर नाराज़ होगी। मालूम होता है उसने उसी समय देख लिया।'

बाद को उसने दुर्गा के बदन पर हाथ फेरते हुए कहा : 'दीदी, बहुत चोट लगी है न? माँ ने कहाँ मारा?'

दुर्गा बोली : 'माँ ने कनपटी पर ऐसा मारा कि खून निकल आया, अब तक छरछरा रहा है। देख, हाथ से टटोलकर देख, यह रहा...'

—अच्छा यहाँ? यहाँ तो बहुत कटा है। ज़रा दीये का तेल लगा दूँ?

—रहने दे कल शाम के समय पालित के बाग में जाऊँगी। समझा। कम-रख पके हैं। इतने बड़े-बड़े हैं। किसी को बताना मत। तू और मैं चुपचाप जाएँगे। मैंने आज दोपहर को दो तोड़कर खाए थे। गुड़ की तरह मीठे हैं।

11

इस दिन की घटना इस प्रकार रही।

अपू पिता के आदेश पर ताड़ के पत्ते पर सात बार क ख का सुलेख बनाकर कुछ सोचते-सोचते दीदी को खोजने के लिए गया। दुर्गा माँ के डर से सवेरे नहा

धोकर भीतर के आँगन के पपीते के पेड़ के नीचे पुण्यपोखर का व्रत कर रही थी। आँगन में छोटा-सा चौकोर गढ़ा बनाकर उसके चारों तरफ चना, मटर बोया गया था।

मिट्टी गीली होने के कारण उनमें से अँखुए निकल आए थे। उसके चारों तरफ केले के पेड़ की फुनगियाँ गाड़कर वह चावल की पीठी से तरह-तरह के नक्शे बना रही थी जैसे कमलपत्र, चिड़ियाँ, धान की बाली, बालार्क इत्यादि।

दुर्गा बोली : 'ठहर, अभी यह मंत्र बोलकर हम दोनों एक जगह चलेंगे।'

—कहाँ चलोगी दीदी?

'चल मैं ले चलूँगी'—कहकर वह विधिपूर्वक सारे अनुष्ठान समाप्त करके एक साँस में बोलने लगी :

पुन्य पुकुर पुष्पमाला के पूजे रे दुपुर बेला?

आमि सती लीलावती भायेर बोन भाग्यवती।

(पुण्य पोखर में पुष्पमाला कौन दोपहरी के समय पूजा कर रही है। मैं सती लीलावती भाई की बहिन भाग्यवती पूजा कर रही हूँ।)

अपू खड़े होकर सुन रहा था। उसने व्यंग की हँसी हँसते हुए कहा : 'ओह!' दुर्गा आवृत्ति बन्द करके कुल लजा मिश्रित हँसी के साथ बोली : 'तू वैसे क्यों बक रहा है? चल यहाँ से। तुझे यहाँ क्या लेना है?'

अपू हँसकर चला गया। चलते-चलते उसने तुकबन्दी को बदलकर कहा : आमि सती लीलावती भाई बोन भाग्यवती

यानी उसने भाई की बहिन भाग्यवती कहने के बजाय भाई और बहिन भाग्यवती कहा और अपने इस क्षेपक पर बहुत खुश होकर हँसता चला गया। दुर्गा बोली : 'तुम बड़े ये बने हो न? माँ से कहकर तुम्हारा बिराना बन्द कर दूँगी, तब आटे-दाल का भाव मालूम होगा।'

व्रत का अनुष्ठान समाप्त कर दुर्गा बोली : 'चल गढ़ पोखर में बहुत सिंघाड़े लगे हैं। भोंदा की माँ ने कहा था, चल ले आएँ।'

गाँव के धुर उत्तर में बाँस के जंगल तथा झाड़-झंखाड़ों और पुराने आम तथा कटहल के बागों के बीच से रास्ता था। बस्ती से बहुत दूर घना जंगल जहाँ समाप्त हुआ था, वहाँ मैदान के किनारे यह अधपुरा पोखर था।

किसी ज़माने में गाँव के आदि निवासी मजुमदारों की हवेली के चारों तरफ गढ़ी की खाई थी, उसके बाकी हिस्से तो पुर गए थे, पर इस स्थान में बारहों महीने पानी रहता है, इसीलिए इसका नाम गढ़ पोखर है। मजुमदार की हवेली का कोई चिन्ह बाकी नहीं है।

वहाँ पहुँचकर उन लोगों ने देखा कि पोखर में सिंघाड़े तो बहुत हैं, पर किनारे कुछ भी नहीं है, सब किनारे से दूर हैं।

दुर्गा बोली : 'अपू एक खपच्ची तो खोज ला, उसी से इनको खींचूँगी।'

बाद को वह पोखर के किनारे की झाड़ी के सेंवड़ा पेड़ से सेंवड़ा फल तोड़कर

खाने लगी। अपू जंगल में खपच्ची खोजते-खोजते बहिन से बोला : 'दीदी, यह फल मत खाओ। इसे तो चिरैया खाती है।'

दुर्गा पके फल दबाकर उसमें से बीज निकालती हुई बोली : 'आ खाकर देख, गुड़ की तरह मीटे हैं। कौन कहता है ये नहीं खाए जाते, मैंने तो बहुत खाए हैं।'

अपू ने खपच्ची ढूँढने का काम छोड़कर दीदी के पास आकर कहा : 'कहते हैं कि इसे खाने पर पागल हो जाते हैं। ला मुझे एक दे तो दीदी...'

फिर वह खाकर ज़रा मुँह बनाकर बोला : 'दीदी, यह तो थोड़ा-थोड़ा कड़ुवा है।'

'तो थोड़ा भी कड़ुवा न रहे? होने दे, कैसा मीठा है, यह तो बता'—बात समाप्त कर दुर्गा ने खुशी के साथ कुछ पके फल मुँह में डाल लिए।

जब से ये लोग पैदा हुए थे, तब से इन्हें खाने के लिए कोई भी अच्छी चीज़ मयस्सर नहीं हुई थी। फिर भी ये इस संसार में नए-नए आए थे। इनकी जीभ कोरी थी, वह पृथ्वी के विभिन्न रसों का विशेषकर मिठास का स्वाद लेने के लिए लालायित थी। सन्देश तथा अन्य मिठाईयाँ खरीदकर परितृप्ति प्राप्त करने की सुविधा इन्हें नहीं मिलती थी। इसीलिए संसार की अनंत संपत्ति के बीच करुणामयी वनदेवियों ने तुच्छ जंगली पेड़ों से मिठास ढूँढने में लगी हुई इन सब लुब्ध तथा दरिद्र घरों के बालक-बालिकाओं के लिए फूलों और फलों में मीठा शहद भर रखा था।

थोड़ी देर बाद दुर्गा पोखर के पानी में उतरकर बोली : 'देखो, कितने जालवाले फूल हैं। अच्छा ठहरो, मैं तोड़ती हूँ।'

और भी गहरे पानी में उतरकर दुर्गा ने फूलों की दो लताएँ पकड़कर खींची और फिर उन्हें किनारे पर फेंकती हुई बोली : 'ले अपू, पकड़...'

अपू बोला : 'पर सिंघाड़े तो बहुत गहरे पानी में हैं, दीदी वहाँ कैसे जाओगी?'

इस पर दुर्गा ने एक खपच्ची से दूर पानी के सिंघाड़ों की लताओं को खींचने की कोशिश की, पर वह असफल रही। बोली : 'यह पोखर बुरी तरह गहरा है, इसलिए अब मैं डूबने लायक गहराई में पहुँच रही हूँ, अब मैं सिंघाड़ों तक कैसे पहुँचूँ? अच्छा तू एक काम कर, पीछे से मेरी साड़ी की खूँट पकड़ रख, मैं खपच्ची से सिंघाड़ों के थोके को खींच लाऊँ...'

जंगल में पीले रंग की कोई चिड़िया मैनाकाँटा पेड़ की डाली पर बैठकर पत्तों को नचाकर बहुत सुन्दर सीटी दे रही थी। अपू ने उसे ध्यान से देखकर पूछा : 'यह कौन चिरैया है दीदी?'

—चिड़िया-विड़िया अब रहने दे। कसकर खूँट पकड़े रह, नहीं तो मैं ढलक जाऊँगी। ज़ोर से पकड़े रहना।

अपू पीछे से कपड़ा पकड़े रहा। जहाँ तक पैदल चला जाता है, वहाँ तक दुर्गा ने जाकर खपच्चो आगे बढ़ा दी। कपड़ा भीग गया, फिर भी सिंघाड़े पहुँच में नहीं आए। थोड़ी दूर और आगे उतर कर उसने उँगली की नोंक से खपच्ची को पकड़कर सिंघाड़ों को खींचने की चेष्टा की। अपू से जहाँ तक बन पड़ा, वहाँ तक ज़ोर से

पकड़े रहा, पर आगे उसके बस की बात नहीं थी, यह देखकर वह पीछे से ठहाका मारकर हँस पड़ा। हँसी के साथ-साथ खूँट में ढील पड़ने की वजह से दुर्गा पानी की तरफ झुक गई, पर फौरन ही सम्हलकर हँसते हुए बोली : 'चल तू किसी काम का नहीं है, फिर से पकड़।'

बहुत प्रयास करने पर सिंघाड़ों का एक थोका पास आ गया। दुर्गा ने कौतूहल के साथ देखा कि उसमें कुछ सिंघाड़े काम लायक हैं। बाद को उन्हें किनारे की तरफ फेंकती हुई बोली : 'अभी बहुत छोटे हैं, दूध तक नहीं आया है। अच्छा एक दफे और तो पकड़।'

अपू ने फिर पीछे से पकड़ लिया। थोड़ी देर रहने के बाद दीदी के झुकने के साथ-साथ वह पानी की तरफ दो-एक कदम खिंच आया, बाद को कपड़ा भीगने के डर से उसने खूँट छोड़ दी, और खिलखिलाकर हँस पड़ा।

दुर्गा ने हँसकर कहा : 'बस।'

इस प्रकार भाई और बहिन की हँसी की लहरों से कुछ देर तक पोखर के किनारे की सुनसान बाँस की झाड़ी लहराती रही। दुर्गा बोली : 'तू बिलकुल निकम्मा है। तुझमें कुछ ताकत नहीं है। तू तो बिलकुल मिट्टी का माधो है।'

थोड़ी देर बाद दुर्गा पानी में उतरकर और एक बार चेष्टा कर रही थी और अपू किनारे खड़ा था कि उसने पास के एक सेवड़ा पेड़ की ओर उँगली दिखाकर चिल्लते हुए कहा : 'दीदी, देख-देख वहाँ क्या है'—कहकर वह वहीं जाकर मिट्टी खोदकर कुछ उठाने लगा।

दुर्गा ने पानी में से पूछा : 'क्या है रे?'

बाद को वह भी पानी से निकलकर भाई के पास आ गई।

इतने में अपू मिट्टी खोदकर कुछ निकालते हुए उसे अपनी धोती से पोंछकर साफ करने लगा। उसने उसे हाथ में रखकर खुशी के साथ दीदी को दिखाकर कहा : 'देख दीदी, कितनी चमकदार चीज़ है, भला यह क्या है?'

दुर्गा ने हाथ में लेकर देखा कि यह गोल-सी एक तरफ नुकीली अजीब तरह से कटी-सी उजली कोई चीज़ थी। वह उसे थोड़ी देर तक आग्रह के साथ उलट-पलटकर देखने लगी।

एकाएक कुछ सोचकर उसके रूखे बालों से घिरा हुआ मुँह चमक उठा। उसने डरते हुए चारों तरफ ताककर देखा कि कहीं कोई देख तो नहीं रहा है। फिर चुपके से बोली : 'अपू, यह शायद हीरा है। बोल मत। एकदम चुप रह'—कहकर उसने फिर एक बार डरते-डरते चारों तरफ निगाह दौड़ाई।

अपू दीदी की तरफ देखकर अवाक् होकर ताकता रहा। हीरा उसके लिए भी अज्ञात वस्तु नहीं है। माँ से, दीदी से वह बराबर सुन चुका है कि कथाओं के राजकुमार और राजकुमारियों के गहने हीरे-मोती के होते हैं। पर हीरा देखने में कैसा होता है, इस सम्बन्ध में उसके मन में गलत धारणा थी। उसे ऐसा मालूम था कि हीरा कुछ मछली के अण्डों की तरह है, पीला-पीला, पर नरम नहीं, सख्त है।

सर्वजया घर में नहीं थी। उसने मुहल्ले से आकर देखा कि लड़का और लड़की दोनों मकान के भीतर की ओर दरवाज़े के पास खड़े हैं। पास जाने पर दुर्गा ने चुपके से कहा : 'माँ, हम लोगों को एक चीज़ पड़ी पाई है। गढ़ पोखर में हम लोग सिंघाड़े तोड़ने गए थे। वहाँ यह जंगल में गड़ा हुआ था।'

अपू बोला : 'माँ, मैंने देखकर दीदी को बताया।'

दुर्गा ने कपड़े की खूँट से उस चीज़ को माँ के हाथ में देते हुए कहा : 'माँ, देखो तो यह क्या है?'

सर्वजया उसे लौट-पौट कर देखने लगी। दुर्गा ने फुसफुसाकर कहा : 'माँ क्या यह हीरा नहीं है?'

सर्वजया भी हीरे के सम्बन्ध में अधिक ज्ञान नहीं रखती थी। उसने सन्देह भरे स्वर में कहा : 'तूने कैसे जाना कि यह हीरा है?'

दुर्गा बोली : 'मजुमदार लोग बहुत बड़े आदमी थे। उनके घर के खंडहर में किसी को मुहरें पाई थीं, फूफी सुनाया करती थीं। यह एकदम पोखर के किनारे जंगल में गड़ा हुआ था। धूप पड़ने से चमक रहा था, माँ यह ज़रूर ही हीरा है।'

सर्वजया बोली : 'पहले वे आ जाएँ, तो उन्हें दिखाऊँ।'

दुर्गा बाहर के आँगन में आकर खुशी-खुशी भाई से बोली : 'जो यह हीरा निकला, तो देखना हम लोग बड़े आदमी हो जाएँगे।'

अपू बिन समझे-बूझे बेवकूफ की तरह ही-ही करके हँसने लगा।

लड़का-लड़की के चले जाने पर सर्वजया ने उस चीज़ को निकालकर बड़े ध्यान से देखा। गोल-सी अजीब तरह से कटी हुई और एक तरफ नुकीली जैसे सेंदुर की डिबिया के ढक्कन का ऊपरी हिस्सा हो। अच्छी चमकती हुई चीज़ थी। सर्वजया को ऐसा प्रतीत हुआ जैसे उमसें बहुत तरह के रंग देख पा रही है। इतना तो निश्चित है कि यह काँच नहीं है। कभी उसने ऐसा काँच देखा है, यह उसे याद नहीं पड़ा। एकाएक उसके सारे बदन में जैसे कोई बिजली छू गई हो, उसके मन के एक किनारे पर विभिन्न सन्देहों की बाधाओं को ठेलकर एक बहुत बड़ी दुराशा जैसे डरते-डरते अंगड़ाई लेने लगी, सचमुच ही यदि यह हीरा निकला तो?

हीरे के सम्बंध में उसकी धारणा पारस पत्थर या सांप के सिर की मणि के ढंग की थी। कहानियों में ज़रूर इनका अस्तित्व होता है, पर वास्तवविक जगत में ये कम पाए जाते हैं और यदि कभी पाए जाएँ तो शायद एक टुकड़ा हीरे के बदले संसार का सारा ऐश्वर्य मिल सकता है। थोड़ी देर बाद एक पोटली हाथ में लेकर हरिहर घर लौटा।

सर्वजया बोली : 'अजी सुनो, इधर तो आओ, देखो तो यह क्या है।'

हरिहर ने हाथ में लेकर कहा : 'कहाँ मिली?'

—दुर्गा गढ़ पोखर में सिंघाड़े ढूँढ़ने गई थी, वहीं उसे मिली है।

—क्या चीज़ है, देखूँ तो भला।

हरिहर ने उसे थोड़ा उलट-पुलटकर देखते हुए कहा : 'काँच है, नहीं तो

पत्थर-वत्थर कुछ होगा। इतनी छोटी-सी चीज़ है, कुछ समझ में नहीं आता।'

सर्वजया के मन में ज़रा क्षीण आशा की रेखा दिखाई पड़ी। काँच होता तो क्या उसका पति पहचान न पाता। बाद को उसने चुपके से मानो इसलिए कि कहीं पति विरोधी युक्ति न देने लगे, डरती-डरती बोली : 'कहीं हीरा तो नहीं है। दुर्गा कह रही थी कि मजुमदार की गढ़ी में जाने कितने लोगों ने कितनी चीज़ें पाई हैं। जो हीरा हुआ तो।'

—इस तरह हीरा कहीं रास्ते में पड़ा मिलता तो फिर चिंता क्या थी? तुम भी क्या हो...

हरिहर के मन में यह धारणा हुई कि यह काँच है, पर अगले ही क्षण उसके मन ने कहा : 'हो भी सकता है। कौन जाने? मजुमदार लोग बड़े आदमी थे। संभव है कि कभी उनके गहनों या किसी चीज़ में यह जड़ा हुआ हो। किसी तरह मिट्टी में गड़ गया हो। कहावत ही है कि यदि भाग्य में नहीं तो गुप्त धन हाथ में आ जाने पर भी पहचान में नहीं आता। क्या गरीब ब्राह्मण की कहानी उसपर भी घटेगी?'

उसने कहा : 'अच्छा ठहरो, मैं इसे गांगुली बाड़ी में दिखाकर आता हूँ।'

रसोई करते-करते सर्वजया मन ही मन मनाती रही : 'दुहाई ठाकुरजी, कितने लोग कितनी चीज़ें पड़ी हुई पा जाते हैं। घर पर इतनी विपत्ति पड़ी है। ज़रा बच्चों की सुधि लो। तुम्हारी दुहाई है ठाकुरजी।'

उसकी छाती धक-धक हो रही थी।

थोड़ी देर बाद दुर्गा आकर आग्रह के साथ बोली : 'माँ, पिताजी अभी तक घर नहीं लौटे?'

साथ ही साथ हरिहर मकान में प्रवेश करते हुए बोला : 'उँह, हमने उसी वक्त कहा था। गांगुलीजी के दामाद सत्यबाबू कलकत्ता से आए हैं। उन्होंने देखकर कहा कि यह एक तरह का बिल्लौरी काँच है जो झाड़-फानूस में काम आते हैं। जो राह चलते हीरे-जवाहरात मिल जाते तो फिर...तुम भी जैसी हो।'

12

बैसाख के दिन थे। लगभग दोपहर का समय।

सर्वजया मसाला बाँटते-बाँटते दाहिने हाथ के पास रखी हुई फूलों की एक डोलची में (बहुत दिनों से इस डोलची का फूलों से कोई नाता नहीं रखा गया था, अब मसाले रखने के काम आती थी) मसाला खोजते हुए बोली : 'फिर जीरा और मिर्च की पोटली कहीं गायब कर दी? अपू, तूने नाक में दम कर रखा है। क्या पकाने नहीं देगा? मेरा क्या, थोड़ी देर बाद तू ही कहेगा कि माँ भूख लगी है।'

पर अपू का कहीं पता नहीं था।

—दो तो बेटा, मेरे लाल। क्यों परेशान करते हो। देख नहीं रहे हो कि दिन

ढल रहा है।

अपू ने रसोईघर के भीतर से दरवाज़े के पास से चोरी से देखा। माँ की आँख उधर पड़ते ही उसने अपने शरारत की हँसी भरे मुखड़े को, घोंघा जैसे खोल के अन्दर छिप जाता है उसी तरह, दरवाज़े की आड़ में छिपा लिया। सर्वजया बोली : 'देखो तो, अजीब बात है। दोपहर के समय क्यों तंग कर रहे हो बेटा। दे दो।'

अपू ने फिर हँसते हुए छिपकर मुँह बढ़ाया।

—लो मैंने देख लिया। अब छिपने से क्या फायदा, दे जाओ, दे जाओ मेरे बेटे।

सर्वजया अपने लड़के को अच्छी तरह पहचानती थी। जब अपू डेढ़ साल का नन्हा-मुन्ना था, उन दिनों वह इस समय के मुकाबले में भी गोरा-चिट्टा था। सर्वजया को याद है कि वह उसकी बड़ी-बड़ी आँखों में अच्छी तरह काजल लगाकर माथे के बीचोंबीच एक टीका लगा देती थी और उसके सिर पर नीले रंग की सस्ती घुंडीदार ऊनी टोपी पहना देती थी। फिर उसे गोद में रखकर सन्ध्या के पहले आंगन में खड़ी होकर सुलाने के लिए खींच-खींचकर स्वर में लोरी गाती...

आय रे पाखी इ-इ—ले जझोला
आमार खोकनके नियेे—ए—ए—गाछे तोला।
(आ पूँछ लटकी हुई चिरैया, मेरे मुन्ने को लेकर इस पेड़ पर चढ़।)

मुन्ना कचौड़ी-से फूले-फूले गाल से माँ के मुँह की तरफ एकटक देखता रहता था। फिर एकाएक न मालूम क्या सोचकर दंतहीन मसूड़ों को निकालकर खुशी के मारे छड़ा पहने हुए नन्हें पैरों से माँ से चिपट उसकी पीठ के पीछे मुँह छिपा लेता था। सर्वजया खिलकर कहती थी : 'देखो, मुन्ना कहाँ छिप गया? कहीं दिखाई तो पड़ता नहीं। ओ मुन्ना।'

बाद को वह ज्योंही कंधे की तरफ मुँह फेरती थी, त्योंही मुन्ना फिर हँसकर सामने की तरफ आता था और अबोध की तरह हँसकर माँ के कंधे में मुँह छिपा लेता था। सर्वजया जितना ही कहती थी : 'मेरा मुन्ना कहाँ है, कहाँ गया, देखूं तो'—उतना ही मुन्ने का खेल चलता था। बार-बार मुँह इधर-उधर करने के कारण सर्वजया के कंधे पिराने लग जाते थे, पर शिशु का खेल समाप्त नहीं होता था।'

वह तो अभी-अभी बिलकुल नए-नए टटका इस संसार में आया था। संसार के अन्तहीन आनन्द भंडार के एक कण को खोज पाकर उसका सरल मन उसी को पकड़कर लोभी की तरह बार-बार उसी का स्वाद लेता था, उसकी साध नहीं मिटती थी। ऐसी हालत में उसे रोके, ऐसी सामर्थ्य माँ में कहाँ थी। इस प्रकार थोड़ी देर करते-करते उसके नन्हे-से शरीर की शक्ति का भंडार उरा जाता था। वह जैसे अकस्मात् अन्यमनस्क होकर जम्हाइयाँ लेने लगता था। सर्वजया उसके जम्हाई लेते समय चुटकी बजाकर कहती थी : 'जियो, जियो! यह देखो, होड़ लगाकर अब मेरे मुन्ने को नींद आ रही है।' बाद को वह मुग्ध नेत्रों से बच्चे के टीका-काजल लगे हुए नन्हें-से मुखड़े की ओर देखकर कहती थी : 'तुम्हें कितने रंग आते हैं, बेटा मेरे,

फिर भी दुश्मनों का मुँह काला करके अभी मेरा मुन्ना ले-देके कुल डेढ़ साल का ही है।'

कहकर वह अकस्मात् मुन्ने के लाल-लाल गालों को आकुल चुम्बनों से भर देती थी। पर माँ के इस प्यार-भरे दुलार के प्रति संपूर्ण उदासीनता दिखाकर बच्चे की उनींदी आँखें झपक जाती थीं। सर्वजया मुन्ने के माथे को धीरे से अपने कंधे पर रखकर कहती थी : 'देखो, अभी सन्ध्या समय ही सो गया। सोच ही रही थी कि सन्ध्या पार हो जाए तो दूध पिलाकर सुलाऊँगी, पर देख लो...'

सर्वजया जानती थी कि लड़का भले ही अब आठ साल का हो गया हो, पर अब भी उसमें बचपन की तरह माँ के साथ लुका-छिपी खेलने की साध बनी हुई है।

वह ऐसी जगहों में छिप जाता है कि अंखियारा क्या, अंधा भी उसे ढूँढ़कर निकाल सकता है। पर सर्वजया तो देखकर भी नहीं देखती, वह एक ही जगह बैठकर इधर-उधर ताकती है और कहती है : 'लो देखो, कहाँ चल दिया।'

अपू सोचता है कि माँ को कैसा चकमा दिया। माँ के साथ इस खेल में मज़े भी हैं। सर्वजया जानती है कि जो उसने यह दिखाया कि वह भी खेल में हिस्सा ले रही है तो दिन-भर यह तूफान चल सकता है, इसलिए उसने झिड़कते हुए कहा : 'तो फिर पड़ा रहा पकाना-धकाना। अपू, तुम इस तरह शरारत कर रहे हो, खाने को मांगोगे तो फिर मज़ा मालूम होगा।'

अपू ने हँसते-हँसते गुप्त स्थान से निकलकर माँ के सामने मसाले की पोटली रख दी।

माँ बोली : 'जा थोड़ी देर बाहर खेल। चलकर देख तो तेरी दीदी कहाँ है। तेंदुवे के नीचे खड़ा होकर ज़रा चिल्लाकर पुकार तो सही। आज उसके नहाने का दिन है। उस कमबख्त लड़की का कहीं पता भी तो मिले। जा तो राजा, उसे ढूँढ़ तो ला।'

पर उसमें माँ की आज्ञा मानने की कोई प्रवृत्ति दिखाई नहीं पड़ी। वह मसाला पीसती हुई माँ के पीछे जाकर कुछ करने लगा।

—उ हू...उ...उम

सर्वजया ने पीछे लौटकर देखा कि छप्पर की बाती पर रखे हुए बड़े दिन के पुराने टाट को उतारकर उसे ओढ़ते हुए अपू घुटनों के बल चल रहा है।

—देखो-देखो, लड़के की बदमाशी न देखो। अरे ओ कमबख्त! उसमें तो दुनिया भर की धूल है। फेंक-फेंक, पता नहीं उसमें कोई कीड़ा-मकोड़ा भी छिपा बैठा है या नहीं। न जाने कितने दिनों से वहीं पड़ा है

अपू ने पहले से गम्भीर लहजे में कहा : 'उहू...उ...उम,'

—कहने पर बात थोड़े मानता है। मेरे मुन्ना, मेरे लाल। उसे फेंक दे। मेरे हाथ में मसाला लगा हुआ है। शरारत मत करो।

अब टाट ओढ़ी हुई मूर्ति घुटनों के बल दो कदम आगे बढ़ आई। सर्वजया

बोली : 'क्या तू मुझे छूएगा? राजा बेटा मुझे मत छुओ, ओह! मैं डर के मारे मर रही हूँ, मुझे बहुत ही डर लग रहा है।'

अपू ही-ही करके हँसकर टाट को खोलकर एक तरफ रखते हुए उठ खड़ा हुआ। उसके बाल, मुँह, भौंहें, कनपटी सब धूल से भर गई थीं। अजीब-सा चेहरा बनाकर वह सामने के छोटे-छोटे दाँतों के खेल में किट-किट कर रहा था।

—अब कहाँ जाऊँ? क्या करूँ? अरे पागल, तू तो धूल में सनकर एक-दम भूत बन गया है और सो भी उस पुराने टाट की धूल। बिल्कुल पागल है।

धूल लिपटे हुए बिल्कुल अबोध पुत्र के प्रति सर्वजया का हृदय करुणा और ममता से पसीज गया। पर अपू ने बासी धोती पहन रखी थी। नहा-धोकर उसे छुआ नहीं जा सकता, इसलिए वह बोली : 'ले, वह अंगोछा ले, पहले उससे धूल झाड़ ले। जाने कैसा लड़का है?'

थोड़ी देर बाद लड़के को रसोईघर के पहरे में बैठाकर वह पानी लेने के लिए पोखर में जा रही थी, तो उसने देखा कि दुर्गा घर में आ रही है। चेहरा धूप से लाल हो रहा है, बाल बिखरे हुए थे, फिर भी धूल सने पैरों में आलता लगा हुआ था। एकदम से माँ के सामने पड़ जाने पर उसने खूँट में बंधे आमों को दिखलाकर कहा : 'मैं पुण्य पोखर व्रत के लिए राजी के घर में चने के पेड़ लेने लगी थी। आम तोड़े गए हैं। उसी का हिस्सा बाँट हो रहा था, तभी राजी की फूफी ने दिए।'

'लड़की की हालत तो देखो! सारी देह खौसी हो रही है, बाल देखो तो बुखार आ जाए, व्रत के सोच में तो तुझे रात को नींद न आती होगी'—कहकर लड़की के पैरों की तरफ देखकर बोली : 'फिर से तूने लक्ष्मी पूजा की टोकरी से आलता लगाया है?'

दुर्गा ने आँचल से मुँह पोंछकर बिखरे हुए बालों को सम्हालकर कहा : 'यह लक्ष्मी पूजा की टोकरी का आलता नहीं है। कभी नहीं है। उस दिन मैंने पिताजी से हाट से एक पैसे का आलता मंगाया था। उसी के दो पत्ते मेरी गुड़िया वाले बक्स में पड़े थे न?'

हरिहर चिलन हाथ में लेकर रसोईघर के बरामदे में आग लेने के लिए आया।

सर्वजया बोली : 'मैं घड़ी-घड़ी तुम्हारे लिए आग कहाँ से लाऊँ? बाँस की आग भला कितनी देर रहती है? जो सुन्दरी पेड़ की लकड़ी का बन्दोबस्त कर देते, तो बात और थी।'

कहकर उसने आग देने के लिए रखे हुए पीतल के टूटे कलछुल से आग उठा कर नाराज़गी के साथ सामने कर दी। फिर कुछ नरम पड़ती हुई बोली : 'क्या रहा?'

—सब ठीक-ठाक था। घर-भर दीक्षा लेने के लिए तैयार थे, पर एक बखेड़ा खड़ा हो गया। महेश विश्वास की ससुराल की जायदाद में कुछ गड़बड़झाला हो गया है, इसलिए वह वहीं चला गया। असली मालिक तो वे ही हैं न? इसलिए मामला कुछ टल गया। फिर इधर असाढ़ महीने से अकाल भी पड़ने लगा है।

—और यह जो कहा था कि बसने को ज़मीन देगा, सो उसका क्या हुआ?

—उसी बखेड़े के कारण सब गड़बड़ा गया। असली बात तो दीक्षा लेना है, जो वही टल गया, तो फिर बसने की बात कैसे चलाऊँ?

सर्वजया ने बड़ी-बड़ी आशाएँ बाँध रखी थीं, खबर सुनकर उसे बड़ी ठेस लगी। बोली : 'वहाँ न सही, और कहीं देखो न! घर का जोगीं जोगिया आन गाँव का सिद्ध, यहाँ कोई टके सेर भी नहीं पूछता। आम, कटहल का समय है पर घर में न आम है न कटहल। आज लड़की किसी के घर से दो अधसड़े आम लाई है'—कहकर वह मकान के पश्चिम की ओर देखकर बोली : 'हमारी नाक पर से रोज़ टोकरियों आम तोड़कर लोग ले जाते हैं और हमारे बच्चे टुकुर-टुकुर देखते रहते हैं। क्या यह कोई कम कष्ट है?'

बाग की बात उठने पर हरिहर बोला : 'वह क्या कम धोखेबाज है? साल में हँस-खेलकर पचीस रुपये मिल जाते थे, सो उसने उसे पाँच रुपये में लिखा लिया। मैंने उसे जाकर इतना समझाया कि चाचाजी हमारे बाल-बच्चे हैं, उस बाग में आम और जामुन बीनकर बड़े हो रहे हैं। इसके अलावा मेरे पास कुछ है भी तो नहीं। मैंने यह भी कहा कि भगवान की इच्छा से आपको कोई कमी नहीं है। दो बड़े-बड़े बाग हैं, जिनमें आम, जामुन, नारियल, सुपारी सभी कुछ लगते हैं, आप मेरा बाग छोड़ दीजिए। इसपर क्या बोला, जानती हो? बोला कि नीलमणि भैया बड़ी मुसीबत में पड़े थे, इसलिए उन्होंने भुवन मुकर्जी के सामने तीन सौ रुपये के लिए हाथ पसारे थे। असली बात यह थी कि भाभी को भोली-भाली पाकर इसने अपना उल्लू सीधा कर लिया।'

—भोली भाली नहीं तो क्या है? सुनती हूँ कि उसने कहा है कि रिश्तेदार के हाथ बाग गया तो कुछ नहीं मिलेगा। फल-फूल तो यों ही खा लेंगे। इससे अच्छा है कि कुछ कम में भी बन्दोबस्त हो जाए, तो जो भी रकम तय होगी वह मिलेगी तो सही।

हरिहर बोला : 'तो यहाँ हम भी वह रकम दे ही सकते थे, पर यहाँ तो कानों-कान खबर ही नहीं लगने दी कि वह बाग़ का बन्दोबस्त कर रही है। भाभी को हलुवा-पूड़ी खिलाकर अपने काबू में करके चुपके से लिखा लिया।'

शाम को एकाएक अन्धेरा करके कालवैशाखी की आँधी आई। बड़ी देर से बदली हो रही थी, फिर भी आँधी कुछ पहले ही आ गई। अपू के घर के सामने की झाड़ी के बाँस दीवार पर से आँधी से इधर-उधर गिर जाने के कारण मकान जैसे कुछ खुला दिखाई देने लगा। धूल, बाँस के पत्ते, कटहल के पत्ते, सरपत चारों तरफ से उड़कर आँगन में जमा हो गए। दुर्गा आम बीनने के लिए दौड़ पड़ी। अपू भी दीदी के पीछे-पीछे दौड़ा। दुर्गा दौड़ते-दौड़ते बोली : 'जल्दी दौड़। तू सिन्दूरी आम के नीचे रह, मैं सोनामुखी पेड़ के नीचे जाती हूँ। दौड़! दौड़!!'

धूल चारों तरफ भर गई थी। बड़े-बड़े पेड़ों की डालें आँधी से टेढ़ी पड़ जाने के कारण पेड़ की चोटियाँ नंगी मालूम पड़ रही थीं। पेड़ों पर सन-सन, साँय-साँय हवा चल रही थी। बाग में सूखी डालें, घास-पत्ते, बाँस के छिलके उड़कर गिर रहे थे। बाँस की सूखी पत्तियाँ अपने नुकीले हिस्सों को ऊपर की ओर रखकर आसमान

में चढ़ रही थीं। कुक्सिमा पेड़ के रोएँ की तरह परवाले सफेद-सफेद फूल पता नहीं ढेर के ढेर कहाँ से उड़कर आ रहे थे। हवा के मारे कान बहरे हो रहे थे।

सोनामुखी आम के पेड़ के नीचे पहुँचकर अपू ने बड़े उत्साह से चिल्ला-चिल्ला-कर छलांगे मारते हुए कहा : 'दीदी यह गिरा, एक उधर गिरा, एक इधर गिरा।'

वह जितना चिल्लाने लगा, उसके अनुपात से आम बटोर नहीं सका। आँधी तेज़ होती जा रही थी। आँधी की आवाज़ में आम गिरने की आवाज़ अब सुनाई नहीं पड़ रही थी। और यदि सुनाई भी पड़ी तो यह पता नहीं लगता था कि आम किधर गिरा। दुर्गा ने इतनी देर में आठ-नौ आम बटोरे, पर अपू इतनी दौड़-धूप के बाद केवल दो ही आम बटोर सका था। उन्हीं को वह खुशी के साथ दिखाते हुए बोला : 'देखो दीदी, ये कितने बड़े हैं, फिर उधर एक गिरा, उस तरफ...'

इतने में भुवन मुकर्जी के घर के लड़के-बच्चे रौला मचाते हुए आम बटोरने आ रहे हैं, यह सुनाई पड़ा। सतू ने चिल्लाकर कहा : 'दुर्गा दीदी और अपू आगे से बटोर रहे हैं...'

वह गिरोह सोनामुखी पेड़ के नीचे आ पहुँचा। सतू बोला : 'हमारे बाग में तुम आम बीनने क्यों आए हो? उस दिन माँ ने मना कर दिया था न? देखूँ तुमने कितने आम बटोरे हैं?'

बाद को उसने अपने गिरोह की ओर देखकर कहा : 'देखा टूनू, सोनामुखी के कितने आम बटोरे हैं? जाओ दुर्गा दीदी, हमारे बाग से चली जाओ, नहीं तो माँ से चलकर कह दूँगा।'

रानी बोली : 'इन्हें क्यों भगा रहे हो? वे भी बीनें और हम लोग भी बीनें।'

—नहीं हरगिज़ नहीं। जो वह यहाँ रहेगी तो सब आम उसी के पल्ले पड़ेंगे। फिर वह हमारे बाग में आने वाली होती कौन है? नहीं, जाओ दुर्गा दीदी। हम तुम्हें यहाँ रहने नहीं देंगे।'

और कोई मौका होता तो दुर्गा आसानी से हार नहीं मानती, पर उस दिन इन्हीं लोगों की शिकायत पर माँ से पिटी थी इसलिए उसने फिर से झगड़ा मोल लेने का साहस नहीं किया। इसलिए बहुत आसानी से हार मानकर उसने कुछ मन मारकर कहा : 'अपू चल हम लोग चलें।'

बाद को एकाएक, चेहरे पर बनावटी खुशी लाकर बोली : 'चल अपू, हम लोग उस जगह चलें। यहाँ बीनने नहीं दिया, तो सिंगट्टे से। समझा न? वहाँ तो इनसे भी बड़े-बड़े आम हैं। वहाँ खूब मज़े से आम बीनेंगे, चल आ!'

उसने ऐसा दिखाया कि यहाँ रहने के कारण वह नुकसान ही उठा रही थी और चला जाना उसके हक में अच्छा ही हुआ और फिर वह पहले से अधिक उत्साह के साथ अपू के आगे-आगे रांगचीता के घेरे में एक जगह सांस पाकर वहाँ से बाग़ के बाहर निकल गई।

रानी बोती : 'क्यों भाई, उन्हें भगा क्यों दिया। सतू भैया, तुम बहुत डाह करते हो।'

बात यह है कि दुर्गा ने जो आत्मविश्वास दिखलाया था, रानी पर उसका बड़ा असर हुआ था।

अपू यह नहीं समझा था कि इन बातों में क्या रहस्य है इसलिए वह बाग के घेरे के बाहर आकर पूछ बैठा : 'दीदी, बड़े-बड़े आम कहाँ लगे हैं? क्या पूटू के बाग में सलते खागी (पलीता खोर) आम के नीचे चलें?'

दुर्गा ने अभी तय नहीं किया था कि कहाँ चले, इसलिए सोचते हुए बोली : 'चल गढ़ पोखर के किनारे के बाग में चल। उधर सब बड़े-बड़े पेड़ हैं। चल।'

गढ़ पोखर यहाँ से पन्द्रह मिनट ऐंड़े-बैंड़े रास्ते में होकर न जाने कितने जंगल पार करके पहुँचा जा सकता है। वहाँ बहुत पुराने आम और कटहल के पेड़ थे, जिनके नीचे-नीचे तरह-तरह की जंगली काँटों की झाड़ियाँ, जंगली चालता[1] होने के कारण दुर्गम बना हुआ था। बस्ती तथा आबादी से दूर होने के कारण इन घने जंगलों में आम बीनने शायद ही कोई आता था। रस्सियों की तरह मोटी बहुत पुरानी गिलोय की लताएँ पेड़ों पर लटकती दिखाई पड़ती थीं। इन बड़े-बड़े पुराने पेड़ों के नीचे की कांटेदार घनी झाड़ियों में गिरे हुए आम ढूँढ़ना टेढ़ी खीर तो है ही, साथ ही साथ घने काले बादल घिरे होने तथा बाग के अन्दर जंगली पेड़ों की बहुतायत होने के कारण अन्धाधुप्प हो रहा था। कुछ अच्छी तरह सुझाई नहीं पड़ता था। फिर भी हठीली दुर्गा ने आठ-दस आम ढूँढ़कर ही दम लिया।

एकाएक वह बोल उठी : 'अरे अपू! पानी आ गया...।'

साथ ही साथ आँधी कुछ नरम पड़ी। गीली मिट्टी को सोंधी गन्ध फैल गई और थोड़ी देर बाद ही पेड़ों के पत्तों पर तड़तड़ के साथ मोटी-मोटी बूँदें पड़ने लगीं।

—चल, हम लोग उस पेड़ के नीचे खड़े हो जाएँ। यहाँ पानी से बचे रहेंगे।

देखते-देखते चारों तरफ धुँधला हो गया और मूसलाधार पानी पड़ने लगा। पानी की बूँदों से पेड़ के पत्ते फट-फटकर गिरने लगे। ताज़ी गीली मिट्टी की गन्ध और भी ज़ोर से आने लगी। आँधी कुछ नरम पड़ी थी। पर वह पहले से बढ़ गई। दुर्गा जिस पेड़ के नीचे खड़ी थी, यों शायद वहाँ पानी न आता, पर पुरवैया की बौछारों से पेड़ के नीचे भर गया। घर से बहुत दूर इस तरह आँधी-पानी का सामना हुआ, इसीलिए अपू डरकर बोला : 'दीदी, बड़े ज़ोर का पानी है।'

दुर्गा ने उसे पास बुलाते हुए कहा : 'तू मेरे पास आ' —कहकर उसे आँचल से ढककर बोली : 'पानी अभी बन्द होता है। यह अच्छा ही हुआ कि पानी बरसा हम लोग फिर सोनामुखी पेड़ के नीचे जाएँगे, ठीक है न?'

दोनों चिल्लाकर कहने लगे :

नेबूर पाताय करमचा,
हे बिष्टि धरेजा[2]
(नींबू के पत्ते पर कमरख, हे वृष्टि, तू ठहर जा)

1. एक प्रकार का खट्टा फल

2. बच्चे इसे वर्षा ठहराने का मंत्र मानते हैं।

कड़—कड़—कड़...। विशाल जंगल के घने अंधेरे के सिर को जैसे इधर से उधर तक चीरकर एक पल के लिए चारों तरफ रोशनी हो गई। सामने के पेड़ की फुनगियों पर जंगली तोरई के गुच्छे झूल रहे थे। अपू डर के मारे बहन से चिपटकर बोला : 'ओ दीदी।'

—डरता क्यों है?...राम-राम कह, राम राम राम, नींबू के पत्ते पर कमरख, हे वृष्टि, तू ठहर जा। नींबू के पत्ते पर कमरख, हे वृष्टि, तू ठहर जा।

बौछारों के मारे उनके बाल और कपड़े भीग चुके थे और उनसे टपटप पानी चू रहा था। इतने में बहुत ज़ोर की, पर दबी हुई गम्भीर ध्वनि मालूम हुई, जैसे कोई एक विशाल रूल को आमसान के धातु के बने फर्श पर इधर से उधर खींचता फिर रहा हो। अपू ने शंकित स्वर में कहा : 'दीदी, वह फिर...'

—डर की कोई बात नहीं है। डर काहे का? मेरे और पास आ जा। तेरे सिर का भीगकर बिल्कुल बुरा हाल हो रहा है।

चारों तरफ मूसलाधार पानी पड़ने का इकरस झरझर शब्द हो रहा था और बीच-बीच में आँधी का कोई झोंका आ जाता था, तो पटापट मुँह पर थप्पड़-सा मारता चला जाता था। पेड़ की डालें और टहनियाँ एक दूसरे से टकरा रही थीं। बादलों की गरज के कारण कानों के पर्दे फटे जाते थे। बार-बार दुर्गा के मन में यह बात आती थी कि अभी-अभी शायद सारा जंगल चराचर कर उनपर औंधा गिर पड़े और उन्हें अपने नीचे दबा दे।

अपू बोला : 'दीदी, कहीं पानी न ठहरा तो?'

एकाएक रोशनी की लपलपाती हुई जीभ आँधी से क्षुब्ध अन्धकारमय आकाश को इस छोर से उस छोर तक खोलकर विद्रूप के विकट अट्टहास्य ध्वनित प्रतिध्वनित कर दौड़ गया।

कड़—क्कड़—क्कड़...

साथ ही साथ बाग की चोटी में पानी की धुंधराशि को चीर-फाड़ और उड़ाकर भैरवी प्रकृति की सनक की मंझधार में फंसे दो असहाय बालक-बालिका की आँखों को झुलसाकर तीखी नीली बिजली कौंध गई। अपू ने डर के मारे आँखें बन्द कर लीं।

दुर्गा का गला सूख गया था। उसने ऊपर देखना चाहा कि कहीं वज्र तो नहीं गिर रहा! पेड़ की पुरानी फुनगी पर जंगली तोरई के गुच्छे झूल रहे थे।

उस बड़े लोहे के रूल को कोई जैसे फिर आसमान पर इधर-उधर से घसीट कर ला रहा था।

जाड़े के मारे अपू के दाँतों से दाँत बज रहे थे। दुर्गा ने उसे अपने और भी पास खींच लिया और अन्तिम उपाय के रूप में बार-बार जल्दी आवृत्ति करने लगी : 'नींबू के पत्ते पर कमरख, हे वृष्टि, तू ठहर जा। नींबू के पत्ते पर कमरख, हे वृष्टि, तू ठहर जा। नींबू के पत्ते पर कमरख...डर के मारे उसका गला काँप रहा था—'हे वृष्टि, तू ठहर जा।'

सन्ध्या होने में देर नहीं थी। आँधी-पानी रुके कुछ समय हो गया है। सर्वजया बाहर के दरवाज़े पर खड़ी थी। रास्ते में रुके हुए पानी में छप-छप शब्द करती हुई राजकृष्ण पालित की लड़की आशालता पोखर घाट की ओर जा रही थी। सर्वजया ने पूछा : 'बेटी, तुमने दुर्गा और अपू को तो नहीं देखा?'

आशालता बोली : 'नहीं चाची! वे कहीं गए हैं'—कहकर खुश-खुश बोली : 'कैसी ज़ोर की बारिश हुई है कि मेढ़कों के पौबारह हो गए।'

—वे दोनों आँधी के पहले, आम बीनने जा रहे हैं, यह कहकर चले थे, तब से नहीं लौटे। आँधी-पानी भी ठहर गया, दिन भी ढल गया, फिर वे गए कहाँ?

सर्वजया चिंतित होकर घर लौट आई। वह सोच रही थी कि क्या करे, इतने में पीछे का दरवाज़ा ढकेलकर सिर से पैर तक भीगी हुई दुर्गा एक पक्का नारियल हाथ में लेकर और पीछे-पीछे अपू नारियल का बड़ा-सा पत्ता घसीटते हुए घर में आए। सर्वजया जल्दी से लड़की, लड़के के पास दौड़ आई और बोली : 'मेरा क्या होगा? भीगकर तुम दोनों का बुरा हाल हो रहा है। जब पानी पड़ रहा था, तो कहाँ थे?'

लड़के को पास खींचते हुए सिर पर हाथ रखकर बोली : 'सिर बहुत भीग गया है।'

बाद को खुशी के साथ बोली : 'दुर्गा, नारियल कहाँ मिला?'

अपू और दुर्गा दोनों ने ही दबी आवाज़ में कहा : 'माँ, चुप-चुप, संझली ताई बाग में जा रही हैं, अभी-अभी गई हैं। उनके बाग के घेरे के किनारे जो नारियल का पेड़ है, उसीके नीचे यह पड़ा था। हम भी निकले और संझली ताई साथ ही साथ बाग़ में गई।'

दुर्गा बोली : 'उन्होंने अपू को जो ज़रूर देखा है। और मुझे भी शायद देखा है।'

बाद को दबी ज़बान से पर बड़े उत्साह के साथ बोली : 'बिल्कुल पेड़ की जड़ में पड़ा था। पहले मुझे दिखाई नहीं पड़ा। सोनामुखी के नीचे आम हैं कि नहीं देखने के लिए गई, तो देखा कि नारियल का पत्ता पड़ा है। मैंने अपू से कहा : 'अपू, पत्ता ले ले, माँ को झाड़ू की तकलीफ है, सो इससे झाड़ू बन जाएगी। इसके बाद ही'—कहकर हाथ में नारियल की ओर उद्भासित चेहरे से ताककर कहा : 'अच्छा-खासा बड़ा-सा है न?'

अपू ने खुशी के साथ हाथ हिलाकर कहा : 'बस मैं पत्ते को लेकर एक दम दौड़ गया।'

सर्वजया बोली : 'अच्छा सुन्दर डबल नारियल है। बर्तन की जगह पर रख दे, मैं उसपर पानी का छींटा देकर ले लूँगी।'

अपू ने शिकायत के स्वर में कहा : 'माँ, तुम कहा करती हो कि नारियल नहीं है, नारियल नहीं है, बड़े नहीं बन सकते, पर अब नारियल मिल गया, मेरे लिए बड़े बनाने पड़ेंगे। मैं बिलकुल नहीं मानूँगा। बड़े ज़रूर चाहिए।'

बारिश के पानी से बच्चों के चेहरे बारिश से धोई हुई जूही की तरह सुन्दर मालूम दे रहे थे। ठंडक के मारे उनके होंठ नीले पड़ गए थे, सिर के बाल भीगकर कानों से लिपट गए थे। सर्वजया बोली : 'आओ, पहले कपड़े बदल दूँ, पैर धोकर तब बरामदे पर आओ।'

थोड़ी देर बाद सर्वजया पानी लेने के लिए घर के हाते में गई। अभी वह भुवन मुकर्जी के भीतर के दरवाज़े की चौखट तक पहुँची ही थी कि सुनाई पड़ा कि संझली मालकिन चिल्लाकर मकान को सिर पर उठा रही हैं।

—ढेर-से रुपये देकर बाग लिया, कोई मुफ्त में नहीं मिला। पर इन फटीचरों के मारे किसी पेड़ की कोई चीज़ कभी घर में नहीं आती। वह छोकरी रात-दिन बाग़ के पहरे पर रहती है। कोई चीज़ गिरी कि बस उनके घर पहुँची। वह रांड भी कोई कम थोड़े ही है। सब उसीके इशारे पर होता है। मैंने सोचा कि पानी थमा है, ज़रा जाकर देखूँ कि बाग का क्या हाल है, इतने में देखती हूँ कि बड़ा-सा नारियल लेकर नाक के सामने से सरपट निकल गई। हे भगवान! तुम ऐसी दुश्मनी कब सहोगे? उनका सत्यानाश हो जाए, उनकी खटोली उठे, मैं सांझ बेला यह कह रही हूँ कि अब उन्हें नारियल खाना नसीब न हो। अब उन्हें जल्दी ही सप्तपर्ण के नीचे जाना पड़े...

सुनकर सर्वजया को जैसे काठ मार गया। बच्चों के पानी से भीगे हुए नन्हें चेहरों की बात याद आकर उसने सोचा कि कहीं उसकी गाली फल न जाएँ। है तो बड़ी अजीब औरत, मुँह में ज़हर है, क्या किया जाए? यह बात सोचकर उसके सारे बदन में कंपकंपी-सी आई और फिर देह बेसुध-सी लगने लगी। वह चौखट से ही लौट आई। सेंवड़े के जंगल में बाँस की झाँड़ियों के नीचे वर्षा रुकने के बाद सन्ध्या समय जुगुनू टिमटिमा रहे थे। उसके पैर में जैसे कोई शक्ति नहीं रह गई थी। वह डरते-डरते पानी निकालने के लिए छोटी बाल्टी तथा घड़ा कमर पर दाबकर लौट आई।

उसने लौटते वक़्त सोचा, जो मैं नारियल लौटा दूँ, तो क्या गाली लगेगी? जिसकी चीज़ उसे फेर दी गई तो फिर गाली क्यों लगेगी?

घर में पैर रखते ही उसने अपनी लड़की से कहा : 'दुर्गा! जाओ सतू के घर में नारियल दे आओ।'

अपू और दुर्गा अवाक् होकर माँ की तरफ देखने लगे।

दुर्गा बोली : 'अभी?'

—हाँ, अभी दे आओ। उनका पीछे का दरवाज़ा खुला है। जल्दी से जाओ, बोलना कि हमें पड़ा मिला था, अब ले लो।

—क्या अपू कुछ दूर तक मेरे साथ-साथ नहीं चलेगा? माँ, बहुत अन्धेरा हो रहा है। अपू, मेरे साथ चला चल न।

बच्चों के चले जाने के बाद सर्वजया ने तुलसी के नीचे दीया देकर गले में आँचल डालकर प्रणाम करते हुए कहा : 'ठाकुरजी, यह तो तुम जानते हो कि उन्होंने

दुश्मनी से नारियल नहीं लिया था। यह गाली उनको न लगे। दुहाई ठाकुरजी! तुम उनकी उमर बड़ी करो, तुम उनका मंगल करो, तुम उनकी रक्षा करो, दुहाई ठाकुरजी...'

13

गाँव के प्रसन्न पंडित के घर पर एक बनिये की दुकान भी थी। दुकान की बगल में ही उनकी पाठशाला भी लगती थी। बेंत के अलावा पाठशाला में शिक्षा देने के लिए कोई विशेष सामग्री नहीं थी। फिर भी इसी बेंत पर अभिभावकों का विश्वास गुरुजी से रत्ती-भर कम नहीं था। इसलिए उन्होंने गुरुजी को यह छूट दे रखी थी कि लड़कों को लंगड़ा और काना बना देने के अतिरिक्त बाकी वे अपनी मर्ज़ी से बेंत का जितना चाहें प्रयोग कर सकते हैं। गुरुजी भी शिक्षक के रूप में अपनी कमी और साथ ही सामग्रियों की कमी की पूर्ति बेंत से इस प्रकार लापरवाही के साथ करते थे कि छात्र लंगड़े और काने होने की दुर्घटना से बाल-बाल बचते रहते थे।

पूस के दिन थे। अपू रज़ाई ओढ़कर बिस्तरे पर पड़े-पड़े धूप निकलने की प्रतीक्षा कर रहा था। इतने में माँ ने आकर पुकारा : 'अपू, जल्दी उठ, आज तुझे पाठशाला जाना है। तेरे लिए कैसी-कैसी किताबें और स्लेट लाई गई हैं, देख। उठ मुँह धो ले। वे तुझे अपने साथ पाठशाला में कर आएँगे।'

पाठशाला का नाम सुनकर अपू अभी-अभी नींद में से जगी हुई आँखों से माँ के मुँह की ओर अविश्वास के साथ ताकने लगा। उसके मन में यह धारणा थी कि जो लड़के बुरे होते हैं, माँ की बात नहीं मानते, भाई-बहनों से लड़ते रहते हैं, केवल उन्हीं को पाठशाला भेजा जाता है। वह तो ऐसा नहीं है, फिर उसे पाठशाला क्यों भेजा जाएगा?

थोड़ी देर बाद सर्वजया फिर आकर बोली : 'अपू उठ, मुँह धो ले, तेरे साथ लाई बाँध दूँ, पाठशाला में बैठे-बैठे खाना, उठ मेरे लाल।'

माँ के जवाब में उसने अविश्वास के साथ इतना ही कहा : 'इः।'

बाद को माँ की तरफ ताककर जीभ निकाल और आँखें मूँदकर वह अजीब चेहरा बनाए रहा। उसने उठने के कोई लक्षण नहीं दिखाए, पर इतने में पिताजी के आ जाने से अपू का हीला-हवाला नहीं चला, उसे पाठशाला जाना पड़ा।

माँ के प्रति अभिमान के मारे उसकी आँखों से आँसू आ रहे थे। खाना बांध-कर देते समय बोला : 'मैं कभी घर नहीं लौटने का, कभी नहीं, देख लेना।'

—अरे राम-राम, कहीं ऐसा कहा जाता है कि घर नहीं आऊँगा?—बाद को उसकी ठुड्डी में हाथ लगाकर चूमते हुए बोली : 'विद्वान बनो, बुद्धिमान बनो, तब देखोगे कि कितनी बड़ी नौकरी करते हो। तुम्हें डरने की ज़रूरत नहीं है। अजी सुनो, गुरुजी से कह देना कि अपू से कुछ न कहें।

पाठशाला में पहुँचाकर हरिहर ने कहा : 'छुट्टी होने पर मैं आकर तुझे घर में

जाऊँगा। अपू, गुरुजी की बात मानना और शरारत न करना।'

थोड़ी देर बाद अपू ने पीछे घूमकर देखा कि पिताजी मोड़ पर गायब हो गए। अथाह समुन्दर का सामना था, वह बड़ी देर तक सिर नीचा किए बैठा रहा। बाद को उसने डरते-डरते सिर उठाया तो देखा कि गुरुजी दुकान की चबूतरी पर बैठकर तराजू से किसी को सेंधा नमक तोलकर दे रहे थे। कुछ बड़े लड़के अपनी-अपनी चटाइयों पर बैठकर तरह-तरह की आवाज़ें निकाल-निकालकर कुछ पढ़ रहे है : और बड़े ज़ोर से हाल-झूल रहे हैं। उससे भी छोटा एक लड़का खम्भे से उढ़ककर ध्यान से लिखनेवाले ताड़ के पत्ते को मुँह में डालकर चबा रहा था और एक बड़ा लड़का जिसके गाल पर एक मसा था, दुकान की चबूतरी की ओर ध्यान से कुछ देख रहा था। उसके सामने दो लड़के बैठे हुए स्लेट पर एक नक्शा बनाकर कुछ कर रहे थे। एक चुपके से कह रहा था : 'यह लो मैंने कदम बनाया,'—कहकर उसने स्लेट पर गुणा का चिह्न बना दिया और दूसरा लड़का कह रहा था : 'यह लो मैंने गोला बनाया'—कहकर गोलाई का चिह्न बना रहा था।

साथ ही दोनों कनखी से तौलने के काम में व्यस्त गुरुजी को देख रहे थे। अपू अपनी स्लेट में बड़े-बड़े हरफों में हिज्जे लिख रहा था। यह कहा नहीं जा सकता कि कितनी देर बाद गुरुजी ने एकाएक कहा : 'अबे फणिया, तू स्लेट पर यह सब क्या बना रहा है?'

सामने के उन दो लड़कों ने फौरन ही स्लेट ढक दी, पर गुरुजी की गिद्ध दृष्टि से पार पाना बहुत मुश्किल था। उन्होंने कहा : 'अरे सतवा, तू फणिया की स्लेट तो ला।'

उनकी बात अभी मुँह से निकल नहीं पाई थी कि बड़े मसे वाले लड़के ने झपट्टा मारकर स्लेट ले ली और उसे दुकान की चबूतरी पर हाज़िर कर दिया।

—अच्छा? स्लेट पर यह सब हो रहा है? अरे सतवा, दोनों को कान पकड़कर इधर तो ले आ।

जिस तरह बड़ा लड़का झपट्टा मारकर स्लेट ले गया और सामने के दो लड़के मुसीबत के मारे डरते-डरते गुरुजी की तरफ जा रहे थे, उसे देखकर एकाएक अपू को बहुत हँसी आई, वह खिलखिलाकर हँस पड़ा। थोड़ी देर हँसी रोककर फिर एक बार खिल खिलाकर हँस पड़ा।

उधर गुरुजी बोले : 'हँसता कौन है? ए लड़के, तू हँसता क्यों है। क्या यह कोई नाट्यशाला है? ऐं? क्या यह कोई नाट्यशाला है?'

अपू यह नहीं समझ पाया कि नाट्यशाला किसे कहते हैं, पर डर के मारे उसका मुँह सूख गया।

—सतवा, इमली के नीचे से एक बड़ी-सी ईंट ले आ। अच्छी-खासी बड़ी हो।

अपू डर के मारे सिकुड़ गया, उसका गला सूख गया, पर ईंट लाए जाने पर उसने देखा कि ईंट उसके लिए नहीं, बल्कि उन दोनों लड़कों के लिए लाई गई है। कम उम्र होने के कारण या नए-नए भरती होने के कारण गुरुजी ने इस बार उसे

माफ़ कर दिया था।

पाठशाला शाम को लगा करती थी। कुल मिलाकर आठ-दस लड़के-लड़कियाँ उसमें पढ़ते थे। सभी अपने घर से छोटी-छोटी चटाइयाँ लाकर बैठते थे, पर अपू के घर में कोई चटाई नहीं थी, इसलिए वह एक पुराने कालीन का आसन ले आता था। जिस कमरे में पाठशाला थी, वहाँ कहीं घेरा या दीवार नहीं थी। चारों तरफ खुला था। लड़के कतार में बैठते थे। पाठशाला के चारों तरफ जंगल था और पीछे की तरफ गुरुजी के पिता के ज़माने का बाग़ था। शाम की ताज़ी हवा, गरम धूप, खट्टा नींबू, जंगली शरीफ़ा और आम के नीचे लगे हुए अमरूद के पेड़ पाठशाला के कमरे के बाँस के खम्भे की साँस से दिखाई पड़ रहे थे। पास में कहीं किसी तरह की कोई बस्ती नहीं थी। केवल बाग़ और जंगल, एक तरफ आने-जाने का एक पतला रास्ता था।

आठ-दस लड़के-लड़कियों में सभी बहुत हाल-डोलकर तथा तरह-तरह की आवाज़ बनाकर पाठ घोख रहे थे। बीच-बीच में गुरुजी की चीख सुनाई पड़ती थी : 'अरे कैबला! उसकी स्लेट की तरफ़ क्या देख रहा है? कान उखाड़कर हथेली पर रख दूँगा। और नटुवाँ! तू कितने दफे पोता भिगोएगा? जो अब तू पोता भिगोने उठा, तो कचूमर निकाल दूँगा।'

गुरुजी एक खम्भे से उढ़ककर ताड़ की चटाई पर विराजमान रहते थे। उनके बालों के तेल के कारण बाँस के खम्भे का उढ़कने वाला हिस्सा तेलहा हो गया था। शाम के समय अक्सर गाँव के दीनू पालित या राजू राय उनके साथ गपशप करने आते थे। अपू को पढ़ने-लिखने के बनिस्बत यह गपशप कहीं अच्छी लगती थी। राजू राय यही सुनाया करते थे कि कैसे उन्होंने जवानी के दिनों 'व्यापारे वसति लक्ष्मी' कहावत का अनुसरण करके अषाढू की हाट में तम्बाकू की दुकान खोली थी। अपू आश्चर्य के साथ उनकी आपबीती सुना करता था। कैसे राजू राय छोटी-सी दुकान के आगे का पर्दा उठाकर छोटे दा[1] से तम्बाकू की कटिया कतरता था। फिर रात को नदी में जाता था, छोटी हंडिया में मछली का रसा और भात पकाकर खाता था, शायद बीच-बीच में उन लोगों का वह महाभारत या पिताजी वाली दाशूराय की पांचाली मिट्टी के दिए के सामने बैठकर पढ़ा करता था, अपू यह सब कल्पना करता था। बाहर अन्धेरे में वर्षा के दिनों में टपटप पानी पड़ रहा है, चारों तरफ सन्नाटा है, पिछवाड़े के गड्ढ़े में मेंढक टरटरा रहा है, कितना सुन्दर है? वह बड़ा होकर तम्बाकू की दुकान ज़रूर करेगा।

यह गपशप उस दिन भावुकता-कल्पना के सर्वोच्च स्तर पर तब उठती थी, जब गाँव के उस मुहल्ले के राजकृष्ण सान्याल आते थे। कोई भी बात हो, चाहे वह जितनी भी मामूली हो, उसे सहेज-संवारकर कहने में उनकी प्रतिभा असाधारण थी।

सान्याल महाशय को घुमक्कड़ी का मर्ज़ था। द्वारका, सावित्री पर्वत, चन्द्रनाथ

1. तम्बाकू काटने की खड्गनुमा छुरी

इन सब स्थानों को मंझा चुके थे। इनकी यात्रा अकेले करके वे खुश नहीं होते थे, इसलिए वे हर बार सारे परिवार को ले जाते थे और खर्च से तबाह होकर लौट आते थे। वे बड़े मज़े में अपनी चौपाल में नारियल पी रहे हैं, उस समय उन्हें ऐसा मालूम होता था कि वे बड़े घरघुसू पुराने ढंग के गंवई गाँव के खाते-पीते गृहस्थ-मात्र हैं, पिता के ज़माने की चौपाल में जड़ जमाकर बैठे हैं। एकाएक एक दिन देखा गया कि उनके दरवाज़े में ताला पड़ा हुआ है और घर में कोई नहीं है।

पता लगा कि सान्याल महाशय सपरिवार विन्ध्याचल या चन्द्रनाथ की यात्रा पर गए हैं; बहुत दिनों तक कोई खबर नहीं मिली। अचानक एक दिन फिर देखा गया कि दोपहर के समय दो बैलगाड़ियाँ मचमचाती हुई चली आ रही हैं और उनमें सान्याल महाशय प्रवास से लौटे हैं। फिर वे मजूरों से घुटनों तक बढ़ी हुई बिच्छू बूटी और अर्जुन का जंगल कटवाने में लगे हुए हैं।

एक मोटी-सी लाठी हाथ में लेकर वे लम्बी डगें भरते हुए पाठशाला में पधारते थे : 'प्रसन्न, कैसी तबीयत है, भई खूब जाल फैलाकर बैठते हो, कितनी मक्खियाँ फँसीं?'

पहाड़ा बोलते हुए अपू का चेहरा खिल जाता था। जहाँ सान्याल महाशय चटाई खींचकर बैठे, वह उस तरफ एक हाथ आगे बढ़कर उत्साह के साथ बैठता था। वह स्लेट और किताबें उठाकर एक तरफ रख देता था, मानो आज छुट्टी हो गई और पढ़ने लिखने की ज़रूरत नहीं रही। साथ ही साथ उसकी बड़ी-बड़ी उत्सुक आँखें कहानी के प्रत्येक शब्द को अकाल पीड़ित की भूख-से निगलती जाती थी।

कोठीवाले नैदान के रास्ते में जिस स्थान को अब नालता कुड़ी का जोड़ कहते थे, वहाँ पहले, बहुत पहले गाँव के मोती हाज़रा का भाई चन्द्र हाज़रा जंगल में पेड़ काटने गया था। वर्षा के दिन थे। यहाँ-वहाँ वर्षा के मारे मिट्टी खिसक गई थी। एकाएक चन्द्र हाज़रा ने देखा कि एक जगह पर मिट्टी से गड़ी हुई पीतल की हंडिया मोहरों की तरह चमक रही थी। उसने उसी वक्त उसे खोद निकाला। घर में आकर देखा कि उस हंडिया में पुराने ज़माने के रुपये थे। इन रुपयों को पाकर चन्द्र बहुत दिनों तक गुलछर्रे उड़ाता रहा। यह सब सान्याल महाशय की आँखों देखी बातें थीं।

कभी-कभी रेल पर सैर की बात भी चल पड़ती थी। सावित्री पर्वत कहाँ है, उस पर चढ़ने में उनकी स्त्री कितनी परेशान हुई थीं, नाभि गया में पिंडे देते समय पंडों के साथ कैसे हाथापाई की नौबत आई थी इत्यादि-इत्यादि। किसी स्थान पर कोई बहुत अच्छी मिठाई मिलती है, जिसका नाम सान्याल महाशय ने पेड़ा बताया था। नाम सुनकर अपू को बड़ी हँसी आई थी। वह बड़ा होने पर पेड़ा ज़रूर खरीद कर खाएगा।

और एक दिन सान्याल महाशय किसी और जगह की बात कर रहे थे। वहाँ पहले बहुत बड़ी बस्ती थी, पर अब यात्रियों को इमली के जंगल से होकर जाना पड़ता था। सान्यात महाशय बार-बार कह रहे थे कि मैं चीका मस्जिद देखने गया,

पर अपू पहले पहल यह नहीं समझ पाया कि यह चीका मस्जिद क्या बला है। फिर बाद को सारी बात सुनने के बाद वह समझ गया कि वह कोई पुरानी इमारत होगी। लगभग अन्धेरा हो गया था और उस इमारत में घुसते ही चमगादड़ों का एक झुंड भर्र से उड़ गया। रानी के घर के पश्चिम में जो तहखाना है, उसी की तरह होगा।

किसी देश में सान्याल महाशय ने एक फकीर को देखा था, जो पीपल के नीचे रहता था। एक चिलम गाँजा पीने पर वह खुश होकर कहता था : 'अच्छा कौन-सा मेवा खाएगा?'

इस पर जिस भी फल का नाम लिया जाता, वह फकीर फौरन सामने के किसी पेड़ की ओर उँगली उठाकर कह देता : 'जा तोड़ ले।'

उनकी महिमा ऐसी थी कि उस पेड़ में वही फल लगा मिलता। आम के पेड़ में अनार और अमरूद के पेड़ में केले के गुच्छे दिखाई देते थे।

राजू राय कह उठते थे : 'यह मन्त्र की शक्ति है। ऐसा होता है। उस बार हमारे मामाजी...'

दीनू पालित ने बात काटते हुए कहा : 'जब मंत्र की बात चलाई, तो मैं एक किस्सा सुनाता हूँ। किस्सा क्या आँखों देखी बात है। तुम लोगों में से बेलिया डांगा के गाड़ीवान को किसी ने देखा है? राजू, तुमने भले ही न देखा हो, राजकृष्ण भैया ने तो ज़रूर देखा होगा। रस्सी वाला खड़ाऊँ पहनकर बूढ़ा बराबर नेतवा लोहार की दुकान में हल का फाल बनवाने आता था। उसने सौ साल की उम्र पाई और आज उसको मेरे भी पचीस साल से ऊपर हो गए। जवानी में भी हम लोग उससे पंजा नहीं लड़ा पाते थे। बहुत दिनों की बात है, उन दिनों मेरी उम्र उन्नीस होगी या बीस। हम लोग चकदहा से गंगास्नान करके बैलगाड़ी पर लौट रहे थे। बुधवा की गाड़ी थी। गाड़ी पर मैं, मेरी चाची, अनन्त मुकर्जी का भतीजा राम था, जो अब खुलना में जाकर बस गया है। कानासोना मैदान के पास दिन करीब-करीब ढल गया।'

उन दिनों उधर लोग रात-बिरात जाते डरते थे, यह तो राजकृष्ण भैया, तुम भी जानते होगे। एक तो सुनसान मैदान, तिसपर साथ में औरतें, कुछ रुपये-पैसे भी थे; बड़ी चिन्ता हुई। आजकल तो वहाँ एक नया गाँव बस गया है। उसीके पास पहुँचे ही थे कि क्या हुआ कि संडे-मुसंडे काले-कलूटे आदमियों ने आकर बैलगाड़ी के पीछे वाले बाँसों को पकड़ लिया। इधर दो लगे और उधर दो।

देखकर जनाब, मेरी तो सिट्टी-पिट्ट गुम हो गई। गाड़ी के अन्दर बैठे-बैठे मेरा बुरा हाल हो रहा था, और उधर वे भी गाड़ी के पीछे-पीछे चलते आ रहे थे। मैंने देखा कि बुधवा भी पीछे की ओर टुकुर-टुकुर देख रहा था। उसने इशारे से हमें बोलने से मना कर दिया। इसी तरह चलता रहा।

इतने में गाड़ी नवाबगंज थाने के पास पहुँची। बाज़ार दिखाई पड़ रहा था। तब उन लोगों ने कहा : 'उस्ताद गलती माफ हो। हम समझ नहीं पाए थे। हमें छोड़ दो।'

बुधवा गाड़ीवान बोला : 'नहीं बाबा, यह नहीं होने का। आज थाने में बंधवा कर ही मानूँगा।'

बहुत आरजू-मिन्नत के बाद बुधवा बोला : 'अच्छा जाओ, अब की बार छोड़ दिया, पर आगे कभी यह हरकत न करना।'

'वे लोग बुधवा के पैर छूकर चले गए। यह मेरी आँखों देखी बात है। मंत्र के मारे वे बाँस पकड़े के पकड़े ही रह गए, छोड़ते नहीं बनता था, गाड़ी के साथ चले आ रहे थे। मानों कील ठोककर जोड़ दिए गए हों। तो समझे भई? मंत्र-तंत्र इसे कहते हैं...'

इस प्रकार बतकही करते-करते दिन ढल जाता था। पाठशाला के चारों तरफ के जंगल में सन्ध्या समय की लाल धूप तिरछी होकर पड़ती थी। कटहल और गूलर की डाल में लटकती हुई गिलोय पर टुनटुनी चिरैया ऊपर को मुँह करके पैग मारती थी। पाठशाला के कमरे में जंगल की गंध, लता और पत्तों की बनी हुई चटाइयाँ, फटी-पुरानी किताबें, पाठशाला की मिट्टी का फर्श, दाँ से कटी हुई तम्बाकू का धुआँ, कुल मिलाकर एक जटिल गंध बनती थी।

उस गाँव की छाया से भरी हुई कच्ची सड़क पर एक भोले-भाले ग्रामीण बालक का चित्र सामने आता है। वह किताबें बगल में दबाकर अपनी दीदी के पीछे-पीछे सज्जी से धुले तथा हाथ के सिले कपड़े पहनकर पाठशाला से लौट रहा है। उसके नन्हे-से सिर के रेशम की तरह नरम, चिकने, सुख-स्पर्श बालों की उसकी माँ ने बड़ी सावधानी से कंघी कर दी है। उसकी बड़ी-बड़ी सुन्दर आँखों में न जाने कैसी अवाक् किस्म की चितवन है, जैसे यह कोई अनोखा संसार हो और उसमें एकाएक, आँख खोलकर ताकने के कारण दिशा खो गई हो। पेड़-पालो से घिरा हुआ केवल यही उसका परिचित देश है, यहीं पर नित्य प्रति माँ उसे अपने हाथ से खिलाती है, कंघी कर देती है, बहन कपड़े पहिना देती है। इस दायरे के बाहर जाते ही वह अपरिचित अथाह समुद्र में जा पड़ता है। फिर तो उसका शिशु-मन थाह नहीं पाता।

उधर बाग़ के उस तरफ़ जो बाँस की झाड़ी है, उसके बगल से जो पतली-सी पगडंडी न जाने कहाँ को चली गई है; यदि तुम उसपर चलते जाओ, तो शंखारी तालाब के किनारे एक अज्ञात गुप्त धन के देश में पहुँच जाओगे। वहाँ बड़े पेड़ के नीचे वर्षा के पानी से मिट्टी खिसक गई है, अशर्फियों से भरी कितनी ही हंडियों और घड़ों के मुहरे निकले हुए हैं, वे अंधेरी झाड़ियों के नीचे घुइयाँ, ज़मीकन्द और जंगली करेमा के उजले-हरे पत्तों के नीचे न जाने कहाँ दबे पड़े हैं।

एक दिन पाठशाला में एक ऐसी घटना हुई, जो उसके जीवन का एक नया तजुर्बा था।

उस दिन पाठशाता में और कोई न रहने के कारण किस्सा-कहानी नहीं हो सकी। पढ़ाई-लिखाई चत रही थी। वह शिशु-पाठ पढ़ रहा था, इतने में गुरुजी ने कहा : 'स्लेट ले आओ। इमला लिखो।'

इमला लिखते समय अपू को यह मालूम हो गया कि गुरुजी जो कुछ लिखा

रहे हैं, वह मन से नहीं बल्कि याददाश्त से लिखा रहे हैं, जैसे उसे दाशूराय की पांचाली याद है।

सुनते-सुनते उसे यह भी अनुभव हुआ कि उसने एक के बाद एक इतनी अच्छी बातें कभी नहीं सुनीं। वह उन सारी बातों का अर्थ नहीं समझ रहा था, पर अज्ञात शब्द और उनका लालित्य, झंकार भरा यह अपरिचित शब्द-संगीत शिशु के अनभ्यस्त कानों को बहुत ही अपूर्व ज्ञात हुआ और इन सारी बातों का अर्थ अच्छी तरह न समझ पाने के कारण ही कोहरे से घिरी हुई अस्पष्ट शब्द-समष्टि के पीछे से एक जादू-भरे देश की तस्वीर मन में बार-बार दिखाई पड़ने लगी।

जब वह बड़ा हुआ और स्कूल में गया, तब उसे पता चला कि बचपन का यह घोखा हुआ इमला कहाँ से बोला गया था।

'यही लोकालय के मध्य में वह प्रस्रवरण गिरि है। इसका शिखर-देश आकाश-पथ में सतत समीरण के कारण संचरमान जलधर पटल संयोग से निरन्तर निविड़-नीलिमा में अलंकृत रहता है। इसकी उपत्यका घने वनपादपों से समाच्छन्न रहने के कारण स्निग्ध, शीतल और रमणीक बनी रहती है। इसके पाददेश में प्रसन्न सलिला गोदावरी तरंग-विस्तार कर अठखेलियाँ करती हुई प्रवाहित होती है।'

वह अच्छी तरह न तो कह सकता है और न समझा ही सकता है, पर वह जानता है। उसे ऐसा मालूम होता है, बहुधा ऐसा ज्ञात होता है कि दो साल पहले जब वह कोठी वाले मैदान में सरस्वती पूजा के दिन नीलकंठ चिरैया देखने के लिए गया था, उस दिन उसने मैदान से सटकर एक सड़क को कहीं दूर की ओर खो जाते देखा था। उस सड़क के दोनों किनारे कितने अज्ञात पंछी, कितने पेड़-पालो, कितनी झाड़ियाँ और जंगल थे। वह बहुत देर उस सड़क की ओर इकटक देखता रह गया था। मैदान के उस तरफ वह सड़क अनन्त में कहाँ खो गई होगी, इसका उसे कुछ पता नहीं था

उसके पिता ने कहा था : 'यह सोनाडाँगा मैदानवाली सड़क माधोपुर और दस घर होकर ढलचिते के नदी के खेवाघाट में मिल गई थी।'

पर वह यही जानता था कि यह सड़क ढलचिते के खेवाघाट में समाप्त नहीं हुई है, बल्कि आगे और आगे, रामायण, महाभारत के देश में चली गई है।

पीपल के पेड़ की सबसे ऊँची फुनगी की ओर देखकर जिस देश की बात मन में उठती है, उसी देश में...

इमला लिखते-लिखते दो साल पहले देखी हुई उस सड़क की बात ही उसके मन में आ लगी।

उस सड़क के उस पार बहुत दूर न जाने कहाँ लोकालय के मध्य में प्रस्रवरण-गिरि है। झाड़-झँखाड़ों की स्निग्ध गंध में उतरी हुई टिम-टिमाती सन्ध्या में उस स्वप्नलोक की मानसिक छवि ने उसे अचम्भे में डाल दिया। उस प्रस्रवरण गिरि का उन्नत शिखर कितनी दूर है, जिसका प्रशान्त नील सौन्दर्य आकाश-पथ पर सतत संचरण करनेवाली मेघमाला के कारण ढका हुआ रहता है।

वह बड़ा होकर उसे जाकर देखेगा। पर वह बेतों की लताओं से कंटकित तट विचित्र पुलिना गोदावरी, श्यामल जनस्थान, नील मेघमालाओं से घिरा वह अपूर्व पर्वत *रामायण* में वर्णित किसी देश में नहीं था। वाल्मीकि या भवभूति उनके रचयिता नहीं हैं। बीते हुए ज़माने के चिड़ियों के चहचहाने से मुखरित एक गाँव की सन्ध्या में एक काल्पनिक ग्रामीण बालक की अपरिपक्व शिशु-कल्पना के देश में ही वे वास्तविक, विशुद्ध तथा सुपरिचित थे। जिनका इस धरती पर भौगोलिक अस्तित्व किसी प्रकार सम्भव नहीं था, वे एक नातजुर्बेकार शिशु-मन के कल्पना-जगत् का प्रस्रवरण पर्वत निरन्तर उठने वाले बादलों के झुंडों की नीली शिखर-माला के स्वप्न लेकर अक्षय बने रहे।

14

दुर्गा भाई को ढूँढ़ने के लिए निकली थी। मुहल्ले में कई जगह ढूँढ़कर भी कहीं उसका सुराग नहीं मिला। अन्नदा राय के घर के पास आकर उसने सोचा—एक बार यहाँ चक्कर मार लूँ, चाचीजी के साथ भेंट भी हो जाएगी।

पर राय महाशय के घर में घुसी ही थी कि बड़ा शोर-गुल और बड़े रोने-पीटने की आवाज़ उसके कानों में आई, वह तब ठिठककर दरवाज़े के पास ही खड़ी रही। आँगन के एक तरफ खड़ी होकर अन्नदा राय की बड़ी बहिन सखी मालकिन चिल्लाकर मकान सिर पर उठा रही थी।

'इसके मन में कुछ डर-भय थोड़े ही है। मैंने बड़े-बड़े तीस मार खाँ देखे पर ऐसी कभी देखने में नहीं आई। बलिहारी है कि यमराज की तरह पति है, नाराज़ होने पर हड्डी-पसली एक कर देता है; ऐसी हालत में कुछ समझ-बूझकर चलना तो चाहिए था। सच तो है तीन दिन से कह रहा है कि धान को धूप दिखाओ, पर इसके कान पर जूँ तक नहीं रेंगी। जैसे कोई बेकार में बक रहा हो। गृहस्थ घर की बहू है; धान कूटेगी, काम-धाम करेगी, सो तो नहीं, रात-दिन बन-ठनकर खत्रानी बनकर बैठी रहती है'—कहकर सखी मालकिन ने कहीं कहने में कुछ कसर न रह जाए, इसलिए बन-ठनकर खत्रानी बनकर बैठने के सम्बन्ध में उनकी क्या धारणा है, यह अभिनय के द्वारा स्पष्ट कर दिया, फिर बोली : 'ऐसा तो न कभी सुनने में आया और न देखने में...'

बरामदे के अन्दर से अन्नदा राय की पतोहू नासिका के स्वर में रोती हुई बोली : 'मैं खत्रानी बनकर कब बैठी रहती हूँ? कल शाम को मैंने दो पंसेरी मूँग की दाल भूँजी सो? दोपहर को खाकर ही उसमें जुट गई। जब पाँच बजे की गाड़ी जाने की आवाज़ हो रही थी, तब भी मैं आग और बालू लेकर बैठी थी। दो टोकरी दाल भूंजना, फिर उसे दलना; जब अंधेरा हो गया, तभी निपट पाई। अंग-अंग पिरा रहा है, रात को तो यह हालत हुई कि मैंने समझा बुखार चढ़ गया। सो कोई इस तरफ

देखता भी है? फिर सबेरे-सबेरे बिना किसी कसूर के यह मार पड़ी। कौन मैं बैठे-बैठे खाती हूँ?'

इतने में अन्नदा राय का लड़का गोकुल एक हाथ में पत्ता समेत हरे बाँस का अगला हिस्सा और दूसरे हाथ में दा लेकर आया। पत्नी के रोने का अन्तिम अंश सुनकर वह गरजते हुए बोला : 'अभी तक तुम्हारा दिमाग़ दुरुस्त नहीं हुआ? मालूम होता है कि तुम्हें और भी भोग भोगने हैं। सबेरे-सबेरे मुझे गुस्सा न दिलाओ। आज तीन दिन से धान को धूप में डालने के लिए कहता आ रहा हूँ। बादल-बूँदी के ढंग हैं, कही धान बिगड़ गए, तो तुम्हारा कौन-सा बाप आकर उन्हें बचा लेगा? फिर सारे साल क्या धूल फाँकेगी?'

गोकुल की स्त्री एकाएक रोना-कलपना बंद करके तेज़ी के साथ बोली : 'मैं कहे देती हूँ, तुम मेरे बाप तक न जाओ, मेरे बाप ने तुम्हारा क्या बिगाड़ा है? जब-तब तुम उनको क्यों घसीटा करते हो?...'

उसकी बात खतम भी नहीं होने पाई थी कि गोकुल बाँस छोड़कर दा हाथ में लिए हुए एक छलांग में बरामदे की सीढ़ियों को पार करते हुए बोला : 'तो तू नहीं मानेगी? तू ही रहेगी या मैं ही रहूँगा। आज तेरे मायके के सारे दुलार निकालकर मैं दम लूँगा।'

घर में खून-खच्चर हुआ जा रहा है, देखकर घर का हलवाहा आंगन से बोला : 'भैयाजी, क्या करते हो, हाँ हाँ, रुको, रुको'—कहकर वह बरामदे में चढ़ आया, दुर्गा भी दौड़ पड़ी, उधर से सखी मालकिन भी बरामदे में आई और बड़ा शोर-गुल मचा। बरामदे के बीच में गोकुल की पत्नी पति के उद्यत आक्रमण के सामने पीछे हटकर वार बचाने के लिए दोनों हाथ उठाकर दीवार से सटी हुई सिकुड़ी खड़ी थी। उनकी आँखों में भय झलक रहा था। हलवाहे ने पहले ही गोकुल के हाथ से दा ले लिया, फिर उसे पकड़कर बरामदे से ले जाते हुए बोला : 'भैयाजी, तुम करते क्या हो? रुको, रुको, उतर आओ...'

गोकुल की उम्र तीस-पैंतीस से कम नहीं थी, पर शरीर से वह तगड़ा नहीं था। हलवाहे के साथ वह मलेरिया पीड़ित शरीर लेकर हाथापाई करे, तो उसकी कमज़ोरी और भी खुल जाए, यह समझकर उसने कहा : 'देखो न पूरा एक नांद धान है, सो भी बीज का। जो कहीं पानी पाकर अंखुवा निकल आए, तो फिर वह बोने के काम थोड़े ही आ सकता है? आज तीन दिन से बराबर कह रहा हूँ, काम तो किया नहीं उल्टे सीनाजोरी करती है। जो मैंने तुम्हारी सारी सिट्टी-पिट्टी नहीं भुला दी...'

दुर्गा का दम में दम आया। पर इस समय चाची जी के साथ बतकही करने का मौका नहीं है, यह समझकर वह लगभग चोर की तरह अन्नदा राय के घर से निकल गई।

पाँचू बनर्जी के घर के पास जामुन के नीचे एक आदमी लोटा-कटोरी की मरम्मत कर रहा था। लकड़ी के कोयले की आग धौंकनी से गनगना रही थी। मुहल्लेभर की टूटी-फूटी कटोरियाँ जमा थीं। ठिगना और गठीला आदमी था, उम्र का पता लगाना

टेढ़ी खीर थी। तीस का भी हो सकता था, पचास का भी। गले में तीन लड़वाली तुलसी की कंठी बांध रखी थी। चेहरे के दाहिने तरफ एक कटा दाग था। हाथ के पहुँचे के पास की नसें रस्सी की तरह तनी थीं, एक अधमैली धोती पहिन रखी थी। मुहल्ले के बहुत-से लड़के-बच्चे उसे घेरकर बर्तन मरम्मत का तमाशा देख रहे थे। दुर्गा भी भीड़ में शामिल हो गई।

वह आदमी बोला : 'मुन्नी क्या चाहिए?'

वह बोली : 'कुछ नहीं, बस देख रही हूँ।'

घर लौटकर उसने माँ से कहा : 'आज गोकुल चाचा ने चाची को ऐसा मारा कि क्या कहूँ, क्या कहूँ।'

बाद को उसने पूरा किस्सा सुनाया।

सर्वजया बोली : 'आखिर गँवार किसान ही ठहरा। अच्छी-भली लड़की है, ऐसे के पाले और ऐसे घर में पड़ी कि मार खाते-खाते ज़िन्दगी बीत रही है।'

—मुझे बहुत चाहती है। घर में जब जो कुछ बनता है, मेरे लिए अलग रख देती है। चाचीजी का रोना सुनकर बहुत तकलीफ हुई। उधर सखी दादी उलटे चाचीजी को ही...

वह तीन-चार दिनों तक जामुन के नीचे बर्तन मरम्मत देखने गई। उस आदमी ने उसका घर, पिता का नाम, सारे ब्योरे पूछ लिए। बोला : 'तुम्हें कुछ मरम्मत नहीं कराना है? मुन्नी जाओ न, ले आओ।'

दुर्गा घर आकर माँ से बोली : 'हमारे यहाँ के टूटे लोटे, गडुओं को देना नहीं है? एक बहुत भला आदमी आया है, उस मुहल्ले के रास्ते में जामुन के नीचे बैठा है।'

वह अपना नाम पीतम बताता था। शायद जाति का ठठेरा है। धौंकनी चलाते-चलाते वह कभी-कभी सीधा बैठ जाता है और चिल्लाकर कहता है : 'जय राधे! राधे गोविन्द!'

सबेरे उसके पास मुहल्ले के बहुत-से लोग आये थे। वह बराबर मड़ई से आग निकालकर आए हुए शरीफ लोगों को तम्बाकू पेश करता था और ऐसा करते समय चेहरे को चिरौरी-भरा बना लेता था और एक तरफ के कन्धे को ज़रा झुका-कर कहता था : 'हें-हें महाशय जी, तम्बाकू का शौक फर्माइए। राधारानी के चरणों की कृपा है।'

फिर कहानी जारी रखते हुए कहता था : 'नारियल की बात हो रही थी न? सो न कहिए भैया जी। परसाल जेठ में कुछ नई पौधें लगाईं। आधे कट्ठे ज़मीन पर छः गंडे पौधे खरीदकर लगाई, पर मेढकों के मारे जड़-मूल तक गायब हो गया। सारा पैसा बरबाद हो गया, हाथ कुछ नहीं लगा।'

मुकर्जी महाशय सबेरे से इस फिराक में बैठे हुए थे कि किसी तरह मीठी बातों में लगाकर पीतल के एक घड़े की मुफ्त में मरम्मत करा लें। तम्बाकू पीते-पीते पहले की बात चलाते हुए बोले : 'तो यह तो रहा मामला। अब की बार भी सोचा था

कि बीसेक पौधे घर के पीछे लगाएँगे, पर मलेरिया ने ऐसा पकड़ा कि बस रह गए। अच्छा मिस्त्री, यह तो बतलाओ कि तुम्हारे तरफ क्या हाल है?'

वे आज सबेरे से उसे मिस्त्री-मिस्त्री कह रहे थे।

—अजी कुछ न पूछिए, सोलहों कला पूर्ण है। मलेरिया क्या है, पूरा सत्यानाशी है। लीजिए, आपका घड़ा, छः पैसे दे दीजिए।

मुकर्जी महाशय घड़ा लेकर खड़े होते हुए बोले : 'लो इतने-से काम के लिए पैसे, ब्राह्मण का एक उपकार किया सो भी कार्तिक का महीना है। उसके लिए फिर...?'

पीतम जल्दी से मुकर्जी महाशय के हाथ के घड़े को पकड़ते हुए बहुत हँसमुख ढंग से बोला : 'जी नहीं, बाबा माफ़ कीजिए। मुफ्त में मरम्मत नहीं होगी। अभी सबेरे का पहर है, बोहनी तक नहीं हुई। जी हाँ—मुझसे नहीं होगा—घड़ा रख जाइए, घर जाकर पैसे भेज दीजिएगा।'

दुर्गा की माँ ने दुर्गा से पूछा : 'ज़रा पूछना ये लोग टूटे बर्तन लेकर नये बर्तन देते हैं...'

पीतम राज़ी था। दुर्गा घर से कई पुराने गड़ुए लोटे, कटोरियाँ, घड़े उसके पास ले गई। वह आधा दिन जामुन के नीचे ही बिताती थी और धौंकनी चलाना, रांगा लगाना देखा करती थी। पीतम ने उसे कह रखा था कि मैं तुम्हारे लिए एक पीतल की अँगूठी बना दूँगा, और यह भी कहा था कि मरम्मत के पैसे नहीं लगेंगे।

सर्वजया सुनकर बोली : 'यह आदमी तो भला है। अगले बुधवार को अपू के जन्मवार में उसे कहना कि यहाँ आकर थोड़ा प्रसाद पा जाए...'

बुधवार को सबेरे उठकर दुर्गा जामुन के नीचे पहुँची तो देखा कि वहाँ वह आदमी नहीं था। पूछने पर मालूम हुआ कि पिछले दिन सन्ध्या समय वह दुकान उठाकर चला गया है। भट्ठी का गढ़ा और जले हुए कोयलों की राशि के अलावा, वहाँ कुछ भी नहीं था। दुर्गा ने इधर-उधर तलाश की, इससे-उससे पूछा, पर किसी को भी मालूम नहीं था कि वह कहाँ था। डर के मारे दुर्गा का कलेजा मुँह को आ गया। सुनने पर माँ क्या कहेगी। गृहस्थी के आधे बर्तन तो मिस्त्री के पास थे। उसने दुर्गा से कहा था कि झीकरहाटी के बाज़ार में उसके भाई की ठठेरी की दुकान है, वहाँ खबर भेजी गई है और दो-एक दिन में वह नए बर्तन लेकर आने ही वाला है। फिर तो पुराने बर्तन बदल दिए जाएँगे। पर कहाँ वह और कहाँ उसका भाई। बहुत खोजने पर भी दुर्गा को उसका पता नहीं लगा। मज़े की बात यह थी कि केवल उन्हीं के बर्तन गए थे, बाकी होशियार लोगों का पीतल का एक भी टुकड़ा नहीं खोया था।

दिन-भर के बाद सन्ध्या समय दुर्गा ने रुंआसी होकर माँ को सारी बात बतलाई। हरिहर परदेश में था, इसलिए कोई खोज-खबर लेने वाला भी नहीं था। सुनकर सर्वजया को एक बार काठ मार गया। बोली : 'अपने राय ताऊ से जाकर ज़रा कह तो दे। ऐसी अनहोनी बात तो कभी सुनी नहीं गई।'

जब हरिहर घर लौटा, तो झीकरहाटी के बाज़ार में खोज की गई, पर वहाँ

पीतम नाम के किसी आदमी की बर्तनों की दुकान नहीं थी, और न उस हुलिए का कोई आदमी ही वहाँ था।

कई महीने बीत गए। भादों का महीना था।

अपू शाम के समय घूमने की तैयारी कर रहा था कि इतने में उसकी माँ ने पीछे से पुकारकर कहा : 'मैं चावल और चना भूँज रही हूँ। कहीं बाहर न चले जाना। अभी तैयार हो जाएगा, समझे न।'

अपू ने सुनी अनसुनीकर दी, यद्यपि उसे भूँजे चावल और चना पसन्द थे, और इसीलिए माँ बता भी रही थी, इसका भी उसे पता था, फिर भी वह क्या करे। इतनी देर से नीलू के घर में बड़े ज़ोर का खेल हो रहा था। वह भी जब बाहर के दरवाज़े पर कदम रख रहा था तो माँ ने फिर कहा : 'क्या तू जा रहा है? अरे अपू! वाह, यह अच्छा तमाशा रहा। मैंने कहा कि गरम-गरम खाएगा, इसलिए घाट से जल्दी आकर काम में लग गई और तू...अरे ओ अपू!'

अपू एक छलांग में नीलू के घर जा पहुँचा। वहाँ बहुत-से लड़के जमा थे। अपू के आने के पहले ही खेल खतम हो चुका था। नीलू ने कहा : 'अपू चल, दक्खिन के मैदान में चिड़ियों के बच्चे देखने चलेगा?'

अपू राज़ी हो गया और दोनों दक्खिन के मैदान की ओर चले। धान के खेत के उस पार ही नवाबगंज की पक्की सड़क पूरब से पच्छिम तक जैसे मैदान के बीचों बीच उसे चीरकर चली गई थी। गाँव से मील-भर से ऊपर था। अपू कभी इतनी दूर घूमने नहीं आया था। उसे ऐसा मालूम हुआ जैसे सारी परिचित वस्तुओं का दायरा लांघकर नीलू भैया उसे कहीं बहुत दूर ले आया है। वह थोड़ी ही देर बाद बोला : 'चलो, घर चलें। मुझपर माँ बिगड़ेंगी। सांझ हो जाएगी, मैं अकेले जंगली शरीफ़े के नीचे से जा नहीं सकूँगा। तुम घर चलो...'

लौटते समय नीलू रास्ता भूल गया। किसी तरह टटोल-टटालकर किसी के आम के बाग के किनारे से एक पगडंडी मिली। अभी सांझ होने में कुछ देर थी, बदली बूँदी के लच्छन हो रहे थे। इतने में चलते-चलते नीलू एकाएक ठिठककर अपू की कुहनी पकड़कर खींचते हुए भय चकित आवाज़ में बोला : 'ओ भई, अपू।'

अपू साथी के भय का कारण न समझकर बोला : 'क्या है, नीलू भैया?'

बाद को उसने देखा कि जिस पगडंडी पर वे चल रहे थे, वह किसी के आंगन में जाकर खतम हो गई है और उस आंगन में एक छोटी-सी मड़ैया और एक विलायती आमड़े का पेड़ है। कुछ पूछने के पहले ही नीलू डरकर बोला : 'अतूरी डायन का घर है।'

अपू का मुँह सूख गया...अतूरी डायन का घर? वे इस बार किस मुसीबत में फँस गए। यह कौन नहीं जानता कि उस आँगन के विलायती आमड़ा तोड़ने के अपराध में डायन ने मल्लाहों के मुहल्ले के एक लड़के की जान निकालकर उसे अरवी के पत्ते में बाँधकर पानी में डुबा रखी थी। बाद को मछलियों ने उस पत्ते को खा लिया, साथ ही साथ बेचारे की आमड़ा खाने की साध हमेशा के लिए समाप्त हो

गई। कौन यह नहीं जानता कि वह चाहे तो आँखों-आँखों से ही छोटे लड़के का खून चूस ले सकती है। जिसका खून चूसा गया, उसे कुछ पता नहीं लगता, वह रोज़ की तरह घर जाकर खा-पीकर बिस्तरे में लेटता है, पर कभी नहीं उठता! कितने दिन जाड़ों की रात में रज़ाई के नीचे लेटकर दीदी के मुँह से अतूरी डायन की कहानियाँ सुनते-सुनते कहा है : 'दीदी, रात में यह सब कहानियाँ न बोला कर, मुझे डर लगता है। इससे बल्कि तू मुझे गुमची के रंगवाली राजकुमारी की कहानी सुना।'

वह धुंधली दृष्टि से सामने की ओर देखता रहा कि मकान में कोई है या नहीं और देखने के साथ ही साथ उसके शरीर का सारा खून जमकर बरफ़ हो गया। घेरे के बाँसों के पास और कोई नहीं स्वयं अतूरी डायन विराजमान थी और ऐसा प्रतीत हुआ कि उन्हीं लोगों की तरफ घूर रही थी।

जिसकी इतनी हूक थी, उसे अपने सामने खड़ा देखकर अपू की वह हालत हुई कि न तो उससे आगे बढ़ा गया और न पीछे ही हटा गया। जैसे कहते हैं, काटो तो खून नहीं।

अतूरी बुढ़िया भौंहें सिकोड़कर पिचके हुए गालों को और भी लटकाकर अच्छी तरह देखने के ढंग से चेहरे को सामने की तरफ बढ़ाकर पाँव-पाँव उनकी तरफ आने लगी। अपू ने देखा कि वह पकड़ा गया है, भागने का रास्ता नहीं रह गया, जिस कारण से भी हो डायन उसीपर खार खाए मालूम होती है, अभी वह उसकी जान को अरवी के पत्ते में भर लेगी।

मुँह का कौर छोड़कर, माँ की पुकार पर पुकार की उपेक्षा कर आज माँ का मन दुखाकर वह घर से चला आया था, उसका यह नतीजा होने जा रहा था। वह असहाय ढंग से चारों तरफ तांककर बोला : 'ओ बूढ़ी फूफी, मैं कुछ नहीं जानता, मैं कुछ नहीं करूँगा, मुझे छोड़ दो, मैं कभी इधर का रास्ता नहीं देखूँगा, ओ बूढ़ी फूफी, आज छोड़ दो।'

नीलू तो डर के मारे रो पड़ा था, पर अपू इतना डर गया था कि उसकी आँखों के आँसू सूख गए थे।

बुढ़िया बोली : 'मेरे बेटे डर काहेका? मुझसे क्यों डरते हो?' बाद को मानो कोई दिल्लगी हो रही है, हँसकर बोली : 'बेटे, मैं तुम्हें कोई पकड़ थोड़े ही लूँगी। आओ, मेरे घर पर आओ। मैं तुम लोगों को अमचूर दूँगी, आओ...'

अमचूर !...अरे बाप रे! डायन बुढ़िया भुलावे में डालकर घर में ले जाना चाहती है। भीतर गए कि बस!...उसने माँ से ऐसी कितनी ही कहानियाँ सुनी थीं, जिनमें डायनों तथा राक्षसियों ने भुलावे में डालकर छोटे बच्चों का काम तमाम कर दिया था।

अब वह करे तो क्या करे? क्या करे?

बुढ़िया उसकी तरफ बढ़कर आती हुई बोली : 'अरे मेरे बेटे, क्या डर है? मैं कुछ नहीं कहूँगी, मुझसे डरते क्यों हो?'

बस अब खत्म ही है। माँ की बात न मानने का नतीजा हाथों हाथ मिलने

वाला है, अभी वह हाथ बढ़ाकर जान निकालकर अरवी के पत्ते में भरने ही वाली है। उसे हर क्षण यह आशंका हो रही थी कि अभी हँसमुख बुढ़िया रूप बदल कर विकट रूप धरकर अट्टहास करेगी, उस राक्षसी रानी की कहानी में जैसा हुआ था।

कहते हैं कि अजगर की दृष्टि के माया-जाल में पड़कर हिरण का बच्चा दूसरी तरफ आँख नहीं फेर पाता, यही हालत बुढ़िया की तरफ देखते हुए अपू की भी हुई। वह भर्राई हुई आवाज़ में दिशा खोकर बोल उठा : 'ओ बूढ़ी फूफी, मेरी माँ रोएगी, मुझे आज कुछ न बोलो। मैं किसी दिन तुम्हारे आमड़ा पेड़ से आमड़ा लेने नहीं आया, मेरी नाँ रोएगी...'

डर के मारे उसका चेहरा नीला पड़ गया था। घर, जंगल, दरवाज़ा पेड़-पालो, नीलू, चारो दिशाएँ, धुँधली नज़र आ रही थीं। न तो कोई कहीं था, न उसे कोई दिखाई दे रहा था। बस अतूरी डायन की क्रूर दृष्टि-भरी दो आँखें दिखाई पड़ रही थीं। और दूर, बहुत दूर जैसे उसकी माँ उसे भूँजे चावल खाने के लिए बुला रही थी।

पर अगले ही क्षण अतिशय भय के कारण उसमें एकाएक बहुत साहस आ गया, एक अस्पष्ट अस्फुट आवाज़ करके वह लगभग बिना कुछ देखे-सुने माँट सेंवड़ा, रांगचीता आदि का जंगल छलाँगों से पार करता हुआ, जिधर सूझा उधर दौड़ पड़ा। नीलू भी उसके पीछे-पीछे भागा।

ये लोग क्यों डरे, यह बात बुढ़िया की समझ में नहीं आई। बोली : 'न तो मैंने मारा न पकड़ा, फिर भी ये बच्चे न मालूम सन्ध्या समय मुझे देखकर क्यों डर गए? ये मुन्ने किसके हैं?'

जब अपू घर आया, तो सन्ध्या ढल चुकी थी। सर्वजया अभी-अभी चूल्हा सुलगाकर पके ताड़ के रस के गुलगुले बनाने की तैयारी कर रही थी। दुर्गा पास ही बैठी ताड़ चांछकर रस निकाल रही थी। लड़के को देखकर बोली : 'कहाँ था अब तक? तब का निकला अब आया, कुछ खाया भी नहीं। क्या तेरी भूख-प्यास भी हर गई?'

माँ को कहने के लिए इतनी ढेर-सी बातें थीं और वे एक साथ बाहर आना चाहती थीं कि उनका सबका रास्ता रुक गया और अपू चुप का चुप रह गया। उसने बस इतना ही कहा : 'क्या मैं कपड़े बदल लूँ माँ, मेरे कपड़े उस जून के हैं...।'

पर अपू ने विस्मय के साथ देखा कि माँ उसे चना-चावल देने का कोई आग्रह नहीं दिखा रही है, ताड़ का रस गाढ़ा है कि पतला इसीकी ध्यान से जाँच कर रही है। जाँच समाप्त होने पर दुर्गा से बोली : 'हाथ कंगन को आरसी क्या? दो-चार गुलगुले तलकर देख लेती हूँ कि रस कैसा है। बड़े तखत के नीचे चावल का पिसान है, थोड़ा ले आना'—बाद को लड़के की तरफ देखती हुई बोली : 'अपू ठहर तुझे अभी गरम-गरम गुलगुले तले देती हूँ।'

अपू बोला : 'मेरा चना-चावल कहाँ है?'

—तूने खाया कहाँ? इतनी बार पुकारा पर तू नौ-दो ग्यारह हो गया। दुर्गा ने

खा लिए, पर अब गुलगुले तो तैयार ही समझ, तले कि दिए।

अपू मन ही मन शाम के समय से जो ताश का घर बना रहा था, उसे जैसे किसी ने एक ही फूँक में मिट्टी में मिला दिया। बस माँ का प्यार यही है। शाम के समय घर से निकल जाने के बाद से बराबर माँ उसके लिए न जाने कितनी दुखी हो रही है कि मेरा अपू अब तक नहीं आया, उसके लिए घाट से आकर मैंने चने और चावल भूने, हाय वह बिना खाए-पिए चला गया। पर यहाँ तो माज़रा ही कुछ और है। माँ को उसकी क्या पड़ी है? माँ ने मज़े से सब कुछ दीदी को खिला दिया। वह निश्चिन्त होकर बैठी है। वह इतनी देर फिज़ूल में परेशान हो रहा था।

दुर्गा बोली : 'माँ जल्दी तल दो। बहुत बदली हो रही है, जो पानी पड़ने लगा तो फिर तलना रहा जाएगा। क्यों कि घर चूता है। उस दिन की तरह भाबई आएगी।'

देखते-देखते चारों तरफ बादल घिर आने के कारण बाँस से जंगल की चोटी काली पड़ गई। बादल छा जाने के कारण आकाश अन्धेरा घुप्प हो रहा था, फिर भी अभी पानी नहीं पड़ रहा था। ऐसे मौके पर मन में एक तरह का आनन्द और कौतूहल जगता है कि न जाने कितनी भयंकर वर्षा हो, शायद पृथ्वी बह जाए। हर बार वर्षा होती है, पृथ्वी नहीं बहती, फिर भी यह भ्रम पैदा हो जाता है। दुर्गा के मन का प्याला उसी अज्ञात के आनन्द से लबरेज़ हो गया। वह बीच-बीच में बरामदे के किनारे आकर नीचे छप्पर के तले से गर्दन बढ़ाकर अन्धकार भरे आकाश की ओर जब-तब देख लेती थी।

सर्वजया कुछ गुलगुले तलकर बोली : 'उस कटोरी में उसे दे तो दुर्गा! उसने शाम से कुछ नहीं खाया, भूख लगी होगी।'

इस अन्तिम बात से अनर्थ हो गया। अभी तक अपू किसी तरह संभला हुआ था, पर माँ की अन्तिम बात में दुलार का पुट पाकर उसके अभिमान का बाँध टूट गया। उसने गुलगुलों समेत कटोरी को आँगन में फेंकते हुए कहा : 'मैं गुलगुले नहीं खाऊँगा, कभी नहीं खाऊँगा, जाओ नहीं तो...'

सर्वजया लड़के का यह ढंग देखकर अवाक् रह गई। गरीबी में आटा गीला। एक-एक चीज़ न जाने कैसे जुटती है और इस कमबख्त लड़के ने दो-दो बार बड़ी कठिनाई से सामने आई हुई थाली को लात मार दिया। वह क्षोभ और क्रोध में लड़के की तरफ देखकर बोली : 'आज तुझे हो क्या गया है? आज तेरे भाग्य में चूल्हे की राख बदी है, उसी को गरम-गरम फाँक लेना।'

अब अपू की बारी थी। उसने माँ से ऐसी बातें कभी नहीं सुनी थीं। कहाँ वह यह चाह रहा था कि माँ उसे पुचकारे और दुलराए, पर उसने तो भरी साँझ में ऐसी भयंकर बात कह दी, वह खड़ा होकर बोला : 'अच्छी बात है, मैंने भूँजे चावल नहीं खाए, उससे मेरा दिल नहीं दुखा? क्या शाम से मैं उसीका सोच नहीं कर रहा हूँ? मैं, मैं कभी भी तुम लोगों के घर नहीं आऊँगा, मैं राख फाकूँगा, पर मैं राख क्यों फाँकूँगा? दीदी शायद सब अच्छी-अच्छी चीज़ें खाएगी। मैं तुम्हारे घर नहीं आऊँगा, कभी नहीं आऊँगा।'

बाद को वह अभी-अभी अतूरी बुढ़िया के घर से जिस प्रकार अंधेरा, काँटों की झाड़ियाँ, आम का बाग इनकी परवाह बिना किए दौड़ा था, अब वह क्रोध में आपे से बाहर जाकर बरामदे से उतरकर आंगन में, फिर उसके बाद जिधर-मर्ज़ी आई, दौड़ पड़ा। भाई की अभिमान-भरी दृष्टि, फूला हुआ चेहरा और बात करने का ढंग दुर्गा को इतना हास्यजनक लगा कि वह हँसते-हँसते करीब-करीब लोट-पोट हो गई : 'ही ही, माँ, अपू एकदम पगला है'—कहकर उसने भाई के कथन की नकल करते हुए कहा : 'मैंने भूँजे चावल नहीं खाए, ही-ही क्या इससे मेरा दिल नहीं दुखा? एकदम गावदी है, अरे अपू सुन, ओ रे अपू—ऊ—अ—।'

अपू दौड़कर दीवार के किनारे की पगड़डी से पीछे की बाँस की झाड़ी की ओर लपका। अर्भ बादल थमे हुए थे। बाँस की झाड़ी के नीचे के झाड़-झंखाड़ इस सुनसान वर्षा की सन्ध्या में बिल्कुल अन्धेरे हो रहे थे। मामूली हालत में भी इस जगह में किसी दिन अकेले आने की कल्पना नहीं कर सकता था। पर इस समय चारों तरफ का सन्नाटा और अन्धेरा, बाँस की झाड़ियों में खरखर आवाज़, पास ही पलीताखोर आम के पेड़ पर भूत रहने की शोहरत आदि सारी बातों को भूलकर वह खड़े-खड़े सोचने लगा—मैं कभी घर नहीं जाऊँगा, इस जन्म में घर नहीं लौटूँगा।

अभिमान का पहला वेग कुछ मद्धिम पड़ते ही उसे कुछ डर-सा लगने लगा। डरते-डरते उसने एक बार पलीताखोर आम की ओर कनखी से देख लिया। फिर भी उसके मन में यह बात आई कि इस समय एक भूत आकर मुझे पेड़ की चोटी पर उठा ले जाए, तो अच्छा रहे, माँ खोजकर रो मरेगी—सोचेगी, क्यों मैंने भरी सांझ में राख फाँको कहा था, तभी तो मेरा मुन्ना अँधेरे में बादल के ऊपर निकल गया, फिर लौटकर नहीं आया। जो भूत उसे चट्ट कर जाए, तो माँ को कितनी तकलीफ होगी, यह सोचकर उसे थोड़ी देर तक प्रतिहिंसा का आनन्द मिला। बाद को वह वहाँ से चलकर दीवार के बगल में खड़ा हो गया। उसे अब डर लग रहा था। सामने वाली बाँस की झाड़ी में कोई अस्पष्ट सा शब्द हुआ। अपू ने एक बार डरते-डरते आँख ऊपर करके देख लिया। उसकी माँ और दीदी रानी के घर की तरफ से पुकार रहे थे : 'अरे अपू—अरे अपू—ऊ—ऊ...'

बाँस की झाड़ी में फिर कोई आहट हुई। उसे बहुत बुरा लगा। पर मुसीबत यह थी कि अभी तक उसमें आत्मसम्मान ज़रूर बना हुआ था। कि बिना मनाएँ वह घर लौटने के लिए तैयार ही न था। अब उसकी दीदी रानी के घर के पीछे से बाहर आ रही थी। वह दौड़कर सामने की दीवार के कोने से लग कर खड़ा हो गया।

एकाएक आते-आते दीवार के पास नज़र पड़ते ही दुर्गा चिल्लाकर बोल उठी : 'लो माँ, यह खड़ा है, दीवार के पास।'

बाद को उसने दौड़कर भाई के हाथ पकड़ लिए (दौड़ने की ज़रूरत नहीं थी) बोली : 'अरे पाजी, यहाँ चुपचाप खड़ा था और मैं और माँ गाँव-भर का चक्कर

लगाकर हैरान हो रहे हैं। यह रहा।'

दोनों मिलकर उसे पकड़कर घर के भीतर ले गईं।

15

अब की बार घर से जाते समय हरिहर लड़के को साथ ले गया। बोला : 'घर में इसे कुछ खाने को नहीं मिलता, बाहर फिर भी दूध , घी कुछ न कुछ मिलेगा और इसकी तन्दुरुस्ती सम्हलेगी।'

जब से अपू पैदा हुआ था वह बाहर कहीं नहीं गया था। इसी गाँव में मौलश्री के नीचे, गुसाईं बगान के चालता पेड़ के नीचे, नदी का किराना, बहुत हुआ तो नवाबगंज जाने की पक्की सड़क तक ही उसकी दौड़ थी। बीच-बीच में बैसाख या जेठ महीने में बहुत गर्मी पड़ने पर उसकी माँ शाम के समय नदी के किनारे घाट पर खड़ी रहती थी। नदी के उस पार सरपतवाले मैदान में बबूल के पेड़ों पर पीले रंग के फूल खिले होते थे; गाएँ चरती रहती थीं; मोटी गिलोय लता से आलिंगित सेमर का पेड़ देखने पर मालूम होता था कि न जाने कितना पुराना है। चरवाहे नदी के किनारे गायों को पानी पिलाने लाते थे; एक छोटी-सी डोंगी पर गाँव का अक्रूर मल्लाह मछली पकड़ने के लिए पानी के अन्दर फंदा बनाने की तैयारी करने जाता था; मैदान में बीच-बीच में अमलतास के फूल शाम की मंद-मंद वायु में पेंग लेते रहते थे, ठीक ऐसे समय किसी-किसी दिन अकस्मात् उस पार की हरियाली जहाँ नीले आकाश में जाकर समाप्त हुई है और दूर के किसी गाँव की हरी वनरेखा पर झुक गई है, उधर ताककर उसका जी जाने कैसा हो जाता था कि उसे वह शब्दों में समझाकर किसी से नहीं व्यक्त कर सकता था।

हाँ, जब उसकी दीदी घाट से आती थी तो वह कहता था : 'दीदी-दीदी, देख उस तरफ कैसा है'—कहकर वह मैदान के छोर की ओर उँगली दिखाकर कहता था : 'वह, वह जो रहा पेड़ के पीछे। बहुत दूर है न?'

दुर्गा हँसकर कहती थी। 'बहुत दूर है, यही तू बताना चाह रहा है। चल, तू तो बिलकुल पागल है।'

आज उसी अपू को पहली बार गाँव के बाहर पैर रखने का मौका मिला। कई दिनों के उत्साह के मारे उसकी नींद हराम हो रही थी। अन्त में दिन गिनते-गिनते चलने का दिन आ ही गया।

उनके गाँव की सड़क घूमकर नवाबगंज की सड़क को दाहिनी तरफ छोड़कर मैदान के बाहर दुर्गापुर की कच्ची सड़क के साथ मिल गई है। दुर्गापुर की सड़क पर पहुँचकर उसने पिता से कहा : 'पिताजी ,रेल की सड़क कौन-सी है?'

उसके पिता ने बोला : 'चलते चलो, अभी सामने ही पड़ेगी। हम लोग रेल की पटरी पार करके ही चलेंगे...।'

तब की बार उनकी रानी गाय ब्याई थी। कई जगह खोजने पर भी दो-तीन

दिनों से बछड़े का पता नहीं लग रहा था। वह अपनी दीदी के साथ दक्खिन मैदान में बछड़ा खोजने आया था, पूस का महीना था, खेतों में उड़द के पौधों में दाने पड़ने शुरू हो गए थे। वह और उसकी दीदी झुककर बीच-बीच में खेत के उड़द खा लेते थे। उनके सामने कुछ दूर तक नवाबगंज वाली पक्की सड़क थी। खजूर के गुड़ से लदी हुई बैलगाड़ियाँ खड़-खड़ करती हुई असाढ़ू के हाट में जा रही थीं।

उसकी दीदी पक्की सड़क के उस पार बहुत दूर धुंधले मैदान की तरफ इकटक कुछ देख रही थी। वह अचानक बोल उठी : 'अपू, तू एक काम करेगा? चल हम लोग रेल की पटरी देख आएँ, चलेगा?'

अपू ने विस्मय के साथ दीदी के चहरे की तरफ देखते हुए कहा था : 'रेल की सड़क—वह तो बहुत दूर है। वहाँ कैसे चलोगी दीदी?'

उसकी दीदी बोली : 'क्या बहुत दूर है? तुझसे किसने कहा? वह तो उस पक्की सड़क के उस पार ही है न?'

अपू बोला : 'पास होती तो दिखाई पड़ती न? ज़रूर पक्की सड़क से दीखती होगी; चलो, चलकर देखें...'

दोनों बड़ी देर तक नवाबंगज की सड़क पर चढ़कर इधर-उधर देखते रहे। अन्त में दीदी बोली : 'बहुत दूर है न? वहाँ नहीं जा सकते...'

'हाँ, कुछ दिखाई तो पड़ता नहीं। फिर उतनी दूर जाएँगे, तो लौटेंगे कैसे?' पर उसकी सन्तुष्ट दृष्टि दूर, सुदूर की ओर लगी हुई थी। एक तरफ लालच भी हो रहा था, दूसरी तरफ भय भी।

एकाएक उसकी दीदी साहस के साथ बोल उठी : 'चल, देख आएँ। आखिर कितनी दूर होगी? दोपहर से पहले लौट आएँगे। शायद इसी समय रेलगाड़ी भी आ जाए। माँ से कह दूँगी कि बछड़ा खोजने में देर हो गई...'

पहले तो उन लोगों ने घूम-घामकर इधर-उधर देखा कि कोई उन्हें देख तो नहीं रहा। बाद को पक्की सड़क से उतरकर भाई और बहन भरी दोपहरी की धूप में मैदान, गढ़े आदि पारकर नाक की सीध में दक्षिण की ओर दौड़ पड़े, और दौड़ते ही रहे। नवाबगंज की लाल सड़क धीरे-धीरे बहुत पीछे छूट गई, रोआ का मैदान, याऊतला, ननद तालाब बयें-दाहिने दूर में पड़े रहे। सामने एक छोटा-सा गढ़ा दिखाई पड़ने लगा। उसकी दीदी हँसकर उसकी तरफ देखते हुए बोली : 'जो माँ को पता लग गया तो फिर हड्डी-पसली एक कर देगी।'

अपू एक बार हँसा—निराशा के साहस की हँसी। फिर एक बार दौड़ लगी। जीवन में यह पहली बार निर्बाध होकर मुक्ति के उल्लास में उनका ताज़ा तरुणरक्त लहराने लगा था; बाद को क्या होगा, यह सोचने का इस समय मौका कहाँ था?

बाद को जो कुछ हुआ, वह बहुत अजीब था। बहुत दूर चलकर एक बड़ा-सा पानी से भरा मैदान मिला, जिसमें होगला और शोला के पेड़ थे, तिसपर दीदी रास्ता भूल गई। जिधर देखो, उधर धान के खेत, पानी-भरे मैदान और बेंत की झाड़ियाँ थीं। कहीं गाँव नज़र नहीं आते थे। बेतों की घनी झाड़ियों के अन्दर चलना असंभव था,

कीचड़ और पानी में पैर धंस जाते थे; धूप ऐसी चिलचिलाती थी कि जाड़े की ऋतु होने पर भी वे पसीना-पसीना हो रहे थे। दीदी की साड़ी काँटों के कारण कई जगह से फट गई, उसे अपने पैरों से दो-तीन बार काँटा निकालना पड़ा। अब रेल की सड़क की कौन कहे, घर लौटना ही समस्या बन गया। वे बहुत दूर निकल गए थे, पक्की सड़क भी अब दिखाई नहीं पड़ती थी। जब वे पानी में से गुज़रकर धान के खेतों को पारकर बड़ी मुसीबत में पक्की सड़क पर पहुँचे तो दिन ढल चुका था। घर आकर उसकी दीदी ने ढेरों झूठ बोले, तब जाकर उसकी अपनी और भाई की पीठ बची।

वही रेल की पटरी आज अनायास ही सामने पड़ेगी। उसके लिए न तो दौड़ना पड़ेगा, न रास्ता खोना पड़ेगा, न डाँट ही खानी पड़ेगी।

कुछ दूर जाकर उसने आश्चर्य के साथ देखा कि नवाबगंज की पक्की सड़क की तरह एक ऊँचा रास्ता मैदान को बीच से चीरकर बहुत दूर निकल गया है, उसके किनारे पर लाल गिट्टियों के ऊँचे ढेर लगे हुए थे।

सफेद लोहे की खूटियों पर जैसे एकसाथ बहुत-सी रस्सियाँ लगातार तनकर बँधी हुई थीं। जितनी दूर तक नज़र जाती थी, वे सफेद खूंटियाँ और तनी हुई रस्सियाँ दिखलाई पड़ रही थीं।

उसके पिता ने कहा : 'मुन्ना देखो, वह रही रेल की सड़क...'

अपू एक छलांग में फाटक पार होकर पटरी पर पहुँच गया। बाद को वह रेल की पटरी के दोनों तरफ विस्मय के साथ देखने लगा। ये दो लोहे बराबर दूरी पर क्यों बिछे थे? क्या इनपर से होकर रेलगाड़ी जाती है? क्यों? और गड़ियों की तरह मिट्‌टी पर न जाकर लोहे पर से क्यों जाती है? फिसल नहीं जाती? क्या ऊपर जो रस्सियाँ मालूम पड़ रही थीं, उन्हीं को तार कहते हैं? उनमें सन्‌सन् क्या आवाज़ आ रही है? क्या तारों से खबर जा रही है? कौन खबर देने वाला है? खबर कैसे दी जाती है? क्या उधर स्टेशन है? क्या इधर भी कोई स्टेशन है?

उसने कहा : 'पिताजी, रेलगाड़ी कब आएगी? मैं रेलगाड़ी देखूँगा...'

—इस समय रेलगाड़ी कैसे देखोगे? दोपहर के समय रेलगाड़ी आएगी। अभी दो घंटे की देर है।

—सो हो। मैं देखकर ही जाऊँगा। पिताजी मैंने कभी रेलगाड़ी देखी नहीं।

—ऐसा नहीं करते। इसलिए मैं तुम्हें ले आना नहीं चाहता था। इस समय रेल कैसे देख सकते हो? एक बजे तक बैठकर इस भयंकर धूप में कौन झींकेगा? चलो, लौटते समय दिखा दूँगा।

अन्त में अपू को आँसू-भरी आँखों से पिता के पीछे-पीछे चलना पड़ा।

तुम चले जा रहे हो...तुम यह नहीं जानते हो कि डगर के किनारे न जाने किस चीज़ पर तुम्हारी आँख पड़ जाए, तुम अपनी बड़ी-बड़ी नई आँखों में विश्व को ग्रसनेवाली क्षुधा लेकर चारों दिशाओं को जैसे निगलते हुए चले जा रहे हो। यदि तुम्हें अपने आनन्द की दृष्टि से देखा जाए, तो तुम भी एक नए देश के आविष्कारक हो। अज्ञात आनन्द पाने के लिए सारी पृथ्वी को छान मारना ही पड़ेगा, ऐसी कोई

बात नहीं। मैं जहाँ भी गया, जहाँ भी मैंने नया-नया कदम रखा, जिस भी नदी के पानी में मैंने नया-नया स्नान किया, जिस गाँव की हवा से मेरी तबियत जुड़ा गई, मेरे पहले वहाँ कोई आया था या नहीं, इससे मेरा क्या आता-जाता है? मेरी अनुभूति से देखो तो वह अनाविष्कृत देश ही है। मैंने आज सबसे पहले मन, बुद्धि और हृदय से उसकी नवीनता का आस्वादन किया, इस बात को कैसे भुलाया जा सकता है।

आमडूबा, किसानों का एक छोटा-सा गाँव । नाम कितना मीठा-सा है। स्त्रियाँ आँगन में कुट्टी काट रही हैं, बकरियाँ बाँध रही हैं, मुर्गियों को भात खिला रही हैं। खुशहाल लोग पटसन सुखा रहे हैं, बाँस काट रहे हैं...देखते-देखते गाँव पीछे छूट गया, और बाहरवाला मैदान सामने आ गया। गढ़े में पानी हिलोरें ले रहा है। उड़िधान के खेत में बगुले बैठे थे। पुरइन के पत्ते और उसके खिलते हुए फूलों के मारे पानी दिखाई नहीं देता था।

खलसेमारी के तालाब के किनारे पर घने हरे सावनी धानों के खेतों के ऊपर का वर्षा से धोया हुआ भादों का आकाश नीला होकर फैला हुआ है। सारे दिगन्त में सूर्यास्त की अद्‌भुत घटा बिखरी हुई है। विचित्र रंगों के बादलों के पहाड़, बादलों से बने हुए द्वीप, बादलों का ही समुन्दर, एक शब्द में बादलों की स्वप्न पुरी—खुले आकाश के साथ इतने दिनों तक उसे ऐसा घनिष्ट परिचय प्राप्त करने का मौका नहीं मिला था। इस आठ वर्ष के लड़के के सामने मैदान के उस पार के दूर देश ने अपने रहस्य का घूँघट उतारकर रख दिया।

चलते-चलते काफी देर हो गई। पिता ने कहा : 'तू मुँह बनाए क्यों चलता है? जो चीज़ भी सामने आती है, उसे देखकर मुँह क्यों बनाता रहता है? चल जल्दी चल।'

सन्ध्या के बाद वे अपने ठिकाने पहुँचे। शिष्य का नाम लछमन महाजन था, वह अच्छा-भला किसान और खुशहाल गृहस्थ था। बाहर के छप्परदार बड़े कमरे में बड़ी आवभगत के साथ बाप-बेटे को टिकाया गया।

लछमन महाजन के छोटे भाई की स्त्री सबेरे-सबेरे पोखर घाट पर आई थी। पानी में उतरते समय उसने पोखर के किनारे नज़र डालते हुए देखा कि केले के बाग में एक अपरिचित छोटा लड़का एक खपच्ची हाथ में लेकर बाग में इधर से उधर चहलकदमी कर रहा है और पागल की तरह मन ही मन बड़बडा रहा है। वह घड़ा उतारकर पास आई और बोली : 'बेटा, तुम किसके यहाँ आए हो?'

अपू माँ के पास ही शेर बना रहता था, बाहर वह बहुत ही झेंपू था।

पहले अपू ने सोचा कि वह यहाँ से रफूचक्कर हो जाए, बाद को कुछ लजाकर बोला : 'उनके यहाँ आए हैं...'

बहू ने पूछा : 'जेठ जी के घर पर? क्या तुम जेठ जी के गुरुजी के लड़के हो? अच्छा!'

बहू उसे अपने साथ अपने घर ले गई। उनका घर अलग था। लछमन महाजन के घर से कुछ दूर, बीच में पोखर पड़ता है।

बहू के व्यवहार से अपू का संकोच जाता रहा। वह कमरे के अन्दर घुसकर घर की चीज़ों को कौतूहल के साथ घूर-घूरकर देखने लगा। ओह! कितनी चीज़ें हैं। उसके घर पर तो इस प्रकार की चीज़ें नहीं हैं। अच्छा तो ये लोग बहुत बड़े आदमी हैं। कौड़ियों की अरगनी, रंग-बिरंगे लटकते हुए छींके, ऊन की बनी हुई चिड़ियाँ, काँच की गुड़ियाँ, मिट्टी के खिलौने, शोला के पेड़ और जाने क्या-क्या। उसने दो चीज़ों को डरते-डरते हाथ से उठाकर देखा।

बहू ने अभी तक लड़के के चेहरे की ओर ध्यान से नहीं देखा था, जब उसने उसे पास से देखा, तो मालूम हुआ कि यह तो बिल्कुल बच्चा है, चेहरा पाँच साल के लड़के की तरह कोमल है। ऐसी सुन्दर सरल चितवन उसने और किसी लड़के की आँखों में नहीं देखी थी। ऐसा रंग, ऐसी बनावट, ऐसा मुखड़ा, मानो कूँची से बनाई हुई बड़ी-बड़ी निष्पाप आँखें। अपरिचित लड़के पर बहू के मन में मधुर ममता जगी।

अपू बैठकर तरह-तरह की बतकही करने लगा, विशेष रूप से उसने कल की रेल की पटरी वाली बात सुनाई। थोड़ी देर बाद बहू ने मोहनभोग बनाकर उसे खाने के लिए दिया। एक कटोरी में ढेर-सा मोहनभोग, इतना घी पड़ा था कि उंगली घी से तर हो गई। अपू ज़रा-सा मुँह में डालकर दंग रह गया। ऐसी अपूर्व वस्तु तो उसने इससे पहले कभी नहीं खाई थी। मोहनभोग में किसमिस क्यों पड़ी है? उसकी माँ के बनाए हुए मोहनभोग में कभी किसमिस तो पड़ी नहीं होती थी। घर में वह जब-तब मचलकर माँ से कहता था : 'माँ आज मोहनभोग!'

उसकी माँ हँसकर कहती थी : 'अच्छा उस जून तैयार कर दूँगी।'

बाद को वह सूजी पानी में उबालकर ज़रा गुड़ मिलाकर पुल्टिश की तरह एक चीज़ तैयार करके काँसे की फूलदार तश्तरी में सामने रख देती थी। अपू उसीको इतने दिनों से खुशी के साथ खाता आया है। मोहनभोग ऐसा होता है, इसका तो उसे स्वप्न में भी ख्याल नहीं था। पर आज उसे मालूम हुआ कि इस मोहनभोग में और माँ के मोहनभोग में ज़मीन-आसमान का अन्तर है!...साथ ही साथ माँ पर करुणा और सहानुभूति से उसका दिल पसीज गया। शायद माँ बेचारी जानती ही नहीं कि इस तरह का मोहनभोग होता है उसे अस्पष्ट रूप से कुछ ऐसा झलक गया कि उसकी माँ गरीब है, वे गरीब हैं, इसीलिए उनके घर का खाना-पीना ढंग का नहीं होता।

एक दिन मुहल्ले के ब्राह्मण पड़ोसी के घर अपू को न्यौता मिला। दोपहर के समय उस घर की एक लड़की आकर अपू को बुला ले गई। रसोईघर के बरामदे में बहुत प्रेमपूर्वक पानी छिड़ककर, पीढ़ा डालकर अपू को खाने के लिए बिठाया गया। जो लड़की अपू को बुलाने गई थी, उसका नाम अमला था; खिलता हुआ गोरा रंग था, बड़ी-बड़ी आँखें, मुखड़ा सुन्दर और उम्र में वह दीदी की तरह थी। अमला की माँ ने पास बैठाकर उसे खिलाया। अपने हाथ की बनाई हुई चन्द्रपूली[1] दी। खाने

1. चावल और खीर की एक तरह की मिठाई।

के बाद अमला उसे साथ में लेकर डेरे पर पहुँचाने गई। उसी दिन शाम को खेलते समय एकाएक अपू के पैर की एक उँगली बाग के घेरे के दो बाँसों के बीच में फँस गई। ताजे चिरे हुए नए बाँसों का घेरा था। उँगली कटकर लहू-लुहान हो गई। जो अमला दौड़कर पैर को बाँस के बीच से निकाल न लेती तो पूरी उँगली ही कट जाती। अपू से चला नहीं जा रहा था, इसलिए अमला उसे गोद में उठाकर खलिहान के पास के पत्थर कूची का पत्ता लेकर बाँटकर उसे उँगली में बाँध दिया। कहीं पिता से डाँट न पड़े, इस भय से अपू ने किसी को यह बात नहीं बताई।

उस रात को अपू को बार-बार अमला स्वप्न में दिखाई पड़ी। वह अमला की गोद में घूम रहा है, अमला के पास बैठा है, अमला के साथ खेल रहा है, अमला उसके पैर में पट्टी बाँध रही है, वह और अमला रेल की पटरी में दौड़ लगा रहे हैं। अमला का हँसमुख चेहरा सारी रात नींद में उसी के पास बना रहा। सबेरे वह अमला की राह देखने लगा। पर सब लड़के-लड़कियाँ आए, खेल शुरू हुआ, दिन भी कुछ चढ़ गया, पर अमला दिखाई नहीं पड़ी। घर के भीतर से बहू ने उसे खाने के लिए बुला भेजा, रोज़ सबेरे-शाम वह अपने हाथ से खाना तैयार करके उसे खिलाती थी। खाना खतम होने पर उसने बहू से पूछा : 'क्या सबेरे अमला दीदी आई थी?'

नहीं वह नहीं आई थी। धीरे-धीरे दिन और चढ़ने पर खेल भी खतम हो गया। उसके पिता ने उसे नहाने के लिए बुलाया, पर अमला कहाँ? उसका मन अभिमान से भर गया—अच्छा न आई तो न सही। अमला के साथ वह हमेशा के लिए कुट्टी कर देगा। और जो कभी उसने उससे बात की!

शाम को भी खेल शुरू हुआ और सभी आए, पर अमला नहीं आई। पाँच-छः लड़के-लड़कियाँ खेलने के लिए आए थे, पर अपू को ऐसा लगा कि वह खेले तो किसके साथ खेले। उसे कोई भी खेल के लिए उपयुक्त साथी नहीं मालूम हुआ। वह निरुत्साह होकर कुछ देर खेलता रहा, फिर भी अमला नहीं आई।

अगले दिन सबेरे अमला आई। अपू कुछ नहीं बोला। अपू उसकी परछाई के पास भी नहीं फटका। फिर भी बीच-बीच में कनखी से देख लेता था कि अमला यह समझी है या नहीं, कि ऐसा वह नाराज़ होकर कर रहा है। अमला पहले-पहल सचमुच नहीं समझी, पर जब वह समझी कि दाल में कुछ काला है, तो वह पास जाकर बोली : 'क्यों भाई, तुम बोलते क्यों नहीं, बात क्या है?'

अपू इतने दाँव-पेंच नहीं समझता था। उसने अभिमान से मुँह फुलाकर कहा : 'हुआ क्या? कुछ हुआ थोड़े ही, कल आई क्यों नहीं?'

अमला अवाक् होकर बोली : 'नहीं आई तो क्या? क्या इसलिए नाराज़ हो गए?'

अपू ने सिर हिलाया : 'हाँ, बिल्कुल यही बात है।' अमला खिलखिलाकर अपू का हाथ पकड़कर उसे मकान के अन्दर ले गई। वहाँ बहू सारी बात सुनकर पहले तो हँसकर लोट-पोट हो गई, फिर मुस्कराती हुई बोली : 'तो अमला, अब तुम घर नहीं जा सकती। मजबूरी है, जब मुन्ना तुम्हें छोड़ नहीं सकता, तो तुम यहीं रह

जाओ और नहीं तो...'

बहू की बातचीत के ढंग से अमला ने कुछ-कुछ समझकर लज्जा के साथ प्रतिवाद करती हुई बोली : 'जो तुमने ऐसा किया तो फिर तुम्हारे घर पर...'

थोड़ी देर बाद अपू अमला के साथ उसके घर गया। अमला ने अलमारी खोलकर उसे काँच की बड़ी मेम गुड़िया, मोम की चिड़ियाँ, पेड़ आदि दिखाए। ये शायद कालीगंज के नहान के मेले से खरीदे गए थे, अपू को ऐसा बताया गया। नई-नई गुड़ियाँ, एक रबर का बन्दर, वह ऐसा कि जिधर भी ताको वह तुम्हारी तरफ आँखें मारेगा। एक जाने किस चीज़ की गुड़ियाँ, जिसका पेट दबाने पर एकाएक मिरगी के बीमार की तरह हाथ-पैर फेंककर करताल बजाती है। सबसे आश्चर्य की वस्तु थी, एक टीन का घोड़ा। रानी दीदी के चाचा अपने घर की घड़ी में जैसे चाभी भरते हैं, उसी तरह उसमें चाभी भरने पर वह खटपट करके फर्श पर चलने लगता है, मानो सचमुच का घोड़ा हो।

इसे देखकर अपू दंग रह गया। उसे हाथ में लेकर आश्चर्य के साथ उलट-पलटकर देखने के बाद अमला से बोला : 'यह कैसा घोड़ा है? बहुत बढ़िया है! यह कहाँ से खरीदा गया? इसका दाम क्या है?'

इसके बाद अमला ने उसे एक सेंदुर की डिबिया दिखाई, जिसमें लाल रंग की छोटी-सी चमकीली पन्नी-सी कुछ थी। अपू ने पूछा : 'यह क्या है? क्या यह राँगा है?'

अमला हँसकर बोली : 'राँगा क्यों होने लगा। तुमने सोने का वर्क नहीं देखा।'

अपू ने सोने का वर्क नहीं देखा था। क्या सोने का रंग इतना लाल होता है? उसने हिला-डुलाकर सोने का वर्क अच्छी तरह देखा। अमला के साथ घर लौटते-लौटते उसके मन में यह बात आई कि हाय मेरी बहन के पास यह सब कुछ नहीं है। वह तो जंगली फलियों और बीजों को बटोरकर ही मरती रहती है और दूसरों की गुड़ियाँ चुराकर मार खाती है। उसकी बहन की उम्र की लड़कियों के पास कितने प्रकार के खिलौने होते हैं, यह उसे अब तक मालूम नहीं था। जो आज उसे तुलना करने का मौका मिला, तो दीदी के प्रति करुणा से उसका मन पसीज गया। जो उसके पास पैसा होता, तो वह दीदी को पेंचवाला एक घोड़ा खरीद देता, और हाँ रबर का एक बन्दर, जो तुम जिस भी तरफ जाओ, उधर आँखें मारता।

बहू के पास एक जोड़ा पुराना ताश था। इसे एक जोड़ा शायद कहना उचित न होगा क्योंकि यह कई जोड़े ताशों के बचे हुए पत्तों का एक गड़बड़झाला संग्रह मात्र था। अपू उन्हें लेकर बीच-बीच में हिलाता-डुलाता है। रानी दीदी के घर पर बीच-बीच में दोपहर को ताश का अड्डा जमता था, वह बैठकर खेल देखा करता था। इक्का, गुलाम, साहब, बीबी—रंग रखने पर झगड़ा होता है। खेल बढ़िया है। वह ताश खेलना नहीं जानता, उसकी माँ या दीदी कोई नहीं जानती। कभी-कभी उसकी माँ ताश खेलने जाती थी। उसकी माँ को कोई गुइयां बनाना नहीं चाहता था। सब यही कहती थीं कि उसे खेलना नहीं आता। फिर भी कभी-कभी उसकी माँ को मौका

मिल जाता था। पहले-पहल वह दिखाती थी कि वह पक्की खिलाड़िन है, पर थोड़ी ही देर में उसकी कलई खुल जाती थी। कोई कह उठती थी : 'अरे बहू, यहाँ इक्का कैसे मार दिया? देखा न वहाँ रंग का गुलाम लगा? तुम्हारी आँखों के सामने होता हुआ?'

माँ जल्दी-जल्दी अपनी भूल ढकने के लिए हँसकर कहती थी : 'अच्छा ननद जी, बहुत बड़ी गलती हो गई। बिल्कुल याद ही न रहा।'

पर थोड़ी देर बाद किसी ने अचम्भे के साथ कहा : 'दुलहिन यह क्या? अरी मैं कहाँ जाऊँ? तुम्हारे हाथ में तो सेट था, तुमने दिखाया क्यों नहीं?'

उसकी माँ मुस्कराकर जानकार की तरह कहती थी : 'इसमें कोई राज़ है, मैंने जान-बूझकर नहीं दिखाया।'

पर असल में बात यह है कि उसे पता ही नहीं है कि सेट किसे कहते हैं। तब उसकी गुइयाँ नाराज़ होकर कहती है : 'इसमें राज़ क्या है? तुमने बढ़िया हाथ खो दिया। तुम अब ताश संझली बहू को दे दो, बहुत हुआ...'

उसकी माँ ने अपमान ढकने के लिए फिर हँस दिया, मानो कुछ भी नहीं हुआ, सब मज़ाक है। वे मज़ाक कर रही हैं और वह भी इसे इसी रूप में ले रही है...

जो उसे एक जोड़ा ताश मिल जाए, तो वह, माँ और दीदी खेले। खाने-पीने के बाद दोपहर के समय उसके घर में जंगल की तरफ खुलने वाली खिड़की! जिसके पल्ले अन्दर से कीड़ों से खाए गए हैं और राई के पिसान-सी कुछ निकलती रहती है और हिलाने-पर छुर-छुर गिरती रहती है और पुरानी लकड़ी की बू आती है, खिड़की के किनारे में जंगल से गंध दोपहर की हवा से भेदाली लता की कड़वी गंध आती है। आँगन वाले कालमेघ वाले पेड़ों में जंगल में दीदी का अपरिचित काँचपोका एक बार उड़ता, फिर बैठता और इसी प्रकार करता रहता है। उस सुनसान दोपहरी में वे तीनों उस जंगले के किनारे चटाई बिछाकर ताश खेला करेंगे। किसे सेट कहते हैं, यह उन्हें भले ही न मालूम हो, सेट दिखाने की ज़रूरत भी क्या है? न दिखा पाने पर किसी को उठा देना, अपमान करना या हँसी उड़ाने का सवाल नहीं रहेगा। जिसे जैसा आएगा, वह वैसा खेलेगा। खेल से मतलब है, सेट दिखाने की बला की क्या ज़रूरत?

सन्ध्या के बाद बहू के यहाँ अपू का न्यौता था। जो खाने बैठा तो इतनी चीज़ें और तैयारियाँ देखीं कि उसे बड़ा आश्चर्य हुआ? एक छोटी फूलदार तश्तरी में अलग से नमक और नींबू क्यों रखा है? माँ तो थाली में ही नमक और नींबू दे देती है। फिर हर तरकारी के लिए अलग-अलग कटोरियाँ हैं; तरकारियाँ भी कितनी हैं? बड़े मेल के झींगे का पूरा सिर, क्या अकेले उसके लिए है? बड़ी अजीब बात है!

लूची! लूची! उसकी और उसकी दीदी की स्वप्न पुरी की बात मन में धीरे से कौंद जाती है। न जाने कितनी रातें और कितने दिन ज़मीकन्द की डंठल की चड़चड़ी[1] और लौकी के छौंका से ही भात खाना पड़ता था। कई बार सबेरे और

शाम के समय कलेवा के बिना ही गुज़र करनी पड़ती थी। ऐसे दिनों में मन एकाएक लुब्ध और उदास होकर उन स्थानों में दौड़ जाता था, जहाँ दोपहर की चिलचिलाती धूप में उसके गाँव का मशहूर रसोईया बीरूराय कंधे पर अंगौछा रखकर इधर से उधर घूमता रहता है। अभी-अभी बने हुए बड़े चूल्हों पर कड़ाहों में घी कड़कड़ाता रहता है। लूची बनाने की अपूर्व मनोरम सुगंध आती है। कितने ही लड़के और लड़कियाँ अच्छे कपड़े पहने हुए इधर से उधर आते-जाते रहते हैं। गाँगुली घराने की बड़ी नाट्यशाला और जैतून पेड़ के नीचे गर्मियों के दिन में बड़ी-सी दरी बिछाई जाती है। साल में केवल एक दिन उसे उस काल्पनिक देश में जाने का मौका लगता है। वह दिन है बैसाख की राम नवमी के झूले का दिन। उस दिन गाँगुली बाड़ी में उनका न्यौता रहता है। पर आज बिल्कुल ही अप्रत्याशित ढंग से वह शुभ दिन कैसे टपक पड़ा। खाते समय उसे बार-बार याद आ रहा था कि हाय उसकी दीदी को कभी इस प्रकार का खाना नहीं मिलता।

अगले दिन सबेरे फिर खेल शुरू हुआ। अमला के आते ही अपू ने दौड़कर उसका हाथ पकड़कर कहा : 'मैं और अमला दीदी एक तरफ और तुम लोग सब दूसरी तरफ!'

थोड़ी देर खेलने के बाद अपू को ऐसा लगा कि अमला उसके बजाय बीशू को अपना गुइयाँ बनाना पसन्द करेगी। इसका असली कारण अपू को मालूम नहीं था। अपू नया खिलाड़ी था। उसका गुइयाँ बनना माने हारना था। पर बीशू नटखट तगड़ा लड़का था, उसे छकाना या हराना टेढ़ी खीर था। एक बार अमला ने साफ-साफ अपनी झुँझलाहट दिखलाई। अपू भरसक प्रयत्न करने लगा कि वह जीते और अमला खुश हो, पर बहुत प्रयत्न करने पर भी वह फिसड्डी साबित हुआ।

जब अगली बार गुइयाँबन्दी हुई, तो अमला बीशू की ओर झुकी।

अपू की आँखों में आँसू भर आए। उसके लिए एकाएक खेल का सारा रस जाता रहा। अमला बीशू की ओर देखकर सारी बातें कह रही है, हँसती है तो भी उसीके साथ। थोड़ी देर बाद जब बीशू काम से घर जाने लगा तो अमला ने उसे बार-बार कहाँ कि तुम फिर लौट आओ। अपू के मन में बड़ी ईर्ष्या हुई। सारा सबेरा एकदम खाली मालूम होने लगा। उसके बाद उसने मन ही मन सोचा कि बीशू के जाने पर खिलाड़ी कम हो जाएँगे, इसलिए अमला दीदी ऐसा कह रही है। मेरे जाने पर भी ऐसा ही कहेगी। इससे अधिक कहेगी। एकाएक उसने जाने का स्वांग रचते हुए कहा : 'देर हो गई है, चलूँ नहाना है।'

पर अमला कुछ नहीं बोली तो लुहार के लड़के गोपाल ने कहा : 'फिर उस जून आना भाई!'

अपू ने थोड़ी दूर जाकर एक बार मुड़कर देखा, तो उसे दिखाई पड़ा कि उसके चले आने से कोई फर्क नहीं पड़ा है। खेल बाकायदा पूरी तेज़ी से चल रहा है। अमला

---

1. एक प्रकार की तरकारी जिसमें हर चीज़ पड़ती है।

बड़े उत्साह के साथ खंभे के पास दैया बनकर खड़ी थी, उसकी तरफ देख भी नहीं रही थी।

अपू को बड़ी ठेस लगी और घर आकर उसने किसीसे बात नहीं की।

—बड़ी अमला दीदी बनी फिरती है। मुझे वह न चाहे न सही, इससे क्या आता-जाता है?

दो दिन बाद हरिहर लड़के को लेकर घर लौटा। कुछ ही दिन तो हुए थे, पर इसी बीच में सर्वजया के लिए लड़के को बिना देखे रहना दूभर हो गया था। दुर्गा का खेल भी कई दिनों से अच्छी तरह नहीं जमा था। अपू के प्रवास के कुछ दिन पहले पेठे के छिलके की नाव लेकर दोनों में झगड़ा होने के कारण दोनों में मुँह फेरा-फेरी हो गई थी। अब पेठे की बहुत-सी तूँबियाँ जमा हो गई थीं, पर दुर्गा अब उन्हें लेकर पानी में तैराने के लिए नहीं जाती।

क्यों मैंने छोटी-सी बात पर झगड़ा मोल लेकर उसके कान खींच दिए? अच्छा वह लौट आए, तब उसके साथ कभी नहीं लड़ूँगी, वही सब तूँबियाँ ले ले तो क्या है।

घर लौटकर अपू पन्द्रहेक दिनों तक अपनी सैर-सपाटे की अद्‌भुत कहानी कहता फिरता रहा। इन थोड़े-से दिनों में उसने कितनी ही आश्चर्यभरी चीज़ देखीं! रेल की पटरी देखी, जिसपर से होकर सचमुच की रेलगाड़ी जाती है। मिट्टी के शरीफे, पपीते, खीरे देखे, जो हूबहू असली फल मालूम होते थे। और वह गुड़ियाँ जिसके पेट दबाते ही मिरगी रोगी की तरह हाथ-पैर फेंककर एकाएक थपोड़ी बजाना शुरू करती है!

और अमला दीदी? वह कितनी दूर तक निकल गया था?...

कमलों से भरी हुई झील तथा कितने ही अपरिचित नए गाँवों को पारकर कितने ही मैदानों से गुज़रकर, सुनसान रास्ते पारकर वह एक गाँव में पहुँचा था, जहाँ उसके पिता उसे सड़क के किनारे की लुहार की दुकान में पानी पिलाने ले गए थे। वे उसे भीतर मकान में ले गए और वहाँ पीढ़ा बिछाकर बड़ी आवभगत से दूध, चूड़ा और बताशे खाने को दिए थे। किसे छोड़कर वह किसकी बात सुनाए?

रेल की पटरी का वर्णन सुनकर दीदी मुग्ध हो गई थी। उसने बार-बार पूछा : 'अपू, तुमने उतने बड़े लोहे देखे? तार टंगे हुए हैं न? बहुत लम्बे होंगे? रेलगाड़ी देखी? वह चली?'

नहीं! अपू ने रेलगाड़ी नहीं देखी थी। बस यही रह गई, पिताजी की गलती के कारण। कुल चार-पाँच घंटे चुप्पी साधकर बैठने पर ही पटरी पर गाड़ी दिखाई देती है पर पिताजी किसी तरह भी नहीं माने।

दिन ढल जाने के कारण सर्वजया ने अन्यमनस्क होकर ज्योंही जल्दी में सदर दरवाज़े से भीतर आँगन में पैर रखा, त्योंही पतली रस्सी-सी कोई चीज़ उसके कंधे से लगी और साथ ही साथ पट् से टूट जाने की आवाज़ हुई और दोनों तरफ कुछ ढीला होकर आँगन में गिर पड़ा। यह सारा काम पलक मारते ही हो गया और यह कहना चाहिए कि कुछ अच्छी तरह देखा-समझा नहीं था कि ऐसा हो गया।

थोड़ी देर बाद ही अपू घर में आया। दरवाज़ा पारकर उसने ज्योंही आँगन में पैर रखा, त्योंही ठिठककर खड़ा हो गया। वह सहसा अपनी आँखों पर विश्वास नहीं कर सका : 'अरे! यह क्या? किसने हमारे टेलीग्राफ के तार तोड़ डाले?'

यह हानि इतनी अधिक और आकस्मिक थी कि वह तिलमिला गया। बाद में सम्हलकर उसने देखा कि आँगन की मिट्टी में गीले पैरों के दाग अभी तक बने हुए हैं। उसके मन के अन्दर से किसी ने पुकारकर कहा—माँ के सिवाय और कोई नहीं हो सकता। ज़रूर ही माँ ने यह अनर्थ किया है।

उसने घर में घुसकर देखा कि माँ बैठे-बैठे बिलकुल निश्चिन्त होकर कटहल के कोये धो रही है। वह ठिठककर खड़ा हो गया और नौटंकी के अभिमन्यु की तरह सामने की तरफ झुककर बाँसुरी के सप्तम की तरह तीव्र मिठास के साथ चीखकर बोला : 'माँ! क्या मैंने पूरा जंगल छानकर उन चीज़ों को इकट्ठा नहीं किया था?'

सर्वजया पीछे की ओर मुड़कर अचरज के साथ बोली : 'तूने क्या इकट्ठा किया था? क्या बात है?'

—क्या मुझे इन्हें इकट्ठा करने में कष्ट नहीं हुआ? क्या काँटों से मेरे हाथ-पैर छिल नहीं गए?

—क्या पागल की तरह बकता है? बात तो बता!

—बात क्या बताऊँ? मैंने इतनी मेहनत से टेलीग्राफ के तार टाँगे और तुमने उन्हें तोड़ डाला। यही न?

—तू तो हर समय अजीब-अजीब काम करता रहता है। रास्ते के बीच में पता नहीं क्या टंगा था, टेलीग्राफ या मेलीग्राफ जल्दी में आ रही थी, तो टूट गया, तो अब क्या करूँ?...

कहकर वह अपना काम करने लगी।

ओह! इतनी भयानक हृदयहीनता! पहले वह यह ज़रूर सोचा करता था कि उसकी माँ उससे प्यार करती है, अवश्य बहुत दिन पहले ही वह इस भ्रान्त धारणा से मुक्त हो चुका है, फिर भी वह कभी कल्पना में भी नहीं सोच सकता था कि उसकी माँ इस तरह निष्ठुर और पाषाणी है। कल दिन-भर उसने नीलमणि ताऊ की ज़मीन, पालित घराने के आम का बाग, प्रसन्न गुरुजी की बाँस की झाड़ी मंझाकर बड़े-बड़े बीहड़ जंगल में अकेला घूमकर बड़ी कठिनाई से ऊँची डाल पर लटकी हई गिलोय खोज लाया, जिससे कि रेल का खेल हो सके, और यहाँ देखो तो...

उसने एकाएक माँ से एक बहुत कड़ी, बहुत ही चुभती हुई हृदय द्रवित करनेवाली बात कहनी चाही, और थोड़ी देर खड़ा रहकर शायद कुछ और सोच न पाकर उसने पहले से भी तीव्र सप्तम में कहा : 'मैं आज भात नहीं खाने का, कभी नहीं खाने का...'

माँ बोली : 'नहीं खाएगा तो न खा, तेरे भात खाने से मेरे कोई सुरखाब के पर थोड़े ही लग जाएँगे? इधर तो रोज़ रसोई बन जाने तक भी धीरज नहीं धरता; नहीं खाएगा तो जा, देख लूँगी कि भूख लगेगी तो कौन खाने को देता है?'

बस पलक मारते ही सब ज्यों के त्यों रहे, माँ कटहल के बीज धो रही थी, पर अपू गायब था। वह कपूर की तरह उड़-सा गया था। ठीक उसी समय दुर्गा घर में आ रही थी, तो दरवाज़े के पास उसने देखा कि अपू उसे बचाकर आँधी की तरह झपटकर बाहर जा रहा है, तब उसने अचरज के साथ कहा : 'अरे अपू! ऐसे कहाँ जा रहा है? क्या हुआ है, मुझे भी तो बता।'

माँ बोली : 'तुम लोगों के अजीब रंग-ढंग हैं। कुछ समझ में नहीं आता। काम करते-करते ओर-छोर नहीं लगता और इसने रास्ते के बीच में कुछ टाँग रखा था, मैं आ रही थी तो वह टूट गया। अब करूँ तो क्या करूँ? क्या मैंने जान-बूझकर उसे तोड़ा है? इसी पर लड़का रूठ गया, धमका गया, भात नहीं खाऊँगा और क्या-क्या। नहीं खाता तो जा. भात खाकर तुम लोग कोई मेरे लिए स्वर्ग में घण्टा थोड़े ही लगवा दोगे?'

माँ और बेटे में जब इस तरह ठन जाती थी तो दुर्गा को ही बीच-बचाव करना पड़ता था। बहुत खोज-तपास और पुकारा-पुकारी के बाद उसने दो बजे भाई को ढूँढ़ निकाला। उसका चेहरा कुम्हला गया था और वह उदास नयनों से राय घराने के बाग में एक आम के झुके हुए तने पर बैठा हुआ था। यदि कोई उसी दिन शाम को अपू के घर पर आकर देखता, तो यह नहीं कह सकता कि यह वही अपू है जो आज सबेरे माँ से रूठकर वनवासी हो गया था। आँगन के इस छोर से उस छोर तक तार टँगा हुआ था। अपू अचरज के साथ घूर-घूरकर देख रहा था कि कुछ भी करना बाकी नहीं है, यह तो बिल्कुल रेल की पटरी पर लगे हुए तार की तरह हो गया है।

उसने सतू के घर पर जाकर कहा : 'सतू भैया! मैंने आँगन में टेलीग्राफ के तार टाँगे हैं। आओ! रेल-रेल खेलेंगे?'

—किसने तार टाँग दिए?

—मैंने खुद टाँगे। दीदी ने लताओं के टुकड़े ला दिए थे।

सतू बोला : 'तू जाकर खेल, मैं अभी आ नहीं सकूँगा!'

अपू ने मन ही मन समझ लिया कि बड़े लड़को को बुलाकर खेल सफल करना उसके वश का नहीं है। भला कौन उसकी बात सुनने लगा? फिर भी वह सतू के पास एक बार और गया। निराश चेहरे से दालान के कोने से लगकर उसने सहमते हुए कहा : 'चलो न सतू भैया, चलोगे नहीं? तुम, मैं और दीदी यह तीन जने मिलकर खेलेंगे।'

बाद में उसने समझा कि इतने से शायद सतू प्रलुब्ध न हो, इसलिए उसने कहा : 'मैंने टिकट बनाने के लिए बड़े जंगली नींबू के पत्ते बटोर रखे हैं'—फिर और भी स्पष्ट करता हुआ बोला : 'ढेर-से हैं, समझे न?'

पर सतू फिर भी आने से इन्कार करता रहा। अपू बाहर बहुत झेंपू था, इसलिए उसने और कुछ नहीं कहा और घर लौट आया। दुःख के मारे उसकी आँखों में आँसू आ रहे थे। निहोरे करने पर भी सतू भैया आए नहीं?...

अगले दिन सबेरे वह और उसकी दीदी दोनों मिलकर ईंट से एक दुकान बनाकर चीज़ों की तलाश में निकल पड़े। दुर्गा को जंगली चीज़ों का पता बहुत ज़्यादा है। दोनों मिलकर जंगली शरीफे के पत्तों का पान, एक जंगली फल का आलू, राधालता के फूल की मछली, कुंदरू का परवल, चिच्चिड़ फली की लोबिया, मिट्टी के ढेले की नमक की डली और जाने क्या-क्या जुटाकर दुकान सजाने में बड़ी देर कर दी। अपू ने कहा : 'दीदी! चीनी काहे से बनाओगी?'

दुर्गा बोली : 'बाँस की झाड़ी के रास्ते के किनारे के उस टीले में बढ़िया बालू है जिसे माँ चावल भूँजने के लिए लाती है। चल वही बालू ले आएँ। बिल्कुल चमचमाता हुआ है, मानो चीनी ही हो।'

बाँस के जंगल में चीनी खोजते-खोजते वे पगडंडी के किनारे एक जंगल में घुस पड़े। इधर के पेड़ ऊँचे-ऊँचे थे। चटका पेड़ की फुनगी पर एक बड़ी लता की घनी हरी गोद में लाल सुर्ख बड़ा-सा कोई गोल फल लटक रहा था। अपू और दुर्गा दोनों उसे देखकर ललक गए। बड़ी मेहनत से थोड़े-से फलों के साथ लता का एक अंश तोड़कर नीचे उतारा गया और फिर दोनों बड़ी खुशी में एकसाथ दौड़कर फलों को मिट्टी से बटोरने लगे।

पके हुए फल सिर्फ तीन ही थे। मुख्यतः दुकान की सजावट के लिए इन फलों का प्रयोग किया गया और वे ऐसे रखे गए कि खरीददार आए तो पहले ही उसकी दृष्टि उन पर पड़े।

बड़े ज़ोर से खरीद-फरोख्त होने लगी। दुर्गा ने स्वयं ही पान खरीदकर दुकान के सारे पान समाप्त कर डाले। खेल कुछ आगे बढ़ा, इतने में सदर दरवाज़े से सतू भीतर आया, तो अपू ने बड़े तपाक से उसकी अगवानी की, बोला : 'सतू भैया! देखो न कैसी दुकान सजी है और देखो न यह कितना सुन्दर है। हम और दीदी मिलकर तोड़ लाए। यह कौन फल है यह तो बताओ। मालूम है ना यह कौन फल है?'

सतू बोला : 'वह तो माकाल फल है। हमारे बाग में जाने कितने ही थे।'

सतू आया था इसीपर अपू अपने को कृतार्थ मान रहा था। सतू भैया उनके घर में बहुत ही कम आता है, इसके अलावा वह बड़े लड़कों के गिरोह का सरदार है। उसके आते ही खेल में जो बचकानापन था, वह जैसे लुप्त हो गया।

बड़ी देर तक बड़े ज़ोर के साथ खेल चलने के बाद दुर्गा बोली : 'भाई मुझे दो मन चावल, बहुत महीन हों; कल मेरे गुड्डे की मँगनी है, बहुत-से लोग न्यौते पर आएँगे।'

सतू बोला : 'क्या हम लोगों का भी न्यौता है? है न?'

दुर्गा सिर हिलाकर बोली : 'ज़रूर-ज़रूर। पर तुम लोग तो ठहरे कन्या-पक्ष वाले, कल सबेरे आकर ठाट-बाट से ले जाऊँगी। सतू भैया! रानी से कहना कि आज रात को थोड़ा चन्दन घिस रखे। कल सबेरे ले आऊँगी...'

दुर्गा की बात अभी अच्छी तरह पूरी नहीं हुई थी कि सतू दुकान में बिकने

के लिए रखी हुई चीज़ों में से कुछ उठाकर दरवाज़े की तरफ लपका, साथ ही साथ अपू भी : 'अरी दीदी, लेकर भाग गया'—कहते हुए अपनी तीव्र मधुर आवाज़ में चिल्लाते-चिल्लाते उसके पीछे-पीछे भागा।

हैरान दुर्गा अभी अच्छी तरह मामले को समझ नहीं पाई थी कि सतू और अपू दौड़कर दरवाज़े के बाहर चले गए। साथ ही साथ दुर्गा की दृष्टि दुकान की ओर गई, तो उसने देखा कि उन तीन पके माकाल फलों में एक भी नहीं है।

दुर्गा भी एक छलांग में दरवाज़े के पास पहुँची तो उसने देखा कि सतू जंगली शरीफ़ा के रास्ते में आगे-आगे दौड़ रहा है और अपू उससे कुछ पीछे दौड़ रहा है। सतू की उम्र अपू से तीन-चार वर्ष अधिक थी, इसके अलावा वह अपू की तरह इकहरे बदन की लड़कीनुमा लड़का नहीं है, उसके हाथ-पैर तगड़े और मज़बूत हैं, इसलिए दौड़ में अपू किसी भी तरह उसको पा नहीं सकता था, फिर भी उसे लगभग पकड़ ही लिया है। इसका एकमात्र कारण यह है कि सतू दूसरे की चीज़ लेकर भाग रहा था और अपू मानो जान बचाने के लिए दौड़ रहा था।

अचानक दुर्गा ने देखा कि सतू दौड़ते-दौड़ते एक बार जैसे झुका और फिर पीछे की ओर देखा, साथ ही साथ अपू एकाएक ठिठककर खड़ा हो गया। बस इतने ही में सतू आँख से ओझल होकर चालता पेड़ की ओर चला गया था।

दुर्गा दौड़कर अपू के पास पहुँची तो देखा कि अपू आँखें बंदकर सामने की ओर झुककर दोनों हाथों से आँखों को मल रहा है।

दुर्गा बोली : 'अपू क्या हुआ?'

अपू अच्छी तरह आँख बिना खोले ही उन्हें मलते-मलते दर्द-भरे लहजे में बोला : 'सतू भैया ने आँख में धूल डाली है, मुझे कुछ भी नहीं सूझ रहा है...'

दुर्गा ने फौरन ही अपू का हाथ खींचते हुए कहा : 'देखूँ-देखूँ क्या हुआ। उस तरह आँख न मल।'

अपू ने अपने हाथ छुड़ाकर फौरन ही आँखों की ओर ले जाते हुए व्याकुल होकर कहा : 'दीदी! दीदी! आँख में बहुत दर्द हो रहा है। मैं काना हो गया...'

—देखने तो दे। उस तरह आँखें न मल, हाथ हटा ले।

कहकर उसने अपने आँचल को मुट्ठी में लेकर उसमें मुँह की भाप लगाई और उससे भाई की आँखें सेंकने लगी। कुछ देर ऐसा करते ही अपू आँख खोलकर देख पाया। दुर्गा ने भाई की आँख के ऊपरी पर्दे को उठाकर उसमें कई बार फूंक मारी और बोली : 'अब अच्छी तरह सूझ रहा है न? अच्छा तू घर जा, मैं उसके घर जाकर उसकी माँ और दीदी से सारी बात कहती हूँ। रानी को भी कहूँगी। अच्छा शरारती लड़का मिला, तू जा! मैं अभी लौट रही हूँ।'

पर रानी के घर के पीछे वाले दरवाज़े तक जाकर दुर्गा ने भीतर जाने की हिम्मत नहीं की। वह मंझली मालकिन से डरती थी। थोड़ी देर तक दरवाज़े के पास खड़े होकर बगलें झांककर लौट गई। वह सदर दरवाज़े से अपने घर पहुँची, तो देखा कि अपू दरवाज़े के बायें किवाड़ को ज़रा सामने ढकेलकर उसीकी आड़ में खड़े होकर

चुपचाप रो रहा है। वह उन लड़कों में नहीं था जो आसानी से रो देते हैं; नाराज़ होता है, रूठता है पर रोता नहीं। दुर्गा समझ गई कि उसे बहुत ही ठेस लगी है, उतनी साध के फल जाते रहे। इसके अलावा आँखों में धूल डालकर अपमान किया। उससे अपू का रोना सहा नहीं जाता, भीतर जैसे कोई नोचने लगता है।

उसने जाकर भाई के हाथ पकड़े, फिर तसल्ली देते हुए कहा : 'अपू! रो मत। चल तुझे मैं अपनी वे कौड़ियाँ देती हूँ। आ! क्या आँखों में कुछ दर्द बढ़ रहा है। देखूँ, क्या तूने कपड़ा फाड़ डाला।'

खाने-पीने के बाद दोपहर के समय अपू कहीं बाहर नहीं जाता, घर ही में बना रहता है। बहुत दिनों का घिसा-पिटा पुराना मकान है। घर का सामान, लकड़ी की सन्दूक भी पुरानी, भूरे रंग का पुराने ढंग का बेंत का बक्स है, कौड़ियों की अरगनी है और छोटी-छोटी चौकियों से कमरा भरा हुआ है। कई बक्स ऐसे थे जिनको अपू ने कभी खुलते नहीं देखा, ताखे पर ऐसी-ऐसी हंडियाँ और कलसे थे जिनमें क्या रखा है, इस सम्बन्ध में अपू को कुछ नहीं पता था।

कुल मिलाकर कमरे से पुरानी चीज़ों की एक सोंधी-सोंधी गंध आती है। वह यह नहीं जानता कि यह गंध काहे की है, पर उससे बहुत-सी पुरानी बातें याद आ जाती हैं। ऐसी पुरानी बातें जब अपू नहीं था, पर यह कौड़ियों वाली अरगनी थी, वह दादाजी के बेंत का बक्स था, वह बड़ी लकड़ी वाली सन्दूक थी, और वह जो अमलतास पेड़ की फुनगी जंगल से झांक रही है; अब जो जगह खंडहर और जंगल से भरी हुई है जहाँ कभी किसी का चौपाल था, कितने नाम के कितने लड़के और लड़कियाँ इस ज़मीन पर खेलते-कूदते फिरते थे, वे अब छाया की तरह लुप्त हो गए हैं और तब से कितने दिन भी निकल गए।

वह जब घर पर अकेला रहता है, माँ घाट पर जाती है। तब उसके मन में कई बार यह लहर उठती है कि वह उस सन्दूक और बक्स को दिन-दहाड़े खोलकर उनकी जाँच करे और देखे कि उनमें कौन-से अद्भुत रहस्य छिपे पड़े हैं। कमरे के सबसे ऊँचे ताखे पर लकड़ी के बड़े कठौते में ताड़ के पत्तों पर लिखी जो पोथियाँ और पुस्तकें आदि हैं, उनके सम्बन्ध में उसने पिता जी से यह मालूम किया था कि वे उसके दादा रामचन्द्र तर्कालंकार की हैं। उसके मन में बड़ी इच्छा होती है कि वह उन्हें अपने हाथ में पावे और नीचे उतारकर उन्हें उलट-पलटकर देखे। किसी-किसी दिन वह जंगल की ओर खुलने वाली खिड़की के पास बैठकर दोपहर के समय काशीदास का *महाभारत* पढ़ता है। अब वह अच्छी तरह पढ़ लेता है। अब पहले की तरह दूसरों से सुनना नहीं पड़ता, वह स्वयं ही पढ़ता है और महाभारत अच्छी तरह समझता भी है। वह पढ़ने-लिखने में बड़ा तेज़ हैं। उसका पिता उसे जब-जब गाँगुली जी के चौपाल में जुटने वाले बड़े-बूढ़ों में ले जाता है और फिर हाथ में *रामायण* या *पांचाली* देकर कहता है : 'बेटा ! पढ़ो तो, इन्हें ज़रा सुनाओ।'

बड़े-बूढ़े सुनकर तारीफ के पुल बाँधते हैं। दीनानाथ चैटर्जी कहते हैं : 'और मेरे पोते को देखो, तुम्हारे मुन्ना की उम्र का होगा, दो-दो पहली किताबें फाड़ डालीं,

सुनने पर विश्वास नहीं करोगे, अभी तक अच्छी तरह हरफ नहीं पहचान पाया, बाप पर ही गया है। जब तक मैं ज़िन्दा हूँ, तब तक मज़े कर ले, मेरी आँख मुँदते ही हल पकड़ना पड़ेगा।'

सुनकर हरिहर को अपने पुत्र पर बड़ा गर्व होता है। मन ही मन कहता है—तुम लोगों को विद्या आए तो कैसे आए? ज़िन्दगी-भर तो सूद खाते रहे। गरीब हूँ तो क्या, पंड़ितों का वंश है, पिता जी ने व्यर्थ ही ताड़ पत्ते की पोथियाँ नहीं रंग डालीं, वे खानदान की एक लीक चलाए, वह कहाँ जाएगी?

उनके घर के उस जंगले से कुछ हाथों की दूरी पर मकान की दीवार है और दीवार के उस पार बल्कि उससे लगकर ही झांड़-झँखाड़ों का ताँता शुरू हुआ। जंगले से झांट-सेंवड़ पेड़ के ऊपरी हिस्से नील समुद्र की तरंगों की तरह दिखाई पड़ते हैं, कितनी ही तरह की लताएँ पेड़ों से लटक रही हैं, जहाँ बाँस की प्राचीन झाड़ी की फुनगियाँ उम्र के बोझ से अमलतास तथा जंगली चालता पेड़ों पर झुक गई हैं, उसके नीचे की काली मिट्टी पर खंजन नाचते रहते हैं।

बड़े पेड़ों के नीचे हल्दी, जंगली अरवी तथा जमींकन्द के बहुत हरे पौधे आपस में ठेलम-ठेल करके सूर्य-किरण की तरफ मुँह करने की जी तोड़ चेष्टा करते रहते हैं। इस जीवन-संग्राम में जो पौधे अपने गर्वित पड़ोसियों के मुकाबले में असफल रहे हैं, उनके पत्ते पीले और उनके डंठल कमज़ोर हो गए हैं। इन कमज़ोर अधमरे पौधों की दृष्टि के सामने ही शरद ऋतु के अन्तिम भाग की भरपूर चिलचिलाती धूप पड़ रही है और झांड़-झंखड़ों के फूलों की आकुल भीगी सुगन्ध से भरी हुई पृथ्वी अपने सारे सौन्दर्य के रहस्य और विपुलता को लेकर धीरे-धीरे बदलती जा रही है।

उनके घर के किनारे से ही जंगल शुरू होता है और उधर ही कोठी वाला मैदान है। इस जंगल का सिलसिला दूसरी तरफ नदी के किनारे तक चला गया है। अपू को यह जंगल अनन्त मालूम होता है। वह अपनी दीदी के साथ इस जंगल की दूर-दूर तक सैर कर चुका है, पर जंगल का ओर-छोर कभी दिखाई नहीं पड़ा। बस इसी तरह तीर्थराज पेड़ के नीचे से चलने का रास्ता है और जंगली चालता जिनमें फलों के गुच्छे लगे हैं, मोटी-मोटी गिलोय लताओं से जकड़े हुए हैं। भीतर वाला रास्ता एक आम के बाग में जाकर समाप्त होता है, फिर तरह-तरह के पेड़ों के नीचे से होकर जंगली करेमा, नाटा कांटे की झाड़ी तथा मैना पौधे के झँखाड़ों से होते हुए जाने कहाँ पहुँच जाता है। जंगली तोरई की लता कहीं बहुत ऊँचाई पर लटकती है, तो कहीं प्राचीन शिरीष पेड़ के सेवार लगी डाल पर झँखाड़ देखने में आते हैं।

इस जंगल ने अपनी श्यामलता का नवीन स्पर्श उसके और उसकी दीदी के मन पर फेर दिया था। जब से वह पैदा हुआ, तब से यह जंगल उसके लिए सुपरिचित है। हर पल और हर घड़ी इसी जंगल के कारण उनके प्यासे हृदय कितने ही विचित्र और अपूर्व रस से भर जाते थे। वर्षा के कारण तगड़े पड़े हुए घने हरे झांड़ों के ऊपर नाटा काँटा पौधे के सुगन्धित फूल की पीली बालें, आसन्न सूर्यास्त की छाया में मैना काँटा की मोटी डालों की फुनगियों पर गिलहरियों का धीरे से आना-जाना,

पत्तों, फूलों, फलों, की प्रचुरता और सर्वोपरि जब घने जंगल के किनारे के किसी झाँड़-झँखाड़ पर कोई अज्ञात चिड़िया अकेली बैठी रहती है, तब उसके मन में जो विचित्र अपूर्व आनन्द रस उत्पन्न होता है, वह अनिर्वचनीय है। वह मानो स्वप्न है, माया है, चारों दिशाओं में चिड़ियाँ चहचहाती हैं, फूलों की धीमी-धीमी वर्षा होती रहती है, सूर्यास्त वेला की किरणें और भी घनी छाया वाली हो जाती हैं।

इसी जंगल में कहीं पर एक सूखा हुआ पुराना पोखर है। उनके किनारे पर जो टूटा हुआ मन्दिर है, कभी वहाँ की विशालाक्षी देवी उसी प्रकार से ग्रामदेवता थी, जिस प्रकार से आजकल पंचानन्द ग्राम देवता हैं। वे गाँव के मजुमदार घराने के द्वारा प्रतिष्ठित देवी थीं। पता नहीं किस मामले में सफल होकर उन लोगों ने देवी के मन्दिर में नर-बलि चढ़ाई थी। इससे नाराज़ होकर देवी ने स्वप्न में यह कहा था कि वह मन्दिर छोड़कर जा रही है और फिर नहीं लौटने की।

यह बहुत पुरानी बात है। अब ऐसा कोई भी आदमी ज़िन्दा नहीं है जिसने विशालाक्षी देवी की पूजा होते देखी है। मन्दिर टूट-फूट गया है और मन्दिर के सामने का पोखर सूखकर एक निचान भर रह गया है। चारों तरफ झाड़-झँखाड़ उग आए हैं और इधर मजुमदार खानदान में भी नाम लेवा, पानी देवा कोई नहीं रहा।

गाँव का स्वरूप चक्रवर्ती बहुत दिन पहले किसी और गाँव से न्यौता जीम कर लौट रहा था। उन्होंने सन्ध्या के समय नदी के घाट पर उतरकर देखा कि रास्ते के किनारे एक सुन्दरी षोड़शी खड़ी है। यह जगह बस्ती से दूर थी। सन्ध्या पार हो चुकी थी। कहीं कोई नहीं था। ऐसे समय सुनसान जंगल के किनारे इस कम उम्र सुन्दरी को देखकर स्वरूप चक्रवती को बड़ा आश्चर्य हुआ।

पर अभी वह कुछ कह नहीं पाया था कि उस कन्या ने कुछ गर्वित पर मीठे लहजे में कहा : 'मैं इस गाँव की विशालाक्षी देवी हूँ। गाँव में जल्दी ही हैजे की महामारी फैलेगी। कह देना चतुर्दशी की रात में पंचानन्द तला में एक सौ आठ पेठों की बलि देकर काली-पूजा की जाए...'

बात खत्म भी नहीं हो पाई थी कि स्तम्भित स्वरूप चक्रवर्ती की आँखों के सामने वह कन्या चारों तरफ घिरे हुए कुहासे में विलीन हो गई। इस घटना के कई दिन बाद सचमुच ही उस गाँव में बड़ी भयानक महामारी पड़ी थी।

उसने इन बातों को जाने कितनी बार सुना था। जंगले के किनारे खड़े होने पर विशालाक्षी देवी की बात याद आती है। क्या देवी एक बार देखने को नहीं मिल सकती? वह जंगल के किनारे गिलोय की लता तोड़ रहा है, इतने में देवी प्रकट हो जाएँ...

देखने में बड़ी सुन्दर, लाल किनारे की साड़ी पहन रखी है, हाथ में और गले में दुर्गाजी की मूर्ति की तरह हार और कंगन पहन रखा है।

—तुम कौन हो?

—मैं अपू हूँ।

—तुम बड़े अच्छे लड़के हो, कुछ वर माँगो।

यह सोचते-सोचते वह बिस्तरे पर जाकर लेट जाता है। कभी-कभी मन्द-मन्द हवा जाने कितने ही पेड़-पौधों और लताओं की कड़वी मधुर भीनी-भीनी गन्ध लेकर आती है। ठीक दोपहर का समय है, बहुत दूर के किसी बड़े पेड़ की फुनगी पर बैठकर गांग चील रसा-रसा कर बोलती है, मानो इस नन्हे-से गाँव के अतीत और वर्तमान तथा सारे छोटे-मोटे सुख और दुःख से कहीं ऊपर से वह बोल रही है, मानो शरद की दोपहरी के धूप-भरे नीले निर्जन आकाशपथ पर वह कोई उदास, घर से विरक्त पथिक देवता के सुकंठ का गायन है जो दूर, बहुत दूर में जाकर विलुप्त हो जाता है।

कब उसकी आँखों पर नींद छा जाती है और वह सो जाता है इसका उसे पता नहीं लगता, पर नींद से जगकर देखता है कि दिन ढल चुका है। जंगले के बाहर सारे जंगल में छाया उतर गई है, बाँस की फुनगियों में लाल धूप अभी हिलोरें ले रही है।

हर रोज़ इसी समय, ठीक इसी प्रकार छाया-भरी शाम के समय सुनसान जंगल की ओर देखते-देखते उसके मन में अद्भुत बातें आती हैं। उसका मन अज्ञात आनन्द से भर उठता है। उसे ऐसा जान पड़ता है कि कभी इसके पहले जैसे इसी तरह पेड़-पौधों, लताओं-पत्तों की मीठी गन्ध से भरे हुए दिन आए थे; उन दिनों में उसने जो आनन्द उठाया था उसकी अस्पष्ट स्मृति आकर, इन दिनों के भविष्य को किसी अनिर्दिष्ट आनन्द की दशा में ले जाती है। ऐसा लगता है जैसे कुछ होगा। यह दिन व्यर्थ नहीं जाने का. मानो इसके अन्त में कोई बड़ा आनन्द उसकी प्रतीक्षा में घात लगाए बैठा है।

इन शामों के साथ आजन्म साथी, सुपरिचित आनन्द से पूर्ण इस बहुरूपिए जंगल के साथ रहस्यमय स्वप्न पुरी की कितनी बातें मिली हुई हैं। बाँस की फुनगियों के ऊपर से छाया-भरे आकाश की ओर ताककर उसे यह दिखाई पड़ जाता है कि एक तरुण वीर की उदारता का फायदा उठाकर किसी मँगते ने उसके अक्षय कवच-कुंडल माँग लेने के लिए हाथ पसार रखा है। पीठी का पानी पीकर कहीं का एक नन्हा-सा गरीब लड़का अपने हमजोलियों में जाकर 'मैंने दूध पी लिया', 'मैंने दूध पी लिया' कहकर उल्लास में नृत्य करता है। और किसी के उजड़े घर के सामने जो बेल का पेड़ है, उसके नीचे ही शर-शय्या पर लेटे हुए बूढ़े वीर भीष्म के मुमुर्षु ओंठों पर, तीखे बाणों में पृथ्वी फोड़कर अर्जुन ने भोगवती की धारा की सृष्टि की थी। प्रथम यौवन में सरयूतट के कुसुमित कानन में मृगया करते समय राजा दशरथ ने मृग के भ्रम में पानी खोजने वाले एक दरिद्र बालक को मार डाला था, वह घटना मानो रानी दीदी के बाग के बड़े-से जामुन के नीचे जो निचान है, उसी में घटित हुई थी।

उनके घर पर एक पुस्तक है जिसके सब पन्ने पीले पड़ गए हैं, जिल्द का कुछ हिस्सा गायब है, उसका नाम *वीरांगना काव्य* है, पर लेखक का नाम नहीं मालूम। बात यह है कि शुरू के पन्ने फट गए हैं। पुस्तक उसे बहुत पसन्द आती हैं, उसमें

उसने पढ़ा है :

मैंने पास ही देखी एक झील, उस झील के किनारे एक राजरथी पड़े हैं लोट-पोट घुटना उनका गया है टूट, देखकर मैं रो पड़ा।

हे नाथ! यह क्या दुःस्वप्न दिखाया मुझे।

कुलुइ चण्डी देवी के व्रत के दिन वह माँ के साथ गाँव के उत्तर वाले मैदान में जिस पुराने सूखे हुए पोखर के पास जहाँ वन भोजन करने जाता है, किसी को मालूम नहीं है, वही पोखर *महाभारत* की द्वैपायन झील है। उस सुनसान मैदान के पोखर के बीच में वह घुटना टूटा हुआ वीर अकेला रहता है, कोई न तो उसे देख पाता है और न कोई उसकी तलाश करता है।

उत्तर वाले मैदान के केले और बैंगन के खेतों से किसान लौट आते हैं, चारों ओर सन्नाटा छा जाता है, सोना डांगा वाले मैदान के उस पार के अनाविष्कृत, निर्जन, अनजाने देश में चंद्रहीन रात्रि का घना अन्धेरा धीरे-धीरे फैल जाता है; उस समय हज़ारों वर्ष की पुरानी मानवीय वेदना कभी तो गरीब बाप के छल से मुग्ध सरल बालक के उल्लास में, कभी एक अभागे, साथियों से बिछड़े असहाय राजकुमार के चित्र में उसके बढ़ते हुए उत्सुक मन की सहानुभूति से जग उठकर सार्थक हो जाती है। उस अज्ञातनामा लेखक की पुस्तक को पढ़ते-पढ़ते कई बार उसकी आँखें गीली हो जाती हैं।

उसके पिता घर पर नहीं हैं। वे घर पर होते हैं तो उसे कमरे में बन्द रहकर सबक घोखना पड़ता है। एकदम दिन ढल जाता है, फिर भी छुट्टी नहीं होती। उसका मन उतावला हो जाता है। और कितनी देर बैठकर वह 'शुभंकरी की आर्या' कंठस्थ करे, क्या उसे खेलने को नहीं मिलेगा? अब दिन कहाँ रहा? पिताजी पर बहुत ही क्रोध आता है और अभिमान जाग उठता है।

एकाएक अप्रत्याशित ढंग से छुट्टी हो जाती है। वह जल्दी में किसी तरह किताबों को समेटकर पटक देता है और छाया-भरे दालान में जाकर खुशी से नाचने लगता है।

यह शाम बहुत ही अपूर्व और अद्‌भुत मालूम देती है। निविड़ छाया से भरे पेड़-पालो के किनारे पर खेलने का स्थान है, गिलोय लता के तार टंगे हुए हैं, खजूर की डालों की छाया है। जंगल की ओर से ठंडी-ठंडी गन्ध आती है। थोड़ी-सी लाल धूप ताऊ जी के उजड़े घर के जंगली नींबू के माथे पर चमकती रहती है। उज्ज्वल बादामी रंग के परों वाली तेड़ों नामक चिड़ियाँ जंगली करेमा की झाड़ी में उड़कर बैठ जाती है। ताज़ी मिट्टी की गन्ध आती है। बच्चे के संसार में खुशी लबरेज़ छलछला उठती है। वह भला कैसे किसी और को समझाए कि यह आनन्द क्या है। यह आनन्द तो गूंगे का गुड़ है।

सन्ध्या के बाद सर्वजया ने भात चढ़ा रखा था, अपू सामने ही आँगन में चटाई बिछाकर बैठा है। बहुत अन्धेरा है। झींगुर बोल रहे हैं।

अपू ने पूछा : 'दुर्गा पूजा के अब कितने दिन रहते हैं?'

दुर्गा दरात पर तरकारी काट रही थी। बोली : 'अब बाईस ही दिन रहते हैं न माँ?'

उसका हिसाब पक्का था। पिताजी घर आएँगे। अपू, माँ और उसके लिए खिलौने, कपड़े, आलता लाएँगे।

अब वह बड़ी हो गई है। इसलिए माँ उसे दूसरे मोहल्ले में जाकर न्यौता खाने नहीं देती। वह अब यह लगभग भूल गई है कि लूची का स्वाद कैसा होता है। चाँदनी से खिली हुई कोजागारी पूर्णिमा की रात में बाँस के जंगल में रोशनी और छाया के ताने-बानेवाले रास्ते में वह पहले के ज़माने में मोहल्ले-मोहल्ले घूमकर लक्ष्मी पूजा की खीलें और लाइयाँ आँचल भरकर ले आती थी। घर-घर में शंख बजता है, रास्ते में लूची तलने की गन्ध आती रहती है, शायद ही अब मोहल्ले के किसी घर से एक नैवेध की थाली चली आती है। वह भी बहुत खील-बताशे ले आया करती थी। उसकी माँ दो दिनों तक उसी का कलेवा कराती थी और खुद भी खाती थी पर उस बार संझली मालकिन ने कहा था : 'शरीफ घर की लड़की है, वह नीच लोगों की तरह घर-घर खील-बताशे मागँती क्यों फिरती है? यह अच्छा नहीं लगता; बहू, तुम उसे अब इस तरह भेजा मत करो।'

तब से वह नहीं जाती।

दुर्गा बोली : 'ताश खेलोगी?'

—अच्छा इस कनरे से ताश की जोड़ी ले आ...

दुर्गा ने जैसे किसी विपत्ति में पड़कर अपू की ओर देखा। अपू हँसकर बोला; 'चल! मैं खड़ा होता हूँ।'

माँ बोली : 'इधर तो इस तरह डरती है, पर दिन-भर जब जंगलों का चक्कर काटती रहती है, तब यह डर कहाँ रहता है? रात में इस कमरे से उस कमरे में जाना पड़ा, तो बस घिग्घी बंध जाती है।'

अपू यजमान के घर से यह ताश की जोड़ी ले आया था। अपू अभी तक सारे पत्ते नहीं पहचानता। बीच-बीच में वह अपने हाथ के ताश विपक्षी दल की खिलाड़ी अपनी माँ को दिखाकर कहता है : 'माँ, यह कौन-सा रंग है? क्या यह ईंट है? माँ ज़रा! देखो तो...'

दुर्गा का मन आज बहुत खुश है। रात को अक्सर खाना नहीं पकता, उसी जून का बासी भात और तरकारी रहती है। आज भात बन रहा है, तरकारी पकेगी, यही उसकी खुशी का कारण है। आज जैसे कोई उत्सव है। अपू बोला : 'माँ! ताश खेलते-खेलते तुम शामलंका वाली कहानी तो सुनाओ...'

अचानक वह माँ की गोद में सिर रखकर लेट गया। माँ के चेहरे पर हाथ फेरते हुए उसने मचलकर कहा : 'माँ! तुम वह कविता तो सुनाओ, वही शामलंका मसाला बाँटती है, मिट्टी में केश लोटते हैं।'

दुर्गा बोली : 'खेल के समय कविता कहेगी तो खेलेगी कैसे? उठ...'

सर्वजया बोली : 'तुझे यह पताल कली कहाँ से मिली?'

—गुसाइयों का बड़ा-सा बाग है न? वहाँ रानी गाय को खोलते हुए एक बार तेरे साथ मैं गई थी, है न अपू? वहाँ बहुत-से फूल खिले थे। बड़ा जंगल था न इसीलिए किसी को पता नहीं लगा था। पता लगता तो लोग ले जाते।

अपू बोला : 'तुम वहाँ गई थीं? वह तो बीहड़ जंगल है!'

सर्वजया बार-बार स्नेह के साथ लड़के की ओर देख रही थी। अभी उस दिन का अपू जिसे 'आ चाँद, आ चाँद मुन्ना के माथे पर टी-ई-ई-का दे जा' कहने पर वह यान्त्रिक गुड़िया की तरह अपने चाँद-से मुखड़े को मुट्ठी बन्द हाथ की ओर झुका देता था, वही अपू आज ताश खेलने बैठा है। उसे यह दृश्य बिलकुल अनहोनी मालूम होता है। यदि अपू ठीक से खेल नहीं पाता या उम्मीद लगाकर भी वह कोई हाथ नहीं जीत पाता था या अपू के हाथ में खराब ताश और उसके हाथ में अच्छे ताश आते थे, तो विपक्षी खिलाड़ी होते हुए भी माँ को दुःख होता था।

दुर्गा बोली : 'आज क्या हुआ, जानती हो माँ?'

अपू बोला : 'जो तुमने बताया तो तुमसे कुट्टी कर लूँगा। ज़रा बताकर तो देखो...'

—कुट्टी कर दे तो बला से। बात यह हुई कि इसे पोस्ता दाना का नाम भी मालूम नहीं है। राजी के घर में पोस्ता दाना सुखाया जा रहा था, तो यह देखकर बोला : रानी दीदी! यह क्या है?—रानी बोली : यह मुलहठी है, खाकर तो देख।—बस इसने उसे खाकर देखा और यह समझ नहीं पाया कि पोस्ता खा रहा है। यह इतना बुद्धू है।

अपू ने कहा तो था कि वह दीदी के साथ कुट्टी करेगा, पर वह कुट्टी नहीं करेगा। उस दिन जब सतू भैया उसके पके माकाल फलों को लेकर भाग गया था, तब उसी दिन सन्ध्या समय दीदी न जाने कहाँ से अपने आँचल में बाँधकर बहुत-से माकाल फल ले आई थी। बोली : 'सबेरे तू इन्हीं पर बहुत रोया था न?'

उस समय उसे सचमुच बड़ी खुशी हुई थी। यह खुशी उसे उन फलों से प्राप्त हुई थी या दीदी के उदभासित चेहरे, विशेषकर बड़ी-बड़ी ममता-भरी स्निग्ध हँसी से प्राप्त हुई थी, यह बात वह नहीं जानता।

—अपू छक्के का खेल है, समझ-बूझकर चलना।

दुर्गा बड़ी खुशी के साथ अपने ताश उठाकर लगाने लगी।

—दीदी! यह किस फूल की महक है?

माँ बोली : 'ताऊजी के मकान के पीछे सप्तपर्ण पेड़ है, यह उसीके फूल की महक है।'

अपू और दुर्गा दोनों ने आग्रह के साथ पूछा : 'माँ! उस पेड़ के नीचे एक बार शेर आया था न?'

पर माँ जल्दी से ताश डालकर बोली : 'ओह! चावल नीचे से लग गया। उसकी बू आ रही है, भात उतारकर फिर बताती हूँ...'

खाते समय दुर्गा बोली : 'पताल कली की तरकारी अच्छी बनी है न माँ!'

उसका चेहरा स्वर्गीय तृप्ति से भर गया। साथ ही साथ अपू ने कहा : 'वाह! यह तो खाने में गोश्त की तरह है, है न दीदी? एक जगह बहुत-सी पताल-कली लगी हैं, पर मैंने सोचा यह कुकुरमुत्ता है, इसलिए मैंने उसे उठाया नहीं।'

दोनों की प्रशंसा सुनकर सर्वजया का हृदय गर्व और तृप्ति से भर गया। फिर भी ज़रूरत के लायक मसाला और बाकी चीज़ें मिलती नहीं। लोग भोजों के मौकों पर पकाने के लिए संझली मालकिन को बुलाते हैं; एक बार उसे तो पुकारें, तो वह दिखा दे कि रसोई किसे कहते हैं संझली मालकिन को, हाँ नहीं तो।

सर्वजया बोली : 'दुर्गा! अपू का हाथ धुला दे। तू यह क्या कर रहा है? कहीं आँगन के बीच में हाथ-मुँह धोते हैं? रोज़ बताती हूँ कि उधर...'

पर अपू एक कदम भी आगे बढ़ना नहीं चाहता। सामने वह टूटी दीवार की दरार है। बाँस के जंगल में अंधेरा है। झाड़-झँखाड़ों का अँधेरा तरोई के बीए की तरह काला है। उजड़ा हुआ घर फिर और कितनी ही अज्ञात विभीषिकाएँ हैं। उसकी यह समझ में नहीं आता कि जब जान इस तरह जोखिम में है, तब आँगन के बीच में मुँह धोने से कौन-सा अनर्थ हो गया।

इसके बाद सब लोग सो गए। रात गहरी हो गई और सप्तपर्ण फूल की तेज़ महक से लदी हुई रात की हवा हेमन्त की ओस से गीली होकर बह रही थी। आधी रात के समय बाँस के जंगल के ऊपर कृष्ण पक्ष की चाँद की म्लान चाँदनी ओस से भीगे हुए पेड़-पालो और डालों तथा पत्तों पर चमक रही थी। रोशनी और अँधेरे की अपरूप माया से जंगल परियों के सोए हुए देश की भाँति रहस्य का घूँघट ओढ़ लेता है। कहीं से हवा का सनसनाता हुआ झोंका अमलतास के डाल को हिला कर और कुंदरू की झाड़ियों की फुनगियों को लजाकर चला जाता है।

कभी-कभी ऐसे समय अपू की नींद टूट जाती थी।

मानो वही देवी आई है, गाँवों की भुलाई हुई अधिष्ठात्री—विशालाक्षी देवी

इच्छामती की अनार के रेशों की तरह स्वच्छ जलधारा में तथा सेवार भरे कीचड़ में बहुत दिन पहले उस देवी के चरण-चिह्न लुप्त हो गए। यहाँ तक कि...तट के प्राचीन सप्तपर्ण ने भी शायद उनका दर्शन नहीं किया। कभी पुराने ज़माने की अधिष्ठात्री देवी के मन्दिर में फूल-फल, नैवेद्य से ठाठ के साथ पूजा होती थी, पर आज कल के लोग उन्हें जानते भी नहीं।

पर देवी अभी इस गाँव को नहीं भूली हैं।

जब बहुत रात बीतने पर गाँव में सन्नाटा छा जाता है तब वह जंगलों में कलियों को चटखाकर फूल खिलाती हुई घूमती हैं, चिड़ियों के बच्चों की देखभाल करती हैं, उजियाली रात के अन्तिम प्रहर में छोटे-छोटे छत्तों को, तरह-तरह के जंगली फूलों को मीठे शहद से भर देती हैं।

देवी जानती हैं कि किस झाड़ के कोने पर वासक अपने फूलों से लदे सिर को छिपाए हुए पड़ा है; बीहड़ जंगल में सप्तपर्ण फूल के गुच्छे कहाँ पेड़ की आड़ में प्रसुप्त हैं; इच्छामती के किस मोड़ पर हरी सेवार की दरारों में नील पंखुड़ियों

वाले करेमा के फूल भीड़ बनाकर जमा हैं; काँटे वाले पौधों की झाड़ियों में कहाँ पर टुन-टुनी चिरैया के बच्चे नींद से जग गए।

उनके रूप की स्निग्ध ज्योति से जंगल जैसे लबालब भर गया है। रात का रूप सन्नाटे, चाँदनी, सुगन्ध, अस्पष्ट आलोक और अन्धकार की माया से खूब निखरा है।

पर पौ फटने के पहले ही वनलक्ष्मी कहीं पर विलीन हो जाती है। स्वरूप चक्रवर्ती के बाद कभी किसी को उनका दर्शन नहीं प्राप्त हुआ।

16

गाँव के अन्नदाराय महाशय इस समय बड़ी मुसीबत में फँसे हैं।

गाँव की फिर से पैमाइश हो रही है। उत्तर के मैदान में तम्बू लगा है। पैमाइश के बड़े अधिकारी ने मैदान में नदी के किनारे दफ्तर खोला है और उनके साथ बहुत-से छोटे-मोटे अमले भी आए हैं। गाँव के सभी भले आदमी कुछ न कुछ ज़मीन के मालिक हैं। वे बाप-दादों की कमाई हुई सम्पत्ति के किनारे पर अपने-अपने जीवन की नौका को भिड़ाकर और उसे कसकर खूँट से बाँधकर जड़ पदार्थ की तरह निरुद्यम, गतिहीन और निष्क्रिय बने रहकर एक तरह से अच्छा ही काट रहे थे, पर अब की बार वे कुछ मुसीबत में फँस गए हैं। कोई किसी की ज़मीन दबाकर चैन की बंसी बजा रहा है; तो कोई लगान दस बीघे का देता है, पर बारह बीघे पर कब्ज़ा जमाए बैठा है।

इतने दिनों तक यह सब बहुत मज़े में चल रहा था, इतने में यह भामई आ गई। यों तो सभी पर कुछ न कुछ गाज गिर रही थी, पर अन्नदाराय की मुसीबत ज़रा दूसरे ढंग की थी, या यों कहना चाहिए कि सबसे विकट थी। उसके रिश्ते का एक भाई बहुत दिनों से पछांह में है। वे इतने दिनों से अपने प्रवासी रिश्तेदार के आम-कटहल के बाग तथा ज़मीन बिना किसी तरछुए के भोग रहे थे, और उन्हें पूरा भरोसा था कि पैमाइश का कठिन समय अगर वे निकाल ले गए, तो सारी ज़मीन और बाग नहीं तो कुछ तो वह अपने नाम से लिखा ही लेंगे, पर पता नहीं, गाँव के किसी आदमी ने उस प्रवासी रिश्तेदार को कोई पत्र डाल दिया था या और कोई बात हो गई, नतीजा यह हुआ कि दस दिन से उस रिश्ते में लगने वाले भाई का बड़ा लड़का पैमाइश की देख-भाल करने आया था।

मुँह का कौर तो छिन ही गया, इसके अलावा लेने के देने पड़ गए। उस रिश्तेदार के हिस्से में जो कमरे थे, वे ही मकान में सबसे अच्छे थे। अन्नदाराय विगत बीस साल से उनपर अधिकार जमाए हुए थे। अब भतीजे के आने से उन्हें वे कमरे छोड़ देने पड़े थे।

भतीजा शौकीन तबियत का कॉलेज का छात्र था। वह एक में सोता है, तो दूसरे में पढ़ता-लिखता है; इसलिए ऊपर के कमरे से लोहे की सन्दूक, गिरवी में जमा माल, कागज़ात आदि हटा डालने पड़े हैं। नीचे वाले जिस कमरे में पालित के मुहल्ले से सस्ते दामों पर खरीदे हुए शहतीर रखे हुए थे, उस कमरे को भी खाली कर देना है।

शाम का समय था। अन्नदाराय के चौपाल में मुहल्ले के कई आदमी बैठे हुए थे। यहीं ताश और पासे की मजलिस जमती है। पर आज अभी काम खतम नहीं हुआ था। अन्नदाराय आए हुए असामियों को एक-एक करके निबटा रहे थे।

आंगन के सामनेवाले हिस्से में एक कम उम्र किसान स्त्री एक छोटे लड़के को साथ में लेकर बहुत देर से घूँघट काढ़े बैठी थी। उसने सोचा कि अब उसकी बारी आ गई है, वह उठ खड़ी हुई। अन्नदाराय ने ज़रा सिर नीचा करते हुए चश्मे के ऊपर से उसे देखते हुए कहा : 'कौन है? तेरा क्या काम है?'

किसान स्त्री ने आँचल की गाँठ खोलते हुए धीरे से कहा : 'मैंने बड़ी मुसीबत में कुछ रुपयों का बन्दोबस्त किया है, रुपये ले लीजिए और खलिहान का ताला खोल दीजिए। कितनी तकलीफ में हूँ कि क्या कहूँ मालिक।'

अन्नदाराय को बाछें खिल गईं। बोला : 'हरि, इसके रुपये तो गिन लो। बही खोलकर तारीख देखो और सूद का फिर से हिसाब कर लो।...'

किसान स्त्री ने रुपये निकालकर हरिहर के सामने दालान के किनारे रख दिए। हरिहर ने गिनकर देखे कि पाँच रुपये हैं।

राय महाशय ने कहा : 'अच्छा, जमा कर लो, बाकी रुपये कहाँ हैं?'

—अभी इतने हो लीजिए, फिर दे दूँगी। मैं खटकर पैसे चुका दूँगी। अभी इतना ही लेकर मेरे खलिहान का ताला खोल दीजिए, पहले ज़रा खा-पीकर जान तो बचे, घर भी चूता है, तो फिर...

वह ऐसे भरोसे से बात कर रही थी जैसे उसे खलिहान की चाभी मिल गई है। बात यह है कि अभी यह राय महाशय को पहिचान नहीं पाई थी।

अन्नदाराय ने बीच में ही बात काटकर कहा : 'ओह, बड़ी आई है चाभी लेनेवाली। सूद और मूल मिलाकर लगभग चालीस रुपये बैठते हैं, और पाँच रुपये लाकर कहती है कि खलिहान खोल दो। नीच लोगों का ढंग ही निराला है; चल यहाँ से भाग, बेकार मेरा वक्त खराब न कर।'

किसान स्त्री को सभी लोग जानते थे। दीनू भट्टाचार्य को अच्छी तरह दिखाई नहीं देता था, बोले : 'कौन है, अन्नदा?'

—यह उस मुहल्ले के तबरेज़ की बीबी है। चार दिन पहले तबरेज़ मर गया है न। सूद और मूल मिलाकर चालीस रुपये बाकी हैं, इसलिए मरने के दिन की शाम को ही मैंने खलिहान पर ताला लगा दिया। अब यह कहने आई है कि खलिहान खोल दो, यह कर दो, वह कर दो।

जो पैर के नीचे से सचमुच ज़मीन खिसक जाती, तब भी तबरेज़ की बहू को

इतना आश्चर्य न होता। अब वह कुछ-कुछ समझी। आगे बढ़कर बोली : 'यह बात न कहिए मालिक। मेरे मुन्ने के लिए उन्होंने उस साल सुनार से एक निम्बौरी बनवाई थी, सो भोंदा सुनार की दुकान में उसे बेचकर पाँच रुपये मिले। बच्चे की चीज़ थी, उसे बेचने को जी नहीं चाहता था, पर क्या करती, पेट तो भरना ही था, इसलिए मैंने सोचा कि चलो बाद को मौका आएगा तो फिर निम्बौरी बनवा दूँगी। तो मालिक अब चाभी दे दीजिए।'

—चल-चल, अभी जा। रुपये पैसों का मामला ऐसे गिड़गिड़ाने से थोड़े ही तय होता है। अभी तू यह सब बात नहीं समझती। तेरा आदमी होता तो समझता, चल अब दिक मत कर। ये पाँच रुपये तेरे नाम से जमा रहेंगे, बाकी रुपये ले आ, तो देखा जाएगा। कहती है कि लड़के को खाने को नहीं है, तो मैं क्या करूँ। जो तुझसे बन पड़े, तो नालिश करके खलिहान खुलवा ले।

अन्नदाराय घर के अन्दर चले गए तो दीनू भट्टाचार्य ने कहा : 'बहू, तबरेज़ के कितने दिन हुए, सो कुछ मालूम तो...'

—बाबा, बुध के दिन वह हाट से मछली ले आया, मैंने प्याज डालकर पकाकर भात दिया। बिल्कुल कोई लच्छन नहीं था, अच्छी तरह भात खाया। खाकर बोला : जाड़ा लग रहा है, मुझे कम्बल ओढ़ा दे। सो मैंने ओढ़ा दिया। बाद को, देखती क्या हूँ कि अभी दिन नहीं छिपा और उधर से बिल्कुल कोई आवाज़ नहीं है, अगले दिन दोपहर तक मुझे तथा मेरे बच्चों को मंझधार में छोड़कर वह चल बसा।

कहते-कहते उसका गला रुंध आया। फिर उसने विनती करते हुए कहा : 'आप लोग ज़रा कहिए न! कहकर ज़रा खलिहान की चाभी दिलवा दीजिए। बड़े-बड़े कष्ट पड़े हैं। नहीं, मैं कर्ज बाकी थोड़े रखूँगी, जिस तरह से भी हो...'

इतने में रिश्ते में लगने वाला भतीजा आ गया, इससे बातचीत बन्द हो गई। दीनू ने कहा : 'आओ, नीरेन भैया, शायद मैदान की तरफ घूमने गए थे? तुम्हारे बाप-दादों की यही जन्मभूमि है। तो यह बताओ कि कैसा लग रहा है?'

नीरेन मुस्कराया। उसकी उम्र इक्कीस-बाईस से अधिक नहीं है। खासा-तगड़ा सुपुरुष है। कलकत्ता से किसी कॉलेज में वकालत पढ़ रहा है। बोलता थोड़ा है। यद्यपि बाप ने इसलिए भेजा है, कि काम-काज देखे, पर न तो वह कुछ देखता है और न समझता है। दिन-रात उपन्यास पढ़कर और बन्दूक दागकर वक्त काटता है। साथ में एक बन्दूक लाया है। शिकार का शौकीन है।

नीरेन ऊपर अपने कमरे में गया, तो वहाँ देखा कि गोकुल की स्त्री कमरे में फर्श के ऊपर उकड़ूँ बैठकर फर्श से कुछ खोंट-खोंटकर उठा रही है। दरवाज़े के पास से ही नीरेन ने देखा कि उनका कीमती विलायती लैम्प फर्श पर पड़ा हुआ है। उसके काँच का डोम चूर-चूर हो गया है और फर्श पर काँच के टुकड़े बिखरे हुए हैं।

दरवाज़े के पास जूते की आहट पाकर गोकुल की स्त्री ने चौंककर पीछे की ओर देखा उसे देखने पर ऐसा मालूम हुआ कि रोज़ कि भाँति वह कमरा साफ करने

के लिए आई थी और उसने लैम्प जलाना चाहा था। पता नहीं, वह कैसे टूट गया। वह चाहती यह थी कि लैम्प के मालिक के आने के पहले ही अपराध के चिह्न स्वयं ही हटा दे, पर वह तो रंगे हाथों पकड़ी गई। इसलिए वह बहुत झेंप गई। उसकी लज्जा के बोझ को कम करने के लिए नीरेन ने हँसकर कहा : 'वाह भाभीजी, आपने लैम्प की अच्छी छुट्टी कर दी। अब देखिए न, पकड़ी भी गईं, आखिर मैं कानून जो पढ़ता हूँ। अच्छा अब जल्दी से चाय बनाकर लाइए तो मालूम हो कि आप कितना चटपट काम कर सकती हैं। खैरियत यह है कि बक्स में एक दूसरा डोम है। ठहरिए मैं बत्ती जला लूँ।'

गोकुल की स्त्री ने लज्जित हो कर कहा : 'दियासलाई ले आऊँ?'

नीरेन ने कौतुक के साथ कहा : 'आप दियासलाई नहीं लाईं, तो लैम्प उतार कर क्या कर रही थीं?'

बहू अबकी फिर हँसी और धीरे से बोली : 'मैंने सोचा कि कालिख लगी है, ज़रा पोंछ दूँ, तो जैसे ही काँच उतारने गई, तो पता नहीं यह विलायती मशीनवाली रोशनी कैसी है'—कहकर वह बात बिना समाप्त किए ही फिर से झेंप-भरी हँसी हँसकर बाहर चली गई।

नीरेन दस-बारह दिन से आया हुआ है, पर भाभी लगने पर भी गोकुल की स्त्री के साथ उसने कोई खास बातचीत नहीं की थी। पर काँच टूटने की सन्ध्या से दोनों में नए परिचय से संकोच की जो खाई थी, वह दूर हो गई नीरेन अच्छे घर का लड़का है, तिस पर देहात में वह पहले पहल आया था, इसलिए बिना संगी-साथी के ये प्रवास वाले दिन अच्छी तरह कट नहीं रहे थे। हमउम्र भाभी के साथ परिचय का मार्ग सरल हो जाने के बाद से वह सबेरे-शाम चाय पीते समय मिलता-मिलाता था। तब से उसके दिन सहज आदान-प्रदान की मधुरता से आनन्द पूर्ण हो गए।

उस दिन दोपहर को दुर्गा टहलने आई। उसने रसोईघर के दरवाज़े से झाँक कर कहा : 'चाचीजी, क्या पका रही हो?'

बहू बोली : 'आ बेटी आ। ज़रा मदद दे दे। अकेले अब काम पूरा नहीं पड़ रहा है।'

दुर्गा बीच-बीच में जब भी आती है तो चाची के काम में हाथ बँटाती है। उसने मछली काटते हुए कहा : 'अच्छा चाचीजी, तुम्हें यह केंकड़े कहाँ से मिल गए? यह केंकड़ा तो शायद खाया नहीं जाता।'

—क्यों खाया क्यों नहीं जाएगा? बीधू मल्लाहिन कह रही थी कि सभी यह केंकड़ा खाते हैं।

—तो चाचीजी, तुमने क्या इन्हें खरीदा है?

—खरीदा क्यों नहीं? पाँच पैसे में लिए।

दुर्गा कुछ नहीं बोली। मन ही मन सोचती रही कि चाचीजी हैं तो बहुत अच्छी, पर ज़रा बुद्धू हैं। भला इन केंकड़ों को पैसे देकर कौन लेता है और खाता ही कौन है। बीधू ने सीधी-सी देखकर ठग लिया। साथ ही इस सरला चाची पर उसका स्नेह

और भी अधिक हो गया।

स्वर्ण ग्वालिन ने जा कर घर में सुनाया था कि उस दिन गोकुल चाचा ने चाची के सिर पर खड़ाऊँ मारी है। उस दिन वह भी नदी के घाट में नहाने गई थी। चाची नहाने आई, तो सिर डुबाकर इसलिए नहीं नहाई कि कहीं दुखने न लगे। उस दिन उसे बहुत दुःख हो रहा था, पर वह कुछ बोली नहीं थी कि कहीं चाचीजी झेंप न जाएँ और घाट के सारे लोगों के सामने जगहँसाई न हो। फिर भी रायताई पूछ ही बैठी : 'बहू, तुम आज नहाई नहीं?'

चाचीजी ने हँसकर उत्तर दिया था : 'नानीजी, आज नहाऊँगी नहीं। तबियत ठीक नहीं है।'

चाचीजी सोचती होंगी कि उनपर मार पड़ने की बात किसी को मालूम नहीं है, पर चाचीजी के घाट से जाते ही रायताई बोली : 'देखा, गोकुलवा की करतूत, बहू को ऐसे मारा है कि सिर के बालों में खून जमा है।'

रायताई ने यह बहुत बुरा काम किया। जानती है तो जानें, पर इस तरह पूछने की ज़रूरत क्या थी और लोगों में ढिंढोरा पीटने की क्या बात थी।

मछली धोकर चलते समय दुर्गा ने सहमते-सहमते कहा : 'चाचीजी, तुम्हारे यहाँ चिउड़ा के लायक धान है। माँ कह रही थी कि अपू चिउड़ा खाना चाहता है, अब की हमारे यहाँ धान खरीदा नहीं गया।'

गोकुल की बहू ने चुपके से कहा : 'दोपहर के बाद आना।' फिर दालान की तरफ इशारा करके बोली : 'सो जाएँ तो आना।'

दुर्गा ने पूछा : 'चाचीजी, तुम्हारे घर कोई आए हैं। मैंने उन्हें एक दिन भी नहीं देखा।'

—तूने देवरजी को नहीं देखा? अभी वह कहीं गए हैं, शाम के समय आना, भेंट हो जाएगी।

इसके बाद गोकुल की बहू हँसकर बोली : 'तेरे साथ देवरजी की शादी हो, तो जोड़ी खूब फबेगी।'

दुर्गा लज्जा से लाल होकर बोली : 'धत्!'

गोकुल की बहू फिर हँसकर बोली : 'धत् क्यों? क्यों हम लोगों की लड़की कोई खराब थोड़े ही है? ला ज़रा देखूँ।'—कहकर उसने दुर्गा की ठुड्डी पर हाथ रखकर उसका चेहरा ऊँचा करते हुए कहा : 'बिल्कुल देवी की तरह सुन्दर मुखड़ा है। बाप गरीब है तो क्या हुआ।'

दुर्गा ने झटके से अपने को छुड़ाते हुए कहा : 'जाओ चाचीजी, तुम जाने कैसी...'

बाद को वह लगभग दौड़कर पीछे के दरवाज़े से निकल गई। जाते-जाते उसने सोचा—चाचीजी में सारी बातें अच्छी हैं, पर ज़रा बुद्धू हैं, नहीं तो देखो न! धत्!

दुर्गा अभी गई ही थी कि स्वर्ण ग्वालिन दूध दुहने आई। बहू ने भीतर से ही कहा : 'अरी सरन, मेरे हाथ खाली नहीं हैं। बछड़ा बाहर के आँगन में पिटलू पेड़ से बंधा है। उसे ले आ और सहन में लोटा मँजा रखा है...'

सखी मालकिन का पूजा-पाठ इतनी देर में समाप्त हुआ। वह बाहर आकर उत्तर की ओर के स्थानीय काली मंदिर की तरफ मुँह फेरकर प्रणाम करते हुए घिघिया-घिघयाकर बोलने लगी : 'दुहाई माता सिद्धेश्वरी, अच्छे दिन दिखाना, भवसागर पार कराना, माँ रक्षा करो, माँ माँ माँ!'

गोकुल की बहू ने रसोईघर से आवाज़ देते हुए कहा : 'फूफीजी, आपके लिए नारियल के लड्डू रखे हैं, दो-एक खाकर पानी पी लीजिए।'

एकाएक सखी मालकिन ने सहन से पुकारकर कहा : 'बहू, इधर तो देख जा।'

आवाज़ सुनकर गोकुल की बहू हाथ के तोते उड़ गए। वह सखी मालकिन से उतना ही डरती है जितना कोई यमराज से। ईश्वर ने सखी मालकिन को माया-ममता का अंश दिया ही नहीं, ऐसा निःसन्देह कहा जा सकता है। सहन में एक कोने में इकट्ठे मंजे बर्तनों पर झुककर उंगली दिखाती हुई सखी मालकिन बोली : 'देखो, ज़रा आँख से देखो, कुछ दिखाई दे रहा है? एकदम साफ पानी का दाग दिखाई दे रहा है। यहाँ से सरन लोटा उठा ले गई है, इसके बाद उस शूद्रा के छुए हुए बर्तनों को रसोईघर में ले जाकर दुनिया-भर को भ्रष्ट किया गया है। धरम-करम सब नाश हो गया।'

सखी मालकिन हताश होकर सहन में बैठ गईं। उनके बैठने के ढंग से यह मालूम होता था कि लायक बेटे की मृत्यु की खबर मिलती तो कोई इससे अधिक निराश क्या होता।

—कंगाल, भुखमरों के घर की लड़की लाने का यही नतीजा होता है। भले आदमियों के तौर-तरीके उसे आएँ कहाँ से और वह उन्हें जाने ही कैसे? जो बर्तन मले तो यह नहीं देखा कि ठीक से जूठन साफ हुआ कि नहीं। तीन पहर होने को आए, सोचा कि ज़रा पानी पी लूँ! पर यहाँ तो जूठन और शूद्र का छुआ हुआ ही है। अभी फिर नहाना पड़ता, खैरियत यह हुई कि लोटा नहीं छुआ!

गोकुल की बहू दुखी होकर खड़े-खड़े सोच रही थी—क्यों मैंने नाहक में मुँह जली सरन को लोटा उठा लेने के लिए कहा? स्वयं देती तो ठीक रहता।

सखी मालकिन मुँह बिगाड़ते हुए बोली : 'खड़ी-खड़ी देखती क्या हो? चलो, रसोई की हंडिया फेंक दो। बर्तन फिर से माँजो। रसोईघर को फिर से लीपो। जाने किस कम्बख्त घराने की लड़की आ गई, जिसने घर का बिल्कुल सत्यानाश कर दिया।'—कहकर सखी मालकिन क्रोध के मारे थर-थर काँपते हुए अपने कमरे में जा बैठी। बाहर की कड़ी धूप अब उनसे सही नहीं जाती थी।

उनके आदेश के अनुसार सारे काम करते-करते दिन ढल गया। जब गोकुल की बहू नदी में फिर नहाने गई तो, भूख, प्यास और परिश्रम के मारे उसका चेहरा एकदम कुम्हला गया था।

घाट में उस समय शाम की छाया घनी हो गई थी। उस पार के बड़े सेमर पेड़ पर धूप चमक रही थी। नदी के मोड़ पर एक पालवाली नाव डांड़ चलाकर मोड़ लेती हुई घूमकर जा रही थी। उसके पतवार के पास एक आदमी खड़ा होकर कपड़ा

सुखा रहा था। कपड़ा हवा में झण्डे की तरह उड़ रहा था। बीच नदी में एक कछुवा मुँह उठाकर साँस लेकर ही फिर डुबकी लगा गया–सों ओ ओ, हुश।

नदी के पानी से जाने कैसी ठंडी-ठंडी अच्छी-सी गंध आ रही थी। नदी तो नन्ही सी है। उस पार की ज़मीन पर एक पनकौड़ी चिड़िया मछली पकड़ने के लिए बाँस का जो दुजाला बनाया गया है, उस पर बैठी है।

इसी समय प्रतिदिन उसे अपने बचपन की याद आती है–'पानकौड़ी, पानकौड़ी डांगाय ओठो से' याने पनकौड़ी, पनकौड़ी ज़मीन पर उठो।

गोकुल की बहू कुछ देर तक पनकौड़ी की तरफ देखती रही। माँ का चेहरा याद आता है। बात यह है कि संसार में अब उस पर स्नेह रखे ऐसा कोई नहीं रहा। माँ के मरने की उम्र थोड़े ही हुई थी। अपने गरीब पितृकुल में केवल एक गंजेड़ी भाई है, सो उसका कोई पता नहीं लगता कि कब कहाँ रहता है। पिछले साल दुर्गापूजा के दिनों में वह यहाँ आकर चार दिन रह गया था। वह लुका-छिपा-कर अपने भाई को अपने बक्स में जो थोड़ी-बहुत पूँजी थी–चवन्नी-दुअन्नी दे देती थी। बाद में एक दिन वह अचानक गायब हो गया। उसके चले जाने पर मालूम हुआ कि उसने एक शाल बेचनेवाले पठान से एक शाल उधार में खरीदकर अपने बहनोई का नाम लिखा दिया था। जब यह बात खुली, तो कुहराम् मच गया। पितृकुल की बड़ी-बड़ी आलोचनाएँ हुई और अपमान हुए।

तब से भाई का कोई पता नहीं है।

पर असहाय आवारा भाई के लिए सन्ध्या समम कभी-कभी एक हूँक-सी उठती है। सुनसान मैदान वाले रास्ते की तरफ देखकर ऐसा प्रतीत होता है, जैसे गृहहीन चिरपथिक भाई शायद दूर की किसी निर्जन पगडंडी में अकेला चला जा रहा है; रात को ठहरने के लिए भी कोई जगह नहीं है और न कोई उसकी सुधि लेनेवाला है।

हृदय कचोटने लगता है और आँखों में आँसू आ जाने के कारण नदी का पानी, मैदान, घाट, उस पार के सेमर का वृक्ष, मोड़ पर की बड़ी नाव सब अस्पष्ट हो जाते हैं।

17

उस दिन अपू मल्लाहों के टोले में कौड़ी खेलने गया था। दिन के दो या ढाई से कम नहीं बजे होंगे। धूप बहुत तेज़ थी। पहले वह तिनकौड़ी मल्लाह के घर पर गया। उसका लड़का बंका अमरूद के नीचे खपच्ची छील रहा था। अपू ने कहा : 'अरे! कौड़ी खेलेगा?'

खेलने की इच्छा रहने पर भी बंका ने कहा कि मुझे अभी नाव पर जाना है, खेलूँगा, तो बापू नाराज़ होंगे!

वहाँ से अपू रामचरण मल्लाह के घर पर गया। रामचरण सहन में बैठकर

तम्बाकू पी रहा था। अपू ने पूछा : 'हिरदय घर पर है?'

रामचरण बोला : 'क्यों पंडित! हिरदय से क्या लेना है? क्या कौड़ी खेलोगे? अच्छा जाओ, हिरदय घर पर नहीं है।'

दोपहर के समय घूमते-घूमते अपू का चेहरा लाल पड़ गया। और भी कई जगह गया; कहीं भी उसका काम नहीं बना। अन्त में घूमते-घूमते बाबूराम पाड़ुई के घर के पास इमली के नीचे पहुँचा, तो वहाँ उसका चेहरा खिल गया। बात यह थी कि इमली के पेड़ के नीचे कौड़ी के खेल का अड्डा जमा था। वहाँ इकट्ठे लड़कों में सभी मल्लाहों के लड़के थे, हाँ ब्राह्मण टोले का पटु भी था। अपू के साथ पटु का कोई मेल-मिलाप नहीं था क्योंकि पटु का घर जहाँ था, अपू का घर वहाँ से बहुत दूर था।

पटु अपू से कुछ छोटा है। अपू को यह अच्छी तरह याद है कि वह पहले-पहल जिस दिन प्रसन्न गुरुजी की पाठशाला में भरती होने गया था, उस दिन उसने इस लड़के को ही निश्चिन्त होकर ताड़ का पत्ता मुँह में भरकर चबाते देखा था। अपू ने उसके पास जाकर कहा : 'कितनी कौड़ियाँ...'

पटु ने कौड़ी की थैली निकालकर दिखाई। लाल सूत की बुनी हुई छोटी-सी थैली थी। यह उसकी बड़ी प्रिय चीज़ थी, बोला : 'सत्रह लाया हूँ, इनमें से सात सुनहली हैं, जो हार जाऊँगा तो और ले आऊँगा...'

कहकर उसने मुस्कराकर थैली दिखाते हुए कहा : 'इसमें चार बीसी कौड़ियाँ आ सकती हैं।'

खेल शुरू हुआ। पहले पटु हार रहा था, फिर वह जीतने लगा। अभी कुछ ही दिन हुए पटु ने यह बात जान ली थी कि कौड़ी के खेल में उसका निशाना कभी चूकता नहीं है, इसीलिए , वह दिग्विजय की उच्चाकांक्षा लेकर इतनी दूर आया था। खेल के नियमानुसार पटु के ऊपर से एक बड़ी कौड़ी से निशाना मारते ही जैसे कौड़ी भन्न से घूमते-घूमते घर से निकल जाती है, तैसे ही उसकी बाछें खिल जाती हैं। बाद में वह जीती हुई कौड़ियों को थैली के अन्दर रखकर लोभ और खुशी के मारे बार-बार थैली की ओर देखकर यह अनुमान लगाता था कि उसके भरने में अब कितनी देर है।

मल्लाहों के कुछ लड़कों ने आपस में सलाह की। एक ने पटु से कहा; 'तुम्हें और एक हाथ फासले से मारना पड़ेगा क्योंकि तुम्हारा निशाना बहुत तेज़ है।'

पटु बोला : 'वाह! यह भी कोई बात हुई? निशाना तेज़ रहना कोई बुरी बात थोड़े ही है? तुम लोग भी जीत लो, मैं किसी को रोकता थोड़े ही हूँ।'

बाद में उसने चारों तरफ दृष्टि दौड़ाकर देखा तो मल्लाह के सब लड़के एक जुट्ट हो गए थे। पटु ने मन ही मन सोचा कि मैंने कभी इतनी कौड़ियाँ नहीं जीतीं, आज यहीं खेल खत्म करना चाहिए। और खेले कि यह कौड़ियाँ घर नहीं जाने की। फिर कहीं एक हाथ दूर से मारना पड़ा तो बिल्कुल हार जाऊँगा।

सोचकर वह एकाएक छोटी थैली को हाथ में उठाकर बोला : 'मैं एक हाथ

दूर से निशाना लेकर नहीं खेलूँगा, मैं घर जाता हूँ।

बाद में उसने मल्लाहों के लड़कों का रंग-ढंग और आँखों की निष्ठुर दृष्टि देखी, तो उसने अपने अनजाने में ही कौड़ी की थैली को कसकर पकड़ लिया।

एक लड़का आगे बढ़ता हुआ बोला : 'पंडित! यह नहीं होने का। जीतकर भागोगे क्या?'

साथ ही साथ उसने एकाएक पटु के थैली वाले हाथ को पकड़ लिया। पटु ने हाथ छुड़ाने की चेष्टा की, पर छुटा नहीं पाया। दुखी होकर बोला : 'यह क्या बात है? हाथ क्यों पकड़ते हो? छोड़ दो...।'

पीछे से किसी ने एक धक्का मारा, जिससे वह गिर पड़ा, पर उसने कौड़ीवाली थैली नहीं छोड़ी। वह समझ गया था कि यह लोग इसे छीनना चाहते हैं। ज़मीन पर गिरकर भी उसने थैली को पेट से दबाने की चेष्टा की, पर एक तो वह कम उम्र का था; दूसरे ताकत भी कम थी, वह मल्लाहों के तगड़े और उम्र में बड़े लड़कों से कब तक जूझता। हाथ से कौड़ी की थैली बहुत पहले ही गिर पड़ी थी और कौड़ियाँ बिखर गई थीं।

अपू पटु की यह गत बनते देखकर शुरू में कुछ खुश न हुआ हो, ऐसी बात नहीं, क्योंकि वह भी बहुत कौड़ियाँ हार चुका था। पर पटु को गिरते देखकर विशेषकर असहाय हालत में मार खाते देखकर उसका दिल धक् से हो गया। वह भीड़ में घुसते हुए बोला : 'यह छोटा लड़का है, इसे तुम लोग मारते क्यों हो? छोड़ दो।'

इसके बाद वह पटु को मिट्टी पर से उठाने लगा, पर पीछे से किसी ने एक घूंसा जमा दिया तो उसे कुछ देर तक कुछ दिखाई नहीं पड़ा। इसके बाद जो धक्कम-धक्का मचा, उसमें वह भी मिट्टी पर गिर पड़ा।

उस दिन अपू की बुरी गत बनती, क्योंकि उसके स्त्रियों जैसे हाथों और पैरों में कोई विशेष ताकत नहीं थी, पर उसी मौके पर नीरेन के इस रास्ते से आ जाने के कारण विपक्षी दल नौ दो ग्यारह हो गया। पटु को बहुत चोट आई थी, नीरेन ने उसे मिट्टी पर से उठाकर बदन की धूल झाड़ दी। थोड़ा संभलकर उसने चारों तरफ देखा तो बिखरी हुई कौड़ियों में से दो चार ही बाकी थीं, थैली का कहीं पता नहीं था।

बाद में उसने अपू को पास आकर कहा : 'अपू भैया! तुमको, ज्यादा तो नहीं लगी?'

नीरेन ने दोनों को इस भरी दोपहरी में मल्लाह टोले में आकर कौड़ी खेलने के लिए डाँट लगाई। नीरेन ने मोहल्ले के लड़को को लेकर वक्त काटने के लिए अन्नदाराय के चौपाल में पाठशाला खोली थी। उसने उन दोनों से कहा कि कल से तुम लोग मेरी पाठशाला में आया करो।

पटु चलते-चलते यही सोच रहा था–'मेरी वह कौड़ियों की थैली कितनी सुन्दर थी, उस दिन कितनी मुसीबतों के बाद वह छिबास से मिली थी, और अब वह गई। जो मैं जीतने के बाद न खेलूँ, तो उनके बाबा का क्या? मेरी खुशी है खेलूँ या न खेलूँ...'

घर में प्रवेश करते ही अपू ने दुर्गा से कहा : 'दीदी, शिउली पेड़ के नीचे तने के पास मैंने एक टेढ़ी खपच्ची रखी थी, क्या तुमने ही उसके दो टुकड़े कर दिए?'

दुर्गा ने ही उसे तोड़ा था, बोली : 'बड़ी भारी खपच्ची थी। इस पागलपन की भी कोई हद है? बाँस की झाड़ी खोजने पर ऐसी जाने कितनी खपच्चियाँ मिल जाएँगी। क्या खपच्चियों का कोई अकाल थोड़े ही पड़ा है?'

अपू ने लज्जित होकर कहा : 'अकाल नहीं तो क्या है? तू वैसी एक खपच्ची ला तो दे। मैं खोज-खाजकर ले आऊँगा और तू उन्हें तोड़ देगी? यह अच्छा तमाशा रहा।'

उसकी आँखों में आँसू भर आए।

दुर्गा बोली : 'तू जितनी माँगे उतनी ला दूँगी। रोता क्यों है?'

टेढ़ी खपच्ची अपू के जीवन की एक अद्भुत वस्तु है। सूखी, हल्की, एक तरफ से पतली और दूसरी तरफ से मोटी टेढ़ी खपच्ची हाथ में लेकर अपू का मन पुलकित हो जाता है। मन में न जाने कितनी कल्पनाएँ हिलोरें लेने लगती हैं। इस प्रकार की एक टेढ़ी खपच्ची हाथ में लेकर वह किसी-किसी दिन सारा सबेरा या शाम अपने-आप बाँस की झड़ी की पगडंडियों में या नदी किनारे टहलता रहता है। कभी वह राजकुमार है तो कभी तम्बाकू बेचनेवाला, कभी पर्यटक तो कभी सेनापति। कभी महाभारत का अर्जुन बन जाता है और मन ही मन वह धीरे-धीरे उस काल्पनिक घटना के अनुरूप बातें करता रहता है, जिन्हें वह अपने जीवन में घटित देखना चाहता है। खपच्ची जितनी ही हल्की और नाप के अनुसार टेढ़ी होती है, उसके मन में आनन्द और कल्पना उतनी ही रंगीन बन जाती है। इसलिए वह जानता है कि उस तरह की खपच्ची जुटाना कितना कठिन है। जाने कितनी खोज-तपास करनी पड़ती है, तब जाकर एक खपच्ची हाथ आती है।

अपू इस बात की भरसक कोशिश करता है कि कोई यह न ताड़ पाए कि वह टेढ़ी खपच्ची हाथ में लेकर इस तरह कल्पना-राज्य में विचरण करता रहता है। ऐसी हालत में लोग उसे अपने ही आप बातचीत करते देखें, तो उसे या तो पागल समझेंगे या और कुछ; इसी कारण वह जहाँ तक बन पड़ता है ऐसी जगह नहीं जाता जहाँ बस्ती हो, या लोग वहाँ अचानक आ सकते हों। वह ऐसे स्थानों से बचकर नदी किनारे या निर्जन बाँस के जंगल में या अपने मकान के पीछे वाली इमली के नीचे जाता है।

वह चाहता है कि ऐसी हालत में कोई उसे न देखे। इसके लिए वह भरसक प्रयत्न करता है। जो एकाएक कोई आ भी पड़ता है, तो वह शर्म से जीभ काटकर हाथवाली खपच्ची को डाल देता है ताकि कोई कुछ गलत न समझ जाए।

हाँ, उसकी दीदी को यह रहस्य मालूम है। दीदी ने उसे ऐसी हालत में दो-चार बार देख लिया था, इसलिए उससे फिर क्या छिपाना? इसीलिए उसने टेढ़ी खपच्ची की बात दीदी से साफ पूछ ली। कोई दूसरा होता तो शर्म के मारे अपू कभी इस बात का उल्लेख नहीं करता। यद्यपि अपू के साथ टेढ़ी खपच्ची के रहस्य भरे सम्बन्ध

को कोई भी नहीं जानता, फिर भी अपू को ऐसा मालूम होता है कि सभी इस बात को जानते हैं और उसने खपच्ची का उल्लेख किया कि लोग उसे बनाना शुरू करेंगे। कौन इस बात को समझेगा कि हाथ में एक टेढ़ी खपच्ची पाने पर वह बिना खाए-पिए नदी के किनारे या किसी सुनसान जंगली रास्ते में बहुत ही मज़े में सारा दिन अकेला काट सकता है...

उसने दीदी से अनुरोध किया था : 'दीदी! यह बात माँ से न कहना।'

दुर्गा ने नहीं कहा था। वह जानती है कि अपू पगला है। उसपर बड़ी ममता लगती है; छोटा-सा बुद्धू भैया है। माँ को भला यह बातें क्यों बताना।

मधु संक्रान्ति के पहले दिन सर्वजया ने लड़के से कहा : 'कल के लिए मास्टर साहब को न्यौता दे आना। कहना कि दोपहर का भोजन यहीं करें।'

मोटे चावलों का भात, पपीता का रसा, कच्चे गूलर की सुक्तनी[1], केले के गूदे का घंट[2], झींगा मछली का झोल[3], केले के बड़े और खीर।

दुर्गा की माँ ने उसे परोसने के काम में लगाया है, पर वह बहुत अनाड़ी है। ऐसे डर-डरकर संभलकर उसने दाल की कटोरी निमंत्रित के सामने रखी मानो उसे यह भय था कि कोई अभी उसे डाँट देगा। नीरेन इतना मोटा चावल खाने का आदी नहीं था, वह यह नहीं जानता था कि इतने कम तेल और घी से पकी हुई तरकारी लोग कैसे खाते हैं। खीर फीकी थी, पानी मिले दूध से बनी थी। एक बार चखकर ही खीर खाने का उत्साह जाता रहा। पर अपू बहुत खुश था और जोश के साथ न्यौता खा रहा था। उनके घर में शायद ही कभी इतना अच्छा खाना बना हो। आज तो एक स्मरणीय उत्सव-सा है। बोला : 'मास्टर साहब! ज़रा खीर तो लीजिए।'

वह स्वयं बार-बार दीदी से कुछ न कुछ माँगता जा रहा था।

घर लौटने पर गोकुल की बहू ने हँसकर पूछा : 'देवरजी, तुम्हें दुर्गा पसन्द है? देखने-सुनने में तो अच्छी है। हाय! वह बहुत ही गरीब की लड़की है, बाप के पास दहेज के लिए पैसे नहीं हैं; पता नहीं किसके हाथ पड़ेगी। सारी ज़िन्दगी भोगना बदा है। तुम उससे शादी क्यों नहीं कर लेते देवरजी? गोत्र आदि भी ठीक है, लड़की भी अच्छी-खासी है, भाई और बहन दोनों गुड्डा-गुड़िया से सुन्दर हैं...'

पैमाइश के तम्बू से लौटकर नीरेन उस दिन गाँव के पीछे वाले आम के बाग के रास्ते से जा रहा था। जंगल के अन्दर की पगडंडी से आते हुए उसने देखा कि बाग के अन्दर से एक लड़की सामने से आ रही है। उसने पहचान लिया, यह अपू की बहन दुर्गा है। पूछा : 'क्यों जी, यह बाग तुम लोगों का है?'

दुर्गा पीछे देखकर शर्मा गई, कुछ बोली नहीं।

बाद में वह रास्ते के किनारे खड़े होकर नीरेन के लिए रास्ता छोड़ देने लगी। नीरेन बोला : 'नहीं! नहीं! तुम आगे चलो। तुमसे भेंट हो गई, अच्छा हुआ। मैं उस तरफ एक पोखर के किनारे चला गया था, तब से रास्ता ढूँढ़ रहा हूँ। तुम्हारे यहाँ जंगल बहुत है न?'

---

1. एक कड़वी तरकारी। 2. पंचमेल तरकारी। 3. शोरबा।

दुर्गा चलने लगी, फिर अक्समात् उसने रुककर जो नीरेन की तरफ देखा तो उसके कपड़े में बंधे हुए जाने काहे के कुछ फल रास्ते में गिर पड़े।

नीरेन बोला : 'देखो जी, कुछ गिर गया, ये काहे के फल हैं?'

दुर्गा झुककर उन्हें बटोरते हुए संकोच के साथ बोली : 'कुछ नहीं, ये मटिया आलू हैं।'

—मटिया आलू? खाने में अच्छा है? कैसा फल है?

यह प्रश्न दुर्गा को बहुत अजीब मालूम हुआ। एक पाँच साल का लड़का जिस बात को जानता है, चश्मा लगाए हुए इस समझदार आदमी को उसका पता नहीं। उसने कहा : 'यह फल खाने के लिए नहीं होता, ये तो कड़वे हैं।'

—फिर तुमने...

दुर्गा ने झेंपते हुए कहा : 'मैं इन्हें ऐसे ही खेलने के लिए ले जा रही हूँ।'

यह उसे याद था कि उस दिन चाचीजी ने मज़ाक में इसी चश्मेवाले लड़के के साथ उसकी शादी की बात कही थी, तब से बड़ा कौतूहल था कि वह लड़के को अच्छी तरह देखे। पर मधु संक्रान्ति के व्रत के दिन भी ऐसा करते नहीं बना और आज भी वह उसे आँख भरकर नहीं देख सकी।

—अपू से कहना कि कल सबेरे किताब लेकर आए। कह दोगी न?

दुर्गा ने चलते हुए सम्मतिसूचक ढंग से सिर हिलाया।

थोड़ी दूर जाकर बगल का एक रास्ता दिखाते हुए वह बोली : 'यह रहा आपका रास्ता, यह सीधा पड़ेगा।'

नीरेन बोला : 'अच्छा मैं पहचानकर चला जाऊँगा, पर तुम्हें ज़रा घर तक पहुँचा दूँ, तुम अकेली जा सकोगी न?'

दुर्गा ने उँगली दिखाते हुए कहा : 'वह रहा हम लोगों का घर। वह क्या है सामने। मैं इतना रास्ता खुद चली जाऊँगी। आप और...'

इसके पहले नीरेन ने दुर्गा को कभी अच्छी तरह नहीं देखा था। इतनी सुन्दर भावुक आँखें उसने इससे पहले इसके भाई अपू की ही देखी थीं, मानो देहाती इलाके के एकाकीपन में पनपने वाली आम और मौलश्री की पंक्तियों की प्रगाढ़ श्याम स्निग्धता इस बड़ी-बड़ी आँखों में अर्धसुप्त है। अभी जैसे सबेरा नहीं हुआ और उनमें रात के अन्तिम पहर का अलस अंधकार अभी लिपटा हुआ है, फिर भी वे उस प्रभात का स्मरण दिलाती है, जब कितनी ही सुप्त आँखें एकाएक कली की तरह चटक जाती हैं; कितनी ही कुमारियाँ पनघट की ओर चल पड़ती हैं; घर-घर में नवजागरण का अमृत उत्सव प्रारम्भ होता है और हर खिड़की से धूप की मोहक गन्ध उठकर फैलने लगती है।

दुर्गा कुछ देर ठहरकर जैसे कुछ हिचकिचाने लगी। नीरेन को ऐसा प्रतीत हुआ कि वह कुछ कहना चाहती है, पर उसे याद नहीं आ रहा है। उसने कहा : 'नहीं जी! मैं तुम्हें और थोड़ा आगे छोड़ आऊँ। चलो, तुम्हारे घर के सामने से चलूँ।'

दुर्गा हिचकिचाने लगी, बाद में ज़रा मुस्कराई। नीरेन को ऐसा लगा कि अब

वह कुछ बोलने ही वाली है, पर अगले ही क्षण दुर्गा ने सिर हिलाकर यह बता दिया कि मुझे तुम्हारे साथ की ज़रूरत नहीं और वह घर का रास्ता पकड़कर चली गई।

दोपहर का समय था। छत पर सूखने वाले कपड़ों को बटोरने के लिए जब गोकुल की बहू ऊपर गई तो उसने नीरेन के कमरे के दरवाज़े पर झाँककर देखा। उस समय नीरेन बिस्तर पर करवटें बदलने के बाद गर्मी के कारण नींद की आशा त्यागकर फर्श पर चटाई बिछाकर घर में चिट्ठी लिख रहा था।

गोकुल की बहू ने हँसकर कहा : 'तुम सोए नहीं, देवरजी! मैंने सोचा कि देवरजी सो रहे होंगे। यह तो बताओ कि तुमने केले के फूल का घंट क्यों नहीं खाया, उसे थाली में छोड़ दिया पर उस दिन तो खूब शौक से खाया था।'

—आइए भाभीजी! केले के फूल का घंट क्या खाऊँ। सब पूरब के ढंग[1] पर बना है। खाने में इतनी सारी मिर्च रहती है कि खाते समय कुछ सुझाई थोड़े ही देता है कि कौन सा घंट है और कौन-सा और कुछ।

गोकुल की बहू दरवाज़े की चौखट से हटकर अपने अभ्यस्त ढंग से चेहरे के नीचेवाले हिस्से को आँचल से ढँककर खड़ी हुई।

—चलो देवरजी! शहरी चालें न दिखलाओ? क्या तुम्हारे यहाँ इतनी भी मिर्च कोई नहीं खाता?

—माफ कीजिए भाभीजी, अगर इसको 'इतनी भी' कहते हैं तो आप लोग किसे ज़्यादा मिर्च कहते हैं, उसे मैं बिना देखे यहाँ से नहीं टलूँगा। चाहे जो कुछ हो जाए? जहाँ सत्यानाश वहाँ साढ़े सत्यानाश सही। एक दिन हया-शर्म को एक तरफ रखकर जितनी चाहे मिर्च खिला दीजिए।

—अरे मैं कहाँ जाऊँ ? मैं तो जैसे शर्म के मारे सिल-लोढ़ा बेचकर बैठ गई हूँ न देवरजी? सुनो देवरजी की बातें, कहते हैं कि जहाँ सत्यानाश वहाँ साढ़े सत्यानाश...

हँसी के मारे गोकुल की बहू की आँखों में पानी आ गया। कुछ संभलकर बोली : 'अच्छा देवरजी! तुम्हारे यहाँ गर्मी कैसी पड़ती है?'

—तुम्हारे यहाँ से क्या मतलब? कलकत्ता में या पछाँह में? पछाँह की गर्मी कैसी होती है यह यहाँ बंगाल में बैठकर मालूम नहीं हो सकती। बैसाख की रातों में वहाँ कोई कमरे में थोड़े ही सो सकता है। छत में पानी डालकर उसे कुछ देर रोककर उसे ठंडा करते हैं, तब वह सोने लायक बनती है...

—अच्छा, तुम जहाँ रहते हो वह यहाँ से कितनी दूर है?

—यहाँ से रेल में दो दिन लगते हैं। आज सबेरे 'माँझेरपाड़ा' स्टेशन से रेल में बैठें तो कल आधी रात को पहुँच सकते हैं।

—अच्छा! देवरजी, मैंने सुना है कि गया-काशी की तरफ पहाड़ काटकर रेल गई है, क्या यह सच है?

—सच है! बहुत बड़े-बड़े पहाड़ हैं। ऊपर तो जंगल है और अन्दर से रेल जाती है। भीतर अंधेरा घुप्प रहता है, कुछ सूझता नहीं है। जब इस तरह गाड़ी जाती

1. पूर्व बंगाल वाले मिर्च अधिक खाते हैं, यहाँ उसी का उल्लेख है।

है तो उसके अन्दर बत्ती जला दी जाती है।

गोकुल की बहू ने उत्सुकता के साथ कहा : 'अच्छा यह तो कहो पहाड़ टूट नहीं पड़ते?'

—टूट कैसे सकते हैं भाभीजी? बड़े-बड़े इन्जीनियरों ने सुरंगे बनाई हैं; जाने कितने रुपये खर्च हुए हैं; टूट पड़ना कोई दिल्लगी है? यह कोई आपके राय टोले के पनघट की सी सीढ़ियाँ थोड़े ही हैं कि जो दोनों जून टूट रही हैं।

गोकुल की बहू को यह नहीं पता लगा कि इन्जीनियर किस चिड़िया का नाम है। बोली : 'अच्छा, यह तो बताओ कि पहाड़ मिट्टी का है या पत्थर का?'

—मिट्टी भी है, पत्थर भी है। भाभीजी! बस आप बज्र देहाती हैं। अच्छा यह तो बताइए कि आप रेल में कहाँ तक सफर कर चुकी हैं!

गोकुल की बहू ने फिर कौतुक भरी हँसी हँस दी। आँखें लगभग बन्द करके ज़रा ऊपर की ओर देखकर बचकाना ढंग से बोली : 'बहुत दूर गई हूँ, काशी, गया, मक्का सब मँझा आई हूँ। उस साल फुफिया सास और सतू की माँ के साथ आड़ँग घाटा की युगल किशोर मूर्ति के दर्शन करने गई थी। बस ज़िन्दगी-भर में इतना ही रेल चढ़ी हूँ।

यह स्त्री थोड़ी देर में ही मामूली सूत्रों से अपने चारों ओर हँसी और कौतुक का ऐसा ताना-बाना तैयार कर सकती है जो नीरेन को बहुत पसन्द है। जिन लोगों के मन में आनन्द का अक्षय भंडार रहता है, जिनके अन्तर्निहित आनन्द का उत्स सकारण और अकारण मन के प्याले से उमड़कर दूसरे को भी संक्रामित कर सकता है, यह देहाती स्त्री भी उन्हीं में से एक थी। आजकल नीरेन मन ही मन भाभी की बाट जोहता रहता है, न आने पर निराश होता है। यहाँ तक कि मन ही मन कुछ गुप्त अभिमान भी होता है।

—भाभीजी! आप सब लोग एक बार पछांह की यात्रा करें—हम सबको सैर करा लाएँ।

—इस घर के लोग भला सैर करने पछाँह जाने लगे? तुम भी जाने देवरजी! कैसी बातें करते हो? ऐसा हो तो फिर उत्तर वाले खेत में बैंगन की पहरेदारी कौन करे?

बात के अन्त में वह एक बार और व्यंगमिश्रित कौतुक की हँसी हँस दी। कुछ देर बाद गम्भीर होकर धीमी आवाज़ से बोली : 'देवरजी! एक बात कहूँ तो मानोगे?'

—क्या बात है यह तो बताइए?

—अगर मानो तो बताऊँ!

—मैं कोरे कागज़ पर दस्तखत करने से तो रहा। आखिर जानती हो भाभी जी! मैं वकालत पढ़ता हूँ। पहले सुनूँगा कि बात क्या है फिर हामी भरूँगा।

गोकुल की बहू दरवाज़ा छोड़कर कमरे के अन्दर आई। कपड़े के भीतर से कागज़ की एक पुड़िया निकालकर बोली : 'ये बालियाँ रखकर पाँच रुपये दोगे?'

नीरेन ने आश्चर्य के साथ कहा : 'क्यों? रुपयों का क्या होगा?'

—अभी नहीं बताऊँगी। देवरजी! दोगे?

—पहले यह बात बताइए कि रुपये से क्या होगा, नहीं तो...

गोकुल की बहू धीमी आवाज़ में बोली : 'मैं एक जगह भेजूँगी। देखो तो इस चिट्ठी में अंग्रेज़ी में क्या पता लिखा है।'

नीरेन ने पढ़कर कहा : 'भाभीजी, आपके भाई हैं न?'

'चुप रहो, चुप रहो। इस घर में किसी को न बताना। भाई ने पाँच रुपये माँगे हैं, पर कहाँ से लाऊँ देवरजी? कैसी पराधीन हूँ, जानते तो हो। इसलिए सोचा था कि इन बालियों को रखकर पाँच रुपये ले लूँ। उस कम्बख्त लड़के का इस दुनिया में और कोन बैठा है'—कहते-कहते गोकुल की बहू का कंठ रुंध गया।

नीरेन बोला : 'भाभी! रुपये तो मैं दे दूँगा, पाँच माँगिए, दस माँगिए। आप जब चाहें तब चुकाएँ, पर वह बालियाँ मैं नहीं लेने का।'

गोकुल की बहू ने कौतुक के ढंग से कन्धा हिलाकर हँसते हुए कहा : 'यह नहीं होने का देवरजी! फिर मैं तुम्हारा कर्ज़ा बिना अदा किए मर जाऊँ और क्या नाम तुम...। यह नहीं होने का, तुम्हें लेनी ही पड़ेंगी। अच्छा, अब मैं जाती हूँ नीचे बहुत काम पड़ा है...।'

वह जल्दी से बाहर चली गई, पर सीढ़ी तक जाकर ही लौटकर फिर धीमी आवाज़ में बोली : 'पर देवरजी किसी से रुपये की बात न कहना। किसी को नहीं, समझे न?'

दुर्गा ने कंथड़ी के नीचे से बहुत खुशी से पुकारा : 'अपू, अरे अपू! सुनता है!'

अपू जग रहा था पर अभी तक बोला नहीं था। बोला : 'दीदी, जंगला बन्द कर दोगी? बड़ी ठंडी हवा आ रही है।'

दुर्गा ने उठकर जंगला बन्द करते हुए कहा : 'रानी की दीदी की शादी कब है, तुझे मालूम है? अब ज़्यादा देर नहीं है। बड़ी धूमधाम होगी। अंग्रेज़ी बाजा बजेगा। तूने अंग्रेज़ी बाजा सुना है न, कैसा होता है?'

—हाँ, सब सिर पर टोप लगाकर बजाते हैं। बड़ी-बड़ी बाँसुरियाँ होती हैं और बड़े-बड़े ढोल होते हैं। एक तरह की बाँसुरी होती है जो बहुत बड़ी तो नहीं होती काली-काली होती है, इसे फ्लूट कहते हैं। इतना बढ़िया बजती है कि बस? फ्लूट बाँसुरी कभी सुनी है?

दुर्गा कुछ और ही सोच रही थी।

कल शाम को वह उस मोहल्ले की चाचीजी के पास घूमने गई थी। इधर-उधर की बातों के बाद चाचीजी ने पूछा : 'दुर्गा, देवरजी तुझे कहाँ मिले थे?'

उसने कहा : 'क्यों चाचीजी, क्या बात है?'

बाद में उसने उस दिन की सारी बात बताई, फिर कौतुक भरी आवाज़ में बोली : 'रास्ता भूलकर बस गढ़ पोखर के जंगल में भटक गया था।'

चाचीजी ने हँसकर कहा : मैं कल देवरजी को तेरी बात कह रही थी। मैंने कहा : गरीब घर की लड़की है, कुछ देने-दिवाने की औकात नहीं है, पर लड़की बहुत अच्छी है, मालूम होता है इस युग की है ही नहीं, तो उसे ग्रहण न कर लो? अब इसपर देवरजी तेरी बात पूछने लगे, बोले : पनघट के पास कहीं भेंट हुई थी, रास्ता भूलकर कहीं जा पड़े थे।—तब से मैं तीन दिन से सोच रही हूँ कि ससुरजी के द्वारा तेरे पिताजी से कहलवाऊँ। ऐसा लगा जैसे देवरजी को तू पसन्द आ गई है...

दुर्गा ने बछड़े को निकालकर धूप में बाँध तो दिया, पर जैसे और-और दिन वह घर का काम-काज फिर भी थोड़ा-बहुत करती थी, आज कुछ भी करने की इच्छा नहीं हो रही थी। किसी-किसी दिन मन इसी ढंग से उचट जाता है, उस दिन वह घर के संकीर्ण दायरे में नहीं रह पाती; कोई जैसे रास्तों में और इस मोहल्ले से उस मोहल्ले घूमाता फिरता है। आज जैसे हवा कुछ सोंधी-सोंधी लग रही थी; सबेरा न तो गरम लग रहा था न ठंड़ा ; नींबू के फूलों की मीठी गन्ध हवा में तैर रही थी, जैसे कुछ याद पड़ रहा था, पर क्या वह नहीं बता सकती।

घर से निकलकर वह रानी के घर पहुँची भुवन मुकर्जी अच्छे खाते-पीते धनी गृहस्थ हैं। यही उनकी पहली कन्या की शादी है, इसीलिए शादी बहुत धूम-धड़ाके से होनेवाली थी, आतिशबाज़ी वाला आकर दाम पटा रहा था। सीतानाथ इस इलाके का विख्यात बाजेवाला है, उसे बयाना दिया गया है। शादी के उपलक्ष्य में बहुत-सी जगहों से रिश्तेदार आने लगे हैं। उनके लड़के-बच्चों के मारे मकान का आँगन गमक रहा है।

दुर्गा को बहुत ख़ुशी हुई। थोड़े दिनों के बाद इस घर में न जाने कितनी आतिशबाज़ियाँ छूटेंगी। उसने कभी कोई आतिशबाज़ी नहीं देखी थी; हाँ, एक बार गाँगुली बाड़ी में झूले के उपलक्ष्य में कोई आतिश्बाज़ी देखी थी; वह सर्र से आसमान की तरफ निकलकर बादलों से टकराकर फिर वहाँ से नीचे की ओर आई थी। देखने में इतनी सुन्दर थी कि क्या बताया जाए। अपू इसे पतंगा कहता है।

दोपहर के बाद माँ सहन में खाट बिछाकर ज़रा सो गई तो वह चुपके-से फिर घर से निकल गई। फाल्गुन का बीचोंबीच था; धूप की तेज़ी बढ़ चुकी थी। इकरस गरम हवा के कारण रानी के बाग के बड़े नीम के पीले पत्ते चक्कर काटते हुए गिर रहे थे। चारों तरफ सन्नाटा था। नेड़ा के घर की तरफ कोई जैसे एक टीन पीट रहा था। उसके कान के पास भन्न—न्—न् आवाज़ हुई। काँचपोका? दुर्गा अपने अनजान में जल्दी से आँचल के अन्दर मुट्ठी बाँध सतर्क होकर देखने लगी।

पर यह काँचपोका नहीं था जिससे टिकुली बनती है, यह सुदर्शन कीड़ा था।

उसकी मुट्ठी अपने-आप ढीली हो गई, वह फिर भी आग्रह के साथ दबे पाँव उस कीड़े की ओर जाने लगी। वह सामनेवाली पगडंडी पर बैठा है; उसके पँखों पर सफेद और लाल चन्दन के छींटों की तरह दाग हैं।

सुदर्शन कीड़ा, नाम से कीड़ा होने पर भी वह असल में एक देवता है। उसके

दर्शन होना सगुन है, ऐसा उसने माँ और बहनों से सुना है। वह बहुत आहिस्ते से मिट्टी पर बैठ गई, फिर एक बार अपना हाथ माथे पर घुमाकर फिर कीड़े की तरफ ले जाकर जल्दी-जल्दी कहने लगी : 'सुदर्शन, मंगल करना जी, सुदर्शन, मंगल करना जी; सुदर्शन, मंगल करना जी।' (ऐसा ही उसने दूसरों से सुना था।)

इसके बाद उसने इस महामंत्र में कुछ अपनी बातें भी जोड़ दीं–अपू को ठीक रखना, माँ को ठीक रखना, पिता को ठीक रखना, उस मोहल्ले की चाचीजी को ठीक रखना,–कहकर कुछ सोचकर हिचकिचाते हुए बोली : 'नीरेन बाबू को ठीक रखना; सुदर्शन, मेरी शादी वहीं हो, रानी की दीदी की तरह गाजे-बाजे हों...'

भक्त के अर्घ्य की अतिशयता के कारण वह कीड़ा धूल पर कुछ विपत्तिग्रस्त होकर चक्राकार घूमने लगा। दुर्गा साघ मिटाकर प्रार्थना समाप्त करते हुए श्रद्धा के साथ एक तरफ को चली गई।

मोहल्ले के अन्दर के रास्तों में चलते हुए सिर पर फाल्गुन के आरम्भ का नीला रंग रहता था ; यहाँ तक कि कभी-कभी पेड़ों की सासों से मोर के गले के रंग का आकाश दिखाई देता था।

सेंवड़ा जंगल के बीचोंबीच से पनघट की पगडंडी गई थी। इसके दोनों ओर आम के बाग थे। तपी हुई बयार आम के बौरों की मीठी सुगन्ध, जंगली मधुमक्खी और काँचपोका के गुंजन, छायाघन आम के बाग में कोयल की कुहू-कुहू से स्निग्ध होती जा रही थी।

इन बागों को पार करके चड़क खेल का मैदान पड़ता था। घास से भरे हुए मैदान में छाया पड़ गई थी। दुर्गा झाड़ियों में जंगली बेर खोजती फिर रही थी। इस समय बेर बहुत कम रहते हैं; जाड़े के अन्त में ही झड़ जाते हैं। इस ऊँचे टीले की झाड़ी की एक बेरी से वह उस दिन भी काफ़ी बेर खा गई है, पर अब बेर नहीं थें; सब झड़ गए थे। घनी झाड़ियों के नीचे काली मिर्च की तरह सूखे बेर बिछे हुए थे। मैनों का एक झुंड झाड़ियों के अन्दर चहचहा रहा था। दुर्गा के पास जाते ही चिड़ियाँ फुर्र से उड़ गईं।

दुर्गा के मन में खुशी की एक लहर दौड़ गई। एक तो उत्सव नगिचाय रहा था; रानी की दीदी की शादी में रतजगा और गीत सुनने की आशा...

खुशी के मारे उसके मन में यह इच्छा जगी कि वह मैदान के इस छोर से उस छोर तक दौड़ लगाए। एक बार वह दोनों हाथों को पंख की तरह फैला कर फिरकइयाँ देकर कुछ दूर तक दौड़ गई। वह जैसे उड़ना चाहती थी! ...शरीर तो हल्की चीज़ है, जो वह हाथों को पंख की तरह फैलाकर हवा करते हुए जा सकती, तो खूब रहता।

केवल कुछ शोर करने के आनन्द में वह पतझड़ से गिरे हुए सूखे पत्तों पर ज़ोर-ज़ोर से पैर डालकर चर्र-मर्र करने लगी। पत्ते टूटकर सूखी धूल में मिल गए और सारा स्थान कुछ सोंधी-सोंधी कड़वी गन्ध से भर गया।

कुछ दूर सामने सोनाडांगा वाले मैदान की ओर जाने की कच्ची सड़क थी।

एक बैलगाड़ी चूँ-चूँ करती हुई मैदान की ओर जा रही थी। उस पर ताज़ी कटी हुई खपच्चियों का ढाँचा बनाकर कंथड़ी और नक्शेदार किनारे वाले फटे हुए लाल कपड़े छा दिए गए थे। उसके अन्दर कोई छोटी-सी लड़की इकरस बचकाना ढंग से रोती हुई जा रही थी, शायद किसान की कोई लड़की मायके से ससुराल जा रही थी।

दुर्गा अवाक् होकर इकटक उस बैलगाड़ी की ओर देखती रही।

शादी के बाद इसी तरह माँ, बाप, अपू सभी को छोड़कर जाने कितनी दूर चला जाना पड़ेगा ; वहाँ से जब-तब वे आने तो देंगे न? उसने इतनी देर यह बात सोची नहीं थी—यह बाग, वासम्ब फूल की झाड़ियाँ, रानी गाय जिस कटहल के नीचे बंधी रहती है और जिससे वह इतना प्रेम रखती है, सूखे पत्तों की यह गन्ध, पनघट वाली पगडंडी, इन सबको हमेशा-हमेशा के लिए छोड़ जाना पड़ेगा! बैलगाड़ी के अन्दर बैठी हुई छोटी-सी लड़की शायद इसी कारण रो रही है।

कच्ची सड़क छोड़कर एक छोटा-सा पड़ती ज़मीन का मैदान पार किया कि नदी आ जाती है।

क्या उस पार मछियारे मछली पकड़ रहे हैं? क्या वह खैरा मछली पकड़ रहे हैं? जो इस पार आते तो दो पैसे की मछली खरीदकर घर ले जाती। अपू को खैरा मछली बहुत ही प्रिय है।

घर लौटकर सन्ध्या के बाद उसने बड़ी देर तक गुड्डों का बक्स सजाया। उसकी माँ कुप्पी में मिट्टी का तेल भरते हुए कुछ तेल फर्श पर गिरा गई है, उसकी बू आ रही है। हवा कुछ गरम लग रही है। गुड़ियों को संवारना लगभग खत्म हो गया है। अपू ने आकर कहा : 'दीदी, क्या तूने मेरे बक्स से छोटा शीशा निकाल लिया?'

—शीशा तो मेरा है। मैंने ही तो उसे पहले देखा था, तखत के नीचे पड़ा था। चल, अब से मैं शीशा अपने बक्स में रखूँगी ; तू मर्द बच्चा है, शीशा लेकर क्या करेगा?

—वाह, शीशा तेरा कैसे हुआ? उस मोहल्ले की चाचीजी के घर से किसी व्रत पर यह शीशा आया था। मैंने पहले ही इसे माँ से माँग लिया था; नहीं दीदी, दे दो।

बात खत्म करके ही वह दीदी के गुड़िये के बक्स के पास बैठकर उसमें शीशा खोजने लगा।

दुर्गा ने भाई के गाल पर तड़ाक से एक तमाचा जड़ते हुए कहा : 'पाजी कहीं का, मैं तो गुड़ियों को ठीक से लगा रही हूँ और तू उन्हें गड़बड़-सड़बड़ कर रहा है। चल, मेरे बक्स में हाथ मत लगा, मैं शीशा नहीं दूँगी।'

पर अभी उसकी बात खत्म नहीं हुई थी कि अपू उसपर टूट पड़ा और उसके रूखे बालों के गुच्छे को खींचकर और उसे खरोंचकर तथा दाँत से काटकर परेशान कर दिया। वह रुंधे हुए कंठ से बोलने लगा : 'तू मुझे मारनेवाली कौन होती है? क्या मुझे लगती नहीं है? मुझे शीशा दे, नहीं तो अभी माँ से कह दूँगा कि तूने लक्ष्मी पूजावाली डलिया से आलता चुराया है।'

आलता की चोरी की बात से दुर्गा बहुत ही नाराज़ हई। उसने भाई के कान पकड़कर झकोरते हुए तर-ऊपर कई तमाचे जड़ दिए। बोली : 'मैंने आलता लिया है? मैंने आलता लिया है? कमबख्त, पाजी, बन्दर! और तूने तो उस डलिया से कौड़ियाँ खोलकर छिपा रखी हैं, सो मैं नहीं बताऊँगी?'

शोर-गुल, रोना-पीटना और मार-पीट की आवाज़ सुनकर सर्वजया दौड़ी हुई आई।

इस बीच में दुर्गा ने अपू का कान पकड़कर उसे मिट्टी में लगभग सुला दिया था। अपू भी भरसक ज़ोर से दुर्गा के बालों का गुच्छा ऐसे पकड़े हुए था कि दुर्गा सिर उठा नहीं सकती थी। अपू को ज़्यादा लगी थी। वह रोते-रोते बोला : 'देखो माँ, इसने मेरे शीशे को अपने बक्स में रख लिया है, देती नहीं है और ऊपर से इसने मुझे बुरी तरह मारा है।'

दुर्गा ने प्रतिवाद करते हुए कहा : 'नहीं माँ, देखो न, मैं गुड़ियों का बक्स सजा रही थी कि इसने आकर सब फेंक-फांक दिया।

सर्वजया ने आते ही लड़की की पीठ पर दो-चार घूँसे रसीद किए और बोली : 'तू इतनी बड़ी लड़की है, तू उसपर जब-तब हाथ क्यों चलाती है? मालूम नहीं है; तुझमें, उसमें कितना फर्क है? शीशा, शीशा! तेरे किस काम आएगा! बात-बात पर मारने चल देती है। बड़ी आई है गुड़ियों के बक्स वाली। रह जा, मैं दिखाती हूँ...'

बात बिना समाप्त किए ही सर्वजया ने लड़की के सँवारे हुए गुड़ियों के बक्स को उठाकर बाहर आँगन में झटके के साथ फेंक दिया।

—इतनी बड़ी लड़की है, कोई काम है न धाम। बस खाना और मोहल्ले में बेकार में चक्कर लगाते रहना। हरदम बस गुड़ियों के बक्स की रट लगाए रहती है। मैं यह सब खींचकर अभी बाँस की झाड़ी में डाल देती हूँ जिससे कि हमेशा के लिए खेल खत्म हो जाए।

दुर्गा चूँ भी न कर सकी। गुड़ियों का बक्स उसका जीवन है। वह कुछ नहीं तो दिन में दस बार उसे संवारती-सजाती है। उसमें गुड़ियाँ, पन्नी, छींट, आलता तथा कितनी कठिनाई से संगृहीत नाटा फल, टिन में मुड़ा हुआ शीशा, चिड़ियों का बसेरा, सब अन्धकारपूर्ण आँगन में जाने कहाँ बिखर गए। माँ उसके गुड़िये के बक्स को इस तरह निर्दय होकर फेंक सकती है, इसकी उसे कल्पना नहीं थी। उसमें कितने ही स्थानों से कितनी ही मुसीबतों में जुटाई हुई चीज़े थीं। पर उसे कुछ कहने का साहस न हुआ। वह माँ के व्यवहार से अजीब ढंग से हक्की-बक्की होकर रह गई।

अपू ने भी शायद यही समझा कि जो सज़ा दी गई है वह ज़रूरत से ज़्यादा कड़ी है इसीलिए बिना कुछ कहे-सुने चुपचाप लेट गया।

रात बहुत हो चुकी थी। फर्श पर गिरे हुए मिट्टी के तेल की बू आ रही थी और कमरे के अन्दर बाँस की झाड़ी के मच्छर पीं-पीं कर रहे थे। दुर्गा कुछ देर तक बैठी रही, फिर चुपचाप सो गई।

टूटे हुए जंगल के अन्दर से फाल्गुन की चाँदनी बिस्तरे पर पड़ रही थी, उजड़े

हुए मकान की ओर से नींबू के फूल की तेज़ गन्ध आ रही थी।

एक बार उसके मन में आया कि वह उठकर गुड़ियों का बक्स और बिखरी हुई चीज़ों को उठा लाए, कल सबेरे तक भला उनका कब पता मिलेगा। कितनी मुसीबतों से जुटाई हुई चीज़ें थीं, पर उठाने की हिम्मत नहीं पड़ी। कहीं वह चीज़ों को उठाने गई तो माँ उसे मार न बैठे।

बहुत समय निकल गया। एकाएक उसने अनुभव किया कि किसी का हाथ उसके शरीर पर है। अपू ने डरते-डरते पुकारा : 'दीदी?'

दुर्गा उत्तर नहीं दे पाई थी कि अपू तकिये में मुँह छिपाकर डाढ़ मारकर रो उठा : 'मैं और नहीं करूँगा, मुझपर गुस्सा न करना दीदी, मैं, तुम्हारे पाँव पड़ता हूँ।'—रोने के मारे उसका गला रुंध गया।

दुर्गा पहले-पहल बहुत आश्चर्य में पड़ गई, इसके बाद वह उठकर बैठ गई और भाई को चुप करने की चेष्टा करने लगी। बोली : 'रो मत, चुप-चुप, जो माँ ने सुन लिया तो वह मुझपर बिगड़ेगी। चुप, रोते नहीं हैं ; अच्छी बात है, मैं गुस्सा नहीं करूँगी। छी! चुप!'

उसे डर लग रहा था कि कहीं माँ ने अपू का रोना सुन लिया, तो वह उसी पर नाराज़ होगी और उसी को मारेगी।

बड़ी कठिनाई से वह भाई का रोना रोक पाई। बाद में दोनों लेटे-लेटे आपस में तरह-तरह की बातें, विशेषकर रानी की दीदी की शादी की बात कहने लगे। इधर-उधर की बातों के बाद अपू दीदी के बदन पर चुपके से हाथ रखकर बोला : 'एक बात कहूँ दीदी? तेरे साथ मास्टर जी की शादी होगी...।'

दुर्गा शर्मा गई, साथ ही साथ उसे बहुत कौतूहल भी हुआ; पर छोटे भाई से इस विषय पर बातचीत करने में संकोच होने के कारण वह चुप रही।

अपू ने फिर कहा : 'चाचीजी आज शाम को रानी की माँ से कह रही थी। कहती थी कि मास्टर जी राज़ी हैं...'

कौतूहल की अधिकता के कारण चुप रहना असम्भव हो गया। उसने लापरवाही के लहजे में कहा : 'कह रही थी नहीं क्या, चल, तेरी बातें भी अजीब होती हैं।'

अपू बिस्तरे पर लगभग उठकर बैठ गया : 'मैं तुम्हें सच बता रहा हूँ दीदी; तुम्हारा बदन छूकर सौगन्ध खा रहा हूँ कि मैं वही खड़ा था और मुझको देखकर ही बात चल पड़ी। पिता जी से मास्टर जी के पिता को चिट्ठी लिखाई जाएगी...'

—माँ जानती है?

—मैंने सोचा था कि आकर माँ से पूछूँगा, पर भूल गया। तो अब पूछ लूँ? माँ ने शायद नहीं सुना। कल चाचीजी माँ को बुलाकर कहनेवाली हैं।

बाद में उसने कहा : 'तू खूब रेलगाड़ी की सवारी करेगी। मास्टर जी यहाँ से बहुत दूर रहते हैं, रेल में जाना पड़ता है।'

दुर्गा चुप रही।

उसने रेलगाड़ी की तस्वीर देखी है, जो अपू की किसी किताब में है। बहुत

लम्बी है, बहुत-से पहिये हैं, सामने की तरफ कल है, वहाँ आग जलती है और धुआँ निकलता है। रेलगाड़ी एक सिरे से दूसरे सिरे तक लोहे की बनी है, पहिये भी लोहे के हैं ; बैलगाड़ी की तरह लकड़ी के पहिये नहीं है। रेल की लाइन के किनारे फूस के घर नहीं हैं; रह नहीं सकते क्योंकि जल जाएँगे। बात यह है कि जब रेलगाड़ी चलती है तो उसके नल से आग निकलती रहती है। उसने भाई के शरीर पर हाथ फेरते हुए कहा : 'तुझे भी साथ ले जाऊँगी।'

इसके बाद दोनों चुपचाप सोने की तैयारी करने लगे। लेटते समय एक ही बात दुर्गा के मन में बार-बार आ रही थी कि सुदर्शन बाबा ने उसकी बात सुन ली है। आज ही तो उसने सुदर्शन बाबा से...। बाबा बड़े दयालु हैं। माँ जो कहती है सो बिल्कुल ठीक है!

अपू बोला : 'लीला दीदी के लिए कैसी बढ़िया साड़ी खरीदी गई है, आज लीला दीदी के चाचा शादी के लिए रानाघाट से खरीद लाए हैं; संझली ताई ने कहा कि साड़ी का नाम बालूचर (बालूतट) साड़ी है...'

दुर्गा ने हँसते हुए कहा : 'एक तुकबन्दी मालूम है, फूफी कहा करती थी :

बालुचरेर बालुर चरे एकटा कथा कई,
मोषेर पेटे मयूर छाना देखे एलाम सई।[1]

18

अपू ने किसी को अभी यह बात बताई नहीं थी, यहाँ तक कि उसने दीदी से भी यह बात नहीं बताई थी।

उस दिन चुपके से दोपहर के समय जब उसने पिताजी के उस बक्स को छिपाकर खोला था जिसमें किताबें ही किताबें भरी हुई हैं, तो उसमें की एक किताब में यह अद्भुत बात मालूम हुई थी।

आँगन पर बाँस की झाड़ियों की छाया अभी तक पूरब से पश्चिम में फैली नहीं थी। ठीक दोपहर का समय था, सोनाडांगा के उस दूर-दराज़ के मैदान के उस प्राचीन पीपल की छाया की तरह एक जगह पर बहुत घनी छाया हो रही थी।

एक दिन जब पिताजी घर पर नहीं थे, तो उसने कमरे का दरवाज़ा भीतर से बन्द कर लिया और चुपके से किताबों का वह बक्स खोला। बड़े जोश के साथ कभी इस किताब को खोलता, तो कभी उस किताब को, कभी तस्वीर देख लेता तो कभी थोड़ा-सा पढ़कर देख लेता कि कहीं कोई बढ़िया कहानी तो नहीं है।

एक किताब हाथ लगी जिसकी जिल्द पर लिखा था—*सर्व दर्शन संग्रह*। इसका

---

1. बालू तट के बालू के तट पर एक बात कहती हूँ कि हे सहेली! मैं भैंस के पेट में मोर का बच्चा देख आई।

क्या अर्थ होता है और पुस्तक किस विषय की है, इस बारे में उसे कुछ भी पता नहीं लगा। पुस्तक खोलते ही कुछ कागज़ काटने वाले कीड़े रंग उड़े हुए मार्बेल कागज़ के नीचे से निकलकर जिससे जिधर बन पड़ा बेतहाशा दौड़ पड़े। अपू ने पुस्तक सूँघकर देखा कि कैसी-कैसी पुरानी महक है। मटमैले रंग के मोटे-मोटे पत्तों की यह गन्ध उसे बहुत अच्छी लगती है। इस गन्ध से उसे अपने पिता की याद आ जाती है। जब भी उसे यह गन्ध मिलती है, तब न जाने क्यों पिताजी का चेहरा सामने आ जाता है।

मार्बेल कागज़ की बहुत पुरानी जिल्द कई जगह से चटख गई थी। इस पुरानी पुस्तक से उसे बहुत मोह था, इसलिए उसने उस पुस्तक को तकिया के नीचे छिपा दिया और बाकी पुस्तकों को बक्स में रखकर बन्द कर दिया।

छिपकर पढ़ते-पढ़ते उसे इस पुस्तक में एक बहुत अद्भुत बात मालूम हुई। एकाएक सुनने पर आश्चर्य होता है पर छापे के हरफों में यह बात पुस्तक में लिखी हुई है, इतना तो प्रत्यक्ष था। पारे के गुणों का वर्णन करते हुए लेखक ने लिखा था : 'गिद्ध के अण्डे के अन्दर कुछ दिनों तक पारद धूप में रखना चाहिए, बाद में यदि मनुष्य चाहे तो उस अण्डे को मुँह में रखकर अन्तरिक्ष में विचरण कर सकता है।'

अपू को अपनी आँखों पर विश्वास नहीं हुआ, इसलिए उसने उसे बार-बार पढ़ा।

बाद में उसने उस पुस्तक को अपने ढक्कन टूटे हुए बक्स में छिपाकर रख दिया और फिर बाहर जाकर इस विषय पर गम्भीर चिन्तन करने लगा।

उसने दीदी से पूछा : 'दीदी, यह तुम्हें मालूम है कि गिद्ध कहाँ पर अपना घोंसला बनाते हैं?'

पर उसकी दीदी यह बात बता नहीं सकी इसलिए उसने मोहल्ले के सब लड़कों यानी सतू, नीलू, कीनू, पटल, नेड़ा सबसे पूछा। किसी ने बताया कि यहाँ नहीं, उत्तर के मैदान में ऊँचे-ऊँचे पेड़ों की फुनगियों पर उनका घोंसला है। माँ उसे डाँटकर कहती थी : 'कहाँ दोपहर में मारा-मारा फिरा करता है।'

अपू घर में आकर सोने का स्वांग रचता है, फिर किताब खोलकर उसी स्थान को पढ़ता है, तो उसे बड़ा आश्चर्य होता है कि इतनी आसानी से उड़ा जा सकता है और लोगों को यह बात मालूम नहीं है? सम्भव है कि यह पुस्तक और किसी के घर में न हो, सिर्फ पिताजी के पास है; पर यहाँ भी उस स्थान पर किसी की दृष्टि नहीं पड़ी ; उसी की दृष्टि उसपर पड़ी है।

उसने पुस्तक में मुँह खोंसकर उसकी महक ली, वही पुरानी-पुरानी महक! अब इस पुस्तक में जो कुछ भी लिखा है, उसकी सचाई के विषय में उसे कोई सन्देह नहीं रह जाता।

पारद के लिए उसे कोई चिन्ता नहीं है। पारद मायने पारा, यह उसे मालूम है। शीशे के पीछे पारा लगा होता है। घर में एक टूटा शीशा भी है इसलिए पारे की कोई चिन्ता नहीं है, पर गिद्ध का अण्डा कहाँ से मिले?

दोपहर को खाने-पीने के बाद किसी-किसी दिन दुर्गा उसे पुकारकर कहती है : 'आ जा अपू, आकर तमाशा देख'—कहकर वह एक मुट्ठी भात लेकर पीछे वाले दरवाज़े से बाँस की झाड़ी की ओर पुकारती है : 'आ-आ भुलुआ, तू उ-उ-उ...'

पुकारकर ही दुर्गा भाई के मुँह की तरफ ताककर मुस्कराती है और चुप रहती है, मानो किसी अज्ञात रहस्यपुरी के दरवाज़े अभी उसकी आँखों के सामने खुल जाएँगे! एकाएक न जाने कहाँ से कुत्ता आ जाते ही दुर्गा हाथ उठाकर कहती है : 'वह आया। वह कहाँ से आया यह तो बता।'

वह खुशी के मारे खिलखिलाकर हँसती है।

प्रतिदिन कुत्ते को भात खिलने में दुर्गा को बहुत खुशी होती है। कहीं कोई नहीं है, सन्नाटा है और तू करके पुकारा, बस...! दुर्गा भात ज़मीन पर रखकर आँख बन्द किए रहती है। आशा और कौतूहल की व्याकुलता से उसके दिल में धुकुर-पुकुर होती रहती है। वह मन ही मन सोचती है, क्या पता आज भुलुआ आए न आए, देखूँ तो आता है कि नहीं, आज शायद न सुन पाया हो।

पर एकाएक घनी झाड़ियों से एक आहट आती है...

पलक मारते ही जँगली लताओं और पौधों को तोड़-फोड़कर हाँफते-हाँफते भुलुआ जाने कहाँ से तीर की तरह आ पहुँचता है।

फौरन ही दुर्गा के सारे शरीर में जैसे किसी चीज़ की लहर दौड़ जाती है। विस्मय और कौतुक से उसका चेहरा उज्ज्वल दिखाई पड़ता है। वह मन ही मन सोचती है कि कैसा ठीक सुन लेता है और आ पहुँचता है। अच्छा कल ज़रा धीमी आवाज़ में बुलाऊँगी ; देखती हूँ कि वह उसे सुन पाता है कि नहीं।

यह आनन्द उठाने के लिए वह माँ की डाँट-फटकार सहकर और स्वयं बल्कि कुछ कम खाकर कुत्ते के लिए थोड़ा-सा चावल अपनी थाली में बचा रखती है।

पर अपू को इस कुत्ता बुलानेवाले तमाशे में कभी रस नहीं आया। वह दीदी के इन लड़कियों वाले ढंग में नहीं है। वह दुबले कुत्ते को अत्यन्त आग्रह के साथ भात खाते हुए देखकर भी उसकी तरफ आकृष्ट नहीं होता। उसे बस गिद्ध के अण्डे की चिन्ता हर समय सताती रहती है।

जिन ढूँढ़ा तिन पाइयाँ, अन्त में एक दिन पता चल ही गया। हीरू नाई के कटहल के नीचे चरवाहे गायों को बाँधकर गृहस्थ के घर से तेल और तम्बाकू माँगने जाते हैं। अपू ने जाकर अपने मोहल्ले के चरवाहे से पूछा : 'तू जाने किन-किन जगहों में घूमता है, कभी गिद्ध का घोंसला भी देखा? जो तू मुझे एक गिद्ध का अण्डा दे तो मैं तुझे दो पैसे दूँगा।'

कोई चारेक दिन बाद वह चरवाहा उसके घर के सामने आया और उसे बुलाकर कमर से थैली निकालकर, उससे दो काले रंग के छोटे-छोटे अण्डे निकाल कर बोला : 'लो पंडित, यह रहा...'

अपू ने जल्दी से हाथ बढ़ाते हुए कहा : 'लाओ।'

बाद में उसने उन अण्डों को खुशी से उलटते-पलटते हुए कहा : 'वाह, यही

गिद्ध के अण्डे हैं? सच?'

चरवाहे ने इस पर बहुत तरह के प्रमाण दिए। उसने कहा कि यह गिद्ध के अण्डे अवश्य हैं; मैं अपनी जान खतरे में डालकर एक पेड़ की चोटी पर चढ़ा था, और इसके लिए कम से कम दो आने लूँगा।'

परिश्रमिक की मात्रा सुनकर अपू की आँखों में अँधेरा छा गया। बोला : 'दो पैसे नकद दूँगा और मेरी कौड़ियाँ लोगे? सब दे दूँगा। बहुत ही अच्छी कौड़ियाँ हैं? इतनी बड़ी-बड़ी सुनहली कौड़ियाँ हैं, देखोगे?'

चरवाहा सांसारिक मामलों में अपू से कहीं अधिक बुद्धिमान ज्ञात हुआ। वह नकद दाम के बिना किसी प्रकार राज़ी नहीं हो रहा था। बहुत मोल-भाव के बाद चार पैसों पर उतर आया। अपू ने दीदी से दो पैसे माँगकर उसे चार पैसे दिए और अण्डे ले लिए। इसके अलावा चरवाहे ने कुछ कौड़ियाँ भी ले लीं। ये कौड़ियाँ अपू की मानो जान थीं। किसी राजा का आधा राज्य और राजकुमारी के बदले में भी वह इन कौड़ियों को देने पर राज़ी न होता, पर आसमान में उड़ने के आनन्द के आगे यह तो बैंगन के बीजों से खेलना था।

अण्डे हाथ में लेकर उसका मन फुलाए हुए गुब्बारे की तरह हल्का हो गया। साथ ही साथ उसके मन में कहीं पर सन्देह की एक छाया भी झाँक गई जो अभी तक नहीं थी। अण्डा हाथ में पाने के बाद से मानो कहीं से यह सन्देह बहुत अस्पष्ट होकर सामने आया। सन्ध्या के पहले नेड़ा के जामुन के पेड़ के कटे तने पर बैठ कर वह सोचने लगा—क्या सचमुच उड़ना सम्भव होगा? वह उड़ेगा तो कहाँ जाएगा? ननिहाल? पिताजी जहाँ हैं वहाँ ? नदी के उस पार? मैना की तरह क्या वह वहाँ उड़कर जाएगा जहाँ आकाश पर एक सितारा टंका हुआ है।

उसी दिन की बात है या उसके बाद के दिन की, दुर्गा सन्ध्या के कुछ पहले दीये के पलीते के लिए फटे लत्ते ढूँढ़ रही थी। वह ढूँढ़ते-ढूँढ़ते हंडियों, कलसों के पास रखे हुए लत्ते-चीथड़ों को टटोल रही थी, इतने में कोई चीज़ ठक से फर्श पर गिरी और लुढ़ककर कुछ आगे चली गई। भीतर अँधेरा था; अच्छी तरह सूझता नहीं था। दुर्गा फर्श से उन चीज़ों को उठाकर बाहर लाते हुए बोली : 'अरे! ये तो किसी चीज़ के दो बड़े-बड़े अण्डे हैं। गिरकर एकदम चूर-चूर हो गए। माँ, तुमने देखा कि कमरे के अन्दर किसी चिड़िया ने अण्डे दिए हैं।'

इसके बाद क्या हुआ, इसका प्रसंग न छेड़ना ही अच्छा होगा। अपू ने दिनभर खाना नहीं खाया, रोना-पीटना मचा, बड़ा शोर-गुल हुआ। माँ ने पनघट पर जाकर कहा : 'अजीब लड़का है, ऐसा कभी सुना न देखा। संझली ननदजी, तुमने कभी सुना कि गिद्ध के अण्डे से आदमी उड़ सकता है? उस घर का चरवाहा नम्बरी बदमाश है। लड़के ने उससे कहा तो बस वह कहीं से कौवी का या पता नहीं काहे का अण्डा ले आया और बोला कि लो, यह रहा गिद्ध का अण्डा। उससे चार पैसे भी ठग लिए। ननदजी, यह लड़का इतना बुद्धू है कि मैं तुमसे क्या कहूँ!'

पर बेचारी सर्वजया असली बात क्या जाने? सभी *सर्व दर्शन संग्रह* पढ़े नहीं

होते और सब यह भी नहीं जानते कि पारे में क्या-क्या गुण हैं।

जो ऐसा होता तो सभी आसमान में उड़ते।

19

बहुत दिनों से गाँव के बूढ़े बाबा नरोत्तम दास के पास अपू का आना-जाना है। गांगुली टोले के गोरे-चिकटे, सौम्यदर्शन, हँसमुख बूढ़े मामूली फूँस के घर में रहते थे। उन्हें शोर-गुल पसन्द नहीं, अक्सर एकान्त में रहते हैं। हाँ, सन्ध्या के बाद कभी-कभी गांगुली जी के चौपाल में जाकर बैठ जाते हैं।

हरिहर अपू को उसके बचपन से ही बीच-बीच में नरोत्तम दास के पास ले जाते थे, तभी से दोनों में जान-पहचान है। बीच-बीच में अपू बूढ़े के आस्ताने में जाकर कहता है : 'बाबा, घर पर हो?'

बूढ़ा जल्दी से बाहर निकलकर ताड़ के पत्ते की चटाई बिछाते हुए कहते हैं : 'आओ, बेटा आओ!'

और कहीं अपू जाता है तो वह झेंपता है, मुँह से बात नहीं निकलती पर इस सरल, शान्त दर्शन बूढ़े के साथ वह बिना किसी संकोच के मिलता है और बूढ़े के साथ उसका व्यवहार खेल के साथियों की तरह घनिष्ट, बेखटक और उल्लास से भरा है। नरोत्तम दास अकेले ही रहते है ; उनका कोई नहीं है। एक अपनी जात की वैष्णव लड़की काम-काज कर जाती है। कई बार अपू पूरी शाम वहीं पर कहानी सुनते और बातें करते बिता देता है। अपू यह जानता है कि बाबा नरोत्तम दास उसके पिता से भी बड़े और अन्नदा राय से भी बड़े हैं, पर इस व्योवृद्धता के कारण ही ऐसा लगता है कि बूढ़ा उसका सहपाठी है और यहाँ आते ही सारा संकोच और सारी लज्जा अपने-आप दूर हो जाती है। बातें करते-करते अपू दिल खोलकर हँसता है; ऐसी-ऐसी बातें कर जाता है जिन्हें और कहीं इस कारण नहीं कहता कि कहीं बड़े-बूढ़े उसे बड़बोला न कह दें। नरोत्तम दास कहते हैं : 'बेटा, तू मेरा गौर[1] है। तुझे देखकर मुझे ऐसा मालूम होता है कि तेरी उम्र में गौर तेरी ही तरह सुन्दर, सुश्री और निष्पाप थे। उनकी आँखें भी इसी प्रकार भावुक थीं...

जो और कहीं यह बात होती, तो अपू को शर्म आती, पर यहाँ वह हँसकर कहता : 'बाबा, अब तुम हमें उस पुस्तक की तस्वीरें दिखाओ।'

बूढ़ा कमरे से *प्रेम भक्तिचन्द्रिका* निकाल लाते थे, यह उनका बहुत ही प्रिय ग्रंथ है। एकान्त में इसका पाठ करते-करते वे विभोर हो जाते हैं। इसमें कुल जमा दो तस्वीरें हैं। देखना खत्म हो जाने पर बूढ़ा कहता है : 'मरते समय मैं यह पुस्तक तुम्हें देता जाऊँगा, तुम्हारे हाथों में इस पुस्तक का अपमान नहीं होगा।'

उनका एक शिष्य जब-तब पद की रचना कर उन्हें सुनाने के लिए आया करता

---

1. गौरांग प्रभु यानि चैतन्य महाप्रभु।

था, पर बूढ़ा नाराज़ होकर कहा करता था : 'तुमने पद लिखा अच्छा किया पर बाबा, यह सब मुझे सुनाया न करो। पदकर्ता तो थे विद्यापति, चण्डीदास ; उनके बाद के पद मेरे कानों को अखरते हैं। वह सब दूसरी जगह सुनाया करो।'

उनके जीवन का मार्ग सरल, आडम्बरहीन और साधारण था। उनके इर्द-गिर्द अन्तः सलिता मुक्ति की धारा जो बहती रहती थी, वह अपू की पकड़ में भी आ जाती थी। उसके निकट यह बूढ़ा ताज़ी मिट्टी, चिड़ियों तथा पेड़ें-पौधों के साहचर्य की तरह अन्तरंग और आनन्दपूर्ण लगता था इसीलिए वह दादा जी के पास इतने शौक से आया करता था।

लौटते समय अपू नरोत्तम दास के आँगन में लगे पेड़ से ढेर-से मुचुकुन्द चम्पा बटोरकर ले जाता था और उन्हें ले जाकर अपने बिस्तरे पर रखता था। इसके बाद दीया-बत्ती होते ही उसे पिता के आदेश से पढ़ने के लिए बैठना पड़ता था। कभी एक घंटे से अधिक पढ़ना नहीं पड़ता था फिर भी अपू को ऐसा लगता था जैसे बहुत रात हो गई। इससे छुट्टी पाकर वह सोने जाता था। बिस्तरे पर लेटे-लेटे सारे दिन की दौड़-धूप, खेल-कूद के आनन्द की स्मृति से रंजित होकर चम्पा की गन्ध उसकी कलान्त देह और मन को, खेल-कूद के बीते हुए क्षणों के लिए उसके शिशुप्राण को विभोर करती हुई लहराती रहती है। वह बिस्तरे पर औंधा होकर फूलों की राशि में मुँह खोंसकर बड़ी देर तक सुगन्ध लेता रहता है।

उस दिन उसकी दीदी ने चुपचाप कहा : 'वनभोजन को चलेगा?'

उनके दरवाज़े से होकर मोहल्ले-टोले के सभी लोग कुलुइचण्डी के व्रत के वनभोजन के लिए गाँव के पीछेवाले मैदान में जाते हैं। माँ भी जाती है, पर बच्चों को नहीं ले जाती। वहाँ सबको अपनी-अपनी चीज़ ले जानी पड़ती है। उतना चावल-दाल उनके पास नहीं है। वनभोजन में मामूली चावल-दाल से काम नहीं चलता। उस अवसर पर लोग वहाँ जाकर कितनी ही चीज़ें, अच्छा चावल, दाल, घी, दूध निकालते हैं। पर उसकी माँ मोटा चावल, सिल पर पीसी हुई भीगी मटर की दाल और दो-एक बैंगन निकालती है। उनके बगल में बैठकर, भुवन मुकर्जी के घर की संझली मालकिन के लड़के-बाले ईख के नए गुड़ की भेली से दूध और केला मसलकर भात खाते हैं। यह सब देखकर सर्वजया का दिल अपने बच्चों के लिए तरसता है।

अपू भी तो इसी तरह दूध-केला मसलकर भेली से भात खाना पसन्द करता है...।

शान्त मैदान के किनारे के जंगल में सुर्ख सन्ध्या उतरती है, बाँस की झाड़ी के रास्ते से लौटते हुए सर्वजया को बस अपने ही लड़के की याद आती रहती है।

नीलमणि राय के जंगल से ढके हुए मकान के उधर कुछ हिस्से को दुर्गा अपने हाथ से दा से काटकर साफ करके भाई को कहती है : 'इमली के नीचे खड़े होकर देख कि माँ आ रही है कि नहीं, मैं जल्दी से चावल ले आऊँ।'

एक छोटे-से नारियल की कटोरी में दो चम्मच-तेल वह चुपके से तेल की हंडिया से निकाल लाई। इस प्रकार से चुराया हुआ सारा माल भाई के ज़िम्मे करते हुए

वह बोली : 'जल्दी से ले जा अपू, दौड़कर वहाँ रख आ। यह देखते रहना कि कहीं इन चीज़ों को गाय-वाय न खा जाए।'

इतने में मातो की माँ अपने मुन्ने को साथ लेकर पीछे के दरवाज़े से आँगन में आई। दुर्गा बोली : 'तबरेज़ की बहू इधर कहाँ से आई?'

मातो की माँ की उम्र कुछ अधिक नहीं है, देखने में भी बुरी नहीं थी, पर पति की मृत्यु के बाद से मुसीबतों में दुबली और मैली पड़ गई है। बोली : 'कोठी वाले मैदान में लकड़ी बीनने गई थी, बैंची की माला लोगी?'

दुर्गा स्वयं ही जंगल में ढूँढ़-ढाँढ़कर बैंची फल अक्सर ले आती है। उसने सिर हिलाकर कहा : 'नहीं।'

मातो की माँ बोली : 'ले लो दीदीजी! बड़ा मीठा है। मैं मधुखाली के पोखर के पास से बीन लाई हूँ।'

कहकर उसने साड़ी के छोर में बंधी हुई एक माला निकालकर दिखाते हुए कहा : 'देखो न, कितने बड़े-बड़े हैं। लकड़ी लेकर बाज़ार में जाते, बेचते, पैसा मिलते बहुत देर हो जाएगी, इसलिए चाहती यह थी कि तब तक मातो को एक पैसे की लाई ले दूँ। लो, पैसे में दो दूँगी...'

दुर्गा राज़ी नहीं हुई, बोली : 'अपू , लोटे में मुट्ठी-भर भूँजा चावल रखा है, लाकर मातो को दे तो दे।'

वे पीछे के दरवाज़े से ही फिर चले गए , तब भाई और बहिन अपनी चीज़ बस्त उठाकर चले।

चारों तरफ जंगल ही जंगल है। बाहर से कोई देख ही नहीं सकता। खेल की हंडिया की तरह एक छोटी-सी हंडिया में दुर्गा ने चावल चढ़ाते हुए कहा : 'देख अपू, मैं एक जगह से कितने बड़े-बड़े मिटिया आलू ले आई हूँ। पूँटी के ताड़ के नीचे एक झाड़ी पर बहुत-से लगे हुए थे, इन्हें भात में डालूँगी।'

अपू बड़े उत्साह के साथ सूखी हुई लताएँ तथा टहनियाँ बीनकर लाने लगा। यह उनका पहला स्वतन्त्र वनभोजन है। अपू को अब भी विश्वास नहीं हो रहा था कि यहाँ सचमुच भात-तरकारी बनेगी या खेलवाला वनभोजन होगा, जो कितनी ही बार हो चुका है; धूल का भात, खपड़े का बना हुआ आलूभाजा[1] और कटहल के पत्ते की लूची।

पर दिन बड़ा अच्छा था, वनभोजन का स्थान भी बड़ा सुन्दर था। चारों तरफ जंगली झाड़ियाँ, उधर तेलाकूचा लता झकोले ले रही थी, बेल के पेड़ के नीचे के जंगल में सेंवड़ा पेड़ में फूलों के गुच्छे लगे हुए थे, अधजली भूरी दूब पर खंजन नाच-नाचकर दौड़ लगा रहे थे। सुनसान झाड़ियों की झाड़ में सुन्दर एकान्त स्थान था। प्रथम वसन्त के कारण जगह-जगह नए हरे पत्ते थे, घेंटू फूलों की राशि से मकान का खंडहर गमक रहा था, खट्टे नींबू के पेड़ से लगातार कोहासे के कारण फूल बहुत झड़ जाने पर सफेद-सफेद फूलों के गुच्छे ऊपर की डालों में दिखाई पड़ते थे।

1. तला हुआ आलू।

आजकल दुर्गा इन पेड़-पौधों, रास्तों, घाटों यानी इस परिचित गाँव की हर गली-कूचे से और भी अधिक लिपटी जा रही है। आसन्न विरह के किस विषाद के कारण अत्यन्त प्रिय जंगली शरीफ़े के नीचे से जानेवाली यह पगडंडी, उनके मकान के पीछे की बाँस की झाड़ी, छाया से भरा नदी का घाट और भी प्रिय लगते हैं। उसका अपू, उसके सोने का नन्हा भाई, जिसको एक जून बिना देखे उसे कल नहीं पड़ती, उसकी बात सोचकर मन हाहाकार करता है, उसे डालकर वह कितनी दूर जाएगी।

और कहीं ऐसा हुआ कि वह नहीं लौटी, जैसा नीतम फूफी के मामले में हुआ, तो?

इसी उजड़े हुए घर में नीतम फूफी रहती थी। जाने किस युग में शादी के बाद वह चली गई, फिर वह पीहर लौटकर नहीं आई। बहुत दिनों की बात है, वह बचपन से इसकी कहानी सुनती आ रही है। सब कहते हैं कि मुर्शिदाबाद ज़िले में शादी हुई थी। वह कितनी दूर है? कहाँ है? कोई उसका पता नहीं लेता ; यह भी नहीं मालूम कि वह है भी या नहीं। नीतम फूफी जो गई तो फिर न बाप से मिलने की नौबत आई, न माँ से, न भाई-बहनों से। सब एक-एक करके चल बसे। माँ री माँ, मनुष्य इतना निष्ठुर कैसे होता है। किसी ने उसका पता क्यों नहीं लिया। एकान्त में बैठकर किनते ही दिन उसने नीतम फूफी की बात सोचकर आँसू ढरकाए हैं। जो आज वह अक्समात् लौट आए और अपने बाप के मकान को इस तरह जंगल से भरा हुआ तथा उजड़ा, देखे, तो उस पर क्या बीते?

कहीं उसकी भी यही हालत हो तो? कहीं ऐसा हो कि बाप, माँ, अपू को छोड़कर जाना पड़े और फिर उन्हें देखने की नौबत न आए ; कभी नहीं, कभी नहीं। कभी नहीं हो सकता कि वह इस मकान को, जंगली शरीफ़े के नीचे वाले स्थान को तथा घाट के रास्ते को छोड़ जाए।

सोचने पर रोंगटे खड़े हो जाते हैं। जाने दो, पता नहीं क्यों आजकल अक्सर ऐसा मालूम होता है कि उसकी ज़िन्दगी में जल्दी ही कुछ होनेवाला है। अवश्य ही उसके जीवन में कोई ऐसी बात आ रही है जो और कभी नहीं आई। दिन-रात खेल-कूद, काम-काज के बीच-बीच में यह बात अक्सर उसके मन में झांक जाती है। वह समझ नहीं पाती कि यह क्या है। यह भी नहीं समझ पाती कि वह घटना कैसे घटित होगी, फिर भी ऐसा प्रतीत होता है, हर समय ऐसा लगता है वह घटना आ रही है, आ रही है, जल्दी ही आ रही है...

वनभोजन के बीच में अपू के घर के आँगन में, किसी की आहट सुनाई दी। दुर्गा बोली : 'मालूम होता है, बीनी की आवाज़ है, अपू जा तो उसे ले आ।'

थोड़ी देर बाद अपू के पीछे दुर्गा की हमउम्र एक सांवली-सी लड़की आई। वह मुस्कराकर कुछ अदब की आवाज़ में बोली : 'दुर्गा दीदी, क्या हो रहा है?'

दुर्गा बोली : 'बीनी आ, वनभोजन कर रही हूँ, बैठ...'

यह लड़की इस मोहल्ले के कालीनाथ चक्रवती की लड़की है। अधमैली साड़ी

पहन रखी है, हाथ में काँच की पतली-पतली चूड़ियाँ हैं, कुछ लम्बी है और चेहरा बहुत ही सरल है। उसका पिता छोटी जात वालों का पुरोहित है, इसलिए वह सामाजिक मामलों में बुलाया नहीं जाता ; गाँव के एक किनारे बड़े संकोच के साथ रहता है। हालत भी अच्छी नहीं है। बीनी दुर्गा के हुक्म बड़ी खुशी से बजाने लगी। वह आई तो थी घूमने, पर यों ही एक लाभदायक घटनाक्रम में पड़ गई है, पता नहीं ये लोग इस उत्सव में उसे पूरी तरह शामिल भी करें या न करें, ऐसी ही एक दुविधा उसके उल्लास भरी बातचीत और चाल-ढाल में प्रकाशित हो रही थी।

दुर्गा बोली : 'बीनी, आग अच्छी तरह नहीं बल रही है, कहीं से दो-चार सूखी लकड़ियाँ तो ला।'

बीनी उसी समय लकड़ी लाने के लिए दौड़ पड़ी, और थोड़ी देर बाद वह बेल की सूखी टहनियों का एक बोझ ले आई, बोली : 'इतने से काम बन जाएगा न दुर्गा दीदी, या और भी लकड़ियाँ ले आऊँ?'

जब दुर्गा बोली : 'अपू बीनी आई है, वह तो यहीं खाएगी और थोड़े-से चावल ले आ'—तो बीनी की बाछें खिल गईं।

थोड़ी देर बाद बीनी पानी ले आई। उसने आग्रह के साथ पूछा : 'दुर्गा दीदी, कौन-कौन-सी तरकारियाँ बन रही हैं?'

चावल उतारकर दुर्गा तेल डालकर उसमें बैंगन तलने लगी। थोड़ी देर बाद वह अवाक् होकर बैंगन का रंग देखकर अपू को पुकारते हुए बोली : 'हू-ब-हू असली बैंगन भाजा की तरह रंग मालूम हो रहा है, मानो यह माँ का ही बनाया हुआ बैंगन भाजा हो।'

अपू को भी यह बात बहुत आश्चर्यजनक मालूम हुई, मानो उसे भी अब तक यह विश्वास नहीं हो रहा था कि उनके वनभोजन में सचमुच का भात, सचमुच का बैंगन भाजा मयस्सर होगा।

इसके बाद दोनों बड़ी खुशी से केले के पत्तल में खाने बैठे। केवल भात और बैंगन भाजा, और कुछ नहीं। जब अपू मुँह में कौर ले जा रहा था, तब दुर्गा उस ओर देख रही थी। उसने आग्रह के साथ पूछा : 'बैंगन भाजा कैसा-बना है रे?'

अपू बोला : 'दीदी बना तो अच्छा है, पर जैसे कुछ अलोना है।'

बात यह है कि ये लोग जब खाने-पकाने की चीज़ें ले आए थे, तो उनकी सूची में नमक नहीं था। फिर भी इन तीनों ने बड़े उत्साह के साथ कसैला मिटिया आलू का भर्ता, फीका अधजला बैंगन भाजा के साथ वनभोजन का भात खाया। दुर्गा के लिए भी पकाने का यह पहला ही मौका था, इसलिए वह विस्मय मिश्रित आनन्द के साथ अपनी कला का आनन्द ले रही थी। इन झाड़ियों के अन्दर, जंगली शरीफ़ा के इन सूखे पत्तों के ढेर में, खजूर के नीचे गिरे हुए खजूर के पत्तों के पास बैठकर सचमुच का भात और तरकारी खाना कोई मामूली बात तो नहीं थी!

खाते-खाते दुर्गा अपू की ओर ताककर खुशी के मारे खिलखिलाकर हँस पड़ी। मानो खुशी के मारे ही भात का ग्रास गले में अटक रहा था। बीनी ने खाते-खाते

कुछ डरते हुए कह : 'दुर्गा दीदी, ज़रा तेल होगा? मिटिया आलू का भर्ता ज़रा सान लेती।'

दुर्गा बोली : 'अपू जा तो दौड़कर ज़रा तेल ले आ।'

जो जीवन सैकड़ों पुलकों का भंडार है, जिसके आनन्द वाले मुहूर्त कितनी ही रोशनी और चाँदनी के अवदान से मण्डित हैं, उनकी उस मधुमय जीवन-यात्रा का अभी तो सूत्रपात-भर हुआ था। जीवन का जो अनन्त मार्ग क्षितिज के एक छोर से दूसरे छोर तक न जाने किस उस पार तक फैला हुआ है, उस मार्ग के ये लोग बहुत ही पथिक थे। मार्ग के मोड़ पर फूल और फल, दुःख और सुख से इनका जो स्वागत हो रहा था, वह एकदम नया था।

आनन्द! आनन्द! प्रसारण का आनन्द, जीवन के बीच-बीच में जो आड़ है, तुषार किरीटधारी विशाल पर्वत घाटी के उस पार के मार्ग को जो देख नहीं पाता, उस न देख पाने का आनन्द! आज का आनन्द! बहुत ही मामूली, छोटी-मोटी तुच्छ वस्तुओं का आनन्द!

अपू बोला : 'दोदी, माँ से क्या कहोगी? फिर उस जून भात खाओगी?'

—धत् ! माँ से कहीं ऐसी बात कही जाती है? साँझ के बाद देख लेना, भूख लग जाएगी।

जोगियों का पुरोहित होने के कारण बीनी के घर के लोग इस मुहल्ले में जब पानी पीना चाहते हैं, तो उन्हें लोटे में पानी तो दे दिया जाता है, पर उससे लोटा मंजवा लिया जाता है। बीनी दो-एक बार हिचकिचाने के बाद अपू को गिलास दिखाकर बोली : 'अपू, मैं मुँह उठाए रहती हूँ, तुम पानी डाल दो। बड़ी प्यास लगी है!'

अपू बोला : 'बीनी दीदी, ले लो न! तुम मुँह लगाकर पानी पी लो।'

फिर भी बीनी की हिम्मत नहीं पड़ी। तब दुर्गा बोली : 'बीनी, ले ले न। गिलास से पी ले।'

खाना-पीना खत्म हो जाने पर दुर्गा बोली : 'हंडिया फेंकी नहीं जाएगी। एक दिन फिर वनभोजन होगा, क्यों ठीक है न? उस बेरी पर टाँग दूँ।'

अपू बोला : 'वहाँ वह बच चुकी। मातो की माँ ने जो लकड़ी बीनते समय देख लिया तो लेकर चलतो बनेगी, बहुत चोर है।'

तब दुर्गा ने उस हंडिया को टूटी हुई दीवार की ताख में छिपा दिया। अपू के दिल में धुकुर-पुकुर मची हुई थी। उस ताक से लगा हुआ एक छोटा ताक जिसमें अपू ने चुरट का बक्स छिपा रखा है, कहीं दीदी उधर न जा पड़े।

नेड़ा के घर में कुछ दिन पहले नेड़ा का बहनोई अपने एक दोस्त के साथ आया था। कलकत्ता के पास कहीं घर है। बहुत शौकीन है। खूब चुरट पीता है। अभी एक चुरट पिया, फौरन दूसरा शुरू हो गया। अपू के मन में बड़ी इच्छा हुई थी कि वह भी एक बार चुरट पीकर देखे। उसने नेड़ा के साथ सलाह करके गाँव के हरीशजोगी की दुकान से तीन पैसे में लाल कागज़ पर लपेटे हुए दस चुरट खरीदे थे। उस दिन इस घने जंगल में अकेले बैठकर चुरट पिया था। कुछ अच्छा नहीं

लगा, कड़वा-कड़वा जाने कैसे तीखा-तीखा ; वह दो कश पीकर फिर नहीं पी सका, पर वह अपने हिस्से के बाकी चार चुरटों को फेंक भी नहीं सका था। उन्हें उसने नेड़ा के बहनोई से प्राप्त चुरट के खाली बक्स में जंगल के उजड़े हुए मकान की दीवार के ताखे में छिपा रखा था। पहले पहल चुरट पीने के बाद उसके मन में बहुत भय हुआ था कि कहीं माँ मुँह की बास से पता न पा जाए। उसने बहुत-से पके हुए बेर खाए। इसके बाद हथेली पर कई दफे भाप देकर अपनी साँस सूँघी, तब जाकर उसने मनुष्य समाज में फिर से प्रवेश करने का निश्चय किया। पर आज तो रंगे हाथों माल सहित पकड़े जाने का डौल हो रहा था।

पर सौभाग्य से दीदी को दीवार के उस ओर जाने की ज़रूरत नहीं पड़ी, इधर ही काम बन गया।

20

सर्वजया ने पनघट पर जाकर मुहल्ले की स्त्रियों से यह बात सुनी कि कई दिनों से नीरेन के साथ अनन्दाराय की, विशेषकर उसके लड़के गोकुल के साथ अनबन चल रही है। कल दोपहर को शायद बहुत झगड़ा और हल्ला-गुल्ला हुआ। इसके फलस्वरूप कल रात को ही नीरेन चीज़-बस्त लेकर चला गया।

अन्नदाराय की पड़ोसी यज्ञेश्वर दीघड़ी की स्त्री हरिमति कह रही थी : 'सच-झूठ नहीं मालूम। कई दिनों से तरह-तरह की बातें सुन रही हूँ। पर मैं इन बातों पर विश्वास नहीं करती। वह बहू ऐसी नहीं है। फिर सुनने में आया कि नीरेन ने छिपाकर रुपये दिए हैं, बहू ने कहीं रुपये भेजे थे, नीरेन की लिखी हुई रसीद लौटकर गोकुल के हाथ में पड़ी है इत्यादि। पर दूसरों के किस्सों से हमें क्या मतलब? सुना है कि नीरेन ने कहा है कि आप सब लोग मिलकर एक स्त्री पर अत्याचार करते हैं। क्या यह बुरा नहीं है? आप जो चाहें सो सोचें। बहूजी एक बार हुकुम दें तो मैं उन्हें इसी क्षण अपनी स्वर्गीय माँ ही जानकर सिर पर रखकर ले जाऊँ। उसके बाद आप जो चाहें सो करें। उसके बाद थोड़ी देर तक बहुत शोर-गुल मचा। सन्ध्या के पहले ही वह ग्वालों के टोले से एक बैलगाड़ी ले आया और चीज़-बस्त लेकर चला गया।'

सर्वजया ने जो बातें सुनीं तो उसे एक धक्का-सा लगा। इस बीच में उसने पति के ज़रिये से नीरेन के पिता को शादी के सम्बन्ध में पत्र लिखने का अनुरोध करवाया था। उसने नीरेन को घर पर और भी दो बार न्यौता देकर खिलाया था। वह लड़का सर्वजया को बहुत ही पसन्द आया था। हरिहर ने उसे कई बार समझाया कि नीरेन के पिता बड़े आदमी हैं, वे इस घर में अपने पुत्र का विवाह थोड़े ही करने लगे हैं? पर सर्वजया ने आशा नहीं त्यागी थी।

उसके मन में कहीं इस प्रकार का साहस हो रहा था कि यह विवाह दुराशा मात्र नहीं है; यह होकर रहेगा। हरिहर मन ही मन विश्वास तो नहीं करता था, पर

पत्नी के अनुरोध पर उसने अन्नदाराय से कई बार तकाज़े किए थे।

पर यह तो बड़ी भारी विपत्ति हो गई।

इस बीच में एक दिन दुर्गा के साथ गोकुल की बहू से राह चलते भेंट हो गई। बहू ने चुपके से दुर्गा को बहुत-सी बातें बतलाईं, नीरेन क्यों चला गया इत्यादि। कहते-कहते उसकी आँखों से टपटप आँसू बहने लगे।

—इसी प्रकार लात-घूँसे खाकर ही दिन बीतेंगे। कहीं कोई भी तो नहीं है दुर्गा। जो अपना भाई ही आदमी होता? कहीं दो दिन जाकर जुड़ा आऊँ, उसके लिए भी तो कोई जगह नहीं है।

दुर्गा का हृदय सहानुभूति से द्रवित हो गया, साथ ही साथ उसके मन में चाचीजी पर लगाए हुए आरोप के विरुद्ध तीव्र प्रतिवाद और उसके दुःख में सम्वेदना की कई तरह की अस्पष्ट बातें लहराने लगीं। पर वह अपनी बातें ढंग से कह न पाई, केवल इतना ही बोली : 'सखी दादी भी अजीब औरत है। पर वह कहने को जो चाहे सो कहे, वह कर क्या सकती है? मेरी अच्छी चाची, तुम रोओ मत! मैं रोज़ तुम्हारे यहाँ आऊँगी।'

सर्वजया ने सारी बात सुनकर आग्रह के लहजे में पूछा : 'बहू ने क्या कहा वहाँ? कुछ नीरेन की भी बातें हुईं?'

दुर्गा ने झेंपकर कहा : 'तुम कल घाट पर पूछ लेना। मैं कुछ नहीं जानती।' अपू ने एक बार पूछा : 'क्या चाचीजी ने बताया कि मास्टर साहब अब कभी नहीं आने के?'

दुर्गा ने डाँटते हुए कहा : 'सो मैं क्या जानू?...'

ढलती हुई धूप में छायावाला मार्ग जाने किस प्रकार से मन में एक टीस उठा देता है। यह टीस भाई के लिए है। ऐसा अक्सर होता है। कितनी ही बार हो चुका है। यदि वह ज़्यादा देर घर पर न रहे या भाई को न देखे, तो भाई के सैकड़ों काल्पनिक दुःखों की बात याद करके मन भीतर ही भीतर कचोटने लगता है।

दूध और आलता की मिलावट से बने हुए रंग जैसा गोरा-चिकटा और सोने की गुड़िया जैसा भाई एक मैली अधफटी धोती पहिनकर दरवाज़े के सामने अकेले-अकेले कौड़ी डाल-डालकर बैंगन के बीज हार-जीत रहा है। वह उससे एकाध चीज़ खरीदने के लिए पैसा माँगता है, पर वह दे नहीं पाती, इसलिए मन में पीड़ा बनी रहती है।

कई दिनों के बाद। भुवन मुकर्जी के घर में रानी की दीदी की शादी तो समाप्त हो गई है, पर अभी सब नाते-रिश्तेदार नहीं गए हैं। लड़के-बच्चे भी बहुत हैं। एक छोटी-सी लड़की के साथ दुर्गा का घनिष्ठ परिचय हो गया है। उसका नाम टूनी है। उसके पिताजी भी आए हैं। आज दोपहर के बाद अपनी कन्या और पत्नी को वहीं छोड़कर अपने काम की जगह पर गए हैं। लगभग एक घंटा बाद संझली मालकिन का ध्यान, जो इस कमरे में काम कर रही थी, टूनी की माँ की तरफ गया।

संझली मालकिन ने सहन में आते हुए कहा : 'क्यों री हंसी, क्या बात है? तू घबड़ाई हुई क्यों लगती है?'

टूनी की माँ घबड़ाकर हड़बड़ाहट में बिस्तरे, तकिये के नीचे कुछ टटोल रही थी, इधर-उधर देख रही थी, गद्दे उलट रही थी, बोली : 'अभी-अभी मेरी सोने की सिन्दूर की डिबिया यहीं बिस्तरे के बगल में रखी हुई थी। उधर मुन्ना पालने से चिल्ला उठा। वे घर से आए, उठाकर रखने की याद नहीं रही, कहाँ गई। अब मिल नहीं रही है।'

संझली मालकिन ने कहा : 'ऐसा कैसे हुआ? कहीं तू हाथ में लिए तो नहीं चली गई थी?'

—नहीं नानीजी, मैंने उसे यहीं रखा था। अच्छी तरह याद है, यहीं थी।

सब लोग मिलकर कुछ देर तक चारों तरफ खोजते रहे, पर डिबिया का कहीं पता नहीं चला। संझली मालकिन ने पूछकर पता लगाया कि पहले सहन में इसी घर के लड़के-बच्चे थे। इसके बाद जब खाना खाने के लिए बुलावा आया, तो सब लड़के खाने को चले गए। उस समय बाहरवालों में बस दुर्गा ही थी। संझली मालकिन की छोटी लड़की टेंपी धीरे से बोली : 'इधर हम लोग खाना खाने गईं, और इधर दुर्गा दीदी पीछे के दरवाज े चली गई, अभी-अभी फिर से आई है।'

संझली मालकिन ने चुपचाप कुछ सलाह-मशविरा किया। फिर रुखाई के साथ दुर्गा से बोली : 'दुर्गा, डिबिया दे दे। बता उसे कहाँ रखा है? अ-भी निकाल...'

सुनकर दुर्गा का मुँह सूखकर इतना-सा हो गया। संझली मालकिन के रंग ढंग देखकर उसकी जीभ मुँह के अन्दर ऐंठ-सी गई। उसने अस्पष्ट स्वर में क्या कहा, यह समझ में नहीं आया। टूनी की माँ इतनी देर तक चुप थी, एक भद्र घर की लड़की पर इस तरह चोरी का आरोप लगाते देखकर वह अवाक् रह गई। विशेषकर वह दुर्गा को कई दिनों से देख रही थी। देखने में सुन्दर है, इसलिए दुर्गा उसे पसन्द भी आई थी। क्या उसके लिए चोरी करना सम्भव है? बोली : 'संझली नानी, उसने शायद न ली हो, वह क्यों...'

संझली मालकिन बोली : 'तू चुप रह—तू उसे क्या जानती है? उसने ली है या नहीं ली है, इसे मैं अच्छी तरह जानती हूँ।'

एक ने कहा : 'तूने ली हो, तो निकाल दे, नहीं तो बता दे कि कहाँ है, बस सारा मामला खत्म हो जाएगा। अच्छी बेटी, दे दे न, क्यों झूठ-मूठ...'

दुर्गा जाने कैसी हो गई थी। उसके पैर थरथर काँप रहे थे। उसने दीवार से पीठ लगाकर कहा : 'चाचीजी, मैं तो नहीं जानती कि डिबिया कहाँ है। मैं तो...'

संझली मालकिन ने कहा : 'तेरे इस कहने से मैं माननेवाली थोड़ी हूँ। ज़रूर इसी ने ली है। इसकी आँख से मुझे पक्का विश्वास है। सीधी तरह कह रही हूँ कि कहाँ रखी है, दे दे, चीज़ मिल जाए तो कुछ नहीं कहने की, मुझे तो चीज़ चाहिए।'

पहलेवाली नातेदारिन ने कहा : 'भद्र घर की लड़की चोरी करती है, ऐसा तो कभी सुनने में नहीं आया। क्या इसी मुहल्ले में रहती है?'

संझली मालकिन ने कहा : 'लातों के भूत बातों से नहीं मानते। ज़रा मज़ा चखा दूँ कि दूसरे के घर की चीज़ उड़ाने में क्या कसाले होते हैं। आज मैं तुझे...'

बाद को उसने दुर्गा का हाथ पकड़ घसीटकर सहन में लाते हुए कहा : 'बोल दुर्गा, अब भी बोल दे, कहाँ रखी है? नहीं बताएगी? नहीं तू कुछ नहीं जानती, तू आई है बड़ी दूध की धुली! दुधमुँही! जल्दी से बता नहीं तो दाँत तोड़कर रख दूँगी। बोल, जल्दी बोल, अब भी बता दे।'

टूनी की माँ हाथ पकड़ने के लिए आगे बढ़ रही थी कि इतने में एक नातेदारिन ने कहा : 'ज़रा गम खाओ न, देखती नहीं हो? इसी ने ज़रूर उठाई है! चोर के लिए बस मार ही दवा है। अभी चीज़ दे दो, बस झगड़ा खत्म, क्यों झूठ-मूठ?'

दुर्गा के सिर के अन्दर जाने कैसा कर रहा था। उसने असहायता के साथ ताककर बहुत ही मुश्किल से ऐंठी हुई जीभ से किसी तरह गिड़गिड़ाकर कहा : 'चाचीजी, मैं तो नहीं जानती, जब वे लोग चले गए, तब मैं भी तो'—बात कहते समय वह भय से अभिभूत होकर संझली मालकिन की आँख में आँख गड़ाकर दीवार की ओर जाने लगी।

बाद को सबने मिलकर बड़ी देर तक उसे समझाया, पर वह एक ही रट लगाती रही—'मैं नहीं जानती।'

किसी ने कहा : 'पक्की चोर है...'

टेंपी बोली : 'चाचीजी, बाग के आम नीचे गिरे कि बस...'

अन्तिम बात से ही शायद संझली मालकिन की कोई चोट उभर आई। वह एकाएक बुरी तरह चीखकर बोली : 'तो पाजी, बदमाश, चोर खानदान की, तू डिबिया नहीं देगी? अच्छा देखती हूँ कि कैसे नहीं देती!'

बात समाप्त किए बिना ही वह दुर्गा पर टूट पड़ी और उसका सिर पकड़कर उसे ज़ोर-ज़ोर से दीवार पर मारने लगी : 'बोल कहाँ रखा है। बता, अभी बता, जल्दी बता!'

टूनी की माँ जल्दी से दौड़ आई और उसने संझली मालकिन का हाथ पकड़ कर कहा : 'संझली नानी, यह आप क्या कर रही हैं? जाने दीजिए। उसे इस तरह क्यों मार रही हैं? छोड़ दीजिए। बहुत हो गया। छोड़िए, छिः!'

टूनी मार देखकर रो उठी। पहलेवाली नातेदारिन ने कहा : 'अरे यह तो खून आ रहा है...'

किसी ने नहीं देखा था कि दुर्गा की नाक से टप-टप खून गिर रहा है। छाती के पास का कपड़ा खून से लाल पड़ गया था।

टूनी की माँ बोली : 'टेंपी, जल्दी से पानी ले आ, आँगन की बाल्टी में है। जल्दी ला।'

हल्ला-गुल्ला और शोर-गुल सुनकर बगल के मकान के लुहारों की लड़कियाँ और बहुएँ मामला क्या है, देखने के लिए आ गईं। रानी की माँ अब तक नहीं थी। दोपहर को खाना-पीना खत्मकर वह लुहारों के घर जाकर गप-शप कर रही थी। वह भी आ गई।

मार के मारे दुर्गा का सिर घूम रहा था। उसने उसी सुध-बुध हीन हालत में

भीड़ की ओर ताककर कुछ देख लिया।

पानी आ जाने पर रानी की माँ ने दुर्गा की आँखों और मुँह पर छींटे देकर उसे पकड़कर बैठाया। दुर्गा को चक्कर आ रहे थे। वह वहीं खोई-खोई-सी बैठ गईं। रानी की माँ बोली : 'संझली दीदी, ऐसे कहीं किसी को मारा जाता है। कमज़ोर लड़की है, छिः।'

—तुम लोग उसे नहीं जानतीं। मार के अलावा चोर का कोई इलाज नहीं है। अभी मार पड़ी कहाँ है? चीज़ नहीं मिली, तो छोड़ थोड़े ही दूँगी? बाद को हरिराय का बस चले तो हमें शूली या फाँसी चाहे जिसपर चढ़ा ले।

रानी की माँ बोली : 'जाने दो, संझली दीदी, अभी ज़रा संभल तो लेने दो। तुमने ऐसा काण्ड मचा दिया कि...'

टूनी की माँ बोली : 'बात यहाँ तक पहुँचेगी, यह जानती तो मैं डिबिया की बात थोड़े ही कहती। मुझे डिबिया नहीं चाहिए। संझली नानी, आप उसे छोड़ दीजिए।'

संझली मालकिन इतनी आसानी से शायद न छोड़ती, पर जनमत उनके विरुद्ध था, इसलिए वह अपराधी को छोड़ने के लिए मजबूर हो गईं।

रानी की माँ उसे पकड़कर उधर का दरवाज़ा खोलकर पीछेवाले आँगन में निकाल आई। बोली : 'न जाने किस बुरी साइत पर तू आज घर से निकली थी। जा, धीरे-धीरे चली जा। टेंपी, दरवाज़े को अच्छी तरह खोल तो दे।'

दुर्गा उसी तरफ खोई-खोई-सी दरवाज़े से निकल गई। जो लड़के-बच्चे वहाँ उपस्थित थे, वे उसे घूरकर देखने लगे। एक ने कहा : 'फिर कबूल नहीं किया। देख लिया न। आँख से भी आँसू का एक बूँद नहीं आया।'

रानी की माँ बोली : 'आँसू क्या गिरें? डर के मारे सूख गए। आँसू हैं कहाँ? संझली दीदी, ऐसे कहीं मारा जाता है?'

21

साझे की चड़क पूजा का समय आ गया। गाँव के वैद्यनाथ मजुमदार चन्दे की बही लेकर घर-घर चन्दा वसूल करने लगे। हरिहर ने कहा : 'अबकी बार मेरे नाम से एक रुपया लिखना उचित नहीं है, एक रुपया देने की हालत यहाँ थोड़े ही रही?'

वैद्यनाथ ने कहा : 'क्या बात करते हो, अबकी नीलमणि हाज़रा की पाल्टी आ रही है। इस इलाके में इतना अच्छा दल कभी आया ही नहीं। बात यह है कि अबकी बार पालपाड़ा के बाज़ार में महेश सुनार के बालक कीर्तन वाले आएँगे, उनसे घटिया चीज़ देकर अपने गाँव की नाक नहीं कटवानी है।'

वैद्यनाथ ने ऐसा ढंग दिखलाया, मानो इस होड़ की सफलता पर ही निश्चिन्दिपुर वालों का जीवन या मृत्यु निर्भर है।

अपू एक खपच्ची खींचते-खींचते घर में प्रवेश करते हुए बोला। 'बिल्कुल पका

हुआ बाँस है। इसकी बहुत अच्छी कलम बनेगी। गढ़े के किनारे की बाँस की झाड़ी में पड़ा था, मैं उठा लाया।'

बाद में उसने मुस्कराते हुए उसे कुछ ऊँचा करके दिखलाकर कहा : 'अच्छी कलम बनेगी न? पक्का है न?'

अब चड़क को अधिक देर नहीं है। गाजन (चड़क का तमाशा) से साधु घर-घर नाचते हुए घूम रहे थे। दुर्गा और अपू खाना-पीना छोड़कर साधुओं के पीछे-पीछे मोहल्लों में घूमते-फिरते थे। कई गृहस्थ उन्हें पुराने कपड़े, चावल और पैसा, यहाँ तक कि पीतल का कलसा भी दे देते हैं, पर वे साधुओं को मुट्ठीभर चावलों के अलावा कुछ नहीं दे पाते, इसलिए उनके घर पर साधुओं का गिरोह किसी साल नहीं आता। दस-बारह दिन तक साधुओं के नाच के बाद चड़क से पहले वाली रात में नीलपूजा हुई।

नीलपूजा के दिन शाम के समय साधू एक छोटे-से खजूर के पेड़ से काँटा तोड़ लाते हैं। अबकी दुर्गा ने आकर खबर दी कि जिस पेड़ से हर साल काँटा तोड़ा जाता है, अबकी बार उस पेड़ से काँटा तोड़ा नहीं जाएगा, बल्कि नदी किनारे के एक खजूर को साधुओं ने पहले ही चुन लिया है। मोहल्ले के लड़कों के साथ एक जुट होकर दुर्गा और अपू वहाँ पहले से जाकर डट गए। वहाँ काँटा तोड़ने का नाच देखकर वे लोग चड़क के मैदान में एक बार घूमने गए। खजूर की डालों से नीलपूजा का मण्डप घेरा गया था। चड़क वाले मैदान की सेंवड़ा की झाड़ियाँ तथा दूसरे जंगली पेड़ काटकर साफ कर दिए थे।

वहाँ भुवन मुकर्जी के घर की लड़कियों के साथ रानी, पूंटी, टूनू आदि के साथ भेंट हुई। इनके घर में अनुशासन ज़रा कड़ा है। दुर्गा की तरह उन्हें मारे-मारे जहाँ-तहाँ घूमने की इजाज़त नहीं है, बड़ी मुसीबत से कह-सुनकर वे चड़क वाले मैदान तक आ सकी हैं।

टूनू बोली : 'आज रात को साधू लोग मसान जगाने जाएँगे।'

रानी बोली : 'ओ, यह तो मुझे भी मालूम है। एक आदमी मुर्दा बनेगा। उसकी अर्थी बनाकर उसे सप्तपर्ण पेड़ के नीचे ले जाएँगे। फिर उसे जिलाएँगे, उसके बाद मुर्दे का सिर ले आएँगे, फिर कवित्त कहते-कहते आएँगे, इसके बड़े-बड़े मंत्र हैं।'

दुर्गा बोली : 'मैं उनकी वह कविता सुनाऊँ?'

स्वगगो थेके एलो रथ, नामला खेतु तले
चब्बिश कुटि बानवर्षा शिवेर संग चले।
सत्य युगेर मड़ा आर आवल युगेर माटि,
शिव शिव बल रे भाई ढाके घाओ काठि[1]।

(स्वर्ग से रथ आया और खेतु के नीचे उतरा। चौबीस करोड़ बाणों की वर्षा शिव के साथ चली, सतयुग का मुर्दा और आदि युग की मिट्टी, भाई शिव-शिव कहो और नगाड़े पर डंडा मारो।)

1. यों तो इसका अर्थ ऊपर दिया गया है, पर इन मन्त्रों में कोई सुग्रन्थित भावधारा या अर्थ नहीं होता।

बाद में हँसकर बोली : 'अबकी बार गौचारण की गुड़िया कैसी अच्छी रही नीलू भैया! मैं दासुकुमार के यहाँ देख आई हूँ, रानी तूने नहीं देखा?'

पूंटी बोली : 'रानी दीदी, सचमुच मुर्दे का सिर होता है?'

—सचमुच नहीं तो क्या? आधी रात के बाद आओ तो सब दिखाई देगा। चलो भई, हम लोग घर चलें। आज की रात अच्छी नहीं होती; अपू आजा, दुर्गा दीदी आओ।

अपू बोला : 'अच्छी क्यों नहीं है रानी दीदी? आज रात में कौन-सी बात होनेवाली है?'

रानी बोली : 'वे बातें कहने की नहीं हैं, तू घर चल।'

अपू नहीं गया, पर दुर्गा उसके गोल के साथ चली गई। इसके बाद अचानक बादल आए और सांझ का स्वाभाविक अंधेरा बादलों के कारण और भी गहरा हो गया। अपू घर लौट रहा था, रास्ते में सन्नाटा था, शाम से वह लगातार मसान और मुर्दे के सिर की बात सुनता आ रहा था, इसलिए उसे कुछ भय-सा लग रहा था। मोड़वाली बाँस की झाड़ी के पास आकर उसे ऐसा मालूम हुआ, जैसे किसी चीज़ की कड़वी महक आ रही है। वह जल्दी-जल्दी चलने लगा। थोड़ी दूर गया तो नेड़ा की दादी के साथ भेंट हो गई। नेड़ा की दादी नीलपूजा का चढ़ावा हाथ में लेकर चड़क वाले मैदान में पूजा चढ़ाने जा रही थी। अपू अँधेरे में पहले पहचान नहीं पाया, बाद में पहचान कर बोला : 'दादी, यह काहे की महक है?'

बुढ़िया बोली : 'आज वे निकले हैं न!...इसीलिए यह उनकी महक है, और क्या?'

अपू बोला : 'कौन लोग निकले हैं दादीजी?'

—कौन लोग? शिवजी के संगी-साथी, सन्ध्या समय उनका नाम नहीं लिया जाता...राम राम—राम राम—

अपू के रोंगटे खड़े हो गए। चारों तरफ अंधेरी सांझ छाई हुई थी, आसमान में बादल उमड़ रहे थे, बाँस की झाड़ियाँ, मसान की महक, शिवजी के अनुचर भूत, प्रेत; नन्हें-से लड़के का मन, भय, विस्मय, रहस्य तथा अज्ञात की अनुभूति से कंटकित हो गया। उसने आतंक के लहजे में कहा : 'तो मैं घर कैसे जाऊँ दादीजी?'

बुढ़िया ने डाँट बताते हुए कहा : 'तो आज के दिन इतनी रात क्यों कर दी? आ मेरे साथ! पहले नीलपूजा की थाली पहुँचा आऊँ, फिर तुझे घर की ओर छोड़ दूँगी। अजीब लड़का है।'

सामूजिक पूजा के स्थान पर घास छीलकर बाँसों का ढाँचा खड़ा करके शामियाना ताना गया था। नौटंकी वाले आने ही वाले थे, पर अभी पहुँचे नहीं थे। जब सन्ध्या ढल गई, तो लोग कहते कल सबेरे की गाड़ी से आएँगे, फिर सबेरा बीत जाने पर लोग शाम की आशा में बैठे रहते थे। अपू की ऐसी हालत हो गई थी कि खाना, नहाना बन्द-सा हो गया था। रात को उसे नींद नहीं आती थी। बाँध तोड़कर बहने वाली बाढ़ की तरह उसके कौतूहल और आनन्द में उच्छ्वास की प्रबलता इतनी

अधिक थी कि वह अदम्य थी। वह बिस्तरे पर करवटें लेता रहता था। नौटंकी! नौटंकी! नौटंकी! होगी!

माँ ने मना कर रखा है कि इतनी बड़ी लड़की है, इसलिए मोहल्ला छोड़कर कहीं न जाए। दुर्गा चुपचाप देख आई और फिर उसने राजलक्ष्मी से यह बताया कि किस प्रकार रंगमंच की सजावट हुई है और बाँस पर लाल और नीले कागज़ की छटा दिखाई पड़ रही है। सारी बातें सुनकर अपू के मन में यह बात आई कि जिस पंचानन तल्ले में वह दोनों जून कौड़ियाँ खेला करता है, उस तुच्छ, अत्यन्त परिचित मामूली स्थान में आज या कल नीलमणि हाज़रा की पाल्टी की नौटंकी की तरह एक अभूतपूर्व घटना होगी, क्या यह सम्भव है? इस बात पर उसे जैसे विश्वास ही नहीं होता।

एकाएक सुनाई पड़ा कि आज शाम को नौटंकी का दल आएगा। सनते ही जैसे ढेर-सा खून फेफड़े से एकदम छलांग मारकर सिर में पहुँच गया!...

कुम्हार टोले के मोड़ पर दोपहर के बाद से सब लड़के खड़े थे। उन्हें दूर से एक बैलगाड़ी आती हुई दिखाई पड़ी, इसपर नौटंकी की साज-सज्जा के एक, दो, तीन, चार, पाँच बक्स लदे हुए थे। पटु ने बक्सों को उंगली पर गिनते हुए उल्लास भरे लहजे में कहा : 'अपू भैया, हमलोग इनके पीछे-पीछे चलकर देख न लें कि ये लोग कहाँ टिक रहे हैं, तुम चलोगे?'

साज-सज्जा की बैलगाड़ियों के पीछे नौटंकी के दल वाले चल रहे थे। सबके सिर पर माँग बनी हुई थी, और कईयों के हाथ में जूते थे। पटु ने एक दाढ़ी वाले को दिखाते हुए कहा : 'यह राजा बनता है? क्यों अपू भैया?'

उसके लिए आकाश और सारे वातावरण का रंग बदल गया। अपू ने बड़े उत्साह के साथ घर लौटकर देखा कि उसके पिता सहन में बैठे कुछ लिख रहे हैं और अपने मन में कुछ गुनगुनाते भी जा रहे हैं। उसने सोचा कि पिताजी को भी नौटंकी वालों के शुभागमन की बात मालूम हो गई है, इसीलिए वे इतने खुश नज़र आ रहे हैं। उसने हाथ हिलाकर बताते हुए कहा : 'पिताजी, साज-सज्जा की पाँच गाड़ियाँ हैं। बहुत बड़ा दल है।'

हरिहर यजमानों को देने के लिए देशी कागज़ पर कवच लिख रहा था। उसने मुँह उठाकर विस्मय के लहजे में कहा : 'मुन्ना, काहे की साज-सज्जा?'

अपू को आश्चर्य हुआ कि पिताजी को इतनी बड़ी बात का भी पता नहीं है। उसके मन में करुणा उमड़ आई कि पिताजी इतना भी नहीं जानते।

सबेरे उठ कर अपू को पढ़ने के लिए बैठना पड़ा। थोड़ी देर बैठ कर उसने रुँआसा होकर कहा : 'पिताजी, मैं चड़क वाले मैदान में जाऊँगा, सब जा रहे हैं, और मैं यहाँ बैठकर पढ़ता रहूँगा! कहीं इस समय नौटंकी शुरू हो गई तो?'

उसके पिता ने कहा : 'पढ़ो-पढ़ो, अभी पढ़ो, जो नौटंकी शुरू होगी तो नगाड़े की आवाज़ तो सुनाई देगी।'

अधेड़ उम्र में लड़का हुआ है, और फिर खुद हर समय प्रवास में रहता है, इसलिए वह जब थोड़े दिनों के लिए घर आता है तो लड़के को आँख से ओझल

नहीं करना चाहता। अभिमान और क्रोध से अपू की आँखों में आँसू आ गए, उसने रुँधी हुई आवाज़ में फिर शुभंकारी[1] पढ़ना शुरू किया—मास महिना जार जतो, दिन तार पड़े कतो? (महीने का वेतन इतना है तो एक दिन का वेतन कितना है?)

पर सबेरे तो नौटंकी नहीं होती। खबर मिली कि उस जून होगी। शाम के समय अपू माँ के पास जा कर रुँआसा होकर पिता के अत्याचार की कहानी का ब्यौरेवार वर्णन करता है। सर्वजया ने आकर कहा : 'अजी, लड़के को जाने दो न। साल-भर का त्यौहार है। तुम तो साल में नौ महीने घर पर नहीं रहते, वह एक दिन की पढ़ाई में तर्कालंकार थोड़े ही हो जाएगा?'

अपू को छुट्टी मिल गई। उसने सारी दोपहरी चड़क वाले मैदान में काट दी। शाम को नौटंकी शुरू होने से पहले ही वह घर में खाना खाने आया। पिताजी सहन में बैठकर कवच लिख रहे थे। और दिन उसे पिता के पास बैठकर इस समय पढ़ना पड़ता है, पर लड़का कहीं नाराज़ न हो जाए, इसलिए पिता ने उसे खुश रखने के लिए तरह-तरह के कौतुकों का आयोजन किया था, बोला : 'मुन्ना चट से स्लेट पर यह तो लिख लाओ—वह आया भूत!'

अपू ऐसी अद्भुत बात सुनकर हँस कर लोटपोट हो जाता है और जल्दी से लिखकर लाता है। थोड़ी देर तक यह चलता है फिर वह कहता है : 'इसके बाद मैं चला जाऊँगा।'

तब पिताजी ने कहा : 'जाना, ज़रूर जाना, पर इस बात को स्लेट पर जल्दी से लिख लाओ तो।'

कहकर उसने फिर एक अद्भुत बात कह दी। अपू फिर हँस पड़ा।

पर आज अपू को ऐसा मालूम हुआ जैसे कोई प्रचण्ड शक्ति उसको उसके पिता के पास से खींच रही है। पिताजी निर्जन छायाभरी शाम के बाँस की झाड़ियों से घिरे मकान में अकेले बैठ कर लिख रहे हैं, फिर भी ऐसी कोई शक्ति नहीं है जो अपू को आज यहाँ बैठा रखे। यदि वे इस समय कहें कि बेटा, पढ़ने बैठो, तो चारों तरफ से जैसे भयंकर चिल्ल-पों मचेगी। जैसे सब लोग मिल कर कह देंगे—नहीं, नहीं, यह नहीं हो सकता। यह नहीं हो सकता! नौटंकी तो शुरू होने वाली है।

उल्लास की किसी प्रबल शक्ति ने जैसे उसके पिता को आज के लिए असहाय, निरीह, दुर्बल कर दिया है। आज उनमें इतना दम नहीं है कि वे पढ़ाई का नाम भी लें, फिर भी पिता के लिए उसके मन में ममता जगती है।

दुर्गा बोली : 'अपू तू माँ से कह कि मैं भी तेरे साथ तमाशा देखने जाऊँगी।'

अपू बोला : 'माँ, दीदी भी मेरे साथ चले तो क्या बुराई है? चिक से घिरी हुई जगह में दीदी बैठेगी।'

माँ बोली : 'अभी रहने दे। जब उस घर की स्त्रियाँ जाएँगी तब मैं उनके साथ जाऊँगी। उस वक्त वह मेरे साथ चलेगी।'

---

1. हिसाब की एक किताब, जिसमें तुकबन्दियों में हिसाब की बातें हैं।

चड़क के मैदान में जाने से पहले दुर्गा ने अपू को पीछे से बुलाकर कहा : 'अपू सुन जा।'

बाद में उसने मुस्कराते हुए उससे कहा : 'ज़रा हाथ तो फैला।'

जब अपू ने हाथ फैलाया तो दुर्गा ने उसके हाथ में दो पैसे रख दिए और उसके हाथ को अपने हाथ में रख कर मुट्ठी बाँधते हुए कहा : 'दो पैसे की मीठी खील खा लेना, नहीं तो लीची मिले तो खा लेना।'

इसके सात दिन पहले अपू ने एक दिन चुपचाप दीदी से आकर पूछा था : 'तेरे गुड़ियों के बक्स में कोई पैसा पड़ा है? मुझे एक पैसा देगी?'

दुर्गा ने पूछा था : 'पैसे का क्या करेगा?'

अपू ने दीदी के मुँह की तरफ ताक कर ज़रा हँसते हुए कहा : 'लीची खाऊँगा'—कह कर ही वह शर्माकर हँस पड़ा।

बाद में सफाई-सी देते हुए बोला : 'वैष्णवों के बाग में मचान बाँधी है, बहुत लीचियाँ गिरी हैं। दो टोकरे-भर होंगी। पैसे में बड़ी-बड़ी छः लीचियाँ मिल रही हैं। सतू ने खरीदीं, साधन ने खरीदी'—कहकर वह रुक कर फिर बोला : 'पैसा है?'

पर दुर्गा के गुड़ियों के बक्स में उस दिन कुछ भी नहीं था, इसलिए वह भाई की माँग पूरी नहीं कर सकी। अपू को निराश होकर लौटते देख कर उसके मन में बहुत कष्ट हुआ था, इसलिए कल शाम को चड़क का तमाशा देखने के नाम पर दो पैसे माँग लिए थे। भाई एक सोने की गेंद की तरह गोल-मटोल है, यदि यह भाई किसी बात पर मचल जाए और वह उसकी बात पूरी न कर सके, तो उसके मन में बहुत दुःख होता है।

अपू के चले जाने के बाद उसकी माँ घाट से आकर बोली : 'दुर्गा, एक काम तो कर। रानी के बाग से दो सफेद गन्ध भेदाली के पत्ते ले आ, अपू की तबियत ठीक नहीं है, उसका शरोबा बना लूँगी।'

माँ की बात पर वह एक छलांग में रानी के बाग में पहुँची और वहाँ कद्दे आदम घनी झाड़ियों में वह दवाई के पत्ते खोजने लगी और बचपन में फूफी से सीखी हुई तुकबन्दी गुनगुनाने लगी :

हलूद वने वने
नाक-छाबिटि हारिए गेछे सुख नेइको मने—।
(हल्दी के जंगलों में, बाली खो गई है, इसलिए मन में सुख नहीं है।)

22

नौटंकी शुरू हुई। दुनिया नहीं है, कोई नहीं है, बस अपू है और नीलमणि हाज़रा का दल है। सन्ध्या से पहले बेहाला पर ईमन का आलाप हुआ। बेहाला बजाने वाला अच्छा है। अपू गाँव का लड़का है, उसे कभी कोई अच्छी चीज़ सुनने को नहीं मिलती,

इसलिए उसका मन उदास और करुण स्वर से भर जाता है, उसके मन में यह बात आती है कि पिताजी अभी तक घर पर बैठ कर जाने क्या लिख रहे हैं, और दीदी यहाँ आने के लिए मचलने पर भी आ न सकी। पहले-पहल जब सुनहली पोशाकों से सुसज्जित होकर राजा और मन्त्री झुंड के झुंड टंगे हुए झाड़-फानूस के नीचे आने लगे, तो अपू का मन कराह उठा कि हाय, पिताजी को यह सब देखने को नहीं मिला। गाँव के सभी लोग यहाँ मौजूद हैं, उनके मोहल्ले का कोई आदमी छूट गया हो ऐसा तो मालूम नहीं देता, फिर भी पिताजी अभी तक...?

नाटक ज़ोर से आगे बढ़ने लगा।

उस बार उसने लड़कों के कीर्तन वाली नौटंकी देखी थी, पर कहाँ राजा भोज और कहाँ भुजुआ तेली? कैसे एक से एक बढ़िया कपड़े हैं! और चेहरे?

एकाएक पीछे से किसी ने कहा : 'मुन्ना, अच्छी तरह देख पा रहे हो न?'

उसके पिताजी कब आकर पीछे बैठे थे, अपू को पता भी नहीं लगा था। उसने पिता की ओर लौटते हुए कहा : 'पिताजी, दीदी आई है न? चिक के अन्दर है न?'

जब मन्त्री ने गुप्त षड़यन्त्र के कारण राजा राज्यच्युत हो कर रानी और राजकुमारों को लेकर जंगल में जा रहे थे, तो उस समय बेहाला से रुँआसा स्वर निकल रहा था। राजा बड़ी देर तक करुण रस उत्पन्न करने के लिए रानी और राजकुमारों का हाथ पकड़ कर एक कदम आगे बढ़ता था, फिर रुक जाता था, इसके बाद फिर कदम उठाता था। वास्तविक जगत में वनवास के लिए उद्यत कोई राजा बिल्कुल पागल हुए बिना इतने लोगों के सामने ऐसा नहीं कर सकता। साथ ही राजा के विश्वासपात्र सेनापति क्रोध से ऐसे थर-थर काँप रहे थे कि किसी मिरगी के रोगी के लिए भी यह ईर्ष्या का विषय हो सकता था। पर अपू को इतना आनन्द आ रहा था कि वह निष्पलक नेत्रों से यह सब देख रहा था और उसके मन में यह भावना आ रही थी कि उसने ऐसा तो कभी नहीं देखा।

इसके बाद जाने राजा और रानी कहाँ चले गए।...

घने जंगल में महज़ राजकुमार अजय और राजकुमारी इन्दुलेखा घूमते हुए दिखाई पड़ रहे थे। उनकी सुधि लेने वाला या उन्हें इस बीहड़ जंगल में रास्ता दिखाने वाला कोई नहीं था। राजकुमारी इन्दुलेखा छोटे भाई के लिए फल लाने गई, सो वह भी नहीं लौटी। अजय जंगल में बहन को खोजता फिर रहा है, इसके बाद उसे घूमते-घूमते एकाएक नदी किनारे इन्दुलेखा की लाश मिली। भूख के कारण ज़हरीला फल खा कर इन्दुलेखा मर गई थी। इस पर अजय का करुण रस से भरा हुआ गाना शुरू होता है, जिसका अर्थ यह है कि प्राणप्रिय, प्राणसाथी, तू मुझे इस बीहड़ जंगल में छोड़कर कहाँ चली गई। अपू तब तक बड़ी-बड़ी आँखें खोल कर सब कुछ देख रहा था, पर अब उससे नहीं रहा गया, वह फफक-फफक कर रोने लगा।

कलिंग राजा के साथ विचित्रकेतु की जो लड़ाई हुई उसमें तलवार का क्या खेल दिखाया गया! मालूम होता था कि अब कोई न कोई झाड़ गिर पड़ेगा या किसी अभागे दर्शक की गर्दन कटेगी। तजर्बेकार लोग आवाज़ देते हैं—'झाड़ संभाल कर,

बाँध कर,' पर युद्ध का कौशल इतना विचित्र है कि सब कुछ बचा रहता है। विचित्रकेतु तुम धन्य हो!

बीच में देर तक गाना और बेहाला की कसरत दिखाई जाती रही, उस समय पिताजी ने अपू को पुकार कर कहा : 'नींद आ रही है? बेटा, घर चलोगे?'

क्या मुसीबत है? नींद? यहाँ नींद कहाँ? अरे राम-राम! वह हरगिज़ घर नहीं जाएगा। तब उसके पिता ने उसे बाहर बुलाकर कहा : 'यह दो पैसे रख लो कुछ खरीद कर खा लेना, मैं घर चला।'

अपू के मन में इच्छा हुई कि वह एक पैसे का पान लेकर खाए। पान की दुकान के पास बहुत भीड़ देखकर वह आगे बढ़कर दंग रह गया। सेनापति विचित्रकेतु हथियार बन्द हालत में ही बर्डसाई सिगरेट खरीद कर सुलगा रहे थे। उन्हीं के चारों तरफ यह भीड़ जमा हो गई थी। आश्चर्य और परमाश्चर्य! उधर से राजकुमार अजय ने कहीं से आकर विचित्रकेतु की कोहनी में हाथ मारते हुए कहा : 'किसोरी भैया, एक पैसे का पान तो खिलाओ।'

पर राजकुमार के प्रति सेनापति की राजभक्ति का कोई लक्षण दिखाई नहीं पड़ा, उसने हाथ छुड़ाते हुए कहा : 'चल बे, पैसे नहीं हैं, तुम लोगों ने मिलकर उस वक्त साबुन लगाया, तो मुझे किसी ने पूछा था?'

फिर भी राजकुमार ने मचलकर कहा : 'किसोरी भैया, मान भी जाओ। क्या मैं तुम्हें कभी कुछ भी नहीं देता?'

पर विचित्रकेतु हाथ छुड़ा कर चलता बना।

राजकुमार अपू का ही हमउम्र था। देखने-सुनने में सुन्दर था और गाने में भी बड़ा निपुण था। अपू मुग्ध हो कर उसकी ओर घूरता रहा, उसके मन में उससे बातचीत करने की तीव्र इच्छा हुई। अचानक न जाने उसमें कहाँ से हिम्मत आ गई और उसने आगे बढ़कर कुछ शर्म के साथ कहा : 'पान खाओगे?'

अजय ज़रा अवाक् हो कर बोला : 'तुम खिलाओगे? तो लाओ।'

दोनों में परिचय हो गया। पर परिचय शब्द शायद गलत है। अपू मुग्ध और विभोर था। इसी को वह इतने दिनों से मन ही मन चाहता आ रहा है, इस राजकुमार अजय को। उसकी माँ की सैकड़ों कहानियों के बीच, शैशव की सैकड़ों स्वप्निल मुग्ध कल्पनाओं के आवेश में उसके प्राण ने इसी को चाहा है; यही आँखें, यही चेहरा, यही कंठस्वर उसके काम्य रहे हैं। यह वही है जिसे वह चाहता है।

अजय ने पूछा : 'भाई, तुम्हारा घर कहाँ है? मेरे खाने के लिए एक घर तै किया गया है, पर वहाँ बड़ी देर में खाना मिलता है। तुम्हारे घर में कौन खाता है?'

खुशी के मारे अपू का सारा शरीर हिलोरें लेने लगा, बोला : 'भई, हमारे यहाँ एक आदमी खाता है, अभी देखा कि वह ढोलकिया है। तुम भी कल से आना, मैं आकर बुला ले जाऊँगा। नहीं तो ऐसा हो जाएगा कि तुम जहाँ खाते हो वहाँ ढोलकिया खा लेगा।'

थोड़ी देर तक दोनों इधर-उधर चहलकदमी करते रहे, फिर अजय बोला : 'भई,

मैं चलूँ, अन्तिम सीन में मेरा गाना है, मेरा पार्ट तुम्हें कैसा लग रहा है?'

रात के अन्तिम पहर में नौटंकी खत्म हुई तो अपू घर पर आया। वह रास्ते में आ रहा था, तो उसने जिसे भी बात करते सुना, उसे ऐसा मालूम हुआ कि नौटंकी का ही वार्तालाप हो रहा है। घर आने पर दीदी ने पूछा : 'अपू, तुझे नौटंकी कैसी लगी?'

अपू को ऐसा मालूम हुआ जैसे बीहड़ जंगल के अन्दर राजकुमारी इन्दुलेखा ने कुछ कहा। उस पर कुछ नशा-सा छाया हुआ था। उसने खुशी के साथ कहा : 'माँ, जो अजय बना था वह कल से हम लोगों के घर पर खाना खाएगा।'

माँ बोली : 'दो जने खाएँगे? दो को कहाँ से...'

अपू बोला : 'नहीं, एक चला जाएगा, सिर्फ अजय खाएगा।'

दुर्गा बोली : 'अपू तुझे नौटंकी कैसी लगी? ऐसी कभी नहीं देखी न? जब राजकुमारी मर गई, तो कैसा बढ़िया गाना हुआ?'

अपू की तो ऐसी हालत थी कि अब वह नींद में बेहाला सुन रहा था। वह देर तक सोता रहा और नींद भी अच्छी नहीं आई। सूर्य की तेज़ रोशनी आँखों में सुई की तरह छिद रही थी। आँख में पानी दिया तो आँखें जल रही थीं, पर उसके कानों में अभी तक बेहाला, ढोल और मंजीरे का सम्मिलित संगीत लहरा रहा था। उसे ऐसा मालूम हो रहा था जैसे वह अभी तक रंगभूमि में ही बैठा हो।

पनघट में जाती हुई मोहल्ले की लड़कियाँ आपस में बातचीत करती जा रही थीं। अपू को ऐसा मालूम हुआ कि इनमें से कोई धीरावती है तो कोई कलिंग देश की महारानी है तो कोई राजकुमार अजय की माँ वसुमती है। दीदी की हर बात में तथा अंग संचालन में राजकुमारी इन्दुलेखा की पूरी झलक थी। कल जो इन्दुलेखा बना था, वह बुरा नहीं लगता था, पर उसके मन में राजकुमारी इन्दुलेखा की जो मूर्ति विराजमान है, वह अपनी दीदी को लेकर है; उसी तरह का रंग, रूप, वैसी ही बड़ी-बड़ी आँखें, वैसा सुन्दर मुखड़ा और वैसे सुन्दर बाल।

उसे ऐसा ज्ञात होता था जैसे इन्दुलेखा अपनी सारी करुणा, स्नेह और माधुर्य लेकर उस प्राचीन देश के अतीत जीवन के बाद फिर उसकी दीदी बनकर लौट आई है, इसलिए इन्दुलेखा के बातचीत करने के ढंग तथा उसके हर कदम में मानो दीदी का ही प्रकाश होता था। जब उसके सामने वह दृश्य आया था जिसमें इन्दुलेखा ने घने जंगल के अन्दर अपने नन्हें-से भाई को स्नेह से घेरकर रखा था और उसे खिलाने के लिए फल ढूँढ़ते हुए बीहड़ जंगल में खो गई, तो उसके मन में माकाल फल वाली घटना ही बार-बार उदित हुई थी।

दोपहर के समय अपू जा कर अजय को खाने के लिए बुला लाया। दोनों के सामने खाना परोस कर सर्वजया अजय का परिचय आदि पूछने लगी। मालूम हुआ कि वह ब्राह्मण का लड़का है, उसका कोई नहीं है। मौसी ने उसे पाला-पोसा था। वह भी मर गई है। एक साल से वह नौटंकी के दल में काम कर रहा है। उस लड़के पर सर्वजया की ममता उमड़ पड़ी और उसने उसे बार-बार और लो,

यह खाओ, वह खाओ कह कर खिलाया। खाने की चीज़ें बहुत थोड़ी थीं, फिर भी लड़के ने बड़ी खुशी से खाना खाया। इसके बाद दुर्गा ने माँ से चुपचाप कहा : 'माँ उसे कल वाला गाना गाने को कहो न, वही गाना—कहाँ छोड़ गए...'

अजय ने गला खोल कर गाना गाया। अपू मुग्ध हो गया और सर्वजया की आँखें नम हो गईं। हाय, हाय, ऐसे लड़के की माँ नहीं है। इसके बाद उसने और भी गाने गाए।

सर्वजया बोली : 'शाम को चावल की लाई बनाऊँगी, उस समय आकर ज़रूर ही लाई खा जाना। शर्म न करना। जब खुशी हो आ जाया करो। इसे अपना ही घर समझो।'

अपू उसे साथ लेकर नदी के किनारे घूमने गया। वहाँ अजय ने कहा : 'भई, तुम्हारा गला बड़ा मीठा है, एक गाना सुना दो न।'

अपू के मन में बड़ी इच्छा हुई कि वह इसके सामने गाकर यश लूटे, पर साथ ही संकोच भी लग रहा था कि यह नौटंकी में काम करता है, इसके सामने कैसे गाना गाया जाए। नदी के किनारे बड़े सेमर के पेड़ के नीचे पगडंडियों से दूर वे दोनों बाँस की झाड़ी की आड़ में बैठ गए। अपू ने बड़ी चेष्टा के बाद लज्जा छोड़ कर गाना गाया।—श्रीचरणो भार एक बार गा तोलो हे अनन्त (श्री चरण का भरोसा एक बार उठ खड़े हो हे अनन्त!)

यह गाना दाशूराय की पांचाली का था। अपू ने इसे अपने पिता से सुनकर लिख लिया था। सुनकर अजय अवाक् रह गया, बोला : 'भाई, तुम्हारा गला इतना अच्छा है? तो तुम गाते क्यों नहीं हो? और एक गाना सुनाओ।'

अपू ने प्रोत्साहन पा कर और एक गाना शुरू किया—खेयार आशे बसे रे मन डुबलो बेला खेयार धारे (खेवा की आस में बैठा हूँ, अब घाट के किनारे दिन ढल रहा है।)

उसकी दीदी इस गाने को कहीं से सीख आई थी। इसका स्वर अच्छा लगा था, इसलिए उसने इसे सीख लिया था। घर पर जब कोई नहीं होता, तो कई बार दोनों मिलकर इस गाने को गाया करते हैं।

गाना समाप्त होने पर अजय ने उसकी तारीफ के पुल बाँध दिए। बोला : 'ऐसा गला हो तो किसी भी दल में तुम्हारी खुशामद करके पन्द्रह रुपया तनखाह देंगे, हाँ इस पर और सीखो तो सोने पर सुहागा हो जाए।'

घर पर जब कोई नहीं होता, तो दीदी के सामने गाना गाकर अपू ने कई बार उससे पूछा था : 'अच्छा दीदी, यह तो बता कि मेरा गला कैसा है?'

दीदी बराबर उसकी हिम्मत बँधाती रहती थी, पर दीदी द्वारा की हुई प्रशंसा चाहे जितनी आशाप्रद हो, आज नौटंकी के दल के कई तम्गे जीते हुए उस्ताद ने जो उसकी तारीफ क़र दी, तो वह बात ही कुछ और हुई। अपू प्रशंसा सुनकर फूले नहीं समाया। बोला : 'मुझे अपना वह गाना सिखा दो न...'

इसके बाद दोनों उस गाने को गाने लगे।

बड़ी देर हो गई। नदी पर छप-छप शब्द करती हुई नाव चल रही थी। नदी के किनारे पानी के पास कोई कुछ खोज रहा था। अजय ने पूछा : 'यह क्या खोज रहा है?'

अपू बोला : 'यह मेंढ़क का बच्चा खोज रहा है। बंसी में लगाकर मछली पकड़ेगा'—कहकर वह फिर बोला : 'अच्छा भाई, तुम हमारे यहाँ रह क्यों न जाओ? अब कहीं न जाओ यहीं रह जाओ।'

ऐसी आँखें और इतना मीठा गला। तिसपर वह अपू की आँखों में राजकुमार अजय भी है। किस जंगल में फिरते-फिरते असहाय, हतूभाग्य, सुन्दर राजकुमार से उसकी एकाएक भेंट हो गई और दोस्ती भी हो गई। आजन्म मित्र! अब उसे छोड़ा कैसे जाए?

अजय ने भी अपने मन की बहुत-सी बातें कहीं। ऐसा साथी उसे और नहीं मिला था। उसने बताया कि उसने लगभग चालीस रुपये जमा किए हैं। कुछ और बड़ा होने पर वह इस दल को छोड़ देगा। अधिकारी मारता बहुत है। वह आशुतोषपाल के दल में जाएगा, वहाँ बहुत मौज है, रोज़ रात को लूची खाने को मिलती है। न खाने पर तीन आना खुराक खर्च मिलता है। इस दल को छोड़ने के बाद वह फिर अपू के घर पर आएगा और कुछ दिनों तक रहेगा। शाम के कुछ पहले अजय ने कहा : 'चलो भाई, अब फौरन ही खेल शुरू होगा, जल्दी लौटना चाहिए। जो 'परशुराम का दर्पसंहार' खेल हुआ, तो मैं नियति बनूँगा, उसमें एक बहुत बढ़िया-सा गाना है।'

और भी तीन दिन नौटंकी होती रही। गाँव वाले दिन-रात जब देखो तब इसी की बात करते थे। रास्ते में, पनघट पर, मैदान में, गाँव के मल्लाह नाव चलाते-चलाते, चरवाहे गाय चराते-चराते, नए गाने गुनगुनाते रहते थे। गाँव की स्त्रियाँ नौटंकी दल में काम करने वाले लड़कों को घर पर बुला कर उन गानों को सुनती थीं, जो उन्हें पसन्द थे।

अपू ने और भी तीन-चार गाने सीख डाले। वह एक दिन नौटंकी वाले जहाँ रहते थे, वहाँ अजय के साथ गया। वहाँ दल के लोगों ने उसे एक गाना गाने के लिए कहा। उन लोगों ने अजय से सुन रखा था कि वह बहुत अच्छा गाता है। बड़ी खुशामद के बाद अपू ने अपनी विद्या प्रकट करने के लिए एक गाना गाया। सब लोग उसे अधिकारी के पास ले गए। वहाँ भी उसे एक गाना सुनाना पड़ा।

अधिकारी एक काला-कलूटा तोंदियल आदमी था। दलपति होने के अतिरिक्त वह सबके साथ मिलकर तान दिया करता था। उसने अपू का गाना सुनकर कहा : 'मुन्ना, आओ न, तुम हमारे दल में आ जाओ।'

अपू का हृदय आनन्द और गर्व से बाँसों उछल पड़ा, और लोगों ने उसे कहा कि तुम हमारे दल में आ जाओ। अपू की इच्छा तो यह थी कि वह फौरन ऐसा करे। उसे इसी बात का आश्चर्य रहा कि इतने दिनों से वह इस छोटी-सी बात को नहीं जानता कि नौटंकी में काम करना ही मनुष्य जीवन का चरम उद्देश्य है। उसने गुप्त रूप से अजय से पूछा : 'अच्छा भाई, अगर मैं दल में जाऊँ तो मुझे क्या बनना पड़ेगा?'

अजय बोला : 'अभी सखी-वखी या बालक का पार्ट मिलेगा, इसके बाद अच्छी तरह सीखने पर...'

पर अपू सखी बनना नहीं चाहता था। वह सिर पर ज़रीदार ताज रखकर सेनापति बनकर तलवार बाँधना और युद्ध करना चाहता था। जब वह बड़ा होगा तो वह नौटंकी के दल में जाएगा, यही उसके जीवन का लक्ष्य है। अजय ने उसे चुपके से कसौटी के रंग के एक लड़के को दिखाते हुए कहा : 'इसका नाम विष्णु तेली है। मुझसे इसकी बिल्कुल नहीं बनती। मैं अपने पैसे से खरीदी हुई दियासलाई तकिये के नीचे रखकर सोता हूँ, यह चुरट पीने के लिए वहाँ से दियासलाई तराट कर देता है, फिर देने का नाम नहीं लेता। मैं उससे कहता हूँ, भई, रात को डर लगता है, दियासलाई दो। अँधेरे में दिल धुकुर-पुकुर होता है, इसलिए मैंने उस दिन दियासलाई माँगी तो इस दुष्ट ने मुझे एक तमाचा मारा। यह अच्छा नचैया है, इसलिए अधिकारी इसे बहुत मानता है, कुछ कह भी नहीं सकता।'

कोई पाँच दिन बाद नौटंकी का काम खत्म होने पर दल रवाना हो गया। अजय घर के लड़के की तरह जब-तब अपू के घर इस प्रकार आता-जाता था, मानो वह अपू का भाई ही हो। वह अपू की उम्र का था और साथ ही अनाथ था यह जानकर सर्वजया ने इन दिनों उसके साथ अपू की तरह स्नेहपूर्ण व्यवहार किया था। दुर्गा भी उसे अपने भाई की तरह मानती थी; उससे गाने सीखे, उसे कहानियाँ सुनाईं, उसे फूफी की बात बताई। तीनों मिलकर आँगन में बड़ा-सा घर खींचकर गंगा-जमुना खेले हैं। जब वह खाने आता था, तो उसे सब लोग और लो, कहकर खिलाते थे। वह नौटंकी के दल में रहता था, उसे न तो कोई देखने वाला था और खाने-पीने की देखभाल करने वाला। शायद जब से वह पैदा हुआ, तब से उसे घरेलू स्नेह का स्पर्श मिला ही नहीं, इसलिए अप्रत्याशित रूप से स्नेह का स्वाद पाकर वह लोभी की तरह उससे अलग नहीं होना चाहता था।

वह जाते समय एकाएक अपनी कष्टसंचित रकम की थैली में से पाँच रुपये निकालकर सर्वजया के हाथ में देने लगा। साथ ही ज़रा लजाकर बोला : 'दीदी की शादी में इन पाँच रुपयों से एक अच्छी-सी साड़ी...'

सर्वजया बोली : 'नहीं, बेटा नहीं। तुमने कह दिया और हमें मिल गए। तुम्हें इस समय रुपयों की बहुत ज़रूरत है, ब्याह-शादी करके घर बसाना।'

फिर भी वह नहीं मान रहा था। बहुत समझाने पर ही उसे मनाया जा सका।

इसके बाद सभी घर से कुछ दूर तक उसके साथ गए। जाते समय वह बार-बार कह गया : 'दीदी की शादी के समय मुझे पत्र ज़रूर दिया जाए।'

शरीफ़े के पेड़ के नीचे की छाया में उसकी सुकुमार बालमूर्ति भाँट-सेंवड़ा झाड़ी की आड़ में अदृश्य हो गई। उस समय सर्वजया को ऐसा मालूम हुआ कि वह निरा बच्चा ही है, और इस उम्र में इसे अपना पेट पालना पड़ता है। कहीं अपू को भी ऐसा करना पड़ता। अरे बाप-रे! सोचते भी नहीं बनता!

23

जब पहले-पहल हरिहर काशीजी से आया था, तब सभी कहा करते थे उसका भविष्य बड़ा उज्ज्वल है, क्योंकि इस इलाके में इतनी अधिक विद्या किसी ने नहीं सीखी। सब उसकी विद्या की प्रशंसा करते थे। सब यह कहा करते थे कि वह अब कुछ करने ही वाला है। सर्वजया भी सोचती थी कि जल्दी ही ये लोग उसके पति को बुलाकर एक अच्छी-सी नौकरी दे देंगे। (कौन लोग नौकरी देते हैं, इस सम्बन्ध में उसकी धारणा कुहासे से घिरे समुद्र की तरह अस्पष्ट थी।)

महीने के बाद महीने और साल के बाद साल निकलते चले गए, परन्तु आधी रात के समय जरी की वर्दी पहने हुए कोई घुड़सवार उसे राजपुरोहित बनाने का परवाना लेकर नहीं आया और न अलिफ लैला का कोई दैत्य उनकी टूटी मड़ैया की जगह माणि-मणिक्य खचित हवेली ही बनाकर छोड़ गया, बल्कि जो घर था उसके दरवाज़े के कीड़े खाए हुए पल्ले दिन-ब-दिन और पुराने हो चले, शहतीरें और भी झुकने लगीं। पहले जो थोड़ा-बहुत था, उसे भी कायम रखना दुश्वार हो रहा था फिर भी उसने आशा बिल्कुल नहीं छोड़ी। हरिहर जब भी प्रवास से लौटता था, तो हर बार वह कोई ऐसी आशा भरी बात कह देता था मानो सब कुछ ठीक है, थोड़ी-सी देर-भर है, फिर तो आनन्द ही आनन्द रहेगा। पर ऐसा हुआ कहाँ?

जीवन मधुमय इसीलिए तो है कि उसकी मधुरता एक हद तक स्वप्न और कल्पना पर आधारित होती है। स्वप्न भले ही झूठा हो, कल्पना में भले ही वास्तविकता का पुट न हो, भले ही उनके पीछे कोई सार्थकता न हो, पर वे ही जीवन की श्रेष्ठ सम्पदा हैं; वे आते जाएँ और जीवन का उनका सम्बन्ध अक्षय हो! सार्थकता तो तुच्छ है, लाभ कुछ भी नहीं है।

हरिहर घर से लगभग दो-तीन महीने से बाहर गया हुआ था। बहुत दिनों से उसने रुपये-पैसे नहीं भेजे थे। दुर्गा कुछ ज़्यादा बीमार है। दो-चार दिन अच्छी-भली रहती है, फिर बीमार पड़ती है, फिर दो-तीन दिन कुछ अच्छी रहती है, फिर बीमार पड़ जाती है।

सर्वजया लड़की की शादी के लिए अपने पति से अक्सर तकाज़े किया करती थी। उसने अपने पति से नीरेन के पिता राज्येश्वर बाबू को दो-तीन पत्र लिखाए थे। अभी उसने उधर की आशा नहीं छोड़ी। हरिहर कहता था : 'क्या तुम सनक गई हो? बड़े लोगों का ऐसा ही होता है। राज्येश्वर चाचा अब हमें क्यों पूछने लगे?'

फिर भी सर्वजया पीछे पड़ी रहती थी, कहती थी : 'लिखकर देख तो लो, एक पत्र और लिखो, नीरेन तो लड़की को पसन्द कर ही गया है।'

एक-दो महीने निकल जाते हैं, पर कोई जवाब नहीं आता, फिर वह पति को पत्र लिखने के लिए तकाज़ा करना शुरू कर देती है।

अबकी बार जब हरिहर प्रवास में जा रहा था, तब वह कहता गया था कि इस बार वह यहाँ से चलकर कहीं और बसने का पक्का बन्दोबस्त कर ही आएगा।

मोहल्ले के एक किनारे लिपे-पुते फूस के दो-तीन कमरे। गौशाला में मोटी-ताज़ी दूधवाली गाय बंधी हुई है, चारे से गोदाम भरा हुआ है, खलिहान में धान भरा हुआ है। मैदान के किनारे मटर की फली के खेत की ताज़ी हरी महक हवा से आंगन में फैलती जाती है। चिड़ियाँ चहचहाती हैं, नीलकंठ, बया, श्यामा। अपू सबेरे उठकर मिट्‌टी के सकोरे में ताज़ा झागदार गर्म दूध के साथ लाई खाकर पढ़ने के लिए बैठ जाता है। दुर्गा मलेरिया से बीमार नहीं है। सभी जानते-मानते हैं, आकर पालागि करते हैं, गरीब जानकर अवज्ञा नहीं करते।

यही स्वप्न है, इसी को सर्वजया दिन-रात देखा करती है; उसे ऐसा मालूम होता है कि इतने दिनों के बाद कुछ न कुछ होकर ही रहेगा। मन के अन्दर से जैसे इसी बात की आवाज़ आती रहती है।

इतने दिनों तक क्यों यह बात नहीं हुई? क्यों इतने दिनों के बाद यह होने जा रही है? बचपन के दिनों में जामुन और संहजन के नीचे घूमते समय सन्ध्या की आल्पना बनाने के मन्त्र के साथ यह साध उसके मन में बराबर रही है कि लक्ष्मी के आलता लगे हुए पैरों के चिन्ह्‌ से अंकित आँगन में वह ससुराल में गृहस्थी जमाएगी। उसने इस तरह की टूटी मड़ैया और बाँस की झाड़ियाँ कब चाही थीं?

दुर्गा कहीं से एक छोटी-सी मानकचू[1] लाकर रसोईघर में धरना देकर बैठी थी। माँ ने कहा : 'दुर्गा, तू कहती क्या है? आज तू भात कैसे खा सकती है? कल साँझ को भी तो बुखार से धौंक रही थी।'

दुर्गा ने कहा : 'यह बुखार थोड़ी ही था। बस कुछ जाड़ा लग गया था। तुम यह मानकचू उबालकर ज़रा भात...'

माँ बोली : 'जब से बीमार रहने लगी तब से तू बहुत चटोरी हो गई है। जो तू आज और कल दो दिन ठीक रहेगी, तो परसों भात खाने को मिलेगा।'

जब बहुत निहोरा करने के बाद भी माँ राज़ी नहीं हुई, तो दुर्गा ने मानकचू उठाकर रख दी। वह कुछ देर चुपचाप बैठी रही, अपने से कहने लगी—आज मैं बहुत अच्छी हूँ, बुखार नहीं आने का! उस जून दो रोटियाँ और आलू भाजा खाउँगी।

थोड़ी देर में उसे जमुहाई आने लगी, वह जानती थी कि यह बुखार आने का पूर्व लक्षण है, पर वह मन को समझाती है, आने दो जमुहाई, ऐसे भी तो जमुहाई आती है, बुखार अब नहीं आने का। धीरे-धीरे जाड़ा बढ़ने लगता है, चलकर धूप में बैठने की इच्छा होती है। वह धूप में न जाकर अपने मन को समझाती है कि जाड़ा लगना एक मामूली बात है, बुखार आने के साथ भला इसका काहे का गठबन्धन?

पर कोई तसल्ली काम नहीं आती। धूप अभी ढल नहीं पाती और बुखार आ जाता है। वह छिपकर धूप में जाकर बैठती है कि कहीं माँ को मालूम न हो जाए। उसका मन हाहाकार से भर जाता है; सोचती है, बुखार की बात सोचते-सोचते ऐसा हुआ है, अमल में उसे बुखार नहीं है।...

लाल धूप सेवार लगी हुई टूटी दीवार पर पड़ती है। शाम की छाया घनी होती

1. ऊँचे दर्जे की एक प्रकार की अरवी।

है। दुर्गा सोचती है कि यदि वह मन को बुखार से हटा ले, तो बुखार चला जाएगा। अपू से कहती है : 'ज़रा मेरे पास तो बैठ। चल, हम लोग कहानियाँ कहें।'

उस साल तेज़ वर्षा की रात में वह और अपू सलाह करके रात के अन्तिम हिस्से में संझली मालकिन के बाग में ताड़ खोजने गए थे, एकाएक दुर्गा के पैर में एक कांटा चुभ गया। दर्द से उसने पीछे हटते हुए बायाँ पैर जहाँ रखा वहाँ फिर एक और कांटा घुस गया! सबेरे देखा गया कि रात को कहीं कोई ताड़ न चुरा ले, इसलिए सतू ने ताड़ के नीचे की ओर जाने वाले रास्ते पर कतार के कतार बेल के कांटे लगा रखे थे।

और एक दिन एक बड़ी अजीब बात हुई।

कहीं से पूर्व बंगाल का एक बूढ़ा मुसलमान रंगीन काँच लगे हुए टीन का एक बड़ा सा बक्स लेकर खेल दिखाने आ गया। वह उस मोहल्ले के जीवन चौधरी के आँगन में खेल दिखा रहा था। दुर्गा पास ही खड़ी थी। उसके पास पैसा नहीं था। सब लोग एक-एक पैसा देकर उस बक्स के शीशे में झाँककर जाने क्या-क्या देख रहे थे।

बूढ़ा मुसलमान बक्स बजाकर गाते हुए कह रहा था : 'ताज बीबी का रोज़ा देखो, हाथी-शेर की लड़ाई देखो।'

जो लड़का देखकर अलग हो जाता था उससे दुर्गा बड़े आग्रह के साथ पूछती जा रही थी : 'उसमें क्या दिखाई पड़ा रे? क्या सब सचमुच की चीज़ें हैं?'

ओह! वे बेचारे कह ही नहीं पाते थे कि उन्होंने क्या-क्या अजीब चीज़ें देखीं। बड़ी अद्‌भुत चीज़ें थीं!

एक-एक करके सब बच्चे देख चुके। दुर्गा चली जा रही थी, पर बूढ़े मुसलमान ने कहा : 'मुन्नी देखोगी नहीं?'

दुर्गा ने कंधा हिलाकर कहा : 'नहीं, मेरे पास पैसे नहीं हैं।'

उस आदमी ने कहा : 'आओ बेटी, देखो, पैसा नहीं लगेगा।'

दुर्गा को कुछ लज्जा मालूम हुई, मुँह से बोली : 'नहीं'—पर आग्रह तथा कौतूहल के मारे वह बेताब हो रही थी।

उस आदमी ने कहा : 'आओ-आओ' कोई बुराई नहीं है, देख जाओ।'

दुर्गा खुश होकर बक्स के पास आकर खड़ी हो तो गई, पर वह साहस करके मुँह शीशे के पास नहीं ले जा सकी।

उस आदमी ने कहा : 'मुन्नी, नल के अन्दर तो देखो।'

दुर्गा सिर के उड़ते हुए बालों के गुच्छों को कान के बगल में हटाकर देखने लगी। बाद को दस मिनट तक क्या होता रहा उसका वह कुछ वर्णन नहीं कर सकती। तस्वीर के अन्दर सचमुच के आदमी कैसे दिखाई पड़ते हैं। कितने साहब, मेमें, घर-द्वार, लड़ाई-भिड़ाई उसने देखीं, यह वह नहीं बता सकती। न जाने उसने कितनी अनहोनी बातें देखीं।

उसके मन में अपू को यह खेल दिखाने की बड़ी इच्छा हुई। दुर्गा ने कितनी

ही बार खोजा पर वह खेल फिर कभी नहीं आया।

कहानी अच्छी तरह खत्म भी नहीं हुई थी कि बुखार की धमक के मारे दुर्गा से अब बैठा भी नहीं जाता था, वह उठकर कमरे के अन्दर गई और कंथड़ी ओढ़कर लेट गई।

आजकल पिताजी घर पर नहीं हैं, इसलिए अपू का पता मुश्किल से मिलता है। किताबों के बस्ते में दीमक लगने को हो गई है। सबेरे-सबेरे वह कौड़ियों की एक न्यौली लेकर निकल पड़ता है, फिर तो दोपहर के समय खाने के लिए ही आता है। माँ नाराज़ होती है, डाँटती है : 'जाने कहाँ का लड़का है, पढ़ना-लिखना एकदम छूट गया। अब के घर लौटें तो सारी बात बता दूंगी, फिर तुम देखना...'

अपू डरते-डरते बस्ता लेकर बैठता है, पुस्तकों को खूब इधर-उधर फैलाता है। माँ से कहता है : 'माँ, ज़रा कत्था दो, मैं दवात की स्याही में डालूँगा।'

इसके बाद वह उठकर सुलेख लिखता है और उसे सुखाने के लिए धूप में रख देता है। जब वह सूख जाता है तो कत्था पड़ी हुई स्याही चमकती है। अपू बड़ी खुशी से उस तरफ ताकता रहता है। वह मन ही मन तय करता है कि कल थोड़ा और कत्था डालूँगा, कितना सुन्दर चमकता है। फिर वह पानदान से माँ से छिपाकर कत्थे का एक बड़ा-सा टुकड़ा दवात में डाल देता है। बाद में उसी स्याही से सुलेख लिखकर उसकी तरफ देखता रहता है कि अब चमका और अब चमका। फिर सोचता है कि कत्थे की मात्रा और बढ़ा दूँगा।

एक दिन माँ ने उसकी चोरी पकड़ ली। माँ बोली : 'लिखने-पढ़ने के नाम पर तो सिफर है और रोज़-रोज़ कत्थे की डली लेकर खराब करता है। रख दे डली।'

रंगे हाथों पकड़े जाने पर झेंपते हुए अपू ने कहा : 'कहीं कत्थे के बिना भी स्याही बनती है? मैं कत्था ऐसे थोड़े ही लेता हूँ!'

—नहीं, कत्थे के बिना कहाँ स्याही बनती है? दुनिया-भर के लड़के पढ़ते-लिखते हैं, उन्हीं के लिए तो दुकानों में मनों कत्था जमा है ना। चल यहाँ से।

अपू बैठे-बैठे एक कापी पर नाटक लिखता है। उसने लिख-लिखकर लगभग एक कापी भर डाली है। कहानी इस प्रकार है कि मंत्री के विश्वासघात के कारण राजा राज्य छोड़कर जंगल में जाते हैं। राजकुमार नीलाम्बर और राजकुमारी अम्बा जंगल के अन्दर डाकुओं के हाथ पड़ते हैं, इस पर घमासान युद्ध होता है, बाद में राजकुमारी की लाश नदी किनारे मिलती है। नाटक में सतू नाम से एक जटिल चरित्र की सृष्टि होती है, जो थोड़ी देर बाद ही बिना किसी प्रकार का भयंकर अपराध किए ही प्राणदण्ड से दण्डित होता है। नाटक के अन्त में राजकुमारी अम्बा नारद के वर से फिर से ज़िन्दा हो जाती है और विश्वासपात्र सेनापति जीवन केतु के साथ उसकी शादी हो जाती है।

नाटक की इन घटनाओं को देखकर यदि कोई यह कहे कि विगत बैसाख महीने में जो नौटंकी हुई थी, उससे यह नाटक नामों के अलावा और किसी रूप में भी भिन्न नहीं है या उसी से इसका कथानक हू-ब-हू उड़ाया गया है, तो वह

यह भूल जाएगा कि अतीत युग की किसी नीरव ज्योत्स्नामयी रात्रि में लगभग बुझे हुए दीपक वाले सुनसान कमरे में शैया पर लेटा हुआ एक प्राचीन कवि नीले मेघ को देखकर मोरों की गूँजती हुई दूर वनभूमि का स्वप्न देख सकता है, यदि कालिदास इतने ही से मुक्त मेघ के वर्णन के लिए अनुप्राणित हो सकते हैं, तो आश्चर्य क्या है? क्या मनुष्य उस भूली हुई शुभ यामिनी को अपने अनजान में हज़ार वर्षों से वन्दना करता आ रहा है?

ज्योत से ही ज्योत जलती है। कहीं राखों के ढेर में कोई मशाल जलाकर भी लगा दे तो उससे आग थोड़े ही लगती है?

बस्ते में एक पुस्तक है जिसका नाम है *चरितमाला*। इस पर लिखा है—ईश्वरचन्द्र विद्यासागर। पुरानी पुस्तक है। हरिहर को अपने लड़के के लिए पुस्तकें एकत्र करने का मर्ज़ है। कहीं से वह यह पुस्तक ले आया था। अपू बीच-बीच में इसे पढ़ता है। पुस्तक में जिन लोगों की बात लिखी है, अपू उनकी तरह होना चाहता है। किसान का लड़का रस्को अब आलू बेचने के लिए बाज़ार में भेजा जाता था तो वह मेंड़ पर बैठकर बीजगणित का अध्ययन करता था। कागज़ नहीं था, इसलिए वह भोंथरी नोंक से चमड़े पर हिसाब लगाया करता था। चरवाहा ड्यूवाल अपनी भेड़ों को इधर-उधर भटकने देता था और पेड़ के नीचे बैठकर भूगोल पढ़ा करता था।

अपू भी इन लोगों की तरह बनना चाहता है, पर यह बीजगणित क्या बला है? वह रस्को की तरह बीजगणित पढ़ना चाहता है, उसे न तो सुलेख लिखना पसन्द है, न पहाड़ा घोखना और न शुंभकरी से हिसाब लगाना। वह उसी तरह पेड़ के नीचे बैठकर सन्नाटे में, जंगल की छाया में या मेंड़ पर बैठकर भूगोल (यह कौन-सी चिड़िया है?) पढ़ना चाहता है। वह बड़ी-बड़ी पुस्तकें पढ़ेगा और पंडित बनेगा, पर वह इन चीज़ों को कहाँ से पाए? भूगोल या बीजगणित कहाँ मिल सकते हैं और लैटिन का व्याकरण? यहाँ तो बस कौड़ियों का हिसाब लगाते जाओ और पहाड़े घोखो।

माँ नाराज़ होती है, पर वह क्या करे? वह जो कुछ पढ़ना चाहता है, वह तो यहाँ है ही नहीं।

24

कई दिनों से खूब पानी पड़ रहा था। अन्नदाराय के चौपाल में सन्ध्या समय अड्डा जमता था। नील की कोठी की कहानी से शुरू करके जगन्नाथपुरी के किस मन्दिर के कंगूरे पर पाँच मन वज़न का चुम्बक लगा है, जिसके खिंचाव के कारण पास के समुद्र में चलने वाले जहाज़ अक्सर पथ भ्रष्ट होकर किनारे के चट्टान से टकरा कर चूर-चूर हो जाते थे, इत्यादि विचित्र कहानियाँ अलिफ लैला की कहानियों से मानो होड़ लगाकर कही जाती थीं। सुननेवालों में कोई उठना नहीं चाहता था। भला ऐसी अद्भुत कहानियों को छोड़कर कौन घर जाए? उस दिन भूगोल से बहते-बहते

कहानियों की धारा जल्दी ही ज्योतिष में पहुँच गई। दीनू चौधरी ने कहा : '*भृगुसंहिता* की तरह नायाब पुस्तक कहीं नहीं है। बस जन्म की राशि-भर बता दो, पिता का नाम, किस कुल में तुम्हारा जन्म है, तुम्हारा भूत-भविष्य सब बता दिया जाएगा। मिलाकर देखो तो ग्रह और राशिचक्र सब उसमें दिया हुआ है। यहाँ तक कि तुम पिछले जन्म में क्या थे यह भी जान लो।'

सब लोग बड़े चाव से सुन रहे थे, इतने में राममय ने एकाएक बाहर की तरफ देखते हुए कहा : 'नहीं, अब चला जाए, वरना इसके बाद तो जाना भी असम्भव हो जाएगा। देख नहीं रहे हो? देव कुपित है। कहीं कोई आँधी-वाँधी न आए तो गनीमत है। लक्ष्छन बड़े खराब हैं। चलो भई चलो।'

पानी बराबर पड़ रहा था। कभी कुछ मद्धिम पड़ जाता था, तो फिर तेज़ हो जाता था। पानी की उल्टी-सीधी धारों के मारे चारों तरफ धुआँ ही धुआँ मालूम हो रहा था।

हरिहर ने सिर्फ पाँच रुपये भेजे थे। न उसके बाद कोई चिट्ठी आई और न रुपये ही! उसके बाद भी बहुत दिन निकल गए। रोज़ सबेरे उठकर सर्वजया सोचती थी कि आज ज़रूर पैसे आएँगे। लड़के से कहती थी : 'तू मारा-मारा फिरता रहता है, इसलिए देख नहीं पाता। तू लैटर बक्स के पास बैठे रहना, जब डाकिया चिट्ठी निकालने आएगा, तो उससे पूछना।'

अपू बोला : 'मैं कोई बेखबर थोड़े ही रहता हूँ। कल भी तो पूंटी के घर पर चिट्ठी आई और हम लोगों का अखबार आया। ज़रा पूंटी से पूछ तो लेना। जो डाकिया नहीं आया तो कल अखबार कैसे आया? मैं डाकिया की टोह में नही रहता, तो फिर मुझे यह सब पता कैसे लगता है?'

वर्षा ज़ोरों से शुरू हो गई थी। अपू माँ की बात मानकर अन्नदाराय के चौपाल में डाकिये की बाट देखता रहता है। साधु कर्मकार के मकान के छप्पर से कबूतरों के झुंड भीगते-भीगते पर फड़फड़ाते हुए राय बाड़ी के पछांह वाले कमरे के कार्निस पर बैठते हैं। अपू उन्हें घूर-घूरकर देखता है। उसे बादलों की गड़गड़ाहट में बहुत डर लगता है। बिजली चमकने पर वह मन ही मन सोचता है कि अब बिजली चमक रही है, अभी बादल गरजेगा, यह सोचकर वह आँख बन्द करके कान में उंगली डाल लेता है। वह झट लौटकर देखता है कि माँ और दीदी ने घंटों भीगकर अरूई के ढेर-से पत्ते सहन में इकट्ठे किए हैं।

अपू ने कहा : 'माँ कहाँ से लाई हो? बहुत हैं!'

दुर्गा ने हँसकर कहा :'तू तो खूब मौज उड़ाता है। यहाँ हम लोग तो जामुन के नीचे वाले पोखर में घुटने-घुटने भर पानी में...और तू मटरगश्ती में...'

सबेरे पनघट पर नाइयों की बहू से भेंट हो गई। सर्वजया ने कपड़े के अन्दर से फूल की एक तश्तरी निकालते हुए कहा : 'यह देखो, वह चीज़ है। बहुत अच्छी है। बिल्कुल असली कांसा है। यह हमारी शादी की चीज़ है, आजकल यह चीज़ मिलती नहीं।'

बहुत मोल-भाव के बाद नाइयों की बहू ने आँचल से खोलकर एक अठन्नी दे दी और फिर तश्तरी को आँचल में छिपा लिया।

सर्वजया ने बार-बार कहा : 'बहू, किसी से कहना नहीं।'

दो-एक दिन में तेज़ वर्षा शुरू हुई। पुरबैया हाहाकार करती हुई चलने लगी। जहाँ भी छोटे-छोटे गड्ढ़े थे, वे लबालब भर गए। कच्ची सड़क पर घुटने तक पानी था। बाँस की झाड़ी में दिन-रात आँधी की साँय-साँय बनी रहती थी। जहाँ-तहाँ बाँस मिट्टी में लोट रहे थे। आसमान में बादलों के बीच कहीं कोई दरार नहीं थी। बीच-बीच में कुछ समय के लिए अन्धेरा गहरा हो जाता था। काले-काले बादल मनमाने ढंग से उड़ते हुए पूरब से पश्चिम जा रहे थे, जैसे दूर आकाश में देवताओं और असुरों में महासंग्राम छिड़ा हुआ हो और किसी कुशल सेनापति के परिचालन में दैत्यों की विराट सेना अक्षौहिणी के बाद अक्षौहिणी जल, थल और अन्तरिक्ष पर छाकर अदृश्य रथी और महारथियों के नेतृत्व में आँधी की तेज़ी से आगे बढ़ रही हो। उधर देवताओं की सेना जलते हुए वज्र छोड़कर पलक मारते ही इस विशाल काली सेना को छिन्न-भिन्न किए दे रही थी, पर यह ठहरा रक्तबीज का वंश; वह तिस पर भी नष्ट नहीं होती थी और बादलों की कराल काली छाया पृथ्वी और अन्तरिक्ष को अन्धकारमय बना रही थी।

भयंकर तूफ़ान जारी था।

रात-दिन साँय-साँय और गड़गड़ाहट। नदी का पानी बढ़ गया था। कितने ही घर-द्वार जगह-जगह बैठ रहे थे। नाले तो पानी के मारे आपस में मिलकर एकाकार हो रहे थे। गाय-बछड़े पेड़ों के नीचे, बाँस के जंगल में, मकानों के सहन में खड़े-खड़े बुरी तरह भीग रहे थे। चिड़ियों का चहचाना कहीं सुनाई नहीं पड़ता था। इसी प्रकार मुसीबत में चार-पाँच दिन कट गए। आँधी-पानी की पटपट, साँय-साँय, सन्सन् और मूसलाधार वर्षा।

अपू सहन में आकर जल्दी-जल्दी भीगा हुआ सिर पोंछते-पोंछते बोला : 'दीदी, हमारे बाँसों की झाड़ी में पानी भर गया है, देखने चलोगी?'

दुर्गा कंथड़ी ओढ़े पड़ी थी, बिना उठे ही बोली : 'कितना पानी है रे?'

अपू बोला : 'तेरा बुखार उतर जाए तो कल देख आना। इमली के नीचे वाली पगडंडी पर घुटना-भर पानी है।'

बाद में उसने पूछा : 'माँ कहाँ है?'

घर में एक दाना भी नहीं था। बस थोड़े-से बासी भुने चावल-भर थे। अपू इस पर रो पड़ा, बोला : 'इससे काम नहीं चलने का। क्या मुझे भूख नहीं लगती? मैं थोड़ा भात खाऊँगा! उँ—उँ...'

माँ ने कहा : 'मेरा राजा बेटा, ऐसा नहीं करते। मैं भुने चावल में तेल-नमक डाल दूँगी। इस वक्त मैं पका कैसे सकती हूँ। देख नहीं रहे हो कि किस तरह सारी चीज़ें गीली हो रही हैं। चूल्हे में भी पानी भरा पड़ा है।'

बाद में सर्वजया ने कपड़े के अन्दर से कुछ निकालकर हँसते हुए कहा : 'यह

देख, एक कोई मछली है। बाँस की झाड़ी के नीचे कानों के बल चल रही थी। बाढ़ के पानी से नदी से आ गई है। बरोजपोता का गढ़ा और नदी दोनों मिलकर एक हो गए है न? इसीलिए यह मछली भटककर आ गई।'

दुर्गा अवाक् होकर कंथड़ी फेंककर उठ बैठी, बोली : 'माँ, देखूँ ज़रा मछली। अच्छा, माँ यह मछली कान पर रेंगकर चलती है? और है या एक ही?...'

अपू सारी बात सुनकर मछली ढूँढ़ने के लिए पानी में ही दौड़ पड़नेवाला था, बड़ी मुसीबत से माँ उसे रोक पाई।

दुर्गा बोली : 'बुखार ज़रा उतर जाए तो अपू चल, कल सबेरे तू और मैं बाँस की झाड़ी से मछली ढूँढ़ लाएँगे।'

बाद में वह अवाक् होकर सोचने लगी—बाँस की झाड़ी में मछली! कैसे आई? वाह! माँ ने अच्छी तरह थोड़े ही ढूँढ़ा होगा। ज़रूर वहाँ और भी मछलियाँ होंगी। मैं यह देखने से रह गई कि कोई मछली कान पर रेंगकर कैसे चलती है। कल सबेरे देखूँगी। सबेरे बुखार ज़रूर ही उतर जाएगा...

चारों तरफ के जंगल और बागों को अपने आँचल से ढककर सन्ध्या उतरी। बादल और त्रयोदशी के अन्धेरे में सारी सृष्टि डूबी हुई थी। दुर्गा जिस बिस्तरे पर लेटी थी उसी पर एक तरफ अपू और माँ भी बैठे थे। सर्वजया सोच रही थी कि आज कहीं नीरेन बेटा का पत्र आ जाता, तो बहुत अच्छा रहता। पर पता नहीं ऐसा भी हो सकता है या नहीं। नीरेन तो पसन्द ही कर गया है, अब पता नहीं तकदीर में क्या है? नहीं, ऐसी बात हमारी तकदीर में कहाँ लिखी होगी? जो तकदीर ऐसी ही होती, तो चिन्ता काहे की थी।

उधर भाई और बहन में बड़े ज़ोर की बहस छिड़ गई थी। अपू हटकर माँ के पास बैठा, ठंडी हवा के कारण उसे बहुत जाड़ा लग रहा था। हँसकर बोला : 'माँ, वह तुकबन्दी तो सुनाओ : शामलंका बाँटना बाटे माटिते लुटाए केश'[1]

दुगा बोली : 'ततक्षण माँ आमार छेड़े गिएछेन देश'[2]

अपू बोला : 'अच्छा माँ, ये तुकबन्दी ऐसी ही है? ततक्षण माँ आमार छेड़े गिएछेन देश'—कहकर वह दीदी के अज्ञान पर मुस्कराने लगा।

सर्वजया ने जो अपने लड़के को इस तरह उल्लास की हँसी हँसते देखा तो उसके हृदय में एक टीस-सी उठी। मन ही मन सोचने लगी—मेरे न तो सात लड़के हैं न पाँच, बस ले-देकर कुल यही एक लड़का है, पर उसकी एक भी साध मैं पूरी नहीं कर पाती। मेरी तकदीर इतनी खराब है। न घी उसे दे पाती हूँ, न लूची न सन्देश। थोड़ा-सा भात मिलता है, सो भी बिना किसी व्यंजन के!

फिर सोचने लगी—यह टूटी मड़ैया...एक चीज़ है तो दूसरी नदारद। अपू एक बार बड़ा हो जाए तो सारे दुःख दूर हो जाएँगे। बस ईश्वर से यही प्रार्थना है कि वे इसका मंगल करें...

1. वह मिर्च बँटती है और उसके बाल मिट्टी पर लोटते हैं।

2. तब तक मेरी माँ देश छोड़ गई है

इसके बाद वह बैठे-बैठे किस्से-कहानी कहने लगी। जब वह पहले-पहल निश्चिन्दिपुर में गृहस्थी जमाने आई थी, उस साल इसी तरह लगातार वर्षा के कारण नदी का पानी इतना बढ़ गया था कि पनघट के रास्ते में जो मुकर्जीबाग है, उसमें बड़ी-बड़ी नावें चलती थीं।

अपू बोला : 'माँ, कितनी बड़ी नाव थी?'

—बहुत बड़ी। पछांह से आनेवाली चूने की नाव देखी है न, उस तरह या सज्जी मिट्टी की नावें जो बीच-बीच में आती हैं, उनकी तरह थी।

दुर्गा ने एकाएक पूछा : 'माँ, तुम चार गुच्छों की वेणी बनाना जानती हो?'

बहुत रात बीतने पर सर्वजया की नींद टूट गई। अपू पुकार रहा था : 'माँ, ओ माँ उठो, मुझपर पानी टपका पड़ रहा है।'

सर्वजया ने उठकर जल्दी से बत्ती जलाई। बाहर पानी पड़ने की भयंकर आवाज़ हो रही थी। फूटी छत पर कमरे में हर जगह पानी टपक रहा था। उसने बिस्तरा हटाकर बिछा दिया। दुर्गा बुखार के मारे बेसुध पड़ी थी। माँ ने उसे टटोलकर देखा तो उसकी कंथड़ी बुरी तरह भीग गई थी। वह पुकारकर बोली : 'दुर्गा, ओ दुर्गा, सुन रही है? ज़रा उठो तो, बिस्तरा हटा लूँ! ओ दुर्गा, दुर्गा, जल्दी कर, एकदम भीग गया।'

लड़का और लड़की दोनों सो रहे थे, फिर भी सर्वजया को नींद नहीं आ रही थी। अन्धेरी रात और तिस पर इतनी भयंकर वर्षा! उसका मन शंकित हो रहा था। ऐसा मालूम हो रहा था जैसे कोई बात...कोई बात होने ही वाली है। भीतर ही भीतर बड़ी अद्‌भुत भावना हो रही थी। सोच रही थी कि आखिर उस आदमी का हुआ क्या। रुपये न आए न सही, पर चिट्ठी तो आए। ऐसा तो कभी नहीं हुआ था। उनकी तबीयत तो ठीक है न? माता सिद्धेश्वरी, सवा पाँच आने का भोग लगाऊँगी, अच्छी खबर मँगा दो।

अगले दिन सबेरे पानी कुछ थम गया। सर्वजया ने घर से निकलकर देखा कि बाँस की झाड़ी के अन्दर का गढ़ा पानी से भर गया है। पनघट के रास्ते निवारण की माँ भीगती-भीगती कहीं जा रही थी। सर्वजया ने उसे पुकारकर कहा : 'निवारण की माँ, सुनो'—फिर कुछ लजाकर बोली : 'तूने एक बार कहा था कि अपने लड़के के लिए वृन्दावनी चादर लूँगी, सो लेगी?'

निवारण की माँ बोली : 'तुम्हारे पास है? ज़रा पानी रुकने दो, अभी मैं अपने लड़के को साथ में ले आऊँगी। मालकिन, चादर नई है या पुरानी...'

सर्वजया बोली : 'तू अभी आकर देख न जा। रखे-रखे पुरानी हो गई है, पर किसी ने कभी ओढ़ी नहीं। धुली रखी है'—कहकर कुछ रुकते हुए बोली : 'आजकल तू धान नहीं कूट रही है?'

निवारण की माँ बोली : 'ऐसी आँधी-पानी में मालकिन धान सूखता कब है? खाने के लिए थोड़े-से चावल रख लिए हैं।'

सर्वजया बोली : 'एक काम ज़रा कर दे, मुझे आधा काठा[1] चावल दे जा...

1. एक नाप

फिर ज़रा पास आकर मिन्नत के स्वर में बोली : 'पानी के मारे बाज़ार से चावल मँगा नहीं पा रही हूँ, रुपया लेकर घूम रही हूँ कि कोई राज़ी हो जाए। बड़ी मुश्किल में हूँ।'

निवारण की माँ राज़ी हो गई। बोली : 'मैं ले जाऊँगी पर मालकिन, आप उस घटिया धान का भात खा सकेंगी? बहुत ही मोटा है।'

अब दुर्गा से नीम की छाल का काढ़ा पिया नहीं जाता। उसकी बीमारी ज्यों की त्यों है। न दवा-दारू है, न डाक्टर है, न वैद्य है, बस घरेलू काढ़ा है। बोली : 'माँ, एक पैसे का नमकीन बिस्कुट मँगा दोगी? बहुत अच्छा लगेगा।'

—साबूदाना ही नहीं जुटता तो बिस्कुट...

शाम से फिर तेज़ पानी पड़ने लगा। पानी के साथ-साथ आँधी भी चलने लगी। वर्षा के कारण चारों तरफ सन्नाटा था, सर्वत्र पानी भरा हुआ था और तेज़ पुरवैया चल रही थी। बादल कहाँ समाप्त हुए और अँधेरा कहाँ शुरू हुआ, यह भादों की इस सन्ध्या में पता नहीं लग रहा था। फिर उसी तरह धुनी हुई काली रुई के ढेरों की तरह बादल उड़ते हुए चलते थे। वर्षा के पटपट शब्द से कान बहरे हुए जाते थे। दरवाज़ा, जंगला या जहाँ भी साँस है, ठंडी हवा के साथ-साथ पानी घुस पड़ता था। टूटा हुआ दरवाज़ा, यद्यपि उसमें जहाँ-तहाँ फटा टाट और चीथड़े ठूँसे गए थे, कब तक आँधी-पानी के भयंकर आक्रमण के सामने खड़ा रहता।

जब रात अधिक हो गई और सब लोग सो गए, तो वर्षा और तेज़ हो गई। सर्वजया को नींद नहीं आ रही थी, वह बिस्तरे पर उठ बैठी। बाहर लगातार पानी पड़ने की आवाज़-आ रही थी। रुष्ट दैत्य की तरह गरजती हुई आँधी ने मकान को घेर रखा था। यह पुराना मकान रह-रहकर जैसे थरथर काँप उठता था। सर्वजया डर के मारे बहुत परेशान हो रही थी। गाँव के एक किनारे बाँस की झाड़ी में छोटे-छोटे बच्चों को लेकर वह असहाय पड़ी थी। वह मन ही मन बोली : 'ठाकुरजी, मैं मरूँ तो इससे कुछ आता-जाता नहीं, पर इनका क्या करूँ? इतनी रात को कहाँ जाऊँ?'

वह बैठकर सोचने लगी कि अच्छा, यदि यह मकान गिरा, तो शायद दालान वाली दीवार ही सबसे पहले गिरे, ज्योंही उसके गिरने की आवाज़ होगी त्योंही उधर के दरवाज़े से इन्हें खींचकर ले जाऊँगी।

अब उससे बैठा भी नहीं जाता था। कई दिनों से वह जमीकन्द और अरवी की पत्तियाँ उबालकर खा रही थी। स्वयं उपवास पर उपवास कर रही थी और जो कुछ खाना था उसे बच्चों को खिला रही थी। चिन्ता तथा अनाहार के कारण शरीर दुर्बल हो रहा था, सिर में जाने कैसा दर्द हो रहा था।

साँय-साँय आँधी चल रही थी। बहुत रात होने पर और ज़ोर से आँधी चलने लगी। बाहर कुछ झटका-सा मालूम हुआ। अब क्या करे? आँधी के एक झकोरे से डरकर वह आँधी का रुख जानने के लिए दरवाज़ा ज़रा-सा खोलकर सम्भलकर खड़ी हो गई। उसने मुँह बढ़ाकर देखा, तो बौछार से बाल और कपड़े भीग गए। हवा की इकरस साँय-साँच चल रही थी। पर पानी की पटपट के मारे उसकी आवाज़

दब गई थी बाहर कुछ दिखाई नहीं पड़ रहा था। अँधेरा, बादल, आसमान, पेड़-पालो—सब एकाकार हो रहे थे। आँधी-पानी के कारण कुछ सुझाई नहीं पड़ रहा था।

इस हिंस्र अँधकार और निष्ठुर आँधी-भरी रात की आत्मा जैसे प्रलय देवता के दूत के रूप में भीम भैरव गति से सृष्टि को ग्रसने के लिए दौड़ी आ रही थी। अंधेरा, रात, पेड़-पालो, आकाश, धरती उसकी गति में बाधक हो रही थी। इसलिए आवाज़ आ रही थी—सु—उ—श...सू—अ—उ इश् ...सु—उ—उ—उ—इश्। ऐसा प्रतीत हो रहा था कि यह दूत पीछे हटकर छलांग भरने के लिए शक्ति बटोर रहा था, फिर सु—उ—उ कहकर धरती के ऊपर और नीचे जितने वायु स्तर हैं, उन्हें मथिक-आलोड़ित करते हुए भयंकर तूफ़ान की सृष्टि कर आसुरिकता के साथ सर्वजया के पुराने मकान पर धक्का देते हुए कह रहा था—इ—श्...मकान थरथरा उठता था, और मालूम होता था कि अब गया तब गया। इसमें कहीं अधैर्य, विशृंखलता, भ्रम या भ्राँति नहीं है, मानो यह दृढ़,अभ्यस्त, पद्धतिबद्ध कर्तव्य पालन हो। जिस महान शक्तिमान ध्वंसदूत ने विश्व को निर्दिष्ट समय के अन्दर चूर-चूर करके उड़ा देने का भार अपने ऊपर ले रखा है, जिसने युगों तक ऐसी कितनी ही हँसमुख सृष्टियों को विध्वस्त करके अनंत आकाश के अंधकार में नक्षत्रों की तरह बिखेर दिया है, यह उसका अभ्यस्त कार्य नहीं तो और क्या था? इसमें वह भला धैर्य क्यों खो दे और पागल ही क्यों बने? यह तो उसका चिर अभ्यस्त कार्य था।

आतंक के मारे सर्वजया ने दरवाज़ा बन्द कर दिया। जो इस समय कुछ भीतर आ जाए तो? क्या मनुष्य भी अन्य प्राणियों की तरह एक जानवर-मात्र है? चारों तरफ बाँस की घनी झाड़ियाँ और जंगल था। दूर तक बस्ती नहीं थी। बाप रे बाप! पानी की बौछार से कमरा भर रहा था। उसने हाथ लगाकर देखा कि अपू बुरी तरह भीग गया है। अब वह क्या करे? कितनी रात और बाकी है?

उसने बिस्तरा टटोलकर दियासलाई निकाली और फिर मिट्टी के तेल की कुप्पी जला ली। बोली : 'अरे अपू, उठ तो। अपू , तू सुन रहा है? ज़रा, उठ।'

फिर दुर्गा से बोली : 'दुर्गा, करवट तो बदल ले। बहुत पानी पड़ रहा है। ज़रा हटकर लेट। इधर!...'

अपू उठ बैठा और उनींदी आँखों से इधर-उधर देखकर फिर सो गया। एकाएक किसी भारी चीज़ के गिरने का धमाका हुआ। सर्वजया ने जल्दी से दरवाज़ा खोलकर बाहर झाँका तो देखा कि बाँस की झाड़ी के तरफ वाला हिस्सा कुछ दिखाई पड़ रहा था। अच्छा तो रसोई घर की दीवार गिर पड़ी। वह एक बार काँप उठी। अब पुराने मकान की बारी है। अब वह किससे मदद माँगे। मन ही मन बोली : 'ठाकुरजी, किसी तरह आज की रात पार कर दो। ठाकुरजी, इनका मुँह ताको...'

अभी अच्छी तरह सुबह नहीं हुई थी। आँधी थम गई थी, पानी थोड़ा-थोड़ा पड़ रहा था। मुहल्ले के नीलमणि मुकर्जी की स्त्री यह देखने आई थी कि गौशाला में क्या हाल है। इतने में पीछे के दरवाज़े के बार-बार भड़भड़ाए जाने पर उसने दरवाज़ा खोला और सामने ही सर्वजया को देखकर आश्चर्य के साथ

बोल उठी : 'नई बहू, तुम!'

सर्वजया ने घबड़ाहट में कहा : 'छोटी दीदी, एक बार जेठजी को बुलाओ तो सही। जल्दी से उन्हें हमारे घर चलने के लिए कहो। दुर्गा की हालत जाने कैसी हो रही है।'

नीलमणि मुकर्जी की स्त्री आश्चर्य से बोली : 'दुर्गा! दुर्गा को क्या हुआ?'

सर्वजया बोली : 'कई दिनों से बुखार चल रहा है, कभी आता था, कभी उतर जाता था। कल सन्ध्या से बुखार बहुत तेज़ है। फिर कल रात को तो जानती ही हो क्या हालत रही। जल्दी से जेठजी को एक बार...'

बिखरे हुए बात और रतजगी के कारण लाल-लाल आँखों में खोई-खोई-सी दृष्टि देखकर नीलमणि मुकर्जी की स्त्री ने कहा : 'बहू , डर काहे का? खड़ी रहो। अभी उन्हें बुलाये देती हूँ। चलो, मैं भी चलती हूँ। कल रात को गौशाला का छप्पर भी उड़ गया। कल रात की तरह कांड तो मैंने कभी नहीं देखा। वे रात के अन्तिम पहर में गाय-बैल सम्हालकर सोए हैं न। मैं अभी चलकर पुकारती हूँ।'

थोड़ी देर बाद नीलमणि मुकर्जी, उनका बड़ा लड़का फणीन्द्र, पत्नी और दो लड़कियाँ सब अपू के घर पहुँचे। रात-अँधेरे में वह दैत्य मानो सारे गाँव को पैरों तले रौंदकर, पीसकर, मथकर आकाश-मार्ग से गायब हो गया था। जिधर देखो, उधर पेड़ों की टूटी डालें, पत्तें, छप्पर का फूस, बाँस की हरी पत्तियाँ और बाँस के टुकड़े जमा होकर रास्ता बन्द कर रहे थे। कहीं-कहीं बाँसों के झुकने के कारण रास्ता बन्द हो गया था। फणीन्द्र बोला : 'पिताजी आपने देखा, कितना भयंकर कांड हुआ है? नवाबगंज की पक्की सड़क से विलायती चटका पेड़ के पत्ते उड़ आए हैं।'

नीलमणि मुकर्जी के छोटे लड़के ने बाँस की पत्तियों में से एक मरी हुई गौरैया बाहर निकाल ली।

दुर्गा के बिस्तरे के बगल में अपू बैठा था। नीलमणि मुकर्जी ने कमरे में प्रवेश करते हुए कहा : 'बेटा अपू, मामला क्या है?'

अपू के चेहरे पर घबड़ाहट के चिह्न थे। बोला : 'ताऊजी, दीदी पता नहीं क्या बक रही थी।'

नीलमणि मुकर्जी बिस्तरे की बगल में बैठकर बोले : 'ज़रा हाथ देख लूँ...अच्छा, बुखार कुछ तेज़ है, पर कोई डर नहीं है। फणी, तू चट से नवाबगंज के शरत डाक्टर के यहाँ चला जा और उन्हें साथ लेता आ।'

बाद को उन्होंने पुकारा : 'दुर्गा, ओ दुर्गा!'

पर दुर्गा बिल्कुल बेसुध थी। उसने कोई जवाब नहीं दिया। नीलमणि बोले : 'अरे घर-द्वार का तो बुरा हाल हो रहा है। कल रात को पानी पड़ने के कारण तमाम पानी भर गया है। तो बहू को इसमें शरमाने की बात क्या है। वहाँ आकर रह जाती तो क्या होता और इस हरिया की भी उम्र बीत गई पर अक्ल नहीं आई। जब यह हालत है, घर-द्वार ऐसा है तो उसे ठीक-ठाक बिना किए पता नहीं कहाँ गया, यह भी मालूम नहीं। उसकी तो सारी ज़िन्दगी इसी तरह बीत गई।'

उनकी पत्नी बोली : 'घर क्या मरम्मत कराए? घर में खाने तक को नहीं है। नहीं तो इस तरह छोड़-छाड़कर कोई परदेश जाता है? हाय, यह बीमार लड़की कल रात-भर भीगी है। ज़रा पानी तो गरम करो। फणी, वह जंगला तो खोल दे।'

दिन काफी चढ़ने पर नवाबगंज से शरत डाक्टर आए और दवा-दारू की व्यवस्था हुई। कह गए : 'चिन्ता की विशेष बात नहीं है। बुखार ज़रूर ज़्यादा है। माथे पर बराबर पानी की पट्टी रखी जाए।'

हरिहर का कोई पता-ठिकाना नहीं था, फिर भी अन्तिम पते पर एक पत्र छोड़ दिया गया। अगले दिन आँधी-पानी थम गया और बादल छँटने लगे। नीलमणि मुकर्जी दोनों जून आकर देख-भाल करने लगे। आँधी-पानी थमने के अगले दिन से ही दुर्गा का बुखार फिर तेज़ हो गया। शरत डाक्टर की भौंहें चढ़ गईं। हरिहर को एक पत्र और लिखा गया।

अपू अपनी दीदी के सिरहाने बैठकर भीगी पट्टियाँ रख रहा था। उसने दीदी को दो-एक बार पुकारा : 'दीदी, सुन रही हो। कैसी हो? ओ दीदी!'

दुर्गा अजीब सुध-बुधहीन खोई-खोई-सी थी। होंठ हिल रहे थे। वह मन ही मन कुछ कह रही थी। जैसे कोई नशे में हो। अपू मुँह के पास दो-एक बार कान ले गया, पर उसकी कुछ समझ में नहीं आया।

शाम के समय बुखार उतरने लगा। दुर्गा इतनी देर बाद आँख खोलकर फिर ताक सकी। बहुत ही कमज़ोर हो गई थी। बहुत ही महीन आवाज़ में बोल रही थी। अच्छी तरह सुने बिना यह समझ में नहीं आता था कि क्या बोल रही है।

माँ घर के काम-काज करने उठ गई, अपू दीदी के पास बैठा रहा। दुर्गा ने आँख उठाकर उससे कहा : 'क्या समय है रे?'

अपू बोला : 'अब भी दिन बहुत बाकी है। दीदी, तुमने देखा, आज धूप निकली? अब भी हमारे नारियल के पेड़ की फुनगी पर धूप है।'

बड़ी देर तक दोनों कुछ नहीं बोले। बहुत दिनों के बाद धूप निकली थी, इसलिए अपू बहुत खुश था। वह जंगले के बाहर धूप से उज्ज्वल पेड़ की फुनगियों को देखता रहा।

थोड़ी देर बाद दुर्गा बोली : 'सुन अपू , एक बात सुन।'

—क्या दीदी?—कहकर वह दीदी के मुँह के पास मुँह ले गया।

—मुझे तू एक दिन रेलगाड़ी दिखाएगा?

—ज़रूर, तू अच्छी हो जाए तो पिताजी से कहकर हम सब लोग रेलगाड़ी पर चढ़कर गंगास्नान करने जाएँगे...

एक दिन और एक रात कट गई। अब मौसम ऐसा हो गया कि मालूम होता था कि कभी आँधी-पानी आया ही नहीं। चारों तरफ शरत की धूप खिल रही थी।

सबेरे लगभग दस बजे के समय नीलमणि मुकर्जी बहुत दिनों के बाद नदी में नहाने की सोचकर बैठे-बैठे तेल मल रहे थे, इतने में उनकी स्त्री की घबराहट-भरी बात उनके कानों में आई : 'अजी, जल्दी से इधर तो आओ। अपू के घर से रोने

की आवाज़ आ रहो है।'

मामला क्या है, देखने के लिए सब लोग दौड़ पड़े।

सर्वजया लड़की के चेहरे पर झुककर कह रही थी : 'दुर्गा, ज़रा ताक तो, बेटी ज़रा अच्छी तरह ताक तो, ओ दुर्गा...'

नीलमणि मुकर्जी ने घर में प्रवेश करते हुए कहा : 'क्या है? ज़रा सब लोग हटो तो, अरे हवा क्यों बन्द करते हो? हवा आने दो।'

जेठ लगनेवाले प्रवीण पड़ोसी की कमरे में मौजूदगी[1] सर्वजया भुलाकर चिल्ला उठी : 'अजी यह क्या है, लड़की ऐसा क्यों कर रही है?'

दुर्गा इसके बाद नहीं ताकी।

आकाश के नील आवरण को भेदकर बीच-बीच में अनन्त की पुकार आती है, धरती की छाती से लड़के-बच्चे चंचल होकर दौड़ पड़ते हैं और अनन्त नीलिमा में डूब जाते हैं। वे जिस मार्ग में जाते हैं वह परिचित और गतानुगतिक मार्ग से बहुत दूर उस पार होता है। दुर्गा के अशान्त चंचल प्राण के लिए जीवन की वह सबसे बड़ी, अज्ञात की पुकार आई थी।

फिर शरत डाक्टर को बुलाया गया। बोला : 'यह मलेरिया का अन्तिम स्टेज था। तेज़ बुखार के बाद ज्यों ही बुखार उतरा, बस हार्टफेल हो गया। ठीक ऐसा ही केस उस दिन दशघरे में हुआ।'

आधे घंटे के अन्दर मोहल्ले के लोगों से आँगन भर गया।

25

हरिहर को घर की चिट्ठी नहीं मिली थी।

अबकी बार घर से निकल कर हरिहर पहले-पहल गवाड़ी कृष्णनगर गया था। वहाँ किसी से परिचय नहीं था। अच्छा-खासा शहर और बाज़ार था, इस आशा से गया था कि वहाँ कुछ न कुछ हो जाएगा। वहाँ रहते समय उसे पता लगा कि शहर में वकील या ज़मींदारों के घर पर चण्डी का पाठ करने के लिए मासिक या दैनिक हिसाब पर काम अक्सर मिल जाता है। इसी आशा में पन्द्रह दिन कट गए और राह खर्च के नाम पर घर से जो थोड़े-से पैसे लाया था, वे चुक गए, और इधर एक टके का भी काम नहीं बना।

वह बड़ी मुसीबत में फँस गया। अपरिचित स्थान था, कोई एक पैसे की भी मदद करनेवाला नहीं था। बाज़ार में जिस होटल में ठहरा था, वहाँ से पैसा खत्म होते ही निकलना पड़ा। किसी से सुना कि स्थानीय हरिसभा में परदेश से नये आए हुए गरीब ब्राह्मणों को मुफ्त में खाना और रहना मिलता है। वहाँ कह-सुनकर उसे हरिसभा की एक कोठरी में रहने को जगह तो मिल गई, पर वहाँ बड़ी असुविधा

1. पुरानी रीति के अनुसार जेठ से पर्दा किया जाता था।

थी। बहुत-से बेकार गंजेड़ी रात-भर हो-हल्ला मचाते थे। यहाँ तक कि रात में वहाँ उसने ऐसी स्त्रियों को आते-जाते देखा, जिन्हें देखकर यह नहीं मालूम होता था कि ये हरिमन्दिर में दर्शन करने आई हैं।

बड़ी मुसीबत में दिन काटकर वह शहर के बड़े वकीलों ओर धनियों के घरों का फेरा लगाने लगा। दिन-भर घूमकर वह जब रात को लौटता था तो अक्सर देखता था कि कोई अज्ञात व्यक्ति मज़े में उसके बिस्तरे पर खर्राटे भर रहा है। हरिहर ने कई दिन बरामदे में गुजारे। अक्सर ऐसा होने के कारण गंजेड़ियों के साथ उसकी कहा-सुनी हो गई। अगले दिन सुबह उन लोगों ने न जाने हरिसभा के मन्त्री महोदय से क्या कहा कि मन्त्री महोदय ने हरिहर को घर पर बुलवाकर कहा कि हरिसभा में किसी के लिए तीन दिन से ज़्यादा रहने का हुक्म नहीं है, तुम किसी और जगह रहने का प्रबन्ध कर लो।

नतीजा यह हुआ कि सन्ध्या के बाद हरिहर को हरिसभा भवन छोड़कर चल देना पड़ा।

वह नदी किनारे एक निर्जन स्थान में एक सुनसान जगह पर अपनी पोटली उतारकर नदी के पानी में हाथ धोने गया।

उस दिन हरिहर ने दिन-भर कुछ नहीं खाया था। लकड़ी की एक टाल पर बैठकर उसने कालीजी पर भजन गाए थे, इस पर टाल के मालिक ने उसे एक रुपया दक्षिणा दी थी। उसी रुपये को तुड़ाकर कुछ पैसे का दही और लाई ले आया था, पर खाना गले से उतर नहीं रहा था। दस दिन के लायक पूँजी छोड़कर वह घर से निकला था, पर आज दो महीने होने आए। अभी तक एक पैसा भी नहीं भेज सका था, पता नहीं उन पर क्या बीत रही होगी। घर से चलते समय अपू ने बार-बार कहा था कि पिताजी, लौटते समय *पद्मपुराण* ज़रूर लेते आना। लड़का पुस्तक-प्रेमी है, वह बीच-बीच में पिता के बक्स और बस्ता खोलकर किताब निकालकर पढ़ता है, यह हरिहर को मालूम हो गया था। बात यह है कि बक्स के भीतर पुस्तकें अनाड़ी ढंग से लगाई जाती थीं; लड़के को यह मालूम तो था नहीं कि पिताजी कौन-सी पुस्तक कहाँ रखते हैं इसलिए किताबें उलटी-सीधी लगी मिलती हैं। घर लौटने पर हरिहर को पता लग जाता है कि लड़के ने यह काण्ड किया है।

घर आने से पहले हरिहर जोगीटोला से एक सस्ता पद्यमय *पद्मपुराण* कुछ दिनों के लिए ले आया। अपू ने पुस्तक पर अधिकार जमा लिया और उसे प्रतिदिन पढ़ने लगा। उसमें कुचुनीपाडा के शिवठाकुर की मछली पड़नेवाली जो कहानी है, उसे पढ़ने में अपू को बहुत रस आता था। हरिहर कहता था : 'बेटा, पुस्तक दे दो। जिसकी पुस्तक है उसको वापस करनी है।'

जब हरिहर ने यह वायदा किया कि वह *पद्मपुराण* खरीद देगा, तभी वह किताब वापस मिली थी। अबकी बार सफर पर निकलने से पहले उसे पक्का वादा करना पड़ा था कि वह पुस्तक ज़रूर ही खरीद लाएगा। दुर्गा को इतनी बड़ी-बड़ी बातों से कोई मतलब नहीं था, इसलिए उसने यह फरमाइश की थी कि उसके लिए एक

हवैयासाड़ी और आलते का एक पत्ता लाया जाए। पर ये बातें तो बहुत बड़ी बातें हैं, समस्या तो यह थी कि इस समय घर का खर्च कैसे चल रहा होगा। सन्ध्या के बाद वह पूर्व परिचित लकड़ी के टाल में जाकर सो गया। अच्छी नींद नहीं आई। बिस्तरे पर पड़े-पड़े यही सोचता रहा कि घर को कुछ कैसे भेजे।

वह सबेरे उठकर बिना किसी मतलब के घूमते हुए उद्देश्यहीन ढंग से रास्ते में एक जगह पर खड़ा हो गया। सड़क के उस पार लोहे के फाटकवाला लाल ईंटों का एक मकान था। देर तक उस मकान की ओर घूरते रहने पर उसे ऐसा लगा कि यदि वह उस मकान में जाकर अपनी गाथा सुनाए, तो कुछ न कुछ उपाय निकल आएगा। वह यन्त्र चालित गुड्डे की तरह फाटक के अन्दर दाखिल हो गया। बैठक खूब सजी हुई थी, संगमर्मर की सीढ़ियों पर एक के बाद एक फूलों के गमले लगे थे, पत्थर की मूर्तियाँ, पाम, दरवाज़े पर पैरपोश बिछा हुआ था। एक अधेड़ उम्र के सज्जन बैठक में अखबार पढ़ रहे थे। एक अपरिचित आदमी को देखकर वे अखबार बगल में रखकर बोले : 'तुम कौन हो? क्या ज़रूरत है?'

हरिहर ने नम्रतापूर्वक कहा : 'जी मैं ब्राह्मण हूँ , संस्कृत जानता हूँ , चण्डी का पाठ आदि कर लेता हूँ , इसके अलावा भागवत या गीता पाठ भी कर सकता हूँ।'

अधेड़ सज्जन ने बात अच्छी तरह बिना सुने ही यह कह दिया कि उनका समय कीमती है, फिजूल बातें सुनने के लिए उनके पास समय नहीं है। अत्यन्त संक्षिप्त रूप से बोले : 'यहाँ यह सब तमाशा नही चलेगा, दूसरा घर देखिए।'

हरिहर ने अन्तिम साहस बटोरकर कहा : 'जी, मैं नया-नया शहर में आया हूँ। खाली हाथ हूँ, बड़ी विपत्ति में फँस गया हूँ , कई दिनों से बस...'

अधेड़ सज्जन ने मानो जल्दी छुटकारा पाने के लिए तकिया उठाकर उसके नीचे से कुछ हरिहर की तरफ बढ़ाते हुए कहा : 'यह लीजिए, जाइए, और कुछ नहीं मिलेगा।'

यह सिक्का चाहे जो भी रहा हो, उसे यदि वे सज्जनता और ढंग से देते तो हरिहर को लेने में कोई आपत्ति नहीं होती, ऐसा उसने बहुत बार किया भी है पर इस समय उसने विनय के साथ कहा : 'जी, आप उसे रखिए, मैं ऐसे किसी से कुछ नहीं लेता, मैं शास्त्र पाठ करता हूँ, इसके अलावा किसी से कुछ नहीं...अच्छा रहने दीजिए।'

पर कोई शुभ संयोग शायद हुआ था। रक्षित महाशय के टाल पर एक दिन एक पता मिल गया। कृष्णनगर के पास किसी गाँव में एक धनी महाजन अपने गृहदेवता की पूजा और पाठ के लिए किसी ऐसे ब्राह्मण की तलाश कर रहे थे जो उन्हीं के पास बस जाए। रक्षित महाशय के चेष्टा करने पर हरिहर वहाँ पहुँचा और घर के मालिक ने उसे पसन्द भी किया। रहने के लिए कमरा भी दिया और आवभगत में किसी प्रकार की कमी नहीं रही।

कई दिनों तक काम करने के बाद ही दशहरा आ गया। घर जाते समय मालिक

ने दस रुपये दक्षिणा और आने-जाने का किराया दिया। रास्ते में रक्षित महाशय से विदाई लेते समय पाँच रुपये दक्षिणा में मिले।

चारों तरफ आकाश और हवा में गरम धूप की गन्ध थी; नील मेघयुक्त आकाश की ओर देखने पर मन में सहज ही उल्लास की भावना जगती थी। वर्षा के अन्त की सरस और हरी लताओं और पत्तों में तथा पथिक की चाल-ढाल में आनन्द का पुट था। रेल लाइन के दोनों किनारे काँस के फूल गाड़ी के झकोरे के कारण ज़मीन पर लोट रहे थे। चलते-चलते हर समय घर ही की याद आती थी।

शान्तिपुर के कुछ व्यापारी पूजा के पहले कपड़े की गांठ खरीदने कलकत्ता गए थे, वे चूरनी घाट की खेवावाली नाव पर चढ़कर शोर-गुल कर रहे थे। जिधर देखो उधर उत्सव का उल्लास था। उसने रानाघाट के बाज़ार में पत्नी और बेटा-बेटी के लिए कपड़े खरीदे। दुर्गा को लाल किनारी की साड़ी पसन्द है, इसलिए उसके लिए एक लाल साड़ी और आलता की कुछ पत्तियाँ ली गईं। बड़ी दौड़-धूप करने पर भी अपू का *पद्मपुराण* नहीं मिला, इसलिए छः आने देकर *सचित्र चण्डी माहात्म्य* या *कालकेतु का उपाख्यान* लिया गया। गृहस्थी की छोटी-मोटी दो-एक चीज़ें, सर्वजया ने एक लकड़ी के चकले-बेलन के लिए कहा था, खरीदी गईं।

अपने स्टेशन पर उतरकर पैदल चलते-चलते वह सन्ध्या समय गाँव में पहुँचा। रास्ते में कोई नहीं मिला, दूर से कोई दिखाई भी पड़ा तो उसकी ओर ध्यान दिए बिना वह घर की ओर चला। घर में घुसते समय उसने मन ही मन कहा—ज़रा देखो, बाँस की झाड़ी एकदम दीवार पर झुक गई है। भुवन चाचा बाँस काटने के नहीं, अब बड़ी मुसीबत है। उसके बाद वह हमेशा की तरह आग्रह के साथ पुकारने लगा : 'बेटी दुर्गा, ओ अपू!'

उसकी आवाज़ सुनकर सर्वजया मकान से बाहर आ गई।

हरिहर ने हँसकर पूछा : 'सब ठीक-ठाक है? यह लोग सब कहाँ गए? घर पर कोई नहीं है क्या?'

सर्वजया ने शान्त होकर पति के हाथ से भारी पोटली लेते हुए कहा : 'आओ, भीतर आओ।'

पत्नी का अभूतपूर्व शान्त रुख देखकर भी हरिहर के मन में कोई खटका पैदा नहीं हुआ। उसकी कल्पना का स्रोत उस समय बहुत ही तेज़ी से दूसरी तरफ दौड़ रहा था। अभी लड़की और लड़का दौड़े हुए आएँगे। दुर्गा हँसकर बोलेगी : 'पिताजी, इसमें क्या है?'

बस वह फौरन ही पोटली खोलकर उसमें से उसके लिए लाई हुई साड़ी और आलते की पत्तियाँ दे देगा और साथ ही *सचित्र चण्डी माहात्म्य या कालकेतु का उपाख्यान* तथा टीन की रेलगाड़ी निकालकर उन्हें आश्चर्य में डाल देगा। उसने घर में घुसते हुए कहा : 'कटहल की लकड़ी का चकला और बेलन ले आया हूँ।' इसके बाद निराशा-मिश्रित आग्रह के साथ उसने चारों ओर ताककर कहा : 'क्या अपू और दुर्गा दोनों बाहर गए हैं?'

अब सर्वजया से किसी तरह रुका नहीं गया। वह एकाएक फूट पड़ी और चिल्लाकर रोती हुई बोली : 'अजी, अब दुर्गा कहाँ है। बेटी हम लोगों को छलकर चली गई। इतने दिन कहाँ रहे?'

गांगुली घराने में दुर्गा पूजा बहुत दिनों से होती थी। इन दिनों गाँव का कोई भी गरीब बिना खाए नहीं रहता था। सारे बन्दोबस्त पुश्तैनी हैं। यथा-समय कुम्हार आकर मूर्ति बना जाता था, चित्रकार आकर चित्र बनाता था, मालाकार साज-सज्जा के समान जुटाता था। मधुखाली की झील से बावरी जाति के लोग कमल के फूल तोड़कर ले आते थे।

आसमाली के दीनू शहनाईवाले ने दूसरे सालों की तरह नौबतखाने का जिम्मा लिया। प्रातःकाल के आकाश में देवी की आगमनी का हर्ष-भरा सुर बज उठता था। इस समय मानो हेमन्त ऋतु स्नेहपूर्वक स्वागत कर रही थीं। घानों के नए गुच्छे, शेफाली के फूल, हिमालय के उस पार से आई हुई प्रवासी चिड़िया श्यामा, शिशिर से स्निग्ध मृणाल-सज्जित हेमन्त की सन्ध्या की छटा दिखाई पड़ रही थी।

हरिहर लड़के को नई धोती पहनाकर साथ में लेकर न्यौता जीमने गया। बिखरे बालों वाले नन्हें-से मुखड़े का ज़िद-भरा गुप्त अनुरोध दरवाज़े के पास की हवा में फैला रहता है। हरिहर रास्ते में कुछ अन्यमनस्क हो जाता है। लड़के से कहता है : 'जल्दी-जल्दी चलो बेटा, देर हो गई।'

गांगुली बाड़ी का आँगन उत्सव के कपड़ों में सज्जित हँसमुख लड़के-बच्चों से भरा हुआ है। अपू ने देखा कि सतू और उसके भाई ने नारंगी रंग के सुन्दर कुर्ते पहने हैं। रानी दीदी हरी साड़ी और सुन्दर वेणी में बहुत खिल रही हैं। गांगुली बाड़ी की लड़की सुनयनी वेणी में रजनीगंधा खोंसे हुए पाँच-छः लड़कियों के साथ पूजा के दालान में खूब गुलगपाड़ा कर रही है और हँस रही है। अपू सुनयनी के अलावा दूसरी लड़कियों को पहचानता नहीं है, शायद वे दशहरे के उपलक्ष्य में बाहर से आई हों। देखने में शहर की लड़कियाँ लगती हैं। जितनी सुन्दर हैं उनका प्रसाधन और साज-सज्जा भी उतनी अच्छी है। अपू इकटक उनकी ओर देखता रहा। उधर कोई चिल्लाकर कह रहा था : 'क्या अन्धेर है! अभी बड़ा शामियाना क्यों नहीं आया? इसी ढंग से काम होता रहा तो बस हो चुका। तो क्या ब्राह्मण शाम के पाँच बजे जीमने बैठेंगे? वाह!'

26

देखते-देखते दिन निकल गए। जाड़ा भी समाप्त हो रहा था।

दुर्गा के मरने के बाद से सर्वजया बराबर पति पर दबाव डाल रही थी कि यह गाँव छोड़ दिया जाए। हरिहर ने भी अपनी कोशिश में कोई कसर उठा नहीं

रखी थी, पर किसी भी जगह काम नहीं बन रहा था। आजकल सर्वजया ने इस बात की आशा लगभग छोड़ ही दी है। इस बीच में विगत जाड़े के दिनों में हरिहर के रिश्ते में लगने वाले भाई नीलमणिराय की विधवा स्त्री यहाँ आई थी और अपने घर और ज़मीन को जंगल से ढंका देखकर भुवन मुकर्जी के घर पर ठहरी हुई थी। हरिहर ने भाभी को अपने घर पर ठहराने का यथेष्ट आग्रह दिखलाया था, पर वह राज़ी नहीं हुई थी। इस समय उनके साथ उनकी लड़की अतसी और छोटा लड़का सुनील आया था। बड़ा लड़का सुरेश कलकत्ते में स्कूल में पढ़ रहा है इसलिए गरमियों की छुट्टियों से पहले आ नहीं सकता। अतसी की उम्र चौदह साल है और सुनील की है आठ वर्ष।

सुनील देखने में उतना सुन्दर नहीं है, पर अतसी देखने में अच्छी-भली है। यद्यपि वह सुन्दरी नहीं कहीं जा सकती, फिर भी इनकी सारी उम्र लाहौर में कटी थी, जहाँ नीलमणिराय कमिसरियट में नौकर थे। वहीं इनका जन्म और पालन-पोषण हुआ था, इसलिए ये लोग पछांह के सुन्दर स्वास्थ्य के अधिकारी थे।

ये लोग जब यहाँ पहले-पहल आए, तो सर्वजया ने अपनी धनी जेठानी के साथ मिलने-मिलाने की कोशिश की थी। सुनील की माँ नकद और कम्पनी के हिस्सों में दस हज़ार रुपये की मालकिन हैं, यह जानकर जेठानी के प्रति सम्मान से उसका हृदय भर गया था। अपनी ओर से उनके साथ बातचीत करने की बहुत चेष्टा की थी, पर सर्वजया चालाक औरत न होने पर भी यह समझ गई कि सुनील की माँ उससे हेल-मेल बढ़ाना नहीं चाहती।

उसका पति बराबर बड़ी नौकरी करता था, इसलिए उसके बच्चे भी दूसरे ढंग के रहन-सहन के आदी थे। वह शुरू से ही अपने गरीब रिश्तेदार के परिवार के साथ ऐसी दूरी रखकर चलने लगी कि सर्वजया कुछ दिनों में स्वयं ही पीछे हट गई। बातचीत, व्यवहार, कामधाम, छोटे-बड़े सभी मामलों में वह इस बात को ज़ाहिर करने लगी कि सर्वजया किसी भी तरह उसके साथ बराबरी के आधार पर मिलने की आशा नहीं कर सकती। उन लोगों की बातचीत, पोशाक, चाल-ढाल सारी बातों से यही भनक आती थी कि वे बड़े आदमी हैं। लड़के-बच्चे हर समय सलीके के अच्छे कपड़े पहने रहते थे, कभी मैले कपड़े नहीं पहनते थे, बाल हर समय कढ़े हुए होते थे।

अतसी के गले में हार, हाथ में सोने की चूड़ियाँ, कान में सोने की बालियाँ रहती थीं। सबेरे चाय और कुछ पकवान खाए बिना कोई घर से नहीं निकलता था। साथ में पछाँह से लाया हुआ एक नौकर था, वही घर का सारा काम-काज करता था। कुल मिलाकर परिस्थिति यह थी कि सर्वजया की गरीब गृहस्थी से उनकी चाल-ढाल बिल्कुल ही अलग थी।

सुनील की माँ अपने लड़के को गाँव के किसी लड़के के साथ अधिक मिलने-जुलने नहीं देती थी, यहाँ तक कि अपू के साथ भी नहीं। वह डरती थी कि कहीं इन गँवार, अशिक्षित असभ्य लड़कों के साथ रहकर उनका लड़का और लड़की बिगड़ न जाएँ। वह इस गाँव में रहने के लिए तो आई नहीं थी, केवल इसलिए

आई थी कि पैमाइश के वक्त अपने घर-द्वार और जायदाद की देख-भाल की जाए। भुवन मुकर्जी ने इन लोगों की कुछ ज़मीन ले रखी थी, इस नाते पश्चिम के कोठे पर दो कमरे इनके लिए छोड़ दिए थे और इनका खाना-पकाना सब अलग होता था। पर भुवन मुकर्जी के साथ व्यवहार करते समय सुनील की माँ कोई दुराव की भावना नहीं रखती थी। बात यह है कि भुवन मुकर्जी पैसे वाला था, पर सर्वजया को वह मनुष्य योनि में ही नहीं गिनती थी।

होली के दिनों में नीलमणिराय का बड़ा बेटा सुरेश कलकत्ते से आकर लगभग दस दिन तक गाँव में रहा। सुरेश अपू का ही हमउम्र था, अंग्रेज़ी स्कूल की पाँचवीं श्रेणी में पढ़ता था। देखने में कोई गोरा-चिट्टा नहीं था, हाँ, खुलते हुए रंग का ज़रूर था। वह नियमित रूप से कसरत करता था, इसलिए शरीर से तगड़ा और स्वस्थ था। वह अपू से केवल एक साल बड़ा था, पर चेहरे-मोहरे से पन्द्रह-सोलह साल का लगता था। सुरेश भी इस मोहल्ले के लड़कों से नहीं मिलता था। उस मोहल्ले के गांगुली बाड़ी के रामनाथ गांगुली का लड़का उसका सहपाठी है। गांगुली बाड़ी में रामनवमी और होली बहुत ज़ोर से मनाई जाती थी। इस उपलक्ष्य में वह भी अपने मामा के घर आया था। सुरेश अधिकतर समय वहीं बिताता था। वह शायद गाँव के किसी और लड़के को अपने साथ मिलने योग्य समझता नहीं था।

अपू ने आजन्म जिस परित्यक्त जगह-ज़मीन को जंगल से ढंका देखा था, उसी जगह-ज़मीन के मालिक ये लोग थे, इस नाते इनके प्रति अपू का एक विचित्र आकर्षण था। सुरेश अपू का हमउम्र था। बहुत दिनों से वह इस बात की प्रतीक्षा कर रहा था कि जब वह छुट्टियों में घर पर आएगा, तो वह उससे मिलेगा, पर सुरेश जो आया, तो उसके साथ उस तरह मिला नहीं; इसके अलावा सुरेश की चाल-ढाल और बातचीत ऐसी दिखाई पड़ने लगी, मानो वह हर पग पर यही प्रमाणित करना चाहता हो कि वह गाँव के लड़कों से बहुत उँचा है। हमउम्र होने पर भी झेंपू अपू इस कारण उससे कुछ डर ही खा गया और उसके पास नहीं फटकता था।

अपू अभी तक किसी स्कूल में नहीं जाता था। सुरेश ने उससे पढ़ने-लिखने के विषय में पूछा, तो उसने कहा कि मैं घर में पिताजी से पढ़ता हूँ। होली के दिन गांगुली बाड़ी के पोखर के पक्के घाट पर जैतून के नीचे बैठकर सुरेश गाँव के लड़कों को दिग्विजयी न्यायशास्त्री की तरह कहीं यह प्रश्न करता था तो कहीं वह। उसने अपू से पूछा : 'यह तो बताओ कि इण्डिया की बाउन्डरी क्या है? क्या तुम्हें ज्योग्रफी आती है?'

अपू इसका उत्तर नहीं दे सका। सुरेश ने पूछा : 'सवाल कौन-से निकालते हो? डैसीमल या फ्रैक्शन आता है?' अपू यह सब भी नहीं जानता था। भले ही न जाने, पर उसके उस टीन के बक्स में कितनी ही पुस्तकें थीं। एक नित्यकर्म-पद्धति, एक पुराना प्राकृतिक भूगोल, एक शुभंकरी, पन्ना फटा हुआ वीरांगना-काव्य, माँ का वह *महाभारत*। वह इन सारी किताबों को पढ़ चुका था। एक-एक पुस्तक को कई-कई बार पढ़ा था, फिर भी उन्हें पढ़ा करता था।

उसका पिता अक्सर इधर-उधर से माँग-जाँचकर पुस्तकें ले आता था। पिता के मन में यह अदम्य आशा थी कि लड़का पढ़-लिख जाएगा, पंडित बनेगा, उसे आदमी बनाना पड़ेगा। इस विषय में हरिहर किसी पागल से कम आशावान नहीं था। पर पैसे नहीं थे, दूर-दराज़ भेजकर बोर्डिंग में रखकर पढ़ाने की सामर्थ्य नहीं थी। वह स्वयं भी बहुत पढ़ा-लिखा नहीं था, फिर भी जब तक वह घर पर रहता था, लड़के को पास बिठाकर कुछ न कुछ पढ़ाता रहता था। तरह-तरह की बातें सुनाता था। लड़के को हिसाब सिखाने के लिए वह एक शुभंकरी की सहायता से बचपन में पढ़ी हुई पर इस समय भूली हुई विद्या का पुनरुद्धार कर फिर लड़के से सवाल निकलवाता था। वह जिन बातों से यह समझता था कि लड़के को ज्ञान होगा, लड़के को उन सारी बातों को पढ़ने के लिए देता था या खुद पढ़कर सुनाता था। वह बहुत वर्षों से साप्ताहिक *बंगवासी* का ग्राहक था, बहुत सालों की प्रतियाँ घर पर जमा हैं। लड़का बड़ा होकर उन्हें पढ़ेगा, यह सोचकर उसने उन्हें बंडल बाँधकर रख दिया था। अब वे काम आ रहे थे। दाम न दे पाने के कारण अब अखबार आना बन्द हो गया है। लड़का इस *बंगवासी* अखबार को कितना पसन्द करता है, वह किस प्रकार सबेरे खेल-कूद छोड़कर भुवन मुकर्जी के चौपाल में लैटर बक्स के पास डाकिये की प्रतीक्षा में मुँह बाए बैठा रहता है, यह सब हरिहर को मालूम है, फिर भी लड़के की इतनी प्यारी वस्तु वह जुटा नहीं पाता, उसका हृदय भीतर से कचोटता रहता है।

फिर भी अपू ने *बंगवासी* की पुरानी प्रतियाँ पढ़कर बहुत-सी बातें सीखी हैं। वह पटु को ल्यूका और राफ़ेल, मार्टिनिकद्वीप पर ज्वालामुखी का उत्पात, सोने के जादूगार की कहानी आदि कितनी ही बातें बताता है। पर उसे स्कूल की पढ़ाई कुछ भी नहीं आती। उसे भाग लगाने तक ही हिसाब आता है। न इतिहास आता है न व्याकरण। उसने रेखागणित और त्रिकोणमिति का नाम भी नहीं सुना है, अंग्रेज़ी का ज्ञान फर्स्ट बुक के घोड़े वाले पन्ने तक है।

लड़के के भविष्य के सम्बन्ध में सर्वजया की धारणा कुछ भिन्न है। वह गाँव-गंवई की लड़की है, इतनी उच्चाकांक्षा नहीं रखती कि लड़का स्कूल में पढ़कर कुछ बने। उसके परिचितों में कभी किसी को स्कूल जाने की नौबत नहीं आई। उसकी बस यही आकांक्षा है कि कुछ दिनों के बाद लड़का यजमानों में जाएगा और उन घरों की यजमानी कायम रखेगा। सर्वजया के मन में एक और आशा भी है। गाँव के पुरोहित दीनू भट्टाचार्य बूढ़े हो गए हैं। उनके लड़कों में कोई भी लायक नहीं है। रानी की माँ, गोकुल की बहू, गांगुली बाड़ी की बड़ी बहू, सबने यह राय ज़ाहिर की है कि इसके बाद वे अपू से ही काम-काज कराया करेंगे। गाँव की स्त्रियाँ यही चाहती हैं कि दीनू भट्टाचार्य के उठ जाने के बाद उनके गंजेड़ी पुत्र भोम्बल के बदले इस निष्पाप, सरल, सुन्दर लड़के का गाँव की मनसा देवी और लक्ष्मी देवी की पूजा में साथ रहेगा। सभी लोग अपू को चाहते हैं।

सर्वजया ने अनेक बार पनघट तथा रास्ते में पड़ोसिनों से यह बात सुनी है

और यही इस समय उसकी उच्चाकांक्षा है। वह गरीब घर की लड़की और गरीब घर की बहू है, इसके अतिरिक्त किसी उज्ज्वल भविष्य की कल्पना उसके मन में नहीं है। यदि इतना हो गया, तो मानो उसे आठों सिद्धियाँ और नौ निधियाँ मिल गईं।

एक दिन यह बात भुवन मुकर्जी के यहाँ भी उठी थी, दोपहर के बाद वहाँ के ताश के अड्डे पर मोहल्ले की स्त्रियाँ थीं। सर्वजया ने सबकी दिलजोई करने के ढंग से कहा : 'बड़ी चाची हैं, दीदी हैं, मंझली दीदी हैं, अगर इन सबकी दया हो गई तो आगामी फाल्गुन में अपू का जनेऊ हो जाएगा और फिर वह गाँव में पूजा-पाठ कर सकता है। फिर उसे काहे की चिन्ता। आठ-दस घर यजमान हैं। यदि माता सिद्धेश्वरी की इच्छा से गांगुली बाड़ी की पूजा बंध जाए, तो...

सुनील की माँ मुँह छिपाकर हँसी। उसका लड़का सुरेश बड़ा होने पर कानून पढ़ेगा। उसका ताउजात भाई पटना में बड़ा वकील है, उसके पास जाकर वह वकालत करेगा। सुरेश के मामा के कोई लड़का-बच्चा नहीं है, पर उसकी वकालत खूब चलती है। अभी से मामाजी की इच्छा है कि सुरेश को पास रखकर लिखा-पढ़ी सिखावे, पर सुनील की माँ दूसरे के घर अपने लड़के को क्यों रखने लगी, यह सब बातें वह अत्यन्त भोली-भाली सर्वजया की तरह खुल्लमखुल्ला न बककर इससे पहले ही मामूली बातचीत के बीच में सबको बता चुकी थी।

भुवन मुकर्जी के घर से निकलकर सर्वजया ने लड़के से कहा : 'एक बात तो सुन'—कहकर आवाज़ धीमी करते हुए बोली : 'तू अपनी ताई से क्यों नहीं कहता कि ताईजी, मेरे पास जूते नहीं हैं, मुझे एक जोड़ा जूते ले दीजिए।'

अपू बोला : 'ऐसा क्यों करूँ माँ?'

—वे बड़े आदमी हैं, यदि तू कहे तो सम्भव है कि एक जोड़ा जूता खरीद दें। देखा नहीं है, सुरेश ने कैसे बढ़िया जूते पहन रखे हैं? तू वैसे लाल जूते पहने तो खूब फबेगा।

अपू झेंपते हुए बोला : 'माँ, मुझे बहुत शर्म लगती है। मुझसे कहा नहीं जाएगा। पता नहीं क्या सोच बैठें। मैं...'

सर्वजया बोली : 'इसमें शर्म काहे की? अपने आदमी हैं, कहकर तो देख। शायद...'

—उँ हूँ , मुझसे नहीं कहा जाएगा। मैं तो ताईजी के सामने बात ही नहीं कर पाता।

सर्वजया तैश में आकर बोली : 'सो तू क्यों कर पाएगा? तू तो बस घर में शेर बना रहता है। नंगे पैर मारे-मारे फिरता है, दो साल से पैरों से जूतों का सम्बन्ध नहीं है। बड़े आदमी हैं शायद खरीदकर दे दें, पर तू तो झेंपू नम्बर एक है।'

पूर्णिमा के दिन रानी के घर पर सत्यनारायण की कथा का प्रसाद लेने के लिए अपू वहाँ पर गया। रानी ने उसे बुलाकर मुस्कराते हुए कहा : 'तू पहले तो हमारे घर बहुत आया करता था, आजकल क्यों नहीं आता?'

—आता क्यों नहीं? बराबर तो आता हूँ।

रानी ने अभिमान के लहजे में कहा : 'आता नहीं, खाक आता है। मैं तेरी बात बहुत सोचा करती हूँ , पर तू कभी मेरी, हम लोगों की बात सोचता भी है?'

—क्यों नहीं? वाह! माँ को ज़रा पूछकर तो देखना।

इसके अलावा वह और कोई सन्तोषजनक सफाई नहीं दे सका। रानी ने उसे वहीं खड़ा रखा, इसके बाद स्वयं उसके लिए प्रसाद का फल तथा सन्देश ले आई। हँसकर बोली : 'थाली समेत ले जा। मैं कल चाचीजी से थाली ले आऊँगी।'

रानी के हँसमुख होकर बोलने के कारण अपू के मन में उस पर बड़े भरोसे की भावना उत्पन्न हुई। आजकल रानी दीदी देखने में कितनी अच्छी लगती है, अब तक उसने रानी दीदी की तरह खूबसूरत कोई लड़की नहीं देखी। अतसी दीदी दिन-रात बहुत बनी-ठनी रहती है, पर वह रानी दीदी के सामने बिल्कुल फीकी लगती है। इसके अलावा अपू जानता है कि इस गाँव की लड़कियों में रानी दीदी की तरह उदार मन किसी का नहीं है। यदि वह दीदी के सिवा किसी से प्रेम करता है तो वह रानी दीदी से। उसे यह भी मालूम है कि रानी दीदी भी उससे प्रेम रखती है।

थाली उठाकर चलते समय वह कुछ हिचकिचाहट के साथ बोला : 'रानी दीदी, तुम्हारे पश्चिम वाले कमरे की अलमारी में जो पुस्तकें हैं, क्या सतू भैया उन्हें पढ़ने के लिए नहीं दे सकते? मुझे तुम एक किताब दोगी? पढ़कर फौरन ही लौटा दूँगा।'

रानी बोली : 'कौन-सी किताब, यह तो मैं नहीं जानती। तू खड़ा रह, मैं देखती हूँ।'

सतू पहले किसी तरह राज़ी नहीं हुआ, अन्त में बोला : 'अच्छा, एक शर्त पर दे सकता हूँ। वह यह कि हमारे मैदान वाले पोखर से रोज़ मछलियों की चोरी हो रही है। ताऊजी ने मुझसे कहा है कि दोपहर के समय वहाँ पहरे पर रहूँ। मुझे वहाँ अकेले अच्छा नहीं लगता। अगर तू मेरा साथ दिया करे तो उसके बदले किताब पढ़ने दूँगा।'

रानी ने प्रतिवाद करते हुए कहा : 'वाह! यह खूब रही! वह बच्चा है, वह जंगल में बैठकर मछलियों पर पहरा दे। तुम इतने बड़े होकर जिस काम को कर नहीं पाते, वह उसे करेगा? चलो, तुम्हें किताब नहीं देनी पड़ेगी, मैं पिताजी से माँगकर किताब दिलाउँगी।'

पर अपू राज़ी हो गया। रानी के पिता भुवन मुकर्जी प्रवास में रहते थे। उनके आने में बहुत देर थी, पर अपू को पुस्तकों से बड़ा मोह था। इनको पढ़ने की आशा से वह कितने ही दिन लुब्ध चित्त से सतू के पश्चिमवाले कमरे में गया था। उसने दो-एक किताबें उठाकर थोड़ा-थोड़ा पढ़ भी लिया था। पर सतू न तो स्वयं उन्हें पढ़ता था, न उसे पढ़ने देता था। जहाँ पुस्तक ज़रा दिलचस्प होने लगती थी और नायक पर कोई संकट आया हुआ होता था, उसी मौके पर सतू किताब छीनते हुए कहता था : 'अपू रख दे, यह छोटे चाचाजी की किताबें हैं, कहीं फट न जाएँ, ला...'

अब अपू को जैसे स्वर्ग मिल गया।

हर रोज़ दोपहर के समय वह सतू से एक पुस्तक माँगकर ले जाता था और बाँस की झाड़ी में सेंवड़ा की कच्ची टहनियाँ बिछाकर उन पर औंधा लेटकर पुस्तक पढ़ता रहता था। पुस्तकें बहुत-सी थीं—प्रणय प्रतिमा, सरोज, सरोजिनी, कुसुम कुमारी, यौवन में योगिनी (सचित्र नाटक), दस्यु दुहिता, प्रेम परिणाम या अमृतमय विष, गोपेश्वर की गुप्त कथा...और जाने कितनी ही। वह एक-एक किताब पकड़ता था और खत्म करके ही दम लेता था। आँखें कड़ु आने लगती थीं, सिर भन्ना-सा जाता था, फिर भी पुस्तक बिना खत्म किए चैन नहीं पड़ता था।

पोखर के किनारे की सुनसान बाँस की झाड़ी की छाया इस बीच में लम्बी होकर पास ही के पटे हुए एक दूसरे पोखर के किनारे की सेवारों से लग जाती थी, पर उसे पता ही नहीं चलता था कि एक दिन किधर से निकल गया।

कितनी सुन्दर कहानियाँ हैं! सरोज सरोजनी को साथ में लेकर नाव पर मुर्शिदाबाद जा रहे हैं. रास्ते में नवाब के लोगों ने नाव पर छापा मारा और उन्हें कैद कर लिया। नवाब के हुक्म पर सरोज को प्राणदण्ड दिया गया और सरोजिनी को एक अन्धेरी कोटरी में बन्द कर दिया गया। आधी रात के समय कोठरी का दरवाज़ा खुल गया और मतवाले नवाब ने भीतर आते हुए कहा : 'सुन्दरी, मेरे हुक्म से सरोज मर चुका है, अब तो रोना बेकार है' इत्यादि-इत्यादि।

सरोजिनी ने गर्व के साथ सिर उँचा करते हुए कहा : 'अरे पिशाच, तूने अभी राजपूत रमणी का परिचय नहीं पाया, इस शरीर में प्राण रहते...' इत्यादि।

ऐसे समय किसी के भीम तुल्य पदाघात से कारागार का गवाक्ष टूट गया। नवाब ने चौंककर देखा कि एक तेज़-पुंज कलेवर जटा-जूटधारी संन्यासी खड़े हैं और उनके साथ यमदूत की तरह हट्टे-कट्टे चार-पाँच अनुचर हैं। संन्यासी ने रुष्ट नेत्रों से नवाब की ओर देखते हुए कहा : 'अरे नराधम! तू रक्षक होकर भक्षक बना है?'

बाद में सरोजिनी की ओर देखकर बोले : 'बेटी, मैं तुम्हारे पति का गुरु योगानन्द स्वामी हूँ। तुम्हारे पति का देहान्त नहीं हुआ, उसे मेरे कमंडल के जल से पुनर्जीवन प्राप्त हुआ। अब तुम मेरे आश्रम में चलो, बेटा सरोज तुम्हारी प्रतीक्षा कर रहा होगा।'

ग्रन्थकार की लेखन शैली बहुत सुन्दर है। सरोज के इस विस्मयकारी पुनर्जीवन प्राप्ति का और भी विशद वर्णन करने के लिए और अगले अध्याय के प्रति पाठकों को कौतुहल उद्दीप्त करने के लिए लेखक ने लिखा था—'आइए पाठक, अब हम वधस्थान में चलें और यह देखें कि सरोज को प्राणदण्ड मिलने के बाद उसे किस प्रकार पुनर्जीवन प्राप्त हुआ' इत्यादि।

अपू एक-एक अध्याय पढ़ता जाता था और उसका गला रुंध जाता और आँखें नम हो जाती थीं। वह आकाश की ओर देखते हुए एक-दो मिनट तक कुछ सोचता था। आनन्द, विस्मय और उत्तेजना से उसके दोनों कानों से जैसे चिंगारी निकलती थी, फिर वह सांस रोक कर अगला अध्याय पढ़ने में दत्तचित्त हो जाता था। सन्ध्या हो जाती थी, चारों तरफ छाया लम्बी हो जाती थी, सिर पर बाँस की झाड़ियों में

न जाने कितनी चिड़िया चहचहाने लगती थीं, पुस्तक से एक इंच दूर आँख रखकर पढ़ने की नौबत आती थी। जब बिल्कुल ही नहीं सूझता था, तब वह उठ पड़ता था।

उसने ऐसी पुस्तक तो कभी नहीं पढ़ी। सीता का वनवास और ड्यूवाल की कहानी इनके सामने क्या हैं?

घर आने पर उसकी माँ डाँटती है : 'तू बड़ा अहमक है। तू दूसरे की मछलियों पर अकेले बैठे उस जंगल में इस लोभ से पहरा देता रहता है कि एक पुस्तक पढ़ने को मिले। उन लोगों को अच्छा बुद्धू मिला है।'

पर बुद्धू अपू को जो लाभ है, उस सम्बन्ध में उसकी माँ को कुछ मालूम ही नहीं है। आजकल उसे दो पुस्तकें मिली हैं, *महाराष्ट्र जीवन प्रभात* और *राजपूत जीवन सन्ध्या*। दीमकों का बनाया हुआ टीला, बैंची का जंगल, इनकी पृष्ठभूमि में वह सुनसान दोपहरी में एक के बाद एक जादू से भरे दृश्य देखता चला जाता है। जुलेखा नाव में बैठकर घायल नरेन्द्र की तीमारदारी कर रही है। शिवाजी औरंगज़ेब के दरबार में अपने को पंचहज़ारी मनसबदारों के बीच में पाकर क्रोध से फुफकार रहे हैं। एक बार पूना चलकर तो देखो कि शिवाजी की फौज में कितने पंचहज़ारी मनसबदार हैं।

रजवाड़े के मरु पर्वतों में दिल्ली-आगरा के रंगमहल और शीशमहलों में, पेशवाज़ पहनी हुई सुन्दरियों में उसका दिन कटता है। यह कौन-सा संसार है जहाँ चाँदनी, तलवारों की झनझन, सुन्दर चेहरों से अशनाई, अहेरिया उत्सव में लम्बी बरछी, हाथ में लेकर घोड़े पर ऊसर घाटियों और भुट्टों के खेतों में दौड़ना यही सब रहता है।

जो कुछ भी किसी वीर के, राजपूत के, मनुष्य के वश का है, प्रतापसिंह ने वह किया है। हल्दी घाटी के पहाड़ी रास्तों के हर शिलाखण्ड पर उनकी वीरता की कहानी लिखी हुई है। मेवाड़ के जो बारह हज़ार राजपूत खेत रहे थे, उनके ताज़े खून से उनकी कहानी अमिट हरफों में लिखी हुई है।

बहुत दिन बाद भी पुराने योद्धा जाड़े की रात में अलाव के चारों तरफ बैठकर अपने पोतों और पोतियों को हल्दी घाटी की वीरता की कहानी सुनाते हैं...

अज्ञात हाथों ने एक बरछी फेंक मारी। अपू इस गाँव की चिर श्यामल वनभूमि की छाया में, पेड़ों और लताओं की निविड़ता, भीगी मिट्टी की गन्ध में पला है, फिर भी उसे राजपूताने के भीलों के इलाकों तथा अरावली और मेवाड़ के प्रत्येक स्थान से अच्छा परिचय है। वह वहाँ के अपूर्ण जंगली सौन्दर्य से परिचित है। पहाड़ से उतरते हुए शस्त्रपाणि तेजसिंह की मूर्ति कितनी अच्छी लगती है!

'उस इलाके में बहुत दिनों तक भीलों के उस गाँव की निर्जन गुफाओं और ऊँची चोटियों में आधी रात के समय एक स्त्री का गाना सुनाई पड़ता था। कभी-कभी बहुत सबेरे उस सुनसान इलाके में किसी मुसाफिर को एक स्त्री का पीला चेहरा और चंचल नयन देखने को मिल जाते थे। लोग कहते थे कि यह कोई उनींदी वनदेवी होगी।' उसी गीत की अस्पष्ट करुण मूर्च्छना मानो अपू के कानों में बाँस की झाड़ियों

के पीछे से तैरती और लहराती हुई आती थी।

कमलमीर, सूर्यगढ़ की लड़ाई, सेनापति शहवाज़ खाँ, सुन्दरी नूरजहाँ, पुष्प कुमारी, जंगली भीलों का इलाका, वीर बालक चन्दनसिंह, अजीब-अजीब कल्पनाएँ। वे बहुत दूर थे, फिर भी कितने पास के और वास्तविक मालूम होते थे। रजवाड़े की मरुभूमि और नील अरावली के शिखरों में चिनार वृक्षों पर फूल लगकर झर गए हैं, मेवाड़ की लक्ष्मी के रक्तवर्ण पदचिन्ह् बनास और वीर नदी के किनारों की शिलाओं पर, झरनों के रोड़ों, बाज़रा और ज्वार के खेतों और मौलश्री के जंगलों में अंकित हैं। चित्तौड़ की रक्षा नहीं हो पाई। राणा अमर सिंह ने मुगल बादशाह के साथ समझौता कर लिया। सर्वहारा पिता प्रतापसिंह ने (जो पच्चीस वर्ष तक भीलों को लेकर जंगलों और पहाड़ों में लड़ते फिरे थे) स्वर्ग से इन सारी बातों को किस रूप में लिया होगा? उनका दिल कितना दुखा होगा?

गरम आँसुओं के कारण पोखर, दीमकों के बनाए हुए टीले, बैंची के जंगल, बाँस की झाड़ियाँ सब धुँधले पड़ गए। उस दिन दोपहर को उसके पिता ने एक कागज़ का पैकेट दिखाकर हँसते हुए कहा : 'देखो तो बेटा, क्या है।'

अपू जल्दी से बिस्तरे पर उठ बैठा, उत्साह के साथ बोला : 'पिताजी अखबार है न?'

उस दिन रामकवच लिखकर उसे बिहारी घोष की सास से तीन रुपये मिले थे। उसने उसी में से दो रुपये पत्नी से छिपाकर अखबार के लिए भेज दिए थे। जो पत्नी को मालूम हो जाता, तो इन दो रुपयों को किसी तरह अखबार के लिए बचाना सम्भव नहीं होता।

अपू ने पिता के हाथ से जल्दी से कागज़ का पैकेट लेकर खोल दिया। हाँ, अखबार ही तो था। बड़े-बड़े हरफों में *बंगवासी* लिखा हुआ था। नए कागज़ की बू थी। वही छपाई, वही सब कुछ जिसके लिए वह साल-भर पहले भुवन मुकर्जी के चौपाल के लैटर बक्स के पास तीर्थ के कौए की तरह हर शनिवार को आग्रह के साथ प्रतीक्षा करता था। अखबार! अखबार! पता नहीं क्या-क्या खबरें हैं। न जाने क्या-क्या नई बातें मालूम होंगी।

हरिहर को ऐसा लगा कि दो रुपये के एवज में बच्चे के चेहरे पर आनन्द की जो हँसी दिखाई पड़ी, उसकी तुलना में गिरवी दी हुई बालियों को छुड़ाने की खुशी किसी प्रकार भी बढ़कर न होती।

अपू थोड़ी देर तक पढ़कर बोला : 'देखिए पिताजी, इसमें 'विलायती यात्री का पत्र' निकला है। आज से ही शुरू है। हम बहुत मौके से अखबार के ग्राहक बने, है न?'

फिर भी उसके मन में यह दुःख रह ही गया कि पारसाल अचानक अखबार बन्द कर देने के कारण जापानी मकड़ी-असुर की कहानी का अन्तिम हिस्सा नहीं पढ़ पाया। राई को राजसभा में जाने के बाद, उस पर क्या बीता, यह उसे मालूम नहीं हो सका।...

एक दिन रानी बोली : 'तू कापी में क्या लिखा करता है?'

अपू ने विस्मय के साथ कहा : 'किस कापी में? तुमको भला कैसे...'

—उस दिन दोपहर को मैं तेरे घर पर गई थी। तू नहीं था, मैंने बड़ी देर तक चाचीजी से बातचीत की। क्यों, चाचीजी ने तुझे नहीं बताया? उसी वक्त मैंने देखा कि तूने अपनी लाल कापी पर कुछ लिख रखा है। मेरा नाम है और देवीसिंह और जाने कौन...

अपू लज्जा के मारे लाल पड़ गया। बोला : 'वह तो एक कहानी है...'

—कौन-सी कहानी? मुझे पढ़कर सुनानी पड़ेगी।

अगले दिन रानी एक छोटी-सी जिल्द बंधी हुई कापी अपू के हाथ में देती हुई बोली : 'इसमें तू मेरे लिए एक कहानी लिख दे। पर हो बहुत बढ़िया। लिख देगा न? अतसी बोल रही थी कि तू अच्छा लिख देता है। तू लिख दे, मैं अतसी को दिखाऊँगी।'

अपू रात को बैठकर कापी में लिखने लगा। माँ से बोला : 'माँ, एक परी तेल और डाल दो न। आज इतना और लिख लूँ।'

माँ बोली : 'आज रात को और न पढ़। सिर्फ दो परी तेल और है। कल फिर काहे से तरकारियाँ पकाऊँगी? यहीं खाना पक रहा है, इसी रोशनी में आकर पढ़।'

पर अपू लड़ने लगा।

माँ ने नाराज़ होकर कहा : 'अजीब लड़का है कि रात को ही इसे लिखने-पढ़ने की सूझती है। दिन-भर तो कहीं पता नहीं लगता। सबेरे कौन-सा भाड़ झोंकता रहता है? चल तेल नहीं दूँगी।'

अन्त में अपू चूल्हे से सटकर लकड़ी की आग की रोशनी में लिखने के लिए बैठ गया। सर्वजया सोचती है—जो अपू ज़रा बड़ा हो जाए, तो मैं उसकी अच्छी-सी शादी कर दूँ। इस घर-घूरे पर नया पक्का मकान बनेगा। अगले साल जनेऊ करवा दूँ , फिर इसके बाद गांगुली बाड़ी का पूजा-पाठ मिल गया तो...

चार-पाँच दिन बाद उसने रानी को कापी लौटा दी। रानी ने आग्रह के साथ कापी खोलते हुए कहा : 'लिख डाला?'

अपू ने हँसते हुए कहा : 'खोलकर देखतीं क्यों नहीं?'

रानी ने खोलकर खुश होते हुए कहा : 'ओह, तूने तो बहुत लिख डाला! ठहर, अतसी को दिखाती हूँ।'

अतसी ने देखकर कहा : 'अपू ने लिखा नहीं क्या? उसने तो किसी किताब से नकल मारी है।'

अपू ने प्रतिवाद करते हुए कहा : 'नकल नहीं किया? मैं तो कहानी गढ़ लेता हूँ। पटु से पूछकर देख तो लो, अतसी दीदी। मैं उसे कई बार शाम के समय नदी किनारे बैठकर कितनी ही कहानियाँ गढ़कर सुनाता हूँ।'

रानी बोली : 'नहीं बहन, मैं जानती हूँ, उसी ने लिखा है, वह उसी तरह लिखता

है। उसने एक नौटंकी लिखी थी, मुझे पढ़कर सुनाई थी।'—कहकर उसने अपू से कहा : 'तूने अपना नाम लिखा? नाम तो लिख दे।'

अपू अब कुछ झेंपकर बोला : 'अभी कहानी पूरी नहीं हुई, जब पूरी होगी तो नाम लिख दूँगा।'

यद्यपि इस कहानी का आरम्भ 'यौवन में योगिनी', इस सचित्र नाटक की शैली पर हुआ था, फिर भी अन्त कैसा होगा, यह वह अभी तक निश्चित नहीं कर सका था। साथ ही वह कापी को अधिक दिनों तक रोक नहीं सका क्योंकि वैसा करने पर यह डर था कि रानी दीदी, विशेषकर अतसी दीदी कहीं यह शक न कर बैठें कि उसमें काव्य-प्रतिभा का अभाव है। इसीलिए उसने कहानी पूरी न होने पर भी कापी लौटा दी थी।

पिताजी घर पर नहीं थे। वह सबेरे उठकर अपने गाँव के और कई लोगों के साथ पास ही के गाँव में किसी के प्रथम श्राद्ध का न्यौता जीमने गया। सुनील भी उसके साथ गया। उस भोज में पाँच-पाँच, छः-छः कोस से ब्राह्मण न्यौता जीमने के लिए पैदल आए थे। हरएक के साथ पाँच-छः लड़के-बच्चे भी थे। अपने लड़के-बच्चों को अच्छी जगह बैठाने की होड़ में करीब-करीब दंगा मच गया।

हर एक की पत्तल पर चार-चार लूचियाँ परोसने के बाद जब बैंगन भाजा देने के लिए परोसोनेवाले तुरन्त लौट आए, तो देखा गया कि किसी के पत्तल पर लूची नहीं है। सभी पास में रखी हुई चादर या गमछे में लूची उठाकर बैठे थे। एक छोटा-सा लड़का इतनी पेचीदगियाँ न समझकर लूची तोड़कर खाने लगा, तो उसके पिता विश्वेश्वर भट्टाचार्य ने झपटकर लूची छीन पास की चादर में रख दी, बोला : 'इसे रख, अभी और देंगे, तब खाना।'

इसके बाद बड़ी देर तक भयंकर शोर मचता रहा : 'लूची की टोकरी इस पंगत में लाओ,' : 'इधर कुम्हड़े की तरकारी आई ही नहीं', 'ज़रा गरम-गरम देना', 'यह क्या दे दिया, ज़रा हाथ लगाकर देखिए, यह तो महज कच्चा मैदा है', इत्यादि। अब व्यवस्थापकों के साथ ब्राह्मणों की इस विषय पर काँव-काँव होने लगी कि कितनी चीज़ें बाँधकर ले जाना वाजिब है।

एक ब्राह्मण चीखकर बोला : 'जो ऐसी ही जगहँसाई करनी थी तो भलेमानुसों को बुलवाना नहीं था। सवा-पांच गण्डे लूचियाँ यह तो बंधा-बंधाया रेट है, इतना तो हम बाँधकर ले जा सकते हैं! राजा वल्लालसेन के ज़माने से यह प्रथा चली आ रही है। मैं नहीं चाहता। यह रहा तुम्हारा माल, कन्दर्प मजुमदार कभी ऐसी जगह भूलकर भी...'

तब व्यवस्थापकों ने कन्दर्प मजुमदार के हाथ-पाँव जोड़े और उन्हें प्रसन्न किया।

अपू भी एक पोटली में खाने की चीज़ें बाँधकर ले आया। सर्वजया जल्दी से बाहर आकर मुस्कराती हुई बोली : 'अरे, तू तो बहुत कुछ ले आया है। ज़रा खोल तो, देखूँ। लूची, पन्तुआ, खाजा, कितनी चीज़ें हैं। ढककर रख देती हूँ , सबेरे खाना।'

अपू बोला : 'पर तुम्हें भी खाना होगा। मैंने तुम्हारे लिए ही माँग कर दो बार

पन्तुए लिए थे।'

सर्वजया बोली : 'अच्छा तूने यह कहा था कि माँ खाएगी, पन्तुआ दो! तू तो बड़ा बुद्धू है!'

अपू सिर और हाथ हिलाकर बोला : 'हरगिज़ नहीं, हमने ऐसा कहा कि उन लोगों ने सोचा कि मैं ही खाऊँगा।'

सर्वजया खुशी के साथ पोटली भीतर ले गई।

थोड़ी देर बाद अपू सुनील के घर पर गया। अभी उसने घर के सहन पर पैर रखा ही था कि उसने सुना कि सुनील की माँ सुनील से कह रही है : 'फिजूल के लिए यह सब क्यों ले आया? तुझे किसने लाने के लिए कहा था?'

सुनील भी सबकी देखा-देखी खाना बाँधकर लाया था। बोला : 'क्यों माँ, इसमें गलती क्या है? सब लोग लाए, अपू भी तो लाया।'

सुनील की माँ बोली : 'अपू क्यों न लाएगा? वह तो न्यौता खानेवाले ब्राह्मण का लड़का है। इसके बाद उसे पूजा-पाठ करना और खाना बाँधकर लाते रहना पड़ेगा, यही उनका धन्धा है। उसकी माँ भी बड़ी कंगाल है। इसीलिए मैं तुम लोगों को इस गाँव में लाना नहीं चाहती थी। बुरी संगत में पड़कर बुरी बातें सीखोगे। चल, अपू को बुलाकर सब दे दे, नहीं तो फेंक दे। न्यौता दिया तो खा आए, यहाँ तक तो ठीक है, पर कमीनों की तरह बाँध-बूँधकर चीज़ें लाने की ज़रूरत क्या है?'

अपू आड़ से सारी बातें सुनकर डर गया और फिर सुनील के घर में नहीं घुसा। घर लौटते-लौटते सोचने लगा, कि जिसे पाकर मेरी माँ इतनी खुश हुई, ताईजी उसी पर इतनी नाराज़ क्यों हुई? क्या लूची और मिठाई कोई ईंट-पत्थर या ढेले हैं, जो उन्हें फेंक देने की बात कही गई? क्या उसकी माँ कंगाल है? क्या वह ऐसे ब्राह्मण का लड़का है जिसका धन्धा ही न्यौता खाते फिरना है? वाह! मानो ताईजी ने बहुत पन्तुए और खाजा खाए हैं! पर उसकी माँ तो इन चीज़ों को भी खा ही नहीं पाती। उसने भी ये चीज़ें कितनी बार खाई हैं? जो सुनील के लिए गलत बात है, वह उसके लिए भी गलत कैसे हो सकती है?

लिखने-पढ़ने का अधिक मौका नहीं लगता। वह यही सब करता-फिरता था। लोगों के यहाँ न्यौता जीमना, बाँधकर खाना ले आना, पिता के साथ यजमानों के घर पर जाना, मछलियाँ पकड़ना। वह छोटा लड़का पटु जो मछुआ टोले में कौड़ी खेलने के लिए जाने पर उस बार पीटा गया था, वह सभी मामलों में अपू का साथी रहता था। आजकल वह और भी बड़ा हो गया है, कुछ लम्बा हो चुका है; वह हर समय अपू भैया के साथ घूमता-फिरता था। वह उस मुहल्ले से इस मुहल्ले में महज अपू भैया के साथ खेलने के लिए आता था। और किसी से मिलता नहीं था। वह इस बात को अभी तक नहीं भूला था कि अपू भैया जब मछुवाहों के लड़कों से उसे बचाने लगा, तो उस पर भी मार पड़ी थी।

अपू को मछलियाँ पकड़ने का बहुत अधिक शौक है। सोनाडाँगा मैदान के नीचे, इच्छामति के किनारे काँची काटा नहर के मुहाने पर बंसी से खूब मछलियाँ

फँसती थीं। वह अक्सर वहां जाकर नदी के किनारे एक बड़े-से सप्तपर्ण पेड़ के नीचे बैठकर मछलियाँ पकड़ता था। वह जगह उसे बहुत भाती थी; एकदम सुनसान नदी के दोनों किनारे, जाने कितने पेड़-पालो नदी के किनारे पर झुके हुए हैं, उस पार घने हरे काँस के मैदान हैं, बीच-बीच में लताओं से घिरे हुए कदम्ब और सेमर के पेड़ हैं, बैंगनी रंग के जंगली करेमा फूलों से लदी हुई झाड़ियाँ हैं। दूर में माधोपुर गाँव के बाँस की झाड़ियाँ हैं। जगह सुनसान है पर जीवन की कमी नहीं। सुनसान होने के साथ-साथ चिड़ियों का चहचहाना, जंगल की छाया, काँस की श्यामलता, ये बातें मिली हुई हैं।

जब वह बचपन में पहले-पहल कोठी वाले मैदान में आया था, उसी दिन से उसके मन पर मैदान, जंगल, नदी का जादू छा गया था। जब वह बंसी डालकर सप्तपर्ण पेड़ की छाया में बैठकर चारों तरफ दृष्टि दौड़ाता था, तो उसका मन पुलकित हो उठता था। मछली मिले या न मिले, जब भी शाम की घनी छाया, मैदान के किनारे के खजूर की झाड़ियों के अधपके खजूरों की गन्ध से बस जाती है, स्निग्ध वायु में कहीं 'बहू कथा कहो' तथा पपीहा का 'पीऊ-पिऊ' स्वर तैरता रहता है, हर टहनी पर अबीर और अभ्रक फैलाकर सूर्यदेव सोनाडांगा के मैदान के डाकुओं वाले पीपल की आड़ में तिरछे हो जाते हैं, नदी के पानी में कुछ स्याही-सी मालूम होती है, पानी के इर्द-गिर्द चलनेवाली देशी मैनाएँ कलरव करती हुई अपने घोंसलों में लौटती हैं, तब उसका मन आनन्द विभोर हो जाता है और वह पुलकित होकर चारों तरफ देखने लगता है। उस समय ऐसा जान पड़ता था कि भले ही मछलियाँ न फँसे, वह नित्य यहीं आकर बैठेगा, ठीक इसी बड़े सप्तपर्ण पेड़ के नीचे।

अक्सर मछली नहीं मिलती। बंसी का सूचक सेंठे का तरौना स्थिर पानी पर घंटों वायु लेश शून्य निष्कम्प दीपशिखा की तरह अटल बना रहता था। एक जगह उतनी देर तक बैठे रहने का धैर्य उसमें नहीं रहता, वह इधर-उधर छटपटाता फिरता है, झाड़ियों में चिड़ियों के घोंसलों की तलाश करते हुए वह एकाएक देखता है कि मछलियाँ शायद चारे पर मुँह मार रही हैं। बाद को बंसी उठाकर देखते हुए कहता है : 'धत् तेरे की! यहाँ पर झेयाँ मछलियों का झुण्ड लग गया है, यहाँ कुछ नहीं मिलने का।'

बाद को वह वहाँ से बंसी हटाकर सेवार के बगल में जाकर फिर से बंसी डालता है। पानी वहाँ गहरा स्याह रंग का मालूम होता है, इससे यह आशा होती है कि बड़ा रोहू या कतला मछली फँसने ही वाली है। पर भ्रम दूर होने में देर नहीं लगती। तरौना निर्विकल्प समाधि की अवस्था प्राप्त करता है।

कभी-कभी वह साथ में एकाध किताब ले जाता है।

बंसी डालकर वह पुस्तक पढ़ने लगता है। उसने सुरेश से नीचे की श्रेणी की एक तस्वीर वाली किताब और उसकी कुँजी माँग ली है। वह अंग्रेज़ी समझ नहीं पाता है, पर कुँजी देखकर बंगला में कहानी समझ लेता है और अंग्रेज़ी पुस्तक में बस तस्वीर देखता है। दूर देश की बात हो, खास करके कहानी में कोई बड़प्पन

की बात हो तो ऐसी कहानी बराबर उसके मन को छू लेती है।

इस पुस्तक में उस तरह की कई कहानियाँ थीं। इसमें ऐसी-ऐसी कहानियाँ थीं कि कहीं एक खुले मैदान में एक यात्री बर्फीली आँधी में पड़ गया, उसने यात्रा जारी रखी पर चक्राकार घूमते रहने के कारण वह ठंड में ठिठुरकर रह गया। क्रिस्टोफर कोलम्बस ने अज्ञात महासमुद्र को छानकर किस प्रकार अमेरिका का आविष्कार किया। जो दो अंग्रेज़—लड़का और लड़की, समुद्र किनारे की पहाड़ियों में चाल के घोंसले से अण्डा लाने के लोभ में विपत्ति में फँस गए थे। जो साहसी लड़की प्रास्कोविया लपूलफ अपने निर्वासित पिता के निर्वासन दण्ड को माफ कराने की आशा से निर्जन बर्फ से ढके-मार्ग से सुदूर साइबीरिया से अकेले रवाना हो गई थी, यह सब उसके जैसे चिर परिचित थे।

सर फिलिप सिडनी की छोटी-सी कहानी पढ़कर उसकी आँखों में आँसू भर आए। उसने सुरेश से जाकर पूछा : 'सुरेश भैया, तुम यह कहानी जानते हो? तुम मुझे पूरी कहानी सुना दो न।'

सुरेश ने कहा : 'वह तो जुटफेन की लड़ाई का किस्सा है।'

अपू अवाक् होकर बोला : 'क्या? जुटफेन? वह कहाँ है?'

पर सुरेश इससे अधिक कुछ बता नहीं सका।

महीने-भर के बाद।

मछली पकड़ने गया तो एक बड़ी-सी पूंटी मछली उसकी बंसी में फँस गई।

इस सफलता के कारण उसे इतना लालच हुआ कि वह इस जगह को नहीं छोड़ सका। पेड़ की टहनियाँ तोड़कर उन पर बैठ जाता था।

दिन ढल जाता था, नदी के किनारे के मैदान में फिर वही अपूर्व नीरवता छा जाती थी। उस पार के मैदान के आगे दूर तक फैले हुए सरपतों और काँसों के मैदान में, कदम्ब और सेमर पेड़ की चोटियों पर की अपने बचपन के आनन्द के मुहूर्तों की साथिन शाम की वह अन्तिम धूप!

बंगवासी में 'विलायत यात्री के पत्र' में उसने जो सुन्दर-सी कहानी पढ़ी थी, वह उसे याद हो आती है। वह सुरेश भैया के अंग्रेज़ी मानचित्र में भूमध्य सागर देख चुका था और उसी के उस पार फ्रान्स देश है, यह भी उसे मालूम है। बहुत दिनों की बात है।

उन दिनों फ्रान्स पर विदेशी सेना का आधिपत्य था। देश विपत्ति में था, राजा निकम्मा था, चारों तरफ अराजकता थी, लूटपात मची हुई थी। इस घोर विपत्ति के दिनों में लोरेन प्रदेश के एक छोटे-से गाँव में एक गरीब किसान की लड़की अपने बाप की भेड़े चरा रही थी। भेड़ चराते-चराते उसे कुछ हो गया और वह भेड़ों के झुण्ड को इधर-उधर छोड़कर सुनसान देहात की घास पर बैठकर अपने सुनील नेत्रों को आकाश की तरफ डालकर देश की दुर्दशा के सम्बन्ध में चिन्ता करने लगी।

वह इस प्रकार बहुत दिनों तक चिन्ता करती रही। अन्त तक उसके निष्पाप कुमारी-मन के अन्दर से कोई कहने लगा—तेरे ही हाथों से फ्रान्स की मुक्ति होने वाली है। तू चलकर अस्त्र पकड़। राजा के लिए सेना एकत्र कर। देश और जाति के उद्धार का बोझ तेरे ही कन्धों पर है। देवी 'मेरी' की तुझ पर कृपा है।

इसी प्रकार बहुत दिनों तक यह दैवी पुकार उसकी आत्मा में ध्वनित होती रही। इसके बाद नये तेज़ से उद्दीप्त होकर फ्रेंच सेना ने शत्रुओं को किस प्रकार देश से मार भगाया, किस प्रकार स्वयं कुमारी ने अस्त्र धारणकर राजा को सिंहासन पर बैठाया, किस प्रकार अज्ञान से अन्धे लोगों ने उसे डायन बताकर ज़िन्दा जला डाला, यह सब उसने आज पढ़ा था।

शाम के समय शान्त नदी के किनारे इस विषय पर सोचते-सोचते उसका मन अनोखे विचारों से पूर्ण हो जाता। कुमारी द्वारा किया हुआ युद्ध और उसकी विजय के अलावा वह बाकी बातों पर विशेष विचार नहीं करता। उसके मन के सामने जो चित्र बराबर आता था, वह यह था कि एक निर्जन इलाके में एक लड़की बैठे-बैठे सोच रही है और चारों तरफ भेड़ें मनमाने ढंग से घूम रही हैं, नीचे हरी दूब से भरा मैदान है और ऊपर मुक्त नील आकाश है। एक ओर दुर्धर्ष विदेशी शत्रु है, उसमें क्रूरता और विजय-लालसा है, दर्प है, खून की नदियाँ बहाने की सामर्थ्य है और दूसरी तरफ एक सरला, दिव्य भावमयी, नीलनयना देहाती बालिका है। यह चित्र उसके निरन्तर बुद्धिशील बालक-मन को मुग्ध करता है।

और भी कितने ही चित्र उभरते हैं : बहुत दूर पर नील समुद्र से घिरा हुआ मार्टिनिक द्वीप है। चारों तरफ ईख के खेत हैं, सिर पर नील आकाश है। दूर, बहुत दूर तक केवल नील आकाश और नील समुद्र है। केवल नील और नील, नील के सिवाय और कुछ भी नहीं है। और भी बहुस-सी बातें हैं, पर उन्हें समझाया या बताया नहीं जा सकता।

वह बंसी समेटकर घर की तरफ जाने की तैयारी करने लगा। नदी के किनारे-किनारे सिर झुकाए हुए बबूलों और कीकड़ों के जंगल से नदी के स्निग्ध स्याह पानी में फूलों की वर्षा होती रहती है। सोनाडांगा मैदान के बीच में डाकुओं वाले पीपल की आड़ में बहुत बड़ा लाल रंग का सूर्य झुक गया है मानो किसी देवशिशु ने अलकापुरी के जलते हुए फेनिल सोने के समुद्र से फूँक मारकर एक बुलबुला आसमान में उड़ा दिया हो और अब वह पश्चिम के क्षितिज में धरती के किसी जंगल की आड़ में उतर रहा हो।

पीछे से किसी ने उसकी आँखें मींच दीं। उसने जबरदस्ती हाथ छुड़ा लिया, तो पटु खिलखिलाकर हँसता हुआ उसके सामने आता हुआ बोला : 'अपू भैया, मैं तुम्हें खोजते-खोजते परेशान हो गया, फिर मैंने सोचा कि ज़रूर तुम मछली पकड़ने में लगे हो, इसलिए मैं आया। मछली नहीं मिली? एक भी नहीं? चलो एक नाव खोलकर घूम आएँ, चलोगे न?'

कदम्ब पेड़ के नीचे साहब घाट पर दूर-दूर से नावें आती हैं; किसी पर गोल-पत्ता

लदा है तो किसी पर धान और किसी पर सीप। ये नावें कतार से बंधी हैं। मल्लाहों ने सीपवाली नाव से नदी में बड़ा भारी जाल डाला है। इन दिनों ये लोग हर साल दक्खिन से सीप उठाने आते हैं। मझधार में नावें छोड़कर उन्हें खड़ा रखा है।

अपू ज़मीन पर खड़े होकर देख रहा था कि एक काला-सा आदमी बार-बार डुबकी लगाकर सीप खोज रहा था और थोड़ी-थोड़ी देर बाद नाव की बगल में उठकर अपने हाथ की थैली से मिले हुए दो-चार सीपों को कीचड़ और बालू से अलग करके नाव के अन्दर फेंक रहा था। अपू ने खुशी के साथ पटु को यह दृश्य दिखाते हुए कहा : 'पटु , तू देख रहा है, कितनी देर तक डुबकी लगाता है। आ, हम लोग गिनती गिनकर देखें कितनी देर डुबकी लगाता है। तू इतनी देर तक डुबकी लगा सकता है?'

नदी का दूब से मढ़ा हुआ किनारा ढालू हो कर पानी तक चला गया था। इधर-उधर खूंटे गड़े हुए थे जिन से नावें बँधती थीं। नाव का लंगर भी पड़ा हुआ था। ये नाव वाले कितने दूर-दूर से आए हैं, कितनी नदियाँ और नहरें पार कर चुके हैं, बड़ी-बड़ी खारी नदियों में ज्वारा-भाटा और तूफ़ान का सामना करते हैं। अपू के मन में इच्छा होती है कि वह मल्लाहों के पास बैठकर उनकी कहानी सुने। इस समय उसके मन में यही इच्छा होती है कि वह नदियों और समुद्रों की सैर करे, और कुछ नहीं। जब से उसने सुरेश की पुस्तक में विभिन्न देशों के मल्लाहों की बात पढ़ी है, तब से उसके मन में यही इच्छा ज़ोर मार रही है। पटु और वह नाव के पास जाकर मोल-भाव करते हैं : 'ओ मल्लाह, यह गोल पत्ता एक गड्डी कितने की होगी? यह धान वाली नाव कहाँ की है? झालकाठी की? वह किस तरफ है, यहाँ से कितनी दूर है?'

पटु बोला : 'अपू भैया, चलो, इमली तल्ले के घाट से एक डोंगी लेकर घूम आएँ।'

दोनों इमली तल्ले के घाट से एक छोटी-सी डोंगी खोलकर एक धक्का देकर उस पर चढ़ बैठे। नदी के पानी की ठंडी गीली गंध उठ रही थी; करेमा साग वाली जगह पर जल-पीपी बैठी थी; नदी के किनारे-किनारे किसान परवल के खेत निरा रहे थे; कोई घास काटकर गड्डी बाँध रहा था; चालते-पोता के मोड़ पर किनारे के पास की घनी झाड़ियों में पानी वाली मैनाओं के झुंड चहचहा रहे थे। दिन ढल रहा था इसलिए पूरब के आसमान में विभिन्न रंग के बादल थे।

पटु बोला : 'अपू भैया, एक गाना तो सुनाओ, उस दिन वाला गाना!'

अपू बोला : 'वह नहीं। मैंने पिताजी से एक बहुत अच्छे गाने का सुर सीखा है, उसी को गाऊँगा, पर ज़रा उधर जाकर, यहाँ किनारे पर बहुत-से लोग हैं, यहाँ नहीं।'

—अपू भैया, तुम बहुत झेंपू हो। कहाँ कौन कितनी दूर पर बैठा है, और तुम गाने से झिझक रहे हो। वह वाला गाना शुरू करो।

थोड़ी दूर जाकर अपू ने गाना शुरू किया। पटु ने डांड़ उठा ली और नाव

के खोखले में चुपके से बैठकर एकाग्र होकर सुनने लगा। डोंगी खेने की ज़रूरत नहीं थी। वह धारा में स्वयं ही घूमते-घूमते लभंगा के बड़े मोड़ की तरफ चलती है। अपू का गाना समाप्त होने पर पटु ने एक गाना शुरू किया। अब अपू खेने लगा। नाव काफी दूर आ गई थी। लभंगा का मोड़ दिखाई पड़ रहा था। अचानक पटु ने ईशान कोण की ओर उंगली दिखाकर कहा : 'अपू भैया, देखो किस तरह के बादल उठे हैं। आँधी आने ही वाली है, नाव फेरोगे?'

अपू बोला : 'आँधी चलने दो। आँधी ही में तो नाव खेने और गाने में लुत्फ आता है। चल और आगे चलें।'

बात करते-करते वह काला-सा बादल माधोपुर के मैदान की तरफ से आकर सारे आमसान पर छा गया। उसकी काली छाया नदी के पानी पर घिर आई। पटु उत्सुक नेत्रों से आसमान की ओर देख रहा था। साँय-साँय की आवाज़ उठी; एक अस्पष्ट शोर-गुल के साथ बहुत-सी चिड़ियों की आवाज़ सुनाई पड़ी; ठंडी हवा चल निकली और गीली मिट्टी की गंध तैरती हुई आई। आक के रोऐदार बीज मैदान की ओर से बहुत बड़ी संख्या में उड़कर आने लगे। देखते-देखते पेड़ों की फुनगियाँ हिलने-डुलने, पेंग लेने, मिट्टी में लोटने और टूटकर गिरने लगीं। काल-वैशाखी की आँधी इस प्रकार से आई।

नदी का पानी बिल्कुल स्याह हो गया। किनारे के कीचड़ और बड़े-बड़े सप्तपर्ण पेड़ की डालियाँ टूटने को हुईं, सफेद बगुलों के झुंड काले आकाश के नीले लम्बी पंगत बनाकर उड़कर भाग आए। अपू का सीना उभर आया, वह उत्साह और उत्तेजना के मारे पतवार छोड़कर घूर-घूरकर आँधी का दृश्य देखने लगा। पटु ने धोती के पल्ले को खोलकर फैला दिया तो वह नाव के पाल की तरह फूल गया।

पटु बोला : 'हवा बहुत तेज़ है, अपू भैया, अब सामने नाव नहीं जाएगी। पर कहीं उलटी तरफ गई तो? अच्छा हुआ कि सुनील को साथ में नहीं लाए।'

पर अपू पटु की बात नहीं सुन रहा था; न उसके कान उस तरफ थे न मन। वह नाव के खोखले में बैठकर इकटक सामने आँधी से क्षुब्ध नदी और आकाश की ओर देख रहा था। उसके चारों तरफ काली नदी का नाचता हुआ जल, उड़ते हुए बगुलों की पंगतें, आँधी के समय के बादलों की कतारें, दक्खिन के मल्लाहों के सीपों के अम्बार, स्रोत में बहते हुए काई के ढेर मानो लुप्त होने को थे। उसने अपने को *बंगवासी* पत्र के उस विलायती यात्री के स्थान पर रखा! कलकत्ता से उसका जहाज़ छूटा था, बंगाल की खाड़ी के मुहाने पर सागर द्वीप पार करने के बाद समुद्र के बीच के कितने ही अज्ञात छोटे द्वीपों को पार करके सिंहल के उपकूल की श्याम सुन्दर नारियल के जंगलों की हरियाली देखते हुए कितने ही अनोखे देशों के नीले पहाड़ों को दूर क्षितिज में छोड़कर, सूर्यास्त की लाल धूप से अभिषिक्त होकर नये देशों के नये दृश्यों के अन्दर से वह चल रहा है, चल रहा है, चल रहा है।

इसी इछामति नदी के पानी की तरह काला, गहरा, क्षुब्ध, दूर का वह अनदेखा समुद्र है और अरब सागर के उस द्वीप में भी इसी तरह की हरियाली से भरी झाड़ियाँ

हैं। वहाँ इसी प्रकार सन्ध्या समय अदन बन्दरगाह में पेड़ के नीचे बैठकर वह विलायती यात्री की तरह एक अरबी रूपसी से एक गिलास पानी माँग कर पीएगा। चालते-पोता के मोड़ की तरफ देखने पर उस पत्र में वर्णित जहाज़ के पीछे के उस उड़ते हुए जलचर पक्षियों के झुंड को वह मानो प्रत्यक्ष देख रहा है...

वह उन सब स्थानों में जाएगा, उन सब दृश्यों को देखेगा, विलायत जाएगा, जापान जाएगा, व्यापार के लिए यात्रा करेगा, बड़ा सौदागर बनेगा, लगातार इस देश से उस देश और इस समुद्र से उस समुद्र तक घूमेगा, बड़ी-बड़ी विपत्तियों में फँसेगा। चीन समुद्र में आज की तरह इस तरह मतवाला बनाने वाली काल वैशाखी की तरह भीषण आँधी में उसका जहाज़ जब डूबने को होगा, तो वह *मेरा अनोखा भ्रमण* नामक पुस्तक में पढ़े हुए मल्लाहों की तरह छोटी नाव में बैठकर समुद्र में डूबी हुई चट्टान पर लगे हुए सीप और घोंघा आदि खाते हुए अथाह समुद्र में जा पड़ेगा

सामने के माधोपुर गाँव के बाँस की झाड़ियों की फुनगियों पर तूतिया रंग के बादलों के ढेर कुछ आगे की ओर झुके हुए हैं, उसके उस पार नील समुद्र, अज्ञात समुद्र-तट, नारियल-कुंज, ज्वालामुखी, बर्फीले इलाके, जुलेखा, सरयू, ग्रेसडार्लिंग, जुटफेन, चील के अण्डों की खोज में घूमने वाले अंग्रेज़ बालक और बालिका, सोना बनाने वाले जादूगर बटगर, निर्जन भूभाग में चिन्ता में लीन लोरेन की वह नीली आँखों वाली लड़की जुआन, और जाने कौन-कौन हैं। इन सब देशों की बात उसे अपने टीन के बक्स में रखी हुई चन्द पुस्तकों, रानी दीदी के घर की पुस्तकों, सुरेश भैया से माँगी हुई वह पुस्तक तथा *बंगवासी* की पुरानी फाइलों से मालूम हुई हैं। ऐसा लगता है, जैसे इन देशों में कोई कहीं पर उसके लिए प्रतीक्षा कर रहा है। वहाँ से एक दिन उसकी पुकार भी आएगी और वह जाकर रहेगा!...

उसे इस सम्बन्ध में कोई धारणा नहीं है कि वे देश कितनी दूर हैं, कौन उसे ले जाएगा, वहां उनमें जाना उसके लिए कैसे सम्भव होगा। थोड़े दिन बाद जिसे घर जाकर पूजा-पाठ करके पेट पालना पड़ेगा, रात को जिसे पढ़ने के लिए तेल माँगने के कारण माँ की डाँट सहनी पड़ती है, इतनी उम्र तक जिसे स्कूल जाना नसीब नहीं हुआ, जिसे यह नहीं मालूम कि अच्छा कपड़ा और अच्छी चीज़ किसे कहते हैं—उस अनपढ़, अज्ञात, असहाय देहाती बालक को बृहत्तर जीवन के आनन्दयज्ञ में योगदान करने का आह्वान कौन देगा?

जो उसके मन में ये प्रश्न उभरते तो उसकी तरुण कल्पना के सफल होने का कोई मार्ग निकलता और शायद इन सारे संशयों पर विजय प्राप्त करने की गुँजाइश पैदा होती, पर ये बातें उसके मन में उठतीं ही नहीं। बस यही मालूम होता है कि जैसे ही वह बड़ा हुआ, तैसे ही सब कुछ अपने-आप हो जाएगा। आगे बढ़ने पर ही सारी सुविधाएँ उसे रास्ते में पड़ी मिल जाएँगी। बस, बड़े होने की देर है। वह बड़ा हुआ कि उसे सुविधाएँ मिलीं। चारों तरफ उसे सादर निमन्त्रण प्राप्त होंगे और वह संसार को जानने और मनुष्य से परिचय करने की दिग्विजय में अग्रसर होगा।

भावी जीवन के रंगीन सपनों में विभोर होकर उसका बाकी रास्ता कट गया।

अब पानी नहीं पड़ रहा था। आँधी के कारण काले बादल उड़ गए और आकाश साफ होने लगा। इमली तल्ले के घाट में डोंगी लगते ही वह चौंक पड़ा। वह डोंगी बाँधकर पटु के आगे-आगे बाँस की झाड़ियों के रास्ते में खुशी-खुशी सीटी देते हुए घर की तरफ चला।

उसने अपनी माँ और दीदी की तरह स्वप्न देखना और उन्हीं में सन्तुष्ट रहना सीख लिया था।

27

असल में अपू सोया नहीं था, वह जगा हुआ था। उसकी आँखें मुँदी हुई थीं, पर रात के समय माँ और बाप में जो बातचीत हो रही थी, वह उसने सुन ली थी। वे यहाँ का बूदोबास उठाकर काशीजी जा रहे थे। पिताजी माँ को यह बता रहे थे कि इस देश के मुकाबले में काशी में कई सुविधाएँ हैं। हरिहर कम उम्र में वहाँ दिनों तक रहा है। वहाँ वह बहुत-से लोगों को जानता था। सब उसे जानते और मानते हैं। वहाँ चीज़ें भी सस्ती हैं। माँ ने इस पर बहुत आग्रह किया, उन स्वर्णिम देशों में कभी किसी को अभाव नहीं होता जबकि यहाँ बारहों महीने तकलीफ ही तकलीफ है। बस साहस करके वहाँ चले गए तो सारे दुःख मिट जाएँगे। माँ का रुख तो यह था कि अगर कल जाना है, तो आज ही चला जाए। यहाँ और एक दिन भी रहने की इच्छा नहीं है। अन्त में यह तय हुआ कि बैसाख के महीने में उधर चल दिया जाए।

सर्वजया ने गंगानन्दपुर की सिद्धेश्वरी देवी से मानता मानी थी। कौन तीन कोस जाकर पूजा चढ़ाए, इसलिए अब तक मानता पूरी नहीं हुई थी। अबकी बार जब यहाँ से जाना ही था, तो उससे पहले पूजा चढ़ानी चाहिए, पर इसके लिए तलाश करने पर भी कोई आदमी नहीं मिला।

अपू बोला : 'मैं पूजा चढ़ा आऊँगा, उस गाँव में मेरी फूफी रहती है। उनसे कभी भेंट-मुलाकात नहीं हुई, इस बहाने उनसे भी मिल आऊँगा।'

माँ बोली : 'चल, बकवास मत कर। तू अकेले कैसे जा सकता है? यहाँ से कोई चार कोस रास्ता है।'

अपू ने माँ के साथ बहस शुरू कर दी : 'मैं ऐसे हमेशा थोड़े ही घर घुसू बना रहूँगा? क्या मैं कहीं जा नहीं पाऊँगा? क्या मेरे आँख-कान पैर नहीं हैं?

—सब हैं, पर तुम अकेले गंगानन्दपुर कैसे जा सकते हो? तुम बड़े बहादुर हो न!

पर अपू ने इतनी रार मचाई कि उसी को भेजना पड़ा। सोनाडांगा मैदान के सीने को चीरती हुई कच्ची सड़क थी। रास्ते में दोनों किनारों पर आक फूल के जंगल थे। लम्बे-सफेद डंठल फूलों के बोझ से झुककर घास पर लोट रहे थे। चारों तरफ

सन्नाटा था। दोपहर में थोड़ी देर थी, पेड़ों की छाया छोटी होती जा रही थी। अपू के नंगे पैरों पर चिकनी मिट्टी की गर्मी लग रही थी। उससे उसे कुछ असुविधा नहीं हो रही थी। रास्ते के किनारे जंगलों और झाड़ियों में जाने कितने क्या-क्या फूल लगे थे। सांई बबूल के नये फूल सूर्य की तरफ मुँह किए हुए हैं। एक तरह के छोटे पेड़ों में लाल वन गूलर की तरह कोई फल बहुत अधिक संख्या में पक कर सुर्ख हो रहे थे। धूप से जली मिट्टी से जाने कैसी सोंधी-सोंधी गन्ध आ रही थी। वह बीच-बीच में झुककर झाड़ी के अन्दर से खोजकर बैंची फल लेकर हाथ से सिले हुए लाल साटन के कुर्ते की जेबें भर ले रहा था। चलते-चलते उसका मन पुलकित हो उठता था। वह किसी को यह नहीं समझा सकता कि उसे यह धूप की जली मिट्टी की ताज़ी खुशबू , यह छाया-भरी दूब, सूर्य के आलोक से उज्ज्वल मैदान, सड़क, पेड़-पालो, चिड़ियाँ, झाड़ियाँ, लटकते हुए फूल और फलों के गुच्छे, केवाँच, जंगली करेमा, नील अपराजिता कितने प्रिय हैं।

घर में उसका जी बिल्कुल नहीं लगता। यदि पिताजी यह कहें कि बेटा, तुम सड़कों पर मारे-मारे फिरते रहो, तो बहुत आनन्द रहे। उस हालत में वह इस तरह जंगली फूलों से लदी हुई छायादार झाड़ियों के नीचे से फाख्ता बोलते दूर जंगलों की ओर आँख रखकर इसी तरह कच्ची सड़क पर पैदल चलता ही जाए, चलता ही जाए, चलता ही जाए...। बीच-बीच में शायद बाँस की झाड़ी का सर-सर शब्द सुनाई पड़ा, शाम की धूप के सुनहले सिन्दूर से छिड़का हुआ भू-भाग दिखाई पड़ा और रंग-बिरंगी चिड़ियों के गाने सुनाई पड़े। अपू का बचपन प्रकृति के साथ घनिष्ठ सम्पर्क में कट रहा था। कब एक ऋतु समाप्त होकर दूसरी ऋतु आती है और पेड़-पालो, आकाश, बतास, चिड़ियों की चहचाहट में उसकी वाणी गूँजती है यह उसे पता लग जाता है। उसने ऋतु बदलने के साथ इछामति नदी के परिवर्तनशील रूप को देखा था। किस ऋतु के कारण जल, स्थल, अन्तरिक्ष, फूल और फल में क्या परिवर्तन होता है, यह उसे भली भाँति मालूम था। उसे इनके साथ यह घनिष्ठ सम्बन्ध प्रिय था। वह उन्हें छोड़कर जीवन की कल्पना नहीं कर पाता था। वह आँख के सामने यह विराट सुन्दर तस्वीर रखकर बड़ा हो रहा था। ग्रीष्म की भयंकर गर्मी और उमस के अन्त पर किस तरह सारे क्षितिज में नीले बादलों का गम्भीर सुन्दर रूप निखरता है, सूर्यास्त के समय किस प्रकार सोनाडांगा के मैदान के ऊपर वाले आकाश में कितने रंग-बिरंगे बादलों का खेल मचता है। भादों के अन्त में खिलते हुए कांस के फूलों से भरा हुआ माधोपुर का विस्तृत किनारा, चाँदनी रात में बाँस की झाड़ी के नीचे किस प्रकार चाँदनी की खानेदार जाली बनती है, यह सब उसे मालूम था। अपू की खिलती हुई किशोरावस्था के तगड़े और आग्रह से पूर्ण पवित्र मन पर इनके अनोखे विशाल सौन्दर्य ने अमिट छाप छोड़ी थी; उसके हृदय में सौन्दर्य-पिपासा जगी थी और चुपके-चुपके उसके कानों में अमृत का दीक्षामंत्र इनसे प्राप्त हुआ था। अपू कभी अपने जीवन में इस शिक्षा को भूल नहीं सकता था। सारी ज़िन्दगी सौन्दर्य का पुजारी होने के व्रत में मानो अपने ही अनजान में मुक्त रूपा प्रकृति ने उसे धीरे-धीरे

दीक्षा दे दी थी...

नतीडांगा के बांगड़ में कुछ लोग मछली पकड़ रहे थे। वह कुछ देर खड़े होकर देखता रहा। गाँव में एक काना भिखमंगा इकतारा बजाते हुए गीत गाकर भीख माँग रहा था। अपू को भी वह गाना आता है। उसने कितनी ही बार वह गाना गया है :

दिन दुपुरे चान्देर उदय रात पोहानो होलो भार।

(दिन की दोपहरी में चाँद निकला है, रात का खत्म होना मुश्किल हो रहा है।)

वैष्णव बाबा इस गीत को बहुत सुन्दर तरीके से गा लेते हैं।

हरिशपुर में दाखिल होने पर उसने देखा कि रास्ते के किनारे एक छोटे-से छप्पर के नीचे पाठशाला लगी है। लड़के सुर-ताल से पहाड़ा याद कर रहे हैं। वह खड़ा होकर सुनने लगा। गुरुजी की उम्र कोई अधिक नहीं है, उसके गाँव के प्रसन्न गुरुजी से उनकी उम्र बहुत कम है।

और एक बात उसे बार-बार याद आ रही थी। वह बड़ा हो गया है, अब छोटा नहीं है। जो छोटा होता तो उसे माँ अकेले ही छोड़ देती? अब तो बस चलना, महज सामने की तरफ आगे चलना है। इसके अलावा आगामी महीने के इस दिन वे कितनी दूर, कहाँ चले जाएँगे। वह काशी जाने कहाँ है, वहीं!

शाम की तरफ वह गंगानन्दपुर पहुँच गया। मुहल्ले में पहुँचते ही पता नहीं उस पर दुनिया-भर की शर्म ऐसी सवार हुई कि वह किसी तरफ देख नहीं सका। किसी तरह साहस बटोरकर वह रास्ते पर दृष्टि रखकर सामने की ओर चलने लगा। उसे ऐसा मालूम हुआ कि सब उसकी ओर देख रहे हैं, मानो यह सब जानते हों कि वह आज यहाँ आएगा। शायद ये लोग अपने मन में कह रहे थे—यह देखो, यह वही है, वह जा रहा है।—वह जिस पोटली के अन्दर नारियल का लड्डू बाँधकर ले जा रहा था, उसका पता भी जैसे सबको था। उसके फूफा कुंज चक्रवर्ती कहाँ रहते हैं, यह भी वह किसी से नहीं पूछ सका।

अन्त में एक बुढ़िया को अकेले में पाकर उसने पता पूछा, तो उसने घर बता दिया। घर के सामने का हिस्सा दीवार से घिरा हुआ था। आँगन में घुसने पर भी कोई नहीं मिला। वह दो-एक बार खाँसा। आवाज़ देने की हिम्मत उसमें कहाँ थी? वह चैत्रमास की तेज़ धूप में कब तक बाहर के आँगन में खड़ा रहता, पर कुछ देर बाद अट्ठारह-उन्नीस साल की एक साँवली लड़की ने किसी काम से बाहर निकलते ही देखा कि दरवाज़े के पास एक अपरिचित, सुन्दर लड़का हाथ में पोटली लिए कुछ झेंपते हुए खड़ा है। लड़की ने विस्मित होकर कहा : 'लड़के, तुम कौन हो? तुम कहाँ से आए हो?'

अपू अनाड़ी की तरह आगे बढ़ आया और उसने बड़े कष्ट से ये शब्द कहे : 'मेरा घर यह—निश्चिन्दिपुर है, मेरा नाम अ-पू है...'

उसे ऐसा लगता था कि वह न आता तो अच्छा रहता! शायद उसकी फूफी

यह सोचे कि यह कहाँ से बला आ पड़ी। शायद बिगड़ पड़े। इसके अलावा यह किसे मालूम था कि अपरिचित स्थान में आकर बातचीत करना इतना मुश्किल होता है? उसके माथे पर पसीना आ गया।

पर वह लड़की उसी समय दौड़कर आई और उसका हाथ पकड़कर बड़े आदर के साथ सहन में ले गई। उसने यह पूछा कि उसके माँ-बाप कैसे हैं। ठुड्डी में हाथ लगाकर उसने दुलार की बहुत-सी बातें कहीं। यद्यपि उसने कभी अपू की दीदी को नहीं देखा था फिर भी उसने दीदी के नाम पर बहुत दुःख प्रकट किया। उसने अपने हाथ से उसका कुर्ता खोल दिया, फिर हाथ-मुँह धुलाकर सूखे अंगोछे से पोंछकर जल्दी से एक गिलास चीनी का शर्बत पेश कर दिया। अपू ने सोचा था कि फूफी जाने कितनी बड़ी होगी, पर वह तो बहुत कम उम्र निकली; राजी की दीदी से कुछ ही बड़ी थी।

उसकी फूफी भी उसकी तरफ घूर-घूर कर देख रही थी। दूर का रिश्ते में भतीजा इतना सुन्दर है और उसकी उम्र इतनी कम है, यह फूफी को शायद इससे पहले पता नहीं था। इसलिए बगल के मकान से जब एक पड़ोसिन ने आकर अपू का परिचय पूछा, तो उसने गर्व के साथ कहा : 'मेरा भतीजा है, निश्चिन्दिपुर में घर है, चचेरे भाई का लड़का है, रिश्ता बहुत ही करीब है, फिर भी आना-जाना कम है, बस यही बात है।'

बाद में उसने गर्व के साथ फिर अपू की तरफ देखा। उसके कहने का मतलब यह था—देखो, मेरा भतीजा देखने में कैसा राजकुमार-सा लगता है, अब समझ लो कि मैं किस हैसियत की और किस खानदान की लड़की हूँ!

सन्ध्या के बाद कुंज चक्रवर्ती घर आए, मरगिल्ला सुकड़ा हुआ सूखा चेहरा, उम्र का कुछ पता नहीं लगता था। फूफी को देखकर जैसे वह झेंप गया था, फूफा को देखकर उसी प्रकार से उसे भय हुआ। बचपन में वह जिस प्रसन्न गुरुजी के पास पढ़ता था, यह चेहरा कुछ वैसा ही था। ऐसा मालूम हुआ जैसे यह आदमी अभी यह कह सकता है—अरे तू बहुत बड़बोला है।

अगले दिन सबेरे उठकर अपू मोहल्ले में इधर-उधर टहल आया। चारों तरफ जंगल था, ज़मीन खाली पड़ी थी, दूब व घास तो लगभग थी ही नहीं—ऐसा जंगल था। एक मकान यहाँ है तो जंगल से घिरी पगडंडी के बाद फिर एक दूसरा मकान वहाँ है। कई जगह उसने देखा कि पगडंडी लोगों के आँगन के अन्दर से गई है। उसने अपनी उम्र वाले कुछ लोगों को खेलते ज़रूर देखा, पर सभी उसकी तरफ मुँह बनाकर ऐसे ताक रहे थे कि उनके साथ बातचीत शुरू करना तो दूर रहा, वह उनके मुँह की तरफ देख भी नहीं सका।

फूफी के घर लौटने में उसे कुछ विपत्ति का अनुभव हुआ। इतना सबेरे उसकी माँ उसे चिउड़ा, लाई, नारियल का लड्डू या बासी भात खाने के लिए देती थी। पर यहाँ वे क्या देंगे? कल रात को भात खाते समय दूध के साथ सन्देश खरीद कर दिया था। आज अगर वह अभी लौटे तो शायद वे यह समझें कि लड़का बहुत

पेटू है, इसीलिए खाने के लालच में इतना सबेरे घर लौटा? नित्य पकवान खाना कोई अच्छी बात थोड़ी ही है? नहीं, वह घर नहीं लौटेगा। और थोड़े देर रास्ते में घूम-घामकर वह भात खाने से कुछ पहले घर लौटेगा। पर अपरिचित स्थान में इतनी देर वह कहाँ रहे, यह भी तो एक मुसीबत है!

अन्त में चहलकदमी करते हुए घर पहुँचा।

एक छः-सात साल की लड़की एक काँसे की कटोरी हाथ में लेकर घर में घुसकर आँगन से ही पुकार रही थी : 'ताईजी, लौकी बनाई है क्या? मुझे थोड़ी दोगी?

अपू की फूफो कमरे के अन्दर से ही बोली : 'कौन है रे गुलकी? नहीं, उस जून बनाऊँगी, आकर ले जाना।'

गुलकी कटोरी नीचे रखकर सहन के किनारे खड़ी रही। सिर के बाल लड़कों की तरह छोटे-छोटे कटे हुए थे पर थे बाल बहुत। उसने मैली-सी साड़ी पहन रखी थी, सिर में तेल नहीं पड़ा था, रंग साँवला था। उसने अपू की तरफ देखा, फिर न जाने क्या समझकर एकाएक मुस्कराई और फिर कटोरी उठाकर चलती बनी।

अपू ने पूछा : 'फूफी, यह किसकी लड़की है?'

फूफी बोली : 'कौन गुलकी? उसका घर यहाँ नहीं है, उसके माँ-बाप, कोई भी कहीं नहीं है। निवारण मुकर्जी की स्त्री, जिसका बगल में ही घर है, दूर के रिश्ते में उसकी ताई लगती है, वहीं रहती है।'

अगले दिन मोहल्ले के एक लड़के ने आकर उससे परिचय किया और अपने साथ में ले जाकर उसे गाँव के सारे मोहल्ले दिखलाए। घर लौटते हुए उसने देखा कि वह अनाथ लड़की गुलकी पगडंडी के किनारे पैर फैलाकर अकेले-अकेले कुछ खा रही है। उसे देखकर उसने जल्दी से आँचल समेटना चाहा। आँचल में बहुत-से मौलश्री के अधपके फल थे। अपू ने इस बीच में फूफी से इसका और भी परिचय मालूम किया था; निवारण मुकर्जी की स्त्री उससे अच्छा सलूक नहीं करती, वह कोई भली स्त्री नहीं है। फूफी ने कहा था : 'ताई नहीं है, पूरी रणचण्डी है। कभी-कभी खाने को भी नहीं देती, इसीलिए वह इधर-उधर माँग-मूँगकर खाती फिरती है। उसके अपने ही बहुत-से लोग हैं, जिनको खाने को नहीं जुटता फिर पराये की कौन कहे?'

गुलकी को देखकर अपू के मन में बिल्कुल झेंप पैदा नहीं होती। नन्हीं-सी लड़की है। हाय, उसका कोई नहीं है। अपू के मन में बड़ी इच्छा हुई कि वह उससे जान-पहचान करे। उसने पास जाकर कहा : 'ऐ लड़की देखूँ , तू आँचल में क्या छिपा रही है?'

गुलकी एकाएक आँचल समेट, मुस्कराकर दौड़ पड़ी। उसका रंग-ढंग देखकर अपू को हँसी आ गई। दौड़ते समय गुलकी के आँचल के मौलश्री फल गिरते चले जा रहे थे, उन्हें बटोरते हुए अपू बोला : 'गिर गए सब गिर गए, ओ लड़की! अपनी मौलश्री ले जा, मैं कुछ नहीं कहूँगा, आ लड़की!'

गुलकी तब तक नौ-दो-ग्यारह हो गई थी। वह पोखर में नहाकर बैठा था कि

उसने देखा कि पीछे के दरवाज़े की आड़ से गुलकी ज़रा झाँक रही है और फिर मुँह छिपा रही है। उसके साथ आँखें चार होते ही गुलकी मुस्करा पड़ी, अपू खड़ा होकर बोला : 'अभी तुझे पकड़ता हूँ।'

कहकर वह दरवाज़े की ओर दौड़ा। गुलकी पीछे न ताककर अब सीधे पोखर के किनारे की ओर दौड़ी पर अपू से कहाँ पार पाती। जब उसने देखा अब दौड़ना व्यर्थ है तब वह खड़ी हो गई और अपू ने उसका झोंटा पकड़ लिया और बोला : 'बड़ी दौड़ लगाने वाली बनी है! लड़की तू क्या खाकर मेरे साथ दौड़ेगी?'

गुलकी पहले-पहल डरी थी कि वह शायद उसे मारेगा। पर अपू ने झोंटा छोड़कर हँस दिया, इससे वह समझ गई कि यह एक खेल है। वह फिर पहले की तरह खिलखिलाकर हँसने लगी।

अपू को बड़ी दया आई। उसकी हँसी में इस बात का मानो आभास था कि वह अपू से परिचय करना चाहती है, खेलना चाहती है, पर अभी बच्ची है, बात नहीं कर पाती है, इसलिए इस तरह से दूर से झाँककर, मुस्कराकर तथा दौड़ लगाकर अपनी इच्छा व्यक्त करती है। उसे दूसरा ढंग आता ही नहीं। यह जैसे उसकी दीदी ही है। शायद इस उम्र में दीदी ऐसी ही थी, इस तरह आँचल में बेर, बेल, बैंची बाँधकर अपने मन से फिरती रहती थी। न उसको कोई समझता था, न देखता था, इसी तरह की पेटू और बुद्धिहीन छोटी लड़की।

अपू ने सोचा कि इसके साथ कोई नहीं खेलता, हम इससे खेला करें। हाय! यह बिना माँ-बाप की दुखिया लड़की है, मारी-मारी फिरती रहती है। उसने गुलकी का झोंटा छोड़कर हाथ पकड़ते हुए कहा : 'गुलकी, खेलेगी? चल पोखर के किनारे चलें! नहीं, तू एक काम कर, मैं तुझे पकड़ूँगा और तू दौड़ेगी, वह कटहल का पेड़ धैया है। आ जा!'

हाथ छोड़ते ही गुलकी फौरन ही नीची होकर दौड़ पड़ी। अपू चिल्लाकर बोला : 'अच्छा जा, जितनी भी दूर जाते बने, मैं तुझे पकड़ लूँगा। अच्छा, तू जा चुकी न? अब देख'—कहकर वह साँस रोककर दौड़ा—सन्...न्...न् ...न्!

गुलकी ने पीछे की ओर अपू को दौड़ते देखकर जितना भी उससे बन पड़ा दौड़ी, पर अपू ने थोड़ी देर दौड़कर ही पकड़ लिया : 'तू बहुत दौड़ने वाली है न? पर मेरे साथ तेरी एक नहीं चलेगी। चल हम लोग चोर-पुलिस खेलें, तू चोर बन, कटहल का पत्ता चुराकर भाग और मैं पुलिस बनकर तुझे पकड़ूँगा।'

गुलकी खुशी के मारे फूली नहीं समाती थी। शायद वह मन ही मन चाहती थी कि इस सुन्दर लड़के के साथ उसका परिचय हो। उसने सिर हिलाकर तसल्ली देने के लहजे में कहा : 'चींआं लोगे?'

अपू ने मन ही मन सोचा कि किसानों के गाँव में रहकर उसने इस प्रकार की बातचीत सीखी है, उसके गाँव में ग्वाले तथा सद्‌गोप इसी तरह की बात करते हैं।

दोपहर के समय जब उसकी फूफी ने बुलाया तो पीछे-पीछे गुलकी भी आई।

अपू का खाना खत्म हो जाने पर उसकी फूफी ने पूछा : 'गुलकी, तू भात खाएगी? तो अपू की पत्तल में बैठ जा। केले के फूल का घंट है, दाल दे रही हूँ।'

अपू ने सोचा कि हाय, जो मुझे मालूम होता कि वह मेरी पत्तल में खाने बैठेगी, तो उसके लिए मछली के दो-एक कत्तल भी छोड़ देता। गुलकी ने एक बार भी मना नहीं किया और बेशर्म की तरह खाने बैठ गई। उसने बहुत-सा भात माँगकर दाल में सान लिया, फिर बड़ी देर तक बैठे रहने पर भी जब सारा भात नहीं खा पाई तो उसने पत्तल के किनारे ढेर लगा दिया। फिर भी उठने का नाम नहीं ले रही थी। तब अपू की फूफी ने हँसकर कहा : 'गुलकी, और मत खा, तेरी साँस उखड़ रही है। ले उठ, देख तो कितना भात खराब कर दिया! तेरी भूख तो बस देखने की है'—कह कर फिर बोली : 'अपनी ताई का ढंग तो देख इतनी देर हो गई, नन्ही-सी लड़की है पर भात खाने के लिए नहीं बुलाती! गैर भले ही हो, पर है तो नन्ही-सी।'

अपू शनीचर के दिन सिद्धेश्वरी देवी के मन्दिर में पूजा चढ़ाने गया। पुरोहितजी की सफेद लम्बी दाढ़ी सीने तक पहुँची थी, सौम्य चेहरा था। उनकी विधवा लड़की बाप के साथ-साथ आती है, पूजा का प्रबन्ध कर देती है और बूढ़े बाप को सहायता देती है। लड़की बोली : 'ओ लड़के, चार पैसे दक्षिणा क्यों दी? इतने से नहीं होगा। चढ़ाने की पूजा में दो आने लगेंगे।'

अपू बोला : 'पर माँ ने तो चार ही पैसे दिए हैं। मेरे पास और कुछ है भी नहीं।'

तब लड़की ने केले और मूली के कुछ टुकड़े चुनकर एक पत्ते में लपेटकर उसके हाथ में देते हुए कहा : 'इसमें देवी का प्रसाद है, बेल पत्ता और सिन्दूर भी है, अपने घर की स्त्रियों को देना।'

अपू ने सोचा कि ये अच्छे लोग हैं, पैसे होते तो और भी दो पैसे देता।

वह फूफी के घर लौटकर बाहर के सहन में चाँदनी में बैठकर फूफी के साथ पूजा की बात कर रहा था। इतने में गुलकी के घर से गुलकी की चीख सुनाई पड़ी : 'ताईजी, इतना न मारो, अरे बाप रे! ताईजी, मेरी पीठ से खून निकल रहा है, और न मारो'—साथ ही साथ दूसरी कर्कश चीख सुनाई पड़ी : 'हरामज़ादी, बदमाश, तू चौधरी के घर खाना खाने गई थी, तू इतनी पेटू है? जो आज मैं तेरे पेटूपन को कलछुल जलाकर दाग न दूँ! लोगों के घर माँगती खाती-फिरती है और यह हरामज़ादियाँ देखकर भी नहीं देखतीं और कहती हैं कि मैं खाने नहीं देती। आफत कहीं की, तुझे घर में खाने को नहीं मिलता? आज मैं तुझे...'

अपू की फूफी ने कहा : 'सुन रहा है, किस तरह ढाल-ढालकर बातें कहती है? सच कहो तो बस फिर मेल-मिलाप खत्म हो जाता है, सच कहा कि बस बुरे हो गए।'

अपू का मन पछाड़ खा रहा था। गला रुंध जाने के कारण उसके मुँह से कोई बात नहीं निकली।

अगले दिन सन्ध्या के कुछ पहले खाना आदि समाप्त कर अपू ग्वालों के मुहल्ले

की ओर चला। उसके फूफा ने तय कर दिया था कि गाँव से एक गाड़ी तम्बाकू लेकर नवाबगंज जाएगी, उस गाड़ी पर वह सन्ध्या समय चढ़े तो सबेरे की तरफ वह निश्चिन्दिपुर के रास्ते में उतार देगी।

अपू थोड़ी ही दूर गया था कि ब्राह्मन टोली के रास्ते पर गुलकी के साथ भेंट हुई। वह सन्ध्या समय खेलकर घर लौट रही थी। अपू बोला : 'आज मैं घर जा रहा हूँ , तू दिन-भर कहाँ थी। खेलने नहीं आई?'

पर गुलकी अविश्वास की हँसी हँस रही है, यह देखकर उसने कहा : 'मैं सच कह रहा हूँ , यह रही पोटली, कार्तिक ग्वाले के घर से गाड़ी पर सवार हो जाऊँगा। थोड़ी दूर तक मेरे साथ चल न।'

गुलकी पीछे-पीछे बहुत दूर तक गई। ब्राह्मन टोले के बाद एक खुला मैदान पड़ता था। गुलकी उस मैदान तक गई। उसने अपू के लाल साटन के कुर्ते की ओर उंगली दिखाते हुए पूछा : 'तुम्हारा यह लाल कुर्ता कितने पैसों का है?'

अपू ने हँसकर कहा : 'दो रुपये, तू लेगी?'

गुलकी मुस्कराई, जिसका मतलब यह था कि तुम दो तो मैं अभी लूँ।

सामने की ओर दृष्टि दौड़ाते ही उसने देखा कि जहाँ मैदान खत्म होता है, वहाँ पेड़ो के बीच से सूर्यास्त की आभा दिखाई पड़ रही है। फौरन ही उसे याद हो आया कि अगले महीने इस दिन वे कहाँ होंगे, कितनी दूर चले जाएँगे। बाद को गुलकी से बोला : 'गुलकी अब तू लौट जा। बहुत दूर आ गई है। फिर आऊँगा तो भेंट होगी। क्यों होगी न? शायद और नहीं आऊँगा। हम लोग बैसाख के महीने में काशी चले जाएँगे और वहीं बस जाएँगे।'

गुलकी और एक दफे मुस्कराई।

उस दिन पूर्णिमा या चतुर्दशी ऐसी ही कोई तिथि थी। वह इसके बाद फिर कभी नहीं आया, पर बचपन में अकेले प्रवास में जाने का यह चित्र बहुत दिनों तक उसके मन में बना रहा—मैदान वाले सीधे रास्ते के छोर पर पेड़ों की आड़ में कहीं पूर्णचन्द्र उदित हो रहा था। (पूर्णचन्द्र या चतुर्दशी का चाँद, यह उसे ठीक-ठीक याद नहीं था) और पीछे-पीछे थोड़े दिन से परिचिता, अनाथ, भोलीभाली बालों के बड़े-बड़े गुच्छों वाली एक छोटी-सी लड़की उसे विदाई देने आई थी।

28

हरिहर ने बैखास मास के आरम्भ में निश्चिन्दिपुर से बूदोबास उठाने का निश्चय कर लिया। जिन चीज़ों को वह साथ नहीं ले जा सकता था, उन्हें बेचकर उससे अपने बहुत-से फुटकर कर्ज़ अदा कर दिए। पुराने ज़माने की कटहल की लकड़ी का बड़ा-सा तख्त, सन्दूक तथा पीढ़े घर में कई थे। खबर मिलते ही उस मुहल्ले से भी खरीदार आए और सस्ते दामों पर चीज़ें खरीद कर ले गए।

गाँव के बड़े-बूढ़े आकर हरिहर को समझा-बुझाकर रोकने की चेष्टा करने लगे। उन लोगों ने मुँहज़बानी इसका भी एक लेखा-जोखा समाने रख दिया कि यहाँ दूध और मछली कितनी सस्ती है और कैसे यहाँ थोड़े-से खर्च में गृहस्थी चल सकती है। बस, एक राजकृष्ण भट्टाचार्य की स्त्री सावित्री व्रत के उपलक्ष्य में न्यौता देने आकर बड़ी देर तक बातचीत के बाद बोली : 'भई, यहाँ धरा ही क्या है जो मैं रह जाने के लिए कहूँ , इसके अलावा एक जगह जड़ जमाकर रहना भी कोई अक्ल की बात नहीं है, सो तो मैं अपने ही दृष्टान्त से जानती हूँ। मन छोटा हो जाता है और मन की बढ़ती रुक जाती है। अबकी बार इच्छा तो है कि चन्द्रनाथ तीर्थ हो आऊँगी, पर देखूँ , ईश्वर की क्या इच्छा है...'

रानी ने जो बात सुनी तो अपू के घर पर आई, अपू से बोली : 'क्यों रे अपू, तू गाँव छोड़कर जा रहा है? बात सच्ची है?'

अपू बोला : 'रानी दीदी, सच है, माँ से पूछो...'

फिर भी रानी ने विश्वास नहीं किया। अन्त में सर्वजया के मुँह से सारी बात सुनकर वह दंग रह गई। उसने बाहर के आँगन में अपू को बुलाकर कहा : 'कब जाएगा रे?'

—इस बुधवार के अगले बुधवार।

—कभी आएगा नहीं?

रानी की आँखों में आँसू भर गए , बोली : 'तू कहा करता है कि हम लोगों का निश्चिन्दिपुर बहुत अच्छा गाँव है, ऐसी नदी और ऐसा मैदान कहीं नहीं है, तो तू गाँव छोड़कर कैसे जाएगा?'

अपू बोला : 'मैं क्या करूँ? मैंने जाने की बात थोड़े ही कही? पिताजी वहाँ बसना चाहते हैं, यहाँ हम लोगों का चलता जो नहीं है। रानी दीदी, मैं अपनी लिखी हुई कापी तुम्हें दे जाऊँगा, शायद बड़े होने पर फिर भेंट हो।'

रानी बोली : 'तूने मेरी कापी वाली कहानी भी खत्म नहीं की, न उसमें तूने हस्ताक्षर ही किए, तू अजीब लड़का है, अपू!'

आँसू दबाकर रानी जल्दी-जल्दी लम्बे-लम्बे डग भरते हुए घर के बाहर चली गई। अपू नहीं समझ पाया कि रानी दीदी झूठमूठ क्यों नाराज़ हो गई। वह कोई अपनी इच्छा से देश छोड़कर थोड़े ही जा रहा था।

पनघट पर पटु के साथ अपू की बातचीत हुई। पटु को भी बात मालूम नहीं थी। अपू के मुँह से सारी बात सुनकर उसका मन बहुत क्षुब्ध हुआ। उतरे हुए चेहरे से उसने कहा : 'मैंने तेरे लिए पानी में उतरकर कितनी मेहनत से सेवार हटाकर रास्ता बनाया, तू एक दिन वहाँ मछली नहीं पकड़ेगा?'

अबकी बार रामनवमी की झाँकी चड़क पूजा और गोष्टविहार थोड़े-थोड़े दिन में पड़े। हर साल इन दिनों अपू का हृदय अपूर्व तथा संयत आनन्द से लहराता था। वह और उसकी दीदी खाना-पीना भूल जाते थे। अबकी बार भी अपू की तरफ से इसमें कोई कसर नहीं रही।

चड़क के दिन गाँव की वह अतूरी बुढ़िया मर गई। आजकल जिस नये मैदान में चड़क का मेला लगता है, उसी के पास अतूरी बुढ़िया का वह दो छप्पर वाला घर है; वहाँ बहुत-से लोग जमा थे, यह देखकर वह भी गया। एक बार वह इसी अतूरी डायन के डर से बाँस के जंगल के बीच से दौड़ा था, उन दिनों वह बहुत छोटा था, अब उसकी बात याद आने पर हँसी आती है। अब उसे अनुभव हुआ कि अतूरी बुढ़िया न तो डायन है और न और कुछ है। वह गाँव के एक किनारे पर बस्ती के बाहर अकेली रहती थी, गरीब थी, असहाय थी। न उसके लड़का था, न लड़की, देख-भाल करने के लिए कोई नहीं था, जो होता तो आज दिन-भर उसकी लाश पड़ी ही रहती? तो क्या मुर्दा उठाने के लिए लोग न मिलते? पांचू मल्लाह के लड़के ने एक हंडिया बाहर निकालकर उसका सामान नीचे गिराया तो उस हंडिया में सूखा अमचूर था। बुढ़िया आँधी में गिरे हुए आम इकट्ठा कर उनका अमचूर और फाँकें बनाती थी और उन्हीं को हाटों में बेचकर गुज़र करती थी। अपू यह जानता था क्योंकि विगत रथयात्रा के मेले पर उसने उसे टोकरी फैलाकर आम की फाँके बेचते हुए देखा था।

अबकी चड़क कुछ सूना लग रहा था। गत वर्ष भी चड़क के बाज़ार में दीदी ने नया खिलौना खरीदा था और उस पर बड़ी खुशी मनाई थी। याद है, उस दिन सबेरे दीदी के साथ उसका झगड़ा हुआ था। शाम के समय उसकी दीदी बोली : 'मैं पैसा दूँगी, तू मेले से सीताहरण का एक चित्र ले आना।'

अपू ने बदला लेने के लिए कहा : 'सब फीके और बेकार चित्र ही तुझे पसन्द आते हैं, इसके बजाय राम-रावण के युद्ध का एक चित्र खरीद न लें?'

उसकी दीदी बोली : 'तुझे तो बस हरदम लड़ाई ही चाहिए। अजीब लड़का है! क्या तुझे देवी-देवता के चित्र पसन्द नहीं आते?'

अपू को कभी भी अपनी दीदी की कला-सम्बन्धी अनुभूति पर श्रद्धा नहीं थी।

जब उनके घेरे पर रांचिता फूल लाल-लाल होकर खिले थे, तब दीदी का चेहरा याद पड़ता था। चिड़ियों के चहचहाने में और अभी-अभी खिले हुए ओड़-कलमी फूल के झकोरों से दीदी की बात याद आती है। ऐसा लगता है जैसे जिससे इन बातों की चर्चा हो सकती थी, और जो इस चर्चा से खुश होती, वह कहीं चली गई है। पता नहीं कितनी दूर! और कभी-भी वह इन सब चीज़ों को लेकर खेलने नहीं आएगी।

मेले के शोर-गुल के अन्दर से किसी की बहुत सुन्दर बांसुरी सुनाई पड़ रही थी। उसे नया सुर बहुत पसन्द आता है। उसने खोज निकाला कि माल टोला का हारान माल बाँस की बाँसुरियों का एक बंडल बेचने के लिए लाया है और इश्तहार के रूप में स्वयं एक बाँसुरी बजा रहा है। अपू ने पूछा : 'एक का क्या दाम होगा?'

हारान माल उसे खूब पहचानता है। वह कितनी ही बार उनके रसोई घर का छप्पर छाने जा चुका है। उसने पूछा : 'मैंने सुना है कि तुम लोग गाँव छोड़कर जा रहे हो। तो कहाँ जा रहे हो जी?'

अपू ने डेढ़ पैसे देकर बाँस की एक बांसुरी खरीदी। फिर बोला : 'तुम किस छेद में अँगुली दबाते हो, हारान चाचा! यह तो बताओ। एक बार दिखला तो दो।'

याद आती है कि एक बार अपू की नींद रात में टूट गई थी, और वह बहुत देर तक जागता रहा। दूर नदी में अँधेरी रात में मल्लाहों के द्वारा जाल डाले जाने और उन्हें खेंचने की एकरस आवाज़ आ रही थी। ऐसे समय सुनाई पड़ा कि कोठी वाले रास्ते की तरफ रात को कोई खुलकर गाते हुए जा रहा है। कोठी वाले मैदान के रास्ते में अधिक रात को कोई चलता नहीं है, फिर भी आधी नींद की हालत में उसने कितनी ही बार गहरी रात की चाँदनी में अज्ञात पथिक के कंठ से मधुकान के पद और उसकी तानें सुनी हैं, पर उस बार उसने जो कुछ सुना था वह बिल्कुल ही नया था। वह उस सुर को सीख नहीं पाया था। आधी नींद में दो नींदों के बीच के मार्ग से चलकर सुरलक्ष्मी कहाँ अन्तर्धान हो गई थी, इसका कोई पता उसे नहीं मिला था, फिर भी अपू उस रात की अनुभूति की बात किसी तरह नहीं भूल सकता।

चड़क देखकर विभिन्न गाँव के किसानों के लड़के-बच्चे रंगीन कपड़े, कुर्ते, कोरी साड़ी पहनकर कतार बाँधकर लौट रहे थे। लड़के बाँसुरी बजाते चल रहे थे। गोष्टविहार का मेला देखने के लिए चार-चार, पाँच-पाँच कोस से भी लोग आए थे। सबके हाथ में कोई न कोई चीज़ थी; शोले की चिड़िया, लकड़ी की गुड़िया, रंगीन कागज़ का पंखा, फूलदार हंडिया, रंगीन कपड़े या ऐसी ही कोई चीज़। चीनीवास (श्री निवास) वैष्णव ने मेले के अन्दर पकौड़ियों की दुकान खोली थी, उनकी दुकान से दो पैसे की तेल में तली हुई चीज़ें लेकर अपू घर की तरफ चला। लौटते-लौटते उसके मन में यह प्रश्न आया कि वे जहाँ जाकर बसने वाले हैं, क्या वहाँ भी इस प्रकार गोष्टविहार होता है? शायद अब उसे चड़क का मेला नसीब न हो। उसने सोचा कि यदि वहाँ चड़क न होता हो तो पिताजी से कहूँगा कि मैं मेला देखूँगा, इसलिए चलो निश्चिन्दिपुर चले; न हो, दो दिन चाचीजी के यहाँ रह जाऊँगा।'

चड़क के अगले दिन माल-टाल की बँधाई शुरू हो गई। कल दोपहर को खाने के बाद रवाना होना है।

सन्ध्या समय रसोई घर के सहन में उसकी माँ उसके लिए गरम परांठे बना रही थी। नीलमणि ताऊ के परित्यक्त घर-घूरे में नारियल के पेड़ के पत्ते चाँदनी में चमचमा रहे थे. देखकर अपू का मन बहुत दुखी हो गया। इतने दिनों से नये देश में जाने के लिए उसके मन में जो उत्साह था, जाने का दिन जितना ही पास आता जाता था, वह उतना ही घटता जाता था और आसन्न बिछोह की गहरी व्यथा से उसका मन दुखी होता जा रहा था। यह रहा उनका घर-घूरा, यह रही बाँस की झाड़ियाँ, पलीताखोर आम का बाग, नदी का किनारा। दीदी के साथ वनभोजन करने का वह स्थान। उसे इन सबसे कितना प्यार है! वह जहाँ जा रहा है, क्या वहाँ नारियल के ऐसे पेड़ होंगे? उसने जब से होश सम्भाला तब से नारियल के इस पेड़ को यहीं देख रहा है, चाँदनी रातों में उसके पत्ते कितने प्यारे लगते हैं। इन्हीं दिनों चाँदनी

में इसी सहन में बैठकर चाँदनी की छटावाली नारियल की डालों की ओर देखते हुए वह कितनी ही बार दीदी के साथ 'दस पचीस' खेलता रहा है; कितनी ही बार मन में यह विचार आया है कि यह निश्चिन्दिपुर कितना सुन्दर देश है। वह जहाँ जा रहा है, क्या वहाँ भी रसोईघर के सहन के किनारे जंगल से मिलता हुआ इस तरह का नारियल का पेड़ है? क्या वहाँ वह मछली पकड़ सकेगा, आम बीन सकेगा, डोंगी खे सकेगा, रेल-रेल खेल सकेगा? क्या वहाँ पर कदम्ब तल्ले के साहब घाट की तरह घाट होंगे? क्या वहाँ रानी दीदी होगी? सोनाडांग का मैदान होगा? वे यहाँ अच्छे-खासे तो थे, फिर इस देश को छोड़कर क्यों जा रहे हैं?

दोपहर के समय एक काण्ड हो गया।

उसकी माँ सावित्री व्रत का न्यौता जीमने गई थी। हरिहर खाना खाकर बगल के कमरे में सो रहा था और अपू कमरे के अन्दर ताखे के ऊपर की चीज़ों को देख रहा था कि इनमें से कितनी ले जाई जा सकती हैं। ऊँचे ताखे पर वह एक मिट्टी का कलसा हटाने लगा, तो उसके अन्दर से कोई चीज़ निकलकर फर्श पर गिर गई। वह नीचे उतरा और उसने जो उस चीज़ को उठाकर देखा तो वह दंग रह गया। धूल और मकड़ी का जाला लगा होने पर भी वह क्या वस्तु है और उसका इतिहास क्या है, यह जानने में उसको तनिक भी देर नहीं लगी।

यह वही छोटी-सी सोने की डिबिया थी, जिसकी चोरी परसाल सँझली मालकिन के घर से हुई थी।

दोपहर को कोई घर पर नहीं था। वह डिबिया हाथ में लेकर बड़ी देर तक अन्यमनस्क होकर खड़ा रहा। बैसाख की दोपहरी की गरम धूप-भरी एकान्तता में बाँस की झाड़ी की साँय-साँय बहुत दूर की वार्ता की तरह कान में आती थी। उसने अपने ही मन में कहा कि कम्बख्त दीदी ने चुराकर उसे कलसे के अन्दर छिपा रखा था।

थोड़ी देर तक वह सोचता रहा, बाद में धीरे-धीरे पीछे के दरवाज़े की ओर जाकर खड़ा हो गया। ऐसा लगा कि बहुत दूर तक बाँस की झाड़ी जैसे दोपहर की धूप में पीनक में झूम रही है। वह शंखचील किसी पेड़ की फुनगी पर रसा-रसाकर बोल रही है। मानो द्वैपायन झील में छिपे हुए प्राचीन युग के उस पराजित अभागे राजकुमार की वेदना से करुण मध्याह्न था। थोड़ी देर खड़ा रहकर उसने हाथ की डिबिया को एक ही झटके में बाँस की घनी झाड़ियों में फेंक दिया। उसकी दीदी जब भुलुआ कुत्ते को पुकारती थी, तो वह जिन घनी झाड़ियों में से हाँफते हुए तीर की तरह आता था, ठीक उसी के आसपास सूखे बाँसों और पत्तों के ढेर में बैंची की झाड़ियों में जाने कहाँ वह लुप्त हो गई...

वह मन ही मन बोला कि रही वह डिबिया यहाँ पर। कभी किसी को इसका पता नहीं मालूम होगा, भला वहाँ कौन जानेवाला है?

अपू ने सोने की डिबिया की बात किसी से नहीं बताई, आगे भी नहीं बताई, यहाँ तक कि माँ को भी नहीं बताई।

कुछ दिन ढलने पर हीरू गाड़ीवान की बैलगाड़ी रवाना हुई। सबेरे की तरफ आसमान में कुछ-कुछ बादल थे, पर दस बजे से पहले ही बादल छट गए और बैसाख की दोपहरी की धूप पेड़-पालो पर जैसे आग बरसाने लगी। पटु गाड़ी के पीछे-पीछे बड़ी दूर तक आया था, बोला : 'अपू भैया, अबकी बार दसहरे में नौटंकी का बहुत अच्छा दल बुलाया जा रहा है, तुम देख नहीं पाओगे।'

अपू बोला : 'तू कार्यक्रम का एक कागज़ ज्यादा ले लेना और मुझे भेज देना।'

फिर चड़क के मैदान के किनारे से रास्ता था। मेला लगने के चिह्नस्वरूप सारे मैदान में कटे हुए कच्चे नारियलों के छिलके पड़े हुए थे। न जाने किन लोगों ने मैदान के किनारे खाना पकाया था, इसलिए आग से स्याह पड़े हुए मिट्टी के ढेले और एक किनारे पर कालिख लगी हुई नई हंडिया पड़ी थी। हरिहर चुपचाप बैठा था, उसके मन में अजीब भावनाएँ लहर मार रही थीं। क्या यह काम ठीक रहा? कितने दिनों का पुश्तैनी घर-घूरा, बगलवाले घर में तो धूमधाम कब की खत्म हो गई और अब खंडहर-मात्र बाकी था, पर इस घर में जो मिट्टी का दीया फिर भी टिमटिमा रहा था, वह भी आज सन्ध्या से हमेशा के लिए बुझ गया। पिता रामचन्द्र तर्कवागीश स्वर्ग से देखकर क्या सोचेंगे?

गाँव का अन्तिम घर है अतूरी बुढ़िया का वह दो छप्पर वाला घर! जब तक दिखाई पड़ा अपू मुँह बाकर उसे देखता रहा। इसके बाद ही बड़े-से खजूर बाग की बगल से गाड़ी एकदम से असाढू जानेवाली सड़क पर चढ़ गई। गाँव समाप्त होने के साथ ही साथ सर्वजया को ऐसा लगा जैसे सारी गरीबी, सारी हीनता, सारा अपमान पीछे रह गया और अब सामने नई गृहस्थी, नया जीवन, और खुशहाली है!...

धीरे-धीरे धूप ढलने लगी। उस समय गाड़ी सोनाडांगा के मैदान के अन्दर से जा रही थी। हरिहर ने मैदान के अन्दर के एक बहुत बड़े पीपल को दिखाते हुए कहा : 'वह देखो ननद तालाब का डाकुओं वाला पीपल।'

सर्वजया ने जल्दी से मुँह निकालकर देखा। रास्ते से कुछ दूरी पर एक ढलान वाली ज़मीन के किनारे विशाल पीपल चारों तरफ दाढ़ी फैलाकर बैठा हुआ था। उसने बूढ़ा ब्राह्मण और उसके बालक पुत्र की कहानी कितनी ही बार सुनी थी; आज से पचास साल पहले उसके ससुर के पूर्वजों ने इसी तरह सन्ध्या समय उस पीपल के नीचे निरीह ब्राह्मण तथा उसके भोलेभाले लड़के को धन के लोभ से निष्ठुरता के साथ मारकर बगल की उस ढलान वाली ज़मीन में, जहाँ कभी ननद तालाब था, गाड़ दिया था। लड़के की माँ शायद लड़के के घर लौटने की आशा में कितने मास और कितने साल व्यर्थ में प्रतीक्षा करती रही, पर वह लड़का फिर नहीं लौटा। बाप रे! सर्वजया की आँखों पर एकाएक अँधेरा छा गया और उसका गला रुंध गया।

सोनाडांगा का मैदान इस इलाके का सबसे बड़ा मैदान है। यत्र-तत्र झाड़ियाँ, सेमल और बबूल के पेड़ थे। खजूरों के पेड़ में खजूर के गुच्छे लटक रहे थे, अमलतास के पेड़ झकोरे खा रहे थे, चारों ओर 'बहू कथा कहो' और 'पी-पी' सुनाई पड़ता था। दूर तक फैले हुए मैदान पर अलसी के फूल के रंग की तरह घना नीलाकाश

औंधा होकर मानो गिरा हुआ था, दृष्टि कहीं भी बाधाग्रस्त नहीं होती, घनी हरी घास से ढके हुए ऊँचे-नीचे मैदान में कहीं भी कोई बस्ती नहीं थी, पर चारों तरफ पेड़-पालो और झाड़ियाँ ही झाड़ियाँ थीं। विशाल मैदान अपनी हरियाली में मस्त पड़ा था और सामने कच्ची सड़क गृहत्यागी उदास बाऊल की तरह दूर तक मनमाने ढंग से टेढ़ी-तिरछी होकर चली गई थी। थोड़ी दूर जाकर मधुखाली का गढ़ा पड़ा। पुराने ज़माने की कोई नदी सूखकर अपने जीवन के मार्ग का पदचिन्ह् छोड़ गई है; इस समय लुप्त नदी का विशाल गढ़ा पद्मफूल से भरी निचान था।

अपू गाड़ी पर बैठकर मैदान और चारों तरफ के अनोखे आकाश का रंग देखते हुए जा रहा था। दिनान्त की स्वप्निल पृष्ठभूमि पर बचपन की कितनी ही कल्पनाएँ आती-जाती रहीं। लो, वह भी गाँव छोड़कर चला। अब पता नहीं कितनी दूर जाएगा, अभी तो उसके जाने का आरम्भ हुआ, अब शायद सब देश और स्वप्न में देखा हुआ वह अनोखा जीवन प्राप्त हो।

हरिहर ने दूर के गाँव की तरफ उंगली दिखाते हुए कहा : 'वह रहा पलाशगाछि, उसी के बगल में नाटा बेड़े है, वहीं पर बन बीवी के दरगाह पर श्रावण में बहुत भारी मेला लगता है। यहाँ सीताफल बहुत सस्ता मिलता है।'

असाढ़ू बाज़ार से उतरकर वेत्रवती नदी को नाव पर पार करते समय चाँद निकल आया। चाँदनी से पानी चमक रहा था। आज यहाँ का हाट था इसलिए हाट से लौटे हुए कई लोग नाव पर उस पार से शोर-गुल करते हुए इस पार आ रहे थे। अपू आदि बैलगाड़ी के साथ नाव पर उस पार गए। वह अपने पिता से कहकर बाज़ार देखने के लिए उतर पड़ा। छोटा-सा बाज़ार था। पट उठी हुई दुकानें कई कतारों में थीं। कहीं से सुनार की ठक-ठक भी सुनाई पड़ रही थी। खजूर के गुड़ की एक आढ़त के सामने बहुत-सी बैलगाड़ियाँ जमा थीं। अब भी माँझेरपाड़ा स्टेशन लगभग चार कोस था, सड़क कच्ची होने पर भी अच्छी-भली चौड़ी थी। दोनों तरफ नील कोठियों के साहबों के ज़माने के लगाए हुए पीपल, बरगद और शहतूत के पेड़ थे। बैसाख मास का आरम्भ होने के कारण रास्ते के बगल में किसी पीपल या बरगद की डाल में कहीं कोयल कुहू-कुहू करते अघाती नहीं थी। सारी सड़क पर पंक्तिबद्ध पुराने बरगद की दाढ़ी लटक रही थी। नये पत्ते चाँदनी में उज्ज्वल मालूम हो रहे थे।

बंगाल की वसन्त ऋतु, चैत-वैशाख के मैदान, जंगल, बाग, जहाँ-तहाँ कोयल की जब-तब उठनेवाली पुकार, झुके पत्ते नागकेशर वृक्ष के अजस्र फूल , जंगली फूलों की गन्ध से भरी ज्योत्स्ना स्निग्ध दक्षिणी हवा के उल्लास में लहरा रही थी। अपू ने वसन्त का ऐसा अद्भुत दृश्य पहले-पहल देखा। इतनी कम उम्र में ही उसके मन में बंगाल के मैदान, नदी, निराले जंगली इलाकों की चाँदनी का जो मायामय रूप अंकित हुआ था, वह बाद के जीवन के मुहूर्तों को मधुरता और प्रेरणा से भर देने का श्रेष्ठ उपादान प्रमाणित हुआ।

लगभग रात के दस बजे गाड़ी आकर स्टेशन पर पहुँची। आज बड़ी देर से वह बैलगाड़ी के स्टेशन पर पहुँचने की प्रतीक्षा कर रहा था, इसलिए बैलगाड़ी पहुँचते ही वह एक छलाँग में स्टेशन के प्लेटफार्म पर पहुँचा। रात के साढ़े आठ बजे की गाड़ी बहुत पहले ही निकल चुकी थी। पिताजी से पूछने पर मालूम हुआ कि रात-भर और कोई गाड़ी नहीं आती। यह सारी भाभई हीरू गाड़ीवान के बैलों के कारण हुई, नहीं तो वह अभी रेलगाड़ी देख पाता। प्लेटफार्म पर तम्बाकू की बहुत-सी गाँठें लगी हुई थीं। रेल के दो आदमी लोहे के बक्स की तरह लम्बे-लम्बे डंडे वाली एक कल पर तम्बाखू की गाँठों को चढ़ाकर जाने क्या-क्या कर रहे थे। चाँदनी से रेल की पटरियाँ चाँदी की तरह चमचमा रही थीं। उधर रेल लाइन के किनारे एक ऊँची खूँटी पर दो लाल बत्तियाँ और इधर भी ऐसी ही दो लाल बत्तियाँ थीं। स्टेशन के कमरे में मेज़ पर चार टाँगों वाली मिट्टी के तेल की लालटेन जल रही थी। बहुत-सी जिल्द बँधी हुई कापियाँ और कागज़ात रखे थे। अपू ने दरवाज़े के अन्दर से ज़रा झाँककर देखा कि स्टेशन के बाबू खड़ाऊँ की छोटी खूँटी की तरह किसी चीज़ को दबाकर खट-खट करने में मगन हैं।

स्टेशन! स्टेशन! बहुत देर नहीं है, कल सबेरे ही वह न केवल रेल की गाड़ी देखेगा, बल्कि उस पर चढ़ेगा।...

प्लेटफार्म से जाने को उसका भी जी नहीं करता था पर पिताजी बुलाने आए, उन्होंने बताया कि खड़ाऊँ की खूँटी की तरह जो चीज़ है, वह टेलीग्राफ की कल है।

अपू ने लौटकर देखा कि स्टेशन के पास पोखर के किनारे खाना पकाने का ढंग हो रहा है। एक और गाड़ी पहले से ही वहाँ खड़ी थी। सवारियों में अठारह-उन्नीस साल की एक बहू और एक युवक था। अपू को मालूम हुआ कि यह बहू हबीबपुर के विश्वास घराने की है, भाई के साथ मायके जा रही थी। इसी बीच में उसकी माँ के साथ बहू की अच्छी जान-पहचान हो चुकी थी। उसकी माँ खिचड़ी के चावल-दाल धो रही थी और बहू आलू छील रही थी। खाना एकसाथ पकेगा।

सबेरे सात बजे रेल आई। अपू मुँह बाकर बड़ी देर से रेल देखने के लिए प्लेटफार्म के किनारे खड़ा था। उसका गला आगे बढ़ा हुआ था, इतने में हरिहर ने कहा : 'बेटा, उतना आगे मत बढ़ो, इधर आओ।'

एक चौकीदार भी लोगों को सावधान करके पीछे हटा रहा था।

ट्रेन कितनी बड़ी है! कितनी आवाज़ करती है। जो सामने है उसी को इंजन कहते हैं? ओह! कितनी अजीब है!

हबीबपुर वाली बहू घूँघट खोलकर कौतूहल के साथ स्टेशन पर आने वाली गाड़ी की ओर देख रही थी।

जल्दी-जल्दी में गाड़ी में सारा माल लादा गया। आमने-सामने लकड़ी के बैंच थे। गाड़ी का फर्श सीमेण्ट का बना हुआ लगा। मानों एक कमरा हो; जंगले और दरवाज़े सब उसी प्रकार थे। अपू को यह विश्वास नहीं हो रहा था कि यह भारी

गाड़ी जो आकर खड़ी हुई थी, फिर चलेगी। क्या मालूम शायद न चले। शायद वे अभी यह कहें कि तुम लोग उतर जाओ, हमारी गाड़ी आज नहीं चलेगी। तार के घेरे के उस पार एक आदमी लम्बी घास का एक बोझ सिर पर रखकर ट्रेन छूटने की बाट देख रहा था। अपू को लगा कि यह आदमी कृपापात्र है, आज के दिन जिसे रेल पर चढ़ने नहीं मिला, वह जीएगा कैसे? हीरू गाड़ीवान फाटक के बाहर खड़ा होकर रेल की तरफ देख रहा था।

आखिर गाड़ी चली। अजीब अनोखा झकोला देकर! देखते-देखते मांझेरपाड़ा स्टेशन, लोग-बाग, तम्बाकू की गाँठें, मुँह बनाकर घूरता हुआ हीरू गाड़ीवान सबको पीछे छोड़कर रेलगाड़ी सरपत के मैदान में आ गई। पेड़-पालो फटाफट दोनों तरफ की खिड़कियों को तरह देकर भाग रहे थे। कितनी तेज़ी थी! इसी का नाम रेलगाड़ी है? ओह ऐसा मालूम होता है, जैसे सारे मैदान को चक्कर दे रही है। झाड़ियाँ, पेड़-पालो, फूस से छाए हुए किसानों के छोटे घर सबको पीछे छोड़ती जा रही है। गाड़ी के नीचे से चक्की पीसने की सी इकरस आवाज़ आ रही है। सामने जो इंजन लगा है, वह कितना शोर कर रहा है।

मांझेरपाड़ा स्टेशन का डिस्टैण्ट सिगनल भी धीरे-धीरे लुप्त हो रहा था।

बहुत दिन हो गए उस दिन को! वह दिन जिस दिन वह अपनी दीदी के साथ बछड़ा खोजते-खोजते मैदान और निचान पार करते हुए रेल की पटरी देखने के लिए बेहताशा भाग रहा था। वह दिन और आज? वह, जहाँ पर आसमान के नीचे असाढ़ू दुर्गापुर की सड़क पर लगी हुई पेड़ की कतारें दूर और दूर होती जा रही थीं, उसी के उस तरफ जहाँ उनके गाँव का रास्ता तिरछा होकर सोनाडाँगा मैदान में चढ़ आया था, वहाँ रास्ते में उस मोड़ पर, गाँव के किनारे पुराने जामुन के नीचे खड़ी होकर उसकी दीदी जैसे बुझी हुई आँखों से उन लोगों की रेलगाड़ी की तरफ घूर रही थी!...

उसे कोई नहीं ले आया, सब उसे छोड़ आए। दीदी के मर जाने पर भी दोनों के खेलने के रास्ते, पनघट, बाँस की झाड़ियाँ, आम के बाग में, फिर भी वह दीदी को अपने पास पाता था; दीदी का अदृश्य स्नेहस्पर्श निश्चिन्दिपुर के टूटे हुए घर के हर कोने में था, पर आज सचमुच ही दीदी के साथ चिर विच्छेद हो गया...

उसे ऐसे लगा जैसे कोई भी दीदी से प्यार नहीं करता था, माँ भी उससे प्यार नहीं करती थी, कोई नहीं करता था। कोई उसे छोड़ आने में दुखी नहीं था।

अचानक अपू का मन एक विचित्र अनुभूति से भर गया। इसे दुःख नहीं कह सकते, शोक नहीं कह सकते, बिछोह नहीं कह सकते; वह क्या है, यह वह नहीं जानता। एक मुहूर्त के अन्दर कितनी ही बातें मन में आईं और गईं—अतूरी डायन...नदी का घाट...उनका घर...चालता पेड़ के नीचे रास्ता...रानी दीदी...कितनी ही शाम...कितने दोपहर...कितनी हँसी और खेल...पटु...दीदी का चेहरा...दीदी की कितनी ही न मिटी हुई साधें...

दीदी अब भी इकटक घूर रही थी।

अगले ही क्षण उसके मन के अन्दर की वाक्यहीन भाषा ने आसुओं में अपने को व्यक्त कर मानो बार-बार यही कहना चाहा—दीदी, मैं गया नहीं, मैंने तुझे भुलाया नहीं, मैं तुझे जान-बूझकर छोड़े नहीं जा रहा हूँ, वे मुझे लिए जा रहे हैं।

सचमुच वह भूला नहीं था।

बाद के जीवन में नीलकुन्तला सागर-मेखला धरती के साथ उसका बहुत घनिष्ठ परिचय हुआ था, पर जब भी गति के आवेग में सारी देह पुलकित होती, समुद्र-यात्री जहाज़ के डैक से प्रतिक्षण नील आकाश का नित्य नवीन मायामय रूप दिखाई पड़ता था; शायद कोई अँगूर की बेल से घिरा हुआ नील पहाड़ समुद्र की विलीन क्षितिज-सीमा में दूरी बढ़ती रहने के कारण क्षीण-से-क्षीणतर होती जाती थी। दूर की अस्पष्ट रूप से देखी हुई समुद्रतट-भूमि एक प्रतिभाशाली सुरशिल्पी की प्रतिभा के दान की तरह उसके भावुक मन में जादू-भरे असर की सृष्टि करती थी; उस समय बल्कि यों कहना चाहिए कि ऐसे सभी मौकों पर उसे याद पड़ती थी कि बड़े ज़ोर की वर्षा हो रही है और उस अविश्रान्त वर्षा के दौरान में एक पुराने मकान के अन्धेरे कमरे में बीमार पड़ी हुई एक गरीब देहाती लड़की जिसने कहा था—

—अपू मेरे अच्छे हो जाने पर तू मुझे एक दिन रेलगाड़ी दिखाएगा?

माँझेरपाड़ा स्टेशन का डिस्टैण्ट सिगनल देखते-देखते और अस्पष्ट होते-होते बिल्कुल विलीन हो गया।

दोपहर के बाद रानाघाट के स्टेशन पर गाड़ी बदली गई। अपू की आँखों में दो बार कोयले के कण पड़ने पर भी वह जंगले के अन्दर से मुँह निकालकर दिन-भर बाहर की ओर ताकता रहा। स्टेशन की उन चीज़ों को क्या कहते हैं? सिगनल? तो वे उठ और गिर क्यों रहे हैं? गाड़ी जहाँ पर ठहर रही है, वहाँ ऊँचा-सा चबूतरा बना हुआ है, मानो सहन हो। क्या इसे प्लेटफार्म कहते हैं? लकड़ी की बड़ी तख्तियों पर अंग्रेज़ी और बंगला में सब स्टेशनों के नाम लिखे हैं—कूड़लगाछि, गोविन्दपुर, बानपुर। गाड़ी छूटते समय घंटी बजती है—टन-टन-टन-टन। चार बार बजती है। अपू ने सुना है। एक लोहे के बड़े-से पहिये के चारों ओर हैण्डल लगे हुए हैं, उसी को घुमाने पर सिगनल गिरता है, यह बात अपू ने कूड़लगाछि स्टेशन पर देख ली थी।

सर्वजया की भी रेल पर यह दूसरी बार सवारी थी। एक बार वह बहुत दिन की बात है, जब हरिहर ने नये-नये काशी से लौटकर गृहस्थ आश्रम में प्रवेश किया था, तो वह जेठ के महीने में आड़धारा में जुगल किशोर जी के दर्शन करने गई थी। वह कोई आज की बात है? वह भी खुशी-खुशी हर स्टेशन पर मुँह निकालकर लोगों का उतरना-चढ़ना देख रही थी। बहुएँ और लड़कियाँ उतर और चढ़ रही हैं, कैसे-कैसे चेहरे हैं, कैसे कपड़े और कैसे गहने हैं! जगन्नाथपुर स्टेशन पर लाई की

मिठाई बिक रही थी, देखकर उसने लड़के को कहा : 'अपू , तू लाई की मिठाई खाएगा? तुझे तो यह बहुत पसन्द है, लूँ?'

स्टेशन के टेलीग्राफ के तार पर जाने कौन-सी चिड़िया बैठकर पैंग भर रही थी। अपू ने उसे अच्छी तरह देखकर उंगली दिखाते हुए कहा : 'माँ, देखो किसी के पिंजरे से एक मैना भागकर आई है।'

नईहाटी स्टेशन पर गाड़ी बदलकर गंगाजी के विशाल पुल को पार करते समय सूर्यास्त हो रहा था। सर्वजया इकटक देख रही थी। उस पार से तेज़ हवा आ रही थी। गंगा में नावें थीं और गंगा के दोनों किनारे अच्छे-अच्छे मकान और बाग थे। उसने ऐसे दृश्य कभी नहीं देखे थे। उसने लड़के को दिखाते हुए कहा : 'अपू तूने देखा, धुएँ वाला जहाज़।'

बाद में उसने हाथ जोड़कर माथे पर लगाते हुए मन ही मन कहा : 'माँ गंगे! मैं तुम्हारे ऊपर से जा रही हूँ , अपराध क्षमा करना, काशी में जाकर फूल और बेल की पत्तियों से तुम्हारी पूजा करूँगी, अपू को अच्छी तरह से देखना, जिस लिए जा रही हूँ, वह सुफल हो, वहाँ आश्रय देना...'

उसका हृदय आनन्द, उल्लास और साथ ही अनिश्चय के रहस्य में झकोरे ले रहा था। उसने इससे पहले कभी ऐसी भावना का अनुभव नहीं किया था। सुविधा के कारण हो अथवा असुविधा के कारण हो, उसे अबाधमुक्त जीवन का आनन्द यह पहले-पहले मिल रहा था। बाँस के जंगल से घिरे हुए उसके सीमित देहाती जीवन में भला ऐसे दृश्य, गति का यह अभिनव वेग, अनिश्चय का उल्लास के साथ इतना घनिष्ठ परिचय कभी नहीं हुआ था। जो जीवन अपने चारों तरफ दीवार बनाकर छोटा बना हुआ था, आज वह चल रहा था, चल रहा था, सामने की तरफ चल रहा था, पश्चिम आकाश के अस्तायमान सूर्य को लक्ष्य बनाकर, नदियाँ, देश-विदेश पार करता हुआ दौड़ रहा था। आज वह हृदय से अनुभव कर रही थी कि यह चलना वास्तविक चलना है। अभी एक वर्ष पहले निश्चिन्दिपुर वाले घर में रातों में कई बार वह लेटकर सोचा करती थी कि मौका लगने पर चाकदा और कालीगंज में गंगा स्नान के लिए जाएगी, पर उस समय वह सम्भावना के बहुत बाहर की वस्तु मालूम होती थी, और आज?

बैंडल स्टेशन पर गाड़ी आने के कुछ पहले सामने के बड़ी लाइन से एक लम्बी गाड़ी सन्नाती हुई आँधी की तरह निकल गई। अपू आश्चर्य के साथ उस तरफ देखता रहा। कितनी भयंकर आवाज़ है! ओह!

बैंडल स्टेशन पर पहुँच जाने पर वे गाड़ी से उतरे, इधर-उधर इंजन दौड़ लगा रहे थे। लम्बी मालगाड़ियाँ स्टेशन को कँपाते हुए हर पाँच निनट पर बिना रुके चली जा रही थी। शोर-गुल, झक-झक, खटर-पटर! इधर इंजन की सीटियों के मारे कान के कीड़े निकल रहे हैं, तो उधर एक सवारी गाड़ी छूट रही है, गार्ड हरी झँडी दिखा रहा है, सन्ध्या समय स्टेशन के पूरब और पश्चिम में जाने कितने सिगनल हैं, लाल और हरी बत्तियाँ जल रही हैं, रेल, इंजन गाड़ियाँ और आदमी हैं।

कुछ रात होने पर काशी जाने वाली गाड़ी विकट शब्द करती हुई प्लेटफार्म पर आकर खड़ी हुई। बड़ा भारी स्टेशन, लोगों की अपार भीड़, सर्वजया कुछ-कुछ खोई-खोई-सी हो गई। डाँट खाकर वह अनभ्यस्त ठिठुरे हुए पैरों से पति के पीछे-पीछे एक कमरे के दरवाज़े पर आकर खड़ी हो गयी थी कि हरिहर ने बड़ी कठिनाई से भयंकर भीड़ में थरथर काँपती हुई पत्नी और खोए-खोए-से अपू को रेलगाड़ी के बैंच पर बिठा दिया और फिर कुली की सहायता से सब माल चढ़ा लिया।

सबेरे की तरफ सर्वजया की नींद खुल गई। रेल आँधी की तरह दौड़ रही थी, मैदान-मिट्टी, पेड़-पालो, सबको एकाकार करके दौड़ रही थी। रात की गाड़ी होने के कारण वे सब एक ही डिब्बे में सवार हुए थे, हरिहर ने उन्हें स्त्रियों के डिब्बे में नहीं चढ़ाया था। भीड़ पहले से कम थी। एक-एक बैंच पर एक-एक आदमी लम्बे होकर लेट रहे थे। ऊपर के बंक पर एक खान खुर्राटे भर रहा था। अपू न जाने कब से जगकर जंगले के पास बैठकर बाहर की ओर झाँक रहा था।

हरिहर जागकर लड़के से बोला : 'उस तरह बाहर की ओर न झाँको, अभी आँख में कोयला गिर जाएगा।'

कोयले का कण तो बहुत मामूली चीज़ थी, यदि आँखों को कोई निकाल भी लेता तो भी यह अपू के बस की बात नहीं थी कि वह खिड़कियों से आँख हटा ले। वह लगभग सारी रात इसी तरह एक आसन में बैठा रहा। पिताजी और माँ तो सो रहे थे, पर उसने इस बीच में क्या-क्या देख लिया! कितने ही स्टेशनों पर गाड़ी खड़ी नहीं हुई और रोशनी से जगमगाते हुए , लोगों से भरे स्टेशन को बगल में छोड़-कर गाड़ी पतंग की तरह उड़ती हुई चली जा रही थी। रात में न जाने कब वह थोड़ा ऊँघ गया, एकाएक नींद टूटते ही उसने मुँह बाहर करके देखा कि गहरी रात की चाँदनी में रेलगाड़ी आँधी की तेज़ी से किसी छोटी नदी की पुलिया पार कर रही है। सामने बहुत ऊँचा एक काला-सा टीला था, टीले पर बहुत-से पेड़-पौधे थे। नदी के पानी में चाँदनी चमचमा रही थी, आसमान में सफेद बादल थे, इसके बाद उसी तरह के बड़े-बड़े और कई टीले आए और उसी तरह के पेड़-पौधे। इसके बाद एक बड़ा स्टेशन भीड़, रोशनी, बगल वाली लाइन में एक गाड़ी खड़ी थी। एक पान वाले के साथ एक यात्री की खूब लड़ाई हो गई। स्टेशन पर एक बड़ी घड़ी थी। उसने अपने मास्टर नीरेन बाबू से घड़ी देखना सीखा था, उसने हिसाब लगाकर देखा कि तीन बजकर बाईस मिनट हुए हैं। फिर गाड़ी छूटी। फिर कितने पेड़, फिर उसी तरह के ऊँचे-ऊँचे टीले। कई बार पटरी के दोनों किनारे उसी तरह के टीले दिखाई पड़े। गाड़ी में सभी सो रहे थे। जो इन्हें कुछ देखना ही नहीं है, तो यह रेलगाड़ी में चढ़े ही क्यों। वह किससे पूछे कि ये टीले काहे के हैं? कई बार उसने जंगले से सिर निकालकर यह अन्दाज़ लगाने की चेष्टा की कि गाड़ी कितनी तेज़ी से चल रही है, बाल हवा में उड़कर मुँह पर गिर रहे थे। मिट्टी दिखाई नहीं देती, मानो कोई मिट्टी पर कुछ सरल रेखाएँ खींचते हुए जा रहा है। ओह! रेलगाड़ी कितनी तेज़ी से चलती है! वह कौतूहल तथा उत्तेजना के मारे कभी इस तरफ के जंगले

से और कभी उस तरफ के जंगले से मुँह बढ़ाकर देख रहा था।

बीच-बीच में पूरब दिशा के जल्दी से विलीन होने वाले अस्पष्ट चाँदनी से भरे मैदान की ओर देखते हुए उसके मन में आ रहा था कि पता नहीं वह कितनी दूर चला आया। अब वह किस देश के ऊँचे-नीचे मैदान से चल रहा था?

वह सबेरे की तरफ फिर ऊँघ गया था। एक बहुत बड़े स्टेशन पर शोर के साथ गाड़ी रुकते ही उसकी ऊँघ टूट गई, उसने देखा कि प्लेटफार्म के पत्थर की बड़ी-सी सिल्ली पर लिखा है—पटना सिटी।

इसके बाद कितने ही स्टेशन निकल गए, कितने बड़े-बड़े पुल मिले। गाड़ी चल रही है तो चल रही है, मालूम होता था कि पुल खत्म ही नहीं होगा। कितनी तरह के सिगनल, कितने कल-कारखाने। किसी एक स्टेशन के कमरे में अन्दर लोहे के खम्भे से लगे हुए चोंगे में मुँह डालकर रेल का एक बाबू पता नहीं क्या कह रहा था—प्राइवेट नम्बर?...हाँ, अच्छा...सिक्सटी नाईन...सिक्सटी नाईन...उनहत्तर...छः और उसके बाद...नौ...हाँ, हाँ...!

उसने अवाक् होकर अपने पिता से पूछा : 'पिताजी वह काहे की कल है? वह उसके अन्दर मुँह रखकर यह कह क्या रहा है?'

उस समय दिन काफी ढल चुका था। हरिहर बोला : 'अब हम काशी पहुँच जाएँगे। गंगा के पुल पर गाड़ी चढ़ते ही काशी जी दिखाई पड़ेंगी।'

अपू बड़ी देर से एक बात सोच रहा था। आज वह सारे रास्ते में टेलीग्राफ के तार और खूँटी देखते-देखते आ रहा था। उस बार के अलावा उसने बस अब की बार इतने ध्यान से देखा था। जो अब की बार उसे रेल-रेल खेलने की सुविधा मिली तो वह इस तरह के तार के खम्भे बनाएगा। पहले वह कितने गलत तरीके से बनाता था। जहाँ वह जा रहा है, वहाँ के जंगल में गिलोय तो मिलेगी न?

पन्द्रह दिन बीत गए। बाँस के फाटक की गली के एक मामूली तिमंज़िले मकान की नीचे की मंज़िल में हरिहर का घर बना है। अभी तक किसी पूर्व परिचित व्यक्ति का पता नहीं मिला। पहले जो लोग जहाँ रहते थे, अब उन सब स्थानों में कोई उनका पता नहीं दे सका। केवल विश्वनाथ की गली वाला पुराना हलवाई रामगोपाल साहू अभी तक जीवित था।

ऊपर की मंज़िल में एक पंजाबी परिवार रहता था, बीच की मंज़िल में एक बंगाली व्यापारी रहता था। बाहर वाला कमरा उसकी दुकान और गोदाम था, अगल-बगल के दो-तीन कमरों में सोने का कमरा और रसोईघर था।

इन पाँच-छः दिनों में सर्वजया ने पति के साथ करीब के सारे द्रष्टव्य स्थान देख लिए थे। उसने कभी भी इतनी बड़ी बातों की कल्पना नहीं की थी। कैसे-कैसे मन्दिर हैं! कैसे-कैसे देवी-देवता हैं! कितने मकान और हवेलियाँ है! अब तक आड़ंगघाट का जुगल किशोर जी का मन्दिर उसकी आँखों में स्थापत्य शिल्प की पराकाष्ठा थी, पर काशी विश्वनाथ का मन्दिर? अन्नपूर्णा जी का मन्दिर? दशाश्वमेध घाट के ऊपर

का लाल मन्दिर? ये फिर क्या थे?

वह इसी बीच में एक दिन पंजाबी सज्जन की स्त्री के साथ रात में विश्वनाथ जी की आरती देखने गई थी। वह दृश्य इतना अभूतपूर्व था कि वह उसका वर्णन नहीं कर सकती थी। धूप के धुएं से मन्दिर धुँधला हो गया, सात-आठ पुजारी एकसाथ मन्त्र पढ़ने लगे। अपार भीड़ थी और तड़क-भड़क तथा शान-शौकत का क्या कहना! बड़े घर की बहुत-सी स्त्रियाँ आई थीं, उनके कपड़े-लत्ते और गहनों का कहाँ तक बखान किया जाए। कहीं की एक रानी साहिबा आई थीं, जिनके साथ चार-पाँच नौकरानियाँ थीं। उन्होंने बहुत कीमती बनारसी साड़ियाँ पहन रखी थीं, सोने की ज़री के काम वाला पल्ला आरती के पंचप्रदीप की ज्योति से चमचमा रहा था। रानी की आँखें कितनी बड़ी और धनुष की तरह थीं, भौहें कितनी सुन्दर थीं और चेहरा कितना कोमल था। उसने सचमुच की रानी कभी नहीं देखी थी, कहानियों में ही सुना था, पर यह रानी सचमुच रानी लगती थी। वह नहीं कह सकती कि उसने उस रानी को अधिक देर तक देखा या ठाकुरजी की आरती अधिक देर तक देखी।

देवी-देवताओं के मन्दिरों को छोड़ भी दिया जाए तो यहाँ रहने के घर भी कितने सुन्दर थे। दशहरा के अवसर पर गांगुली बाड़ी में जो न्यौता होता था, उसके उपलक्ष्य में वह गांगुलियों के मन्दिर और रंगमंच, दो महल वाला मकान और बंधा हुआ तालाब देखकर किस प्रकार भीतर ही भीतर कुढ़ती थी। उसे याद है कि उसने एक बार दुर्गा से कहा था : 'देखा है, बड़े लोगों का घर-द्वार कितना सुन्दर होता है?'

पर अब वह सड़क के दोनों किनारे जो मकान देखती रहती है, उनकी तुलना में गांगुली बाड़ी क्या है?

उसने इतनी गाड़ियाँ, घोड़े आदि एकसाथ नहीं देखे थे। गाड़ियाँ भी कितने प्रकार की थीं! आते समय रानाघाट तथा नईहाटी में उसने घोड़ागाड़ी ज़रूर देखी थी, पर उसने इतनी तरह की गाड़ियाँ कभी नहीं देखी थीं। दो पहिये की गाड़ियाँ ही कितनी थीं। उसे तो इच्छा हुई कि सड़क के किनारे खड़ी होकर यही सब देखती रहे, पर वह स्त्री साथ में होने के कारण वह शरम के मारे कुछ बोल नहीं सकी।

अपू को तो बहुत अचरज हुआ है। वह कल्पना में भी नहीं सोच सकता था कि ऐसी बातें सम्भव हैं। उनके ठीहे से दशाश्वमेध घाट बहुत दूर नहीं है, वह प्रतिदिन सन्ध्या वहाँ टहलने जाता था। वहाँ जो रोज़ ही चड़क का मेला-सा लगा रहता था। इधर गाना हो रहा है, तो उधर कथा हो रही है, कोई *रामायण* पढ़कर सुना रहा है। भीड़ लगी हुई है, लोग हँस रहे हैं, उत्सव का वातावरण है। अपू वहाँ टहल-टहलकर सब कुछ देखता था और सन्ध्या के बाद घर लौटकर बड़े उत्साह के साथ उनकी बात सुनाता था।

किसी का नौकर एक छोटे लड़के को कमर में रस्सी डालकर टहलाने लाता था। अपू ने उससे परिचय कर लिया। उसका नाम पलटू है, वह अच्छी तरह बात नहीं कर पाता, पर बड़ा ही चंचल है, इसलिए घर वालों ने उसके साथ कैदियों का

सा व्यवहार कर रखा है कि कहीं खो न जाए। अपू उसे देख, हँसकर लोट-पोट होता था। उसने नौकर से कहा था कि रस्सी खोल दे, पर उसने डर के मारे रस्सी नहीं खोली। कैदी बहुत ही नन्हा और नासमझ था, इसलिए उसे होश भी नहीं था कि इस तरह का व्यवहार प्रतिवाद के योग्य है।

लौटने पर सर्वजया रोज़-रोज़ उसे डाँटती थी : 'तू अकले-अकेले ऐसे क्यों फिरता रहता है? बड़ा शहर ठहरा, कहीं खो गया तो?'

वह इसके उत्तर में हाथ-पैर हिलाकर माँ को यह समझाता था कि उसके सम्बन्ध में इस प्रकार की शंका बिल्कुल व्यर्थ है और उसका कोई कारण नहीं है।

काशी में आने पर हरिहर की आमदनी भी बढ़ गई। कई जगह दौड़-धूप करने के बाद उसे कुछ मन्दिरों में प्रतिदिन पुराण पढ़ने का काम मिला। इसके अतिरिक्त एक दिन सर्वजया ने पति से कहा : 'तुम दशाश्वमेध घाट में रोज़ शाम को पोथी लेकर क्यों नहीं बैठते? लोग कितने ढंगों से पैदा करते हैं और तुम तो बस बैठे-बैठे हवाईकिले ही बनाया करते हो।'

पत्नी की डाँट से प्रभावित होकर हरिहर काशीखंड लेकर शाम के समय दशाश्वमेध घाट में बैठने लगा। धर्म-ग्रन्थ पढ़कर सुनाना उसके लिए कोई नया काम नहीं था, अपने देहात में वह व्रत तथा त्यौहारों के उपलक्ष्य में पुराण पढ़कर सुनाया करता था। उसने घाट में जाकर अच्छे स्वर में वन्दना शुरू की :

वर्हापीड़ाभिरामं मृगमदतिलकं कुंडलाक्रांतगंडं,
...स्मित सुभगमुखं स्वाधरे न्यस्तवेरणं
...ब्रह्मगोपालवेशं॥

अच्छी भीड़ लगने लगी।

वह घर पर लौटकर बलुई कागज़ पर कुछ लिखने लगा। पत्नी से बोला : 'सिर्फ श्लोक पढ़ते जाओ तो कोई नहीं सुनता, पूर्वी बंगाल के उस कथावाचक के यहाँ मुझसे ज़्यादा भीड़ लगती है, इसलिए मैंने सोचा है कि कुछ लीला प्रस्तुत करूँगा जिसमें कुछ गाने भी होंगे। ढंग कथावाचक का रहेगा, नहीं तो लोग नहीं जुड़ते। परसों पूर्वी बंगाल के उस कथावाचक से बातचीत हुई, उसके लिए तो देवनागरी के अच्छर भी भैंस बराबर हैं, बस तुकबन्दियाँ सुना-सुना स्त्रियों को ठगकर पैसे ले लेता है। मेरी तश्तरी में छः या आठ आने आते हैं पर उसे रुपये से कम नहीं मिलता। ज़रा सुनोगी मैंने कैसा लिखा?'

उसने थोड़ा-सा पढ़कर सुनाया। बोला : 'मैंने सोचा है कि उस कथावाचक की पोथी देखकर जंगल का वर्णन लिख लूँ, पर वह पोथी देगा थोड़े ही।'

—तुम कहाँ पर बैठकर कथा बाँचते हो? मैं एक दिन सुनने आऊँगी।

—ज़रूर-ज़रूर। शीतलाजी के मन्दिर के नीचे ही बैठता हूँ। कल ही आना। नई लीला सुनाऊँगा, कल एकादशी है, दिन भी अच्छा है।

—लौटते समय विश्वनाथ की गली की दुकान से अपू के लिए चार पैसे की तीखुर की जलेबी ले आना। ऊपर जो पछाँह वाली बहू है, वह कल कोई पूजा करने के बाद मुझे ऊपर जलपान कराने ले गई, तो खाने के लिए तीखुर की जलेबी दी थी। विश्वनाथ की गली में बिकती है। मैंने खाई तो सोचा कि अपू को जलेबी बहुत पसन्द है, पर उस समय जलपान कर रही थी, कैसे कहती? इसलिए तुम चार पैसे की जलेबी ज़रूर ले आना।

कुछ दिनों से हरिहर की कथा में अच्छी भीड़ हो रही थी। लकड़ी के एक बड़े-से कठौते में नारद घाट के काली मन्दिर की नौकरानी ने एक बड़ा-सा सीधा लाकर अपू के सहन में रख दिया। सर्वजया खुश होकर बोली : 'आज शायद वार की विशेष पूजा है? अच्छा बहू, तुमने देखा कि वह घर आ रहे हैं?'

जब नौकरानी चली गई, तो सर्वजया ने लड़के को पुकारकर कहा : 'अपू, इधर आ। यह देख तेरा वह नारियल का फूल है। तुझे किशमिश पसन्द हैं न? केला है। देख कितने बड़े-बड़े आम हैं। आ, बैठ खा। यहाँ बैठ।'

प्रोत्साहन पाने पर हरिहर ने फिर से अपनी पुरानी पोथियाँ निकाल लीं।

सर्वजया बोती : 'ध्रुवचरित्र सुनते-सुनते लोगों के कान बहरे हो गए , कोई नई लीला शुरू करो न।' तब हरिहर ने पूरा सबेरा और दोपहर लगाकर जड़-भरत के उपाख्यान को तीला के रूप में लिखकर तैयार कर लिया। इसी काशी में आज से बाईस साल पहले जब उसने गीत गोविन्द का पद्यानुवाद प्रस्तुत किया था, तब उसकी उम्र चौबीस साल थी। जब वह अपने देहात में गया तो जीवन का उद्देश्य उसके निकट और भी स्पष्ट हो गया। काशी में इतनी सम्भावना नहीं थी। पर अपने देहात में चारों तरफ कहीं दाशूराय का गीत, कहीं दीवनजी का गाना, कहीं गोविन्द अधिकारी के तोता मैना की लड़ाई, लोका धोबी के दल के द्वारा सम्मिलित गीतों का प्रचार, यह सब देखकर उसके मन पर एक नया ही प्रभाव पड़ा।

वह रात को अपनी स्त्री से कहा करता था : 'बाज़ार में बारवारी'[1] में कवियों का गाना हो रहा है। समझीं? मैंने बैठकर सुना, समझीं, समझीं? सीधे-सादे पद थे, बहुत मामूली। ज़रा गृहस्थी सम्भल जाए, तो बस देखना, लीला के नये पद तैयार करूँगा। यह लोग तो बस बाबा आदम के ज़माने की चीज़ें गाते हैं, इसीलिए मैं कल राजू से कह रहा था।'

कभी-कभी हरिहर रात के बीच में उठ बैठता था और कुछ सोचा करता था। किसी अनिर्दिष्ट आनन्द से उसका मन चिड़ियों के परों की तरह लघु हो जाता था। उसके सामने कितना उज्ज्वल भविष्य है!...

वह कल्पना-नेत्रों से देखता था कि झाड़-फानूस वाले बड़ी मजलिसों में सारे देश में, गाँव-गाँव में, उसके बनाए हुए गीत, गाने, काली माई पर भजन, पद, कई-कई

1. सम्मिलित पूजा

रातों तक गाए जाते हैं। दल का मालिक आकर हाथ-पैर जोड़ता है और उससे लीला लिखवाकर ले जाता है।

—वाह! बहुत सुन्दर है! किसने ये कवित्त और गीत बनाए हैं? कवियों के गुरु 'पंडित हरू', हरू पंडित का है न? निश्चिन्दिपुर के हरिहरराय महाशय इनके रचयिता हैं न?

इसी दशाश्वमेध घाट पर बैठकर बाईस साल पहले उसके मन में कितने ही स्वप्न लहराते रहते थे। इसके बाद वह धीरे-धीरे उनको भूल गया, जो कापियाँ थीं, वे बक्स के अनजाने गुप्त गोशों में जाकर छिप गईं, यौवन का स्वप्न-जाल जीवन की दोपहरी की तपिश से कोहासे की तरह क्षितिज में विलीन हो गया।

खोई हुई जवानी की तरफ देखने पर हृदय जाने कैसे कुलबुला उठता है, कितनी ही बातें याद पड़ती हैं, क्या जीवन के उन बीते हुए दिनों को और एक बार भी लौटाया नहीं जा सकता?

दशाश्वमेध घाट पर बहुत-से लड़कों के साथ अपू का परिचय हुआ, पर यहाँ उसकी उम्र के सब लड़के स्कूलों में पढ़ते थे। निश्चिन्दिपुर में मछली पकड़कर और नाव खेकर दिन काटना सम्भव था, पर यहाँ अपनी उम्र वालों से यह कहने में लज्जा मालूम होती है कि वह कुछ भी नहीं पढ़ता।

इसके अलावा जिन लड़कों के साथ परिचय हुआ था वे सब अच्छे खाते-पीते घरों के थे। पलटू के बड़े भाई ने एक दिन बात-बात में कहा था कि उसके पिता को प्रवास में बहुत रहना पड़ता है, इस पर अपू ने कहा था : 'क्यों, तुम लोगों के बहुत-से यजमान हैं क्या?'

इस पर पलटू के बड़े भाई ने आश्चर्य के साथ कहा था : 'यजमान कैसा? कौन यजमान?'

अपू जवाब दे भी नहीं पाया था कि उसने कहा : 'पिताजी कन्ट्रैक्टर है न?' कांथी में छोटी-मोटी ज़मीनदारी भी है, पर आप तो जानते ही हैं आजकल के दिनों में क्या बचता है।'

कभी-कभी अपू दशाश्वमेध घाट टहलने जाकर पिता के मुँह से पुराण-पाठ सुनता था। जब हिरण का बच्चा हिंस्र जानवर के हाथों मारा गया, तो हिरण के बच्चे पर मुग्ध राजर्षि भरत ने जिस प्रकार से विलाप किया और अन्त में जाकर उसकी मृत्यु की कहानी सुनकर भरत पर जो कुछ बीता उससे उसकी आँखों में आँसू भर आए। जब सिन्धु सौवीर के राजा रहुगण ने राजर्षि भरत को अज्ञान के कारण अपने यहाँ डोली ढोने वाला नियुक्त किया, तब कौतूहल और उत्कंठा के कारण वह आशा करने लगा कि अब कुछ होगा, कोई बात ज़रूर होगी। कथावाचन के अन्त में जो आशीर्वचन उच्चारित होते थे, वे उसे बहुत अच्छे लगते थे :

काले वर्षतु पर्जन्यं पृथिवी शस्य शालिनि
लोकाः सन्तु निरामयाः...

सन्ध्या की ओर मन्दिरों में शंख और घंटों की ध्वनि के साथ-साथ अस्तायमान

सूर्य की सिन्दूरी आभा और पूरबी की मूर्च्छना के साथ-साथ हिरण के बच्चे के वियोग से व्याकुल राजर्षि का दुःख घुला-मिला रहता था।

घर में कागज़ और कलम लाकर अपू ने पिताजी से कहा : 'मुझे वह लिख दो न, जो तुम पढ़ा करते हो—काले वर्षतु पर्जन्यं।'

हरिहर ने खुश होकर कहा : 'तू सुनता है मुन्ना?'

—मैं तो नित्य रहता हूँ , जब तुम कल भरत की माँ मर जाने की कथा सुना रहे थे तब मैं तुम्हारे पीछे मन्दिर की सीढ़ी पर बैठा था।

—तुझे कैसी लगती है, अच्छी लगती है?

—ब-हु-उ-उ-त, मैं तो रोज़ सुनता हूँ।

पर अपू एक बात बताता नहीं है, वह यह कि जिस दिन संगी-साथी मिल जाते हैं, उस दिन वह कथा सुनने नहीं जाता। उस दिन वह पिता के पास से जा रहा था, तो हरिहर ने पुकारा : 'ओ मुन्ना! मुन्ना।'

उसके संगी के कहा : 'क्या वह तुम्हें पहचानता है!'

अपू ने कंधा हिलाते हुए कहा : 'हाँ'—वह संगी-साथियों के साथ कभी पिता के पास नहीं आता था, वह यह चाहता नहीं था कि लोग यह जानें कि उसके पिता घाट पर बैठकर कथा बाँचते हैं। पलटू के बड़े भाई के मित्र के अतिरिक्त, बाकी सब साथियों से उसने यही कहा है कि काशी में उनका निजी घर है, वे काशी में हवाखोरी के लिए आए हैं, अपने देहात में बहुत बड़ा मकान है, पिताजी ठेकेदार हैं, इसके अलावा अपने देहात में ज़मीनदारी तो है ही। पर अन्त में बोला : 'पर जानते ही हो आजकल ज़मीनदारी में कुछ धरा नहीं है।'

उसके संगियों की उम्र उससे कुछ अधिक नहीं है, इसीलिए शायद उसकी कही हुई बात और उसके कपड़ों में जो असामंजस्य है, वह पकड़ में नहीं आता। विशेषरूप से उसके सुन्दर चेहरे के कारण सभी बातें खप जाती हैं।

पूर्णिमा के दिन पास के कथावाचक के यहाँ बड़ी भीड़ हुई। सन्ध्या के बाद हरिहर कथा समाप्त कर घाट के एक चबूतरे पर बैठकर विश्राम कर रहा था, इतने में कथावाचक महोदय पानी में हाथ धोने के लिए उतरे। उन्होंने हरिहर को देखकर कहा : 'तो आप भी हैं? आपने देखा? पूर्णिमा का दिन है, पहले ज़माने में आज के दिन विशेष चढ़ावे में पंद्रह सेर, आधा मन तक चावल आ जाता था, पर आजकल विशेष चढ़ावा कोई नहीं मानता। कोई चावल का एक दाना भी नहीं लाता। मुश्किल से रुपया-सवा-रुपया बैठा है, इसमें भी दो खोटी दुअन्नियाँ हैं। अच्छा, यह बताइए कि आपकी शिक्षा कहाँ हुई थी?'

—शिक्षा तो इसी काशी में ही हुई थी, पर यह बहुत दिन की बात है। इतने दिनों तक अपने देहात में ही था, अबकी आकर यहाँ जमा हूँ...

—क्या आपका घर पास ही है? ज़रा चाय पिला सकेंगे? कई दिन से सोच रहा हूँ , ज़रा चाय-पीऊँ, सो देखिए चादर में चाय गठियाकर फिर रहा हूँ। कहीं न मिले तो हलवाई के यहाँ जाकर गरम पानी बनवा लूँ , गला बैठा हुआ है, ज़रा

नमकीन चाय पीऊँ तो...

—हाँ, हाँ, आइए मेरा घर पास ही है, चलिए न?

हरिहर साथी कथावाचक को लेकर घर पर गया।

घर में चाय पीने की परिपाटी कभी नहीं थी। कढ़ाई में पानी गरम किया गया, फिर चाय तैयार हुई। अपू ने फूल के गिलास में चाय और तश्तरी में कुछ मीठा रखकर कथावाचक जी के सामने रख दिया। मीठा देखकर कथावाचक खिल गए, उन्हें इतनी आशा नहीं थी।

—यह आपका लड़का है? वाह, बहुत अच्छा लड़का है। वाह, आओ, आओ बेटा, रहने दो, रहने दो, कल्याण हो। नमकीन चाय है न? देखूँ।

हरिहर बोला : 'आपके बाल-बच्चे यहीं हैं?'

—यहाँ घरवाली ही नहीं है तो बाल-बच्चे कैसे? दस बीघा ज़मीन भी मेरे हाथ से निकल गई, और जिन्होंने ली, वे भी फटीचर के फटीचर ही रहे। जो दो-चार बीघे ज़मीन भी होती तो क्या इतनी दूर आकर जान खपाते? अजी यह कोई रहने लायक जगह है? बाबा विश्वनाथ मेरे सिर पर रहें, पर यह तो सोचिए कि जाड़ा चल रहा है, पर न तो खजूर के रस का पता है और न खजूर का गुड़ या मिठाई आँख से देखने में आती है। मेरे अपने ही दो कोड़ी खजूर के पेड़ हैं। और यह हाल देखिए...

—आपकी जन्मभूमि कहाँ है?

—सतखीरे के पास चमगादड़ों वाले शीतलकाठी गाँव सुना है न? शीतलकाठी के चक्रवर्ती बड़े ऊँचे ब्राह्मण माने जाते हैं।

हरिहर ने तम्बाकू भरकर स्वयं कई-एक कश लेकर कथावाचकजी के हाथ में हुक्का थमा दिया, बोला : 'शौक कीजिए।'

—कुछ नहीं साहब, फागुन महीने में गया था, एक बाग था सो उसे भी बट्टे-खाते लगा आया। हम लोग श्रोत्रिय ब्राह्मण हैं न? दस बीघे ज़मीन थी, सो उसे गिरवी रखकर दहेज का पैसा इकट्ठा किया, शादी की, दस साल तक गृहस्थी भी की, नतीजा क्या हुआ? सन्ध्या समय रसोईघर के छप्पर से सीताफल उतारने गईं; वहाँ काला नाग तैयार बैठा था, बस उसने हाथ में डंस लिया। अब देखिए संयोग कि मैं उस दिन घर पर नहीं था, इसलिए न वैद्य ने देखा न किसी कविराज ने; किसी-ने कुछ नहीं किया। मैं पटौली में नदी पार कर रहा था, इतने में अपने गाँव के महेश साधुखान उलटी तरफ से आ रहे थे, बोले : 'जल्दी घर जाइए, घर में बड़ी विपत्ति है।'—मैंने पूछा कि क्या विपत्ति है, उसने बताया नहीं। घर पहुँचकर देखा कि वहाँ तो मुर्दा भी बासी हो चुका है। ज़मीन की ज़मीन गई और इधर यह हाल हुआ। तब मैंने सोचा कि अब जन्मभूमि में क्या रहना, अब न तीन-चार सौ रुपये मिल सकते हैं न दोबारा शादी ही हो सकती है। इसीलिए चलूँ बाबा विश्वनाथ के चरणों में कम से कम भूखों तो नहीं मरूँगा। यहाँ आठ साल हो गए, एक चचेरा भाई है, सो उसने जो थोड़ी-बहुत ज़मीन थी, उस पर कब्ज़ा जमा लिया और कहता है कि तुम्हारा कोई

हिस्सा नहीं है। मैंने कहा : 'नहीं है तो जाने दो।' कौन इस जूत-पजार में पड़े। अब चलता हूँ। आपके यहाँ चाय खूब मिली, आपका लड़का किधर गया? बड़ा अच्छा लड़का है...

अपने पुराने कैनवस के जूतों को (जिनपर चमड़े की थेगलियाँ लगी हुई थीं) झाड़कर पहनने के बाद कथावाचक महोदय निकल पड़े, चलते-चलते बोले : 'कल को विशेष चढ़ावा है, देखें कैसे रहता है।'

29

हरिहर का घर कोई अच्छा नहीं है। नीचे की मंज़िल के सीले हुए दो कमरे हैं; दिन में भी इतना अन्धेरा बना रहता है कि एकाएक बाहर से कोई आ जाए तो उसे कुछ दिखाई नहीं पड़ता। सर्वजया कभी ऐसी जगह में नहीं रही। उसका देहाती घर पुराना होने पर भी उसमें धूप और हवा के आने-जाने के लिए बड़े-बड़े दरवाज़े और जंगले बने हुए थे। पुराने ज़माने की ऊँची कुर्सी का मकान था, हर समय सूखा बना रहता था। इस घर की सीलन और अन्धेरे में सर्वजया के सिर में दर्द होता है। अपू तो बिल्कुल ही घर में नहीं रहता था, सूर्य-किरण से पुष्ट नए पौधे की तरह उसका मुँह तो हर समय रोशनी की तरफ ही रहता था। वह निश्चिन्दिपुर के खुले मैदान तथा नदी किनारे की रोशनी और हवा में बड़ा हुआ था; इस कारण बन्द कमरे के अन्धेरे में वह हाँफ उठता था, वह एक क्षण भी वहाँ टिक नहीं पाता था।

उसे काशी से कुछ निराशा हुई थी। यहाँ बड़े-बड़े घर और हवेलियाँ ज़रूर हैं, पर यहाँ जंगल नहीं हैं।

सन्ध्या की ओर एक दिन कथावाचक महोदय हरिहर के घर पर आए, इधर-उधर की बातचीत के बाद बोले : 'मैं आपके लड़के को नहीं देख रहा हूँ।'

हरिहर बोला : 'कहीं खेलने निकला होगा। शायद दशाश्वमेध घाट की तरफ गया हो।'

कथावाचक महोदय दुपट्टे के किनारे में बंधी किसी चीज़ को खोलते हुए बोले : 'आपके लड़के के साथ मेरा बहुत परिचय हो गया है। उस दिन मैंने घाट के पास उसे बुलाकर उससे बातचीत की तो मालूम हुआ कि कौड़ी खेलना उसे बहुत पसन्द है। मुझे किसी ने व्रत के सीधे में समुद्र की दो कौड़ियाँ दी हैं, सोचा कि अपू को दे जाऊँ। तो आप रख लीजिए, आने पर दीजिएगा।'

अगहन के अन्त की ओर अपू ने अपने पिताजी से कहा कि मैं स्कूल में भरती होना चाहता हूँ। बोला : 'पिताजी, सभी स्कूल में पढ़ते हैं। मैं भी पढ़ूँगा। गली के मोड़ से कुछ आगे एक अच्छा-सा स्कूल है।'

हरिहर ने लड़के को स्कूल में भरती कर दिया। यद्यपि छात्रवृत्ति का पाठ्यक्रम था, फिर भी अंग्रेज़ी की पढ़ाई होती थी। प्रसन्न गुरुजी की पाठशाला छोड़ने के बाद

पाँच साल हो गए थे। अब वह फिर स्कूल में दाखिल हो गया।

माघ महीने के बीचों बीच कथावाचक महोदय देसी कागज़ का एक टुकड़ा हाथ में लाकर हरिहर के पास आकर बोले : 'देखिए तो महाशय, ऐसा लिखा जाए तो काम बनेगा?'

हरिहर ने पढ़कर देखा कि काशी के श्रीरामगोपाल चक्रवर्ती नाम के किसी व्यक्ति ने कथावाचक महोदय के नाम अपने गाँव की दस बीघे ज़मीन का दानपत्र लिखा है। अमुक व्यक्ति गवाह है, स्थान दशाश्वमेध घाट और अमुक तारीख है।

कथावाचक महोदय ने बताया : 'मामला यह है कि हमारे देहात में कुमुरे गाँव के रामगोपाल चक्रवर्ती बड़े पंडित थे। मरने के एक साल पहले उन्होंने मुझसे कहा—रामधन, तुम्हारे पास तो कुछ भी नहीं है, सोच रहा हूँ कि तुम्हें दस बीघा ज़मीन दे दूँ, ले तो लोगे न?—तो मैंने सोचा कि अच्छे ब्राह्मण हैं; दान देना चाहते हैं तो इसमें बुराई ही क्या है? उन्होंने मुँह ज़बानी ज़मीन मुझे दे दी। वहीं मामला खत्म हो गया, मैंने भी कोई ध्यान नहीं दिया क्योंकि रहना तो काशी में था, फिर वहाँ ज़मीन लेकर क्या करता। इसके बाद चक्रवर्ती परलोक सिधार गए। दान मुँहज़बानी रह गया। इतने दिनों बाद फिर सोच रहा हूँ कि घर लौटूँगा, जो लड़के-बाले न हुए, तो फिर क्या ज़िन्दगी रही? आपसे छिपाना क्या है, भूखों रह-रहकर तीन सौ रुपये जोड़ लिए हैं। सौ रुपये और मिल जाएँ तो श्रोत्रिय कुल की लड़की मिल सकती है। सो ऐसा अगर होना है तो ज़मीन भी काम में आएगी। मैंने सोचा दान तो जबानी किया था, उसे भला चक्रवर्ती महाशय के लड़के क्यों मानने लगे? इसलिए सोच-सोचकर यह दस्तावेज़ तैयार किया है। लिखावट मेरी है, दस्तखत भी मेरे ही हैं। जो दो गवाह हैं वे भी बनावटी हैं। अब देखूँ अगर उनके लड़के मानें। जाकर कहूँगा कि तुम लोगों के पिताजी ने ज़मीन दान दी है...

उठते समय कथावाचक महोदय ने कहा : 'अच्छी बात याद आई। मंगलवार माघी पूर्णिमा के दिन मैं आपके लड़के को साथ में लेकर टमटार के राजा के ठाकुर द्वारे में ले जाउँगा, मानमन्दिर से लगा हुआ है। सन्ध्या के बाद हर साल ब्रह्मभोज होता है।' कुछ गर्व के साथ बोला : 'मुझे एक न्यौते की चिट्ठी बराबर आती है, खूब अच्छा खिलाता-पिलाता है। तो ठीक रहा कि उस दिन मैं लड़के को ले जाउँगा?'

माघी पूर्णिमा के दिन कुछ रात रहते से रास्ते में स्नान-यात्रियों की भीड़ देखकर सर्वजया दंग रह गई। लोग, पुरुष और स्त्रियाँ, गोल बाँधकर 'जय विश्वनाथजी की जय, बम् भोला, बबम् बबम् बम्' आदि कहते हुए भयंकर जाड़े की उपेक्षा करके स्नान के लिए चले थे। ज़रा दिन चढ़ने पर सर्वजया भी पंजाबी महिला के साथ नहान के लिए चली। गंगा का पानी, सीढ़ियाँ, मन्दिर, रास्ते सब उत्सव के वस्त्रों में सज्जित नर-नारियों से भरे हुए थे। पानी में उतरना एक मुसीबत हो गई। षष्ठी देवी के मन्दिर में लाल झँडा लहरा रहा था।

सन्ध्या के पहले कथावाचक महोदय अपू को लेने आए। सर्वजया बोली : 'भेज दो, उनका कोई है तो नहीं इसलिए अपू पर कुछ स्नेह हो गया है। घाट पर

बुलाकर उसके साथ बातचीत करते हैं, एक दिन शायद पपीता खरीदकर खिलाया था। भेज दो...'

अपू पहले कथावाचक महोदय के साथ उनके ठीहे पर गया। खपरैल की छत थी, मिट्टी की दीवार पर कोई जगह खरिया मिट्टी से इस प्रकार के हिसाब लिखे थे :

सियरसोल की रानी के घर भागवतपाठ	—	4 रुपये
मुसम्मात कुन्ता के ठाकुरद्वारे पर वही	—	3 रुपये
धारकलालजी दूबे की एक दिन की खुराक	—	1

कोई खास सामान नहीं था। एक पतली-सी चौकी बिछी हुई थी, टीन का एक छोटा-सा बक्स था, रस्सी की एक अरगनी, एक जोड़ा खड़ाऊँ, दीवार में कील पर कमलगट्टे की एक बड़ी-सी माला लटकी हुई थी।

कथावाचक ने कहा : 'सन्तरा खाओगे?'

अपू ने हामी भरते हुए कहा : 'आपके पास है?

न जाने क्यों कथावाचक से उसे किसी प्रकार का संकोच नहीं हो रहा था। उसने सन्तरा छीलते हुए कहा : 'आपको 'काले वर्षतु पर्जन्यं' आता है?'

—ज़रूर, रोज तो कहता हूँ , एक दिन सुनना।

—इस समय कहिए न।

कथावाचक ने गाकर कहा पर अपू को ऐसा लगा कि उसके पिता इससे ज़्यादा अच्छी तरह कहते हैं। कथावाचक का गला बहुत मोटा है।

अपने घर ले जाने के लिए कथावाचक ने मिट्टी और पत्थर की बहुत-सी फुटकर चीज़ें, खिलौने, शिवलिंग, मालाएँ, लकड़ी की कंघियाँ संजो रखी थीं। अपू को दिखाते हुए बोले : 'काशी की चीज़ें हैं, लोग पूछेंगे, क्या लाए हो, सो इन्हें ले जा रहा हूँ।'

बहुत-सी पतली गलियाँ पार करते हुए एक अन्धेरे मकान के दरवाज़े के सामने कथावाचक जी खड़े हो गए। दरवाज़ा बहुत नीचा था। किसी तरह कथावाचक के साथ उसके अन्दर पहुँचकर उसको ऐसा मालूम हुआ कि वहाँ कोई नहीं है, सन्नाटा छाया हुआ था। कथावाचक ने दो-एक बार खाँसा तो इस पर आँगन की चारपाई पर लेटे हुए किसी आदमी की नींद खुल गई और उसने मोटी आवाज़ में हिन्दी में कुछ पूछा जो अपू की समझ में नहीं आया। कथावाचक ने अपना परिचर बताया फिर भी ऐसा मालूम हुआ कि वह उसे न तो पहचानता था और न इस समय उसके आने की आशा ही करता था। बाद में वह आदमी कुछ झुँझलाकर किसी से कुछ पूछने गया। पर उसके लौटने में इतनी देर होने लगी कि अपू को ऐसा मालूम हुआ कि वह अभी लौटकर यह कहेगा : 'तुम लोगों का न्यौता नहीं है, यहाँ से चलते बनो।'

जो कुछ हो, लगभग पन्द्रह मिनट बाद उस आदमी ने आँगन के एक कोने में आधे अंधेरे में पत्तल बिछा दिए। पीतल के मोटे लोटे में पानी रख दिया गया।

कथावाचक मानो कुछ डरते-डरते आसन पर जाकर बैठ गए। राजा का घर है पता नहीं क्या खिलाए। बड़े आग्रह के साथ लगभग और भी बीस मिनट पत्तल बिछाकर बैठा रहा, पर किसी का पता नहीं लगा। जब अपू के मन में यह सन्देह हो रहा था कि शायद न्यौता न होगा, तब परोसने वाला आदमी रंगमंच पर प्रकट हुआ। आटे की मोटी-मोटी पूड़ियाँ और बिना स्वाद की बैंगन की तरकारी, अन्त में बड़े-बड़े लड्डू। अपू ने लड्डू दाँत से फोड़ना चाहा पर वह मुश्किल से फूटा। कथावाचक महोदय ने माँग-माँगकर दस-बारह मोटी पूड़ियाँ खाईं। बीच-बीच में अपू की तरफ देखकर कहते जाते थे : 'बेटा, शर्म नहीं करते। बहुत अच्छा खाना है न? लड्डू बड़े सुन्दर हैं न? अभी दाँत ठीक है, खूब मज़े में चबा लेता हूँ।'

सौ साल एक साथ रहने पर भी सम्भव है कि दो आदमियों में हृदय की लेन-देन न हो, बशर्ते विशेष घटना के कारण एक दूसरे के हृदय के द्वार को खोलने में समर्थ न हो जाएँ। अपू ने बच्चा होते हुए भी यह समझ लिया था कि इस न्यौते में बहुत ही अनादर और हेठी हुई। इसके बाद भी जब इस खाने की तारीफ सुनी और खुशी प्रकट करते हुए देखा, तो अपू का दिल हिल गया। उसे ऐसा मालूम हुआ कि कथावाचक महोदय बड़े ही नदीदे हैं। उसने समझ लिया कि इस अभागे को कभी कुछ खाने को नहीं मिलता, इसलिए इन लड्डुओं को भी इतने चाव से खा रहा है, माँ से कहकर इसे एक दिन घर में न्यौता देकर खिलाना चाहिए।

करुणा प्यार का सबसे मूल्यवान उपकरण है, उसी की चिनाई बड़ी पक्की होती है। उसके शिशु-मन पर इस परदेशी, दो दिन परिचित पूर्व बंगाली कथावाचक का स्थान अपनी दीदी और गुलकी के साथ ही हो गया, वह सिर्फ इसलिए कि लड्डू खाने के लिए इतना अजीब आग्रह दिखलाया।

इसके थोड़े ही दिन बाद कथावाचक बंगाल लौट गया। कथावाचक के अतिशय अनुरोध के कारण हरिहर अपू को साथ लेकर राजघाट स्टेशन पर उन्हें गाड़ी चढ़ाने गया। हरिहर को याद पड़ा कि आज से बाईस साल पहले वह जिस बात को करने घर लौटा था, आज यह व्यक्ति उसकी इस समय की उम्र से आठ साल अधिक उम्र का होते हुए भी, उसी बात को यानी गृहस्थी शुरू करने के लिए चला है। इसलिए उसे लगा कि उसकी भी उम्र कोई अधिक नहीं हैं। अब भी वह कोई काम करना चाहे तो कर सकता है।

गाड़ी छूट जाने पर अपू की आँखों में आँसू आ गए। बच्चे के हृदय में कई बार अधिक उम्र के व्यक्ति पर भी प्रेम हो जाता है। वह दुर्लभ है, इसलिए उसका मूल्य भी बहुत है।

माह महीने के अन्त की ओर एक दिन हरिहर एकाएक घर में घुसकर ही आँगन के किनारे बैठ गया। सर्वजया कुछ कर रही थी, जल्दी से काम छोड़कर उठ आई : 'क्या मामला है? ऐसे बैठ क्यों गए? तबियत तो ठीक है?'

पर पति के मुँह की ओर देखकर उसकी बात मुँह ही में रह गई। हरिहर की दोनों आँखें लाल सुर्ख हो रही थीं। दाहिना हाथ थर-थर काँप रहा था। सर्वजया ने

हाथ पकड़कर ऊपर उठाया तो उसने खोए हुए की तरह कहा : 'मुन्ना कहाँ है?'

सर्वजया ने शरीर पर हाथ रखकर देखा तो बुखार के मारे बदन जल रहा था। उसने सावधानी से उसे कमरे में ले जाकर बिस्तरे पर लिटा दिया। बोली : 'अपू आ रहा है, उसे ऊपर के नन्द बाबू शायद बुलाकर गुदौलिया के मोड़ पर अपनी दुकान में ले गए हैं...'

अपू दुकान में नहीं गया था, नन्द बाबू के कमरे में सामने छत पर बैठकर पुस्तक पढ़ रहा था। एक महीने से नन्द बाबू के साथ अपू का परिचय घनिष्ठ हो गया था। नन्द बाबू की कितनी उम्र थी यह अपू को नहीं मालूम था, पर वह उसके पिता से छोटा मालूम होता था। उसने नन्द बाबू के कमरे में कई पुस्तकों को ढूँढ़ निकाला था। जब नन्द बाबू घर पर रहते हैं तो वह पुस्तक लेकर छत पर बैठता है। पर डरता रहता है कि कहीं नन्द बाबू पुस्तक न छीन लें। एक दिन ऐसा ही हुआ था। छत के एक कोने पर धूप में बैठकर अपू किताब पढ़ रहा था, इतने में नन्द बाबू घर के अन्दर कुछ खोजने आए और उसे देखकर डाँटते हुए बोले : 'रख, रख दे। बस बैठे-बैठे कोई काम नहीं, पढ़ता रहता है। कहाँ की चीज़ कहाँ रख देता है, काम के बखत खोजे नहीं मिलती। चल, रख दे किताब, भाग जा।'

वह तो घर की किसी और चीज़ को छूता ही नहीं था, फिर इस तरह डाँटने की ज़रूरत क्या थी? तब से वह डरते-डरते किताब लेता था।

नन्द बाबू सन्ध्या समय माँग निकाल, अच्छा कुर्ता पहिन, शीशी से कोई खुशबू लगाकर घूमने जाते हैं। उन्होंने अपू पर एक दिन वह खुशबू छिड़क दी थी, अच्छी-खासी भीनी खुशबू है।

वह पहले-पहल सन्ध्या के बाद नन्द बाबू के कमरे में पढ़ने जाता था, पर सन्ध्या के बाद नन्द बाबू अलमारी से एक बोतल निकालकर उसमें से लाल-सी एक दवा पीते हैं। एक दिन अपू उनके कमरे में उस समय जा पड़ा था, जब वे दवा पी रहे थे। इस पर उसे बहुत डाँट पड़ी थी। नन्द बाबू के कमरे में जाने की सीढ़ी दूसरी तरफ से है। एक दिन क्या हुआ कि अपू एकाएक रात में उस कमरे में पहुँच गया तो उसने देखा कोई अपरिचित स्त्री कमरे में बैठी है। उस समय नन्द बाबू ने अपू से कहा था : 'अपू , इस समय तुम जाओ, यह मेरी साली हैं, मुझे देखने आई हैं, अभी चली जाएँगी।'

लौटते हुए उसने सुना कि नन्द बाबू अपनी साली से कह रहे थे : 'यह हमारे नीचे के किरायेदार का लड़का है, इसे कुछ समझ-वमझ नहीं है।'

नन्द बाबू अक्सर उससे उसकी माँ की बात पूछा करते थे। एक दिन बोले : 'जाकर अपनी माँ से कहकर मेरे लिए पान तो ले आ, मेरा नौकर पान नहीं लगा पाता।'

अपू कई बार माँ से मचल जाता है और ऊपर के लिए पान लगाकर ले जाता है। नन्द बाबू जब-तब कहते हैं : 'तुम्हारी माँ मेरे सम्बन्ध में कुछ कहती-वहती है?'

अपू घर जाकर माँ से कहता है : 'नन्द बाबू बड़े अच्छे आदमी हैं, रोज़ तुम्हारी

बात पूछते हैं।'

—मेरी बात? मेरी बात क्या पूछता है?

—कह रहा था कि अपनी माँ से कहना कि मैं उनकी बात पूछा करता हूँ और अच्छा आदमी हूँ...

—पूछने दो। तू पाजी लड़का है, ऊपर इतना क्यों जाया करता है? शाम के समय ऊपर बैठकर क्या करता है?

हरिहर का बुखार कुछ कम हुआ। अपू स्कूल से आकर पुस्तकें रख रहा था। पैर की आहट पाकर हरिहर ने पूछा : 'मुन्ना, आओ, ज़रा बैठो।'

अपू बैठकर स्कूल की बातें करने लगा। वह हँसकर धीमी आवाज़ में कहने लगा : 'स्कूल जाते हुए सिर्फ दो ही महीने हुए, पर इसी बीच में स्कूल के सभी लोग मुझ से प्रेम करते हैं, नित्य फर्स्ट की जगह पर बैठता हूँ , अब स्कूल की हमारी कक्षा में हर दूसरे महीने एक पत्र निकला करेगा। मुझे भी पत्र के संचालकों में रखा है, पत्र निकलने पर दिखलाऊँगा।'

हरिहर के हृदय में ममता और वेदना के कारण खलबली मच जाती है। अपू ने एक पत्र निकालकर कहा : 'मैंने एक लेख लिखा है, पत्र वालों ने कहा है कि छापेंगे, पर उन लोगों ने कहा है कि जो लोग दो रुपये चन्दा देंगे, उन्हीं का लेख छपेगा। पिताजी, दो रुपये दोगे?'

हरिहर ने लड़के के हाथ से लेख लेकर पढ़ना शुरू किया। उसे यह पता नहीं था कि लड़का लिखता भी है। राजकुमार के आखेट की कहानी अच्छी-खासी बनी है। हरिहर खुशी के मारे तकिए के सहारे उठकर बैठते हुए बोला : 'मुन्ना, तूने लिखा है?'

—मैंने तो और भी कितनी ही चीज़ें लिखी हैं। भूत-प्रेत की कहानी, राजकुमारी की कहानी, घर पर रहते समय रानी दीदी की कापी में कितनी ही चीज़ लिख देता था...

सर्वजया ने कहानी सुनने में आग्रह इसलिए नहीं दिखाया कि रुपये की बात आ गई थी। बीमार पड़े हैं, इस हालत में जो थोड़ा-बहुत है, उससे घर का खर्च ही नहीं चलता। कोई ज़रूरत नहीं है, पत्र में लेख छपाने की। हरिहर ने समझा-बुझाकर रुपये दिलवाए, बोला : 'अजी दे दो, मुन्ने का लेख छप जाए, बीमारी ठीक होते ही, ठाकुरद्वारे का भागवत पाठ तो है ही, उससे दसेक रुपये मिल जाएँगे।...'

दो दिन बाद अपू ने निराश होकर लाल-लाल होंठ फुलाकर पिता से चुपके से कहा : 'काम नहीं बना, छापेखाने वालों ने अधिक दाम माँगे हैं, इसलिए आज स्कूल में कह दिया है कि चन्दे के चार रुपये होंगे।'

लड़के को निराश देखकर हरिहर का दिल एक बार बैठ-सा गया। थोड़ी देर इधर-उधर की बात कहने के बाद उसने कहा : 'मुन्ना देख तो बेटा, तेरी माँ किधर गई?'—फिर तकिए के नीचे से चाभी का गुच्छा निकालकर बोला : 'चुपचाप उस छापवाले लकड़ी के बक्स को, जिसमें मेरी कलमों का बण्डल है, खोल तो ले। कोने

में देख तो कितने रुपये हैं।'

इसके बाद हरिहर सावधानी से बक्स खोलते हुए लड़के की तरफ ममता से देखने लगा। भोला, भोला, एकदम भोला! उसका सुन्दर चाँद-सा मुखड़ा उसकी माँ का ही मुखड़ा है; उसकी आँखें उसकी माँ की ही आँखें हैं। जब हरिहर नई-नई शादी करके पत्नी को घर ले आया था, तो नई बहू सर्वजया के चेहरे पर जो हँसी रहती थी, वह ग्यारह साल के अपू के कलुषहीन चेहरे पर दिखाई पड़ती है।

बिना कारण हरिहर का स्नेह-समुद्र उद्वेलित होता है और उसकी आँखें भर आती हैं।

अपू जैसे प्रधम वसन्त की नई कोंपल है। उसके मुखड़े पर जो आनन्द रहता है, वह जैसे प्रभात की नव अरुणाभा है। उसकी बड़ी-बड़ी नील आभायुक्त आँखों की चितवन में उसे अपने विगत यौवन के असीम स्वप्न, सुनील पहाड़ के नये शाल-वृक्षों की कतारों की उल्लसित मर्मरध्वनि तथा तटहीन समुद्र की दूर से आई हुई संगीत ध्वनि सुनाई पड़ती है।

अपू ने चुनके से पिता को दिखाते हुए कहा : 'पिताजी चार रुपये हैं।'

हरिहर ने वक्त-बेवक्त के लिए इन चार रुपयों को अपने बक्स में छिपाकर रखा है। सर्वजया को इनका पता नहीं है, इसलिए वह निश्चित होकर बोल सका : 'बेटा रुपये ले जा, चन्दा दे देना, पर माँ से न बताना।'

अपू ने खुश होकर कहा : 'छप जाने पर तुम्हें दिखलाऊँगा। कहा है कि मेरा नाम छपेगा। इस सोमवार से अगले सोमवार को निकलेगा।'

अगले दिन सबेरे से हरिहर की बीमारी फिर बढ़ी। सर्वजया ने डरकर लड़के से कहा : 'जा नन्द बाबू से कह दे, आकर एकबार देख जाएँ।'

नन्द बाबू ने देखकर कहा : 'अपूर्व डाक्टर को बुलाना पड़ेगा, तुम अपनी माँ से कहो।'

शाम के समय नन्द बाबू स्वयं ही एक डाक्टर को साथ ले आए। डाक्टर ने देखने-दाखने के बाद कहा : 'ठंड मार गई है, ब्रांको निमोनिया है। अच्छी नर्सिंग चाहिए। नीचे के कमरे में इस तरह कहीं कोई रहता है? मुन्ना, तुम एक शीशी लेकर मेरे दवाखाने में आओ, मैं दवा दूँगा।'

अपू कई दिनों तक दशाश्वमेध घाट से डाक्टर की डिस्पेंसरी से दवा लाता रहा, पर खास फायदा नहीं मालूम हुआ। हरिहर दिन-दिन कमज़ोर पड़ने लगा। इधर जो थोड़े-बहुत रुपये थे, वे फीस और पथ्य में खर्च हो गए। डाक्टर ने कहा : 'कम से कम सेर-भर दूध और दूसरे फल न खाने पर रोगी कमज़ोर हो जाएगा।'

उसने साढ़े तीन रुपये दाम की एक विलायती भोजन की भी व्यवस्था की। परदेश था। एक बार कोई आकर हिम्मत बंधाए, ऐसी भी सम्भावना नहीं थी। सर्वजया की आँखों में अँधेरा छा गया।

इस विपत्ति में भी सर्वजया और एक नई मुसीबत में फँस गई। ऊपर की छत पर कोई खड़ा होकर देखे, तो वहाँ से वह जगह दिखाई देती थी जहाँ सर्वजया

रसोई करती थी। इससे पहले भी कई बार सर्वजया ने नन्द बाबू को उसके रसोईघर की तरफ ताक-झाँक करते देखा है, पर हरिहर के बीमार पड़ने के बाद से नन्द बाबू की शरारतें बहुत बढ़ गईं। तरह-तरह के बहानों से वह दस-बीस बार उसके कमरे में आते थे। पहले-पहल वह अपू को बीच में रखकर बात करता था पर अब सीधे-सीधे बात करने लगा था। पहले-पहल सर्वजया ने इस पर ध्यान नहीं दिया बल्कि विपत्ति के समय इस आदमी ने गैर होते हुए भी बड़ी सहायता की है, यह सोचकर वह मन की मन कृतज्ञ थी; पर धीरे-धीरे उसे ऐसा मालूम होने लगा कि कहीं कुछ दाल में काला है और ऐसी बात हो रही है जो नहीं होनी चाहिए। नन्द बाबू स्वयं पान के पत्ते खरीदकर सर्वजया के सामने रखते हुए कहता था : 'ज़िन्दगी-भर नौकरों का लगाया हुआ पान खाते-खाते तबियत उकता गई। ज़रा आप पान तो लगाइए, भाभी जी!'

इस पर भी सर्वजया ने कोई आपत्ति नहीं की बल्कि इस प्रवासी स्वजन स्नेह-वंचित व्यक्ति पर उसके मन में कुछ करुणा ही उत्पन्न होती थी, पर आना-जाना धीरे-धीरे इतना बढ़ने लगा कि वह भद्रता की सीमा लाँघ गया। आजकल पान लाकर कहता है : 'भाभीजी, पान तो ले लीजिए।'

मानो वह यह चाहता है कि सर्वजया पान उसके हाथ से ले ले। अपू तो पगला है। अक्सर घर पर उसका पता नहीं मिलता। उस कमरे में हरिहर बेसुध पड़ा है, अपू गायब है और ठीक ऐसे ही मौके पर नन्द बाबू रोगी को देखने आता है। इधर-उधर की बातों और बहानों में वह आध घंटे से पहले टलता नहीं। कहता है : 'भाभीजी, बिल्कुल आप चिन्ता न करें। मैं तो ऊपर रहता ही हूँ। अपू न मिले तो आप सीढ़ी पर चढ़कर आवाज़ दीजिए। विपत्ति के समय सभी कुछ करना पड़ता है। ज़रा चूना तो लाइए! पान का डंठल नहीं है? तो लाइए उंगली से ही दे दीजिए।'

हरिहर को ज्योंही होश आता है, वह लड़के के लिए व्याकुल हो जाता है। इधर-उधर ताककर उसने महीन आवाज़ में कहा : 'लड़का कहाँ है?'

सर्वजया ने कहा : 'आ रहा होगा। यह कम्बख्त लड़का ज़रा पास भी नहीं बैठता। शायद घाट पर गया हो।'

जब लड़का घर पर आता है, तो वह उससे कहती है : 'अपने पिता के पास भी नहीं जाता? उधर वे हैं कि मुन्ना-मुन्ना करके पागल हैं, पर मुन्ना को कोई परवाह नहीं। चल, पास बैठ, सिर पर और बदन पर हाथ नहीं फेरते बनता। लड़का है तो क्या स्वर्ग में सीढ़ी लगवा देगा? चल बैठ।'

अपू झेंपकर पिताजी के सिरहाने बैठता है, पर थोड़ी देर बैठकर मन ही मन सोचता है कि कितनी देर बैठूँ। मुझे खेलना या घूमना नहीं है। कड़ाके की सर्दी के कारण पैर ठिठुर जाते हैं। उसका मन छटपटाता है। और वह एक ही छलाँग में दशाश्वमेध घाट पहुँच जाता है। जल की स्वच्छ धारा, निर्मल, खुली हवा, अच्छे कपड़े पहने हुए लोगों की भीड़, पलटू , सुधीर, गुल्लू, पटल, पलटू के बड़े भैया। रामनगर के राजा की मोरपंखी आज दिन चार बजे रेस करने वाली है। वह फिर

भी शर्मा-शर्मी में सन्ध्या तक निकल नहीं पाता, माँ के डर के मारे जाने की हिम्मत नहीं पड़ती।

एक दिन सबेरे सर्वजया ने लड़के से कहा : 'यह तो बता कि उस सफेद मकान के बगल में कौन-सा क्षेत्र है?'

—मुझे नहीं मालूम।

—यहाँ आकर तूने एक दिन भी छेत्र में खाना नहीं खाया? पर काशी में आने पर छेत्र में खाना पड़ता है, यह तुझे नहीं मालूम? आज जाना, वहाँ खा आ और देखा आ...

—काशी में आने पर छेत्र में क्यों खाना पड़ता है?

—खाने पर सवाब होता है। आज दशाश्वमेध घाट पर नहाकर उधर से खाते आना।

दिन के बारह बजे अपू छेत्र से खाकर घर लौटा। उसकी माँ रसोईघर के बरामदे में बैठकर कटोरी में से कुछ खा रही थी। उसे देखकर पहले उसने छिपाने की चेष्टा की, पर अपू बिल्कुल पास आ गया था, इसलिए कहीं शक न पड़ जाए, यह सोचकर उसने बहुत साधारण ढंग से कहने की चेष्टा की : 'खा आया? कैसा खिलाया?'

माँ भीगी हुई अरहड़ की दाल खा रही थी।

—बिल्कुल रद्दी। कुम्हड़े की कुछ लेई-सी बनाई थी। बैठे-बैठे परेशान होते रहे। बिल्कुल मैले-कुचैले कपड़े पहने हुए लोग वहाँ खाते हैं, मैं वहाँ अब नहीं जाने का। मुझे सवाब नहीं लेना है। माँ, यह क्या खा रही हो? क्या तुम्हारा कोई व्रत है? क्या घर में खाना नहीं पका?

आज तो मेरा कुलुइचण्डी व्रत है, इसलिए भीगी हुई दाल खा रही हूँ। खाने में अच्छी लगती है। बहुत पसन्द है। उस जून तू भी भीगी दाल खाना।

रात को भी चूल्हा नहीं जला। माँ बोली : 'अरहड़ की भीगी हुई दाल खाकर तो देख। बहुत अच्छी लगेगी। इस जून खाना नहीं पकाया। और तू खाता ही कितना है। दाल खा लेगा तो फिर तुझसे खाया क्या जाएगा? ज़रा-सा तो पेट है।'

अगले दिन दोपहर के समय नन्द बाबू ने अपू के हाथ में बहुत सारे पान देते हुए कहा : 'जा अपनी माँ से कह कि पान लगा दे।'

सर्वजया रोगी के कमरे के पास बैठकर पान लगा रही थी, उधर नन्द बाबू जूते चटर-पटर करते हुए ऊपर से उतरा और रोगी के कमरे में गया, फिर वहाँ से फौरन ही सर्वजया जहाँ पान लगा रही थी वहाँ पहुँचा। सारी रात जागकर सर्वजया ऊँघ रही थी, जूते की आवाज़ से उसकी नींद टूट गई और उसने देखा कि एकदम सामने नन्द बाबू खड़ा है। नन्द बाबू ने छूटते ही कहा : 'भाभीजी, पान लगा लिए?'

सर्वजया ने बिना कुछ कहे पान की गिलोरियों की तश्तरियों को सामने की ओर कर दिया। नन्द बाबू ने एक पान मुँह में रखते हुए कहा : 'भाभीजी, आपके पान में चूना बहुत कम रहता है। ज़रा हटो तो मैं लेता हूँ।'

पानदान सर्वजया की गोद के पास था। घर में कोई नहीं था। अपू कहीं गया हुआ था। बगल के कमरे में हरिहर दवा के असर से सो रहा था। ठीक दोपहरी

में सन्नाटा छाया हुआ था। एकाएक सर्वजया को ऐसा लगा कि नन्द बाबू चूना लेने के बहाने से उसके बहुत पास आने की चेष्टा कर रहा है, वह एकाएक चीखकर पलक मारते ही कमरे के बाहर चली गई। उसके अन्दर एक बिजली-सी दौड़ गई। उसने उंगली से सीढ़ी दिखाकर तेज़ी के साथ कहा : 'अभी ऊपर चले जाइए, फिर कभी नीचे न आइए। जो आप नीचे आए तो मैं सिर फोड़ लूँगी। आप क्यों आते हैं? खबरदार, फिर न आइएगा।'

सर्वजया बुरी फँसी थी। प्रवास, तिसपर घर में रोगी, हाथ में कौड़ी नहीं, कहीं कोई जान-पहचान का नहीं, लड़के की उम्र सिर्फ ग्यारह वर्ष, सो भी बिल्कुल बुद्धू और सिलबिल्ला। इधर यह उत्पात लगा रहता है।

ऊपरवाली पंजाबी महिला नीचे बहुत कम आती थी। वक एकाध बार सर्वजया को ऊपर अपने कमरे में ले गई थी, पर पाँच छः महीने काशी में रहने पर भी सर्वजया न तो हिन्दी बोल पाती थी और न समझ पाती थी, इसलिए बातचीत बिल्कुल नहीं जमती थी। आज वह उसके पास जाकर नन्द बाबू की सारी करतूत बताकर रोने लगी। पंजाबी महिला का नाम सूर्यकुमारी था। पति-पत्नी दोनों ठेठ पंजाब के रहनेवाले थे। पति रेल में ओवरसियर था। यद्यपि महिला की उम्र कम नहीं थी, पर देखने में उसकी उम्र कम लगती थी। वह गोरी-चिट्टी, बड़ी-बड़ी आँखों वाली तथा गठे हुए शरीर की थी। उसने सब कुछ सुनकर कहा : 'कोई डर की बात नहीं है। आप चिन्ता न करें। अगर कुछ बदमाशी की गल करें, तो मुझे बतलाइएगा, मैं अपने पति से उसकी नाक कटवा लूँगी...'

ठीक दोपहर का समय था। कई रात जगने के बाद सर्वजया फर्श पर आँचल बिछाकर सो रही थी। उत्तर वाले कमरे के जंगले से धूप की एक पतली तख्ती छोटे-से आँगन में तिरछी होकर पड़ रही थी। अपू ने मिट्टी के सकोरे में गेंदे के पौधे लगाए थे। दो-तीन मामूली गेंदे में फूल लगे हुए थे। नीचे बिल्ली का एक बच्चा बैठा था, अपू पिताजी के बिस्तरे के पास ही बैठा था। उसका पिता आज सबेरे से कुछ ठीक-सा था। डाक्टर ने कहा था कि शायद अब जीवन की आशा हो गई है। रोगी पहले से ठीक होने पर भी इस समय पूरे होश में नहीं था।

हरिहर ने एकाएक आँख खोलकर लड़के की ओर घूमकर कुछ कहा। अपू को ऐसा लगा कि पिताजी उसको पास आने के लिए कह रहे हैं। अपू पास गया तो हरिहर ने उसे अपने रोग-जीर्ण दुबले से गले से लगा लिया और बड़ी देर तक घूरता रहा। अपू को कुछ आश्चर्य हुआ। उसने अपने पिता की आँखों में ऐसी दृष्टि कभी नहीं देखी थी।

रात दस बजे के समय सोए हुए अपू की नींद किसी बात से खुल गई। घर में बहुत मद्धिम रोशनी थी। माँ गहरी नींद में सो रही थी, पर पिताजी के गले से कोई अजीब ढंग की आवाज़ें निकल रही थीं। उसे जाने कैसा भय-सा लगा। कारिख लगी हुई शहतीरें, सीला हुआ फर्श, कड़ाके की सर्दी, लकड़ी के कोयले का धुआँ, सब कुछ मिलकर जैसे एक भयंकर दुःस्वप्न था। पिता की बीमारी अच्छी हो जाए

तो जान में जान आए।

रात के अन्तिम पहर में माँ ने अपू को ज़ोर से धक्का दिया, जिस पर अपू की नींद टूट गई : 'अपू, ओ अपू, जल्दी से ऊपर जाकर हिन्दुस्तानी बहू को बुला तो ला।'

अपू ने उठकर देखा कि पिताजी के गले से निकलने वाली वह आवाज़ और भी बढ़ गई है। ऊपर से सूर्यकुमारी के आने के थोड़ी देर बाद ही रात चार बजे हरिहर का प्राणपखेरू उड़ गया।

जब वर्षा का बीच होता है और मूसलाधार पानी पड़ता है और धुन्ध छाई रहती है, उस समय यह शक होता है कि पृथ्वी पर धूप से उद्दीप्त जो दिन होते हैं वह कल्पना-मात्र है या सत्य है। ये बादल, यह दुर्दिन, भविष्य के अनन्त मार्ग में ये ही चिरसाथी के रूप में रह गए। क्षितिज की माया-भरी लीला की तरह चैत-बैसाख के जो दिन भूतकाल में विलीन हो गए, वे भला अब कहाँ लौटते हैं?

सर्वजया चारों तरफ से जैसे एक भयंकर धुन्ध से घिर गई। न तो उसके अन्दर से रास्ता सूझ रहा था, न साथी पहचान में आता था, न यह मालूम होता था कि हम कहाँ हैं। उस समय यही लगता था कि शायद दिन निकलने पर और धूप चढ़ने पर भी यह धुन्ध बनी रहेगी, बात यह है कि इसके पीछे आसमान को छा देनेवाले फीके, मटमैले दिन-भर के बादल जमा हैं।

विपत्ति के दिनों में पंजाबी ओवरसियर जालिमसिंह और उसकी स्त्री बहुत काम आई। जालिमसिंह ने दफ्तर से नागा करके अर्थी उठाने के लिए लोगों के प्रबन्ध के लिए बंगाली टोले में काफी चक्कर लगाया। खबर पाकर रामकृष्ण मिशन के कुछ सेवक भी आ गए।

मणिकर्णिका घाट में दाह-संस्कार करने के बाद सन्ध्या समय अपू ने स्नान किया और ठंडी पछवा से थरथर काँपते हुए सीढ़ी चढ़ने लगा। रामकृष्ण मिशन का एक सेवक और नन्द बाबू उसे अशौच-सूचक उत्तरीय वस्त्र पहना रहे थे। दिन काफी ढल चुका था। अस्तायमान सूर्य की किरणें पत्थर के मन्दिर के कंगूरों पर कुछ-कुछ चमचमा रही थीं। दिन-भर की घटनाओं से खोए-खोए-से अपू को ऐसा लगा कि उसके पिता के परिचित कण्ठ में उत्सुक श्रोताओं के समक्ष कोई जैसे आवृत्ति कर रहा है—काले वर्षतु पर्जन्यं पृथिवी शस्यशालिनी...

जिस पिताजी को आज सबने मिलकर यहाँ लाकर मणिकर्णिका घाट पर दाह किया था, रोग तथा जीवन-संग्राम में पराजित उसका पिता उसके लिए स्वप्न मात्र है, वह उसे न जानता है, न पहचानता है; उसके निकट तो उसके पिता बराबर एक ऐसे व्यक्ति हैं जिनपर पूरा भरोसा किया जा सकता है। वे सुपरिचित हँसमुख पिता उसके बचपन से ही सहज-सुकण्ठ में रोज़ की तरह कहीं बैठकर उदास पूरबी के सुर में आशीर्वाद दे रहे हैं :

काले वर्षतु पर्जन्यं पृथिवी शस्यशालिनी
लोकाः सन्तु निरामयाः...........

30

किसी तरह एक महीना निकल गया। इस एक महीने के अन्दर सर्वजया ने तरह-तरह की बातें सोची हैं पर कोई भी ढंग की नहीं जँचती। दो-एक बार बंगाल के अपने घर में लौटने की बात उसके मन में नहीं आई, ऐसी बात नहीं है, पर जब भी वह बात उसके मन में उठी, वह उसे दबा जाती थी।

पहली बात तो यह थी कि अपने देहात में एक घर के अलावा बाकी सभी कुछ कर्ज़ चुकाने के लिए बेच दिया गया था, अब ज़मीन वगैरह कुछ भी नहीं रह गई थी। दूसरी बात यह है कि वहाँ से विदाई लेने के पहले जहाँ भी गाँव की जो कोई बहू-बेटी मिलती थी, उसके सामने वह भविष्य का बहुत उज्ज्वल चित्र दर्शा चुकी थी। उसने ऐसा कहा था कि निश्चिन्दिपुर की मिट्टी छोड़े कि बस! इस मनहूस जगह में उसके विद्वान पति की कद्र किसी ने नहीं की, पर वह जहाँ जा रही थी वहाँ उसे सब हाथों-हाथ ले लेंगे। किस्मत के पलटा खाने में एक साल भी नहीं लगेगा, इत्यादि बातें सर्वजया हाथ-मुँह हिलाकर तरह-तरह से उन लोगों को समझा चुकी थी। अब चैत लगा था, साल-भर भी पूरा नहीं हुआ। इसी बीच वह एक तरह असहाय और गई-बीती हालत में पहुँच गई, तिसपर विधवा भी हो गई, अब वह वहाँ लौटकर सबके सामने किस मुँह से खड़ी होगी, यह सोचकर वह लज्जा और संकोच से गड़ी जा रही थी। जो होना हो यहीं हो जाए। वह लड़के का हाथ पकड़कर काशीजी की सड़क पर भीख माँगते हुए उसे पालेगी, यहाँ भला उसे कौन देखने आता है?

महीने-भर बाद एक मौका और मिला। केदार घाट के एक भद्र पुरुष ने रामकृष्ण मिशन के दफ्तर में खबर दी कि उनके परिचित एक धनी परिवार को एक ब्राह्मणी की ज़रूरत है। वह घर में रहेगी और काम-काज में हाथ बटाएगी। मिशन ऐसी किसी स्त्री का पता दे सकता है या नहीं?—अन्त तक मिशन के प्रभाव के कारण वे भद्र पुरुष अपू और उसकी माँ को वहाँ भेजने पर राज़ी हो गए।

सर्वजया को जैसे अथाह समुद्र में तिनके का सहारा मिला। दो दिन बाद उस भद्र पुरुष ने खबर भेजी कि ये लोग काशी का बूदोबास उठाने के लिए तैयार हो जाएँ, क्योंकि उस धनी गृहस्थी का घर कहीं और है, वे तो काशीजी में घूमने-भर आए हैं, लौटते समय साथ ले जाएँगे।

पीले रंग की बहुत बड़ी हवेली थी। काशीजी में जैसे बड़े-बड़े मकान हैं, इसी तरह बहुत बड़ी हवेली। सबके पीछे-पीछे सर्वजया लड़के को साथ में लेकर सिमटी हुई मकान के अन्दर दाखिल हुई।

भीतर महल में पैर रखते ही स्वागत के लिए एक हल्ला हुआ, पर यह स्वागत सर्वजया के लिए नहीं बल्कि काशी से जो दल अभी लौटा था उसके लिए था।

भीड़ और गड़बड़ सब कुछ घटने पर मकान की मालकिन सर्वजया के सामने आई। अच्छी गोल-मटोल थी। यह पता लगता है कि कभी सुन्दरी रही होगी, उम्र

पचास से ऊपर है। मालकिन को प्रणाम करते ही वह बोली : 'रहने दो, रहने दो, आओ—हाय इतनी कम उम्र में ही...यह लड़का है? अच्छा लड़का है। इसका नाम क्या है?'

किसी और ने कहा : 'घर काशी में ही है? नहीं? तो शायद...'

सबकी कौतूहल-भरी दृष्टि के कारण सर्वजया को बहुत लज्जा और बेचैनी मालूम हो रही थी। जब मालकिन के हुक्म पर नौकरानी उसे उसके लिए निर्दिष्ट कमरे में ले गई, तभी उसके दम में दम आया।

अगले दिन से सर्वजया करार के अनुसार रसोई में लग गई। रसोई बनाने वाली वह अकेली नहीं थी, चार-पाँच रसोई करनेवाली थीं। तीन-चार रसोईघर थे। मछली-गोश्त के अलग, वैष्णव भोजन के लिए अलग, इसके अलावा दूध का कमरा, रोटी का कमरा, अतिथि-अभ्यागतों के लिए रसोईघर था। नौकर-चाकर अनगिनत थे। रसोईघर वाला हिस्सा अन्तःपुर में होने पर भी उससे कुछ अलग था। उधर तो जैसे नौकर-चाकर और रसोइयों का राज था। घर की स्त्रियाँ काम-काज बता तथा समझा जाती थीं। विशेष कारण न होने पर वे इधर नहीं रहती थीं।

इस बात पर विचार हुआ कि सर्वजया क्या पकाए। सर्वजया को बराबर यह विश्वास था कि वह बहुत अच्छा पकाती है। उसने कहा कि वैष्णव तरकारियों को पकाने का भार उसे दिया जाए। इस पर रसोई बनानेवाली ब्राह्मणी मोक्षदा मुस्कराकर बोली : 'तुम बाबुओं की रसोई करोगी? तुमने रसोई की तो बस अन्टा चित हो गया'—कहकर उसने पंची नौकरानी को पुकारकर कहा : 'अरे पंची, सुन रही है, काशी से यह जी आई हैं, कह रही हैं कि यह बाबुओं की तरकारी पकाएँगी! तुम्हारा नाम क्या है जी? मैं बड़ी भुलक्कड़ हूँ।'

उस दिन मोक्षदा की व्यंग-भरी हँसी सर्वजया को बहुत खटकी थी, और वह संकुचित हो गई थी, पर वह दो-एक दिन ही में समझ गई कि उसके गाँव-गंवईवाली कोई रसोई यहाँ चल नहीं सकती। उसने यह पहली बार सुना कि रसे में इतनी चीनी डाली जाती है या करमकल्ले के फ्रिटर्स नाम की कोई तरकारी होती है।

मालकिन ने दो-एक महीने सर्वजया की अच्छी देख-भाल की, जैसे हल्का काम देना, खबर आदि लेते रहना। पर थोड़े दिनों में वह बाकी लोगों में विलीन हो गई। दिन दो बजे तक काम करने के बाद वह पहले-पहल बहुत हार-थक जाती थी, इस तरह लगातार आँच के सामने रहने का अभ्यास उसे कभी नहीं था। इतने देर में भूख भी मर जाती थी। रसोई करनेवाली दूसरी स्त्रियाँ अपने लिए मछली, तरकारी आदि छिपाकर रख लेती थीं, कुछ खाती थीं और कुछ बाकी पता नहीं कहाँ ले जाती थीं। पर वह तो नाम-मात्र के लिए खाने को बैठती थी।

रसोई का यह विराट रूप देखकर सर्वजया दाँतों तले उंगली दबाकर रह जाती थी। उसे स्वप्न में भी इतने विशाल प्रबंध की धारणा नहीं थी। वह मन ही मन सोचा करती थी कि रोज़ दो जून में तीन सेर तो तेल ही खर्च हो जाता है। यहाँ रोज़ एक भोज के लायक तेल-घी खर्च होता है! गाँव-गँवई की गरीब घर की छोटी

गृहस्थी का अनुभव लेकर वह इन सारी बातों को समझ नहीं पाती थी।

एक दिन महीन चावलवाली बड़ी देगची उतारते समय उसने मोक्षदा ब्राह्मणी को पुकारकर कहा : 'मौसीजी, ज़रा देगी तो उतरवा दो।'

पर मोक्षदा ने सुनी अनसुनी कर दी।

इधर चावल नीचे लगने जा रहा था, यह देखकर उसने भारी देगची खुद ही उतार ली, पर उतारते समय वह कुछ टेढ़ी हो गई और पैरों पर माँड़ पड़ जाने के कारण तुरन्त ही फफोले पड़ गए। मालकिन ने उसी दिन उसे रोटीवाले रसोईघर में भेज दिया, पैर अच्छा न होने तक उसकी छुट्टी-सी हो गई।

सर्वजया लड़के के साथ नीचे के एक कमरे में रहती थी। कमरा पश्चिम के दालान के पास था। पर वह इतना नीचा था और उसका फर्श इतना सीला हुआ था कि कमरे से हर समय एक बास-सी आती रहती थी, इसके मुकाबले में तो काशी वाला कमरा अच्छा था। दीवार के नीचे की ओर रेह लग गई थी। इधर-उधर पीक के दाग थे। हर बार कमरे में घुसकर ही अपू कहता था : 'माँ, तुम देखती हो काहे की बदबू आती है, हू-ब-हू पुराने चावल या पता नहीं किस चीज़ की बू है।'

मालिकों ने इन कमरों को मनुष्यों के रहने लायक बनाया ही नहीं था, इनमें नौकर-चाकर रसोईये जो रहते थे!

अपू ने ऊपर के सब कमरों को घूम-घामकर देखा है, बड़े-बड़े जंगले हैं और दरवाज़े हैं, जंगलों पर काँच लगा है। हर कमरे में गद्दीदार कुर्सियाँ, साफ-सुथरी मेज़ें थीं, इतनी साफ कि उनमें चेहरा देख लो। अपू के घर में कारपेट का पुराना एक आसन था, वैसे ही पर उससे बहुत मोटा, अच्छा और नया कारपेट ज़मीन पर बिछा था। दीवार पर आईने लगे हुए थे, वे इतने बड़े थे कि अपू का कद्दआदम चेहरा उसमें दिखाई पड़ता था। वह मन ही मन हैरान होता था कि इतने बड़े-बड़े काँच मिलते कहाँ से हैं, शायद जोड़कर बनाया हो।

दूसरी मंज़िल के बरामदे में एक बहुत बड़ा गोल कमरा है, वह अक्सर बंद रहता है, पर नौकर-चाकर उसकी हवा साफ करने के लिए कभी-कभी उसे खोलते हैं, उसमें क्या है, यह जानने के लिए अपू को बहुत उत्सुकता रहती है। एक दिन उस कमरे का दरवाज़ा खुला पाकर वह उस कमरे में घुस गया। अरे बाप रे! कितनी बड़ी-बड़ी तस्वीरें हैं! और पत्थर के गुड्डे, गद्दीदार कुर्सियाँ, आईने...

उसने घूम-घूमकर सारी चीज़ें देखीं। इतने में छोटू खानसामे ने उसे कमरे के अन्दर देखकर नाराज़ होते हुए कहा : 'कौन बा? तुम काहे इसमें घुसा?'

शायद उस दिन मार पड़ती, पर एक नौकरानी ने दालान से उसे देखते हुए कहा : 'अरे छोटू , जाने दे, उसकी माँ यहीं काम करती है।'

जब सब लोग खा-पी चुकते थे, तब सर्वजया अढ़ाई बजे अपनी कोठरी में आकर कुछ देर सोती थी। दिन-भर में यही समय है, जब माँ के साथ दिल खोलकर बात होती है, इसीलिए अपू इस समय कोठरी में रहता है। माँ उसे दिन में एक बार अपने पास चाहती है। इस घर में आने के बाद अपू जैसे कुछ गैर हो गया

है। दिन-भर, खटो और खटो, लड़के से भी गैर हो जाना पड़ा है। जब वह बहुत रात होने पर काम खत्म करके आती है तो अपू सो चुका होता है। इसलिए वह दोपहर के लिए लालायित रहती है।

दरवाज़े पर पैर की आहट हुई। सर्वजया बोली : 'कौन, अपू , आजा...

दरवाज़ा खोलकर ब्राह्मणी मौसी कोठरी में आई। सर्वजया बोली : 'आइए मौसीजी, बैठिए।'

अपू भी साथ में आया। ब्राह्मणी मौसी रिश्ते में बाबुओं की कोई लगती है। इसलिए उसने आवभगत के साथ बैठाया। ब्राह्मणी मौसी का चेहरा उदास और दुःखी था। कुछ देर चुप रहकर बोली : 'आज बड़ी बहू का रंग-ढंग देखा? क्या कसूर हुआ? तुम तो बराबर रोटी के कमरे में ही थीं? नौकरानी आकर टोकरी में मछली रख गई, मैंने सोचा कि करमकल्ले में पड़ेगी। पर देखा, कितना अपमान किया? यदि मछली पुलाव के लिए थी, तो यह बात नौकरानी से कहलवा तो देते, पर वह सदु नौकरानी भी मामूली बदमाश थोड़े ही है? वह मालकिन की मनभाती नौकरानी है न? वह तो जैसे मिट्टी पर पैर ही नहीं रखती, और ऊपर जाकर एक की दस-दस लगाती है। श्रीकंठ महाराज भी तो थे, कहें तो कोई बात?'

इसी तरह बतकही में ही दिन ढल गया। मौसी बोली : 'चलती हूँ , नाश्ते का मैदा गूँधना है। चार तो बज गए।'

मौसी के जाने के बाद अपू माँ से सटकर बैठ गया। उसकी माँ ने स्नेह के साथ उसकी ठुड्डी पर हाथ रखकर कहा : 'दोपहर के समय कहाँ रहता है?'

अपू ने हँसकर कहा : 'ऊपर की बैठक में ग्रामोफून बजता है, सो बरामदे से सुना करता हूँ...

सर्वजया खुश हुई।

—बाबुओं के लड़कों के साथ तेरी जान-पहचान नहीं हुई? तुझे बुलाकर बिठाते नहीं?

—क्यों नहीं? ब-हु-त!...

अपू ने बिल्कुल झूठ कहा। उसे बुलाकर कोई नहीं बैठाता था। ऊपर की बैठक में जब ग्रामोफून बजता है, तो वह कुछ उधेड़-बुन के बाद डरते-डरते ऊपर चला जाता है और बैठक के दरवाज़े के पास चुपचाप खड़ा होकर गाना सुनता है। प्रतिक्षण उसे यही डर लगा रहता है कि कहीं वे उसे नीचे जाने के लिए न कह दें। गाने खत्म होने पर नीचे उतरते समय वह सोचता है—किसी ने कुछ कहा तो नहीं, भला कहेंगे क्यों? मैं तो बाहर खड़े-खड़े गाना सुना करता हूँ , मैं बाबुओं के कमरे के अन्दर नहीं जाता। ये लोग बहुत अच्छे आदमी हैं।

इस घर के लड़के-बच्चों के साथ भी उसका मेल-जोल नहीं बढ़ा। वे उसे बिल्कुल पास फटकने नहीं देते थे। उस दिन रमेन्द्र, टेबू, समीर, सन्तू, ये लोग एक चौरस पीढ़े की तरह एक चीज़ को बिछाकर उस पर लकड़ी की काली गोटों से एक खेल खेल रहे थे जिसका नाम कैरम है। वह कुछ दूर खड़ा होकर खेल देख रहा था, इससे

तो अपने देहात का बैंगनबोआ खेल कहीं अच्छा है।

बैसाख के आरम्भ में बड़े बाबू की लड़की की शादी के उपलक्ष्य में मकान में बहुत भीड़ हो गई। गया, मुंगेर, कलकत्ता, काशी विभिन्न स्थानों से कुटुम्बों के लोग आने लगे। सब बड़े घर की लड़कियाँ और बहुएँ थीं, हरएक के साथ अपने-अपने नौकर तथा नौकरानियाँ थीं। अब रात में नीचे की मंज़िल के दालान और बरामदे पर भी उन्हीं का दौर-दौरा रहता था। लगभग सारी रात हल्ला-गुल्ला रहता था।

सबेरे सर्वजया को मालकिन ने बुलाकर कहा : 'अपूर्व की माँ, तुम एक काम करो। अब दो-चार दिन के लिए तुम रसोई से छुट्टी ले लो। जगह-जगह से सौगातें आ रही हैं। तुम और छोटी मोक्षदा आई हुई खाने-पीने की चीज़ों को रोटीघर के भंडार में रखती जाओ। मिठाइयाँ वहीं रखो। जो सड़ने लायक फल-फुलेरी आए , उसे सदू नौकरानी के हाथ भेज देना, नहीं तो रख देना। नाश्ते के समय ब्राह्मणी मौसी ले आएगी।'

सबेरे से शाम तक नौकरानी और बैरों के सिर पर जाने कितनी जगहों से कितनी सौगातें आने लगीं, जिन्हें सर्वजया गिन भी नहीं पाती थी। मिठाई इतनी आती रही कि जगह कम पड़ने लगी। चन्दन रखने की चाँदी की कटोरियाँ पन्द्रह-सोलह हो गईं। अभी तक आम नहीं लगे थे, फिर भी आमों से ही एक बड़ा टोकरा भर गया।

सर्वजया ब्राह्मणी मौसी के हाथ में खाना देती हुई सोचती है कि इतनी अच्छी चीज़ें आ रही हैं, पर उस लड़के के लिए कुछ नहीं है। वह तो चपरासियों के खाने के कमरे में एक कोने में बैठकर झेंपते हुए पेट भर लेता है, न तो मैं उसे मछली के दो अच्छे कत्तल दे पाती हूँ , और न अच्छी तरकारी और न एक कल-छुल दूध। दूँ तो यह सदू हरामज़ादी फौरन चुगली करेगी।

शादी के दिन बहुत भीड़ हुई। दुल्हा और उसके साथी सबेरे की तरफ आकर शहर के किसी मकान में ठहरे हुए थे। बारात सन्ध्या के कुछ पहले जुलूस बनाकर ठाटबाट के साथ आ गई।

बाहर का आँगन निमन्त्रित मेहमानों से भर गया। सारे आँगन में दरी बिछी हुई थी। उसके एक कोने पर लाल मखमल से बना हुआ आसन था। उसके किनारे चौड़ी ज़री के थे। ज़री की ही झालर लगी हुई थी और शामियाना नीले साटन का था। दुल्हे के बैठने के लिए जो स्थान था, उसके दोनों बगल नें बढ़िया मलमल के तकिए थे। शामियाने के हर मेहराब पर बेला की तीन बड़ी-बड़ी मालाएँ लटकी हुई थीं। चारों तरफ बरातियों के लिए गद्देदार कुर्सियाँ और काउच थे। विलायती सैन्ट और गुलाबजल की पिचकारियाँ छूट रही थीं।

अपू ने यह सब अच्छी तरह नहीं देखा था, वह सो गया था। वह घर के अन्दर एक ही बार गया था, उस समय स्त्रियाँ कोई रस्म अदा कर रही थीं। रात बहुत हो गई थी। माँ कहीं दिखाई नहीं पड़ी। उत्सव की भीड़ में पता नहीं कहाँ किस काम में लगी हुई थी। कीमती बनारसी साड़ी पहने हुए स्त्रियों की भीड़ के

मारे आँगन में कहीं खड़े होने का स्थान भी नहीं था। छोटे बाबू की लड़की अरुणा किसी को बुलाकर बाहर की बैठक से बड़ा आरगन घर के अन्दर लाने के लिए कह रही थी। शादी के दो दिन बाद शौकिया नाटक-अभिनय के उपलक्ष्य में फिर बहुत शोर-गुल रहा। आँगन के एक कोने पर मंच तैयार हुआ था और उसे गुलाब तथा आर्किडों से बहुत अच्छी तरह सजाया गया था। पाँच सौ शाखाओं वाले बड़े झाड़ को मंच के बीच में टांगा गया। इन दिनों जो कुछ हुआ था, उससे अपू योंही चौधिया गया था, पर आज कैसा नाटक होने वाला है, उसके सम्बन्ध में उससे कुछ भी ज्ञान नहीं था। आग्रह और कौतूहल के साथ पहले से ही अपनी अच्छी जगह लेने के लिए ऐन सन्ध्या समय से मंच के सामने डटा रहा।

धीरे-धीरे निमान्त्रित भद्र पुरुष आने लगे। चारों तरफ रोशनी जल उठी। घर के दरबान ज़री की कामदार वरदी पहनकर दरवाज़े पर तथा बाहर डट गए। मुंशीजी इधर-उधर दौड़कर काम की देख-भाल कर रहे थे। संगीत कार्यक्रम शुरू हुआ। जब पर्दा उठने को हुआ तो घर के गुमाश्ते गिरीश सरकार ने उसे पास से देखते हुए कहा : 'अरे, कौन है रे?'

अपू ने मुँह उठाकर उसे देखा पर झेंपू होने के कारण उससे कोई बात कहते नहीं बनी। उसे उत्तर देने का मौका न देकर गिरीश सरकार बोला : 'उठ-उठ, यहाँ बाबू लोग बैठेंगे।'

गिरीश सरकार ने अन्दाज़न उसे पहचाना था।

अपू ने पीछे की ओर देखकर पहाड़ा घोखने के ढंग से गिड़गिड़ाकर कहा : 'मैं सही साँझ से यहाँ बैठा हूँ , पीछे तो सब भर गया है, कहाँ जाऊँ?'

उसकी बात अभी खत्म नहीं हुई थी कि गिरीश सरकार ने उसे हाथ से पकड़कर ज़ोर से झटका देते हुए कहा : 'तेरी ऐसी की तैसी। बकवासी कहीं का, समझता नहीं है कि यह बाबुओं के बैठने की जगह है और तू रसोईये का बेटा होकर यहाँ बैठना चाहता है। यह भी मुझे ही बताना पड़ेगा कि तू कहाँ जाएगा? छोटा मुँह बड़ी बात। चल यहाँ से। कहीं खम्भे-ओम्भे के पास जाकर बैठ जा।'

पीछे से दो-एक आयोजकों ने कहा : 'गिरीश, क्या मामला है? काहे का शोर है? यह कौन है?'

—देखिए न मैनेजर साहब, यह बड़बोला लड़का बाबुओं में आकर बैठा है। एकदम सामने बैठा है। उधर चन्दन नगर के बाबू लोग आए हैं, उन्हें बैठने को जगह नहीं निल रही है, सो मैं कह रहा हूँ तो यह मुझसे उलझने पर आमादा है।

मैनेजर बाबू बोले : 'दो थप्पड़ लगा दो न।'

अपू गुड़िमुड़ि होकर किसी तरफ न ताककर अभिभूत की तरह महफिल के बाहर चला गया। उसे एकाएक लगा कि मजलिस के सारे लोगों की आँख उस पर लगी हुई है और सभी कौतूहल के साथ उसकी ओर देख रहे हैं। उसने पहले तो सोचा कि वह दौड़ लगाकर इन लोगों की आँखों से बचकर कहीं भाग जाए। इसके बाद वह एक खम्भे की आड़ में जाकर खड़ा हो गया। वह थर-थर काँप रहा था।

भय, अपमान, लज्जा के कारण उसकी सूक्ष्म अनुभूति के तन्तुओं पर बुरी तरह धक्के पर धक्के लगे थे। उसने कुछ संभलकर खम्भे की आड़ से झाँककर देखा...चारों तरफ नौकर-चाकर थे, ऊपर के बरामदे में टीन की आड़ में स्त्रियाँ थीं, नौकरानी और रसोई बनानेवाली स्त्रियाँ भी नीचे के बरामदे में खड़ी थीं। वे सब ही इस घटना को देख रहे हैं, पता नहीं ये लोग क्या सोच रहे हैं! अपने अनजान में उसने क्या मुसीबत मोल ले ली! उसे यह कब मालूम था कि यह बाबुओं की जगह है। वह बार-बार अपने मन को समझाने लगा कि उसको शायद किसी ने नहीं पहचाना। न जाने बाहर से कितने लोग आए हैं, ये उसे भला क्या जानें।

इसके बाद नाटक शुरू हुआ। उधर उसका ध्यान नहीं रहा। सामने यह अपार भीड़, बन्द हवा, रोशनियों का जमघट, दरबान और नौकरों का शोर-गुल किसी तरफ उसका ध्यान नहीं था। छोटू खानसामा चाँदी के हंसवाले पानदान से मेहमानों में पान बाँट रहा था, उधर की तरफ देखकर अपू के मन में जाने कैसी भावना आई। उसने ऊपर के बरामदे की तरफ देखकर सोचा कि उधर माँ तो नहीं है? यदि माँ को यह बात मालूम हो जाए! पर अपू की शंका अकारण थी क्योंकि उसकी माँ उस इलाके में नहीं थी यह बात उसके कान में नहीं गई।

31

दूसरे के घर में बिल्कुल परतन्त्र होकर चोर की तरह दबके रहना सर्वजया के जीवन में यह पहली ही बार हुआ था। चाहे सुख में रही हो या दुःख में वह अपने घर की मालकिन हुआ करती थी। वह गरीब घर की रानी थी। वहाँ उसका हुक्म उसी प्रकार से चलता था जैसे यहाँ मालकिन और बहुओं का हुक्म चला करता है। यहाँ तो हर समय दबकर रहना पड़ता है, हर समय किसी न किसी की दिलजोई करनी पड़ती है, किसी और का मुँह ताककर चलना पड़ता है कि कहीं छोटी-सी त्रुटि न हो जाए। वह यहाँ, जो सबसे छोटे थे, उनमें भी छोटी थी। यह उसके लिए असहनीय हो रहा था। मेहनत के मारे खून थूकने की नौबत आती है, पर यहाँ खटने की कोई कीमत नहीं है। जान खपा दो पर यहाँ कोई पूछने वाला नहीं है। ये लोग जब देते हैं तो ग़रूर के साथ चीज़ को फेंक मारते हैं। ऐसे नहीं देते कि खटने का दाम दे रहे हों। बराबरी का दावा बिल्कुल नहीं है। तुम्हें जो कुछ लेना है, घुटना टेककर लेना पड़ेगा।

यह स्थिति उसके लिए असहनीय होती जा रही थी, पर छुटकारा कहाँ था? बाहर जाने की सुविधा कहाँ थी? कौन आश्रय देगा? वह कहाँ खड़ी होगी?

क्या मरते दिन तक ऐसे ही कटेगी? उसी ब्राह्मणी मौसी की तरह?

अभी तक शादी के उत्सव का ज़ोर खत्म नहीं हुआ था। आज स्त्रियों का भोज था। सन्ध्या के बाद से ही निमन्त्रित महिलाओं की गाड़ियाँ पीछे के फाटक

से आने लगीं। भीतर का बड़ा दरवाज़ा पार करने के बाद अन्दर महल के दूसरी मंज़िल के बरामदे में जाने के लिए जो चौड़ी संगमर्मर की सीढ़ी है, उस पर नीले फूल बना हुआ कारपेट बिछा हुआ था। बरामदे और सीढ़ी में गैस जल रही थी। दूसरी मंज़िल के बरामदे के सिर पर गैस का बड़ा झाड़ जल रहा था। दो बहुएँ और घर की स्त्रियाँ स्वागत करके सबको ऊपर भेज रही थीं। निमन्त्रित स्त्रियों में से कोई मुस्कराकर, कोई हँसी का हिलोरें जारी कर, कोई धीर, कोई क्षिप्र, कोई सुन्दर, अपूर्व रंग-ढंग से सीढ़ी पार कर रही थीं।

अपू बड़ी देर से नीचे के बरामदे के खम्भे की आड़ में खड़ा होकर देख रहा था। उसने इस तरह का दृश्य ज़िन्दगी में पहले-पहल देखा था। शादी की रात को वह सो गया था, इसलिए वह विशेष कुछ नहीं देख पाया था। उसे इस घर की लड़की सुजाता सबसे अच्छी लग रही थी। वह कारपेट बिछी हुई संगमर्मर की सीढ़ी से कई बार नीचे आ रही थी और किसी मेहमान को देखकर मुस्कराती हुई कह रही थी : 'वाह, मणि दीदी, तुमने एकदम रात के आठ बजा दिए? बकुल बगान की भाभीजी नहीं आईं? क्या बात है?'

इस पर सम्बोधित सुन्दरी ने मुस्कराकर कहा : 'छः बजे से गाड़ी तैयार करके बैठी हूँ। निकलना कोई हँसी-खेल थोड़े ही है, तैयार होने में देर तो लगती ही है...'

सुजाता कांचन फूल के रंग के कीमती चीनी क्रेप की हथकटी कुर्ती के अन्दर से सफेद गोल-मटोल हाथों से निमन्त्रित को पीछे से आलिंगन-सी करती हुई उसके दाहिने कंधे पर मुँह रखकर एकसाथ सीढ़ी चढ़ने लगी। वह कह रही थी : 'माँ कह रही थी कि बकुल बगान की भाभी अगले महीने कलकत्ता जाएँगी, माँ बुधवार के दिन गई थी न? कुछ ठीक हुआ?'

सीढ़ी के ऊपरी हिस्से में मझली बहू रानी दिखाई पड़ीं, उम्र कुछ अधिक है, शायद तीस से कुछ अधिक हो, पर अपूर्व सुन्दरी है। उसके कपड़े-लत्ते बहुत सादे हैं, उसने फीके चम्पई रंग की चौड़ी लाल किनारेवाली रेशमी साड़ी पहन रखी है, जिसका एक सिरा सिर के बालों के साथ हीरे के क्लिप से अटकाया हुआ है। सीढ़ी-वाले बड़े झाड़ की रोशनी में गले की पतली सोने की चैन चमचमा रही थी। चेहरा-मोहरा सुन्दर है, साथ ही धीर-गंभीर है। इस उम्र में भी रंग ऐसा है, जैसे दूध और आलता मिलाने पर बनता है। एक महीने पहले बहू के योग्य भाई का देहान्त हो गया इसलिए चेहरे पर विषाद की छाया आ गई, पर इससे उसके सौन्दर्य में एक संयम आ गया है।

मणि दीदी सीढ़ी पर चढ़ते-चढ़ते मझली बहूरानी को सामने देखकर ठिठक-कर खड़ी हो गई, बोली : 'मझली दीदी, तुम्हारी तबियत कैसी है? बराबर सोचती हूँ कि आऊँगी-जाऊँगी, पर आ नहीं पाती। कल वे लोग इटावा से आ गए, इसलिए बड़ी रात तक...'

अपू को यह मालूम नहीं था कि लोग इतने सुन्दर भी हो सकते हैं। अपू ने पहले-पहल मझली बहू को देखा था क्योंकि वह अब तक यहाँ नहीं थी। भाई की मृत्यु के बाद कुछ दिन पहले मायके से आई है। अपू मुग्ध नेत्रों से बिना पलक

मारे विस्मय के साथ यह सब देख रहा था। इतनी रोशनी, चारों तरफ सुन्दरियों का मेला, कीमती इत्रों की भीनी-भीनी मोहक महक, वीणा की झंकार की तरह कंठस्वर और हँसी। उस पर जैसे कुछ नशा-सा छा गया। यही हर समय चले तो।

मझली बहू बड़ी देर से देख रही थी कि सीढ़ी के कोने पर कोई अपरिचित लड़का खड़ा है। वह सबको नहीं जानती थी, बात यह है कि उसका पिता भी बहुत धनी है, इसलिए वह अक्सर मायके में रहती है। वह दो सीढ़ी उतरकर महीन आवाज़ से पुकारकर बोली : 'लड़के, इधर आओ। तुम खड़े क्यों हो? तुम कहाँ से आए हो?'

अपू दूसरी तरफ कुछ नये मेहमानों को देख रहा था। उसने जब अकस्मात पलटकर देखा कि मझली बहू उसे पुकार रही है, तो उसे बहुत आश्चर्य हुआ। वह करीब-करीब अपनी आँख पर विश्वास नहीं कर पाया। तुरन्त ही उस पर सारी दुनिया की झेंप सवार हो गई और वह सहसा यह निर्णय नहीं कर सका कि ऊपर जाए या दौड़कर भाग जाए। इतने में मझली बहू रानी स्वयं नीचे उतर आई और पास आकर बोली : 'तुम कहाँ से आए हो बेटा?'

बड़ी मुश्किल से, बड़े प्रयास के बाद अपू के मुँह से निकला : 'मैं...मैं...वह...मेरी माँ इसी मकान में रहती है।'

साथ ही उसे बहुत डर हुआ कि वह रसोई करनेवाली का लड़का होकर यहाँ क्यों खड़ा है, कहीं मझली बहू सारी बात सुनकर किसी को पुकारकर यह न कहे कि इसे कान पकड़कर यहाँ से अभी निकाल दो।

पर मझली बहूरानी ने ऐसा कुछ भी नहीं किया। वह आश्चर्य के साथ बोली : 'तुम्हारी माँ यहाँ रहती है? कौन है, क्या काम करती है? तुम लोग यहाँ कितने? दिन से आए हो?'

अपू ने टूटे-फूटे शब्दों में किसी तरह सारी बात बताई। मझली बहूरानी ने शायद इन लोगों की बात अबके ही आकर सुनी थी, बोली : 'अच्छा तुम लोग काशी से आए हो? तुम्हारा क्या नाम है?'

उसकी सुन्दर-सरल आँखों की तरफ देखकर उसके मन में शायद करुणा उमड़ पड़ी हो, बोली : 'ऊपर आओ न। यहाँ क्यों खड़े हो? ऊपर आओ।'

अपू चोर की तरह दबे-दबे बहूरानी के पीछे-पीछे ऊपर गया और एक कोने में जाकर खड़ा हो गया।

ऊपर स्त्रियों की बड़ी भारी मजलिस जुटी थी। सारे बरामदे में कारपेट बिछा हुआ था, यत्र-तत्र बड़े-बड़े चीनी मिट्टी के गमलों में गुलाब तथा एरिका पाम लगे हुए थे। एक कोने पर बैठकवाला आरगन बाजा रखा हुआ था। थोड़ी देर खुशामद कराने के बाद एक महिला आरगन के सामने रखे हुए छोटे-से गद्दीदार स्टूल पर बैठ गई और दो-एक बार हल्के हाथों से उस पर उंगली चलाने के बाद चुप रहकर फिर मुस्कराती हुई एक गीत गाने लगी। लड़की कोई सुन्दरी नहीं थी। रंग भी साँवला ही था, पर गला बहुत अच्छा था। इसके बाद एक और महिला ने गाना गाया। यह

महिला देखने में उतनी अच्छी नहीं थी। मझली बहूरानी की लड़की लीला ने सिर हिलाते हुए एक हास्य रस की कविता सुनाते हुए सबको खूब हँसाया। बहुत सुन्दर लड़की है, माँ की ही तरह सुन्दर! और उसकी हँसी कितनी मीठी थी।

अपू सोच रहा था कि इस समय उसकी माँ ने एक बार ऊपर आकर यह सब देखा क्यों नहीं। पर माँ तो बेचारी रसोईघर में मर रही होगी, वह भला यह सब देख पाती?

लड़कियों की मजलिस चालू थी इतने में नीचे से बड़े ज़ोर का शोर हुआ। गिरीश सरकार ज़ोर-ज़ोर से बातें कर रहा था।

सदू नौकरानी हँसते-हँसते ऊपर आकर बोली : 'मुए का ढंग तो देखो! हा-हा! हुक्के के अन्दर! हा-हा-हा-हा!'

दो-तीन महिलाओं ने पूछा : 'क्या है रे? बात क्या है? हँस क्यों रही है?'

—आरज़ी तौर पर, पता नहीं कहाँ से एक महाराज आया था। उसे लूचियाँ तलने पर रखा गया। वह आँगन में बैठे-बैठे लूचियाँ तल रहा था, इतने में बोला : 'मैं ज़रा बाहर से हो आऊँ। उसके हाथ में हुक्का था। तलाशी लेने पर पता लगा कि हुक्के के नारियल के अन्दर वह आध सेर से ऊपर घी चुराकर जा रहा था। गुमाश्ताजी ने पकड़ लिया। बस इस पर रामनिहोरा सिंह उसकी अच्छी मरम्मत कर रहा है। बाल के गुच्छे पकड़ कर मुए हो...ही-ही-ही।

आज सर्वजया को सबेरे से दम मारने की भी फुर्सत नहीं मिली थी। लगभग दो मन मछली तलने का भार अकेले उसी पर था। सबेरे आठ बजे से वह मछली तलने में लगी हुई थी। शोर सुनकर उसने कमरे से बाहर आकर देखा कि आँगन में एक भीड़ जमा है और भीड़ के अन्दर एक दुबले-पतले साँवले रंग के, मैले-कुचैले कपड़े पहने हुए ब्राह्मण के लड़के को दो-तीन जने मिलकर लात, घूँसा, थप्पड़ मार रहे हैं। यह आरज़ी तौर पर आज के लिए काम पर आया था, कहा जाता है कि उसने हुक्के के नारियल में घी चुराया था।

उसका वह हुक्का एक तरफ को गिरा हुआ था और घी आँगन में फैला हुआ था। मार के कारण उसकी लाँग खुल गई थी। वह आदमी मुसीबत में पड़कर कुछ न कुछ उलटी-सीधी सफाई देने की कोशिश कर रहा था जिसका आशय शायद यह था कि हुक्के के अन्दर घी पाया जाना एक बहुत ही स्वाभाविक और रोज़मर्रा की घटना है, इसके लिए इतनी तूल-तबील की कोई ज़रूरत नहीं है। वह इन्हीं शब्दों में उन्मत्त जनता को शान्त करने की चेष्टा कर रहा था। पर उसकी बात खत्म भी नहीं हुई थी कि दरबान शम्भुनाथ ने उसे इतने ज़ोर से एक धक्का मारा कि वह अस्फुट स्वर में 'बाप रे' कहकर सहन के कोने की तरफ चक्कर खाता हुआ गिर पड़ा और उसका सिर शायद खम्भे के सिरे से टकरा गया जिसके कारण सिर से खून आने लगा।

सर्वजया ने खेमी नौकर रानी से पूछ-ताछ के बाद कहा : 'खेमी मौसी, बात क्या है? अरे ऐसे थोड़े ही मारा जाता है? आखिर ब्राह्मण का लड़का है।' खेमी

बोली : 'मारेगा नहीं तो क्या पूजा करेगा? इसकी तो हड्डी-पसली एक कर देनी चाहिए। अभी मार पड़ी कहाँ है? इसे तो पुलिस में दिया जाएगा। इस तरह दीये तले अंधेरा!'

खेमी नौकरानी की बात मुँह में ही रह गई।

बात यह है कि उसने जो ऊपर जाने की सीढ़ी की तरफ आँख दौड़ाई तो वह हक्की-बक्की-सी रह गई। सर्वजया ने देखा कि एक साठ-पैंसठ साल की वृद्धा सीढ़ी से उतर रही थी, उनके आसपास मालकिन और पीछे-पीछे बहू रानियाँ और इस घर की लड़कियाँ अरुणा और सुजाता थीं। सब नौकर-चाकर नीचे के बरामदे में एक कतार में सिमटकर खड़े हो गए और एक दूसरे की पीठ से झाँक-कर देखने लगे कि क्या होता है। सर्वजया ने खेमी से चुपके से पूछा : 'खेमी मौसी, यह कौन है?'

खेमी ने मुस्कराकर कहा : 'कहीं की रानी है।'

सर्वजया को अच्छी तरह सुनाई नहीं पड़ा, पर उसे ऐसा लगा कि इस चेहरे का व्यक्ति उसने कहीं पहले देखा है। मालकिन ने किसी से कहा कि पीछे के फाटक पर इनकी पालकी लगी है या नहीं, देख आओ। वृद्धा के साथ भी अपनी दो-तीन नौकरानियाँ थीं, जो पीछे-पीछे चल रही थीं। बिदाई के समय तरह-तरह की बातें हुईं और मालकिन तथा इस घर की स्त्रियाँ नम्रता के साथ हँसती रहीं। एकाएक इस घर के सब नौकर-चाकर साष्टाङ्ग दण्डवत् करने लगे और कुछ देर तक मिट्टी से उठे ही नहीं। सर्वजया ने मन ही मन सोचा कि ये लोग स्वयं इतने धनी हैं, जब ये लोग इस मेहमान की इतनी खातिर कर रहे हैं तो यह ज़रूर कोई बहुत प्रतिष्ठित घराने की स्त्री होगी। वृद्धा के सोलह बहरे वाली बड़ी भारी पालकी फाटक पर ही थी।

वृद्धा पालकी पर सवार हो गई और उनके दरबान पालकी के आगे-पीछे हो गए। उन्हें इस प्रकार विदा करके मालकिन तथा दूसरी स्त्रियाँ ऊपर चली गईं।

मौसी ने रोटीघर में आकर धीरे से कहा : 'सब पैसों की माया है। देख लिया न पैसे की कितनी कद्र होती है! यह बहुत बड़े ताल्लुके की मालिक हैं, पूर्वी बंगाल के किसी कॉलेज के लिए दो लाख रुपये दिए हैं। पैसों की ही कद्र है। मैं भी तो इनकी कुछ लगती हूँ , पर यहाँ कोई टके सेर भी नहीं पूछता।'

पर सर्वजया का ध्यान उस तरफ नहीं था। उसे अभी-अभी वह बात याद आई जिसकी वह इतनी देर से याद करने की चेष्टा कर रही थी। लगभग यही चेहरा और यही उम्र थी उसकी बूढ़ी ननद इन्दिरा पुरखिन की। वह फटे कपड़ों में गाँठ लगाकर पहनती थी, टूटी हुई पथरी में आमड़े का भरता और भात खाती थी। एक मामूली जंगली शरीफ़े के लिए उसका जाने कितना अपमान हुआ। न कोई पूछता था न मानता था। भरी दोपहरी में घर से निकाली गई, और रास्ते में गिरकर उस करुण ढंग से मरी...

सर्वजया की आँखों में बरबस आँसू आ गए।

मनुष्य की आन्तरिक संवेदना मृत्यु के उस पार पहुँचती है या नहीं यह सर्वजया को नहीं मालूम, फिर भी उसने आज बार-बार मन ही मन क्षमा माँगकर कम उम्र में किए गए अपराध का प्रायश्चित्त करना चाहा।

32

कई दिन बाद अपू आँगन से जा रहा था, ऊपर की सीढ़ी से मझली बहूरानी की लड़की लीला उतर रही थी। उसे देखकर बोली : 'ठहरो। तुम्हारा नाम क्या है? अपू है न?'

अपू बोला : 'माँ अपू नाम से पुकारती है, पर मेरा अच्छा नाम श्री अपूर्व कुमार राय है।'

वह कुछ आश्चर्य में पड़ गया। इस घर के लड़के-लड़कियों ने कभी उससे बात नहीं की थी। लीला पास आकर खड़ी हो गई। कितना सुन्दर चेहरा है। रानी दीदी, अतसी दीदी, अमला दीदी, सभी अच्छी हैं, और उस ज़माने में उसने उन लोगों से अच्छी कोई लड़की नहीं देखी थी। पर इस घर में आकर उसकी पहले की धारणा बिल्कुल बदल गई थी, विशेषकर मझली बहूरानी की तरह कोई स्त्री सुन्दर हो सकती है इसकी वह कल्पना भी नहीं कर सकता था।

लीला भी माँ की तरह सुन्दरी है। उस दिन जब लीला स्त्रियों की मजलिस में हास्य रस की कविता सुना रही थी, तब अपू इकटक उसके चेहरे की तरफ देख रहा था। उसने कौन-सी कविता सुनाई, इस पर उसने विशेष ध्यान नहीं दिया था।

लीला बोली : 'तुम लोग हमारे घर पर कब आए? उस बार जब मैं आई थी, तब तो नहीं थे?'

—हम लोग फागुन में आए।

—तुम लोग कहाँ से आए?

—काशी से। वहीं हमारे पिताजी का देहान्त हो गया न, इसीलिए...

अपू को विश्वास नहीं हो रहा था। सारी घटना इतनी अवास्तविक और असम्भव मालूम हो रही थी। लीला, मझली बहूरानी की लड़की लीला उसे बुलाकर अपने से बात कर रही थी। खुशी के मारे उसके सारे शरीर में जाने कैसी अनुभूति होने लगी।

लीला बोली : 'चलो मेरे पढ़ने के कमरे में चलकर बैठे। मास्टर साहब के आने का समय हुआ है। आओ चलो।'

अपू ने पूछा : 'मैं भी चलूँ?'

लीला ने हँसकर कहा : 'वाह मैं कह रही हूँ चलो। तुम तो बड़े झेंपू हो जी। आओ, तुमने मेरे पढ़ने का कमरा नहीं देखा? पश्चिम के सहन के किनारे है।'

कमरा कोई बड़ा नहीं था, पर अच्छा सजा हुआ था। संगमर्मर की छोटी-सी मेज़ के सामने दो चमड़े की गद्दीवाली कुर्सियाँ थीं। एक बड़ी तस्वीरवाला कैलेण्डर

था। हरी चीनी मिट्टी के केस में एक छोटी-सी टाइमपीस घड़ी थी। पुस्तकें रखने का एक छोटा-सा दराज़ था। दीवारों पर चार-पाँच बंधे हुए फोटोग्राफ थे। लीला ने एक चमड़े का अटैची केस खोलकर कहा : 'यह देखो भिगोकर छापने वाली तस्वीर है। मास्टर साहब ने खरीद दी है। जो मैं भाग लगाना सीख जाऊँगी, तो वह और भी देंगे। तुम यह तस्वीर छापना जानते हो?'

अपू बोला : 'तुम भाग लगाना नहीं जानती हो?'

—तुम जानते हो? तुमने भाग लगाया है?

अपू ने अपनी शान दिखाते हुए मुँह बिचकाकर कहा : 'मैंने कब का ही सीख लिया!'

मुँह बिचकाने पर अपू का सुन्दर चेहरा और भी सुन्दर मालूम हुआ। लीला हँसती हुई बोली : 'तुम तो बहुत मज़ेदार ढंग से बात करते हो।'

बाद में उसने अपू की ठोढ़ी में हाथ लगाते हुए कहा : 'यह क्या है? तिल है? तुम्हारे चेहरे पर तिल अच्छा लगता है। तुम्हारी उम्र कितनी है? तेरह? मेरी ग्यारह है। मैं तुमसे दो साल छोटी हूँ।'

अपू बोला : 'तुमने उस दिन वह हास्य रस की कविता मुँहज़बानी सुनाई थी, मुझे बहुत अच्छी लगी।'

—तुम्हें कोई कविता याद है?

—हाँ, पिताजी की एक पुस्तक से मैंने सीखी है।

—सुनाओ तो।

लीला की आवाज़ बहुत मीठी है। उसने किसी लड़की की इतनी मीठी आवाज़ नहीं सुनी थी। अपू ने कन्धे हिलाकर कहा :

जे जनेर खड़ पेते खेजुर चेटाय घूमिए काल काटे।
ताके खाट-पालक खासा मशारि खाटिए दिले कि खाटे।[1]

आवृत्ति के अन्त में उसने प्रश्नसूचक ढंग से सिर हिलाया। बोला : 'दाशूराय की *पांचाली* की कविता है, मेरे पास वह पुस्तक है।'

लीला हँसकर लोट-पोट हो गई। बोली : 'वाह, तुम्हें तो बड़ी अच्छी-अच्छी बातें याद हैं।'

लीला के मुँह से अपनी प्रशंसा सुनकर अपू फूला नहीं समाया। उसने उत्साह के साथ कहा : 'और एक कविता सुनाऊँ?' : —कहकर उसने शहतीर की तरफ देखकर कुछ सोचकर फिर पहले की तरह कन्धे हिलाकर कहने लगा :

मुनिर चिन्ता चिन्तामणि नाई अन्य आशा,
निष्कर्मा लोकेर चिन्ता तास आर पाशा।

---

1. जो फूस बिछाकर खजूर की चटाई पर लेटने का आदी है, उसे पलंग लगाकर मसहरी के अन्दर सुला दो तो, उसे वह क्या भाता है?

धनीर चिन्ता धन आर निरेनब्बई एर धाक्का,
योगीर चिन्ता जगन्नाथ, फकिरेर चिन्ता मक्का।
गृहस्थेर चिन्ता बजाय राखते चारि चालेर ठाट्टा,
शिशुर चिन्ता सदाई माके, पशुर चिन्ता पेटटा।'[1]

लीला इन सब बातों का अर्थ नहीं समझ पाई, पर वह फिर से हँसकर लोट-पोट होने लगी। बोली : 'लाओ, लिख लूँ।'

लीला ने अटैची केस से एक कलम निकालते हुए कहा : 'मैं लिखती हूँ , बोलो।'

अपू ने फिर से कविता सुनाई। थोड़ी देर बाद आश्चर्य के साथ बोला : 'तुमने स्याही नहीं ली, फिर लिख कैसे रही हो?'

लीला ने अपू के हाथ में कलम दे दी, और बोली : 'यह फाउण्टेनपेन है, इसमें स्याही भरी रहती है, क्या तुमने अभी तक फाउण्टेनपेन नहीं देखा?'

अपू ने कलम को उलट-पुलटकर कहा : 'यह तो अच्छी चीज़ है, स्याही में नहीं डुबानी पड़ती है।'

—इसमें स्याही भरी जो रहती है, देखो, दिखाती हूँ।

—वाह, बहुत अच्छी चीज़ है, देखूँ?

लीला ने अपू के हाथ में कलम देते हुए हँसकर कहा : 'लो मैं यह कलम तुम्हें हमेशा के लिए दे देती हूँ।'

अपू ने अवाक् होकर लीला की तरफ देखा, फिर लज्जित होकर बोला : 'नहीं, मैं नहीं लूँगा।'

लीला बोली : 'क्यों?

—ऐसे ही।

—क्यों?

—नहीं।

लीला कुछ दुःखी हुई, बोली : 'ले लो न। मैं पिताजी से दूरी माँग लूँगी। लो हाथ दिखलाओ यह रही कलम, बस! तुम्हारी हो गई।'

यह मामला अपू को बिल्कुल अद्भुत मालूम हुआ, उसने कहा : 'पर तुम्हें कोई डाँटे तो।'

लीला बोली : 'फाउण्टेनपेन देने के लिए? नहीं, कोई नहीं डाँटेगा। मैं माँ से

---

1. मुनि जी जब कभी चिन्ता करते हैं तो ईश्वर की चिन्ता करते हैं, और उन्हें किसी की आस नहीं है। ठलुआ आदमी ताश और पाशे के विषय में सोचता है। धनी धन की चिन्ता करता है और निन्यानवे के फेर में पड़ा रहता है। योगी जगन्नाथ की और फकीर मक्के की चिन्ता करता है। गृहस्थ किसी तरह अपने ठाठ बनाए रखने की बात सोचता है। माँ शिशु की चिन्ता करती है और पशु पेट भरने की फ़िक्र में रहता है।

कह दूँगी कि मैंने अपूर्व को दे दिया। पिताजी से और एक माँग लूँगी। पिताजी का फोटो देखोगे? वह कैलेण्डर के बगल में टंगा है, ठहरो अभी उतारती हूँ।'

इसके बाद लीला ने कई फोटो उतारे और दिखाए। उसने अलमारी से कुछ किताबें निकालकर कहा : 'मास्टर साहब ने खरीद दी हैं, तुम किस स्कूल में पढ़ते हो?'

अपू काशी में कुछ दिनों तक स्कूल में पढ़ा था, फिर उसके बाद मौका नहीं लगा था। बोला : 'काशी में पढ़ता था, अब नहीं पढ़ता हूँ।'

अन्तिम बात कहने में संकोच हो रहा था, इसलिए उसने ऐसा कहा मानो न पढ़ना कोई बड़ा भारी पुरुषार्थ हो। एक पुस्तक में बहुत-सी तस्वीरे थीं। अपू ने कहा : 'मुझे एक बार पढ़ने के लिए दोगी?'

लीला बोली : 'ले लो, मेरे पास ऐसी बहुत-सी तस्वीरवाली किताबें हैं। तीन साल के 'मुकुल' की जिल्दें हैं। माँ के कमरे की अलमारी में हैं, तुम पढ़ो तो मैं ला दूँ।'

अपू बोला : 'मेरे पास भी किताबें हैं, लाऊँ?'

लीला बोली : 'चलो, तुम लोगों के कमरे में चलें।'

पर लीला को अपनी कोठरी में ले जाने में अपू को लज्जा मालूम हो रही थी। वहाँ कोई सामान नहीं था। तकिए के गिलाफ फटे हुए थे, अरगनी पर ओढ़ने की कंथड़ी लटकी हुई थी। लीला फिर भी गई। अपू ने अपने टीन का बक्स खोलकर मुस्कराते हुए एक पुस्तक निकाल ली और गर्व के साथ कहा : 'इसमें मेरा लेख है, देखो, छापे के हरफों में मेरा नाम लिखा हुआ है।'

लीला ने जल्दी से उसे लेते हुए कहा : 'देखूँ।'

यह काशी के स्कूल की मैगज़ीन थी। हरिहर अपने लड़के की लिखी कहानी छपी हुई देख नहीं पाए। लीला पढ़ने लगी और अपू उसकी बगल में बैठकर उसकी दृष्टि का अनुसरण करता हुआ, उसकी पढ़ी हुई पंक्तियों को पढ़ने लगा। उसने उसे समाप्त कर प्रशंसा की दृष्टि से अपू को देखा और थोड़ी देर देखने के बाद बोली : 'अच्छी तो है, मैं इसे ले जाती हूँ , माँ को दिखाऊँगी कि यह तुम्हारी लिखी हुई है।'

अपू को बहुत लज्जा मालूम हुई। बोला : 'नहीं!'

पर लीला नहीं मानी। वह पत्रिका ले गई। बोली : 'इसमें निश्चिन्दिपुर लिखा है, निश्चिन्दिपुर कहाँ है?'

—निश्चिन्दिपुर हमारे गाँव का नाम है। वहीं हमारा असली घर है। हम काशी में तो केवल एक साल रहे।

इतने में छोटी मोक्षदा दरवाज़े के पास आकर झाँकती हुई बोली : 'दीदीजी, तुम यहाँ हो और मैं उधर परेशान हो रही हूँ। मास्टर साहब भी बैठे-बैठे थक गए। मैंने भी ऊपर-नीचे सारे कमरे खोज डाले, किसे पता था कि तुम इस सड़ी कोठरी में बैठी होगी। चलो...'

लीला बोली : 'तू जा मैं आऊँगी।'

छोटी मोक्षदा बोली : 'यह कोई बैठने की जगह है? यहाँ हम ही लोगों का सिर दर्द करने लगता है, वहाँ तुम कैसे बैठोगी? अस्तबल के वे पछाँही सईस कभी घोड़ो की जगह पर न तो झाड़ू लगाते हैं और न धोते हैं। दीदीजी, यह तो बहुत बुरी बास आ रही है, चलो, यहाँ से जल्दी निकलो। और एक मिनट नहीं।'

लीला बोली : 'चल मैं नहीं जाती। मैं आज नहीं पढ़ूँगी। जाकर कह दे कि मैं नहीं पढ़ती। तुझे यहाँ पर किसने बकवास करने के लिए कहा है? चल, माताजी से जाकर कह दे कि मैं ऐसा कह रही हूँ।'

छोटी मोक्षदा पाँव पटकती हुई चली गई। अपू बोला : 'तुम्हारी माँ नाराज तो नहीं होंगी? तुम उससे उस तरह क्यों पेश आईं?'

अगले दिन दोपहर को अपू अपने कमरे में सो रहा था। किसी के धक्के से नींद टूट जाने पर उसने देखा कि लीला बिस्तरे के पास मौजूद है और मुस्करा रही है। अपू फर्श पर चटाई बिछाकर सो रहा था। लीला ने घुटने के बल बैठ कर उसे धक्का दिया था। अब भी वह उसी ढंग से घुटनों के बल बैठी-बैठी कौतुक भरी हुई बड़ी-बड़ी आँखों से उसे देख रही थी। उसने हँसकर कहा : 'वाह, यह अच्छा रहा! दोपहर को भी कोई इस तरह सोता है? मैंने बाहर से पुकारा तो देखा कि यहाँ तो खर्राटे भरे जा रहे हैं।'

अपू धोती के किनारे से अपना मुँह पोंछते-पोंछते जल्दी से उठ बैठा, बोला : 'सबेरे पढ़ने नहीं आईं? मैं तो पढ़ने का कमरा और दूसरे सारे कमरे देख गया, पर कहीं तुम्हारा पता नहीं लगा।'

लीला ने अपू के स्कूल की वह पत्रिका अपू के हाथ में दे दी और बोली : 'मैंने कल रात को तुम्हारी कहानी माँ को पढ़कर सुनाई। माँ ने स्वयं भी पढ़ी। उन्हें बहुत अच्छी लगी।'

अपू की बाछें खिल गईं। साथ ही उसे बहुत लज्जा और संकोच का अनुभव हुआ। तो मझली बहूरानी ने उसकी कहानी पढ़ी है?

लीला बोली : 'मेरे पढ़ने के कमरे में चलो, वहाँ मैंने तुम्हारे लिए 'सखा-साथी' की जिल्दें रख दी हैं।'

अपू ने अरगनी की तरफ देखा। उसकी अच्छी धोती अभी तक सूखी नहीं थी। इस समय वह जो धाती पहने था, उसे पहनकर बाहर नहीं जाया जा सकता। बोला : 'अभी नहीं जाऊँगा।'

लीला ने विस्मय के साथ कहा : 'क्यों?'

अपू ने होंठ दबाकर कौतुक-भरी हँसी हँस दी। उसे नही मालूम था कि इस तरह उसका चेहरा कितना सुन्दर दिखता था। लीला ने फिर प्रार्थना के स्वर में कहा : 'चलो, चलो।'

अपू ने फिर उसी तरह मुस्करा दिया।

—तुम बड़े ज़िद्दी लड़के हो जी। एक दफे 'नहीं' कह दिया तो फिर 'हाँ' नहीं

कहने का? यही बात है न! अच्छा ठहरो, यहाँ पुस्तक...

अपू से हँसी रोकी नहीं गई और वह फिर खिलखिलाकर हँस पड़ा। लीला बोली : 'बात क्या है? इतना क्यों हँस रहे हो? नहीं, नहीं, क्या बात है? बताओ। बताना ही पड़ेगा।'

अपू ने अरगनी की तरफ देखकर हँसी-भरी आँखों से इशारा-भर किया, कुछ कहा नहीं।

अबकी बार लीला समझ गई। अरगनी के पास जाकर धोती छुकर बोली : 'अभी कब सूखी है, तुम बैठो, मैं किताब ले आती हूँ। तुमने फाउण्टेनपेन से लिखा है? क्यों, अच्छा लिखता है न?'

इसके बाद लीला की लाई हुई पुस्तक दोनों देर तक देखते रहे। पुस्तक को चटाई पर रखकर दोनों अगल-बगल घुटनों के बल औंधा लेटकर देख रहे थे। लीला के रेशम की तरह चिकने नरम बाल अपू के खुले हुए बदन से लग रहे थे, जिससे उसे कैसा-कैसा मालूम हो रहा था। एकाएक लीला ने पुस्तक से मुँह उठाकर कहा : 'तुम गाना जानते हो?'

अपू ने सिर हिलाकर हामी भरी।

—तो एक गा दो।

—तुम जानती हो?

—ज़रा-ज़रा, शादी के दिन नहीं सुना?

छोटी मोक्षदा कमरे में झाँककर बोली : 'यह रही दीदीजी। मैंने सोचा जो ऊपर नहीं हैं, पढ़ने के कमरे में नहीं हैं तो ज़रूर यहाँ होंगी। इधर आओ, दूध पी लो, ठंडा हो गया, हाथ में लेकर तब से मारी-मारी फिर रही हूँ।'

चाँदी के छोटे गिलास में एक गिलास दूध था।

लीला बोली : 'रख जा, आकर बाद को गिलास ले जाना।'

नौकरानी चली गई। थोड़ी देर तक तस्वीर देखना जारी रहा। बीच में लीला दूध का गिलास हाथ में लेकर बोली : 'तुम आधा पी लो।'

अपू ने लज्जित होकर कहा : 'नहीं।'

—तुम्हें हर बात के लिए खुशामद क्यों करनी पड़ती है। हमारी मुलतानी गाय का दूध है, बिल्कुल खीर की तरह है, मेरे अच्छे अपू।

अपू ने आँख नचाते हुए कहा : 'अच्छे अपू। बड़ी आई है!'

लीला ने दूध का गिलास अपू के मुँह से लगाकर सिर हिलाते हुए कहा : 'बहुत शरमा-शरमी हो गई, लो मैं आँख मूँद लेती हूँ , तुम पी लो।'

अपू ने एक घूँट में थोड़ा-सा दूध पीकर मुँह हटा लिया और जल्दी से धोती के किनारे से मुँह पर लगे हुए दूध का दाग पोंछ लिया।

लीला ने गिलास में मुँह लगाकर बाकी दूध पी लिया, बाद को वह भी खिलखिलाकर हँसने लगी।

—अच्छा मीठा दूध है न?

—तुमने मेरा जूठा क्यों पिया? दूसरे का जूठा खाया जाता है?

—मेरी खुशी—कहकर वह कुछ रुककर बोली : 'तुमने कहा कि तुम तस्वीर छापना जानते हो, सो तुम खाक जानते हो। आज मेरी कुछ तस्वीरें छाप तो दो। तब जानूँ।'

33

जेठ के बीचोंबीच सर्वजया ने माँग-जाँचकर किसी तरह अपू के जनेऊ की व्यवस्था की। दूसरे का घर था, इसलिए ठाकुरजी के सामनेवाले सहन के किनारे डरते-डरते अनुष्ठान समाप्त हुआ। ब्राह्मणी मौसी ने लड्डू बनाने में सहायता दी। दो-एक महाराज न्यौता जीमने के लिए बुलाए गए। बाहर के सम्भ्रान्त व्यक्तियों में बीरू गुमाश्ता और दीनू खजानची थे। जनेऊ का अनुष्ठान समाप्त हो जाने के कुछ दिनों बाद अपू अपनी कोठरी में बैठकर लीला की दी हुई 'मुकुल' की एक जिल्द पढ़ रहा था। इतने में खुले दरवाज़े से किसी ने प्रवेश किया। अपू अपनी आँखों पर तो विश्वास ही नहीं कर सका। बोला : 'वाह, तुम कब आईं?'

लीला कौतुक और हँसी-भरी आँखों से खड़ी थी। अपू बोला : 'वाह, तुम तो अच्छी रहीं। कह गईं कि कलकत्ते से सोमवार को आऊँगी, पर कितने ही सोमवार निकल गए, लौटने का नाम नहीं लिया...'

लीला हँसकर फर्श पर बैठ गई। बोली : 'आऊँ तो कैसे, स्कूल में भर्ती हो गई हूँ, पिताजी ने भर्ती करा दी, पिताजी की तबियत खराब है। अब हम लोग कलकत्ते में ही रहेंगे। कुछ दिनों की छुट्टी है, इसलिए माँ के साथ आई। फिर बुधवार को चली जाऊँगी।'

अपू के चेहरे से हँसी गायब हो गई। बोला : 'इसके माने यह हुए कि अब तुम लोग यहाँ नहीं रहोगी।'

लीला बोली : 'पिताजी की तबियत अच्छी हो जाए, तो फिर आऊँगी।'

उसने बाद में फिर मुस्कराकर कहा : 'ज़रा आँख तो बन्द किए रहो।'

अपू बोला : 'क्यों?'

—करो ना।

अपू ने आँखें बंद कर लीं और साथ ही साथ उसके हाथ में कोई एक भारी चीज़ आ गई। अपू के आँख खोलते ही लीला खिलखिलाकर हँस पड़ी। एक कार्डबोर्ड पर बक्स उसकी गोद में रख हुआ था। लीला ने बक्स खोलकर दिखाया कि धोती-चादर का अच्छा-सा देसी जोड़ा और रेशम का एक कुर्ता है। लीला ने हँस-कर कहा : 'माँ ने तुम्हारे जनेऊ के लिए दिया है, अच्छा है न? तुम्हें पसन्द है?'

धोती और चादर खास करके कुर्ता कीमती था। ऐसी चीज़ काम में लाने की बात तो दूर रही, इस घर में पैर रखने से पहले अपू ने ऐसी चीज़ें देखी भी नहीं थी।

लीला ने अपू के चेहरे की ओर देखकर कहा : 'महीने-भर के अन्दर तुम्हारा चेहरा बदल गया है। और भी बड़े दिख रहे हो। नए बाम्हन का जनेऊ ज़रा देखूँ। कान छेदने में लगा तो नहीं? मेरे छोटे ममेरे भाई का भी जनेऊ हाल ही में हुआ है, वह तो रो पड़ा था।'

एकाएक अपू ने 'मुकुल' की एक जिल्द दिखाकर कहा : 'तुमने यह कहानी पढ़ी है?'

लीला बोली : 'कौन-सी? देखूँ।'

अपू ने पढ़कर सुनाई। दो-तीन सौ वर्ष पहले स्पेन देश का एक जहाज़, जो धन तथा रत्नों से पूर्ण था, कहीं डूब गया। बहुतों ने उसकी तलाश की, पर कोई यह पता नहीं पा सका कि कहाँ वह जहाज़ डूबा था। अपू ने अभी-अभी यह कहानी पढ़कर बहुत आनन्द उठाया था।

बोला : 'कोई उसका पता नहीं लगा सका। जानती हो उसमें कितने रुपये हैं? इकाई, दहाई, सैकड़ा, हज़ार, दस हज़ार, लाख, उसमें पचास लाख पाउंड की सोना-चाँदी थी। एक पाउंड तेरह रुपये का होता हैं, अब गुणा लगाकर देखो।' कहकर उसने खुद ही गुणा लगाया और जिस कागज़ पर गुणा लगाया था उसे दिखाते हुए कहा : 'यह देखो इतने रुपये हुए।'

उसने इससे पहले भी यह हिसाब लगाया था। उसका चेहरा एकाएक चमक उठा, बोला : 'मैं जब बड़ा हो जाऊँगा, तो मैं उसकी तलाश में जाऊँगा और देख लेना मैं उसका पता लगाकर ही दम लूँगा।'

लीला ने कुछ संदेह के साथ कहा : 'तुम जाओगे? भला तुम कैसे पता पाओगे कि जहाज़ कहाँ पर है? यह तो बताओ।'

—यह देखो लिखा है : 'पोर्तोप्लाता के पास के समुद्र-गर्भ में।' मैं ज़रूर निकाल लूँगा।

यह कहानी पढ़कर उसने सोचा था कि यह अच्छा ही हुआ कि अभी तक कोई इस जहाज़ का पता नहीं लगा पाया। जो सब लोग सब चीज़ खोज लेंगे। तो उसके लिए फिर क्या रह जाएगा? फिर वह बड़ा होकर क्या करेगा। कहीं उसके बड़े होने तक कोई और उसका पता न लगा ले।

लीला कम उम्र होने पर भी बड़ी बुद्धिमती है। उसने सोच-साचकर कहा : 'तुम्हें उनकी तरह जहाज़ कहाँ मिलने लगा? तुम्हें एक जहाज़ की ज़रूरत होगी, उतने ही बड़े जहाज़ की...'

—वह मिल जाएगा, मैं खरीद लूँगा, बड़े होने पर मेरे पास रुपये नहीं होंगे क्या?

अबकी बार शायद लीला को कुछ हद तक विश्वास हो गया। उसने अब इस विषय पर कोई तर्क नहीं छेड़ा। थोड़ी देर बाद बोली : 'क्या तुम कभी कलकत्ता गए हो?'

अपू ने सिर हिलाकर कहा : 'नहीं, मैंने नहीं देखा। क्या बहुत बड़ा शहर है?

इससे भी बड़ा?'

लीला हँसकर बोली : 'कहाँ राजा भोज, कहाँ भुजुआ तेली?'

—काशी से भी बड़ा?

—मैंने काशी नहीं देखा।

इसके बाद वह अपू को अपने पढ़ाई के कमरे में ले गई। एक कापी दिखाकर बोली : 'देखो तो कैसा फूल का पौधा बनाया है, ड्राइंग कैसी है?'

अपू थोड़ी देर बाद बोला : 'मैं जाकर लेटता हूँ। मेरा सिर बहुत दुख रहा है।'

लीला बोली : 'ठहरो। मैं सिरदर्द मिटाने का एक मंत्र जानती हूँ—कहकर उसने दोनों हाथ की उंगलियों से उसका माथा ऐसे दबाना शुरू किया कि अपू हँस पड़ा, बोला : 'गुदगुदी लग रही है।'

लीला हँसकर बोली : 'मेरे बड़े ममेरे भाई को कुश्ती सिखाने के लिए एक पहलवान है, उसी से मैंने यह सीखा है। बहुत अच्छा है न? ठीक हो गया?'

थोड़े दिनों बाद लीला और उसकी माँ फिर कलकत्ता चली गईं।

अपू माँ से कहकर एक छोटे स्कूल में जाने लगा। जिस बड़ी सड़क के किनारे इनका घर था, उससे कुछ दूर चलकर बायीं तरफ छोटी-सी गली में एक एकमंज़िले मकान में स्कूल लगता था। पांचेक मास्टर थे, टूटी हुई बेंचे तथा हत्थे टूटी हुई कुर्सियाँ और कारिख उड़े हुए ब्लैक-बोर्ड थे। कुछ पुराने मानचित्र थे। स्कूल का बस इतना ही सामान था। स्कूल के सामने ही खुली नाली चलती थी, अपू की श्रेणी से खिड़की से झाँकने पर बगल के मकान में पलस्तर उड़ी हुई दीवारें दीख पड़ती थीं। वह स्कूल जाते समय देखता था कि भँगी नाली सफाई करके बीच-बीच में गन्दगी का ढेर नाली से ऊपर उठाकर रखता जा रहा है। दिन-भर स्कूल के अन्दर हवा रुकी-सी रहती थी। पास ही एक पछाहीं भड़भूजा कच्चा कोयला जलाकर दोपहर के बाद भाड़ सुलगाता था, इसलिए कच्चे कोयले के धुएँ की पतली-सी महक वातावरण में बनी रहती थी। अपू के सिर में जाने कैसा दर्द होता था, जो स्कूल के बाहर आने पर भी ठीक नहीं होता था।

उसे अच्छा नहीं लगता, बिल्कुल अच्छा नहीं लगता। शहर के ईंट-सीमेण्ट से वह हाँफ जाता है। जाने कैसी घुटन होती है। किसी चीज़ के अभाव के कारण प्राण अकुलाते रहते हैं, पर वह समझ नहीं पाता कि उसे काहे का अभाव है।

रास्ते में घास तो बहुत कम है। पेड़-पालो भी यदा-कदा दीख जाते हैं। बजरी के रास्ते हैं, पक्की नालियाँ हैं। दो मकानों के बीच में जो साँस है, उसमें कूड़ा-करकट, गंदा पानी, फटे चीथड़े, कागज़ आदि पड़े रहते हैं। बीचवाले सहन के चारों ओर के कमरों में किराएदार रहते हैं। दरवाज़ों पर पुराने टाट के पर्दे टंगे हैं। फर्श आँगन से एक बित्ता से अधिक ऊँचा नहीं है, इसलिए सीलन बनी रहती है। घर के अन्दर रोशनी और हवा का कहीं नामोनिशान भी नहीं होता। सहन बुरी तरह गन्दा रहता

है। सब गृहस्थों ने एक साथ चूल्हे सिलगाए हैं, फिर वही भीनी-भीनी महक। कुल मिलाकर अपू को बहुत बुरा लगता है। मन संकुचित हो जाता है। कोई बहुत कहे तो भी वह देर तक बैठ नहीं पाता, सड़क पर आकर कुछ अच्छा लगता है।

घर लौटकर वही रुकापन। बल्कि और ज़्यादा। यहाँ तो ईंट, सीमेन्ट और संगमरमर से चारों तरफ, यहाँ तक कि सहन भी बँधा हुआ है। अपू को मिट्टी देखे बिना चैन नहीं पड़ता, और यहाँ भला मिट्टी कहाँ? यहाँ जो मिट्टी भी है, वह भी दूसरे ही ढंग की है। जिस मिट्टी से उसका परिचय है, यह वह मिट्टी नहीं है। इसके अलावा यहाँ चलने-फिरने की स्वतन्त्रता कहाँ है? हर समय चोर-सा बनकर रहना पड़ता है। पता नहीं कब, कौन क्या कह देगा, ऊँची आवाज़ में बात नहीं कर सकते। डर मालूम होता है।

किसी-किसी दिन अपू ज़मींदारी के दफ्तर में जाकर देखता है कि बूढ़ा खजानची लोहे के सींकचों के पिंजरे में अन्धेरे के अन्दर बैठा रहता है। बहुत-सी बँधी हुई बहियाँ एक तरफ इकठ्ठी रखी हैं। वह बूढ़ा लकड़ी का छोटा-सा बक्सा सामने रखकर दिन-भर एक बुरी तरह मैले तकिए पर ढोक लगाए बैठा रहता है। उस कमरे में इतना अन्धेरा है कि दिन में भी रेंड़ी में तेल का एक छोटा-सा दीया जलता है। गिरीश गुमाश्ता जमा के विभाग में बैठता है। नीचे तख्त पर मैली चादर बिछी है और चारों ओर दोनों कोने पर कपड़े की जिल्द में बँधी हुई बहियाँ रखी हैं। उस कमरे में खजानचीखाने की तरह अन्धेरा नहीं है, उसमें दो-तीन खिड़कियाँ भी कमरे में हैं, पर तख्त के नीचे जला हुआ तम्बाखू और फटे कपड़े हैं। शहतीरों पर मकड़ी के जाले और मिट्टी के तेल के दीये से बनी कारिख लगी है। जब बीरू मोहर्रिर चिल्लाकर कहता है : 'रामदयालजी, देखो तो, पिछले साल बाजेवालों के खाते में कितना खर्च आया था', तो अपू के मन में पता नहीं फिर से क्यों वितृष्णा जगती है।

सबेरे का समय था अपू ने फाटक पर आकर देखा कि बच्चों की गाड़ी लेकर लड़के खेल रहे हैं, यह अभी-अभी तैयार होकर आई है, डंडा लगी हुई लोहे की कुर्सी है, चमड़े की गद्दी है, बड़े-बड़े पहिए हैं, देखने में सुन्दर चमाचम है। वह पास ही खड़ा देख रहा था कि रमेन बोला : 'अरे आकर ज़रा धक्का तो लगा।'

जब से यह गाड़ी आई तब से मन ही मन अपू को लोभ था, वह खुश होकर बोला : 'मैं ढकेल रहा हूँ , पर मुझे एक बार चढ़ने तो दोगे न?'

रमेन बोला : 'अच्छा-अच्छा, देखा जाएगा, अभी ज़ोर से धक्का तो लगा।'

थोड़ी देर तक खेलने के बाद एकाएक रमेन ने कहा : 'अच्छा, अब खत्म करो, फिर होगा।'

इसके बाद वे लोग गाड़ी लेकर चले जाने लगे, यह देखकर अपू बोला : 'मैं ज़रा चढ़ूँगा नहीं?'

रमेन बोला : 'चल-चल, इस जून चढ़ना नहीं हो सकता। ज़्यादा चढ़ने से गाड़ी टूट जाएगी। चल देखेंगे। उस जून देखा जाएगा।'

क्षोभ के मारे अपू की आँखों में आँसू आ गए। वह इतनी देर तक इस आशा में धक्के लगाता रहा कि चढ़ने में उसकी बारी आएगी।

बोला : 'वाह, आपने तो वादा किया था कि मुझे मेरी बारी में चढ़ने देंगे। मैंने सबकी बारी पर गाड़ी ढकेली, उस दिन भी आप लोगों ने ऐसा ही किया। यह कोई अच्छी बात है?'

रमेन बोला : 'तो कौन तेरे पैरों में पड़ने गया था कि गाड़ी ढकेल। तुझे किसने गाड़ी चढ़ने को कहा? गाड़ी खरीदने में पैसा नहीं लगता?'

अपू बोला : 'आपने कहा, सन्तू ने कहा, धक्के लगाते-लगाते मेरे हाथों में फफोले पड़ गए, और आपने बिल्कुल वादाखिलाफी की, यह अच्छा रहा!'

रमेन तैश में आकर बोला : 'चल, मैंने नहीं कहा।'

सन्तू बोला : 'ऊ र्र र्र र्र र्र! यह जुज्झू देखा है?'–कहकर उसने हाथ से जुज्झू बनाया।

अचानक बड़े बाबू के लड़के टेबू ने उसके गले में हाथ डालकर धक्का देते हुए कहा : 'चल, चल नहीं चढ़ाएंगे, हमारी खुशी, तू अपनी कोठरी की तरफ जा। यहाँ क्यों खेलने आता है?'

टेबू अपू से कम उम्र था, इसलिए सम्भव है उसके द्वारा किए हुए अपमान के कारण या बाकी लोगों के व्यंगों के कारण अपू का दिमाग काबू में नहीं रहा और उसने झटका देकर गला छुड़ाते हुए टेबू को एक धक्का मारा, नतीजा यह हुआ कि टेबू चक्कर खाता हुआ दीवार से जाकर टकराया। उसका माथा दीवार से लग गया और साथ ही साथ कुछ खून भी आ गया और वह चीखकर रोने लगा।

नौकर-चाकर दौड़ते हुए आए। खानसामा, दरबान दौड़े, ऊपर की बैठक में बड़े बाबू सबेरे-सबेरे कचहरी कर रहे थे, वे भी दलबल सहित नीचे उतर आए। हर तरफ से लोग पानी का लोटा, पंखा, पट्टी लेकर दौड़ पड़े। कुहराम मच गया।

जरा गड़बड़ कम होने पर बड़े बाबू ने कहा : 'देखूं किसने मारा है? वह कहाँ हैं?'

रामनिहोरासिंह दरबान ने ढकेलते हुए अपू को बड़े बाबू के सामने कर दिया। बड़े बाबू बोले : 'यह कौन है? यह वही काशी से आई हुई महाराजिन का लड़का है न?'

गिरीश सरकार आगे बढ़ते हुए बोला : 'बहुत बुरा लड़का है, और बदतमीज़ इतना है कि उस दिन जब नाटक हो रहा था, तो यह जाकर सबके सामने बाबुओं की जगह पर डट गया था। मैंने हट जाने के लिए कहा तो लगा मुझसे उलझने। फिर उस दिन देखा कि सेठों के मकान के मोड़ पर यह एक लाल कुर्ता पहनकर बर्डसाई पीते हुए आ रहा है, इसी उम्र में एकदम सारे गुण आ गए हैं।'

बड़े बाबू ने रमेन से कहा : 'आज सबेरे तुम लोगों का मास्टर नहीं आया? पढ़ना-लिखना चूल्हे में गया और यह हो रहा है? चलो कोई मेरा बेंत तो ले आओ। इसके साथ खेलने के लिए किसने तुम लोगों से कहा?'

रमेन रुंआसा होकर बोला : 'वही हम लोगों के साथ खेलने आता है, हम लोग कब उससे खेलते हैं, बल्कि सन्तू से पूछिए। यह आपकी वह तस्वीरवाली अंग्रेज़ी मैगज़ीन की तस्वीरें देखना चाहता है, बड़ी बैठक में घुसकर चीज़ों को उलट-पुलटकर देखता है।'

अब अपू की बारी थी। बड़े बाबू ने कहा : 'इधर आओ। तुमने टेबू को क्यों मारा?'

डर के मारे इसके पहले ही अपू की घिग्घी-सी बंध गई थी, उसने क्रोध में आकर टेबू को धक्का ज़रूर दिया था पर वह क्या जानता था कि बात इतनी बढ़ जाएगी। उसने किसी तरह लड़खड़ाती हुई ज़बान से कहा : 'टेबू ने पहले मुझे... मुझे...'

बड़े बाबू ने बात खत्म करने नहीं दी, बोले : 'जानते हो टेबू की उम्र कितनी और तुम्हारी कितनी है?

जो अपू को ढंग से अपनी बात कहते बनता तो वह कहता कि टेबू की उम्र कुछ कम होने पर भी वह अपू के ताऊजी नीलमणिराय से भी ज़्यादा खुर्राट है। यह कहा जा सकता था कि टेबू और इस घर के सब लड़के बिना कारण उसे पूर्व बंगाली कह-कहकर चिढ़ाया करते हैं, अंगूठा दिखलाते हैं तथा पीछे से सिर पर गट्टा मारते हैं। उसका अपराध बस इतना ही है कि वह खेलने आता है। पर इस समय सारे आँगन में भीड़ जमा हो चुकी थी, विशेषकर बड़े बाबू के साथ बात करते हुए उसकी ज़बान लड़खड़ा रही थी। वह केवल इतना ही कह सका : 'टेबू भी मुझको...फिज़ूल में...मुझे आकर...'

बड़े बाबू गरजते हुए बोले : 'स्टुपिड, छोटे मुँह बड़ी बात करता है, किसने तुझे इन लोगों से मिलने-जुलने को कहा है? ए! ज़रा बेंत तो लाओ, आगे बढ़कर आओ, आओ नहीं तो...'

लप्प से एक बेंत उस पर पड़ा तो उसने विस्मय के साथ बड़े बाबू और उनके फिर से उठे बेंत की तरफ देखा। इससे पहले उस पर कभी मार नहीं पड़ी थी, यहाँ तक कि उसके पिताजी ने भी कभी उस पर हाथ नहीं छोड़ा था। उसका विभ्रान्त मन जैसे पहले-पहल मार खाने के सत्य को ग्रहण नहीं कर पाया, बाद में उसने अपने अनजान में मार रोकने के लिए हाथ उठा दिए। पर इससे मार नहीं रुकी और बेंत पड़ती रही। लप्प-लप्प की आवाज़ सुनकर टेबू को भी माथे का दर्द भूलकर इधर देखना पड़ा। महाराजिन का लड़का फिर कहीं सिर पर न चढ़े, इस दृष्टि से बड़े बाबू ने उसे अच्छी शिक्षा दी। दूसरी बेंत होती तो टूट जाती पर यह बेंत शायद बहुत की कीमती थी।

बड़े बाबू कुछ सुस्ताकर बोले : 'आवारा छोकरा, आज मैं तुझे चेतावनी दिए देता हूँ कि फिर मैंने सुना कि तुम इस घर के किसी लड़के के साथ मिले हो तो मैं फौरन कान पकड़कर बाहर निकाल दूँगा'—कहकर किसी की तरफ देखते हुए बोले : 'देखिए धीरेन बाबू, माँ विधवा है, मैंनेजर सतीश बाबू काशी से ले आए, सोचा

कि अपनी बिरादरी की औरत है, पड़ी रहे; पर माँ तो रसोई करती है और यह रंगीन कुर्ता पहनकर चुरट पीता फिरता है।'

धीरेन बाबू बोले : 'यह सब ऐसे ही होता है, इसके बाद कोकीन खाएगा, माँ का बक्स तोड़ेगा, यही नियम है, फिर ठहरा भी बनारस का...'

घर के अन्दर सब बातें नहीं पहुँचतीं, पर सर्वजया को अपू पर मार पड़ने की बात मालूम हो गई। लोगों ने ज़रा नमक-मिर्च लगाकर कहा। मालकिन बोली : 'जो इस तरह गुंडा हो तो भई फिर क्या किया जाए?...' इत्यादि।

सर्वजया ने रोटीघर से आकर देखा कि अपू स्कूल चला गया है, माँ से कुछ नहीं बोला। वह माँ को कभी यह सब बातें नहीं बताता। क्रोध, दुःख तथा क्षोभ के मारे सर्वजया को गश-सा आने लगा। सारे शरीर से जैसे अंगारे छूटने लगे, वह कोठरी में न रह पाकर बाहर के संकरे बरामदे में आकर खड़ी हो गई।

उसके अपू के बदन पर हाथ उठाना! वह तो अभी तक कहता रहता है—माँ जब तुम रसोईघर से सीढ़ी चढ़कर आओगी तो मैं एक दिन रात को तुम्हें डर दिखलाऊँगा। भला इस अपू को अक्ल ही कितनी है। पता नहीं कितनी लगी थी। वहाँ किसने उसको तसल्ली दी होगी, किसने उसका रोना सुना होगा?

सर्वजया के अन्दर से दुःख फूट पड़ने लगा।

रात अंधेरी थी। आसमान में कुछ तारे चमक रहे थे। अस्तबल की छत के पास आँवले के पेड़ की डालों पर हवा टकरा रही थी। सहन के कोने में बने हुए लोहे के फूटे हौज के पास बैठकर रोने के मारे उसका सारा शरीर काँपने लगा।

—ठाकुरजी, हे ठाकुरजी, वह मेरे बड़े दुलार की वस्तु है। तुम तो जानते हो कि वह एक घड़ी के लिए भी आँख से ओझल हो जाए तो मैं बेचैन हो जाती हूँ, जो कुछ सज़ा देनी है, वह मुझे ही देना, उसे कुछ न कहना। मेरा दिल फटा जा रहा है, मैं सह नहीं सकूँगी।

आज कुछ जल्दी अपू के स्कूल की छुट्टी हो गई। श्रेणी के लड़कों ने कहा कि अपू को उनके फुटबाल में रैफरी बनना पड़ेगा। अपू बहुत खुश हुआ। इस शहर में आने से पहले उसने कभी फुटबाल देखी भी नहीं थी, वह अच्छा खिलाड़ी भी नहीं है, फिर भी श्रेणी के लड़के उसी को सबसे ज़्यादा पसन्द करते हैं और अक्सर उसे रैफरी रहने के लिए कहते हैं।

उसने कहा : 'मैं घर से वह बड़ी सीटी ले जाऊँ, बक्स में रखी है, मैं ठीक चार बजे खेल के मैदान में पहुँच जाऊँगा।'

रास्ते में चलते-चलते अपू को सबेरे की बात याद आई। आज दिन-भर वह यही बात सोचता रहा। इसमें सन्देह नहीं कि बर्डसाई पीते-पीते वह गिरीश सरकार से टकरा गया था, पर वह रोज़ बर्डसाई थोड़े ही पीता है? उस दिन मझली बहूरानी का दिया हुआ लाल कुर्ता पहनकर स्कूल से लौटते हुए उसके दिमाग में यह बात आई थी कि बाबू लोग इस तरह का कुर्ता पहनकर बर्डसाई पीते हैं, इसलिए वह भी पीएगा। इसलिए उसने नाश्ते के पैसे से बर्डसाई खरीद ली थी, पर निश्चिन्दिपुर

में जिस दिन उसने चोरी से चुरट पीया था, तब भी उसे चुरट पसन्द नहीं आया था, और उस दिन भी नहीं आया। उसके मन में यह बात आई थी कि इससे तो एक पैसे के चने ले लेता तो पेट तो भरता। बर्डस्राई कोई खरीदकर पीने की चीज़ है? गिरीश सरकार को यह सब कुछ नहीं मालूम, फिर भी उलटा-सीधा बक गया।

खैरियत यह है कि लीला यहाँ नहीं है। होती तो बड़ी लज्जा की बात होती। शायद माँ को भी पता नहीं लगा। माँ को पता न लग जाए इसलिए जल्दी से वह स्कूल चला आया था।

लीला कितने दिनों से यहाँ नहीं आई। परसाल गई तब से नहीं आई। अब आएगी भी तो वे उससे बात करने थोड़े ही देंगे।

घर लौटते समय फाटक के पास आकर उसने सुना कि ऊपर की बैठक में ग्रामोफून बज रहा है। यह आवाज़ कान में जाते ही वह खुशी-भरे उत्सुक नेत्रों से दो मंज़िले के जंगले के नीचे वाली सड़क पर खड़ा हो गया। रास्ते से गाने के सारे शब्द अच्छी तरह सुनाई नहीं पड़ते थे। पर सुर बड़ा मोहक था। सुनते-सुनते वह स्कूल, खेल, रैफरीगीरी, उस जून को मार, सारी बातें एकदम भूल गया। गाने सुनते ही उसका मन जाने कहाँ की उड़ान भरने लगता है। जब वह निश्चिन्दिपुर में नदी के किनारे टहलने जाया करता था तो कई बार देखता था कि उस पार के सरपत के मैदान में सेमर के पेड़ छोटे लाल फूलों से भरे हुए हैं। उनके पीछे न जाने कितनी दूर तक नीला आकाश एक चित्र-सा फैला हुआ है। फूस के मैदान जैसे चित्र पर अंकित हैं। यहाँ तक कि लाल फूल, सेमर का पेड़, सूखी डाल पर बैठा हुआ अज्ञात पंछी सब तूलिका से बने हुए लग रहे थे। उन सबके पीछे कहीं पर वह देश, बहुत दूर वाला देश, उसे पता नहीं कौन-सा देश है, जो उसके लिए केवल उसी समय इंद्रियग्राह्य होता था जब वह खुश होता था।

कोई जैसे उसे पुकारता है। न जाने कितनी दूर से कोई उच्छ्वसित आनन्द में परिचित स्वर में पुकारता है—अपू...उ-उ-उ-उ-!

इस पर मन खुशी के मारे कह उठता है—आ-आ-आ-आ-आ-ता हूँ।

जब वह अपनी कोठरी में लौटा तो माँ ने पूछा : 'क्या बात है? आज तू रोज़ से कुछ जल्दी आया है?'

अपू बोला : 'ऊपर की श्रेणी के लड़कों ने गेंद-बल्ले के खेल में विजय पाई है, इसलिए हाफ स्कूल रहा।'

माँ बोली : 'आ, इधर बैठ।'

इसके बाद कुछ देर तक बेटे के शरीर पर हाथ फेरने के बाद वह हिचकिचाहट के साथ बोली : 'मैंने सुना कि उन लोगों ने तुझे बुलाकर किसी बात पर डाँटा था।'

—टेबू को कुछ लगा था, इसलिए बड़े बाबू ने बुलाकर क्या नाम है...

—डाँटा-वाँटा तो नहीं?

—नहीं।

माँ कुछ देर तक चुप रहकर बोली : 'एक बात सोच रही हूँ, यहाँ से चल

क्यों न दिया जाए?'

उसने आश्चर्य के साथ माँ के चेहरे की तरफ देखा, फिर एकाएक खुश होकर बोला : 'कहाँ चलोगी माँ, निश्चिन्दिपुर? अच्छी बात तो है। मैं वहाँ पुरोहिती करूँगा, अब जनेऊ तो हो ही चुका है। अपनी जन्मभूमि में बहुत अच्छा रहेगा। अब यहाँ नहीं रहूँगा।'

सर्वजया बोली : 'दो साल से यही बात सोच रही हूँ। कह तो रहा है कि वहाँ चलूँगा, पर वहाँ अब क्या रह गया है? घर है सो उस पर से तीन वर्षाएँ निकल गई हैं, अब उसमें से कुछ बचा थोड़े ही होगा। बाबा आदम के ज़माने का मकान है। कुछ धानवाली ज़मीन थी, पर वह भी तो...। लौटूं तो वहाँ खड़ा होने की भी जगह नहीं मिलेगी। वहाँ जाना माने दुश्मनों को हँसनें का मौका देना है।'

थोड़ी देर चुप रहने के बाद बोली : 'अच्छा एक काम किया जाए। चल हम लोग काशी चलें।'

कोई खास फैसला न हो सका। अभी तक माँ ने खाना नहीं खाया था। वह नहाकर फिर रसोईघर में चली गई। अपू के मन में एक बात आई कि उसका गला अच्छा है। दीदी भी कहती थी और नौटंकी के दोस्त लोग भी ऐसा ही बताते थे। जो वह किसी नौटंकी के दल में शामिल हो जाए, तो उसे ले लेंगे? यहाँ माँ को बड़ी तकलीफ है। वह यहाँ से माँ को ले जाएगा।

कितनी तेज़ गर्मी है! रसोईघर की चिमनी से घूम-घूमकर धुआँ ऊपर को उठ रहा है। कार्निस पर धूप बनी है। अभी से कोठरी के अन्दर अंधेरा हो गया है। अस्तबल में महताब सईस हिन्दी में कुछ बड़बड़ा रहा है। पत्थर वाले फर्श पर घोड़ों के खुरों के टाप से खटपट आवाज़ आ रही है। नाली की वही महक! उसके सिर में इतना दर्द है कि मानो सिर फटा जा रहा है। उसने सोचा ज़रा सो लूँ, इसके बाद उठकर खेल के मैदान में चलूँगा। अभी तो सिर्फ तीन बजे हैं। धूप बड़ी तेज़ है।

बिस्तरे पर लेटे-लेटे एक बात बराबर उसके मन में आने लगी। अब तक उसने इस बात को इस रूप में सोचा नहीं था। इतने दिनों तक उसके मन के किसी अस्पष्ट कोने में यह विचार बराबर स्पष्ट रूप से बना रहता था कि कुछ भी न होगा तो वे गाँव में लौट सकते हैं। यद्यपि जब वहाँ से चले थे तब लौटने का न तो कोई विचार था और न ही कोई बातचीत थी, फिर भी वह मोह बराबर किसी न किसी रूप में बना ही रहा।

पर आज की सारी बातों से विशेषकर माँ और बड़े बाबू की बात से उसकी निराश्रयता तथा गृहहीनता की बात स्पष्ट हो गई है। क्या वह कभी फिर गाँव लौट सकता है? कभी भी नहीं? कभी भी नहीं?

यह प्रवास, यह गिरीश सरकार, इस प्रकार चोर की तरह हर समय दुबक कर रहना! इससे तो अच्छा है कि माँ और बेटा एक-दूसरे का हाथ पकड़कर रास्ते में निकल पड़े। जीवन में सब कुछ गया, पर क्या यही लोग चिरस्थायी रहेंगे?

अस्तबल में दो सईसों में झगड़ा हो रहा था। रसोईघर की छत पर भात के लोभ में कौओं के झुंड इकट्ठे थे। थोड़ी देर बाद उसके मन में यह बात आई कि वह एक ही बात को बड़ी देर से सोच रहा है। अस्तबल में घोड़ों के खुरों की टपटप बन्द नहीं हुई थी। ऐसा लग रहा था कि जैसे वह मिट्टी के अन्दर कहीं समा रहा है...मिट्टी के बहुत नीचे। ऐसा लग रहा था कि कोई नीचे से खींच रहा है। अच्छा आराम मिल रहा था। सिर का दर्द जाता रहा था। अच्छा आराम था।

ओह, कैसी चिलचिलाती हुई धूप है। दीदी भी अजीब लड़की है। इतनी धूप में कहीं वनभोजन होता है? उसने कहा : 'दीदी लेट जा। कहीं इतनी धूप में वनभोजन होता है?'

रानी दीदी पास ही बैठकर जाने क्या-क्या कहती जा रही है। रानी दीदी की बड़बड़ाती हुई बड़ी-बड़ी आँखें अभिमान से भरी हुई हैं। वह क्या करे? निश्चिन्दिपुर में उनकी गुजर जो नहीं होती। यह रानी दीदी है या लीला है?

हारान चाचा बाँस की बाँसुरी बेचने के लिए आए हैं। बहुत अच्छी बजाते हैं। उसने पिताजी से कहा : 'पिताजी, मैं बाँसुरी खरीदूँगा, एक पैसा दो न...'

उसके पिता उसके बड़े-बड़े बालों को कान पर से हटाते हुए दुलार के साथ बोले : 'तेरी कहानी अच्छी बनी है, छपने पर मुझे दिखाना बेटा।'

उसने कहा : 'पिताजी कोकीन क्या है? गिरीश सरकार ने कहा है कि मैं कोकीन खाउँगा।'

पिताजी के गले में कमलगट्टे की माला है। बिल्कुल कथावाचक महोदय की तरह।

उनके स्टेशन का नाम है, माँझेरपाड़ा। लकड़ी की बड़ी-सी तख्ती पर लिखा है—माँ-झे-र-पा-ड़ा। भारी पोटली पीठ में लटकाकर आगे-आगे चल रहा है, माँ उसके पीछे है। उसने लाल कुर्ता पहन रखा है। रास्ते में हर जगह सुन्दर छाया है। आकाश में सन्ध्या-तारा का उदय हुआ है। हवा में बरगद के पक्के फल की महक फैल रही है।

निश्चिन्दिपुर का रास्ता खत्म होने में नहीं आ रहा है। वह चला जा रहा है, चला जा रहा है, चला जा रहा है। वह और उसकी माँ। इस रास्ते में वह अकेले कभी नहीं आया। वह रास्ता पहचान नहीं पा रहा है। 'ओ, दरांती वाले चाचा, जरा निश्चिन्दिपुर का रास्ता तो बता दो। जसड़ा निश्चिन्दिपुर, वेत्रवती के उस पार है न?'

उसकी माँ ने कोठरी में प्रवेश करते हुए कहा : 'अरे, अपू उठ। दिन बिल्कुल ढल गया। तूने कहा था कि कहीं खेलने जाऊँगा। उठ, उठ।'

माँ की पुकार पर हड़बड़ाकर बिस्तरे पर उठ बैठा और चारों तरफ ताककर बोला : 'दिन एकदम ढल गया है। धूप बहुत ऊँचे पहुँच गई है।' माँ बोली : 'तूने कहा कि कहीं खेलने जाना है, तो गया नहीं? बे-टेम कितनी देर तक सो गया। दूँ, तेरी वह सीटी निकाल दूँ?'

माँ ने बक्स से निकालकर सीटी रख दी, पर उसने रैफरीगीरी करने का कोई उत्साह नहीं दिखलाया। कोठरी के अन्दर तो अँधेरा हो गया था। वह उठकर जंगले के पास अन्यमनस्क होकर चुपचाप खड़ा बाहर की तरफ देखता रहा। दिन बिल्कुल नहीं रह गया था। कितनी असहनीय उमस है! अस्तबल की नाली की बदबू जैसे और भी बढ़ गई थी। फाटक के पास घंटे में टनटन से छः बजे।

अस्तबल के ऊपर जो आकाश है उसके पार पूरब की तरफ उसका प्रिय निश्चिन्दिपुर है।

निश्चिन्दिपुर देखे हुए कितने दिन हो गए।

ती—न साल।

वह जानता है कि निश्चिन्दिपुर उसे दिन-रात हर समय पुकारता है, शंखारी तालाब उसे पुकारता है, बाँस की झाड़ी उसे पुकारती है, सोनाडांगा का मैदान उसे पुकारता है, कदम्ब तल्ले का साहब घाट उसे पुकारता है, देवी विशालाक्षी उसे पुकारती है।

जली हुई ज़मीन पर के नींबू के फूल की मीठी महक में, संहजन की छाया में फिर वह कब फिरेगा? फिर कब वह उनके मकान के किनारे के शिरीष और सप्तपर्ण के जंगल में चहचहाना सुनेगा?

इन दिनों उसकी प्यारी इछामती में वर्षा का पानी आने लगा होगा। पनघट के रास्ते में सेमर के नीचे पानी आ गया होगा। झाड़ियों में नाटा काँटा और जंगली करेमा के फूल लगे होंगे। जंगली अपराजिता के नीले फूलों से जंगल का ऊपरी हिस्सा भर गया होगा। शायद उनके गाँव के घाट पर कूंच की झाड़ियों के बगल में राजू चाचा, जैसी कि उनकी आदत है, इस समय बेवक्त नहाने आए होंगे। चालता पोता के मोड़ पर नए कसाढ़ के जंगल के किनारे-किनारे अक्रूर मल्लाह मछली पकड़ने के लिए दोआड़ा तैयार कर रहा होगा। आज वहाँ हाट का दिन है। ननद तालाब के उस बरगद के पीछे क्षितिज की गोद में रंगीन आग के झाग की तरह सूर्य भगवान अस्ताचल को जा रहे हैं और उसी के नीचे की पगडंडी से गाँव के लड़के पटू, नीलू, तिनू, भोला सब हाट से सौदा लेकर लौट रहे होंगे। इतनी देर में उन लोगों के जंगल से घिरे मकान के आँगन में घनी छाया पड़ रही होगी, चिड़ियाँ चहचहा रही होंगी। वह मीठा, नीरव, शान्त शाम का समय। वह पीली चिड़िया आज भी दीवार की खपच्ची की डाल पर उसी तरह बैठी होगी। शायद माँ के लगाए हुए नींबू के पौधे में अब नींबू लग रहे होंगे।

थोड़ी देर बाद उसके घर-घूरे पर सन्ध्या का अन्धकार छाएगा, पर सन्ध्या हो जाने पर भी कोई दीया नहीं जलाएगा, घूम-घूमकर हर कमरे में दीया नहीं दिखाएगा, कहानियाँ नहीं कहेगा, सुनसान घर-घूरे के आँगन में जो काले बादल की तरह जंगल छा गया होगा, उसमें झींगुर बोलेगा, रात अधिक होने पर पीछे के घने जंगल में गूलर के पेड़ पर खूसट की बोली सुनाई पड़ेगी...कोई भूलकर भी कभी उस तरफ नहीं जाएगा। माँ का लगाया हुआ यह नींबू का पौधा गहरे जंगल में खो जाएगा। कोई उसकी बात नहीं जानेगा। करेमा के फूल लगकर फिर अपने आप झड़ जाएँगे। बेर

और शरीफ़ा व्यर्थ में पकेंगे। पीले पंखोंवाली चिड़िया रो-रोकर फिरेगी।

जंगल के किनारे वह अपूर्व माया से भरी शामें हमेशा के लिए झूठ-मूठ आती-जाती रहेंगी।

उस जून इतने लोगों के सामने वह बिना किसी कसूर के मारा गया था फिर भी उसकी आँखों से एक बूँद आँसू भी नहीं आया था, पर अब निर्जन कोठरी के जंगले पर अकेले खड़े रहकर वह बुरी तरह रोने लगा। जब उसके उमड़ते हुए आँसू उसके सुन्दर कपोलों पर से होते हुए बहने लगे, तब उसने आँखें पोंछते हुए हाथ उठाकर व्याकुल स्वर में कहा : 'हे भगवान, तुम ऐसा करना कि हम लोग फिर से निश्चिन्दिपुर लौट जाएँ। नहीं तो हम जी नहीं सकते। हे भगवान, हम तुम्हारे पैरों पड़ते हैं।'

पथ के देवता प्रसन्न होकर हँसते हुए बोले—मूर्ख लड़के, तेरे पथ का अभी तेरे गाँव के बाँस की झाड़ी में डाकुओं वाले बरगद के नीचे या घलचीते के सेवार घाट में अन्त कहाँ हुआ? सोनाडांगा मैदान से आगे इछामती पार करके कमल के फूलों से भरे मधुखाली वाले गढ़े को बगल में रखकर वेत्रवती के खेवे से आगे चलकर तेरा रास्ता आगे की ओर सिर्फ आगे की ओर चला गया है। वह देश छोड़कर देशान्तर में, सूर्योदय को छोड़कर सूर्यास्त की दिशा में ज्ञात के दायरे से अज्ञात के दायरे में चला गया है।

दिन-रात पार करते हुए, जन्म-मृत्यु पार करते हुए, महीना, वर्ष, मन्वन्तर, महायुग पार होकर रास्ता चला गया है...। तुम्हारे सुन्दर जीवन-स्वप्न पर सेवार और फफूंद लग जाते हैं फिर भी रास्ते का कभी अन्त नहीं होता, वह आगे ही चलता जाता है। उसकी शाश्वत वीणा की रागिणी को केवल अनन्त काल और अनन्त आकाश सुनते हैं।

उसी रास्ते की विचित्र आनन्द-यात्रा का अदृश्य तिलक तेरे माथे पर लगाकर ही तो हमने तेरा घर छुड़ा दिया। चलो आगे चलें।

❑❑❑